Marcel Proust
Im Schatten junger Mädchenblüte

Auf der Suche nach der
verlorenen Zeit

Zweiter Teil

Band II

Suhrkamp

Titel der französischen Originalausgabe:
A la recherche du temps perdu: A l'ombre des jeunes filles en fleurs
Paris. Gallimard
Deutsch von Eva Rechel-Mertens

suhrkamp taschenbuch 702
Erste Auflage 1981
Deutschsprachige Übersetzung: *Im Schatten junger Mädchenblüte*
Copyright Suhrkamp Verlag Frankfurt am Main 1954
Der Text folgt Band 3 und 4 der Werkausgabe in 13 Bänden,
Suhrkamp Verlag, Frankfurt am Main, 1964
Suhrkamp Taschenbuch Verlag
Alle Rechte vorbehalten, insbesondere das
des öffentlichen Vortrags, der Übertragung
durch Rundfunk und Fernsehen
sowie der Übersetzung, auch einzelner Teile.
Druck: Ebner Ulm · Printed in Germany
Umschlag nach Entwürfen von
Willy Fleckhaus und Rolf Staudt

Im Schatten junger Mädchenblüte

Zweiter Teil
Ortsnamen · Die Landschaft

(Erster Aufenthalt in Balbec, die jungen Mädchen am Strand.)

Skizzenhafte Beschreibung von Monsieur de Charlus und Robert de Saint-Loup. – Ein Abend bei Blochs. – Die Diners von Rivebelle. – Erstes Auftreten Albertines.

Ich hatte es zu vollkommener Gleichgültigkeit im Hinblick auf Gilberte gebracht, als ich zwei Jahre später mit meiner Großmutter nach Balbec fuhr. Wenn ich dem Reiz eines neuen Gesichts unterlag, wenn ich mit Hilfe einer neuen Mädchenerscheinung die gotischen Kathedralen, die Paläste und Gärten Italiens kennenzulernen hoffte, sagte ich mir mit Trauer im Herzen, daß unsere Liebe, soweit sie Liebe eines bestimmten Wesens ist, vielleicht nichts sehr Reales an sich hat, denn wenn auch Assoziationen von angenehmen oder schmerzlichen Träumereien sie eine Zeitlang an eine Frau verhaftet halten können, so daß wir meinen, sie sei uns unweigerlich von jener Seite her eingeflößt, so lebt doch auch anderseits, wenn wir uns willentlich oder unwillkürlich von jenen Assoziationen lösen, diese Liebe, als entstehe sie spontan in uns selbst, wieder auf zugunsten einer anderen Frau. Immerhin war im Augenblick dieser Abreise nach Balbec und während der ersten Zeit meines Aufenthaltes dort meine Gleichgültigkeit nicht konstant. Oft, da ja unser Leben so wenig chronologisch verläuft, vielmehr so manchen Abstecher in der Zeit in unsere Tage einzuschieben weiß, lebte ich in den mehr als gestrigen oder vorgestrigen, als ich Gilberte noch liebte. Dann war es mir plötzlich schmerzlich, wie es in jener Zeit gewesen wäre, sie nicht mehr zu sehen. Das Ich, das sie geliebt hatte und das schon fast ganz von einem andern ersetzt worden war, tauchte wieder auf, und zwar viel häufiger aus einem nichtigen Anlaß als aus einem wichtigen Grund. So hörte ich zum Beispiel (ich greife dabei bereits meinem Aufenthalt in der Normandie vor) in Balbec einen Unbekannten, der mir auf dem Deich entgegenkam, sagen: ›Die Familie des Direktors im Postministerium.‹ Nun hätte freilich (da ich nicht wußte, welchen Einfluß auf mein Leben diese Familie bekommen sollte) solch Ausspruch mir müßig erscheinen müssen, doch brachte er in mir ein lebhaftes Schmerzgefühl hervor, einen Schmerz, den ein bereits seit langem zum größten Teil untergegangenes Ich noch immer über die Trennung von Gilberte empfand. Niemals aber hatte ich zuvor an eine Unterhaltung zurückgedacht, die Gilberte in meiner Gegenwart mit ihrem Vater über diese ›Familie des Direktors im Postministerium‹ geführt hatte. Nun aber bilden die Erinnerungen der Liebe keine Ausnahme von den allgemeinen Regeln des Gedächtnisses, die ihrerseits von den noch allgemeineren der Gewohnheit regiert werden. Da diese alles abschwächt, bringt uns gerade das, was wir bis dahin vergessen hatten (weil es zu unbedeutend war und wir ihm auf diese Weise seine ganze Kraft belassen haben), am stärksten die Erinnerung an ein Wesen zurück. Daher lebt der beste Teil unseres Erinnerns außerhalb von uns, in dem feuchten Hauch eines Regentages, dem Geruch eines ungelüfteten Raums, dem Duft eines ersten Feuers im Kamin, das heißt überall da, wo wir von uns selbst das wiederfinden, was unsere Intelligenz als unverwendbar abgelehnt hatte, die letzte Reserve, die beste, der Vergangenheit, die, wenn all unsere Tränen versiegt sind, uns immer noch neue entlocken wird. Außerhalb von uns? In uns, besser gesagt; doch unsern Blicken entzogen, in einer mehr oder weniger langanhaltenden Vergessenheit. Dank diesem Vergessen allein können wir von Zeit zu Zeit das wiederfinden, was wir gewesen sind, den Dingen gegenüberstehen wie jenes Wesen von einst, von neuem leiden, weil wir nicht wir selbst mehr sind, sondern der andere, der liebte, was uns jetzt gleichgültig ist. Vom hellen Licht der gewöhnlichen Erinnerung beschienen, verblassen die Bilder der Vergangenheit nach und nach, sie verschwinden, es bleibt von ihnen nichts, wir finden sie nicht mehr. Oder wir fänden sie vielmehr nicht, wenn nicht ein paar Worte (wie ›Direktor im Postministerium‹), sorgfältig in Vergessen gebettet, in uns konserviert worden wären, so wie man in der Bibliothèque Nationale ein Exemplar eines Buches deponiert, das sonst möglicherweise unauffindbar würde.

Doch dies Leiden und dieses Wiederaufblühen meiner Liebe zu Gilberte hielten nicht länger an als die in einem Traum, ganz im Gegenteil sogar, denn in Balbec war die alte Gewohnheit nicht mehr da, die ihnen hätte Dauer schenken können. Wenn demgemäß die Wirkungen der Gewohnheit widerspruchsvoll erscheinen, so deshalb, weil diese vielfältigen Gesetzen gehorcht. In Paris war ich gerade dank der Gewohnheit Gilberte gegenüber nach und nach gleichgültiger geworden. Der Wechsel der Gewohnheit, das heißt ihr vorübergehendes Aussetzen, vollendete ihr Werk, als ich nach Balbec ging. Sie schwächt, doch konsolidiert sie zugleich; sie führt die Zersetzung herbei, doch gibt sie dieser eine unbestimmbare Dauer. Seit Jahren richtete ich meinen Seelenzustand nach dem des Vortages ein. In Balbec unterstützte ein neues Bett, an dem mir jeden Morgen ein anderes Frühstück als das in Paris gewohnte serviert wurde, die Gedanken nicht mehr, aus denen meine Liebe zu Gilberte ihre Nahrung gezogen hatte. In gewissen Fällen (die freilich nicht häufig sind) besteht, da Seßhaftigkeit die Tage erstarren läßt, das beste Mittel, Zeit zu gewinnen, in einem Wechsel des Orts. Meine Reise nach Balbec war wie der erste Ausgang eines Genesenden, der nur noch auf diesen gewartet hat, um sich geheilt zu fühlen.

Diese Reise würde man heute zweifellos im Automobil machen in der Vorstellung, es wäre angenehmer. Man wird sehen, daß sie, auf diese Weise zurückgelegt, in gewissem Sinne sogar dem wahren Erkennen näher käme, da man aus größerer Nähe und in engerer Fühlung damit den allmählich sich vollziehenden Veränderungen folgen könnte, gemäß denen das

Antlitz der Erde sich wandelt. Aber im Grunde besteht das spezifische Vergnügen einer Reise nicht darin, die Landstraße entlangzufahren und anzuhalten, wenn man müde ist, sondern den Gegensatz von Abreise und Ankunft statt möglichst unmerklich so einschneidend wie irgend tunlich zu machen, ihn in seiner Ganzheit zu erfassen, wie wir ihn, noch ganz intakt, in unsern Gedanken trugen, als unsere Einbildungskraft uns von jenem Orte, an dem wir lebten, bis ins Herz jener ersehnten Stätte in einem gewaltigen Schwunge trug, der uns wunderbar nicht deshalb schien, weil er eine Entfernung durchmaß, sondern gerade weil er zwei deutlich unterschiedene Ortsindividualitäten der Erde miteinander in Verbindung brachte, uns von einem Namen zu einem anderen führte, einen Gegensatz, den uns gerade (besser als eine Spazierfahrt, bei der es, da man inzwischen beliebig aussteigen kann, keine eigentliche Ankunft mehr gibt) das geheimnisvolle Weben an jenen besonderen Orten, den Bahnhöfen, die nicht eigentlich einen Teil der Stadt bilden, sondern ihre Wesen nur noch insofern enthalten, als sie auf einer Signaltafel ihren Namen tragen, in reiner, schematischer Form zum Bewußtsein bringt.

Aber auf allen Gebieten hat ja unsere Zeit die Manie, uns die Dinge in ihrer natürlichen Umgebung vor Augen führen zu wollen und damit das Wesentliche zu unterschlagen, nämlich den geistigen Vorgang, der sie aus jener heraushob. Man ›präsentiert‹ heute ein Bild inmitten von Möbeln, kleinen Kunstgegenständen und Vorhängen ›aus der Epoche‹, in einer belanglosen Dekoration, die jetzt in neu eingerichteten Stadthäusern eine gestern noch in diesen Dingen völlig unwissende Hausherrin großartig zustande bringt, nachdem sie ihre Tage in Archiven und Bibliotheken verbracht hat; aber das Meisterwerk, das man während des Abendessens betrachtet, schenkt uns nicht mehr das gleiche berauschende Glücksgefühl, das man nur in einem Museumssaal – der viel besser in seiner nüchternen Enthaltung von allen Details die inneren Räume symbolisiert, in die sich der Künstler zurückgezogen hat, um es zu erschaffen – wird erwarten können.

Leider sind diese wunderbaren Stätten, die Bahnhöfe, von denen man fernen Bestimmungsorten entgegeneilt, zugleich auch von Tragik durchweht, denn wenn sich in ihnen zwar das Wunder vollzieht, durch das Länder, die bislang nur in unsern Gedanken für uns existierten, zu solchen werden, in denen wir leben und wohnen, müssen wir doch auch aus dem gleichen Grund beim Betreten des Wartesaals darauf Verzicht leisten, gleich wieder in das vertraute Zimmer zurückzukehren, in dem wir eben noch waren. Man muß jede Hoffnung fahren lassen, am Abend zu Hause zu schlafen, sobald man sich entschlossen hat, die verpestete Höhle zu betreten, durch die man zum Schauplatz der Mysterien eingehen soll, eine jener großen, glasverkleideten Werkstätten, wie der Bahnhof Saint-Lazare eine ist, in dem ich den Zug nach Balbec nahm und der über der offen in ihrer Blöße vor ihr liegenden Stadt einen jener ungeheuren rohen und von dramatischen Drohungen trächtigen Himmel aufrollt, ähnlich gewissen Himmeln von fast pariserisch anmutender Aktualität bei Mantegna und Veronese, einen Himmel, unter dem sich einzig ein Akt von furchtbarer Feierlichkeit vollziehen kann wie eine Abreise mit der Eisenbahn oder die Kreuzerhöhung.

Solange ich mich damit begnügt hatte, in Paris von meinem Bett aus die ›persische‹ Kirche von Balbec inmitten vom Sturm gepeitschter Schaumflocken ins Auge zu fassen, wurde von meinem Körper kein Einwand gegen die Reise erhoben. Er fing damit erst an, als er begriffen hatte, daß er mit von der Partie sein solle und daß man ihn am Abend der Ankunft in ›mein‹ Zimmer führen würde, das ihm unbekannt war. Seine Auflehnung war um so heftiger, als ich erst am Abend vor der Abreise erfahren hatte, daß meine Mutter uns nicht begleiten werde, da mein Vater, der bis zum Antritt seiner Reise nach Spanien mit dem Monsieur de Norpois noch im Ministerium ganz unabkömmlich war, es vorgezogen hatte, ein Haus in der Umgebung von Paris zu mieten. Im übrigen kam mir der Anblick von Balbec nicht weniger wünschenswert vor, weil ich ihn um den Preis eines Leidens erkaufen mußte, der mir im Gegenteil die Wirklichkeit des Eindrucks, den ich haben wollte, zu versinnbildlichen und zu garantieren schien, eines Eindrucks, den kein angeblich gleichwertiges Schauspiel mir ersetzt hätte, kein ›Panorama‹, das ich mir hätte anschauen können, ohne daß ich deswegen darauf hätte verzichten müssen, wieder nach Hause und in mein eigenes Bett zu gehen. Es war dies nicht das erste Mal, da ich feststellen mußte, daß die Liebenden und die, die Genüsse haben, nicht dieselben sind. Ich glaubte mich ebenso stark nach Balbec zu sehnen wie der Arzt, der mich behandelte und der am Morgen des Aufbruchs, erstaunt über meine unglückliche Miene, zu mir sagte: »Ich kann Ihnen nur sagen, wenn ich mich irgendwie acht Tage freimachen könnte, um Seeluft zu genießen, ließe ich mich nicht bitten. Sie finden da Rennen, Segelregatten, es muß ja ganz großartig sein.« Ich aber hatte, sogar schon bevor ich die Berma sah, gelernt: was immer ich liebte, würde mir nur nach qualvollem Ringen zuteil, in dessen Verlauf ich zunächst mein Vergnügen jenem höchsten Gut opfern müsse, anstatt ihm nachzugehen.

Meine Großmutter verband mit unserem Aufbruch natürlich eine ganz andere Vorstellung, und immer noch sehr darauf versessen, daß die Geschenke, die ich erhielt, einen künstlerischen Wert besäßen, hatte sie, damit wir uns wenigstens mit einem Teil unserer Reise in einer ›klassischen Tradition‹ bewegten, gewollt, daß wir zur einen Hälfte mit der Eisenbahn, zur andern mit dem Wagen die Strecke zurücklegten, welche der Reiseroute der Madame de Sévigné von Paris nach ›L'Orient‹ über Chaulnes und ›le Pont Audemer‹ entsprach. Doch mußte meine Großmutter auf diesen Plan verzichten, da mein Vater seine Ausführung verbot; er wußte, wenn sie eine Ortsveränderung in der Absicht organisierte, allen nur erdenklichen geistigen Nutzen daraus zu ziehen, müsse man mit ungezählten versäumten Zügen, verlorenen Gepäckstükken, Halsentzündungen und Geldbußen rechnen. Sie freute sich aber wenigstens in dem Gedanken, daß uns niemals, wenn wir an den Strand gehen wollten, eine Horde unerwünschter Leute – von ihrer geliebten Sévigné als eine ›chienne de carrossée‹ bezeichnet – belästigen würde, denn wir kannten niemand in Balbec, da auch Legrandin uns keinen Empfehlungsbrief an seine Schwester angeboten hatte. (Diese Zurückhaltung war nicht in der gleichen Weise von meinen Tanten Céline und Victoire geschätzt worden, die, nachdem sie als junge Mädchen jene andere gekannt und sie bislang, um die alte Intimität zu betonen, immer nur ›Renée de Cambremer‹ genannt hatten – sie besaßen noch Geschenke von ihr, wie sie nur als Zimmerschmuck und in der Konversation eine Rolle spielen, ohne daß ihnen in der Gegenwart etwas Wirkliches entspricht – die uns widerfahrene Kränkung dadurch zu rächen glaubten, daß sie niemals mehr bei der alten Madame Legrandin den Namen ihrer Tochter aussprachen und nur, wenn sie das Haus wieder verlassen hatten, sich gegenseitig in Wendungen wie ›Ich habe keine Anspielung gemacht, du weißt schon, auf wen‹ und ›Ich glaube, *man* wird verstanden haben‹ zu ihrem Schweigen beglückwünschten.)

So würden wir also einfach von Paris mit dem Einuhrzweiundzwanzigzug abfahren, den ich zu oft und zu gern im Kursbuch nachgeschlagen – und der mir dann jedesmal die freudige Aufregung, ja die beseligte Illusion der Abreise verschafft hatte – als daß ich mir nicht einbildete, ihn bereits zu kennen. Da in unserer Phantasie die Einzelheiten eines Glücks weit mehr auf der Identität mit den Wünschen, die es in uns weckt, als auf genauen Informationen über seine Beschaffenheit beruhen, glaubte ich dies hier bereits in allen Details zu kennen und zweifelte nicht, daß ich im Abteil ein besonderes Vergnügen empfinden werde, wenn es kühler würde, und bei der Ankunft an einer Station diesen oder jenen Effekt besonders genießen müsse. So kam es, daß dieser Zug, der in mir die Bilder immer der gleichen Städte wachrief, die ich vom Lichte jener Nachmittagsstunden umflossen sah, in denen er verkehrt, mir anders als alle anderen Züge erschien; und schließlich hatte ich auch noch, wie man es oft mit einem Wesen macht, das man nie gesehen, dessen Freundschaft man aber gewonnen zu haben träumt, die immer gleichen individuellen Züge für den blonden Reisenden – einen Künstler – erfunden, der, wie ich mir ausmalte, mich eine Zeitlang zum Weggenossen erkor und von dem ich mich im Geiste am Fuße der Kathedrale von Saint-Lô verabschiedete, bevor er gen Abend entschwand.

Da meine Großmutter sich nicht entschließen konnte, nur so ›ganz stur‹ nach Balbec zu fahren, wollte sie sich wenigstens vierundzwanzig Stunden bei einer ihrer Freundinnen aufhalten, die ich bereits am Abend wieder verlassen sollte, um nicht zu stören und auch um am folgenden Tag noch gleich die Kirche von Balbec zu sehen, die, wie wir hörten, von Balbec-Plage ziemlich weit entfernt lag und die ich später vielleicht zunächst wegen der Erfordernisse meiner Kur nicht würde besuchen können. Vielleicht war das Ganze auch weniger schwer zu ertragen für mich, wenn ich wußte, daß das wundervolle Hauptziel meiner Reise seinen Platz noch vor der grausamen ersten Nacht haben würde, in der ich meine neue Heimstätte beziehen und mich damit abfinden müßte, dort eine Weile zu wohnen. Zunächst aber handelte es sich darum, die alte zu verlassen; meine Mutter hatte sich so eingerichtet, daß sie noch am gleichen Abend nach Saint-Cloud aufbrach, und tatsächlich oder vorgeblich alle Vorbereitungen getroffen, um sich unmittelbar, nachdem sie uns zur Bahn gebracht, dorthin zu begeben, ohne vorher noch einmal unsere Wohnung zu betreten, denn sie fürchtete wohl, ich möchte sonst, anstatt nach Balbec zu fahren, wieder mit ihr heimkehren wollen. Sie hatte sogar unter dem Vorwand, in dem neugemieteten Haus sei noch so viel zu tun, daß die

Zeit kaum reiche, in Wirklichkeit aber, um mir die Grausamkeit dieser Art von Abschiednehmen zu ersparen, beschlossen, nicht bis zur Abfahrt des Zuges zu bleiben, bei der die zuvor hinter dem Kommen und Gehen und den noch nicht definitiv verpflichtenden Vorbereitungen verborgene Trennung, der man nun nicht mehr entgehen kann, unmöglich zu ertragen scheint, wenn sie mit einem Male verdichtet in einer zur Ewigkeit werdenden Sekunde ohnmächtiger Hellsichtigkeit vor uns steht.

Zum erstenmal erfaßte ich die Möglichkeit, daß meine Mutter ohne mich und in anderer Weise als für mich ein anderes Leben lebte. Sie würde ganz für sich mit meinem Vater sein, für den, wie sie glauben mochte, meine schwache Gesundheit, meine Nervosität das Dasein komplizierten und etwas traurig machten. Diese Trennung erschütterte mich um so mehr, als ich mir sagen mußte, sie stelle wahrscheinlich die letzte Etappe der aufeinanderfolgenden Enttäuschungen dar, die ich ihr bereitet, die sie mir verschwiegen, nach denen sie aber die Undurchführbarkeit gemeinsamer Ferien eingesehen hätte; vielleicht aber auch den ersten Versuch einer Existenz, mit der sie sich für die Zukunft abzufinden begann, in der nach und nach für meinen Vater und sie die Jahre kommen würden, da ich sie weniger sehen und – was selbst in schlimmsten Alpträumen ich mir noch nicht vorgestellt hatte – sie selbst für mich schon ein wenig fremd werden könnte: eine Dame, die man allein in ein Haus, in dem ich nicht mehr wohnte, treten und den Portier fragen sah, ob kein Brief von mir eingetroffen sei.

Ich konnte kaum dem Träger Antwort geben, der nach meiner Reisetasche griff. Meine Mutter versuchte mich mit den Mitteln zu trösten, die ihr die wirksamsten schienen. Sie hielt es für nutzlos, so zu tun, als bemerke sie meinen Kummer nicht, und scherzte statt dessen lieber:

– Nun sag mal, was würde denn die Kirche von Balbec dazu meinen, daß du mit einer solchen Unglücksmiene den Besuch

bei ihr unternimmst? Ist das der begeisternde Reisende, von dem Ruskin spricht? Im übrigen werde ich ganz genau wissen, ob du dich auch tapfer hältst, auch in der Ferne bin ich immer bei meinem kleinen Spatz. Morgen hast du bestimmt einen Brief von deiner Mama.
– Mein Kind, sagte meine Großmutter, ich sehe dich schon wie Madame de Sévigné vor einer Karte sitzen und uns im Geiste keine Sekunde verlassen.
Dann versuchte Mama, mich auf andere Gedanken zu bringen, sie fragte mich, was ich mir zum Abendessen bestellen werde; sie bewunderte Françoise und machte ihr ein Kompliment über einen Hut und einen Mantel, die sie nicht wiedererkannte, obwohl sie ihr in früherer Zeit, als sie sie neu an meiner Großtante gesehen, beträchtlich mißfallen hatten, der Hut mit einem oben darauf schwebenden Riesenvogel, der Mantel mit einem häßlichen Jettbesatz. Aber da der Mantel unmodern geworden war, hatte Françoise ihn gewendet, so daß die Innenseite aus einfarbigem Tuch von schöner Färbung nach außen kam. Der Vogel aber war vor langer Zeit schon zerbrochen und in der Rumpelkammer verschwunden. Und ebenso, wie man manchmal verwirrenderweise die raffiniertesten Effekte, wie Künstler sie in heißem Bemühen hervorzubringen trachten, in einem Volkslied entdeckt oder an einem Bauernhaus, über dessen Tür eine weiße oder schwefelgelbe Rose genau an der richtigen Stelle erblüht, so hatte Françoise eine Schleife aus Samt, eine Bandschluppe, die auf einem Porträt von Chardin oder Whistler bezaubert haben würde, mit natürlichem, unfehlbar sicherem Geschmack auf dem jetzt wunderhübsch gewordenen Hut angebracht.
Wenn man auf ältere Zeiten zurückgehen will, so erinnerte Françoise – da die Bescheidenheit und Redlichkeit, die häufig dem Gesicht unserer alten Dienerin etwas wie Adel verliehen, sich auch der Kleidung mitteilten, welche sie als zurückhaltende, aber doch jeder Unterwürfigkeit von Grund aus abholde Person, die ›wußte, wer sie war‹, für diese Reise

angelegt hatte, auf der sie unserer würdig erscheinen und doch nicht hervortreten wollte – in dem kirschroten aber verschossenen Tuchmantel und dem weichgetragenen Pelzkragen an Bilder der Herzogin Anna von der Bretagne in Stundenbüchern, von einem alten Meister gemalt, wo alles so völlig an seinem Platz und das Gefühl für das Ganze so gleichmäßig über alle Teile ausgebreitet ist, daß die verjährte Seltsamkeit des reichen Kostüms den gleichen frommen Ernst ausdrückt wie die Augen, die Lippen oder die Hände.

Von Gedanken konnte bei Françoise nicht wirklich die Rede sein. Sie wußte nichts – in jenem breiteren Sinn, in dem nichts wissen nichts verstehen heißt – außer jenen wenigen Wahrheiten, an die das Herz unmittelbar rührt. Die unermeßliche Welt der Ideen gab es nicht für sie. Aber vor der Hellsichtigkeit ihres Blicks, den zarten Linien der Nase, der Lippen, vor allen den Zeichen, die so vielen Kulturmenschen fehlen, bei denen sie höchste Vornehmheit und edle Selbstlosigkeit eines ungewöhnlichen Geistes bedeutet hätten, fühlte man sich verwirrt wie vor dem klugen, guten Blick eines Hundes, von dem man gleichwohl weiß, daß alle Begriffe der Menschen ihm unbekannt sind, und man konnte sich dann fragen, ob es nicht auch sonst unter den niederen Brüdern, den Bauern, Wesen gibt, die wie die wahrhaft Großen der Welt schlichten Gemütes oder vielmehr, durch ein ungerechtes Geschick dazu verurteilt, unter den Armen im Geiste, des Lichtes beraubt zu leben, dennoch auf natürlichere und wesentlichere Art den Elitenaturen verwandt als die meisten Gebildeten, wie verstreute, in die Irre gegangene, des Geistes beraubte Glieder der heiligen Familie sind: in der Kindheit verbliebene, den erlauchtesten Geistern eng verwandte Menschen, denen – wie das unmöglich zu verkennende Aufleuchten ihrer Augen verrät, das sich hier freilich auf nichts Bestimmtes bezieht – zur Entfaltung einer Begabung nur das Wissen gefehlt hat.

Als meine Mutter sah, daß ich kaum die Tränen zurückhalten konnte, sagte sie: »Regulus pflegte bei großen Anlässen zu sagen... Und dann ist es auch nicht nett gegen deine Mama. Zitieren wir Madame de Sévigné, wie deine Großmutter so gern tut: ›Ich werde all den Mut aufbringen müssen, an dem du es fehlen läßt‹.« Dann besann sie sich darauf, daß die Liebe zu anderen von egoistischem Leiden ablenkt, und versuchte mir damit Vergnügen zu machen, daß sie mir sagte, die Fahrt nach Saint-Cloud werde sicher glatt vonstatten gehen, sie sei zufrieden mit der Droschke, die sie behalten habe, der Kutscher sei höflich und das Fuhrwerk sehr bequem. Ich zwang mich zu einem Lächeln bei diesen Einzelheiten und neigte den Kopf zum Zeichen meiner Zustimmung und meiner Befriedigung. Aber sie verhalfen mir nur dazu, daß ich mir Mamas Abreise noch deutlicher vorstellen konnte, und mit gepreßtem Herzen schaute ich sie an, als sei sie bereits von mir getrennt, wie sie dastand mit ihrem runden Strohhut, den sie sich für den Aufenthalt auf dem Lande gekauft, und dem leichten Kleid, das sie für die Fahrt in der größten Hitze angezogen hatte, und die beide sie anders erscheinen ließen, schon ganz der Villa ›Montretout‹ zugewandt, wo ich sie nicht sehen würde.

Um zu verhindern, daß ich auf der Fahrt Erstickungsanfälle bekäme, hatte mir der Arzt geraten, bei der Abreise eine reichliche Dosis Bier oder Kognak zu trinken, um dadurch in einen von ihm als ›euphorisch‹ bezeichneten Zustand zu geraten, in welchem das Nervensystem vorübergehend weniger verletzlich sei. Ich war noch ungewiß, ob ich es tun würde, wollte aber wenigstens, daß meine Großmutter für den Fall, daß ich mich doch dafür entschiede, Recht und Klugheit auf meiner Seite wisse. Daher redete ich zu ihr auch so, als bezögen sich meine Bedenken einzig auf den Ort, an dem ich mir den Alkohol zuführen würde, nämlich ob schon am Bahnhofsbüfett oder erst im Zug. Doch als ich den Ausdruck von Mißbilligung auf ihrem Antlitz sah – sie machte eine Miene, als lehne sie das Ganze von vornherein ab – rief ich, plötzlich zum Trinken entschlossen, weil ich mir nur so meine

Freiheit des Handelns beweisen konnte, da schon die Ankündigung in Worten nicht ohne Protest vorübergegangen war, mit aller Entschiedenheit aus: »So, du weißt, wie krank ich bin, du weißt, was der Arzt mir gesagt hat, und das ist der Rat, den du mir gibst!«
Als ich meiner Großmutter die Art meines Unbehagens auseinandergesetzt hatte, sah sie, als sie mir sagte: »Aber dann geh doch schnell und hole dir Bier oder Likör, wenn das gesund für dich sein soll«, so tief betrübt aus und so gut, daß ich mich über sie warf und sie mit Küssen bedeckte. Und wenn ich dann ging und im Speisewagen viel zuviel trank, so nur, weil ich wußte, ich würde sonst einen Anfall bekommen und ihr damit noch weit größeren Kummer machen. Als ich auf der ersten Station wieder in unser Abteil ging, sagte ich meiner Großmutter, wie glücklich ich sei, daß wir nach Balbec führen, daß ich das feste Vorgefühl habe, alles werde gut, daß ich mich im Grunde schnell auch daran gewöhnen werde, fern von Mama zu sein, daß der Zug sehr angenehm führe; der Mann im Speisewagen und die Angestellten seien so reizend, daß ich diese Strecke gern öfter zurücklegen würde, um sie wiederzusehen. Meine Großmutter schien indessen nicht ganz die gleiche Freude wie ich an all diesen guten Auspizien zu haben. Sie wich meinen Blicken aus.
– Du solltest vielleicht zu schlafen versuchen, sagte sie und wendete die Augen nach dem Fenster zu, dessen Vorhang wir herabgelassen hatten, doch nur so weit, daß er nicht den ganzen Fensterrahmen ausfüllte, sondern darunter die Sonne noch über das blank gewachste Eichenholz der Tür und den Drapbezug der Bank (was eine viel überzeugendere Reklame für ein naturverbundenes Dasein darstellte als die von der Eisenbahngesellschaft im Abteil zu hoch aufgehängten Landschaftsprospekte mit Namen, die ich nicht lesen konnte) den gleichen warmen, schläfrigen Schimmer gleiten ließ, der draußen in den Waldlichtungen seine Siesta hielt.
Als meine Großmutter glaubte, ich habe die Augen geschlos-

sen, warf sie, wie ich bemerkte, hinter ihrem Tupfenschleier ab und zu einen Blick auf mich, sah wieder fort und fing dann das Spiel von neuem an wie jemand, der, um sich daran zu gewöhnen, eine Übung zu machen versucht, die ihm peinvoll ist.
Da sprach ich wieder, doch schien es ihr nicht recht angenehm zu sein. Dabei machte mir der Klang meiner eigenen Stimme Vergnügen, desgleichen meine unmerklichsten innersten Körperbewegungen. Ich versuchte daher, sie möglichst lange auszudehnen, und ließ meine Stimme auf jedem Wort verweilen; ich hatte das Gefühl, daß jeder meiner Blicke sich dort sehr wohl befand, wo er haftete, und gern an der gleichen Stelle länger als gewöhnlich verweilte. »So, ruh dich jetzt aus«, riet mir meine Großmutter. »Wenn du nicht schlafen kannst, lies.« Und damit reichte sie mir einen Band Madame de Sévigné, den ich auch aufschlug, während sie sich in die Memoiren der Madame de Beausergent vertiefte. Sie reiste niemals ohne einen Band der einen oder andern dieser ihrer Lieblingsautoren. Da ich in diesem Augenblick nicht gern den Kopf bewegte und als sehr angenehm empfand, eine einmal eingenommene Stellung beizubehalten, saß ich mit meinem Band Madame de Sévigné da, ohne ihn zu lesen, und statt auf ihn niederzublicken, schaute ich nur den blauen Vorhang an. Doch das gerade schien mir ganz wundervoll, und ich hätte mir nicht die Mühe gemacht, jemand Antwort zu geben, der mich von dieser Beschäftigung hätte ablenken wollen. Die blaue Farbe des Vorhangs schien mir weniger durch Schönheit als durch Intensität alle Farben, die mir von Kindheit an bis zu dem Augenblick vorgekommen waren, da ich den letzten Schluck getrunken und die erste Wirkung davon gespürt hatte, derart in den Schatten zu stellen, daß sie alle neben dem blauen Store in meinen Augen so trübe, so nichtssagend wurden wie etwa für Blindgeborene, die man späterhin operiert und die endlich Farben sehen, die Dunkelheit, in der sie vordem hatten leben müssen. Ein alter Schaffner kam unsere

Fahrkarten revidieren. Die silbernen Reflexe auf den Metallknöpfen seiner Uniform entzückten mich ungemein. Ich wollte ihn bitten, sich zu uns zu setzen, doch er ging weiter in den nächsten Wagen, während ich mit Sehnsucht an das Leben der Eisenbahner dachte, die, da sie ihre ganze Zeit in den Zügen verbrachten, kaum einen Tag verleben würden, an dem sie den alten Schaffner nicht zu Gesicht bekämen. Mein Vergnügen beim Anblick des Stores und das Wohlgefühl, mit halboffenem Munde dazusitzen, ließ allmählich nach. Ich wurde unruhiger und rutschte auf meinem Sitz hin und her; ich öffnete den Band, den meine Großmutter mir gereicht hatte, und es gelang mir, meine Aufmerksamkeit auf die Seiten zu richten, die ich bald hier, bald da aufschlug. Während ich las, verspürte ich wachsende Bewunderung für Madame de Sévigné.

Man darf sich nicht durch die rein formalen Eigentümlichkeiten täuschen lassen, die in der Zeit und dem Leben der Salons begründet sind, bei gewissen Personen aber den Glauben erwecken, sie schrieben wie Madame de Sévigné, wenn sie etwa sagen: ›Entbiete mich zu Dir, meine Gute‹ oder ›Dieser Graf schien viel Geist zu besitzen‹ oder ›Heumachen ist die hübscheste Sache von der Welt‹. Schon Madame de Simiane glaubt ihrer Großmutter ähnlich zu sein, weil sie schreibt: ›Monsieur de la Boulie geht es ausgezeichnet, er verträgt gut, daß man zu ihm von seinem Tode spricht‹, oder ›Oh, mein lieber Marquis, wie gut gefällt mir Ihr Brief! Unmöglich, Ihnen darauf keine Antwort zu geben‹, oder ›Mir scheint, Monsieur, Sie sind mir eine Antwort schuldig, und ich Ihnen Bergamottedosen. Ich erfülle meine Pflicht heute mit acht Stück, andere werden folgen... nie hat die Erde so reich getragen. Offenbar geschieht es Ihnen zu Gefallen.‹ In der gleichen Art schreibt sie über den Aderlaß, die Zitronen und so weiter, und bildet sich dabei ein, sie schreibe Briefe ›à la Madame de Sévigné‹. Meine Großmutter aber, die von innen her zu der Autorin gekommen war, aus Liebe zu den Ihren, zur Natur, hatte mich gelehrt, die wahren Schönheiten darin zu lieben, die ganz andere sind. Sie sollten mir bald noch um so mehr zum Bewußtsein kommen, als Madame de Sévigné eine große Künstlerin von der gleichen Familie gewesen ist wie ein Maler, den ich in Balbec treffen sollte und der einen nachhaltigen Einfluß auf meine Art des Sehens nahm, es war Elstir. In Balbec wurde mir klar, daß sie uns die Dinge auf die gleiche Art zeigt wie er, in der Reihenfolge der Eindrücke nämlich, nicht indem sie zuvor deren Ursachen erklärt. Aber schon an jenem Nachmittag im Eisenbahnabteil, als ich den Brief las, in dem vom Mondschein die Rede ist: ›Ich konnte der Versuchung nicht widerstehen, ich lege alle meine Hauben und Hüllen an, die ich gar nicht brauchte, und gehe auf die Promenade, wo die Luft so gut wie die in meinem Zimmer ist, und finde tausend wunderliche Gestalten, weiße und schwarze Mönche, mehrere graue und weiße Nonnen, Wäschestücke hier- und dorthin verstreut, Menschen, die stehend begraben wurden, gegen Bäume gelehnt, und so fort‹, war ich von dem entzückt, was ich ein wenig später (malt sie die Landschaften nicht auf die gleiche Weise wie die Charaktere?) den dostojewskihaften Zug in den Briefen der Madame de Sévigné genannt hätte.

Als ich am späten Nachmittag, nachdem ich meine Großmutter zu ihrer Freundin begleitet und selbst noch ein paar Stunden dort geblieben war, allein mit dem Zuge weiterfuhr, war mir der Gedanke an die vor mir liegende Nacht nicht mehr unangenehm; ich brauchte sie ja nicht gefangen in einem Zimmer zu verbringen, dessen schwere Verschlafenheit mich selber wachhalten würde; vielmehr war ich von der beruhigenden Geschäftigkeit des Zuges umhegt, die mir Gesellschaft leistete, bereit, mich zu unterhalten, wenn ich nicht schlafen konnte, und die mich wiegte mit ihrem Geräusch, das ich wie den Klang der Glocken in Combray bald der einen, bald der anderen Melodie unterlegte (wobei ich ganz nach Belieben zuerst vier gleichmäßige Sechzehntel, dann ein Sechzehntel heraushörte, das nur der kurze Vorschlag einer Viertelnote war), diese Rhythmen hoben die Zentrifugalkraft meiner Schlaflosigkeit auf, indem sie einen Gegendruck darauf ausübten, der mich im Gleichgewicht hielt und auf welchen gestützt meine Reglosigkeit und bald darauf mein Schlaf sich mit der gleichen Empfindung von frischer Kühle dahinschweben fühlten, die mir eine auf der Wachsamkeit mächtiger Kräfte der Natur und des Lebens basierende Ruhe hätte geben können, wenn ich vermocht hätte, mich einen Augenblick lang in einen Fisch zu verwandeln, der im Meere schläft und wohlig benommen durch Flut und Strömung gleitet, oder in einen Adler, der seine Schwingen machtvoll gegen den Auftrieb des Sturmes stemmt.

Sonnenaufgänge gehören zu langen Eisenbahnfahrten wie hartgekochte Eier, illustrierte Zeitschriften, Kartenspiele und Flüsse, auf denen Kähne sich abmühen, ohne vorwärtszukommen. In einem Moment, da ich die Gedanken zusammensuchte, die in den vorangehenden Minuten mein Hirn durchkreuzt hatten, um festzustellen, ob ich geschlafen hätte oder nicht (und da die Ungewißheit, die mich zu dieser Frage veranlaßte, schon stark auf eine bejahende Antwort hinzudeuten schien), sah ich im Ausschnitt des Fensters über einem kleinen schwarzen Gehölz lockere Wolken, deren leichter Saum von einem stumpfen, toten Rosa war, das unveränderlich wirkte wie das auf den Federn eines Flügels, wo es ein für allemal so und nicht anders ist, oder auf dem Pastell, wo die Phantasie des Malers in einer bestimmten Nuance es endgültig festgelegt hat. Doch dann fühlte ich, daß im Gegenteil diese Farbe nicht leblos oder grillenhaft, sondern notwendig und lebensvoll sei. Bald häuften sich hinter ihr große Reserven an Licht. Sie belebte sich, der Himmel ging in ein kräftiges Rosa über, das ich mit dicht an die Scheiben gedrückten Augen besser zu sehen versuchte, denn ich fühlte, daß es in engem Zusammenhang mit dem tiefen Weben der Natur stehen mußte, aber da der Schienenweg die Richtung wechselte, machte der Zug eine Wendung, die Morgenszene wurde im Rahmen des Fensters von einem nächtlichen Dorf mit blau im Mondschein liegenden Dächern und einem Tümpel davor abgelöst, auf dem die opalenen Permuttertöne der Nacht eine trübe Schicht bildeten, und ich war unglücklich, meinen rosa Lichtstreifen am Himmel aus den Augen verloren zu haben, als ich ihn von neuem, aber nun schon rot, im gegenüberliegenden Fenster bemerkte, wo er bei einer neuerlichen Wendung des Zuges wiederum verschwand; so verbrachte ich meine Zeit damit, von einer Seite zur andern zu eilen, um die lückenhaft und in entgegengesetzter Sicht auftauchenden Teile meines schönen scharlachfarbenen, launenhaft flüchtigen Morgenhimmels mir zusammenzusetzen und auf eine gleiche Fläche aufzutragen, um eine Totalansicht und ein fortlaufendes Bild davon erlangen zu können.

Die Landschaft wurde hügelig, senkte sich jäh, und der Zug hielt zwischen zwei Bergen auf einem kleinen Bahnhof an. In der Tiefe der Schlucht, am Rande eines Gießbachs sah man ein Wachhaus liegen, das so weit im Wasser stand, daß die Flut unter den Fenstern vorbeischoß. Wenn ein menschliches Wesen das Produkt eines Bodens sein kann, dessen besondere Reize man in ihm genießt, so mußte es – mehr noch als die junge Bäuerin, die ich so gern hätte auftauchen sehen, wenn ich nach der Seite von Méséglise zu in den Wäldern von Roussainville umherstreifte – das große Mädchen sein, das ich aus diesem Hause treten und auf dem von der schräg einfallenden Morgensonne beschienenen Pfad mit einer Milchkanne in der Hand auf den Bahnhof zukommen sah. In dem Tale, dem die umliegenden Höhen die übrige Welt verbargen, sah sie sicher nie einen Menschen außer in diesen Zügen, die nur einen Augenblick hielten. Sie ging an den Wagen entlang und bot ein paar bereits erwachten Reisenden ihren Milchkaffee an. Purpurn vom Widerschein des Morgenlichts beschienen, war ihr Antlitz rosiger als der Himmel selbst. Ich fühlte bei ihrem Anblick den Durst nach Leben, der jedesmal dann entsteht, wenn uns von neuem Schönheit und Glück bewußt werden. Wir vergessen immer, daß beide etwas Individuelles sind, und ersetzen sie in unserm Geist durch einen konventionellen Typ, den wir aus einer Art von Querschnitt durch die Gesichter gewinnen, die uns gefallen, den Genüssen, die wir an uns erfahren haben, und so erhalten wir nur Abstraktionen, die kraftlos und matt bleiben müssen, da ihnen gerade jenes Charakteristikum einer neuen und von allen uns bislang bekannten unterschiedenen Sache fehlt, jenes Eigentliche der Schönheit und des Glücks. Wir fällen über das Leben ein pessimistisches Urteil, das wir für richtig halten, da wir glauben, auch Glück und Schönheit in Rechnung gestellt zu haben; doch haben wir diese durch Synthesen ersetzt, in denen von beiden keine Spur mehr vorhanden ist. So gähnt ein literarischer Kenner von vornherein, wenn man ihm von einem neuen ›schönen Buche‹ spricht, weil er sich darunter einen Absud aus allen schönen Büchern, die er gelesen hat, vorstellt, während ein schönes Buch einzigartig und unvorhersehbar ist, nicht die Quintessenz aller ihm vorausgegangenen Meisterwerke, sondern etwas, was man durch vollkommene Aneignung aller dieser nicht finden kann, denn es liegt ja außerhalb ihrer. Sobald dann der eben noch so blasierte Bücherfreund von diesem neuen Werk Kenntnis genommen hat, ist sein Interesse für die Wirklichkeit, die es schildert, erwacht. Ohne Beziehung zu den Vorstellungen von Schönheit, die ich in Gedanken trug, wenn ich allein mit mir war, verschaffte das schöne Mädchen mir auf der Stelle den Vorgeschmack eines ganz bestimmten Glücks (die einzige, immer an ein besonderes Geschehnis gebundene Form, in der wir das Glück kennenlernen können), eines Glücks, das sich verwirklichen ließe, wenn man mit ihr lebte. Aber auch hierin spielte das vorübergehende Aussetzen der Gewohnheit eine große Rolle. Ich ließ dem Milchmädchen zugute kommen, daß ihr mein Wesen ungeteilt mit seiner Fähigkeit, Freuden intensiv zu genießen, gegenüberstand. Gewöhnlich leben wir mit einem auf das Minimum reduzierten Teil unseres Wesens, die meisten unserer Fähigkeiten wachen gar nicht auf, weil sie sich in dem Bewußtsein zur Ruhe begeben, daß die Gewohnheit schon weiß, was sie zu tun hat, und ihrer nicht bedarf. Aber an diesem Reisemorgen hatten die Unterbrechung der Routine meiner Existenz, der Wechsel von Ort und Stunde, die Gegenwart jener Fähigkeiten zur unerläßlichen Notwendigkeit gemacht. Meine Gewohnheit, seßhaft und keine Frühaufsteherin, war einfach noch nicht da, und alle meine Fähigkeiten eilten nunmehr herbei, um sie zu ersetzen; um die Wette strebten sie einer gleichen ungewohnten Höhe zu, alle, von der niedrigsten bis zur edelsten, die Atmung, der Appetit, der Blutkreislauf, doch auch die Empfindungsfähigkeit und die Einbildungskraft. Ich weiß nicht, ob, als ich glaubte, dieses Mädchen gleiche keiner anderen Frau, die wilde Poesie der Stätte ihr etwas von sich abgab, jedenfalls aber erwies sie jener den gleichen Dienst. Das Leben wäre mir köstlich erschienen, wenn ich es Stunde für Stunde mit ihr verbringen, sie zu dem Gießbach und der Kuh, zum Zuge begleiten, immer an ihrer Seite hätte sein können mit dem Bewußtsein, sie kenne mich wohl, ich habe in ihren Gedanken einen festen Platz. Sie hätte mich mit den Reizen des Landlebens und den ersten Stunden des Tages vertraut gemacht. Ich gab ihr ein Zeichen, damit sie auch mir von ihrem Milchkaffee bringe. Ich verlangte danach, von ihr bemerkt zu werden. Sie sah mich nicht, ich rief. Über ihrer hochgewachsenen Gestalt war ihr Gesicht so rosig und golden bestrahlt, daß sie aussah, als betrachte man sie durch ein Buntglasfenster. Sie kam zurück, ich konnte die Blicke nicht von ihrem Antlitz wenden, das immer größer wurde wie eine Sonne, in die man hineinschauen könnte, die immer dichter heranrückte und sich aus der Nähe betrachten ließe mit all ihrem blendenden Gold und Rot. Sie heftete ihren durchdringenden Blick auf mich, doch die Schaffner schlugen die Türen zu, der Zug setzte sich in Bewegung; ich sah sie den

Bahnhof verlassen und wieder auf dem Pfad zurückkehren, es war jetzt heller Tag: ich fuhr von der Morgenröte fort. Ob meine Hochstimmung durch dies Mädchen hervorgerufen war, oder ob jene im Gegenteil weitgehend das Vergnügen bewirkt, das ich bei ihrem Anblick empfand, auf alle Fälle war eins mit dem andern derart verquickt, daß mein Wunsch, sie wiederzusehen, vor allem das rein seelische Verlangen war, dieses erhöhte Lebensgefühl nicht ohne weiteres untergehen zu lassen und von dem Wesen nicht auf ewig getrennt zu sein, das, wenn auch unwissentlich, daran teilgehabt hatte. Das lag nicht nur daran, daß der Zustand angenehm war. Vor allem gab er (wie die größere Spannung einer Saite oder das raschere Vibrieren eines Nervs eine andere Tonlage oder Farbe erzeugt) allem, was ich sah, einen anderen Klang, er führte mich als Mitwirkender in ein unbekanntes und unendlich viel interessanteres Universum ein; dies schöne Mädchen, das ich noch immer sah, während der Zug sein Tempo beschleunigte, war wie ein Teil eines Lebens, das anders war als das mir bekannte, davon getrennt durch eine Kluft, eines Lebens, in dem die durch die Dinge ausgelösten Empfindungen nicht mehr die gleichen waren, aus dem ich aber jetzt nicht mehr hätte heraustreten können, ohne mir selber zu sterben. Um das süße Gefühl zu behalten, mit diesem Leben doch noch verbunden zu sein, hätte es genügt, daß ich nahe genug bei der kleinen Station wohnte, um von diesem ländlichen Geschöpf mir jeden Morgen meinen Milchkaffee verabfolgen zu lassen. Aber ach! sie würde jenem anderen Leben fernbleiben, dem ich immer rascher zustrebte und in das ich mich nur ergab, indem ich Pläne machte, die mir gestatten würden, eines Tages wieder den gleichen Zug zu benutzen und an diesem gleichen Bahnhof Aufenthalt zu haben; dieser Plan hatte zudem den Vorzug, der interessierten, aktiven, praktischen, mechanischen, trägen und zentrifugalen Kraft Nahrung zu geben, jener Kraft nämlich, die unserm Geiste eigentümlich ist, denn er wendet sich gern von der Anstrengung ab, die man machen muß, um in seinem Innern auf eine allgemeine und uneigennützige Weise einem angenehmen Eindruck nachzugehen, den wir soeben hatten. Da wir aber andererseits gern weiter daran denken möchten, zieht unser Geist es vor, sich diesen Eindruck in der Zukunft vorzustellen und geschickt die Voraussetzungen zu arrangieren, unter denen er wiederkehren kann, wodurch wir nichts über sein Wesen erfahren, uns aber die ermüdende Anstrengung ersparen, ihn in uns selbst noch einmal nachzuschaffen; wir dürfen statt dessen dann hoffen, ihn noch einmal von außen her zu erhalten.

Gewisse Städtenamen wie Vézelay, Chartres, Bourges oder Beauvais dienen dazu, in abgekürzter Form die wichtigste Kirche dort zu bezeichnen. Diese spezielle Bedeutung, die wir ihnen so oft beilegen, verleiht – wenn es sich um Städte handelt, die wir noch nicht kennen – dem ganzen Namen eine bestimmte architektonische Gestalt, die dann, wenn wir die ganze Stadt, die wir noch nicht gesehen haben, mit in ihn einbeziehen wollen, dieser wie mit einer Gußform die gleichen Steinornamente mit denselben Stilmerkmalen aufprägt und sie zu einer einzigen großen Kathedrale macht. Und doch mußte ich an einer Eisenbahnstation über einem Bahnhofsbüfett in weißen Lettern auf einem blauen Schild den fast persisch wirkenden Namen Balbec lesen. Ich durchquerte mit raschen Schritten den Bahnhofsplatz und den darauf mündenden Boulevard; ich fragte nach dem Strand, um nur die Kirche und das Meer zu sehen; die Leute aber sahen mich verständnislos an. Balbec-le-vieux, Balbec-Stadt, wo ich weilte, besaß weder Hafen noch Strand. Gewiß hatten nach der Legende die Fischer im Meer den wundertätigen Christus gefunden, dessen Entdeckung auf einem der Fenster dieser Kirche, nur ein paar Meter von mir entfernt, abgeschildert war; und aus flutumspülten Klippen war der Stein des Schiffes und der Türme gewonnen. Aber das Meer, das ich mir daraufhin so vorgestellt hatte, als breche es sich direkt unterhalb dieser gleichen Glasmalerei, war mehr als fünf Meilen entfernt in Balbec-Plage, und der Turm neben der Kuppel, den ich mir, weil ich gelesen hatte, er selbst rage wie eine trutzige normannische Klippe daneben empor, auf der sich die Schloßen des Hagels sammelten und die von Vögeln umkreist sei, immer so ausgemalt hatte, als würden seine Grundmauern vom Schaum der hochhinauf lekkenden Wogen gepeitscht, erhob sich an einem Platz, auf dem sich zwei Straßenbahnlinien kreuzten, einem Café gegenüber, an dem in goldenen Lettern das Wort ›Billard‹ stand, vor einem Hintergrund aus Häusern, zwischen deren Dächern kein einziger Mast erschien. Und die Kirche – die gleichzeitig mit dem Café, dem Vorübergehenden, den ich nach dem Wege hatte fragen müssen, und dem Bahnhof, zu dem ich zurückkehren würde, in mein Bewußtsein getreten war – bildete eine Einheit mit allem übrigen, schien etwas Nebensächliches, ein bloßes Produkt dieses Spätnachmittags zu sein, in dem ihre weich aufgeblähte Rundung unter dem Himmel lag wie eine reife Frucht, deren rosige, goldene, schmelzende Haut unter dem gleichen Licht reifte, das die Essen der Häuser umfloß. Doch ich wollte nur an den unvergänglichen Sinn der Skulpturen denken, als ich die Apostel wiedererkannte, von denen ich Abgüsse im Trocaderomuseum gesehen hatte und die hier zu beiden Seiten der hl. Jungfrau vor dem tiefen Portal mich erwarteten wie eine Ehrenkompanie. Wohlwollend, stumpfgesichtig und mit sanften Mienen, das ›Halleluja‹ eines schönen Tages singend, schienen sie willkommenheißend auf mich zuzutreten. Aber man sah, daß ihr Ausdruck unveränderlich war wie das Gesicht eines Toten und sich nur wandelte, wenn man sie rundum betrachtete. Ich sagte mir: hier ist es, hier ist die Kirche von Balbec. Dieser Platz, der so aussieht, als kenne er seinen Ruhm, ist der einzige Ort der Welt, der die Kirche von Balbec besitzt. Was ich bislang gesehen habe, waren Photographien von dieser Kirche oder Abgüsse dieser berühmten Apostel und der hl. Jungfrau des Portals. Jetzt aber habe ich die Kirche selbst vor mir, dies ist das Bildwerk, dies sind sie; sie und nur diese hier, die Einmaligen, das ist noch viel mehr.

Doch vielleicht war es auch weniger. Wie ein junger Mann am Tage eines Examens oder eines Duells die Sache, nach der man ihn gefragt, die Kugel, die er verschossen hat, gar nicht so bedeutsam findet, gemessen an den Reserven an Wissen oder an Mut, die er in sich trägt und die er so gern ins Feld geführt haben würde, so wurde ich, der ich diese Jungfrau des Portals unabhängig von allen Reproduktionen, die ich davon gesehen, in meinem Geiste aufgerichtet hatte – erhaben über alle Wechselfälle, die diese hier treffen konnten, selbst wenn man sie zerstörte, intakt, ideal und ewig – von Staunen erfaßt, als die Statue, die ich tausendmal in mir nachgeschaffen hatte, auf ihre Erscheinung in Stein beschränkt, im Bereich meines Armes nur eine Höhe erreichte, in der ein Wahlaufruf und die Spitze meines Spazierstocks mit ihr wetteifern konnte, als sie an einen bestimmten Platz gekettet stand, untrennbar von der Ecke, wo die Hauptstraße einmündete, unweigerlich den Blicken des Cafés und der Posthalterei ausgesetzt, das Antlitz vom letzten halben Strahl der Abendsonne beschienen – und bald, in ein paar Stunden, vom Licht der Straßenlaterne – während die Diskontbank die andere Hälfte abbekam, gleichzeitig mit dieser Filiale eines Kreditinstituts von dem schalen Küchengeruch aus der Pastetenbäckerei umweht; der Tyrannei des Einmaligen war diese berühmte Jungfrau derart unterstellt, daß, wenn ich etwa meinen Namen hätte auf diesen Stein schreiben wollen, sie, die ich bislang mit einer allgemeingültigen Existenz und ungreifbarer Schönheit begabt hatte, die Muttergottes von Balbec, die nur hier vorhandene (was – ach! die einzige bedeutete), die auf ihrem Körper die gleiche Rußschicht trug wie die benachbarten Häuser, allen Bewunderern, die dorthin kamen, um sie zu betrachten, in ihrer Ohnmacht, sich davon zu befreien, die Spur meines Kreidestücks und die Buchstaben meines Namens gezeigt hätte; das unsterbliche Kunstwerk, nach dessen Anblick ich so lange gelechzt, war so wie auch die ganze Kirche selbst zu einer kleinen steinernen Alten geworden, deren Höhe ich messen und deren Furchen ich einzeln abtasten konnte. Die Stunde verging, ich mußte zum Bahnhof zurück, wo ich meine Großmutter und Françoise erwarten sollte, um mit ihnen zusammen nach Balbec-Plage zu fahren. Ich rief mir ins Gedächtnis zurück, was ich über Balbec gelesen hatte, sowie die Worte Swanns: ›Es ist wundervoll, es ist wie Siena so schön.‹ Und indem ich für meine Enttäuschung die zufälligen Umstände, meine ungeeignete Verfassung, Müdigkeit, Unfähigkeit zu sehen, verantwortlich machte, versuchte ich mich mit dem Gedanken zu trösten, ich könnte vielleicht nächstens wie durch einen Perlenregen hindurch in das kühle Tropfenschwirren von Quimperlé eindringen oder den grünlich-rosigen Widerschein durchschreiten, von dem Pont-Aven umflossen war; mit Balbec aber war es gewissermaßen so, daß ich bei meinem Betreten der Stadt unklugerweise einen Spaltbreit einen Namen hatte aufgehen lassen, den ich hermetisch verschlossen hätte halten sollen und in den nun unter raschem Nutzen der Eintrittsmöglichkeit, die ich ihnen geschaffen hatte, und alle Bilder daraus verjagend, die so lange darin gelebt hatten, eine Straßenbahn, ein Café, den Platz überquerende Menschen, die Diskontbankfiliale hineinglitten und, durch eine Art von äußerem Luftdruck unwiderstehlich hineingepreßt, sich im Innern der Silben eingenistet hatten, die, wenn sie sich über einem schlossen, das ›persische‹ Kirchenportal von ihnen umrahmt beließen und sie für alle Zeiten nun in sich beherbergen mußten.

In der kleinen Lokalbahn, die uns nach Balbec-Plage führen sollte, traf ich meine Großmutter, aber nur sie allein, denn sie hatte die Idee gehabt, Françoise vorauszuschicken, um alles von ihr gut vorbereiten zu lassen (ihr aber eine falsche Auskunft erteilt und daraufhin nur erreicht, daß jene in verkehrter Richtung weitergefahren war); in diesem Augenblick eilte unsere Dienerin ahnungslos Nantes entgegen und würde vielleicht in Bordeaux erwachen. Kaum hatte ich in dem vom flüchtigen Schein der Abendröte und der lastenden Hitze des Nachmittags erfüllten Abteil Platz genommen (der Schein gestattete mir leider, auf dem Gesicht meiner Großmutter festzustellen, wie sehr die Hitze sie mitgenommen hatte), fragte sie mich: »Nun, und Balbec?« mit einem so strahlenden Lächeln der Hoffnung auf ein großes Vergnügen, das mir, wie sie glaubte, zuteil geworden war, daß ich nicht wagte, ihr meine Enttäuschung sofort einzugestehen. Im übrigen beschäftigte mich der Eindruck, nach dem mein Geist verlangt hatte, um so weniger, je mehr wir uns dem Orte näherten, an den mein Leib sich gewöhnen sollte. An dem noch mehr als eine Stunde von uns entfernten Ziel dieser Fahrt suchte ich mir den Direktor des Hotels in Balbec vorzustellen, für den ich in diesem Augenblick noch gar nicht existierte, und hätte mich ihm gern in einer glanzvolleren Begleitung präsentiert als in der meiner Großmutter, die sicherlich eine Preisermäßigung von ihm erbitten würde. Ich sah ihn von sehr sicher vorauszusehender Herablassung geprägt vor mir, sonst aber mit vagen Umrissen.

Jeden Augenblick hielt von neuem unsere kleine Eisenbahn an einer der Stationen, die Balbec-Plage vorausgingen und deren Namen sogar (Incarville, Marcouville, Doville, Pont-à-Couleuvre, Arambouville, Saint-Mars-le-Vieux, Hermonville, Maineville) mir seltsam vorkamen, während sie mich in einem Buch an gewisse Orte in der Nähe von Combray erinnert hätten. Doch für das Ohr eines Musikers haben zwei Motive, die rein materiell betrachtet aus mehreren der gleichen Noten bestehen, unter Umständen gar keine Ähnlichkeit, wenn sie sich durch die Klangfarbe unterscheiden, die sich aus Harmonik und Orchestrierung ergibt. So hätte auch nichts weniger als diese tristen, aus Sand, aus hohlen, luftdurchströmten Weiten und Salz geformten Namen, über denen der Zusatz ›ville‹ nur so lose schwebte, als sei es ein eigenwillig entflatterndes Wort, den Gedanken an jene anderen Namen wie

Roussainville oder Martinville in mir aufkommen lassen, an denen, weil ich sie so oft aus dem Munde meiner Großmutter bei Tisch – im ›Saal‹ – vernommen, ein gewisser dunkler Zauber haftete, unter welchen sich vielleicht ein Etwas von dem Geschmack des Eingemachten, dem Duft des Kaminfeuers oder des Papiers mischte, aus dem ein Buch von Bergotte gemacht war, von der Farbe des Sandsteins, aus dem das gegenüberliegende Haus bestand; heute noch, wenn sie wie Luftblasen aus dem Grunde meiner Erinnerung aufsteigen, selbst durch die darüber gelagerten Schichten anderer Milieus hindurch, die sie erst überwinden müssen, um bis zur Oberfläche zu gelangen, haben sie die ihnen von damals her innewohnende Kraft in sich aufbewahrt.

Hier nun waren es, das ferne Meer von der Düne her überblickend oder schon wie für die Nacht zusammengerollt am Fuße der Hügel, von derbem Grün und der ungefälligen Form eines Kanapees im Zimmer eines Hotels, in dem man soeben angekommen ist, aus Villen zusammengesetzt, an die sich ein Tennisplatz und manchmal ein Kasino schloß, dessen Fahne, hohl gebläht und ängstlich aufgeschreckt, in der auffrischenden Brise klatschte, kleine Bahnstationen, die mir ihre Gäste zum erstenmal, aber doch so zeigten, wie sie sich gewöhnlich darstellten – Tennisspieler mit weißen Mützen, den Bahnhofsvorsteher, der da bei seinen Rosen und Tamarisken lebte, eine Dame mit einem ›Matrosenhut‹, die, auf den Alltagspfaden eines Lebens wandelnd, das ich nie kennen würde, ihren hinter ihr zurückgebliebenen Windhund rief und in ihr Landhäuschen trat, in dem die Lampe schon angezündet war – und mit diesen seltsam abgenutzten unnd beschämend vertrauten Bildern meine unvertrauten Blicke und mein der Heimat entfremdetes Herz aufs grausamste versehrten. Doch wieviel schwerer wurde mein Leiden noch, als wir die ›hall‹ des ›Grand-Hôtel de Balbec‹ mit ihrer monumentalen Treppe aus falschem Marmor im Hintergrund betraten und meine Großmutter, unbekümmert darum, ob sie auch nicht die Feindseligkeit und

Verachtung der Fremden vermehrte, in deren Mitte wir leben sollten, die ›Bedingungen‹ mit dem Direktor besprach, einer Art von nickendem Pagoden, dessen Gesicht und Stimme eine Menge Narben aufwiesen (das Gesicht von zahllosen früheren Pickeln, die Stimme von den Spuren der vielen wechselnden Idiome, die Folge eines entlegenen Ursprungs und einer kosmopolitisch verbrachten Kindheit wahrscheinlich), im Smoking und mit dem Blick des Psychologen begabt, der gewöhnlich bei Ankunft des ›Bummelzugs‹ die großen Herren für Habenichtse und die Hotelratten für große Herren nahm. Offenbar völlig vergessend, daß er selbst nur ein Gehalt von fünfhundert Francs im Monat bezog, verachtete er aufs tiefste alle Personen, für die fünfhundert Francs – oder wie er sagte, ›fünfundzwanzig Louis‹ – immerhin ›ein Betrag‹ sind, und die er daraufhin der Klasse der Paria zuordnete, für die das Grand-Hôtel nicht geschaffen war. Allerdings gab es auch in diesem Hotelpalast Leute, die nicht viel ausgaben und dennoch die Achtung des Direktors genossen, wofern er nämlich sicher war, daß sie nicht aus Armut, sondern aus Geiz so sehr auf den Pfennig sahen. Der Geiz ist tatsächlich dem Prestige nicht abträglich, da er ein Laster und demgemäß in allen Gesellschaftsklassen zu Hause ist. Die Gesellschaftsklasse aber war das einzige, worauf der Direktor achtete, die Klasse oder vielmehr die äußeren Anzeichen, die ihm darauf hinzuweisen schienen, daß es sich um eine ›höhere‹ handelte, wie zum Beispiel daß jemand nicht den Hut abnahm, wenn er die Halle betrat, Knickerbocker trug, einen auf Taille gearbeiteten Paletot anhatte, eine Zigarre mit einer gold und purpurnen Bauchbinde einem Etui aus gepreßtem Maroquinleder entnahm (alles Vorzüge, die mir leider fehlten). Er spickte seine geschäftlichen Bemerkungen mit gewählten, aber falsch angebrachten Wendungen.

Während ich von einer Bank aus zuhörte, wie meine Großmutter, ohne sich darüber zu entrüsten, daß er ihr seine Aufmerksamkeit nur mit dem Hute auf dem Kopf und vor sich hinpfeifend zuteil werden ließ, ihn künstlich unbefangen fragte: »Und wie sind Ihre Preise... Oh, das ist doch viel zu hoch für meine bescheidene Börse«, nahm ich meine Zuflucht zu den verborgensten Bezirken meines Innern, ich versuchte es mit Abwanderung ins Reich der ewigen Werte, zog alles Persönliche, alles Lebendige von der Oberfläche meines Körpers weg – bis sie fühllos wurde wie die der Tiere, die sich totstellen, wenn man sie verletzt – um nicht zu sehr an diesem Orte zu leiden, an dem mein völliger Mangel an Eingewöhnung mir angesichts derjenigen noch besonders zum Bewußtsein kam, über die eine elegante Dame bereits zu verfügen schien, welcher der Direktor dadurch seine Hochachtung ausdrückte, daß er mit ihrem Hündchen schäkerte, oder der junge Stutzer, der, eine Feder am Hut, ins Hotel zurückkam und fragte, ob ›Post da sei‹, alle jene Leute, kurz gesagt, für die es gleichbedeutend mit einer Heimkehr war, wenn sie die Stufen aus falschem Marmor erklommen. Gleichzeitig fiel der Blick von Minos, Rhadamantes und Aeakos auf mich (ein Blick, in dem meine Seele hüllenlos versank wie in einem unbekannten Element, wo nichts mehr ihr Schutz gewährte), den mir Herren zusandten, die, vielleicht nur wenig in der Kunst des Empfangens geübt, den Titel ›Empfangschef‹ trugen; nicht weit von ihnen entfernt saßen Leute hinter einer Glaswand in einem Leseraum, für dessen Beschreibung ich Dante abwechselnd die Farben hätte entnehmen müssen, mit denen er das Paradies und die Hölle ausmalt, je nachdem ich an das Glück der Erwählten dachte, die das Recht besaßen, hier in aller Ruhe zu lesen, oder das Grauen, das meine Großmutter mir bereiten würde, wenn sie in ihrer Unbekümmertheit in bezug auf solche Eindrücke mir etwa zumutete, dort einzudringen.

Mein Gefühl der Einsamkeit nahm einen Augenblick später noch zu. Da ich meiner Großmutter gestanden hatte, ich fühlte mich nicht sehr wohl und glaubte, wir würden doch wieder nach Paris zurückkehren müssen, hatte sie widerspruchslos erklärt, sie ginge nur ein paar Sachen besorgen, die wir auf jeden Fall brauchten, ob wir nun abreisten oder nicht (später stellte ich fest, daß alle für mich bestimmt waren, da Françoise Dinge verwahrte, die mir gefehlt haben würden). Während ich auf sie wartete, war ich auf den Straßen auf und ab gegangen, die von einer Menge durchwogt wurden, welche eine zimmerhafte Wärme darin aufrecht erhielt, und in denen ein Frisiersalon und ein Konditorladen, in welch letzterem die Kunden ihre Eisportion angesichts einer Statue Duguay-Trouins verzehrten, noch geöffnet waren. Diese bereitete mir ungefähr das gleiche Vergnügen, wie wenn ich ihr Bild in einer ›Illustrierten‹ beim Durchblättern im Wartezimmer eines Zahnarztes angetroffen hätte. Ich staunte, daß es Leute gab, die so verschieden von mir waren, daß mir der Hoteldirektor diesen Ausflug in die Stadt als eine Zerstreuung hatte anraten können, und auch solche, für die dieser Ort der Qualen – wie jeder neue Wohnort es ist – sich als ›ein entzückender Aufenthalt‹ präsentieren konnte, wie nämlich der Hotelprospekt verriet, der zwar übertreiben mochte, aber doch jedenfalls sich an eine Klientel wendete, deren Geschmack er entsprach. Allerdings rühmte er, um Leute ins Grand-Hôtel zu locken, nicht nur die ›auserlesene Küche‹ und den ›feenhaften Blick auf die Kasinogärten‹, sondern wies auch auf die ›verpflichtenden Gebote Ihrer Majestät der Mode‹ hin, ›die man nicht ungestraft verletzen kann, ohne als ein Barbar zu gelten, ein Urteil, dem kein wohlerzogener Mensch sich doch wohl aussetzen möchte‹.

Das Verlangen nach meiner Großmutter wurde in mir noch durch die Befürchtungen verstärkt, ich könne ihr eine Enttäuschung bereitet haben. Sie verlor sicher allen Mut, wenn sie sich vorstellte, daß ich schon diese Reise nicht vertrug, und somit daran verzweifeln mußte, daß überhaupt irgendeine Reise mir je guttun könne. Ich entschloß mich, sie lieber im Hotel zu erwarten; der Direktor kam selbst und drückte auf einen Knopf, und eine mir bis dahin unbekannte Persönlichkeit, ein ›Liftboy‹ (der am höchsten Punkte des Hotels, da, wo sich in einer normannischen Kirche das durchbrochene Türmchen befinden würde, wie ein Photograph in seinem verglasten Atelier oder ein Organist in seinem Gehäuse installiert war), glitt mit der Gelenkigkeit eines emsigen, gefangenen und gezähmten Eichhörnchens zu mir herab. Von neuem dann an einem Pfeiler hinaufgleitend, führte er mich mit sich zur Wölbung des kommerziellen Zwecken dienstbar gemachten Kirchenschiffes empor. Auf jeder Etage taten sich an den beiden Seiten kleiner Verbindungstreppen fächergleich düstere Korridore auf, durch die, ein Keilkissen auf dem Arm, ein Zimmermädchen ging. Ich paßte ihrem für mich im Dunkel undeutlich gewordenen Gesicht die Maske meiner leidenschaftlichsten Träume auf, las aber in ihrem Blick, als er sich mir zuwendete, nur das Grauen des Nichts, das ich war. Um indessen die tödliche Angst zu zerstreuen, die mich im Verlaufe des nie endenwollenden Aufstiegs in der geheimnisvollen Stille dieser poesielosen Dämmerung befiel, die nur durch eine vertikale Reihe von schmalen Fenstern erhellt wurde, welche jeweils zu dem einzigen Toilettenraum des Stockwerks gehörten, richtete ich das Wort an den jungen Organisten, den Bewirker meiner Fahrt und Gefährten der Haft, der weiter die Register seines Instrumentes zog und die Bälge bediente. Ich entschuldigte mich, daß ich soviel Platz einnehme, ihm soviel Mühe mache, und fragte ihn, ob ich ihn auch nicht bei der Ausübung seiner Kunst behindere, für welche ich, um dem Virtuosen zu schmeicheln, mehr als nur Neugier zur Schau trug: ich gestand ihm geradezu meine Vorliebe dafür ein. Doch er gab keine Antwort, sei es aus Staunen über meine Worte, Konzentration auf seine Tätigkeit, aus Gründen der Etikette, Schwerhörigkeit, Ehrfurcht vor dem Ort, an dem wir uns befanden, Angst vor Gefahr, Trägheit der Intelligenz oder einfach deshalb, weil es der Direktor verbot.

Nichts vermittelt uns vielleicht so sehr den Eindruck der

außerhalb von uns bestehenden Wirklichkeit wie der Wechsel der Position, den eine an sich unbedeutende Person vor und nach dem Augenblick unserer Bekanntschaft mit ihr aus unserer Perspektive erfährt. Ich war noch derselbe Mensch, der am späten Nachmittag in die Kleinbahn nach Balbec gestiegen war, ich trug noch die gleiche Seele in mir. In dieser Seele aber befanden sich an der Stelle, wo um sechs Uhr noch neben der für mich bestehenden Unmöglichkeit, mir den Direktor, den Hotelpalast, das Personal vorzustellen, ein unklares ängstliches Erwarten des Augenblicks der Ankunft wohnte, jetzt die abgeheilten Pickel im Gesicht des kosmopolitischen Direktors (in Wirklichkeit war er ein naturalisierter Monegasse, obwohl er – so drückte er sich aus, da er immer Wörter verwendete, die er für vornehm hielt, ohne zu bemerken, daß er es in fehlerhafter Weise tat – ›von rumänischer Ursprünglichkeit‹ war), die Bewegung, mit der er den Liftboy herbeigeläutet, jener ganze Fries von Figuren wie aus einem Kasperletheater, die aus der Pandorabüchse des Grand-Hôtels hervorgequollen waren, unleugbar vorhanden, nicht wegzuschaffen und, wie alles, was wirklich geworden ist, phantasieertötend. Doch wenigstens machte diese Veränderung, die ohne mein Zutun zustande gekommen war, mir bewußt, daß außerhalb von mir sich etwas begeben hatte – mochte es auch jedes wahren Interesses entbehren – und ich war wie der Reisende, der, da er beim Aufbruch zu einem Ausflug die Sonne vor sich hatte, bemerkt, wie die Stunden vergangen sind, wenn er feststellt, daß sie nunmehr hinter ihm steht. Ich war gebrochen vor Müdigkeit, und ich hatte Fieber; ich wäre gern schlafen gegangen, aber mir fehlte alles, was ich dazu brauchte. Ich hätte mich gern wenigstens einen Augenblick auf meinem Bett ausstrecken mögen, aber wozu, da ich dort doch nicht jener Vielheit der Empfindungen hätte Ruhe gebieten können, in denen für jeden von uns das Körperbewußtsein enthalten ist, wenn nicht der Körper selbst; da aber die unbekannten Gegenstände rings umher diesen zwangen, seine Wahrnehmungen im Zustand permanenter Abwehrbereitschaft zu halten, wurden mein Gesicht und Gehör, alle meine Sinne zu einer so gedrückten und unbequemen Lage (selbst bei ausgestreckten Beinen) verurteilt, wie die des Kardinals La Balue in dem Käfig es war, in dem er weder stehen noch sich setzen konnte. Unsere Aufmerksamkeit füllt ein Zimmer mit Gegenständen an, doch unsere Gewohnheit läßt sie wieder verschwinden und schafft uns selber darin Platz. Platz aber gab es für mich in meinem Zimmer in Balbec (das meines nur dem Namen nach war) nicht; es war voll von Dingen, die mich noch nicht kannten und mich so mißtrauisch anstarrten, wie ich es mit ihnen tat, und ohne von meiner Anwesenheit sonst irgendwie Kenntnis zu nehmen, mir zu verstehen gaben, daß ich ihr Dasein störe. Die Wanduhr – während ich zu Hause die meine nur ein paar Sekunden in der Woche hörte, nämlich dann, wenn ich aus tiefem Nachdenken auffuhr – hielt mit Schwatzen keinen Augenblick inne und tat in unbekannter Sprache allerlei Äußerungen, die offenbar gegen mich Unfreundlichkeiten enthielten, denn die großen violetten Vorhänge hörten sie, zwar ohne darauf zu reagieren, aber doch mit der gleichsam achselzuckenden Haltung von Personen an, die dadurch zeigen wollen, daß der Anblick gewisser Dritter sie stört. Diese gaben dem besonders hohen Zimmer einen historischen Zug, der es für die Ermordung des Herzogs von Guise und spätere Besichtigung durch Touristen unter Führung eines Cook-Angestellten geeignet machte, doch keineswegs dafür, daß ich darin schlief. Quälend wirkten auf mich auch die niederen, rings an den Wänden entlanglaufenden glasverkleideten Regale, besonders aber ein großer Spiegel, der schräg im Zimmer stehengeblieben war und vor dessen Verschwinden aus dem Raum mir keine Entspannung für mich denkbar schien. Unaufhörlich hob ich meine Blicke – für die die Gegenstände in meinem Pariser Zimmer keine ärgere Störung bedeuteten als meine eigenen Augäpfel, denn sie waren nichts anderes mehr als Anhängsel meiner Organe, ein erweitertes Ich – zu der Höhe des Aussichtsturmes im Dachstuhl empor, den meine Großmutter für mich ausgewählt hatte; und bis in jene Sphäre hinein, die intimer ist als die des Sehens und Hörens, bis in jene Region, in der wir die Art der Düfte unterscheiden, drang der Geruch von Vetiver in mein Bewußtsein ein und zwang es, seine letzten Rückzugspositionen auch noch aufzugeben; ermüdet vermochte ich dem nichts entgegenzusetzen als den nutz- und ruhelosen Protest aufgeregten Schnüffelns. Ohne Welt, ohne Zimmer, ohne Leib, die nicht von den mich umgebenden Feinden bedroht worden wären, bis ins innerste Gebein von Fieber heimgesucht, war ich ganz allein und hatte Lust zu sterben. Da trat meine Großmutter ein; und der Ausweitung meines beengten Herzens boten sich auf einmal unermeßliche Räume dar.

Sie trug ein Morgenkleid aus Perkal, das sie zu Hause immer anzog, wenn eines von uns krank war (weil es ihr so bequem sei, sagte sie, da sie selbst alles, was sie tat, egoistischen Motiven zuschrieb) und das zum Zweck unsrer Pflege ihre Bedienten- oder Krankenwärterinnentracht oder auch wie das Habit einer Ordensschwester war. Aber während die Fürsorge, die alle diese Wesen uns angedeihen lassen, ihre Güte, die Anerkennung und der Dank, die man ihnen zollt, bei einem selbst noch den Eindruck vermehren, daß man für sie offenbar ein anderer, daß man ein Einsamer ist, der die Last seiner eigenen Gedanken und sein Verlangen zu leben, für sich behalten muß, wußte ich, wenn ich mit meiner Großmutter war, daß mein Kummer, mochte er auch noch so groß sein, von einem noch umfassenderen Erbarmen aufgefangen wurde; alles, was mein war, meine Sorgen, mein Wollen, das wußte ich, würde bei meiner Großmutter durch ihr stärker als mein eigener Selbsterhaltungstrieb entwickeltes Bedürfnis, mein Leben zu erhalten und seine Kraft zu mehren, wunderbar gestützt; meine Gedanken aber setzten sich unmittelbar in ihr fort, weil sie aus meinem Geist in ihren übergingen, ohne eine Veränderung der Person oder des Milieus zu erfahren. Und so – wie jemand, der vor dem Spiegel seine Krawatte binden will, ohne zu begreifen, daß das Ende, das er sieht, von ihm aus nicht auf der Seite ist, nach der er die Hand bewegt, oder wie ein Hund, der auf dem Boden den tanzenden Schatten eines Insekts verfolgt – warf ich mich, getäuscht durch den körperlichen Augenschein wie immer in dieser Welt, in der wir die Seelen nicht unmittelbar wahrnehmen können, in die Arme meiner Großmutter und preßte meine Lippen auf ihr Gesicht, als könne ich so den Zugang zu dem großen und weiten Herzen finden, das sie mir öffnete. Hielt ich meinen Mund auf ihre Lippen, auf ihre Stirn gedrückt, so schöpfte ich daraus etwas so Wohltuendes, eine solche nährende Kraft, daß die unbewegliche, ernste, ruhige Gier eines Kindes in mir war, das an der Mutterbrust trinkt.

Ich wurde darauf nicht müde, ihr großes Gesicht zu betrachten, das den Schnitt einer schönen, durchglühten, friedvollen Wolke besaß, hinter der sich, wie man fühlte, das Strahlen der Zärtlichkeit barg. Und alles, was noch, im schwächsten Ausmaß selbst, in ihren Empfindungsbereich geriet, alles, was man so zu ihr sagte, wurde dadurch derart vergeistigt und geheiligt, daß ich mit meinen Handflächen ihr schönes, kaum ergrautes Haar so achtungsvoll, so behutsam und mit solcher Weichheit glättete, als berühre meine Liebkosung ihre Güte selbst. Sie war glücklich in jedem Mühen, das mich einer Mühe enthob, und ein Augenblick vollkommener Ruhe und Befriedigung für meine ermatteten Glieder war etwas so Köstliches für sie, daß sie, als ich im Augenblick, da ich bemerkte, wie sie mir beim Kleider- und Schuheausziehen helfen wollte, eine Bewegung machte, als wolle ich sie daran hindern und mich selbst entkleiden, mit einem flehenden Blick meine Hände, die schon die ersten Knöpfe meines Rocks oder meiner Stiefel berührten, zum Innehalten brachte.

– Oh, ich bitte dich, sagte sie. Es ist eine solche Freude für deine Großmama. Und vor allem vergiß nicht, an die Wand zu klopfen, wenn du etwas brauchst heute nacht, mein Bett steht mit dem Kopfende nach dem deinen zu, und die Zwischenwand ist dünn. Versuche es gleich einmal, wenn du dich hingelegt hast, damit wir sehen, ob wir uns auch gut verständigen können.

Und tatsächlich klopfte ich an jenem Abend dreimal, was ich dann eine Woche darauf, als ich mich schlechter fühlte, ein paar Tage lang jeden Morgen wiederholte, weil meine Großmutter mir schon gleich in der Frühe meine Milch bringen wollte. Wenn ich gehört zu haben glaubte, daß sie aufgewacht sei, wagte ich dann dreimal schüchtern, schwach, aber dennoch deutlich hörbar an die Wand zu pochen, denn wenn ich fürchtete, ihren Schlaf zu stören, falls ich mich getäuscht haben sollte und sie doch noch schliefe, wollte ich doch auch nicht, daß sie dauernd auf einen Appell von meiner Seite wartete, den sie vielleicht beim erstenmal nicht deutlich vernommen hätte und den ich nicht zu wiederholen wagte. Und kaum hatte ich meine drei Schläge an die Wand getan, als ich auch schon drei andere hörte, in einem andern Tonfall, als die meinen ihn hatten, von ruhiger Autorität getränkt; sie wurden um der größeren Deutlichkeit willen noch einmal wiederholt und schienen zu besagen: ›Sorg dich nicht, ich habe gehört, ein paar Minuten noch, dann bin ich da‹; und sehr bald darauf trat meine Großmutter ein. Ich sagte ihr, ich hätte Angst gehabt, sie werde mich nicht hören oder glauben, ein Nachbar habe geklopft; sie aber lachte nur:

– Wie, ich sollte nicht heraushören, ob mein kleiner Schatz oder ein anderer bei mir klopft? Aber unter Tausenden hätte deine Großmutter dein Pochen herausgehört! Meinst du, es gibt noch ein zweites auf der Welt, das so zaghaft klingt und so fieberhaft ängstlich, ob es mich auch nicht aus dem Schlaf weckt oder aber zu schwach ist, als daß ich es hören kann? Auch, wenn mein Spatz an die Wand nur pickte, würde die Großmama wissen, daß er es war, so einzig und so kummervoll, wie er ist. Ich hatte ihn doch auch jetzt schon einen

Augenblick vorher gehört, wie er zögerte, sich im Bett umdrehte und auch sonst noch alles mögliche unternahm.
Sie zog die Jalousien hoch; am First des vorspringenden Hotelanbaus machte die Sonne sich schon zu schaffen wie ein Dachdecker, der bereits früh am Morgen seine Arbeit beginnt und sie leise ausführt, um die Stadt nicht zu wecken, die noch schläft und deren Unbeweglichkeit ihn um so behender erscheinen läßt. Sie sagte mir, wie spät es sei und was für Wetter wir hätten, auch, es sei gar nicht nötig, daß ich ans Fenster ginge, es läge Nebel über dem Meer; sie teilte mir mit, ob die Bäckerei schon geöffnet habe und was das für ein Wagen sei, der da vorüberkam; es vollzog sich das unbedeutende Vorspiel, der belanglose ›Introitus‹ des Morgens, bei dem noch niemand anwesend ist, ein kleiner Ausschnitt des Lebens rollte ab, der nur uns beiden gehörte, den ich mir aber noch gern einmal ins Gedächtnis rufen würde, wenn ich zum Beispiel Françoise oder auch Fremden gegenüber eine Bemerkung über den Nebel machte, der heute früh um sechs zum Schneiden dicht gewesen sei; und zwar tat ich das weniger, um mit meinem Wissen zu prunken, als vielmehr um einen Liebesbeweis zu haben, der nur mir zuteil geworden war, diesen ersten süßen Augenblick des Morgens, der wie eine Symphonie mit der rhythmischen Eröffnung eines Dialogs durch meine drei Schläge anhob, auf welche die Zwischenwand, von zärtlicher Freude durchdrungen, harmonienträchtig, körperlos, von Engelstimmen schwingend mit drei anderen antwortete, die, leidenschaftlich erwartet, zweimal an mein Ohr drangen und die ganze Seele meiner Großmutter sowie die Verheißung ihres Kommens in beschwingter Verkündigungsfreude und musikalischer Treue zu mir herübertrugen. Doch in dieser ersten Nacht nach der Ankunft begann ich, als meine Großmutter wieder gegangen war, von neuem zu leiden, wie ich es schon in Paris beim Verlassen des Hauses getan. Vielleicht ist das Grauen, das ich empfand – und das auch viele andere verspüren – wenn ich in einem unbekannten Zimmer schlafen

sollte, nur die bescheidenste, dumpfe, körperbedingte, unbewußte Form jenes großen verzweifelten Widerstandes, den die Dinge, die das Beste unseres gegenwärtigen Lebens ausmachen, unserer geistigen Bereitschaft entgegensetzen, die Bedingungen einer Zukunft zu unterschreiben, in der sie nicht vorkommen; jenes Widerstandes, der auch dem Grauen zugrunde lag, das mir so oft der Gedanke eingeflößt hatte, daß meine Eltern eines Tages sterben oder daß die Notwendigkeiten des Lebens mich zwingen könnten, fern von Gilberte zu leben oder mich auch nur für alle Zeiten in einem Lande niederzulassen, wo ich meine Freunde nicht wiedersehen würde, eines Widerstandes, auf dem auch die Schwierigkeit für mich beruhte, an meinen eigenen Tod oder ein Nachleben zu denken, wie es Bergotte den Menschen in seinen Büchern verhieß und in das ich meine Erinnerungen, meine Schwächen, meinen Charakter nicht würde mitnehmen können, die sich doch dabei mit dem Gedanken nicht abfinden konnten, nicht mehr zu existieren, und für meine Person weder auf ein Nichts Wert legten noch auf eine Ewigkeit, in der sie nicht mehr wären.

Swann hatte eines Tages, als ich mich besonders wenig wohl fühlte, in Paris zu mir gesagt: »Sie sollten auf eine dieser herrlichen polynesischen Inseln gehen, Sie werden sehen, Sie kommen nicht mehr zurück«; am liebsten hätte ich ihm zur Antwort gegeben: ›Aber dann sehe ich ja Ihre Tochter nicht mehr und lebe unter Menschen und Dingen, die sie niemals gesehen hat.‹ Doch meine Vernunft sagte mir: ›Was macht das aus, da du nicht traurig darüber sein wirst? Wenn Herr Swann dir sagt, du wirst nicht wieder zurückkommen, so meint er ja damit, du wirst eben nicht zurückkehren wollen, und da du es nicht willst, wirst du dich da unten glücklich fühlen.‹ Denn meine Vernunft wußte, daß die Gewohnheit – die sich jetzt zur Aufgabe machen würde, mir diese unbekannte Behausung angenehm erscheinen zu lassen, den Spiegel anders zu stellen, die Vorhänge umzufärben und die Uhr zum Stehen zu bringen – auch übernimmt, dafür zu sorgen, daß uns die Gefährten lieb werden, die uns zunächst mißfallen haben, die Gesichter umzuformen, den Klang einer Stimme sympathisch zu machen und auch die Neigung der Herzen durch ihren Einfluß zu wandeln. Gewiß können diese neuen Freundschaftsgefühle für Orte und Menschen nur auf dem Grund des Vergessens der alten entstehen; aber meine Vernunft stellte sich eben vor, daß ich ohne Grauen die Möglichkeit eines Daseins ins Auge fassen könnte, in dem ich für immer von Wesen getrennt sein würde, an die ich mich nicht mehr erinnerte, und verhieß meinem Herzen dieses Vergessen gleichsam als eine Tröstung, während es doch seine Verzweiflung nur auf die Spitze trieb. Es ist dabei nicht so, daß nicht auch unser Herz, wenn die Trennung vollzogen ist, die schmerzstillende Wirkung der Gewohnheit zu verspüren bekäme; aber bis dahin leidet es noch. Und anstatt sich zu verlieren, wächst die Furcht vor einer Zukunft, in der uns der Anblick derjenigen, die wir lieben, und die Unterhaltung mit ihnen, das heißt das, woraus wir heute unsere größten Freuden ziehen, versagt sein werden, immer weiter an, wenn wir uns vorstellen, daß zu dem Schmerz eines solchen Verlustes noch etwas hinzutreten wird, was uns jetzt noch fürchterlicher als jener scheint, nämlich daß wir ihn nicht als Schmerz verspüren, sondern fühllos dagegen sind; denn dann wäre unser eigenes Ich verwandelt, und nicht nur der Reiz, den unsere Eltern, unsere Geliebte, unsere Freunde für uns haben, wäre für uns verloren, sondern auch unsere Neigung für sie; sie würde dann so völlig aus unserm Herzen herausgerissen sein, von dem sie heute einen beträchtlichen Teil ausmacht, daß wir uns in jenem Leben ohne sie gefallen könnten, das uns heute noch grauenhaft erscheint; das aber wäre der wahre Tod unsrer selbst, ein Tod, auf den freilich eine Auferstehung folgt, aber doch nur in Gestalt eines neuen Ich, zu dessen liebender Anerkennung die zum Sterben verdammten Teile des alten Ich sich nicht aufschwingen können. Sie sind es, sie

– selbst die schwächsten noch, wie etwa die dumpfe Anhänglichkeit an die Ausmaße und die Atmosphäre eines Zimmers – die in einer Auflehnung sich sträuben und aufbäumen, in der man einen geheimen, aber greifbaren und wirklichen Teilmodus unseres Widerstandes gegen den Tod sehen muß, des langen, verzweifelten, täglichen Widerstandes gegen den unaufhörlich stellenweise fortschreitenden Tod, wie er sich durch unser ganzes Leben zieht und immer wieder Fetzen von uns selbst ablöst, auf deren verwesendem Stoff neue Zellen gedeihen. Für eine nervöse Natur aber, wie die meine es ist, bei der die Nerven ihre Mittlerfunktion bei der Verwandlung schlecht erfüllen, indem sie die Beschwerde der untergeordnetsten zum Verschwinden verurteilten Elemente des Ich deutlich spürbar, erschöpfend, in zahllosen Wellen und mit schmerzlichem Akzent bis zum Bewußtsein gelangen lassen, anstatt sie auf ihrem Wege aufzuhalten, war die beängstigte Unruhe, die ich angesichts dieser zu hohen Zimmerdecke empfand, nur der Protest einer in mir noch überlebenden Anhänglichkeit an eine vertraute niedrige. Sicher würde diese Anhänglichkeit verschwinden, wenn einmal eine andere ihren Platz einnähme (dann würden Tod und neues Leben unter dem Namen Gewohnheit ihre doppelte Aufgabe vollendet haben), doch bis zu ihrer Vernichtung würde die Anhänglichkeit jeden Abend leiden; besonders an diesem ersten Abend aber setzte sie mir, in dem Gefühl, einer bereits zur Wirklichkeit gewordenen Zukunft gegenüberzustehen, in der es keinen Platz mehr für sie gäbe, mit Klagen zu, sobald meine Blicke, da sie sich ja von dem, was sie verletzte, nicht abwenden konnten, sich trotz allem an die für sie kaum erreichbare Decke zu heften versuchten.

Doch an dem folgenden Morgen, nachdem einer der Hotelbediensteten mich geweckt und mir heißes Wasser gebracht hatte, war es, während ich meine Toilette machte und vergebens die Sachen, die ich brauchte, in einem Koffer suchte, aus dem ich nur in völligem Durcheinander lauter Dinge zog, die mir zu nichts nützten, und ich schon an das Vergnügen des Mittagessens und der Promenade dachte, eine ungeahnte Freude für mich, im Fenster und auf den Scheiben vor den Wandregalen wie durch die Bullaugen einer Schiffskajüte das Meer frei daliegen zu sehen, heiter und doch verschattet auf einer Hälfte seiner Weite, die von einer winzigen, beweglichen Linie abgeschlossen wurde, und mit den Augen den Wellen zu folgen, die eine nach der anderen wie Artisten von einem unsichtbaren Sprungbrett schnellten. Unaufhörlich kehrte ich mit meinem steifgestärkten Handtuch, auf dem der Hotelname stand und mit dem ich mich vergebens abzutrocknen versuchte, an das Fenster zurück, um noch einmal einen Blick auf das gleißende, bergig schwellende Rund und die schneeigen Gipfel der stellenweise in durchscheinender Glätte leuchtenden Wogen aus Smaragd zu werfen, die mit gelassener Wucht und löwenhaft gefalteten Stirnen unter dem gesichtslosen Lächeln der Sonne das Niederbrechen und Niederströmen ihrer Hänge vollzogen. Durch dieses Fenster sollte ich künftig jeden Morgen spähen, wie ein Reisender aus einer Postkutsche schaut, in der er geschlafen hat, um zu sehen, ob sich während der Nacht eine ersehnte Bergkette genähert oder entfernt hat – nur waren es hier die Hügelfolgen des Meeres, die, bevor sie tanzend wieder auf uns zukommen, so weit zurückweichen können, daß man nur über eine lange ebene Wüste hinweg ihre ersten Wellenlinien bemerkt, fern, in durchschimmernder Weite, duftig und bläulich wie jene Gletscher, die man auf dem Hintergrund der Bilder früher toskanischer Maler erkennt. Zu anderen Malen lachte die Sonne ganz in meiner Nähe auf Wellen von einem ebenso zärtlichen Grün herab, wie es auf Alpenwiesen (in den Bergen, wo ihr Schein nur wie der ungleich tappende Schritt eines vergnügt zu Tal springenden Riesen die Almen in ungleichen Abständen trifft) weniger die Bodenfeuchtigkeit als die fließende Beweglichkeit des Lichtes unterhält. In der Bresche übrigens, die Strand und Wellen innerhalb der übrigen Welt bilden, um durch sie das Licht zu filtrieren und aufzuspeichern, ist es gerade dieses, das – je nach der Richtung, aus der es kommt und mit der unser Auge ihm folgt – das hügelige Gewoge des Meeres hierhin und dorthin verschiebt und ihm seinen Platz zuweist. Die Verschiedenheit der Beleuchtung verändert nicht minder die Orientierung an einem Ort, stellt nicht weniger neue Richtpunkte vor uns auf, die wir erreichen möchten, als ein auf einer Reise tatsächlich durchmessener Weg. Wenn die Sonne am Morgen hinter dem Hotel hervorkam und vor meinen Augen die beleuchteten Uferräume bis zu den ersten Bollwerken des Meeres aufdeckte, schien sie mir ein neues Blickfeld zu eröffnen und mich zu einer wechselvollen Fahrt auf der kreisenden Bahn ihrer Strahlen, vorbei an den schönsten Aussichtspunkten der vielgestaltigen Landschaft der Stunden, aufzufordern, die ich – selbst unbeweglich – vollzog. Und schon am frühen Morgen bezeichnete mir die Sonne in der Ferne mit lächelnd erhobenem Finger die blauen Gipfel des Meeres, die auf keiner Karte der Welt einen Namen haben, bis sie dann, überwältigt von ihrem grandiosen Lauf über die hallende, wogende Fläche der Wellenkronen und Wellentäler vor dem Wind ihre Zuflucht in mein Zimmer nahm, sich dort auf dem zerwühlten Bett breitmachte und ihre Schätze über dem naßgespritzten Waschtisch und dem umgestürzten Koffer ausschüttete, wo gerade ihr unerhörter Glanz und unangebrachter Luxus die Unordnung um so mehr hervortreten ließ. Eine Stunde später im Speisesaal – während wir frühstückten und wie aus einer ledernen Kalebasse ein paar Tropfen goldgelben Zitronensaft auf zwei Seezungen träufelten, von denen auf unseren Tellern bald nur das flatternde, gleich einer Feder gelockte und wie eine Zither summende Gerüst der Gräten übrigblieb – kam es meiner Großmutter bedauerlicherweise grausam vor, auf den belebenden Hauch des Seewindes wegen der durchsichtigen aber geschlossenen Fensterscheibe verzichten zu müssen, die uns wie das Glas vor einer Auslage vom Strande trennte, uns selbst von außen aber gänzlich sichtbar machte und den Himmel so vollkommen einließ, daß seine Azurtöne die Farbe der Fenster und seine weißen Wolken nur fehlerhafte Stellen im Glas zu sein schienen. Ich selbst bildete mir ein, ich sitze auf der Mole oder in der Tiefe jenes ›Boudoir‹, von dem Baudelaire spricht, und fragte mich, ob seine ›Sonne, die auf dem Meer erstrahlt‹ – anders als der schlichte Abendschein, der wie ein goldener zitternder Pfeil an der Oberfläche steckenblieb –, nicht die gleiche sei, die in diesem Augenblick das Meer topasfarben aufflammen, schäumend gären, blond und milchig wie Bier werden ließ, während augenblicksweise große blaue Schatten, die ein Gott durch spielendes Bewegen eines Spiegels am Himmel hin und her zu schieben schien, darauf entlangwanderten. Leider unterschied sich von jenem nur auf die gegenüberliegenden Häuser schauenden ›Saal‹ in Combray der kahle, von grünem Sonnenlicht wie ein Wasserbecken durchflutete Speisesaal von Balbec, vor dem, nur ein paar Meter entfernt, das brandende Meer und das helle Tageslicht wie vor der himmlischen Stadt einen unzerstörbaren Wall aus Smaragd und Gold aufrichteten, nicht nur dem Äußeren nach. Da uns in Combray jeder kannte, kümmerten mich die Leute nicht. Beim Badeleben an der See aber kennt man nur seine Nachbarn. Ich war noch nicht alt genug und noch zu empfindlich, um schon auf das Vergnügen verzichtet zu haben, andern zu gefallen und sie für mich einzunehmen. Ich besaß noch nicht die weit noblere Gleichgültigkeit eines Weltmannes angesichts der Personen, die im Speisesaal zu Mittag aßen, oder auch nur die der jungen Männer und Mädchen, die auf dem Deich vorübergingen; ich litt bei dem Gedanken, daß ich nicht mit ihnen Ausflüge machen könnte, aber immerhin weniger, als wenn etwa meine Großmutter sich über die mondänen Umgangsformen hinweggesetzt und, nur auf meine Gesundheit bedacht, die für mich demütigende Bitte an sie gerichtet hätte, mich als einen der ihren dabei mitzunehmen. Sei es, daß sie sich in irgendeine der unbekannten Villen begaben oder mit dem Rakett in der

Hand heraustraten und einen Tennisplatz aufsuchten oder auf Pferden ausritten, deren Hufe schmerzlich mein Herz berührten, ich sah ihnen immer mit leidenschaftlicher Neugier nach im blendenden Licht des Strandes, das im Gefüge der Gesellschaft verändernd auf die Proportionen wirkt; ich verfolgte alle ihre Bewegungen durch die große Fensterwand hindurch, die soviel Licht einließ. Aber sie hielt den Wind von uns ab, und das war ein Mangel in den Augen meiner Großmutter, die, da sie den Gedanken nicht ertrug, ich könnte die Wohltat einer Stunde frischer Luft einbüßen, verstohlen einen der Flügel öffnete, wodurch mit einem Schlage die Menüs, Zeitungen, Schleier und Mützen aller beim Frühstück befindlichen Personen sich in die Lüfte erhoben; sie selbst, vom himmlischen Hauch umweht, verhielt sich ruhig lächelnd wie die heilige Blandina inmitten aller Schmähungen, in welche, mein Gefühl der Einsamkeit und Trauer noch vermehrend, alle die nichtachtend blickenden, mit wirrem Haar und wütend dasitzenden Touristen einmütig gegen uns einstimmten.

Zu einem gewissen Teil – und das gab in Balbec der sonst gemeinhin durchschnittlich reichen, kosmopolitischen Einwohnerschaft dieser Art von Luxushotels einen betont regionalen Charakter – setzten sie sich aus hervorragenden Persönlichkeiten der wichtigsten Departements dieses Teiles von Frankreich zusammen, einem Gerichtspräsidenten aus Caen, einem Vorsitzenden der Anwaltskammer von Cherbourg, einem gewichtigen Notar aus Le Mans, die alle zur Ferienzeit von den verschiedensten Punkten aus, auf die sie sich während der übrigen Zeit des Jahres wie die Schützen bei der Treibjagd oder die Steine auf einem Damebrett verteilten, hier zusammenkamen. Sie hatten immer dieselben Zimmer inne und bildeten mit ihren Frauen, die sich aristokratisch gaben, eine kleine Gruppe, der sich noch ein berühmter Anwalt und ein bedeutender Arzt aus Paris angeschlossen hatten, die am Tage des Aufbruchs zu den übrigen sagten:

– Ach ja, richtig, Sie reisen ja nicht mit dem gleichen Zug wie

wir, Sie haben es gut, Sie sind schon zum Mittagessen zu Hause.
– Wieso gut? Das sagen Sie, der Sie in der Hauptstadt wohnen, in dem großen Paris, während ich in meiner armseligen Bezirkshauptstadt von einhunderttausend – nach der letzten Zählung allerdings sogar einhundertzweitausend – Seelen sitzen muß? Was ist das schon gegen Ihre zwei Millionen fünfhunderttausend? Wo Sie doch gleich wieder Asphalt unter den Füßen und den Glanz des Pariser Lebens um sich haben werden?
Sie sagten das mit einem bäuerlichen Rollen des R und übrigens ohne alle Bitterkeit, denn sie waren Leuchten in ihrer Provinz und hätten so gut wie andere nach Paris kommen können – dem Gerichtspräsidenten aus Caen war mehrmals eine Stellung am Kassationsgericht angeboten worden – hatten aber vorgezogen zu bleiben, wo sie waren, aus Liebe zu ihrer Heimatstadt, zum Leben in der Stille, zum Ruhm, oder weil sie Reaktionäre waren und auf die nachbarschaftlichen Beziehungen zu den Schlössern der Umgegend nicht verzichten wollten. Mehrere allerdings kehrten nicht sofort in ihre Bezirkshauptstadt zurück.
Denn da die Bucht von Balbec ein kleines Sonderuniversum inmitten des großen war – ein Füllhorn, in dem die Jahreszeiten nach Tagen und Monaten so genau nebeneinander geordnet lagen, daß man nicht nur an Tagen, an denen man Rivebelle sah, was als Zeichen für nahendes Unwetter galt, dort den Sonnenschein auf den Häusern erkannte, während Balbec im Dunkel lag, sondern auch, wenn Balbec schon von Kälte heimgesucht war, sicher sein konnte, auf jenem anderen Ufer noch zwei oder drei weitere Sommermonate zu genießen – ließen diejenigen Stammgäste des Grand-Hôtels, deren Ferien spät begannen oder lange dauerten, sobald Regenfälle und Nebel begannen und der Herbst näherkam, ihre Koffer auf ein Fischerboot bringen und reisten dem Sommer nach Rivebelle oder Costedor nach. Diese kleine Gruppe

im Hotel von Balbec begegnete jedem Neuankömmling mit mißtrauischen Blicken, und während alle so taten, als interessierten sie sich gar nicht für ihn, fragten sie doch ihren Freund, den Oberkellner, nach ihm. Denn es war immer derselbe – Aimé – der alle Jahre zur Saison erschien und ihnen ihre Tische reservierte; und da ihre Gattinnen wußten, daß seine Frau ein Baby erwartete, arbeiteten sie nach dem Essen alle an einem Stück Erstlingswäsche, während sie uns mit ihren Lorgnons musterten, meine Großmutter und mich, weil wir den Salat mit harten Eiern darin aßen, was für unfein galt und in den ersten Kreisen von Alençon nicht üblich war. Sie nahmen eine Haltung ironisch gefärbter Verachtung einem Franzosen gegenüber ein, der Majestät angeredet wurde und der sich tatsächlich selbst zum König einer nur von ein paar Wilden bevölkerten kleinen Insel des polynesischen Archipels aufgeworfen hatte. Er bewohnte das Hotel mit seiner hübschen Freundin, der die Gassenbuben, wenn sie am Strande entlangging, nachriefen: ›Hoch die Königin!‹, weil sie dann Fünfzigcentimesstücke über sie regnen ließ. Der Kammerpräsident und der Vorsitzende der Anwaltskammer übersahen sie völlig, und wenn einer ihrer Freunde einen Blick nach ihr warf, hielten sie es für ihre Pflicht, ihn darüber aufzuklären, daß sie nichts weiter als eine kleine Arbeiterin sei.
– Aber man hat mir doch gesagt, sie hätten in Ostende die königliche Kabine benutzt.
– Natürlich! Die kann man mieten für zwanzig Francs. Das können Sie auch tun, wenn Sie Spaß daran haben. Ich aber weiß aus bester Quelle, daß man ihm, als er um eine Audienz beim König nachgesucht hat, zu verstehen gab, Seine Majestät lege keinen Wert auf die Bekanntschaft mit einem Operettenkönig.
– Ach, wirklich? Das ist interessant! Was es für Leute gibt...!
Sicherlich war das alles wahr, und doch empfanden der Notar,

der Gerichtspräsident, der Anwaltskammervorsitzende, auch aus Verdruß darüber, daß für einen großen Teil der Menge sie selbst nur gutbürgerliche Leute waren, die diesen König und seine Königin, die mit dem Geld nur so um sich warfen, nicht kannten, angesichts dessen, was sie als ›Karneval‹ bezeichneten, eine starke Mißstimmung, die sie ganz offen äußerten, auch ihrem Freund, dem Oberkellner gegenüber, der daraufhin, wenn er gezwungenermaßen den mehr freigebigen als echten Souveränen gegenüber gute Miene machte, während er ihre Bestellung entgegennahm, von ferne seinen alten Kunden bedeutungsvoll zuzwinkerte. Vielleicht lag auch etwas von diesem gleichen Verdruß, daß sie nämlich fälschlich für weniger ›schick‹ gehalten wurden und nicht erklären konnten, daß sie im Grunde ›schicker‹ seien, dem Ausdruck ›Joli Monsieur‹ zugrunde, mit dem sie einen jungen Elegant bedachten, den schwindsüchtigen und der Lebewelt zugetanen Sohn eines großen Industriellen, der – alle Tage in einem neuen Rock, mit einer Orchidee im Knopfloch – Champagner zum Mittagessen trank und bleich, unnahbar, ein blasiertes Lächeln auf den Lippen, enorme Summen auf den Baccarattisch des Kasinos warf, ›mehr als er ausgeben kann‹, erklärte mit der Miene eines Eingeweihten der Notar dem Gerichtspräsidenten gegenüber, dessen Frau ›aus sicherer Quelle wußte, daß dieser junge Mann, der so ganz ›fin de siècle‹ war, seine armen Eltern noch ins Grab bringen werde.

Andererseits wurden der Kammervorsitzende und seine Freunde nicht müde, mit ihren Sarkasmen eine alte reiche und vornehme Dame zu bedenken, weil sie sich nur mit ihrem ganzen Hauspersonal auf Reisen begab. Jedesmal, wenn die Frau des Notars und die Frau des Gerichtspräsidenten sie bei den Mahlzeiten im Speisesaal bemerkten, musterten sie sie durch ihre Lorgnetten hindurch mit der gleichen heikeln und argwöhnischen Miene, mit der sie ein Gericht geprüft hätten, das hinter einem pompösen Namen ein fragwürdiges

Aussehen zu verdecken scheint und das man nach dem ungünstigen Ergebnis methodischer Untersuchung mit abstandnehmender Geste und angewiderter Miene wieder hinaustragen läßt.
Sicher wollten sie damit nur bezeugen, daß gewisse Dinge – in diesem Falle bestimmte Vorrechte der alten Dame oder eine Beziehung zu ihr – ihnen nicht deshalb fehlten, weil sie sie nicht hätten haben können, sondern weil sie nicht wollten. Am Ende glaubten sie es selbst; das aber bedeutet die Unterdrückung jedes Verlangens nach Formen des Lebens, die man nicht kennt, sowie jeglicher Neugier darauf, das Aufgeben auch der Hoffnung, neuen Menschen zu gefallen, die bei diesen Frauen durch zur Schau getragene Verachtung und künstliche Munterkeit ersetzt wurden, welche den Nachteil haben, daß man sein Mißvergnügen hinter Zufriedenheit verbirgt und sich ständig selber belügt, zwei Ursachen, weshalb jene Damen im Grunde nicht glücklich waren. Aber hier im Hotel handelten offenbar alle nach dem gleichen Prinzip, obschon in verschiedenen Formen, und brachten wenn auch nicht der Eigenliebe, so doch gewissen Erziehungsgrundsätzen oder Denkgewohnheiten das köstliche Beben zum Opfer, das man fühlt, wenn man sich mit der Sphäre eines unbekannten Daseins vermischt. Zweifellos war der Mikrokosmos, in den die alte Dame sich einkapselte, nicht mit virulenter Bitterkeit vergiftet wie der jener Gruppe, aus der das wutbedingte Hohnlachen der Notarsfrau und der Präsidentengattin kam. Er war wohl im Gegenteil von einem feinen, etwas älterenlichen Duft durchhaucht, der deshalb nicht weniger künstlich war. Denn im Grunde hätte die alte Dame wahrscheinlich in dem Versuch, neue Menschen zu gewinnen, auf sie anziehend zu wirken, sie zu fesseln, ihre geheimnisvolle Sympathie zu gegewinnen (und sich dabei selber innerlich zu erneuern) einen Reiz gefunden, der der Genugtuung abgeht, daß man nur Menschen der eigenen Kreise sieht und sich immer wieder ins Gedächtnis ruft, daß die Verkennung durch andere, Schlecht-

informierte, keine Rolle spielt, da diese Welt, der man angehört, die denkbar beste ist. Vielleicht fühlte sie, daß ihr schwarzes Wollkleid und ihre altmodische Haube, hätte sie als Unbekannte das ›Grand-Hotel‹ besucht, von irgendeinem jungen Lebemann belächelt worden wären, der von seinem ›rocking-chair‹ aus so etwas wie ›alte Schraube‹ gemurmelt hätte, oder sogar von einem angesehenen Mann wie dem Kammerpräsidenten, der zwischen seinen melierten Bartkoteletten frischgefärbte Wangen und muntere Augen bewahrt hatte, wie sie sie so gern mochte, und der vielleicht auf der Stelle der vergrößernden Linse der Lorgnette seines Ehegesponses dies ungewöhnliche Phänomen als geeignetes Objekt überlassen hätte; vielleicht lag es an dieser uneingestandenen Furcht vor der ersten Minute, von der man weiß, daß sie zwar kurz sein wird, die man aber doch scheut – wie vor dem ersten Kopfsprung – daß diese Dame, die einen Diener vorausschickte, um das Hotel von ihrer Person und ihren Gewohnheiten in Kenntnis zu setzen, rasch abwinkte, wenn der Direktor zu ihrer Begrüßung nahte – worin mehr Schüchternheit als Hochmut lag – und sich schnellstens auf ihr Zimmer begab, in dem ihre eigenen Vorhänge, welche die sonst am Fenster befindlichen ersetzten, ihre Wandschirme und Photographien zwischen sie und die Außenwelt, an die sie sich sonst hätte anpassen müssen, eine so wirksame Scheidewand ihrer Gewohnheiten errichteten, daß sie sich gleichsam in ihrem Heim befand, dessen Schoß sie nicht verlassen und das eigentlich statt ihrer sich auf Reisen begeben hatte ...
Nachdem sie dann auch noch zwischen sich einerseits und das Hotelpersonal und die Lieferanten andererseits ihre eigenen Bedienten, die an ihrer Stelle den Kontakt mit jener neuen Menschheit herstellten und in der nächsten Umgebung ihrer Herrin die gewohnte Atmosphäre unterhielten, eingeschoben und den Schutzwall ihrer Vorurteile zwischen sich und den Badegästen aufgerichtet hatte, unbekümmert darum, ob sie etwa Leuten mißfiel, die ihren Freundinnen als Gäste nicht

genehm gewesen wären, lebte sie durch eine Korrespondenz mit eben diesen Freundinnen, durch Erinnerung, das innere Bewußtsein ihrer Stellung, ihrer guten Manieren, ihrer Zuständigkeit in allen Fragen der Höflichkeit auch weiterhin ganz in ihrer Welt. Alle Tage, wenn sie herunterkam, um in ihrer Kalesche eine Spazierfahrt zu machen, wirkten ihre Kammerfrau, die ihr die Sachen nachtrug, und der ihr voranschreitende Diener wie Wachen, die ihr an den Toren einer mit den betreffenden Landesfarben beflaggten Botschaft mitten im fremden Lande das Privileg der Exterritorialität garantierten. Sie verließ ihr Zimmer am Tage unserer Ankunft erst am späten Nachmittag, und so sahen wir sie nicht im Speisesaal, in den uns der Direktor als Neuangekommene zur Stunde des Mittagessens eskortierte, wie ein Gefreiter seine Rekruten zum Kammerunteroffizier führt, der sie einkleiden soll; dafür aber sahen wir dort sehr bald einen Landjunker und seine Tochter aus wenig bekannter, aber sehr alter bretonischer Familie, Monsieur und Mademoiselle de Stermaria, deren Tisch man uns in der Meinung, sie kämen erst am Abend zurück, zugewiesen hatte. Da sie nach Balbec nur gekommen waren, um von dort aus befreundete Schloßbesitzer der Nachbarschaft zu besuchen, verbrachten sie im Speisesaal des Hotels zwischen Einladungen und den Visiten, die sie machten, nur die unbedingt nötige Zeit. Ihr Hochmut bewahrte sie vor jeder menschlichen Sympathie, vor jedem Interesse an den Unbekannten, die rings um sie saßen und in deren Mitte Monsieur de Stermaria die eisige, eilige, distanzierte, unzugängliche, abweisende und übelgelaunte Miene bewahrte, die man an einem Bahnhofsbüfett inmitten von Reisenden aufsetzt, die man niemals gesehen hat, nie wiedersehen wird und mit denen einen nur die Tatsache in Beziehung setzt, daß man sein kaltes Huhn und seinen Eckplatz im Zuge gegen sie zu verteidigen gedenkt. Kaum hatten wir mit dem Mittagessen begonnen, als man uns wieder aufzustehen bat, und zwar auf Veranlassung von Monsieur de

Stermaria, der, soeben angekommen, ohne die geringste Entschuldigung an unsere Adresse, den Oberkellner mit lauter Stimme dafür zu sorgen ersuchte, daß ein solches Versehen sich nicht wiederhole, denn es sei ihm unangenehm, wenn ›Leute, die er nicht kenne‹, an seinem Tische säßen.

Und auch in dem Gefühl, das eine gewisse Schauspielerin (die übrigens bekannter war durch ihre Eleganz, ihren Geist, ihre schönen Sammlungen von Meißener Porzellan als durch ihre Bühnenerfolge im Théâtre de l'Odéon), ferner ihren Freund, einen sehr reichen jungen Mann, dem zuliebe sie sich eine gewisse Bildung zugelegt hatte, und zwei in der Aristokratie sehr bekannte Männer dazu veranlaßte, sich ganz für sich zu halten, nur zusammen zu reisen, in Balbec erst sehr spät zu lunchen, wenn alles schon fertig war, den Tag in ihrem Privatsalon mit Kartenspielen zu verbringen, lag sicher keinerlei Unfreundlichkeit, sondern nur das Bedürfnis nach Befriedigung gewisser Ansprüche, die sie an den Geist der Unterhaltung stellten, und ihre Neigung zu gewissen Raffinements der Küche, die ihnen das gemeinsame Leben zur ausschließlichen Freude, die Gesellschaft von Menschen aber, die nicht zu ihnen gehörten, unerträglich machte. Selbst an einer gedeckten Tafel oder an einem Spieltisch hatte jeder einzelne von ihnen das Bedürfnis zu wissen, daß der Gast neben ihm oder der ihm gegenüber sitzende Partner, wenn auch ungenutzt, in sich jenes Wissen trügen, das man braucht, um den Kitsch herauszukennen, mit dem so viele Pariser Wohnungen möbliert sind und den die Besitzer für echtes ›Mittelalter‹ oder für Renaissance halten, und überhaupt in allen Dingen an Hand der gleichen Kriterien das Gute vom Minderen zu unterscheiden. Zweifellos äußerte sich in solchen Momenten das Sonderdasein, in dem diese Freunde überall plätschern wollten, nur noch durch eine gelegentliche komische Interjektion inmitten einer schweigend eingenommenen Mahlzeit, oder bei einem Spiel, oder in dem bezaubernden neuen Kleid, das die junge Schauspielerin für ein Frühstück oder eine

Pokerpartie angezogen hatte. Dadurch aber, daß es sie ganz in die ihnen von Grund auf vertrauten Gewohnheiten einhüllte, waren sie gegen das Geheimnis des sie umgebenden Lebens wirksam abgeschirmt. Lange Nachmittage hindurch war das Meer nur wie eine Malerei von angenehmer Tönung im Boudoir eines reichen Junggesellen vor ihnen aufgehängt, und nur einmal zwischen zwei Schlägen warf einer der Spieler, weil er gerade nichts Besseres zu tun hatte, den Blick darauf, um einen Hinweis auf das Wetter oder die Stunde des Tages daraus zu entnehmen und die anderen daran zu erinnern, daß der Nachmittagstee sie erwartete. Am Abend aßen sie nicht im Hotel, wo die elektrischen Lampen den Speisesaal mit Licht überfluteten, so daß dieser zu einem riesigen wunderbaren Aquarium wurde, vor dessen Glaswänden die Arbeiterbevölkerung von Balbec, die Fischer und auch Kleinbürgerfamilien, unsichtbar im Dunkel sich die Nasen plattdrückten, um das sich langsam in goldenem Geplätscher wiegende Luxusleben aller dieser Leute anzuschauen, das für die Armen ebenso merkwürdig wie das von seltsamen Fischen oder Mollusken ist (und die große soziale Frage ist die, ob die Glaswand immer das Fest der Wundertiere umhegen wird, oder ob nicht die unbekannten Leute, die gierig in der Nacht mit dem Blick etwas zu erhaschen suchen, eines Tages kommen, sie aus dem Aquarium holen und verspeisen werden). Vielleicht aber fand sich inzwischen in der im Dunkel unverkennbar sich stauenden Menge irgendein Schriftsteller, ein Liebhaber menschlicher Ichthyologie, der, wenn er zusah, wie die Kinnbacken eines alten weiblichen Ungetüms sich über einem Brocken der verschluckten Nahrung schlossen, sich ein Vergnügen daraus machte, die vorhandenen Exemplare nach angeborenen und erworbenen Eigenschaften zu klassifizieren, welche letzteren es zum Beispiel möglich machen, daß eine alte Serbin, deren Kinnlappen auf einen großen Seefisch hinweist, infolge der Tatsache, daß sie seit ihrer frühen Jugend sich in dem Süßwasserreservoir des Faubourg Saint-Germain aufgehalten hat, ihren Salat wie eine La Rochefoucauld verspeist.

Zu dieser Stunde sah man die drei Männer im Smoking auf die Frau warten, die sich verspätete, aber bald darauf in einer fast jedesmal neuen Toilette und mit Schals, die nach dem speziellen Geschmack ihres Liebhabers ausgewählt waren, nachdem sie auf ihrer Etage nach dem Lift geschellt hatte, diesem wie einer Spielzeugschachtel entstieg. Dann setzten sich alle vier, da sie fanden, daß die internationale Kulturpflanze des Palasthotelstils nach ihrem Anbau auch in Balbec die Blüte des Luxus mehr als die Frucht der guten Küche hervorgebracht habe, in einen Wagen und fuhren zum Abendessen nach einem eine halbe Meile entfernten kleinen Restaurant von gutem Ruf, wo sie mit dem Küchenchef endlose Beratungen über die Menügestaltung und die Zubereitung der Speisen abhielten. Während der Fahrt war die von Apfelbäumen bestandene Landstraße hinter Balbec für sie einzig eine Entfernung, die man zurücklegen mußte – wenig verschieden in der Nacht von jener, die zwischen ihren Pariser Wohnungen und dem ›Café Anglais‹ oder dem ›Tour d'Argent‹ lag – um zu dem kleinen eleganten Restaurant zu gelangen, wo dann wiederum, während die Freunde den reichen jungen Mann um seine so gut angezogene Geliebte beneideten, die Schals der jungen Schauspielerin vor der kleinen Gesellschaft wie ein weicher duftender Schleier hingen und sie doch von der Welt abtrennten.

Sehr zum Schaden für meine innere Ruhe war ich weit davon entfernt, wie diese Menschen zu sein. An vielen unter ihnen lag mir sehr wohl, ich wäre gern von einem Mann mit sorgenvoller Stirn und einem Blick, der sich hinter den Scheuklappen seiner Vorurteile und seiner Erziehung verbarg, beachtet worden, dem Grandseigneur der Gegend, der niemand anders war als der Schwager Legrandins: er kam manchmal zu Besuch nach Balbec und entleerte dann sonntags durch die Garden-Party, die seine Frau und er gaben, das Hotel von einem großen Teil seiner Bewohner, da ein oder zwei von ihnen zu diesen Festen eingeladen wurden und die anderen, die nicht den Anschein erwecken wollten, als wären sie es nicht, statt dessen an diesem Tag einen größeren Ausflug machten. Er war übrigens bei seinem ersten Erscheinen im Hotel sehr schlecht empfangen worden, denn das soeben frisch von der Riviera hergeholte Personal hatte noch nicht gewußt, wer er war. Nicht nur ließ er einen Anzug aus weißem Flanell vermissen, sondern er hatte auch nach alter französischer Sitte und in Unkenntnis des Lebens in den Palace-Hôtels beim Betreten der ›hall‹, in welcher Damen saßen, seinen Hut gleich an der Tür abgenommen, woraufhin der Direktor den seinen nicht einmal anrührte, um den Gruß des Ankömmlings zu erwidern, denn er war der Meinung, dies müsse ein Mann von bescheidenster Herkunft sein, sozusagen das, was er ›mehr als gewöhnlich‹ nannte. Nur die Frau des Notars hatte sich zu dem Eintretenden hingezogen gefühlt, der die ganze künstliche Einfachheit der Vornehmen atmete, und mit dem unfehlbaren Unterscheidungsvermögen und der fraglosen Autorität einer Person, für welche die erste Gesellschaft von Le Mans kein Geheimnis besitzt, hatte sie erklärt, daß man sich in seiner Gegenwart einem Manne von höchster Distinktion und vollendeter Erziehung gegenüber befände, der anders sei als alles, was man sonst in Balbec träfe und was sie als völlig unmöglich bezeichnete, solange sie selbst mit den Betreffenden keinen Verkehr anfing. Dieses günstige Urteil über Legrandins Schwager war vielleicht auf das unscheinbare Äußere dieses Mannes zurückzuführen, der so gar nichts Einschüchterndes besaß, vielleicht auch darauf, daß sie an diesem Landjunker mit dem küsterhaften Auftreten die Freimaurerzeichen ihres eigenen Klerikalismus erkannte.

Es half nichts, daß ich in Erfahrung gebracht hatte, die jungen Leute, die jeden Tag vor dem Hotel aufsaßen und spazierenritten, seien die Söhne eines fragwürdigen Ladenbesitzers, dessen Bekanntschaft mein Vater nie hätte machen mögen:

das ›Badeleben‹ verwandelte sie für meine Augen in Reiterstandbilder von Halbgöttern, und das Beste, was ich erhoffen konnte, war, sie würden jemals ihre Blicke auf einem so armen Buben ruhen lassen, wie ich einer war, der ich den Speisesaal des Hotels nur verließ, um mich an den Strand zu begeben. Ich hätte sogar dem Abenteurer gern Sympathie eingeflößt, der König einer einsamen Insel in Ozeanien gewesen war, ja selbst dem jungen Schwindsüchtigen, von dem ich mir immer gern vorstellte, daß er unter seinem anmaßlichen Äußeren eine furchtsame zärtliche Seele berge und an mich vielleicht Schätze des Herzens verschwendet hätte. Da im übrigen (ganz im Gegensatz zu dem, was man gemeinhin von Reisebekanntschaften sagt) die Tatsache, daß man mit bestimmten Leuten gesehen wird, einem in solchen Seebädern, die man öfter besucht, ein Prestige verleiht, das in anderen Daseinsformen der Gesellschaft nicht seinesgleichen hat, gibt es kaum etwas, was man, anstatt es sich etwa möglichst fernzuhalten, im Pariser Leben so sorgfältig pflegt wie gerade Badebekanntschaften. Mir machte es etwas aus, welche Meinung von mir alle diese nur jetzt und hier als gesellschaftliche Größen geltenden Leute von mir haben mochten, denn auf Grund meiner Neigung, mich in die Leute hineinzuversetzen und ihre eigene geistige Verfassung in mir nachzuschaffen, rangierte ich sie nicht ihrer eigentlichen Stellung gemäß, der sehr niedrigen zum Beispiel, die sie in Paris eingenommen hätten, sondern nach der, die sie sich selbst zuerkannten und die die ihre auch tatsächlich in Balbec war, wo das Fehlen eines allgemein gültigen Maßstabes ihnen eine Art von relativer Überlegenheit und besonderem Reiz verlieh. Ach, aber keine Nichtachtung konnte mich schmerzlicher treffen als die von Monsieur de Stermaria.

Schon bei ihrem ersten Eintreten nämlich war mir die Tochter aufgefallen mit ihrem hübschen blassen, fast bläulich durchscheinenden Gesicht, die besondere Haltung ihrer hochgewachsenen Gestalt, ihr Gang, die mir mit Recht ihre ererbte Art und aristokratische Erziehung ins Bewußtsein riefen – wie es mit den eindrucksvollen musikalischen Motiven geht, die, von genialen Musikern erfunden, so großartig das Knistern der Flamme, das Rauschen des Flusses und den Frieden der Felder für die Zuhörer malen, nachdem diese vorher das Programm durchflogen und ihrer Phantasie den rechten Weg gewiesen haben. Wenn man sich mittels des Begriffs ›Rasse‹ zu den Reizen von Mademoiselle de Stermaria das hinzudachte, was diese Reize zustandebrachte, wirkten sie leichter verständlich und zugleich vollkommener. Außerdem verstärkte ein solcher Gedanke noch das Verlangen nach ihnen, weil er einen Hinweis darauf enthielt, wie schwer erreichbar sie seien, so wie ein hoher Preis den Wert eines Gegenstandes, der uns gefallen hat, für uns noch vermehrt. Der Stammbaum jedenfalls entsandte erlesene Säfte in diesen zarten Teint, der dadurch den verlockenden Duft einer exotischen Frucht oder eines berühmten Wachstumweins bekam.

Nun aber gab uns, meiner Großmutter und mir, der Zufall ein Mittel in die Hand, uns bei den Bewohnern des Hotels ein sofortiges Prestige zu verschaffen. An diesem ersten Tag noch, nämlich in dem Augenblick, als die alte Dame, aus ihren Gemächern kommend, die Treppe heruntersteig und dank dem vorausgehenden Diener und der Kammerfrau, die mit einem Buch und einer vergessenen Decke hinter ihr herlief, eine Macht auf die Seelen ausübte, die gleichzeitig Neugier und Respekt bewirkte und deren Ausstrahlung, wie man leicht sah, am allerwenigsten Monsieur de Stermaria sich entziehen konnte, neigte der Direktor sich zu meiner Großmutter, und aus Liebenswürdigkeit (so wie man den Schah von Persien oder die Königin Ranavalo einem obskuren Zuschauer zeigt, der offensichtlich ohne Beziehung zu dem mächtigen Souverän bleiben wird, aber vielleicht interessant findet, ihn aus nächster Nähe gesehen zu haben) raunte er ihr zu: »Die Marquise de Villeparisis«, während im gleichen Moment diese Dame, als ihr Blick auf meine Großmutter fiel,

einen Ausdruck freudigen Erstaunens nicht unterdrücken konnte.
Man kann sich vorstellen, daß mir das Erscheinen der mächtigsten Fee in der Gestalt einer kleinen alten Frau nicht mehr Vergnügen bereitet hätte, da mir ja bislang in einer Gegend, in der ich niemand kannte, jede Vermittlung fehlte, durch die ich mich Mademoiselle de Stermaria hätte nähern können. Ich meine ›niemand‹ jedenfalls im engeren, praktischen Sinne. Ästhetisch betrachtet ist die Zahl der menschlichen Typen zu beschränkt, als daß man nicht oft, wo es auch sei, die Freude hätte, bekannte Gesichter zu erblicken, auch wenn man sie nicht wie Swann auf den Bildern der alten Meister sucht. So hatte ich zum Beispiel schon in den ersten Tagen unseres Aufenthaltes in Balbec Herrn Legrandin wiedergefunden, desgleichen den Concierge der Rue La Pérouse und sogar Madame Swann, die sämtlich, der erste als Kellner in einem Café, der zweite als ein vorübergehender Fremder und letztere als Bademeister hierorts anwesend waren. Und durch eine Art von magnetischer Adhäsion sind gewisse äußere und innere Züge so unwiderstehlich miteinander verhaftet und verquickt, daß die Natur, wenn sie in dieser Weise eine Person in einen neuen Körper versetzt, ihr nicht einmal allzuviel nimmt. Der in einen Cafékellner verwandelte Legrandin hatte vollkommen seine Statur, das Profil der Nasen- und zum Teil auch der Kinnlinie behalten; Madame Swann aber war bei ihrem Übergang ins männliche Geschlecht und in die Stellung eines Bademeisters nicht nur ihrem gewohnten Äußeren, sondern auch einer gewissen Art des Sprechens treu geblieben. Nur konnte sie mir persönlich, wenn sie, mit rotem Gürtel bekleidet, beim geringsten Sturm die Fahne hochzog, die das Baden im Meere verbot, nicht nützlicher sein als in jenem Fresko vom ›Leben Mose‹, in dem Swann sie seinerzeit unter den Zügen der Tochter Jethros erkannte. Doch Madame de Villeparisis war die wirkliche, und nicht etwa das Opfer einer Verzauberung, die ihr ihre Macht genommen hätte, vielmehr

war sie imstande, die meine durch ein Wunder zu vertausendfachen, als trügen mich die Flügel eines Märchenvogels im Nu über die wenigstens in Balbec unendlich weite soziale Kluft hinweg, die mich von Mademoiselle de Stermaria trennte.
Unglücklicherweise lebte meine Großmutter, mehr als irgend jemand, ganz für sich in ihrer eigenen Welt. Sie hätte mich nicht einmal verachtet, sie hätte mich einfach nicht verstanden, wenn sie gewußt hätte, welche Wichtigkeit ich der öffentlichen Meinung beilegte und ein wie großes Interesse ich an der Person von Leuten nahm, deren Existenz sie nicht einmal bemerkte und deren Namen sie niemals behalten würde, wenn wir Balbec verließen; ich wagte ihr nicht einzugestehen, daß ich mich innig gefreut hätte, wenn diese selben Leute uns im Gespräch mit Madame de Villeparisis hätten sehen können, denn ich merkte, daß die Marquise im Hotel ein großes Prestige besaß und ihre Freundschaft mir ein gewisses Ansehen selbst in den Augen von Monsieur de Stermaria gegeben hätte. Es war dabei keineswegs so, daß mir selbst die Freundin meiner Großmutter als Aristokratin erschien: ich war zu sehr an diesen Namen gewöhnt, der meinen Ohren vertraut geworden war, bevor mein Geist sein Wesen begriff, nämlich schon als ich ihn, selbst noch ein Kind, bei uns zu Hause aussprechen hörte; und der Titel hatte ihm nur einen bizarren Zug hinzugesetzt wie etwa ein wenig gebräuchlicher Vorname, so wie es einem mit den Straßennamen geht, wo man auch in der Rue Lord-Byron oder der volkreichen und recht gewöhnlichen Rue Rochechouart oder der Rue Grammont nichts Vornehmeres sieht als in der Rue Léonce-Reynaud oder der Rue Hippolyte-Lebas. Unter Madame de Villeparisis stellte ich mir ebensowenig eine ganz bestimmten Gesellschaftskreisen angehörige Persönlichkeit vor wie unter ihrem Vetter MacMahon, der sich für mich nicht von Herrn Carnot unterschied, welcher ebenfalls Präsident der Republik war, oder von Raspail, dessen Photographie Françoise zugleich mit der von Pius IX. erworben hatte. Es war ein Grundsatz

meiner Großmutter, daß man auf Reisen keine Bekanntschaften pflegen solle; man gehe nicht an die See, um Leuten zu begegnen, was man ja in Paris kann, soviel man will, man verliere mit ihnen nur im Austausch von Höflichkeiten und in banalen Gesprächen die kostbare Zeit, die man ungeteilt in der frischen Luft und angesichts des wogenden Meeres verbringen sollte; und da sie es bequemer fand, die gleiche Auffassung auch bei allen anderen vorauszusetzen, und unter allen Freunden, die der Zufall im gleichen Hotel zusammenführte, die Fiktion eines gegenseitigen Inkognitos für erlaubt hielt, begnügte sie sich bei der Nennung des Namens, den der Direktor ihr zuraunte, damit, die Augen abzuwenden und sich so den Anschein zu geben, als sähe sie Madame de Villeparisis nicht, die ihrerseits begriff, daß meine Großmutter auf die Erneuerung der Bekanntschaft keinen Wert legte, und gleichfalls ins Leere schaute. Sie entfernte sich, und ich blieb in meiner Einsamkeit zurück wie ein Schiffbrüchiger, der geglaubt hat, ein Schiff nähme Kurs auf ihn, nachdem es dann wieder verschwunden ist, ohne Anker zu werfen.

Auch sie nahm ihre Mahlzeiten im Speisesaal ein, doch am andern Ende des Raums. Sie kannte keine von den Personen, die im Hotel wohnten oder jemanden dort aufsuchten, nicht einmal Monsieur de Cambremer; tatsächlich stellte ich fest, daß er sie nicht grüßte, als er eines Tages zum Frühstück die Einladung des Anwaltskammervorsitzenden angenommen hatte, der, von der Ehre berauscht, den Edelmann an seinem Tisch zu haben, seinen Freunden der übrigen Tage möglichst aus dem Wege ging und ihnen gegenüber nur von weitem auf das historische Ereignis mit einem Augenzwinkern hinwies, das so diskret war, daß es nicht als eine Aufforderung zum Näherkommen ausgelegt werden konnte.

– Nun, ich muß sagen, Sie verstehen es; Sie sind auf der Höhe, sind schick, sagte am Abend die Frau des Gerichtspräsidenten zu ihm.

– Schick? Wieso? fragte der Anwaltskammervorsitzende zu-

rück, indem er sein Vergnügen unter übertriebenem Staunen verbarg. Wegen meiner Gäste meinen Sie? fragte er, da er sich zu längerem Vertuschen der Tatsachen außerstande fühlte. Aber was ist denn daran schick, wenn man alte Freunde zum Mittagessen hat? Irgendwo müssen sie doch schließlich ihre Mahlzeit einnehmen!
– Doch, natürlich ist das schick! Das waren doch die ›de‹ Cambremers, nicht wahr? Ich habe sie ja erkannt. Sie ist eine Marquise, und zwar eine richtige, nicht nur durch Heirat.
– Oh! Sie ist eine ganz schlichte Frau, sie ist reizend und dabei so natürlich. Ich dachte, Sie würden auch zu uns kommen, ich habe Ihnen gewinkt ... ich hätte Sie gern bekannt gemacht! sagte er, indem er durch leichte Ironie die ungeheure Unterstellung etwas korrigierte, wie Ahasver in dem Drama Racines, wenn er zu Esther sagt: ›Soll ich von meinen Reichen dir die Hälfte geben?‹
– Nein, nein und aber nein, wir bleiben im Hintergrund wie das bescheidene Veilchen.
– Sie haben unrecht damit, ich sage es Ihnen noch einmal, antwortete der Vorsitzende, der jetzt, nachdem die Gefahr vorüber war, kühn zu werden begann. Sie hätten Ihnen nichts getan. Nun, wie wäre es mit einem kleinen Bésigue?
– Aber gern, wir wagten es nur nicht vorzuschlagen, jetzt, wo Sie mit Marquisen verkehren!
– Aber gehen Sie! Es ist wirklich an ihnen gar nichts Besonderes. Samstagabend muß ich zum Abendessen dorthin. Wollen Sie statt meiner gehen? Ich trete Ihnen gern die Einladung ab. Offen gestanden bliebe ich lieber hier.
– Nein, nein! ... da würde ich womöglich als Reaktionär verschrien, rief über seinen Scherz tränenlachend der Gerichtspräsident. Aber Sie, fügte er zu dem Notar gewendet hinzu, verkehren ja in Féterne.
– Oh, ich bin nur sonntags dort, man geht zur einen Tür hinein und zur andern hinaus. Aber sie essen doch nicht zu Mittag bei mir wie bei dem Herrn Vorsitzenden.

Monsieur de Stermaria war an jenem Tage nicht in Balbec, zum großen Bedauern des Anwaltskammervorsitzenden. Hinterlistig bemerkte dieser zu dem Oberkellner:
– Aimé, Sie können Monsieur de Stermaria sagen, er sei nicht der einzige Adlige in diesem Speisesaal. Haben Sie den Herrn gesehen, der heute mit mir zu Mittag gegessen hat? Hm? Mit einem kleinen Schnurrbart, sieht aus wie ein Militär? Na sehen Sie, das ist der Marquis de Cambremer.
– Ach, wirklich? Das wundert mich nicht!
– Da kann er sehen, daß er hier nicht der einzige mit einem Adelstitel ist. Das kann ihm gar nichts schaden. Diese Herren vertragen, daß man sie mal ein bißchen duckt. Aber natürlich, Aimé, brauchen Sie nichts zu sagen, wenn Sie nicht wollen, mir liegt ja im Grund nichts daran; übrigens kennt er ihn.
Am folgenden Tage kam Monsieur de Stermaria, der wußte, daß der Anwaltskammervorsitzende für einen seiner Freunde einen Prozeß geführt hatte, und stellte sich ihm selbst vor.
– Unsere gemeinsamen Freunde, die Cambremers, wollten uns schon zusammen einladen, aber es hat dann irgendwie mit den Tagen nicht gepaßt, ich weiß nicht mehr, wieso, sagte der Anwaltskammervorsitzende, der sich wie viele Lügner einbildete, man werde nicht einer belanglosen Einzelheit nachgehen, die gleichwohl (wenn durch Zufall die schlichte Wahrheit herauskommt, die damit in Widerspruch steht) genügt, einen Charakter als fragwürdig hinzustellen und für alle Zeiten Mißtrauen zu erwecken.
Wie immer, aber ungenierter, solange ihr Vater mit dem andern Herrn abseits stehend sprach, schaute ich Mademoiselle de Stermaria an. Die gewagte, aber immer schöne Eigenart ihrer Haltung, zum Beispiel wenn sie mit den Ellbogen auf dem Tisch ihr Glas mit beiden Händen in die Höhe hielt, die Kargheit eines rasch ermüdeten Blicks, die tief innewohnende, ererbte Härte, die man nur flüchtig überdeckt unter ihrem persönlichen Tonfall auf dem Grunde ihrer Stimme ver-

spürte – meine Großmutter war davon schockiert – und die wie eine Art von atavistischer Sperrung jedesmal einsetzte, wenn sie durch einen Blick oder einen Tonfall schließlich doch ihr eigenes Fühlen verraten hatte, alles das lenkte die Gedanken des Zuschauenden auf die Ahnenreihe, die ihr diese Dürftigkeit des menschlichen Kontakts, solche Lücken der Empfindungsfähigkeit, die geringe Weite des Seelenraums mitgegeben hatte, die fortwährend spürbar wurden. Doch an gewissen Blicken, die einen Augenblick lang über den so rasch wieder brach und trocken daliegenden Grund ihrer Augen huschten, spürte man jene fast demütige Weichheit, die eine vorherrschende Neigung zu den Freuden der Sinne auch der Stolzesten verleiht, die bald nur noch eine einzige Art des Vorrangs anerkennt, nämlich den, welchen in ihren Augen der erhält, der ihr jene schenkt, und wäre es ein Komödiant oder Jahrmarktsgaukler, um dessentwillen sie eines Tages ihren Gatten verlassen wird; an einer gewissen Färbung von sinnenhaft lebendigem Rosa, wie es das Innere der weißen Seerosen in der Vivonne leuchtend gefärbt, glaubte ich zu verspüren, daß sie leicht darauf eingegangen wäre, wenn ich auf ihrer Person den Duft des poetischen Lebens hätte suchen wollen, das sie in der Bretagne führte und das sie aus zu langer Gewohnheit, aus innewohnender Distinktion, aus Abneigung gegen die Armut oder den Geiz der Ihrigen nicht so herrlich fand, das aber dennoch körperlich zu ihr gehörte. In dem nur bescheidenen Vorrat an Willen, der auf sie gekommen war und der ihr einen Ausdruck von Schlaffheit gab, hätte sie wahrscheinlich nicht die Kraft zum Widerstand gefunden. Der mit einer altmodischen und etwas anspruchsvollen Feder gekrönte graue Filzhut aber, den sie unentwegt trug, machte sie mir um so angenehmer, nicht nur insofern er gut zu ihrem silbern und rosa schimmernden Teint paßte, sondern weil die Vermutung, sie sei arm, sie mir näherbrachte. Durch die Anwesenheit ihres Vaters an eine konventionelle Haltung gewöhnt, aber bereits geneigt, dem Urteil und den

Ordnungen derer, die über sie zu befinden hatten, andere Grundsätze entgegenzustellen, sah sie an mir vielleicht weniger meine unbedeutende Stellung als mein Alter und mein Geschlecht. Wenn Monsieur de Stermaria eines Tages ohne sie ausgegangen wäre und dann womöglich auch noch Madame de Villeparisis sich an unseren Tisch gesetzt und ihr dadurch von uns eine Vorstellung vermittelt hätte, die mich zu einer Annäherung ermutigte, hätten wir vielleicht ein paar Worte austauschen, eine Verabredung treffen und uns näher aneinander anschließen können. Und wenn sie einmal ein paar Wochen ganz allein ohne ihre Eltern auf ihrem romantischen Schloß geblieben wäre, hätten wir vielleicht beide allein in der Abenddämmerung, in der über dem Dunkel des Wassers die rosa Blüten des Heidekrauts unter den vom Schlag der Wellen berührten Eichen um so lieblicher schimmerten, uns ergehen können. Zusammen hätten wir die Insel durchstreift, die für mich so viel Zauber barg, weil sie das gewohnte Leben von Mademoiselle de Stermaria umschloß und als stetes Gedenken auf dem Grunde ihrer Augen lag. Denn es schien mir, daß ich nur dort und nach Durchmessen jener Stätten, die sie mit einem Mantel so vieler Erinnerungen umhüllten, sie hätte besitzen können – erst wenn mein Verlangen diesen Schleier weggerissen hätte, der von der gleichen Art war, wie ihn die Natur zwischen eine Frau und bestimmte andere Wesen hängt (in der gleichen Absicht, in der sie für alle den Akt der Zeugung vor die letzte Lust, und für Insekten den Pollen, den sie weitertragen sollen, vor den Nektar setzt), damit diese, von der Illusion genarrt, sie würden danach jene Frau ausschließlich für sich haben können, sich erst der Landschaften zu bemächtigen trachten, in denen sie lebt und die, anregender für die Phantasie als der Sinnengenuß, dennoch ohne diesen nicht genügend Anziehungskraft hätten.

Aber ich mußte meine Blicke wieder von Mademoiselle de Stermaria wenden, denn schon hatte ihr Vater, offenbar in

der Meinung, das bloße Bekanntwerden mit einer wichtigen Persönlichkeit sei ein kurioser, kurzer und in sich selbst ausreichender Akt, dessen ganzes Interesse man im Augenblick bereits durch einen Händedruck und einen durchdringenden Blick ohne unmittelbar anschließende Konversation oder weitere Beziehungen erschöpfe, sich wieder von dem Anwaltskammervorsitzenden verabschiedet und war an seinen Platz bei seiner Tochter zurückgekehrt, indem er sich die Hände rieb wie ein Mann, der eine wertvolle Erwerbung gemacht hat. Der andere jedoch wendete sich, nachdem die erste Erregung über diese Begegnung sich gelegt hatte, wie auch an anderen Tagen, so daß wir immer Bruchstücke davon hörten, an Aimé mit den Worten:
- Aber ich bin nicht König, Aimé; gehen Sie doch zu dem König ... Sagen Sie, Herr Präsident, sieht das nicht gut aus, die kleinen Forellen da? Wir wollen Aimé bitten, daß er uns auch welche bringt. Aimé, diese kleinen Fische da drüben sehen nicht übel aus. Bringen Sie uns davon, Aimé, aber nicht zu knapp.
Unaufhörlich wiederholte er den Namen Aimé, was dazu führte, daß jeweils der Gast, den er zum Abendessen eingeladen hatte, die Bemerkung machte: ›Ich sehe, Sie sind ja sehr gut bekannt in diesem Hause‹, und auch seinerseits fortwährend den Namen ›Aimé‹ auszusprechen zu sollen glaubte, und zwar auf Grund einer Neigung, in der Schüchternheit, Gewöhnlichkeit und Dummheit eine Rolle spielen, die aber jedenfalls gewisse Personen zu der Annahme führt, es sei geistreich und elegant, Leute, mit denen sie gerade zusammen sind, in allem zu kopieren. Der Anwaltskammervorsitzende wiederholte den Namen unablässig, denn er wollte gleichzeitig seine guten Beziehungen zu dem Oberkellner und seine Überlegenheit über ihn demonstrieren. Aimé aber lächelte jedesmal, wenn sein Name fiel, gleichzeitig gerührt und stolz; er wollte damit zu erkennen geben, daß er die Ehre zu würdigen wisse und den Scherz verstünde.

So einschüchternd für mich auch die Mahlzeiten in dem großen, meist bis auf den letzten Platz gefüllten Speisesaal des Grand-Hôtels bereits waren, wurden sie es doch noch mehr, wenn auf ein paar Tage der Eigentümer (oder der von der Kommanditgesellschaft gewählte Generaldirektor) nicht nur dieses einen, sondern noch sieben oder acht anderer Palace-Hôtels, die überall über Frankreich verstreut lagen, auf seinen Inspektionsreisen vom einen zum anderen, in deren jedem er von Zeit zu Zeit eine Woche verbrachte, in Balbec erschien. Dann zeigte sich jeden Abend fast zu Beginn des Diners am Eingang des Speisesaals der kleine weißhaarige Mann mit roter Nase und einer außerordentlichen Beherrschtheit des Äußeren und korrekter Sicherheit, der, so schien es, in London so gut wie in Monte Carlo als einer der ersten europäischen Hoteliers bekannt war. Eines Abends, als ich zu Beginn der Mahlzeit noch einmal hinausgegangen war und beim Zurückkommen an ihm vorbei mußte, grüßte er mich, jedoch mit einer Kälte, bei der ich nicht recht zu unterscheiden vermochte, ob ihr Grund in der Zurückhaltung eines Mannes lag, der sich nichts vergibt, oder in der Nichtachtung für einen ganz unbedeutenden Gast. Vor denen, die im Gegenteil gewichtige Persönlichkeiten waren, verneigte der Direktor sich ebenso kühl, aber tiefer und mit in schamhafter Hochachtung gesenkten Augenlidern, als habe er bei einer Beerdigung den Vater der Verstorbenen vor sich oder das Allerheiligste. Außer bei diesen eisigen und seltenen Grußbezeigungen machte er keine Bewegung, wie um zu zeigen, daß seine funkelnden Augen, die ihm aus dem Kopf zu springen schienen, ohnehin alles sähen, alles regelten und dem ›Diner im Grand-Hôtel‹ die bis ins letzte gehende Vollendung des Details und die Harmonie des Ganzen hinreichend garantierten. Er war in seiner Vorstellung mehr als ein Regisseur oder Orchesterdirigent, er fühlte sich schlechthin als Generalissimus. In der Meinung, daß eine von seiner Seite aufs äußerste gesteigerte Kontemplation genüge, um sicher zu sein, daß alles bereit sei und kein Fehler eine Katastrophe herbeiführen könne, und um sich ganz auf seine Verantwortung zu konzentrieren, enthielt er sich nicht nur jeder Gebärde, sondern bewegte nicht einmal seine vor Aufmerksamkeit gleichsam versteinerten Augäpfel, welche die Operationen in ihrer Gesamtheit überschauten und lenkten. Ich spürte, daß selbst mein Löffeleintauchen ihm nicht entging, und wenn er sich nach der Suppe für den Rest des Abendessens entfernte, hatte mir sein Abnehmen der Parade den Appetit verschlagen. Der seine war ausgezeichnet, wie man beim Frühstück feststellen konnte, das er wie ein schlichter Privatmann an einem gleichen Tisch wie alle anderen im Speisesaal zu sich nahm. Nur eine Besonderheit hatte sein Platz: während er speiste, blieb der andere Direktor, welcher gewöhnlich anwesend war, neben ihm aufgepflanzt und unterhielt seinen Chef. Denn da er der Untergebene des Generalissimus war, suchte er ihm zu schmeicheln und hatte große Angst vor ihm. Die meine war geringer während des Mittagessens, denn verloren in der Menge der Gäste bewies der Besucher die Diskretion eines Generals in einem Restaurant, in dem auch Gemeine verkehren, das heißt er tat, als sähe er sie nicht. Aber wenn der von seinen ›Chasseurs‹ umgebene Portier mir ankündigte: ›Morgen früh geht er nach Dinard, von da nach Biarritz und hinterher nach Cannes‹, atmete ich doch freier auf.

Mein Leben im Hotel war nicht nur traurig, weil ich selbst keine Bekannten hatte, sondern auch unbequem, weil Françoise deren zu viele besaß. Man hätte annehmen sollen, daß gerade das uns das Leben erleichterte. Das Gegenteil war der Fall. Wenn es für einfache Leute auch schwierig war, von Françoise als Bekannte behandelt zu werden – sie konnten das nur durch große Höflichkeit erreichen – so waren sie doch andererseits, einmal so weit gelangt, die einzigen, die wirklich bei ihr zählten. Ihr alter Sittenkodex besagte, daß sie gegenüber den Freunden ihrer Herrschaft keine Verpflichtungen habe und sehr wohl, wenn sie eilig war, eine Dame wegschicken könne, die gekommen war, um meine Großmutter zu besuchen. Jedoch ihren persönlichen Bekannten, das heißt den wenigen Leuten aus dem Volke gegenüber, die ihre schwer zu erwerbende Freundschaft dennoch errungen hatten, wurde ihre Handlungsweise durch ein ausgetüfteltes und strikt angewendetes Protokoll geregelt. So hatte Françoise die Bekanntschaft des Kaffeekochs und eines kleinen Zimmermädchens gemacht, das für eine belgische Dame schneiderte; daraufhin kam sie nicht mehr sofort nach dem Mittagessen herauf, um für meine Großmutter zu sorgen, sondern erst eine Stunde später, weil der Kaffeekoch ihr einen Kaffee oder einen Kräutertee bereiten wollte, oder weil das Zimmermädchen sie aufgefordert hatte, ihr beim Nähen zuzuschauen, und es unmöglich gewesen wäre, diese Einladungen abzulehnen, weil ›man das nicht tut‹. Im übrigen war man dem Mädchen, einer kleinen Waise, die bei Fremden aufgewachsen war und noch manchmal ein paar Tage bei ihnen verbrachte, besondere Rücksicht schuldig. Ihre Lage erregte bei Françoise mit gutmütiger Verachtung gemischtes Mitleid. Sie, die Familie hatte und von ihren Eltern her ein kleines Haus, in dem ihr Bruder ein paar Kühe hielt, konnte in einer Entwurzelten nicht ihresgleichen sehen. Und da diese junge Person hoffte, am 15. August ihre Wohltäter besuchen zu dürfen, konnte Francoise sich nicht enthalten, mehrmals zu bemerken: ›Ich muß wirklich lachen über sie. Sie sagt: Am fünfzehnten kann ich, so Gott will, nach Hause fahren. Nach Hause, hat das Mädel gesagt! Es ist dabei gar nicht ihr Dorf, es sind nur die Leute, die sie bei sich aufgenommen haben, und da redet sie von ihrem Zuhause, als wäre sie dort wirklich daheim. Das arme Ding! Was für ein Elend muß das sein, wenn man nicht einmal weiß, wo man zu Hause ist.‹ Aber wenn sich Françoise darauf beschränkt hätte, sich mit den von Gästen mitgebrachten Mädchen anzufreunden, die mit ihr im Kuriersaal aßen und sie mit ihrer schönen Spitzenhaube und ihrem feinen Profil für irgendeine vielleicht adlige Dame hielten, die durch die

Umstände gezwungen oder durch Anhänglichkeit bewogen, meiner Großmutter als Gesellschafterin diente, wenn – mit einem Wort – Françoise nur Leute gekannt hätte, die nicht zum Hotel gehörten, wäre das Übel nicht so groß gewesen, weil sie sie dann nicht daran hätte hindern können, uns zu etwas zu nützen, aus dem einfachen Grunde, weil sie uns ja keinesfalls zu etwas nütze gewesen wären. Aber sie hatte sich auch mit einem Weinkellner, einem Mann aus der Küche und einer Etagenaufseherin angefreundet. Für unser tägliches Leben ergab sich darauf, daß Françoise – die am Tage unserer Ankunft, als sie noch niemanden kannte, wegen der geringsten Kleinigkeit nicht genug hatte klingeln können und dies sogar zu Stunden, da meine Großmutter und ich es nie zu tun gewagt hätten, und auf eine leichte Vorhaltung nur erwiderte: ›Man zahlt ja auch teuer genug‹, als koste es sie ihr eigenes Geld – seitdem sie die Freundin einer Angehörigen des Küchenstabes geworden war, was uns zunächst für unsere Bequemlichkeit ganz vielversprechend schien, nicht mehr, selbst zu ganz normaler Zeit, zu schellen wagte, wenn meine Großmutter oder ich kalte Füße hatten; sie versicherte, es werde ungern gesehen, weil man deswegen noch einmal Feuer im Herd machen müsse, man störe das Personal damit beim Abendessen und werde die Leute verstimmen. Sie schloß dann immer mit einer Redensart, die trotz ihrer etwas vagen Form uns eindeutig unrecht gab: ›Die Sache ist nämlich die . . .‹ Wir bestanden dann auf unserem Ansinnen nicht, aus Angst, sie könne uns mit einer anderen, belastenderen kommen, welche lautete: ›Das will ja schließlich gemacht sein! . . .‹ So kam es also darauf heraus, daß wir kein heißes Wasser mehr hatten, weil Françoise mit denen befreundet war, die es warm machen mußten.

Endlich nahmen auch wir eine Verbindung auf, die gegen den Willen meiner Großmutter zustande kam, aber doch ihr zu verdanken war, denn sie und Madame de Villeparisis platzten eines Morgens in der Tür unmittelbar aufeinander und sahen sich gezwungen, miteinander zu reden, nicht ohne zuvor eine Mimik des Erstaunens, Zögerns, Zurückweichens, Zweifelns, der Höflichkeitsbezeigungen und Freudenbeteuerungen durchlaufen zu haben wie in einem Stück von Molière, wo wir annehmen sollen, daß zwei der agierenden Personen, die seit langem jede auf ihrer Seite nur ein paar Schritte voneinander entfernt Monologe halten, sich noch nicht gesehen haben, dann aber plötzlich einander bemerken, ihren Augen nicht trauen wollen, abgerissene Sätze stammeln und schließlich, wenn das Herz der Zwiesprache nachgekommen ist, zu gleicher Zeit reden und einander in die Arme stürzen. Aus Diskretion wollte Madame de Villeparisis meine Großmutter gleich wieder allein lassen, doch diese zog es ihrerseits vor, ihre Freundin bis zum Mittagessen festzuhalten, denn sie wollte gern von ihr wissen, wie sie es anstelle, ihre Post früher als wir zu erhalten und zu guten Rostspeisen zu kommen (denn Madame de Villeparisis, die sehr viel Wert aufs Essen legte, schätzte nur wenig die Küche unsres Hotels, in dem man uns – wie meine immer so gern Madame de Sévigné zitierende Großmutter sagte – ›Menüs, so pomphaft, daß man verhungern könnte‹ servierte). Die Marquise machte es sich nun zur Gewohnheit, alle Tage, bis ihr Essen kam, sich einen Augenblick zu uns in die Halle zu setzen, ohne daß wir aufstehen oder uns im geringsten ihretwegen bemühen durften. Höchstens hielten wir uns, um mit ihr zu plaudern, nach dem Essen etwas länger als sonst an unserm Tisch auf, zu jenem unschönen Zeitpunkt, da die Messer nachlässig neben den zerknüllten Servietten herumliegen. Um in mir, damit ich Balbec auch weiterhin lieben könnte, die Vorstellung wachzuhalten, ich befände mich an einem der äußersten Punkte der Erde, bemühte ich mich, in die Ferne zu blicken, nichts als das Meer zu sehen, darauf die von Baudelaire beschriebenen Stimmungen zu erkennen und meine Blicke auf unserm Tisch nur an jenen Tagen ruhen zu lassen, wo irgendein großer Fisch aufgetragen wurde, der im Gegensatz zu Messern und Gabeln schon in jener Urzeit existiert hatte, als das erste Leben im Ozean entstand, zur Zeit der Kymrer bereits; eine Art Seeungetüm, dessen Leib mit den unzähligen Rückenwirbeln und dem blau und rosa Geäder von der Natur nach einem architektonischen Plan erbaut worden war wie eine in vielen Farben gehaltene Meereskathedrale.

Wie ein Friseur, wenn ein Offizier, den er gerade mit besonderer Aufmerksamkeit bedient, in einem anderen Kunden einen Bekannten erkennt und mit ihm eine Unterhaltung beginnt, sich freut an der Feststellung, daß die beiden der gleichen Welt angehören, und unwillkürlich lächelt, während er eine Schale mit Seifenwasser in dem schönen Bewußtsein holt, daß in seinem Betrieb zu den schlichten Vorgängen des Frisiersalons noch gesellschaftliche, ja sogar aristokratische Vergnügungen hinzutreten, so ging auch Aimé, als er sah, daß Madame de Villeparisis in uns alte Bekannte wiedergefunden hatte, unsere Spülschalen mit dem gleichen stolzbescheidenen und klugverschwiegenen Lächeln wie eine Gastgeberin holen, die sich im richtigen Augenblick zurückzuziehen weiß. Im übrigen genügte es, den Namen einer Person mit einem Adelstitel auszusprechen, um Aimé glücklich zu machen, ganz im Gegensatz zu Françoise, in deren Gegenwart man nicht ›Graf Soundso‹ sagen konnte, ohne daß ihre Miene sich verfinsterte und ihre Rede herb und kurzangebunden wurde, was bedeutete, daß sie den Adel nicht geringer, sondern höher achtete, als Aimé es tat. Außerdem hatte Françoise den Vorzug, der ihr bei anderen als denkbar großer Fehler erschien, sie war stolz. Sie gehörte nicht zu jener liebenswürdigen, gutmütigen Art von Menschen, von denen Aimé einer war. Diese empfinden und bekunden das lebhafteste Vergnügen, wenn man ihnen eine mehr oder weniger pikante, jedenfalls aber noch nicht bekannte Tatsache erzählt, die nicht in der Zeitung gestanden hat. Françoise aber zeigte sich nicht gern über irgend etwas erstaunt. Hätte man in ihrer Gegenwart behauptet, Erzherzog Rudolf, von dessen Existenz sie bis dahin nicht die geringste Ahnung gehabt hatte, sei nicht tot, wie als erwiesen galt, sondern lebe noch, so hätte sie nur ›jaja‹ gesagt, ganz, als wisse sie das schon längst. Man muß übrigens, da sie selbst von unserer Seite, die sie uns doch in aller Ergebenheit ihre Herrschaft nannte und die wir sie fast völlig uns unterworfen hatten, nicht ohne eine Regung unterdrückten Zorns einen adeligen Namen nennen hörte, annehmen, daß die Familie, aus der sie hervorgegangen war, in ihrem Dorf eine ansehnlich behäbige und selbständige Stellung eingenommen hatte und in der Hochachtung, die man ihr zollte, sich einzig durch jene gleiche Kaste der Edelleute beeinträchtigt gefühlt hatte, bei denen Aimé von Kindheit auf gedient, wenn er nicht sogar bei einem von ihnen aus Mitleid aufgezogen worden war. In den Augen von Françoise bedurfte also Madame de Villeparisis der Verzeihung dafür, daß sie adlig war. In Frankreich besteht aber gerade darin, diese Verzeihung zu erwirken, das Talent und einzige Bemühen großer Herren und Damen. Françoise, die der Neigung aller Dienstboten folgte, über die Beziehungen ihrer Herrschaft zu anderen Personen fragmentarische Beobachtungen anzustellen und oft daraus irrige Folgerungen zu ziehen – wie es die Menschen im allgemeinen mit Bezug auf das Leben der Tiere tun – fand bei jeder Gelegenheit, man habe es uns gegenüber ›an etwas fehlen lassen‹, ein Schluß, zu dem sie übrigens ebensosehr ihre ungemeine Liebe zu uns als auch das Vergnügen verführte, das sie darin fand, uns etwas Unangenehmes zu sagen. Da sie nun aber so, daß jeder Irrtum ausgeschlossen war, die unermüdliche Zuvorkommenheit von Madame de Villeparisis uns und auch ihr selbst gegenüber feststellen mußte, sah Françoise ihr nach, daß sie Marquise war, und da sie in Wirklichkeit nie aufgehört hatte, ihr dafür Dank zu wissen, zog sie sie schließlich allen andern Personen unserer Bekanntschaft vor. Allerdings befleißigte sich auch keine von allen so unaufhörlich, gegen uns liebenswürdig zu sein. Jedesmal, wenn meine Großmutter sich für ein Buch interessiert hatte, das Madame de Villeparisis

las, oder die Früchte gelobt hatte, die jene von einer Freundin geschickt bekommen hatte, kam eine Stunde später ihr Diener zu uns herauf und brachte uns Buch oder Obst. Wenn wir sie aber dann das nächste Mal sahen, begnügte sie sich als Antwort auf unsern Dank damit, eine Entschuldigung für ihr Geschenk in irgendeinem besonderen Nützlichkeitsmoment zu suchen: ›Es ist kein Meisterwerk, aber die Zeitungen kommen so spät, da braucht man etwas zum Lesen‹ oder: ›Es ist immer besser, hier an der See Obst zu haben, zu dem man Vertrauen haben kann.‹
– Mir scheint, Sie essen niemals Austern, sagte Madame de Villeparisis zu uns (und bestärkte dadurch noch meine Abneigung gegen diese Tiere, deren lebendiges Fleisch mir noch widerwärtiger war als die schleimigen Quallen, die mir den Strand von Balbec verleideten), sie sind köstlich an diesem Küstenstrich! Ach übrigens, ich werde meiner Jungfer sagen, sie soll Ihre Briefe mit meinen zusammen abholen. Wie? Ihre Tochter schreibt Ihnen jeden Tag? Aber was können Sie sich da nur zu sagen haben!
Meine Großmutter schwieg, aber es ist anzunehmen, daß sie es aus Geringschätzung tat – sie, die doch meiner Mutter immer wieder die Worte der Madame de Sévigné vorhielt: ›Sobald ich einen Brief bekommen habe, möchte ich auf der Stelle einen weiteren haben, ich kann nicht atmen ohne sie. Wenige Leute sind wert, mich darin zu verstehen.‹ Und ich fürchtete schon, sie werde die sich daraus ergebende Folgerung auf Madame de Villeparisis anwenden: ›Ich suche mir die heraus, die dieser kleinen Zahl angehören, und meide die übrigen.‹ Tatsächlich aber erging sie sich lieber in Lobsprüchen über das Obst, das Madame de Villeparisis uns am Vortage hatte bringen lassen. Die Früchte waren allerdings so schön, daß der Hoteldirektor, obwohl er für seine eigenen verschmähten Obstschüsseln eifersüchtig war, sich zu der Bemerkung verstieg: »Ich bin wie Sie, wenn ich Obst sehe, werde ich lüstern.«
Meine Großmutter sagte ihrer Freundin, sie habe ihre Gabe

um sehr mehr geschätzt, als das Obst im Hotel meist minderwertig sei. »Ich kann nicht«, fügte sie hinzu, »wie Madame de Sévigné sagen, wir müßten, wenn wir durchaus Verlangen nach schlechten Früchten hätten, sie erst aus Paris kommen lassen.« – »Ach ja, Sie lesen ja Madame de Sévigné. Ich habe Sie vom ersten Tage an mit ihren Briefen gesehen (sie vergaß dabei, daß sie meine Großmutter ja nie im Hotel gesehen hatte, bevor sie sich mit ihr in der bewußten Tür traf). Finden Sie diese unaufhörliche Sorge um ihre Tochter nicht etwas übertrieben, sie spricht doch zuviel davon, als daß es ganz aufrichtig sein könnte. Sie ist darin nicht natürlich.« Meine Großmutter fand jedes weitere Wort zuviel, und um nicht über Dinge, die ihr am Herzen lagen, mit jemandem sprechen zu müssen, der nichts davon verstand, verdeckte sie mit ihrer Handtasche die Memoiren der Madame de Beausergent.

Wenn Madame de Villeparisis Françoise in dem Augenblick traf, da diese mit einer schönen Haube geschmückt und von allgemeiner Hochachtung umgeben in den Kuriersaal ›zum Mittag‹ ging, hielt sie sie einen Augenblick fest, um sie über uns zu befragen. Françoise überbrachte uns dann die Worte der Marquise: ›Sie hat gesagt: Sagen Sie ihnen von mir aus guten Tag‹, wobei sie die Stimme der Marquise nachahmte, deren Rede sie genau wiederzugeben glaubte und wahrscheinlich nicht mehr entstellte als Plato die Ausführungen des Sokrates oder der hl. Johannes den Wortlaut der Reden Jesu. Françoise war natürlich von so viel Aufmerksamkeit sehr gerührt. Es mochte freilich sein, daß sie meiner Großmutter nicht glaubte, sondern eher annahm, diese entstelle die Wahrheit zugunsten der Klassensolidarität – die Reichen hielten ja immer zusammen – wenn sie versicherte, Madame de Villeparisis sei früher bezaubernd gewesen. Allerdings waren davon nur noch sehr schwache Spuren zu erkennen, aus denen nur jemand mit mehr künstlerischem Blick, als Françoise ihn besaß, die verwüstete Schönheit wieder hätte zusammensetzen

können. Denn um zu begreifen, in welchem Maße eine alte Frau hübsch gewesen sein kann, muß man jeden Zug nicht nur sehen, sondern auch in die Vergangenheit übersetzen.
– Ich muß doch einmal daran denken, sie zu fragen, ob ich mich täusche, oder ob sie nicht irgendwie mit den Guermantes verwandt ist, sagte meine Großmutter und entfachte dadurch in mir ein Gefühl der Empörung. Wie hätte ich an eine gemeinsame ursprungsmäßige Verbindung zwischen zwei Namen glauben können, von denen der eine durch die niedere unansehnliche Pforte der Erfahrung, der andere aber durch das goldene Tor der Phantasie in mein Bewußtsein getreten war?
Seit ein paar Tagen sah man in einer pomphaften Equipage die rothaarige, schöne, mit einer etwas kräftigen Nase ausgestattete Prinzessin von Luxemburg vorbeifahren, die ein paar Wochen in dieser Gegend auf dem Lande verlebte. Ihr Wagen hatte vor dem Hotel gehalten, ihr Diener war hereingekommen, hatte mit dem Direktor gesprochen, war zum Wagen zurückgekehrt und hatte herrliche Früchte hereingetragen (die in einem einzigen Korb wie die Bucht von Balbec verschiedene Jahreszeiten versinnbildlichten) mit einer Karte dabei: ›Die Prinzessin von Luxemburg‹, auf der ein paar mit Bleistift geschriebene Worte standen. Welchem fürstlichen Gast, der hier inkognito weilte, mochten diese Früchte, meergrüne Reineclauden, die mit ihrer schimmernden Wölbung der Rundsicht des Meeres in diesem Augenblick glichen, durchscheinende Weinbeeren, die an ihren holzigen Stielen hingen wie ein klarer Tag im Herbst, Birnen von himmlischem Ultramarin, wohl nur zugedacht sein? Denn die Prinzessin konnte ja wohl nicht der Freundin meiner Großmutter einen Besuch machen wollen. Jedoch am folgenden Tage schickte uns Madame de Villeparisis eine frisch duftende goldene Traube und Pflaumen und Birnen, die wir gleichfalls wiedererkannten, obwohl die Pflaumen wie das Meer zur Stunde unseres Mittagsmahls grau und rosa schillerten und über dem Ultramarin der Birnen

ein paar rosige Wolkengebilde lagen. Ein paar Tage darauf begegneten wir Madame de Villeparisis, als wir gerade aus dem Symphoniekonzert kamen, das allmorgendlich am Strande stattfand. Überzeugt, daß die Werke, die ich dort hörte (das Vorspiel zu Lohengrin, die Tannhäuser-Ouvertüre und anderes), die höchsten Wahrheiten ausdrückten, versuchte ich mich bis zu ihnen zu erheben, das Beste, das Tiefste, was in mir war, zum Verständnis dieser Wahrheiten aus mir herauszuholen und ihnen entgegenzubringen.

Bei dieser Gelegenheit nun, als wir aus dem Konzert kommend den Weg zum Hotel einschlugen, waren wir, meine Großmutter und ich, einen Augenblick auf der Mole stehengeblieben, um ein paar Worte mit Madame de Villeparisis zu wechseln, die uns mitteilte, sie habe im Hotel für uns gebackenen Toast mit Schinken und Käse sowie Oeufs à la crème bestellt; da nun sah ich von weitem die Prinzessin von Luxemburg auf uns zukommen, leicht auf ihren Sonnenschirm gestützt, was ihrer großen prachtvollen Erscheinung eine leichte Neigung gab und damit jene arabeskenhafte Linie, die so sehr erstrebt wurde von den Frauen, welche unter dem Kaiserreich schön gewesen waren und noch jetzt mit hängenden Schultern und etwas hochgezogenem Rücken, hohlem Kreuz und durchgedrückten Knien so gut verstanden, sich von ihrer Kleidung weich wie von einem Seidentuch um eine unbiegsame, schräg hindurchlaufende Achse her gleichsam umwehen zu lassen. Sie ging jeden Morgen aus, um einen Spaziergang am Strande ungefähr zu der Stunde zu machen, als alles schon wieder nach dem Bade zum Mittagessen heimkehrte, und da sie erst um halb zwei Uhr speiste, suchte sie ihre Villa erst lange, nachdem die Badegäste die menschenleere glühendheiße Mole verlassen hatten, wieder auf. Madame de Villeparisis stellte meine Großmutter vor und wollte auch mich vorstellen, mußte aber nach meinem Namen fragen, den sie nicht mehr wußte. Sie hatte ihn vielleicht niemals gekannt, oder mindestens schon seit Jahren vergessen, an wen meine

Großmutter ihre Tochter damals verheiratet hatte. Der Name schien lebhaften Eindruck auf Madame de Villeparisis zu machen. Inzwischen hatte die Prinzessin von Luxemburg uns die Hand gereicht, und von Zeit zu Zeit wendete sie sich, während sie ihre Unterhaltung mit der Marquise fortsetzte, zu uns um, um meiner Großmutter und mir freundliche Blicke zuzuwerfen, die jenen flüchtig skizzierten Kuß enthielten, den man mit einem Lächeln einem kleinen Kind mit seiner Bonne zuwirft. Sie hatte sogar in ihrem Eifer, nicht so zu wirken, als throne sie in einer über der unseren liegenden Sphäre, zweifellos die Distanz falsch berechnet, denn infolge einer falschen Einstellung tränkten sich ihre Blicke mit derartiger Güte, daß ich den Augenblick kommen sah, da sie uns streicheln würde wie zwei nette Tiere, die im Jardin d'Acclimatation durch ein Gitter ihr den Kopf hinstreckten. Auf der Stelle übrigens nahm diese Vorstellung von Tieren und dem Bois de Boulogne festere Gestalt in mir an. Es war die Zeit, da die Mole von Händlern überflutet wird, die mit viel Geschrei Kuchen, Bonbons und Brötchen ausbieten. Da die Prinzessin nicht wußte, wie sie uns ihr Wohlwollen bezeigen sollte, hielt sie den ersten besten an, der vorüberkam; er hatte nur noch ein kleines Roggenbrot von der Art, wie man sie zum Entenfüttern benützt. Die Prinzessin nahm es und sagte: »Das ist für Ihre Großmama«, reichte es aber mir und setzte mit einem feinen Lächeln hinzu: »Sie dürfen es ihr selbst geben«, wobei sie offenbar dachte, meine Freude werde vollkommener sein, wenn kein Mittler mehr zwischen mir und den Tieren blieb. Andre Händler kamen herbei, sie füllte meine Taschen mit allem, was sie bei sich hatten, verschnürten Päckchen, Oblaten, Babas und Zuckerstangen. »Das essen Sie und geben auch Ihrer Großmutter davon ab«, sagte sie und ließ die Händler von dem kleinen, in roten Atlas gekleideten Neger bezahlen, der sie überallhin begleitete und den das ganze Strandpublikum bestaunte. Dann verabschiedete sie sich von Madame de Villeparisis und reichte auch uns die Hand, um uns ganz wie ihre Freundin als gute Bekannte zu behandeln, sich also zu uns herabzulassen. Diesmal aber wies sie uns offenbar in der Stufenleiter der Lebewesen eine minder niedrige Stellung zu, denn die Prinzessin gab meiner Großmutter mit den Mitteln eines zärtlichen, mütterlichen Lächelns, das man an einen Buben wendet, dem man ›Auf Wiedersehen‹ sagt wie einem Erwachsenen, zu verstehen, daß sie selbst nicht mehr sei als wir. Durch einen wunderbaren Fortschritt der Artenentwicklung war meine Großmutter nicht mehr eine Ente oder Antilope, sondern bereits das geworden, was Madame Swann als ›baby‹ bezeichnete. Als die Prinzessin sich schließlich von uns allen dreien verabschiedet hatte, nahm sie ihre Promenade auf dem besonnten Deich wieder auf, indem sie wie eine Schlange um einen Stab ihre prächtig geschwungene Gestalt sich an dem weißen blaubedruckten Sonnenschirm entlangwinden ließ, den sie geschlossen in der Hand trug. Sie war meine erste Hoheit, denn die Prinzessin Mathilde war ihrem Auftreten nach gar nicht hoheitsmäßig. Die zweite sollte mich, wie man später sehen wird, nicht weniger durch ihre Leutseligkeit in Erstaunen setzen. Eine Form der Liebenswürdigkeit der Großen, die eine durch Wohlwollen bestimmte Mittlerstellung zwischen Souveränen und Bürgern einnehmen, wurde mir am folgenden Tage enthüllt, als Madame de Villeparisis zu uns sagte: »Sie hat Sie beide reizend gefunden. Sie besitzt ein gutes Urteil und viel Herz. Sie ist sicher nicht wie so viele Potentaten und Hoheiten, sie hat wahren Wert.« Und mit überzeugter Miene sowie entzückt darüber, daß sie uns etwas Derartiges sagen konnte, setzte die Marquise hinzu: »Ich glaube, sie würde sich freuen, Sie gelegentlich einmal wiederzusehen.«

Doch sagte sie an diesem gleichen Morgen, nachdem die Prinzessin von Luxemburg uns verlassen hatte, noch etwas anderes zu mir, was mir größeren Eindruck machte und mit bloßer Liebenswürdigkeit nichts zu tun hatte.

– Sind Sie der Sohn des Ministerialdirektors? fragte sie. Ihr

Vater muß ein bezaubernder Mensch sein. Er macht ja im Augenblick eine recht schöne Reise.
Ein paar Tage vorher hatten wir brieflich von Mama erfahren, daß mein Vater und sein Reisegefährte Monsieur de Norpois ihr Gepäck verloren hätten.
- Es hat sich wiedergefunden, oder vielmehr ist es niemals wirklich verloren gewesen, ich will Ihnen sagen, wie es zuging, sagte Madame de Villeparisis, die, ohne daß wir begriffen, wieso das möglich war, über die Einzelheiten dieser Reise weit besser orientiert schien als wir. Ich glaube, Ihr Vater wird seine Rückkehr schon auf nächste Woche vorverlegen und darauf verzichten, auch noch nach Algeciras zu gehen. Aber er hat Lust, einen Tag länger auf Toledo zu verwenden, denn er ist ein Bewunderer eines Schülers von Tizian, dessen Namen ich vergessen habe und dessen Bilder man offenbar nur dort richtig sehen kann.
Ich aber fragte mich, durch welchen Zufall Madame de Villeparisis mit dem gleichen Fernglas, durch das sie ohne Anteilnahme das winzige, vage Treiben der Menge ihr bekannter Menschen in seiner Gesamtheit betrachtete, gerade die Gegend, in der mein Vater sich aufhielt, durch ein so erstaunlich vergrößerndes Stück Linse sah, daß sie klar und mit aller Genauigkeit des Details alle angenehmen Züge an ihm, die Zufälle, die ihn zur Rückkehr zwangen, die Zollschwierigkeiten an der Grenze, seine Neigung für Greco erkennen konnte, und wieso es den optischen Maßstab so stark für sie veränderte, daß ihr ein einziger Mann derart groß inmitten der anderen ganz kleinen erschien, etwas wie jener Jupiter, dem Gustave Moreau, wenn er ihn neben einer schwachen Sterblichen darstellt, übermenschliche Ausmaße gibt.
Meine Großmutter verabschiedete sich von Madame de Villeparisis, damit wir einen Augenblick länger vor dem Hotel die frische Luft genießen könnten, bis man uns von drinnen her durch die Fensterscheibe ein Zeichen gab, unser Menü sei aufgetragen. Wir hörten tumultuarischen Lärm. Es war

die junge Geliebte des Mannes, der bei den Wilden König war; sie hatte ihr Bad genommen und kehrte zum Mittagessen heim.
– Das ist wirklich eine Heimsuchung; man möchte am liebsten aus Frankreich wegziehen! rief der Anwaltskammervorsitzende, der in diesem Augenblick bei uns vorbeikam, wütend aus.
Die Frau des Notars hingegen schaute der falschen Souveränin mit weitaufgerissenen Augen nach.
– Ich kann Ihnen gar nicht sagen, wie Madame Blandais mir auf die Nerven fällt, wenn sie diese Leute so anstarrt, bemerkte der Anwaltskammervorsitzende zu dem Gerichtspräsidenten. Ich könnte sie ohrfeigen, diese Frau. Auf die Weise fühlt sich solch Pack ja auch noch wichtiggenommen, und sie wollen ja gerade, daß man sich mit ihnen beschäftigt. Sagen Sie doch ihrem Mann, er möge sie darauf aufmerksam machen, wie lächerlich das ist; ich gehe mit den Leuten nicht mehr aus, wenn sie sich, wie es scheint, um solche Karnevalsfiguren kümmern.
Das Auftreten der Prinzessin von Luxemburg an jenem Tage, als sie in der Kalesche vorfuhr, um die Früchte zu bringen, war natürlich der Damengruppe, das heißt den Frauen des Notars, des Anwaltskammervorsitzenden und des Gerichtspräsidenten, nicht entgangen, zumal sie schon seit einiger Zeit begierig auf die Enthüllung warteten, ob diese Madame de Villeparisis, die mit besonderer Aufmerksamkeit behandelt wurde – alle diese Damen hätten brennend gern gesehen, es geschehe zu Unrecht – eine wirkliche Marquise sei. Als Madame de Villeparisis die Halle durchschritt, hob die Frau des Gerichtspräsidenten, die überall Unrat witterte, die Nase von ihrer Handarbeit und sah ihr mit einer Miene nach, über die ihre Freundinnen sich einfach totlachen wollten.
– Also ich, müssen Sie wissen, teilte sie voller Genugtuung mit, nehme immer erst einmal das Schlimmste an. Ich glaube keiner Frau, daß sie verheiratet ist, bis sie mir nicht ihre

Geburts- und Heiratsurkunde vorgewiesen hat. Im übrigen haben Sie nur keine Angst, ich gehe der Sache schon nach.
Täglich fanden die Damen sich lachend bei ihr ein:
— Wir kommen, um zu hören, was es Neues gibt.
Am Abend nach dem Besuch der Prinzessin von Luxemburg legte die Frau des Gerichtspräsidenten den Finger auf den Mund.
— Heute ist es soweit.
— Oh, diese Madame Poncin! Sie ist doch wirklich einzig ... aber sagen Sie, Liebe, was gibt es denn?
— Es gibt, antwortete sie, daß eine Frau mit gelben Haaren, einem Kilo Rouge auf dem Gesicht und einem Wagen, der auf eine Meile im Umkreis nach einem bestimmten Gewerbe riecht und wie ihn nur diese Damen haben, heute gekommen ist, um unsere sogenannte Marquise zu besuchen.
— Oh, lala! Was habe ich gesagt? Da sehen wir es ja! Aber sicher ist das die Dame, die uns auffiel, Sie wissen doch, Herr Anwaltskammervorsitzender; es kam uns auch höchst zweifelhaft vor, aber wir wußten nicht, daß sie zu der Marquise wollte. Eine Dame mit einem Neger, nicht wahr?
— Ganz recht.
— Oh, erzählen Sie. Den Namen wissen Sie nicht?
— Doch, ich habe wie aus Versehen auf ihre Karte geschaut, sie hat ›Prinzessin von Luxemburg‹ als Pseudonym gewählt! Da sehen Sie, wie recht ich mit meinen Bedenken hatte! Wirklich angenehm ist das, hier auf so engem Raum mit einer Art von Baronin d'Ange zusammenzuwohnen.
Der Vorsitzende der Anwaltskammer zitierte zu dem Gerichtspräsidenten gewendet Mathurin Régnier und seine ›Macette‹.
Man darf übrigens nicht glauben, es handle sich hier um ein vorübergehendes Mißverständnis, wie es im zweiten Akt eines Volksstücks entsteht, um im letzten glücklich aufgeklärt zu werden. Die Prinzessin von Luxemburg, eine Nichte des Königs von England und des Kaisers von Österreich, und Madame de Villeparisis wirkten zusammen immer, wenn die

erstere ihre Freundin zu einer Spazierfahrt mit ihrem Wagen abholen kam, wie zwei muntere Damen von der Art, die man sich in Badeorten nur schwer vom Leibe halten kann. Dreiviertel der Herren des Faubourg Saint-Germain gelten in den Augen eines großen Teils des Bürgertums für verkommene Subjekte (was sie im übrigen in einzelnen Fällen auch zuweilen sind), die infolgedessen niemand bei sich sehen mag. Das Bürgertum denkt darin zu moralisch, denn der persönliche Makel, der an jenen Menschen hängt, würde in keiner Weise hindern, daß sie dort bereitwilligst empfangen würden, wo das Bürgertum niemals verkehren wird. Die andern Aristokraten aber leben so unbedingt in der Vorstellung, das Bürgertum sei sich darüber klar, daß sie unbefangen von sich selber reden und die erwiesenermaßen Gestrandeten unter ihren Freunden ruhig anschwärzen, was wesentlich zu dem Mißverständnis beiträgt. Wenn durch Zufall ein Mann der großen Welt zum Bürgertum in Beziehung steht, weil er infolge seines enormen Reichtums Präsident einer der bedeutendsten Finanzgesellschaften ist, möchten diese Leute, die endlich einen Adligen unter sich sehen, der verdienen würde, der Großbourgeoisie anzugehören, die Hand dafür ins Feuer legen, daß er mit dem Marquis nicht verkehrt, den sie als ruinierten Spieler für um so vereinsamter halten, je liebenswürdiger er sich zeigt. Sie bekehren sich auch nicht einmal, wenn der Herzog, der gleichzeitig der Aufsichtsratvorsitzende einer riesenhaften Gesellschaft ist, seinem Sohn die Tochter des verschuldeten Marquis, dessen Namen jedoch einer der ältesten Frankreichs ist, zur Ehe gibt – ebenso wie ein Souverän seinen Sohn eher die Tochter eines entthronten Königs heiraten läßt als die eines in Amt und Würden befindlichen Präsidenten der Republik. Das bedeutet, daß diese beiden Welten voneinander eine nur ebenso nebelhafte Vorstellung haben wie die Bewohner des einen Ufers der Bucht von Balbec von denen, die ihnen am andern gegenüberwohnen: von Rivebelle aus sieht man einen Schimmer von Marcouville l'Orgueilleuse; aber selbst das noch ist trügerisch, denn man meint, man werde auch von Marcouville aus gesehen, während in Wirklichkeit der Glanz von Rivebelle den Bewohnern jener Küste zum größten Teil verborgen bleibt.

Als der Arzt aus Balbec, konsultiert wegen eines Fieberanfalls, den ich gehabt hatte, feststellte, daß ich nicht den ganzen Tag bei großer Hitze am Strand in der Sonne verbringen dürfe, und zu meinem Gebrauch ein paar Rezepte ausgestellt hatte, nahm meine Großmutter die Rezepte mit jenem Anschein von Ehrfurcht entgegen, in dem ich sofort ihren festen Entschluß erkannte, keines davon ausführen zu lassen, richtete sich aber gleichwohl nach den sonstigen Anweisungen mit Bezug auf meine Behandlung und nahm das Anerbieten von Madame de Villeparisis, gemeinsame Spazierfahrten mit ihr in ihrem Wagen zu machen, gern an. Bis zur Stunde der Mittagsmahlzeit lief ich zwischen meinem Zimmer und dem meiner Großmutter hin und her. Das ihre ging nicht wie das meine unmittelbar aufs Meer, sondern öffnete sich nach drei Seiten hin: auf eine Ecke der Mole, auf einen Hof und auf das flache Land; auch möbliert war es anders als meines; es standen Sessel darin, deren mit Metallfäden und rosa Rosen bestickte Bezüge den angenehm frischen Duft auszuhauchen schienen, der einem beim Eintritt entgegenkam. Und zu dieser Stunde, da die Sonnenstrahlen je nach der Lage der betreffenden Seite von verschiedenen Richtungen her sich an den Mauerecken brachen, neben einen Reflex, der von der Brandung herrührte, auf die Kommode ein Schmuckaltärchen setzten, das bunt wie die Blumen am Wege war, an die Wand die gefalteten, warm zitternden Flügel einer Helligkeit hefteten, als ob sie gleich wieder fortflattern wollte, ein Viereck des provinziellen Teppichs aufheizten wie ein Bad unter dem kleinen Hoffenster, das die Sonne wie mit Weinlaubgehängen bekränzte, den Reiz und die Vielfalt der Möbelausstattung mehrten, indem sie die Blätter der blumigen Seide stärker hervortreten und die Stickerei ausdrucksvoller erscheinen ließen, glich das Zimmer, das ich einen Augenblick durchschritt, bevor ich mich für die Ausfahrt umkleidete, einem Prisma, das die Farben des von außen her einfallenden Lichtes zerlegte, oder einer Bienenwabe, in der die Säfte des Tages, die ich kosten sollte, noch verteilt und zerstreut, doch berauschend und sichtbar vorhanden waren, oder einem Garten der Hoffnung, der im zitternden Weben der Strahlen und rosigen Blütenblätter verschwamm. Vor allem andern aber hatte ich meine Vorhänge aufgezogen, um zu wissen, was für ein Meer sich heute wie eine Nereide am Saum des Strandes spielend erging. Denn keines blieb länger als einen Tag. Am nächsten schon war ein anderes da, das manchmal dem vorigen glich. Nie aber habe ich zweimal dasselbe gesehen.

Es gab solche von so erlesener Schönheit, daß bei ihrem Anblick meine Freude noch durch das sich daruntermischende Staunen wuchs. Womit war es verdient, daß an dem einen Morgen, nicht aber an einem anderen das spaltbreit geöffnete Fenster meinem bewundernden Blick die Nymphe Glaukonome zeigte, wie sie in träger, weich atmender Schöne die Transparenz des von milchigen Nebeln durchzogenen Smaragdes besaß, in dem ich die Elemente greifbar schweben sah, die ihm seine Farbe verliehen? Sie gab sich dem Spiel der Sonne mit einem Lächeln hin, das noch weicher wurde durch einen unsichtbaren Dunst, der, nichts anderes als der leere Raum über ihren durchsichtig schimmernden Konturen, sie gleich einer Göttin aus einem Marmorblock, dessen Reste der Künstler nicht hat wegschlagen mögen, nur desto gesammelter und berückender uns vor Augen treten ließ. In einem einzigen Farbton gewandet, lud sie uns so zu einer Spazierfahrt auf den holprigen Straßen des Festlandes ein, und von dort, vom Wagen der Marquise de Villeparisis aus, würden wir sie den ganzen Tag, ohne sie je zu berühren, in der kühlen Frische ihrer wohligen Wellenspiele erblicken.

Madame de Villeparisis ließ immer frühzeitig anspannen, damit wir Zeit hätten, bis nach Saint-Mars-le-Vêtu, bis zu den

Klippen von Quetteholme oder einem anderen Aussichtspunkt vorzudringen, der für ein langsames Gefährt ziemlich entfernt war und dessen Besuch einen Tagesausflug bedeutete. In meiner Freude auf die lange Wagenfahrt trällerte ich irgendeine jüngst gehörte Melodie und lief ungeduldig auf und ab, bis Madame de Villeparisis fertig war. War es ein Sonntag, so stand ihr Wagen nicht als einziger vor dem Hotel; mehrere Mietdroschken warteten nicht nur auf die Personen, die zu Madame de Cambremer nach deren Schloß Féterne eingeladen waren, sondern auch auf die, die, anstatt wie gestrafte Kinder daheim zu bleiben, lieber erklärten, der Sonntag in Balbec sei einfach tödlich langweilig, und gleich nach dem Mittagessen sich in ein benachbartes Seebad flüchteten oder ein Ausflugsziel aufsuchten; und oft, wenn man Madame Blandais fragte, ob sie bei den Cambremers gewesen sei, antwortete sie mit großer Bestimmtheit: ›Nein, wir waren am Wasserfall von Le Bec‹, als sei dies der einzige Grund, weshalb sie den Tag nicht in Féterne verbracht habe. Und der Vorsitzende der Anwaltskammer erbarmte sich dann und meinte:
– Da beneide ich Sie; ich hätte gern mit Ihnen getauscht, sicher ist das viel interessanter gewesen.
Neben dem Wagen, unter der Einfahrt, an der ich wartete, stand eingepflanzt wie ein junger Baum von seltener Art ein junger Chasseur, der nicht weniger durch die einzigartige Harmonie seines schimmernden Haars als durch die pflanzenhafte Zartheit seiner Epidermis in die Augen fiel. Im Innern der Halle, die dem Narthex oder der Katechumenenkirche romanischer Basiliken entsprach, da die nicht im Hotel wohnenden Personen sie betreten durften, arbeiteten die Kameraden des den ›Außendienst‹ versehenden Grooms nicht viel mehr als er, führten aber wenigstens dann und wann ein paar Bewegungen aus. Wahrscheinlich mußten sie am Morgen bei der Reinigung helfen. Am Nachmittag jedoch spielten sie nur die Rolle von Choristen, die, auch wenn sie nichts zu tun haben, zur Verstärkung der Komparserie auf der Bühne blei-

ben. Der Generaldirektor, derjenige, der mir solche Furcht einflößte, plante, ihre Zahl im folgenden Jahr beträchtlich zu vermehren, denn große Dinge schwebten ihm vor. Sein Beschluß ging dem zweiten Direktor entschieden gegen den Strich, denn er fand, daß diese Kinder nichts als ›Maulaffen‹ seien, womit er sagen wollte, sie ständen nur herum und ›hielten Maulaffen feil‹. Zwischen Mittag- und Abendessen jedenfalls füllten sie die Lücken der Handlung ähnlich wie die Schülerinnen der Madame de Maintenon aus, die in der Gewandung junger Israeliten stets dann ein Zwischenspiel zum besten gaben, wenn Esther oder Joad von der Bühne verschwanden. Der ›Außenchasseur‹ jedoch mit den subtilen Farbnuancen und der schlanken grazilen Gestalt, in dessen Nähe ich darauf wartete, daß die Marquise herunterkäme, verharrte in seiner Unbeweglichkeit, in die sich Schwermut mischte, denn seine älteren Brüder hatten dem Hotel zugunsten glanzvollerer Karrieren wieder den Rücken gekehrt, und nun fühlte er sich vereinsamt auf dem Boden der Fremde. Endlich erschien Madame de Villeparisis. Sich um den Wagen zu kümmern und ihr beim Einsteigen behilflich zu sein, hätte vielleicht zu den Funktionen dieses Chasseurs gehört. Aber er wußte, daß ein Gast, der seine eigenen Leute mitbringt, sich von ihnen bedienen läßt und gemeinhin im Hotel wenig Trinkgeld gibt, und an dem Adel des Faubourg Saint-Germain war ihm diese Gewohnheit ohnehin bekannt. Madame de Villeparisis nun gehörte beiden Kategorien an. Der wie ein Hochstamm gewachsene junge Mann zog daraus den Schluß, daß er von der Marquise nichts zu erwarten habe; während er den Diener und die Jungfer der Dame bei ihrer Installierung im Wagen behilflich sein ließ, stand er in pflanzenhafter Unbeweglichkeit da und hing trauervoll seinen Träumen von dem beneidenswerten Los seiner Brüder nach.

Wir fuhren an; hinter dem Bahnhof abbiegend kamen wir auf einen Fahrweg, der durch die Felder führte und mir von der Schneise an, wo er sich zwischen reizenden Gehöften hinzog, bis zu der Biegung, wo wir inmitten von bestellten Äckern verließen, bald ebenso vertraut war wie die Landstraßen rings um Combray. Auf den Feldern tauchten vereinzelt Apfelbäume auf, die freilich ihre Blüten verloren hatten und nur noch Büschel von griffelbesetzten Fruchtknoten trugen, aber dennoch genügten, um mir ein Gefühl der Beglückung zu geben, denn ich erkannte an ihnen die unvergleichlichen Blätter, über deren Breite wie über den Läufer unter der Eingangstür zu einem nun freilich verrauschten Hochzeitsfest noch eben die weiße Seidenschleppe der zart errötenden Blüten hinweggeglitten war.

Wie oft habe ich in Paris im Mai des folgenden Jahres mir einen Apfelblütenzweig im Blumenladen gekauft und dann die ganze Nacht vor seinen Blüten gesessen, in deren Innern die gleiche rahmige Substanz aufquoll, die auch noch die Blattknospen mit ihrem Schaum überzog, und zwischen deren weißen Blumenkronen, wie es schien, der Händler, von dem ich sie gekauft, aus Großzügigkeit des Schenkens, aus Erfinderfreude vielleicht oder um des Kontrastes willen an den Seiten noch zusätzlich höchst kleidsame rosa Knospen angebracht hatte: ich schaute die Zweige an, ließ sie unter der Lampe verschiedene Lagen einnehmen – so lange, daß ich oft noch mit ihnen beschäftigt war, wenn schon die Morgenröte sie mit dem rosigen Hauch versah, den sie im selben Augenblick in Balbec haben mochten – und suchte sie oft kraft meiner Phantasie wieder an jene Landstraße zurückzuversetzen, sie zu vervielfältigen, in dem vorbereiteten Rahmen auf den hergerichteten Untergrund der Gehöfte aufzutragen, deren genaue Gestalt ich so gut auswendig kannte – die ich so gern hätte wiedersehen mögen und eines Tages auch sah – in dem Augenblick, da mit dem hinreißenden Schwung des Genies der Frühling die Leinwand mit seinen Farben überzieht.

Bevor ich in den Wagen stieg, hatte ich mir die Meereslandschaft ausgemalt, die ich gern sehen wollte und mit Baudelaires ›soleil rayonnant‹ anzutreffen hoffte, der ich aber in Bal-

bec selbst immer nur bruchstückweise zwischen allzu vielen
Enklaven des Alltäglichen begegnete, die mein Traum verwarf,
jenem Übermaß an Badegästen, Kabinen, Vergnügungsjachten. Aber wenn der Wagen von Madame de Villeparisis auf
der Steilküste angekommen war und ich das Meer zwischen
den Blättern der Bäume aufschimmern sah, verschwanden
offenbar in wesenloser Ferne jene modernen Einzelzüge, die
es aus Natur und Geschichte herausgehoben hatten, und ich
mußte nun beim Anblick seiner Fluten unweigerlich daran
denken, daß sie die gleichen seien, die Leconte de Lisle uns
in seiner ›Orestie‹ beschreibt, wo ›Raubvögelzügen gleich‹
die langhaarigen Krieger des Hellas der Heldenzeit ›mit hunderttausend Rudern die tönende Flut durchschifften‹. Aber
andererseits war ich dem Meere nicht nah genug, es kam mir
nicht lebendig vor, sondern lag da wie erstarrt, ich fühlte
seine Macht nicht mehr unter diesen weitwogenden Farben,
die nur bildhaft hinter den Blättern erschienen, immateriell
wie der Himmel, nur dunkler getönt als er.

Da Madame de Villeparisis bemerkt hatte, wie sehr ich Kirchen liebte, versprach sie mir, wir würden die eine oder die
andere aufsuchen, ›besonders die von Carqueville, die ganz
unter Efeu versteckt ist‹, setzte sie mit einer Handbewegung hinzu, die jene ferne unter noch unsichtbarem, zartem
Laubwerk verborgene Fassade gefällig zu umreißen schien.
Madame de Villeparisis fand oft gleichzeitig mit solch einer
knapp veranschaulichenden Geste auch das treffende Wort,
um den Zauber und die Eigenart eines Bauwerks zu verdeutlichen, wobei sie alle Fachausdrücke vermied, aber dennoch
nicht verhehlen konnte, daß sie wußte, wovon sie sprach. Sie
schien sich förmlich damit entschuldigen zu wollen, daß es
eben doch, da eines der Schlösser ihres Vaters, in dem sie
aufgewachsen war, in einer Gegend lag, wo es Kirchen im
gleichen Stil wie die von Balbec gab, geradezu absurd gewesen
wäre, wenn sie nicht Geschmack an der Baukunst bekommen
hätte, zumal jenes Schloß eines der schönsten Denkmäler der

Renaissancearchitektur sei. Aber da es auch ein regelrechtes Museum darstellte, außerdem Chopin und Liszt dort musiziert und Lamartine seine Gedichte vorgelesen, alle bekannten Künstler eines ganzen Jahrhunderts dort im Familienalbum Gedanken niedergelegt, Melodien aufgezeichnet und Skizzen hinterlassen hatten, führte Madame de Villeparisis aus natürlicher Grazie, guter Erziehung, echter Bescheidenheit oder Mangel an philosophischem Geist nur diese rein materielle Grundlage für ihre Kenntnis aller Künste an und tat am Ende so, als betrachte sie Malerei, Musik, Literatur und Philosophie als selbstverständliche Mitgift eines unter aristokratischen Lebensformen in einem als bedeutend offiziell anerkannten Baudenkmal aufgewachsenen jungen Mädchens. Man hätte meinen können, es gebe für sie keine anderen als ererbte Gemälde. Sie freute sich, daß meiner Großmutter ein Kollier gefiel, das sie trug und das im Ausschnitt ihres Kleides zu sehen war. Dies Schmuckstück war bereits auf dem Porträt einer von Tizian gemalten Ahnfrau von ihr zu sehen, das immer in Familienbesitz geblieben war. So war man wenigstens sicher, daß es ein echter Tizian sei. Von Bildern, die irgendein Krösus irgendwo käuflich erworben hatte, wollte sie nichts wissen; sie war von vornherein überzeugt, sie seien falsch, und hatte keine Lust, sie auch nur anzuschauen; wir wußten, daß sie selbst Blumenaquarelle malte, und meine Großmutter, die diese hatte rühmen hören, fragte sie danach. Madame de Villeparisis brachte aus Bescheidenheit das Gespräch sogleich auf andere Dinge, aber ohne doch mehr Staunen oder Vergnügen zu bekunden als ein hinlänglich bekannter Künstler, dem man mit Komplimenten im Grunde nichts Neues sagt. Sie begnügte sich mit der Bemerkung, es sei dies ein reizender Zeitvertreib, weil, wenn auch die mit dem Pinsel hergestellten Blumen nichts Besonderes seien, doch der Vorgang des Malens einen veranlasse, in der Gesellschaft natürlicher Blumen zu leben, an deren Schönheit man, zumal wenn man sie, um sie nachzubilden, von nahem betrachte, sich niemals sattsehen könne. Doch in Balbec beurlaubte sich Madame de Villeparisis von dieser Tätigkeit, um ihre Augen zu schonen.

Wir beide, meine Großmutter und ich, stellten mit Verwunderung fest, um wieviel ›liberaler‹ sie war als größtenteils die Bourgeoisie. Sie wunderte sich, daß man sich über die Austreibung der Jesuiten aufregen könne, denn dergleichen, meinte sie, sei immer vorgekommen, selbst zu Zeiten der Monarchie und in Spanien sogar. Sie nahm die Republik in Schutz, deren Antiklerikalismus sie nur in gewissem Umfang verwarf: »Ich würde es genauso arg finden, wenn man mich hindern wollte, zur Heiligen Messe zu gehen, wofern ich Lust dazu hätte, als wenn man mich zwänge hinzugehen, falls ich nicht möchte«, und verstieg sich sogar zu Äußerungen wie: »Oh! Dieser Adel von heute, was ist schon daran!« oder: »Ein Mensch, der nicht arbeitet, taugt in meinen Augen nichts«, vielleicht nur, weil sie sich bewußt war, wie reizvoll, wie amüsant und wie denkwürdig sie in ihrem Munde wirkten.

Wenn wir in dieser Weise fortschrittliche Meinungen – die freilich nicht bis zum Sozialismus gingen, der das rote Tuch für Madame de Villeparisis war – mit Freimut von einer jener Personen äußern hörten, denen wir in unserer gewissenhaften und schüchternen unparteiischen Art konservative Überzeugungen zugute gehalten hätten, so waren meine Großmutter und ich nicht weit davon entfernt, unsere angenehme Reisegefährtin als Maß und Muster der Wahrheit schlechthin anzusehen. Wir glaubten ihr aufs Wort, wenn sie ihr Urteil über die Tizians in ihrer Familie, die Kolonnade des heimischen Schlosses oder das Unterhaltungstalent des Königs Louis-Philippe abgab. Aber ähnlich den Gelehrten, die uns in bewunderndes Staunen versetzen, wenn wir sie auf ägyptische Malerei oder etruskische Inschriften zu sprechen bringen, und die doch andererseits so banale Äußerungen über moderne Werke vorbringen, daß wir uns fragen, ob wir nicht die Bedeutung der Wissenschaften überschätzen, in denen sie zu Hause sind, da dort die gleiche Mittelmäßigkeit, mit der sie

doch auch an jene herangegangen sein müssen, nicht so zutage tritt wie in ihren lächerlichen Untersuchungen über Baudelaire, quittierte Madame de Villeparisis, sobald ich nach Chateaubriand, nach Balzac oder Victor Hugo fragte – alles Größen, die einst bei ihren Eltern verkehrt und die sie doch wenigstens flüchtig dort auch gesehen hatte – mit Lächeln meine Bewunderung und berichtete über sie pikante Einzelheiten, wie sie es eben über große Herren oder Politiker getan hatte; sie urteilte streng über diese Schriftsteller, gerade weil sie es an jener Bescheidenheit, jenem Zurückstellen der eigenen Person, jener Kunst des Maßes hatten fehlen lassen, die sich mit einem einzigen treffenden Hinweis begnügt und ihre Meinung nicht durchsetzen will, die mehr als alles die Lächerlichkeit der Emphase scheut; an jenem stets richtigen Verhalten, an den Tugenden der Mäßigung, des Urteils und der Einfachheit, zu denen – wie man sie selbst gelehrt hatte – wahrhaft große Naturen immer wieder gelangen; man sah deutlich, daß sie nicht zögerte, ihnen Männer vorzuziehen, die vielleicht tatsächlich wegen der genannten Eigenschaften vor einem Balzac, einem Victor Hugo, einem Vigny im Salon, in der Akademie, im Ministerrat etwas voraus hatten, Männer wie Molé, Fontanes, Vitrolles, Bersot, Pasquier, Lebrun, Salvandy oder Daru.
– Es ist wie mit den Romanen von Stendhal, für die Sie eine so große Bewunderung zu hegen scheinen. Sie würden ihn in größtes Erstaunen versetzt haben, wenn Sie in diesem Ton zu ihm gesprochen hätten. Mein Vater, der ihn bei Herrn Mérimée traf – und der war wenigstens ein Mann von Talent – hat mir oft erzählt, Beyle (so hieß er eigentlich) sei unaussprechlich vulgär gewesen, wenn auch geistreich im Tischgespräch, so daß man ihm seine Bücher niemals zugetraut hätte. Mit welchem Achselzucken er auf das übertriebene Lob Herrn von Balzacs geantwortet hat, wissen Sie ja selbst. Darin wenigstens war er einmal ein Mann von Welt.
Sie besaß von allen diesen großen Männern Autographen

und schien, auf die persönlichen Beziehungen ihrer Familie pochend, zu meinen, daß ihr Urteil über sie richtiger sei als das der jungen Leute, die, wie ich, sie nicht mehr selbst kennengelernt hatten.
- Ich glaube, ich kann da ein Wörtchen mitreden, denn sie alle kamen zu meinem Vater ins Haus; und wie Monsieur Sainte-Beuve immer sagte, man muß denen Glauben schenken, die sie von nahem gesehen haben und sich so über ihr Verdienst ein Urteil bilden konnten.
Manchmal, wenn der Wagen eine ansteigende Straße zwischen bestellten Feldern erklomm, sah man am Wege hier und da ein paar zögernde Kornblumen auftauchen, die ganz denen in Combray glichen und die den Äckern eine Art erhöhter Wirklichkeit gaben, gleichsam eine Echtheitsgarantie wie jene kleinen Blüten, mit denen gewisse alte Meister ihre Bilder signierten. Bald trugen uns unsere Pferde von ihnen fort, aber ein paar Schritte weiter trafen wir andere an, die in Erwartung unseres Kommens ihren blauen Stern in das Gras gestickt hatten; manche stellten sich keck an den Straßenrand, und ein Sternennebel bildete sich in mir aus fernen Erinnerungen und diesen so zutraulich nahen Blumen.
Wir fuhren wieder den Hügel hinab; da trafen wir dann – zu Fuß, auf dem Fahrrad, auf einem Karren, im Wagen – immer wieder eines jener Geschöpfe an, die wie natürliche Blüten eines so schönen Tags und doch nicht wie Blumen der Felder sind, denn jede birgt in sich etwas, was in der anderen nicht ist und uns daran hindert, mit nur ihresgleichen jenes Verlangen zu stillen, das sie selbst in uns erstehen läßt: irgendein Landmädchen, das seine Kuh vor sich hertreibt oder auf einem Bauernwagen halbsitzend gelagert ist, die Tochter eines Ladenbesitzers, die einen Spaziergang macht, die elegante junge Dame im Landauer auf dem Rücksitz den Eltern gegenüber. Gewiß hatte Bloch mir eine neue Ära eröffnet und die Bedeutung des Lebens wesentlich für mich verwandelt an jenem Tag, da er mir sagte, daß die Träume, die ich

auf meinen einsamen Wegen nach Méséglise in mir getragen, wenn ich mich sehnte, ein Landmädchen in die Arme zu schließen, alles andere als ein Hirngespinst seien, dem keine außerhalb von mir existierende Wirklichkeit entspreche, sondern daß alle Mädchen, die man antreffe, ob die ländlichen oder die jungen Fräulein aus der Stadt, durchaus bereitwillig seien, Wünsche zu erhören. Und wenn ich auch jetzt, wo ich leidend war und niemals allein ausging, sie nicht würde umarmen können, war ich dennoch glücklich wie ein im Gefängnis oder Hospital auf die Welt gekommenes Kind, das lange Zeit gemeint hat, der menschliche Organismus vertrage nur trockenes Brot oder Medikamente, und das dann plötzlich erfährt, Pfirsiche, Aprikosen, Trauben seien nicht nur eine Zierde der Landschaft, sondern köstliche und bekömmliche Nahrungsmittel. Selbst wenn sein Gefängniswärter oder Krankenpfleger ihm nicht erlauben sollte, diese schönen Früchte zu pflücken, scheint ihm die Welt doch schon besser eingerichtet und das Dasein milder. Denn ein Verlangen kommt uns schöner vor, wir geben uns ihm mit größerem Vertrauen hin, wenn wir wissen, daß die Wirklichkeit um uns her ihm nicht entgegen ist, auch wenn wir es für uns selbst noch nicht verwirklichen können. Wir malen uns dann mit größerer Freude ein Leben aus, in welchem, wenn wir einen Augenblick das kleine Hindernis übersehen, das uns persönlich im Wege steht, wir uns eine Erfüllung recht wohl vorstellen können. Was nun die schönen Mädchen anbelangt, die vorübergingen, so war ich von dem Augenblick an, da ich wußte, ich werde ihre Wangen sicherlich küssen können, von Neugier auf ihre Seele erfüllt. Die Welt kam mir von da an viel interessanter vor.

Der Wagen der Marquise fuhr schnell. Ich hatte kaum Zeit, das Mädchen zu sehen, das uns entgegenkam; und doch – denn die Schönheit der menschlichen Wesen ist nicht wie die der Dinge, wir spüren vielmehr genau, daß sie der Zauber einzigartiger, bewußter und eigenwilliger Geschöpfe ist – sobald ihr individuelles Sein, eine nur geahnte Seele, ein mir unbekannter Wille, in einem auf wunderbare Weise verkleinerten und doch vollständigen Abbild auf dem Grunde ihres zerstreuten Blicks erschien, fühlte ich in mir – eine geheimnisvolle Entsprechung des für den Blütenstempel bereits vorgerichteten Pollens – in embryohafter, ebenso winziger Form den Wunsch entstehen, dies Mädchen nicht vorübergehen zu lassen, ohne daß ihr Bewußtsein meine Person in sich aufnähme, ohne daß ich ihre Wünsche hinderte, einem andern zuzustreben, oder mich in ihren Träumen eingenistet und an ihr Herz gerührt hätte. Unser Wagen entfernte sich inzwischen wieder, das schöne Mädchen blieb hinter uns zurück, und da sie von mir keine der Vorstellungen besaß, aus denen eine Person sich zusammensetzt, hatten ihre Augen, die mich noch kaum erblickt, mich auch schon wieder vergessen. Lag es an dieser nur so flüchtigen Vision, daß sie mir so schön erschienen war? Vielleicht. Schon die Unmöglichkeit, bei einer Frau zu verweilen, die drohende Gefahr, ihr nie wieder zu begegnen, verleihen ihr plötzlich den Reiz, den ein Land in unseren Augen durch Krankheit oder Armut bekommt, die uns unmöglich machen, es aufzusuchen, oder die letzten überschatteten Tage, die uns zu leben bleiben, durch den Kampf, in dem wir zweifellos unterliegen werden. So müßte, wäre nicht die Gewohnheit dafür ein Hindernis, das Leben denen köstlich erscheinen, die täglich vom Tode bedroht sind – allen Menschen demnach. Auch ist der Schwung der Phantasie, vom Verlangen nach dem beflügelt, was wir nicht haben können, noch nicht durch ein vollkommenes Erfassen der Wirklichkeit eingeengt, wenn es sich um solche Begegnungen handelt, bei denen denn auch die Reize der Vorübergehenden im allgemeinen im direkten Verhältnis zu der Schnelligkeit ihres Entschwindens stehen. Wenn es dunkelt und der Wagen fährt rasch, gibt es in Land und Stadt keinen weiblichen Torso, verstümmelt wie ein antikes Marmorbild durch unser rasches Vorüberfahren und die ihn im Nu verschlingende Dämmerung, der nicht an jedem Kreuzweg im Feld oder aus der Tiefe eines kleinen Ladens Pfeile der Schönheit in unser Herz entsendet, jener Schönheit, um derentwillen man manchmal versucht ist, sich zu fragen, ob sie in dieser Welt überhaupt etwas anderes ist als das Komplement, das einer fragmentarisch geschauten flüchtig Vorübereilenden durch unsere von unerfüllter Sehnsucht überreizte Phantasie jeweils hinzugesetzt wird.

Hätte ich aussteigen und mit dem Mädchen sprechen können, das unsern Weg kreuzte, so hätte mir vielleicht eine kleine Unschönheit ihrer Haut, die ich vom Wagen aus nicht hatte sehen können, alle Illusionen geraubt. (Und dann wäre tatsächlich jedes Bemühen, in ihr Leben einzudringen, plötzlich vereitelt gewesen. Denn die Schönheit besteht in einer Folge von Hypothesen, welche durch die Häßlichkeit so stark verengt werden, daß damit der schon sichtbar gewordene Weg ins Unbekannte versperrt wird.) Vielleicht hätten mir ein einziges Wort, das die Jugendliche gesprochen, ein Lächeln von ihr das Kennwort, den Schlüssel zur Entzifferung des Ausdrucks in ihrem Gesicht oder ihrer Bewegung gegeben, und diese wären damit vielleicht auf der Stelle alltäglich geworden. Es mag sein, denn ich bin niemals im Leben so begehrenswerten Frauen begegnet wie an den Tagen, da ich mich in Gesellschaft irgendeiner gewichtigen Persönlichkeit befand, die ich trotz aller Vorwände, welche ich ersann, nicht verlassen konnte: ein paar Jahre nach diesem ersten Sommer in Balbec machte ich in Paris eine Wagenfahrt mit einem Freunde meines Vaters, und als ich eine Frau bemerkte, die mit eiligen Schritten durch die Dunkelheit ging, dachte ich, wie sinnlos es doch sei, aus bloßen Schicklichkeitsgründen meinen Teil an Glück in dem einzigen Leben, das uns zweifellos beschieden war, einfach daranzugeben, und ohne ein Wort der Entschuldigung abspringend, machte ich mich auf die Suche nach der Unbekannten, verlor sie an der Kreuzung zweier Straßen, fand sie in einer dritten wieder und stand endlich völlig außer Atem vor der alten Frau Verdurin, der ich überall aus dem Wege ging und die freudig überrascht in die Worte ausbrach: »Oh! Wie liebenswürdig von Ihnen, daß Sie so gelaufen sind, nur um mir guten Tag zu sagen.«

In diesem Jahr in Balbec erklärte ich bei solchen Begegnungen meiner Großmutter und Madame de Villeparisis mit aller Bestimmtheit, wegen eines heftigen Kopfwehs sei es besser für mich, allein nach Hause zu gehen. Sie wollte mich absolut nicht aussteigen lassen. Und ich fügte dann das schöne Mädchen (das namenlos und beweglich und deshalb so viel schwerer wiederzufinden war als irgendein Monument) zur Sammlung aller jener hinzu, die ich so gern einmal von nahem gesehen hätte. Eine allerdings kam mir unmittelbar vor Augen, unter Bedingungen noch dazu, die mir glaubhaft machten, ich könne sie ganz einfach kennenlernen. Es war ein Milchmädchen, das von einem Bauernhof eine Extralieferung an Rahm ins Hotel brachte. Ich war der Meinung, auch sie habe mich erkannt, und tatsächlich schaute sie mich mit einer Aufmerksamkeit an, die vielleicht auf ihr Erstaunen über die ihr von mir gezollte zurückzuführen war. Am folgenden Mittag nun – es war ein Tag, an dem ich den ganzen Morgen im Bett liegenblieb – brachte mir Françoise, als sie die Vorhänge aufziehen kam, einen Brief, der für mich im Hotel abgegeben sei. Ich kannte niemanden in Balbec und zweifelte keinen Augenblick, es werde ein Brief des Milchmädchens sein. Ach, er war nur von Bergotte, der mich auf der Durchreise anzutreffen versucht, aber auf die Auskunft hin, ich schliefe gerade, ein paar bezaubernde Worte für mich zurückgelassen hatte, die, vom Liftboy in einen Umschlag gesteckt, bei mir den Eindruck erweckten, sie kämen von der Milchlieferantin. Ich war grenzenlos enttäuscht, und der Gedanke, es sei schwieriger und schmeichelhafter, einen Brief von Bergotte zu bekommen, tröstete mich nicht darüber, daß dieser nicht von dem Milchmädchen war. Das Mädchen selbst bekam ich so wenig wieder zu Gesicht wie jene, die ich nur vom Wagen aus hatte enteilen sehen. Der Anblick und der Verlust aller dieser Wesen verstärkten den Zustand der Aufregung, in dem ich lebte, und ich ahnte jetzt, wieviel Weisheit in der Haltung der Philosophen liegt, die uns zur Beschränkung unserer Wünsche raten (wenn sie allerdings überhaupt dabei von dem Verlangen nach anderen Wesen reden, denn nur dieses kann uns solche Beängstigung schaffen, da es sich auf ein Unbekanntes mit eigenem Bewußtsein bezieht. Die Vermutung, die Philosophie könne dabei den Reichtum im Auge haben, wäre gar zu absurd). Dennoch neigte ich dazu, diese Weisheit in Frage zu stellen, denn ich sagte mir, daß ja solche Begegnungen mich eine Welt noch schöner finden ließen, die in dieser Weise auf allen ländlichen Straßen gleichzeitig eigenartige und doch wildwachsende Blumen aufsprießen läßt, flüchtige Schätze eines Tages, Extrageschenke einer Fahrt, deren zufallbedingte Umstände allein, die sich vielleicht nicht jedesmal wiederholen würden, mich daran gehindert hatten, mich jener zu erfreuen; es waren Gaben, die mich einen neuen Geschmack am Dasein finden ließen.

Aber vielleicht begann ich bereits mit der Hoffnung, ich könne einmal, wenn ich freier mir selbst überlassen sei, auf anderen Wegen ähnliche Mädchen finden, den gänzlich individuellen Wunsch zu verfälschen, in der Nähe einer Frau zu leben, die ich hübsch gefunden hatte, und schon durch die bloße Annahme, er lasse sich künstlich hervorrufen, erkannte ich wohl insgeheim seinen trügerischen Charakter an.

An dem Tage, da Madame de Villeparisis uns nach Carqueville mitnahm, zu der unter Efeu verborgenen Kirche, von der sie uns gesprochen hatte und die, auf der Höhe erbaut, das Dorf und den hindurchfließenden Wasserlauf beherrschte, über den noch immer die mittelalterliche kleine Brücke führte, dachte meine Großmutter, ich würde vielleicht froh sein, wenn ich dies Bauwerk allein betrachten könnte, und schlug ihrer Freundin vor, mit ihr in der Konditorei am Platz, den man

deutlich sah und der mit seiner goldbraunen Farbe nur wie
ein anderes Teil eines durch und durch antiken Gegenstandes
wirkte, den Nachmittagstee einzunehmen. Es wurde ausgemacht, daß ich sie abholen solle. In dem grünen Block aus
Laubwerk, vor welchem sie mich stehenließen, mußte man,
wenn man eine Kirche darunter erkennen wollte, eine Art
Anstrengung machen, um den Begriff der Kirche genauer zu
erfassen; und tatsächlich, wie es Schülern geht, die den Sinn
eines Satzes vollkommener begreifen, wenn man sie durch
Übersetzen aus der einen Sprache in die andere dazu zwingt,
ihn der Formen zu entkleiden, an die sie zu sehr gewöhnt
sind, mußte ich mir jetzt unaufhörlich wieder den Begriff der
Kirche, den ich sonst beim Anblick von eindeutig kennzeichnenden Glockentürmen gar nicht zu bemühen brauchte, wieder vor Augen halten, um nicht an der einen Stelle zu vergessen, daß hier die Bogenform eines Efeutuffs durch ein
Spitzbogenfenster gegeben und dort das Vordrängen der
Blätter durch ein Relief am Kapitell zustande gekommen war.
Doch dann genügte ein leichter Wind, der den auf einmal zum
Leben erwachenden Portikus in weiten zitternden Wogen
durchlief, die wie Helligkeit wirkten; die Blätter glitten übereinander hin, und die aus Pflanzengewinden aufgebaute Fassade bezog die unter den Wellen sich abzeichnenden, von
ihnen umschmeichelten, gleitenden Pfeiler in ihr zartes Erschauern mit ein.
Als ich die Kirche verließ, sah ich vor der alten Brücke Dorfmädchen stehen, die, sicher des Sonntags wegen in ihren besten
Kleidern, den Burschen, die vorübergingen, neckende Worte
zuriefen. Weniger gut gekleidet als die übrigen, aber ihnen
gleichwohl, wie es schien, durch eine geheime Macht überlegen
– denn sie antwortete kaum auf das, was jene zu ihr sagten –
ernster und eigenwiller saß eine Große halb auf dem Brückengeländer und ließ die Beine hängen; vor ihr stand ein kleiner
Eimer mit Fischen, die sie offenbar gerade gefangen hatte.
Ihre Haut war sonnverbrannt, ihre Augen sanft, hatten aber

dabei einen Blick, der über alles, was sie umgab, hinwegzusehen schien; ihre kleine Nase war von feiner, bezaubernder Form. Meine Blicke ruhten auf ihrer Haut, und meine Lippen konnten beinahe glauben, sie seien meinen Augen gefolgt. Doch nicht nur ihren Körper hätte ich damit anrühren mögen, sondern auch die Person, die sie im Innersten war und mit der es nur eine Form des Anrührens geben konnte, die darin bestand, ihre Aufmerksamkeit zu erregen, und nur eine Art, in sie einzudringen, nämlich die, in ihr einen Gedanken zu wecken.

Das Innere der schönen Fischerin war mir offenbar noch verschlossen, ich zweifelte, ob ich in ihr Bewußtsein eingedrungen sei, selbst nachdem ich bemerkt hatte, wie mein Bild sich flüchtig im Spiegel ihrer Augen abzeichnete mit einem Brechungseffekt, der mir genauso fremd blieb, als wäre ich in das Blickfeld einer Hirschkuh geraten. Aber ebenso, wie es mir nicht genügt haben würde, wenn meine Lippen von den ihren Lust empfangen hätten, sondern nur, wenn auch ich sie ihr hätte schenken können, so wollte ich, daß die diesem Menschenkind sich mitteilende Vorstellung von meiner Person in ihm haften bliebe und mir nicht nur Aufmerksamkeit, sondern Bewunderung eintrüge, ja Verlangen sogar, und das Mädchen zwingen möchte, die Erinnerung an mich bis zu dem Tag zu bewahren, da ich sie wieder träfe. Da sah ich ein paar Schritte entfernt den Platz, auf dem der Wagen der Marquise de Villeparisis mich erwarten sollte. Ich hatte nur einen Augenblick Zeit; schon fühlte ich, wie die Mädchen über mein Zögern lachten. Ich hatte in der Tasche fünf Francs. Ich zog sie heraus, und bevor ich der jungen Person auseinandersetzte, was ich ihr auftragen wollte, hielt ich, um mehr Aussicht auf Gehör zu haben, das Geldstück eine Sekunde in Blickhöhe vor sie hin:
– Sie scheinen aus dieser Gegend zu stammen, sagte ich zu dem Fischermädchen. Würden Sie da so gut sein und einen Weg für mich zu machen? Sie müßten bis zu der Konditorei

gehen, die da auf dem Platz sein soll, ich weiß nicht genau wo, es muß vor der Tür ein Wagen auf mich warten. Passen Sie auf ... Damit es auch sicher stimmt, fragen Sie, ob es der Wagen der Marquise de Villeparisis ist. Sie werden ihn erkennen, es sind zwei Pferde davor.

Ich wollte, daß sie das alles erführe, um von mir eine große Meinung zu bekommen. Aber als ich die Worte ›Marquise‹ und ›zwei Pferde‹ ausgesprochen hatte, kam bereits eine große Beruhigung über mich. Ich spürte, daß die Fischerin sich an mich erinnern würde, und mit der Angst, ich würde sie nicht wiederfinden können, schwand auch schon in mir der Wunsch, sie überhaupt später noch einmal zu sehen. Es war, als hätte ich sie mit unsichtbaren Lippen berührt und ihr bereits gefallen. Dies Besitzergreifen von ihrem Geist, dies außerhalb des Materiellen stehende Gefügigmachen hatte ihr so viel von ihrem Geheimnis genommen wie der physische Akt.

Wir fuhren nach Hudimesnil hinab; plötzlich fühlte ich mich von tiefem Glück erfüllt, wie ich es seit den Zeiten in Combray nicht mehr oft erlebt, einem Glück ganz ähnlich dem, das mir unter anderem die Kirchtürme von Martinville geschenkt hatten. Doch erreichte es diesmal seine Vollendung nicht. Etwas abseits von der über einen Hügel führenden Landstraße, der wir folgten, hatte ich eben drei Bäume erblickt, die offenbar den Eingang einer geschlossenen Allee und eine Gruppe bildeten, die ich nicht zum erstenmal sah; es gelang mir nicht zu erkennen, von welchem Ort sie sich losgelöst haben mochten; aber ich hatte das Gefühl, er sei mir von früher her vertraut; nachdem mein Geist in dieser Weise einen Augenblick lang zwischen irgendeinem entlegenen Jahr und dem gegenwärtigen Augenblick hin und her gestrauchelt war, geriet die Umgebung von Balbec rings um mich her ins Schwanken, und ich fragte mich, ob diese Spazierfahrt nicht Einbildung von mir sei, dies Balbec ein Ort, den ich niemals anders denn in der Phantasie aufgesucht, Madame de Villeparisis eine Gestalt aus einem Roman, die drei Bäume aber

die Wirklichkeit, in die man zurückkehrt, wenn man die Augen von dem Buche hebt, in dem man gelesen hat und in dem eine Gegend beschrieben wird, in der man am Ende tatsächlich schon sich aufzuhalten meinte.
Ich schaute die drei Bäume an, ich sah sie deutlich vor mir, aber im Geiste spürte ich, daß sie etwas verdeckten, worüber ich keine Macht besaß, so wenig wie über Gegenstände, die zu weit entfernt sind, als daß man sie mit gerecktem Arm und ausgestreckten Fingerspitzen anders als nur einen Augenblick an der Oberfläche streifen kann, ohne sie doch zu greifen. Man ruht dann eine kurze Weile aus, um den Arm mit stärkerem Schwung noch einmal vorzuschleudern und weiter reichen zu können. Aber dafür, daß mein Geist sich so sammeln, so ausholen konnte, wäre Einsamkeit die Bedingung gewesen. Wie gern hätte ich mich wieder auf die Seite geschlagen wie früher auf den Spaziergängen nach Guermantes, wenn ich hinter meinen Eltern zurückgeblieben war. Ich erlebte die Wiederkehr jener Art des Genusses, die allerdings vom Denken ein Arbeiten an sich selbst verlangt, neben der aber die Annehmlichkeit schlaffen Sichgehenlassens, mit dem man darauf verzichtet, nur höchst mittelmäßig erscheint. Diese Art von Lust, deren Objekt man nur ahnt, ja sogar selbst erst schaffen muß, hatte ich selten erlebt, aber jedesmal dann den Eindruck bekommen, daß alles, was inzwischen geschah, ganz bedeutungslos war und daß ich nur ihrer Wahrheit verschrieben endlich leben würde. Ich hielt die Hand vor die Augen, um sie schließen zu können, ohne daß Madame de Villeparisis es sah. Ich ließ einen Augenblick lang von allen Gedanken ab, dann sammelte ich sie jedoch um so mehr, faßte sie fest zusammen und entsandte sie machtvoll nach der Richtung der Bäume oder vielmehr nach jener Seite meines Innern, an deren Ende ich die Bäume in mir sah. Von neuem erfühlte ich hinter ihnen das gleiche bekannte Etwas, das aber doch undeutlich blieb und das ich nicht in mir heraufführen konnte. Inzwischen sah ich sie entsprechend der

Vorwärtsbewegung des Wagens immer näher kommen. Wo hatte ich sie schon so erblickt? Um Combray herum gab es keinen Ort, wo sich eine Allee in dieser Weise auftat. Das Landschaftsbild, das sie wachriefen, hatte auch in der ländlichen Gegend Deutschlands keinen Platz, die ich ein Jahr zuvor mit meiner Großmutter aufgesucht hatte, um dort eine Kur zu machen. Mußte ich vielleicht glauben, sie kämen aus so fernen Jahren meines Lebens herauf, daß die sie umgebende Landschaft in meiner Erinnerung schon völlig ausgelöscht war und daß, wie jene Seiten, die man mit tiefer Bewegung in einem Werke wiederfindet, von dem man meint, man habe es nie gelesen, sie allein noch von allen Dingen aus dem vergessenen Buch meiner Kindheit nicht untergegangen waren? Gehörten sie nicht im Gegenteil nur jenen Traumlandschaften an, die immer die gleichen sind, wenigstens für mich, in dessen Bewußtsein ihre seltsamen Bilder nur die im Schlaf sich vollziehende Objektivierung meines Bemühens vom Vortage war, sei es in das Geheimnis eines Ortes einzudringen, unter dessen Äußerem ich es zu ahnen meinte, wie es mir so oft in der Gegend von Guermantes widerfahren war, oder zu versuchen, es von neuem in eine Stätte hineinzutragen, die ich so gern hatte sehen wollen und die mir von dem Tage an, da ich sie wirklich kannte, ganz trivial vorgekommen war, wie zum Beispiel Balbec? Oder waren sie nur ein erst jüngst erstandenes Bild aus einem Traum der letzten Nacht, aber schon so verblaßt, daß es von weither zu mir gekommen schien? Oder hatte ich sie niemals gesehen, und sie verbargen hinter sich wie irgendwelche Bäume oder ein Grasbüschel, das ich auf der Seite von Guermantes gesehen hatte, einen Sinn, der so dunkel, so schwer zu erfassen war wie eine ferne Vergangenheit, so daß ich in ihrer Mahnung, einem Gedanken in alle Tiefe zu folgen, eine Erinnerung sah? Oder aber bargen sie überhaupt keine Gedanken in sich, und nur eine Ermüdung meines Sehvermögens ließ sie mich doppelt sehen in der Zeit, so wie man manchmal Dinge im Raume doppelt sieht? Ich wußte es nicht. Indessen kamen sie auf mich zu, mythische Erscheinung vielleicht, ein Reigen von Hexen, von Nornen, die mir ihr Orakel verkünden wollten. Ich neigte eher dazu, sie für Schatten der Vergangenheit zu halten, teure Kindheitsgefährten, entschwundene Freunde, die die Dinge, die wir gemeinsam erlebt, in mir wachrufen wollten. Wie Schatten schienen sie mich zu bitten, ich möchte sie mit mir nehmen, dem Dasein wiedergeben. In ihren naiven, leidenschaftlich bewegten Gebärden glaubte ich die ohnmächtige Trauer eines geliebten Wesens zu erkennen, das den Gebrauch der Sprache verloren hat, das fühlt, es werde uns nicht sagen können, was es ausdrücken will und was wir nicht zu erraten vermögen. Bald darauf ließ der Wagen an einer Biegung des Weges die Bäume hinter sich zurück. Er entführte mich, fort von dem, was allein ich für wahr hielt, was allein das Glück für mich barg, darin ganz wie das Leben.

Ich sah die Bäume entschwinden, sie streckten verzweifelt die Arme aus, ganz als wollten sie sagen: was du heute von uns nicht erfährst, wirst du niemals erfahren. Wenn du uns am Wege wieder in das Nichts sinken läßt, aus dem wir uns bis zu dir haben heraufheben wollen, wird ein ganzer Teil deiner selbst, den wir dir bringen konnten, für immer verloren sein. Und tatsächlich, wenn ich künftighin wieder auf diese Art von Lust und angstvoller Unruhe stieß, der ich hier noch einmal begegnet war, und wenn ich eines Abends – zu spät, aber nun für immer – mich ihnen fest verschwor, so habe ich doch niemals erfahren, was diese Bäume mir hatten zutragen wollen oder wo ich sie früher schon einmal erblickt. Und als ich nach der Wendung des Wagens ihnen den Rücken kehrte und sie nicht mehr sah, war ich, während Madame de Villeparisis mich fragte, weshalb ich so nachdenklich sei, von Trauer erfüllt wie nach dem Verlust eines Freundes, als sei ich mir selber gestorben, als habe ich einen Toten verleugnet, einen Gott nicht erkannt.

Wir mußten an die Heimfahrt denken. Madame de Villeparisis, die ein gewisses Naturgefühl besaß, kälter als das meiner Großmutter, aber doch so, daß sie auch außerhalb von Museen oder aristokratischen Wohnsitzen die einfache, majestätische Schönheit gewisser ehrwürdiger Dinge erkannte, hieß den Kutscher die früher übliche Straße nach Balbec nehmen, die wenig befahren wurde, aber mit alten Ulmen bestanden war, die wir alle bewunderten.

Seitdem wir diese alte Straße kannten, kehrten wir wohl auch zur Abwechslung, wofern wir sie nicht schon beim Hinweg benutzt auf einer andern zurück, die durch die Wälder von Chantereine und von Canteloup führte. Die Unsichtbarkeit der zahllosen Vögel, die dicht neben uns in den Bäumen einander Antwort gaben, verschaffte uns das gleiche Gefühl der Ruhe, wie man es bei geschlossenen Augen hat. An meinen Rücksitz gefesselt wie Prometheus an seinen Fels, hörte ich meine Okeaniden an. Und wenn ich zufällig einen der Vögel von einem Blatt unter das andere schlüpfen sah, bestand für mich so wenig Beziehung zwischen ihm und dem Gesang, daß ich dessen Ursache nicht in dem huschenden, aufgeschreckten, blicklosen kleinen Körper zu erkennen glaubte.

Die Landstraße stieg, wie viele andere dieser Art, die man in Frankreich trifft, ziemlich steil an, um dann in sanftem Fall wieder abwärts zu führen. In jenem Augenblick entdeckte ich an ihr keinen besonderen Reiz, ich war nur zufrieden, daß es nun wieder nach Hause ging. Doch in der Folge wurde sie für mich zu einem Quell der Freude, da sie in meiner Erinnerung wie ein Köder alle ähnlichen Straßen, auf die ich später im Laufe einer Spazierfahrt oder Reise geriet, mühelos und lückenlos an sich lockte und sie unmittelbar zu meinem Herzen führte. Denn sobald die Kutsche oder das Automobil in eine dieser Straßen einlenkte, die wie eine Fortsetzung derjenigen aussahen, durch die ich mit Madame de Villeparisis gefahren war, sollte das, worauf mein Bewußtsein sich dann stützte wie auf eine ganz jüngste Vergangenheit (alle dazwischenliegenden Jahre waren wie weggefegt), die Summe der Eindrücke sein, die ich an diesen Spätnachmittagen dort, auf dieser Spazierfahrt in der Nähe von Balbec gehabt hatte, als das Laub so gut duftete, der Nebel stieg und man hinter dem nächsten Dorf zwischen den Bäumen die Abendröte sah, als sei sie nur der nächste, im Walde gelegene, ferne Platz, den man vor der Nacht nicht mehr erreichen werde. Diese Eindrücke sollten sich mit denen, die ich nunmehr in einer anderen Gegend auf einer ähnlichen Straße empfand, umspielt von allen den sonstigen Regungen des freien Atmens, der Neugier, der Mattheit, des Appetits, der Fröhlichkeit, welche ihnen gemeinsam waren unter Ausschluß aller anderen, verbinden und verstärken, die gefüllte Intensität einer eigenen Art von Lust und sogar einer bestimmten Form des Lebens erhalten, die ich übrigens selten Gelegenheit hatte wieder aufzunehmen, bei der aber dann durch die Rückschau in der Zeit inmitten der materiell wahrgenommenen immer ein gutes Teil nur erinnerter, nur gedachter, nicht greifbarer Wirklichkeit hineinspielte, die mir freilich in den Gegenden, die ich durchfuhr, über den ästhetischen Eindruck hinaus ein flüchtiges, aber ekstatisches Verlangen eingab, dort von nun an zu leben. Wie oft ist mir, nur weil ich im Augenblick den Duft eines Blattes verspürte, Madame de Villeparisis auf einem Rücksitz gegenüber zu sein, der Prinzessin von Luxemburg zu begegnen, die ihr von ihrem Wagen aus einen Gruß zuwinkte, ins Grand-Hôtel zum Abendessen zurückzukehren, als eine der unsäglichen Formen des Glücks erschienen, die weder Gegenwart noch Zukunft uns wiederschenken können und die man nur einmal auf Erden durchlebt.

Oft war es dunkel, bevor wir heimgekehrt waren. Schüchtern zitierte ich Madame de Villeparisis, während ich auf den Mond am Himmel wies, einen schönen Ausspruch von Chateaubriand, von Vigny, von Victor Hugo: ›Uralter Schwermut Ahnen strömt von ihm aus‹ oder ›beträns wie Artemis an ihrer Brunnen Rande‹ oder ›Brautnächtig war das Dunkel, hehr und feierlich‹.

- Finden Sie das etwa schön? fragte sie mich, genial, wie Sie sagen? Ich muß Ihnen gestehen, ich bin immer ganz erstaunt, wie ernst man jetzt Dinge nimmt, welche die Freunde dieser Herren, obwohl sie ihren Verdiensten gebührende Anerkennung zollten, als erste belächelten. Damals ging man noch nicht so verschwenderisch mit der Bezeichnung Genie um wie heute, wo es ein Schriftsteller schon als Beleidigung auffaßt, wenn man ihm sagt, er habe Talent. Sie zitieren mir einen pompösen Satz von Chateaubriand über den Mond. Sie werden sehen, daß ich meine Gründe habe, mich dem etwas zu verschließen. Monsieur de Chateaubriand kam sehr oft zu meinem Vater zu Besuch. Er war übrigens angenehm, wenn man allein mit ihm war, dann war er natürlich und amüsant, aber waren andere Leute zugegen, posierte er und wurde lächerlich; in Gegenwart meines Vaters stellte er die Behauptung auf, er habe dem König sein Rücktrittsgesuch an den Kopf geworfen und das Konklave gelenkt, wobei er ganz vergaß, daß mein Vater von ihm selbst damit betraut worden war, den König anzuflehen, er möge ihn wieder nehmen, und von ihm über die Wahl des Papstes die unsinnigsten Prognosen hatte anhören müssen. Von diesem berühmten Konklave mußte man Monsieur de Blacas erzählen lassen, das war freilich ein anderer Mann als Monsieur de Chateaubriand. Was nun die Phrasen dieses Herrn über den Mond betrifft, so waren sie bei uns zu Hause ein Anlaß zur Heiterkeit. Jedesmal wenn draußen vor dem Schloß der Vollmondschein auf den Wegen lag und ein neuer Gast anwesend war, riet man diesem, nach dem Diner mit Monsieur de Chateaubriand ein wenig ins Freie zu gehen. Wenn sie dann wiederkamen, nahm mein Vater den Gast unweigerlich auf die Seite: ›Nun, ist Monsieur de Chateaubriand recht gesprächig gewesen?‹ – ›O ja.‹ – ›Hat er vom Mondschein geredet?‹ – ›Ja. Woher wissen Sie . . .‹ – ›Warten Sie, hat er nicht gesagt . . .‹, und dann zitierte er den Satz. ›Ja aber, woher in aller Welt . . .?‹ – ›Und er hat auch vom Mondschein in der römischen Cam-

pagna gesprochen.‹ – ›Sie sind ein Hexenmeister.‹ Mein Vater war kein Hexenmeister, aber Monsieur de Chateaubriand begnügte sich damit, immer das gleiche fertig zubereitete Stückchen aufzutischen.
Beim Namen Vigny lachte sie.
– Das ist der, der immer sagte: ›Ich bin Graf Alfred de Vigny.‹ Man ist Graf oder nicht, darauf kommt es gar nicht an.
Vielleicht fand sie dann selbst, daß es immerhin nicht ohne Bedeutung sei, denn sie setzte hinzu:
– Erstens bin ich gar nicht sicher, daß er es überhaupt war, jedenfalls dann nur einer aus sehr kleinem Hause, dieser Herr, der in seinen Gedichten immer von seinem ›cimier de gentilhomme‹, der ›Helmzier des Edelmanns‹, spricht. Sehr geschmackvoll wirklich und für den Leser höchst interessant! Das ist so ähnlich, wie wenn Musset, ein schlichter Pariser Bürger, mit Emphase sagt: ›Der goldene Sperber auf meinem Helm.‹ Niemals wird ein wirklich großer Herr solche Dinge äußern. Aber Musset hatte wenigstens als Dichter Talent. Doch abgesehen von ›Cinq-Mars‹ habe ich niemals eine Zeile von Monsieur de Vigny lesen können, das Buch sank mir immer vor Langeweile wieder aus der Hand. Monsieur Molé, der all den Geist und Takt besaß, an dem Monsieur de Vigny es fehlen ließ, hat ihn schön zugerichtet, als er ihn in die Akademie aufnahm. Wie, Sie kennen seine Begrüßungsrede nicht? Sie ist ein Meisterwerk an Bosheit und offener Ironie.
Balzac, den sie mit Staunen von ihren Neffen so sehr bewundert sah, warf sie vor, er habe sich angemaßt, eine Gesellschaft zu schildern, zu der er ›nicht zugelassen‹ war, und tausend Unwahrscheinlichkeiten über sie berichtet. Was Victor Hugo anbelangt, sagte sie uns, daß Monsieur de Bouillon, ihr Vater, der Freunde unter den jungen Romantikern besaß, dank ihnen bei der ›Hernani‹-Premiere dabeigewesen, doch nicht bis zum Schluß geblieben sei, so lächerlich habe er die Verse dieses begabten, aber exaltierten Schriftstellers ge-

funden, der den Titel eines großen Dichters nur auf Grund eines Kuhhandels erhalten habe, nämlich gleichsam als Belohnung für seine berechnende Nachsicht gegenüber den gefährlichen Irrlehren der Sozialisten.

Wir sahen nun schon das Hotel, seine am ersten Abend bei der Ankunft so feindselig strahlenden Lichter, die nun etwas Schützendes, Sanftes, Heimkehrkündendes hatten. Als der Wagen vor dem Eingang hielt, scharten sich auf den Stufen in naiver Dienstfertigkeit der Portier, die Grooms, der Liftboy, wegen unserer späten Rückkehr bereits in unbestimmte Besorgnis versetzt, nunmehr zu vertrauten Gestalten geworden, zu jenen Wesen gehörig, die so oft im Laufe unseres Lebens wechseln wie wir selbst, in denen wir jedoch, sobald sie eine Zeitlang zum Spiegel unserer Gewohnheiten geworden sind, die tröstliche Gewißheit finden, uns treulich und freundschaftlich reflektiert zu sehen. Sie sind uns lieber als Freunde, die wir lange nicht gesehen haben, denn sie enthalten mehr von dem, was wir im Augenblick sind. Nur der tagsüber der Sonne ausgesetzte ›Chasseur‹ war wegen der Abendkühle hereingenommen worden und in Wolle gehüllt, wodurch er, im Verein mit seinem geradezu pathetisch orangefarbenen Haar und der eigenartigen rosa Blütenhaftigkeit seiner Wangen an ein Treibhausgewächs erinnerte, das man vor Frostgefahr schützt. Von sehr viel mehr dienenden Geistern als nötig betreut, stiegen wir aus dem Wagen, unsere Helfer aber hatten nun einmal die Bedeutung des Vorgangs erkannt und sahen es als Ehrensache an, dabei mitzuwirken. Ich selbst war hungrig geworden. Daher ging ich dann oft, um den Augenblick des Abendessens nicht noch zu verzögern, nicht erst in mein Zimmer hinauf, das schließlich doch wirklich so sehr das meine geworden war, daß ein Wiedersehen mit den langen violetten Vorhängen und den niederen Bücherregalen für mich bedeutete, daß ich mit dem Ich allein war, dessen Bild mir die Dinge wie die Menschen vermittelten; zusammen warteten wir in der Halle, bis der Oberkellner uns

sagte, es sei angerichtet für uns. Dies war dann noch einmal eine Gelegenheit, Madame de Villeparisis zuzuhören.
– Wir nehmen wirklich Ihre Liebenswürdigkeit zu sehr in Anspruch, sagte meine Großmutter.
– Aber wieso denn, ich bin entzückt, es macht mir doch soviel Freude, antwortete ihre Freundin mit einem gewinnenden Lächeln und indem sie ihre Worte in einer Weise, die im Widerspruch zu ihrer sonstigen Schlichtheit stand, melodisch ausklingen ließ.
Tatsächlich war sie in solchen Augenblicken nicht natürlich, sie war sich ihrer Erziehung, jener aristokratischen Art bewußt, durch die eine große Dame bürgerlichen Leuten zeigen soll, daß sie sehr gern mit ihnen zusammen und frei von Standeshochmut ist. Und der einzige Mangel wahrer Höflichkeit von ihrer Seite bestand tatsächlich in ihrem Übermaß an solchen gesellschaftlichen Formen; denn darin erkannte man die Routine der Dame aus dem Faubourg Saint-Germain, die, da sie in einer gewissen Sorte von Bürgerlichen immer schon die Unzufriedenen sieht, die sie eines Tages an ihnen haben wird, eifrig jede Gelegenheit benutzt, wo es nur möglich ist, im Rechnungsbuch ihrer Liebenswürdigkeit ihnen gegenüber einen Kredit vorzutragen, der ihr bei nächster Gelegenheit gestattet, auf die Debetseite das Diner oder den ›Rout‹ zu schreiben, zu denen sie sie nicht einladen wird. Da sie sich nun ein für allemal in dieser Weise eingerichtet hatte, änderte daran auch die Tatsache nichts, daß die Voraussetzungen und die Personen diesmal ganz andere waren und daß sie auch in Paris uns wohl oft würde sehen wollen; der Geist ihrer Kaste trieb Madame de Villeparisis zu fieberhaftem Eifer an – als sei die ihr für Liebenswürdigkeiten zugemessene Zeit nur sehr kurz – uns, während wir in Balbec waren, so häufig wie irgend möglich Rosen und Melonen zu schicken, Bücher zu leihen, uns zu Wagenfahrten einzuladen und in Worten denkbar herzlich zu sein. Dadurch aber sind – wie der blendende Glanz der Küste, die vielfarbigen Strahlungen und der Tief-

seeschimmer der Räume, ja sogar die Reitstunden, durch die die Söhne von Handeltreibenden wie Alexander der Große zur Gottheit erhoben wurden – die täglichen Liebenswürdigkeiten, die Madame de Villeparisis uns erwies, zugleich mit der augenblicksbedingten sommerlichen Leichtigkeit, mit der meine Großmutter sie entgegennahm, in meiner Erinnerung als charakteristische Züge des Badelebens eingegraben geblieben.
– Geben Sie mir doch Ihre Mäntel, ich lasse sie in Ihre Zimmer bringen.
Meine Großmutter reichte sie wirklich dem Direktor, und angesichts seiner Freundlichkeit tat es mir leid, daß er offenbar unter diesem Mangel an Zartgefühl litt.
– Ich glaube, wir haben den Herrn verletzt, meinte die Marquise. Er hält sich wahrscheinlich für zu vornehm, um Ihre Schals zu nehmen. Das erinnert mich daran, wie einmal der Herzog von Nemours zu meinem Vater, der im obersten Stockwerk des Palais Bouillon wohnte, mit einem großen Packen von Briefen und Zeitschriften ins Zimmer trat. Ich sehe heute noch den Herzog in seinem blauen Frack unter der Tür stehen, die mit sehr hübschen Holzschnitzereien verziert war, ich glaube, Bagard hatte das gemacht, Sie wissen schon, solche ganz feinen und so elastischen Stäbchen, daß die alten Kunsttischler manchmal kleine Rosetten und Blumen daraus geformt haben wie aus Bändern, mit denen man einen Strauß zusammenhält. ›Da schau, Cyrus, sagte er zu meinem Vater, was euer Portier mir für dich mitgegeben hat. Er sagte nämlich: Wo Sie doch zum Herrn Grafen gehen, lohnt es sich ja nicht, daß ich auch noch hinaufsteige, aber geben Sie gut acht, daß die Schnur nicht reißt.‹ So, nun da Sie Ihre Sachen abgegeben haben, kommen Sie und setzen Sie sich dorthin, sagte sie zu meiner Großmutter und nahm sie bei der Hand.
– Oh! Wenn es Ihnen nichts ausmacht, möchte ich den Sessel da lieber nicht! Er ist zu klein für zwei, aber zu groß für mich allein, ich würde mich unbehaglich fühlen.

– Das erinnert mich – denn es war genauso einer – an einen Fauteuil, den ich lange hatte, aber schließlich nicht behalten konnte, weil meine Mutter ihn von der unglücklichen Herzogin von Praslin hatte. Meine Mutter war zwar die schlichteste Person von der Welt, aber sie hatte noch Ideen aus einer anderen Zeit, die schon ich nicht mehr recht verstand; sie wollte sich zunächst Madame de Praslin nicht vorstellen lassen, weil sie eine geborene Mademoiselle Sebastiani war, während diese fand, es sei, da sie ja Herzogin wäre, nicht an ihr, sich vorstellen zu lassen. Tatsächlich aber, setzte Madame de Villeparisis, vergessend, daß sie selbst für diese Art von Nuancen kein Verständnis besaß, hinzu, hätte dieser Anspruch sich allenfalls vertreten lassen, wenn sie Madame de Choiseul gewesen wäre. Die Choiseul sind das Vornehmste, was es gibt, sie stammen von einer Schwester des Königs Ludwig des Dicken ab und haben in Bassigny souverän geherrscht. Ich gebe zu, daß wir als Familie bessere Verbindungen eingegangen sind und mehr Ruhm erworben haben, aber an Alter kommen beide Häuser fast auf das gleiche heraus. Aus diesen Fragen des Vorrangs haben sich komische Zufälle ergeben, wie zum Beispiel ein Mittagessen, das mehr als eine Stunde zu spät serviert wurde, weil eine dieser Damen so lange Zeit brauchte, bis sie sich vorstellen ließ. Sie waren dann trotz allem intime Freundinnen geworden, und sie hatte meiner Mutter einen Sessel ganz in der Art von diesem hier geschenkt, in dem, wie Sie jetzt eben, niemand sitzen wollte. Eines Tages hörte meine Mutter einen Wagen im Hofe vorfahren. Sie fragte ihren kleinen Diener, wer es sei. ›Die Frau Herzogin von La Rochefoucauld, Frau Gräfin.‹ – ›Gut, ich empfange sie.‹ Eine Viertelstunde später ist noch immer niemand da: ›Nun, und die Herzogin von La Rochefoucauld? Wo bleibt sie denn eigentlich?‹ – ›Sie ist auf der Treppe und verschnauft, Frau Gräfin‹, antwortete das kleine Kerlchen, das erst kurz vorher vom Lande gekommen war, wo meine Mutter klugerweise ihre Leute auswählte. Oft waren sie ihr schon vom ersten Lebenstag an bekannt. Auf die Weise hat man immer rechtschaffenes Personal, einen besseren Luxus gibt es nicht. Tatsächlich stieg die Herzogin mit größter Schwierigkeit Treppen, sie war so unförmig dick, daß meine Mutter, wenn sie zu ihr ins Zimmer trat, immer einen Augenblick in Verlegenheit war, wo sie sie placieren könne. In diesem Augenblick fiel ihr das Geschenk der Madame de Praslin ins Auge. ›Aber bitte, setzen Sie sich doch‹, sagte meine Mutter und schob ihr den breiten Sessel hin. Die Herzogin hatte nur gerade darin Platz. Trotz dieser Körperfülle war sie sonst recht angenehm geblieben. ›Sie macht noch immer einen starken Eindruck, wo sie auch ins Zimmer tritt!‹ bemerkte einer unserer Freunde. ›Sie hinterläßt ihn vor allem, wenn sie wieder geht‹, antwortete meine Mutter, die ungenierter redete, als heute statthaft wäre. Bei Madame de La Rochefoucauld selbst nahm man kein Blatt vor den Mund und scherzte ganz unbefangen über ihre gewaltigen Ausmaße. ›Sind Sie allein?‹ fragte einmal meine Mutter, die der Herzogin einen Besuch machen wollte und, an der Tür von deren Gatten empfangen, Madame de La Rochefoucauld nicht sah, die im Hintergrund in einer Fensternische saß. ›Madame de La Rochefoucauld ist nicht da? Ich sehe sie jedenfalls nicht.‹ – ›Wie liebenswürdig Sie sind!‹ gab der Herzog zur Antwort, der zwar ein so schlechter Menschenkenner war, wie man ihn selten trifft, aber doch einen gewissen Mutterwitz besaß.

Als ich nach dem Abendessen mit meiner Großmutter wieder zu uns hinaufgegangen war, sagte ich zu ihr, vielleicht seien die Vorzüge, die uns an Madame de Villeparisis derart entzückten – Takt, feines Empfinden, Diskretion, vornehme Unaufdringlichkeit – gar nichts so besonders Wertvolles, da diejenigen, die diese Eigenschaften im höchsten Maße besaßen, Persönlichkeiten seien wie Molé oder Loménie, und wenn ihr Fehlen vielleicht auch den alltäglichen Umgang weniger angenehm gestalte, so habe es doch so taktlos eitle Leute wie Chateaubriand, Vigny, Hugo, Balzac nicht gehindert, zu dem zu werden, was sie waren, auch wenn sie kein Urteil hatten und so leicht als Zielscheibe des Spottes dienen mochten wie Bloch ... Aber bei dem Namen Bloch fuhr meine Großmutter denn doch auf. Sie rühmte mir die Marquise de Villeparisis. So wie man immer sagt, daß in der Liebe die Neigungen im Interesse der Arterhaltung gelenkt seien und daß magere Frauen, damit das aus einer Verbindung hervorgehende Kind eine möglichst normale Konstitution mit auf die Welt bringe, sich zu fülligen Männern hingezogen fühlen, die dicken aber zu mageren, so waren unbewußt auch die Erfordernisse meines von Nervosität, krankhafter Neigung zur Traurigkeit und Einsamkeit bedrohten Glücks im Spiel, wenn meine Großmutter den ersten Rang allen Eigenschaften des ruhigen Wägens und Urteilens zuerkannte, Vorzügen, die nicht Madame de Villeparisis persönlich eigentümlich waren, wohl aber einer Gesellschaft, in der ich Zerstreuung und Beruhigung finden könnte, einer Gesellschaft gleich der, in der man den Geist eines Doudan hat blühen sehen, eines Monsieur de Rémusat, ganz zu schweigen von einer Beausergent oder einem Joubert, einer Sévigné, einen Geist jedenfalls, der mehr Glück und mehr Würde in das Leben trägt als die diesem entgegengesetzten Formen der Verfeinerung, die einen Baudelaire, einen Poe, Verlaine, Rimbaud in Leiden und öffentliche Mißachtung geführt haben, wie meine Großmutter sie für ihren Enkel nicht wollte. Ich fiel ihr ins Wort, um sie zu küssen, und fragte sie dann, ob sie diesen oder jenen Satz bemerkt habe, den Madame de Villeparisis gesagt und aus dem hervorgehe, daß sie größeren Wert auf ihre hohe Geburt legte, als sie zugeben wolle. In dieser Form unterbreitete ich meiner Großmutter meine Eindrücke, denn ich wußte, welches Maß an Achtung ich jemandem schuldete, immer nur, nachdem sie es mir klargemacht hatte. Jeden Abend legte ich ihr meine skizzenhaften Eindrücke von all den menschlichen Wesen vor, die es eigentlich gar nicht für mich gab, denn sie waren ja nicht sie. Einmal machte ich die Bemerkung:

- Ohne dich könnte ich nicht leben.
- So darf man nicht fühlen, antwortete sie in besorgtem Ton. Man muß sich ein festeres Herz anschaffen. Was sollte denn sonst aus dir werden, wenn ich einmal verreise? Ich hoffe im Gegenteil, daß du dann sehr vernünftig und sehr glücklich sein wirst.
- Ich würde versuchen vernünftig zu sein, wenn es für ein paar Tage wäre, aber die Stunden zählen.
- Aber wenn ich auf Monate verreise... (bei der bloßen Vorstellung schon verkrampfte sich mein Herz) auf Jahre... auf...
Wir schwiegen beide. Wir wagten einander nicht anzusehen. Dennoch war mir ihre Angst noch schmerzlicher als die meine. Ich trat darum ans Fenster und sagte mit deutlicher Stimme und abgewandtem Blick zu ihr:
- Du weißt, wie sehr ich zu Gewohnheiten neige. In den ersten Tagen, die ich fern von den mir liebsten Menschen verleben muß, fühle ich mich unglücklich. Dann liebe ich sie zwar immer noch ebenso, aber gewöhne mich, und das Leben wird ruhig und angenehm; ich würde dann auch ertragen, Monate und Jahre von ihnen getrennt zu sein...
Ich mußte schweigen und unverwandt aus dem Fenster sehen. Meine Großmutter ging einen Augenblick aus dem Zimmer. Aber am folgenden Tage fing ich von Philosophie zu reden an, in möglichst beiläufigem Ton, aber doch so, daß meine Großmutter auf meine Worte achtgeben mußte; ich sagte, es sei doch merkwürdig, daß nach dem letzten Stand der Wissenschaft der Materialismus offenbar erledigt und das Wahrscheinlichste noch immer das ewige Leben der Seelen und ihre künftige Wiedervereinigung sei.
Madame de Villeparisis machte uns im voraus darauf aufmerksam, daß sie uns bald nicht mehr so viel werde sehen können. Ein junger Neffe von ihr, der sich auf Saumur vorbereitete und zur Zeit ganz in der Nähe, in Doncières, in Garnison sei, sollte bei ihr ein paar Urlaubswochen verbrin-

gen, und ihm werde sie viel von ihrer Zeit widmen müssen. Auf unseren Ausflugsfahrten hatte sie uns gegenüber rühmend seine große Klugheit erwähnt, vor allem sein gutes Herz; schon stellte ich mir vor, er werde von Sympathie für mich erfüllt, ich werde sein bevorzugter Freund sein, und als vor seinem Eintreffen noch seine Tante meiner Großmutter zu verstehen gab, er sei unglücklicherweise einer übeln Person in die Hände gefallen, auf die er ganz versessen sei und die ihn nicht loslassen wolle, dachte ich, überzeugt, daß eine solche Art von Liebe schicksalshaft mit Geisteskrankheit, Verbrechen und Selbstmord enden müsse, an die kurze Zeit, welche unserer Freundschaft, die in meinem Herzen schon so groß geworden war, bevor ich ihn überhaupt kannte, noch vergönnt sein werde, und beweinte die Freundschaft bereits wie auch das viele Unglück, das sie erwartete, ganz als handle es sich um ein geliebtes Wesen, von dem man uns mitgeteilt habe, es sei schwer krank und seine Tage seien gezählt.

An einem sehr heißen Nachmittag hielt ich mich im Speisesaal des Hotels auf, den man der Sonne wegen halb verdunkelt hatte, indem man die Vorhänge vorzog, die das Licht von draußen gelb färbte und durch deren Zwischenräume man das blaue Meer blitzen sah, als ich auf der Mittelallee, die vom Strand zur Landstraße führte, einen jungen Mann, groß, sehr schlank, mit freiem Hals, stolz erhobenem Haupt und durchdringendem Blick einherkommen sah, dessen Haut so hell war und dessen Haare so golden schimmerten, als hätten sie alle Strahlen der Sonne in sich aufgesogen. In weiche, fast weiße Stoffe gekleidet, wie ich nie glaubte, daß ein Mann sie tragen könne, und deren leichte Beschaffenheit nicht weniger als die Kühle des Eßzimmers die Vorstellung von Hitze und schönem Wetter draußen weckten, schritt er schnell dahin. Seine Augen, aus deren einem von Zeit zu Zeit ein Monokel glitt, hatten die Farbe des Meeres. Jeder schaute im Vorübergehen neugierig auf ihn hin; man wußte, daß der junge Marquis de Saint-Loup-en-Bray berühmt war wegen seiner Eleganz. Alle Zeitungen hatten den Anzug beschrieben, in dem er vor kurzem dem jungen Herzog von Uzès bei einem Duell als Sekundant zur Seite gestanden hatte. Es schien, als müsse die ganz besonders kostbare Beschaffenheit seines Haars, seiner Augen, seiner Haut, seiner ganzen Erscheinung, durch die er sich von der Menge unterschied wie eine kostbare Ader azurblau schimmernden, leuchtenden Opals, die in gröberen Stoff eingesprengt ist, auch einem Leben entsprechen, das ganz anders als das der anderen Menschen wäre. Als noch vor der Liaison, über die Madame de Villeparisis geklagt hatte, die hübschesten Frauen der großen Welt ihn sich streitig machten, hatte infolgedessen seine Anwesenheit in einem Seebad zum Beispiel an der Seite der berühmten Schönheit, der er gerade den Hof machte, sie nicht nur in den Vordergrund des Interesses gerückt, sondern aller Blicke so gut wie auf ihn auch auf sie gelenkt. Wegen seines ›Schicks‹, seiner Anmaßung als eines jungen ›Salonlöwen‹ der Gesellschaft, wegen seiner ungewöhnlichen Schönheit zumal fanden manche etwas Weibisches an ihm, ohne es ihm jedoch zum Vorwurf zu machen, denn es war bekannt, wie männlich er in Wirklichkeit war und wie leidenschaftlich er die Frauen liebte. Er war der Großneffe der Marquise de Villeparisis, von dem sie zu uns gesprochen hatte. Ich war entzückt bei dem Gedanken, ich werde ein paar Wochen lang die Bekanntschaft mit ihm pflegen, und wiegte mich in der Gewißheit, er werde mir seine Neigung zuwenden. Er durchmaß schnell das Hotel in seiner ganzen Breite, wobei er seinem Monokel nachzulaufen schien, das wie ein Schmetterling vor ihm herflatterte. Offenbar kam er vom Strand, und die großen Fenster der Halle bildeten für ihn einen Hintergrund, von dem er sich in voller Figur abhob, wie auf gewissen Bildern, mit denen die Maler unter Verzicht auf die leiseste Fälschung der Wirklichkeit, nur durch die Wahl einer geeigneten Umrahmung für ihr Modell – Polorasen, Golfplatz, Rennbahn, Deck einer Segeljacht – ein modernes Gegenstück zu den Gemälden geben wollen, auf denen die Maler der Frührenaissance ein menschliches Antlitz im Vordergrund vor einer Landschaft zeigen. Ein mit zwei Pferden bespannter Wagen erwartete ihn vor der Tür; während sein Monokel auf der besonnten Straße weitertanzte, ergriff der Großneffe der Madame de Villeparisis mit der Eleganz und Meisterschaft, die ein großer Pianist an den einfachsten Stellen geltend zu machen weiß, bei denen man es für unmöglich gehalten hätte, man könne sich in ihnen einem zweitrangigen Virtuosen überlegen zeigen, die Zügel, die der Kutscher ihm in die Hände gab, ließ sich neben ihm nieder und trieb, während er einen Brief öffnete, den der Direktor ihm überreichte, seine Pferde an.

Wie groß war meine Enttäuschung in den folgenden Tagen, als ich jedesmal, wenn ich ihn im Hotel oder draußen im Freien traf – immer hocherhobenen Hauptes und ständig die Bewegungen seiner Glieder um sein tanzendes, fliehendes Monokel gruppierend, das für sie den Schwerpunkt zu bilden schien – die Wahrnehmung machte, daß er sich uns nicht zu nähern beabsichtigte, und sogar sehen mußte, daß er uns nicht grüßte, trotz unzweifelhafter Kenntnis der Tatsache, daß wir mit seiner Tante befreundet waren. Der Liebenswürdigkeit gedenkend, die Madame de Villeparisis und vorher Monsieur de Norpois mir gegenüber an den Tag gelegt hatten, meinte ich, daß sie am Ende nur lachhafter Adel seien und daß ein Geheimartikel in dem Kodex, nach dem die Aristokratie sich richtet, vielleicht Frauen und gewissen Diplomaten erlaubt, in ihren Beziehungen mit Bürgerlichen aus Gründen, in die ich keinen Einblick hatte, auf die stolze Zurückhaltung teilweise zu verzichten, die ein junger Marquis hingegen unabweislich zu üben hat. Mein Verstand hätte mir das Gegenteil sagen müssen. Aber ein charakteristisches Merkmal des komischen Alters, in dem ich mich befand – ein keineswegs fruchtloses, sondern recht produktives Alter – ist eben, daß man den Verstand nicht

befragt und daß einem in dieser Zeit die beiläufigsten Eigenheiten der Menschen unverbrüchlich zu ihrem Wesen zu gehören scheinen. Ganz von Ungeheuern und Göttern umringt, kennt man fast keine Ruhe. Man führt in diesen Jahren beinahe keine Geste aus, die man nicht nachher gern zurücknehmen möchte. Aber man sollte statt dessen gerade bedauern, daß man die Spontaneität nicht mehr besitzt, die sie uns ausführen ließ. Später sieht man die Dinge auf eine praktischere Art in ganz der gleichen Weise wie die übrige Gesellschaft an, die Jugend aber ist die einzige Zeit, in der man etwas lernt.
Die Anmaßung, die ich bei Monsieur de Saint-Loup erriet, und alles, was sie an ihm innewohnender Härte barg, fand sich durch seine Haltung jedesmal bestätigt, wenn er an uns vorbeiging, den Körper unbeugsam gestrafft, mit hochgetragenem Haupte und einem Blick, der völlig unberührt war, ja mehr noch als unversöhnlich: ganz und gar auch jener Achtung bar, die wir den Rechten anderer Geschöpfe entgegenzubringen pflegen, selbst wenn sie nicht zufällig noch unsere Tante kennen, und die zum Beispiel bewirkte, daß ich nicht der gleiche einer alten Dame wie einem Laternenpfahl gegenüber war. Seine eisigen Allüren waren von den bezaubernden Briefen, die ich noch vor wenigen Tagen mit dem Ausdruck seiner Sympathie von ihm zu erhalten träumte, ebenso weit entfernt wie die Begeisterungsstürme bei der Kammer und im Publikum, die ein Neuling im Parlament in Gedanken bereits mit einer unvergeßlichen Rede entfesselt, von der bescheidenen, obskuren Situation, in der er sich, nachdem seine Stimme verhallt und die erträumten Beifallskundgebungen verrauscht sind, als der arme Tor wiederfindet, der er vorher war. Als Madame de Villeparisis, zweifellos um den schlechten Eindruck zu vertuschen, den diese so augenfällige Enthüllung einer hochmütigen und bösen Gemütsart auf uns gemacht haben mußte, uns wiederum von der unerschöpflichen Güte ihres Großneffen (er war der Sohn einer ihrer Nichten und etwas älter als ich) zu sprechen begann, war ich von bewunderndem

Staunen darüber erfüllt, wie man in der Gesellschaft unter Nichtachtung der Wahrheit Eigenschaften des Herzens denen leiht, die an einer Verdorrung dieses Organes leiden, mögen sie sich auch gegen die glanzvollen Erscheinungen ihres eigenen Milieus ganz liebenswürdig erweisen. Madame de Villeparisis führte selbst, wenn auch indirekt, eine Bestätigung dieser für mich bereits feststehenden individuellen Züge im Charakter ihres Großneffen herbei, als ich eines Tages beide auf einem Wege traf, der so schmal war, daß sie uns wohl oder übel miteinander bekanntmachen mußte. Er schien gar nicht zu hören, daß man ihm einen Namen nannte, kein Muskel in seinem Antlitz bewegte sich; seine Augen, in denen sich auch nicht der leiseste Funke menschlichen Fühlens regte, zeigten in ihrer Ungerührtheit, in der vollkommenen Leere des Blicks eine Übersteigerung, ohne die sie sich in nichts von leblosen Spiegeln unterschieden hätten. Dann, während er diese stahlharten Augen auf mich heftete, als wolle er sich ein genaues Bild von mir machen, bevor er meinen Gruß erwiderte, streckte er mit einem brüsken Vorschnellen, das eher einem Muskelreflex als einem Willensakt zu entspringen schien, seinen Arm in ganzer Länge vor und reichte mir gleichsam par distance die Hand. Ich glaubte, es handle sich mindestens um ein Duell, als er sich am folgenden Tage mit der Karte bei mir anmeldete. Doch er sprach nur von Literatur und erklärte mir nach einer langen Unterhaltung, er habe die größte Lust, mich täglich mehrere Stunden zu sehen. Während dieses Besuches hatte er nicht nur ein leidenschaftliches Interesse für die Dinge des Geistes an den Tag gelegt, sondern mir auch eine Sympathie bezeigt, die in keinem Verhältnis zu dem Gruß vom Vortage stand. Nachdem ich festgestellt hatte, daß er die Begrüßung jedesmal in der gleichen Weise vollzog, wenn ihm jemand vorgestellt wurde, kam ich zu der Einsicht, daß es sich einfach dabei um eine elegante Gewohnheit handelte, die ein gewisser Teil seiner Familie angenommen und auf welche seine Mutter, die auf seine untadelige Erziehung den größten Wert legte, ihn körperlich dressiert hatte; er führte diese Art von Grußbezeigungen aus, ohne ihnen größere Beachtung zu zollen als der Vollkommenheit seiner Kleidung oder der Schönheit seines Haars; es war dies eine Sache, die keineswegs die Deutung zuließ, die ich ihr anfänglich gegeben hatte, etwas rein Erlerntes vielmehr wie die weitere Gewohnheit von ihm, sich auf der Stelle auch den Eltern eines Menschen, den er kannte, vorstellen zu lassen: eine Gewohnheit, die bei ihm so instinktiv geworden war, daß er, als er mich am Tage nach unserer ersten Begegnung wieder traf, grußlos auf mich zustürzte und mich bat, ihn mit meiner Großmutter, die gerade bei mir war, bekanntzumachen, noch dazu in einer so fieberhaften Art, als beruhe dieser Entschluß auf einem Instinkt der Selbstverteidigung, wie er einer unwillkürlichen Abwehrbewegung oder dem Schließen der Augen vor einem überflutenden Schwall kochenden Wassers zugrunde liegt, ohne dessen vorbeugende Kraft man in der nächsten Sekunde schon aufs höchste gefährdet wäre.

Nachdem die ersten Riten zur Vertreibung des bösen Geistes einmal hinter uns lagen, sah ich, so wie eine verdrossene Fee ihre bisherige Erscheinung ablegt und sich mit zauberhafter Anmut schmückt, dies von Nichtachtung erfüllte Menschenkind zu dem liebenswertesten und zuvorkommendsten der jungen Männer werden. ›Gut‹, sagte ich mir, ›ich habe mich schon einmal über ihn getäuscht, ich bin das Opfer eines Trugbilds gewesen, habe es aber dann nur durchschaut, um einem zweiten anheimzufallen, denn offenbar ist er ein adelsstolzer großer Herr, der das gerade verbergen will.‹ Allerdings sollte die bezaubernde Wohlerzogenheit und gewinnende Art Saint-Loups ihn mir nach kurzer Zeit als ein anderes, aber doch von dem in meiner Phantasie entstandenen ganz verschiedenes Wesen erscheinen lassen.

Dieser junge Mann, der wie ein herablassender Aristokrat und überlegener Sportsmann wirkte, war von Achtung und Neugier nur für die Dinge des Geistes erfüllt, besonders für die modernen Bestrebungen in Literatur und Kunst, die seiner Tante so lächerlich schienen; andererseits war er auch für das eingenommen, was sie als sozialistische Demagogie bezeichnete, von tiefer Nichtachtung für seine Kaste erfüllt und verbrachte viele Stunden mit der Lektüre von Nietzsche und Proudhon. Er war einer der zu rascher Bewunderung entflammten ›Intellektuellen‹, die ganz in einem Buch aufgehen und sich nur für große Gedanken interessieren. Das ging sogar so weit, daß bei Saint-Loup das Zutagetreten dieser sehr abstrakten und meinen gewohnten Beschäftigungen so fernen Tendenz mir zwar rührend erschien, aber doch auch ein wenig langweilig war. Ich darf sagen, daß ich, nachdem ich erfahren hatte, wer sein Vater gewesen war, an Tagen, wo ich bei der Lektüre von Memoiren überall auf Anekdoten über den berühmten Grafen von Marsantes gestoßen war, in dem sich die ganz besondere Eleganz einer nun schon entlegenen Epoche verkörperte, noch träumerischen Geistes und von dem brennenden Verlangen erfüllt, Näheres über das Leben zu erfahren, das Monsieur de Marsantes geführt, wütend war, daß Robert de Saint-Loup sich nicht damit begnügte, der Sohn seines Vaters zu sein, und anstatt mich in den etwas verblichenen Roman der Existenz dieses Mannes einzuführen, sich dazu aufgeschwungen hatte, Nietzsche und Proudhon zu lieben. Sein Vater hätte mein Bedauern nicht geteilt. Er war selbst ein gescheiter Mann, der über die Grenzen seines weltläufigen Daseins hinausreichte. Er hatte kaum Zeit gehabt, seinen Sohn kennenzulernen, hatte aber gewünscht, daß dieser mehr taugen möge als er. Und ich kann mir gut vorstellen, daß er ihn im Gegensatz zur übrigen Familie bewundert und sich gefreut hätte, daß er das, was seine eigenen dürftigen Zerstreuungen gebildet hatte, zugunsten strenger geistiger Zucht aufgegeben, und wortlos mit der Bescheidenheit des wahren Grandseigneurs im Geiste insgeheim die Lieblingsautoren seines Sohnes gelesen hätte, um ermessen zu können, wie weit Robert über ihn hinausgewachsen war.

Es lag im übrigen der betrübliche Sachverhalt vor, daß zwar Monsieur de Marsantes mit aufgeschlossenem Geist einen von ihm so sehr verschiedenen Sohn zu schätzen gewußt hätte, Robert de Saint-Loup selbst jedoch, da er zu denen gehörte, die glauben, das Verdienst sei an bestimmte Lebensformen gebunden, ein zwar zärtliches, aber auch ein wenig mit Herablassung gemischtes Andenken an einen Vater bewahrte, der sich sein Leben lang mit Jagden und Rennen beschäftigt, bei Wagner gegähnt und für Offenbach sich begeistert hatte. Saint-Loup war nicht klug genug, um zu begreifen, daß der geistige Rang eines Menschen nichts mit einer bestimmten ästhetischen Formel zu tun hat, und hegte für die intellektuelle Haltung des Grafen etwa die gleiche Art von Verachtung, wie sie für Boieldieu oder Labiche ein Sohn von Boieldieu oder Labiche gehegt hätte, der seinerseits Adept der radikalsten Formen symbolistischer Dichtung und komplizierter Musik gewesen wäre. »Ich habe meinen Vater nur wenig gekannt«, pflegte Robert zu sagen. »Es scheint, daß er ein trefflicher Mann gewesen ist. Sein Mißgeschick bestand darin, daß er in diese klägliche Epoche hineingeboren war. Im Faubourg Saint-Germain auf die Welt gekommen und dann auch noch in die Ära der ›Schönen Helena‹ geraten zu sein, muß für jede Existenz den Ruin bedeuten. Als ein kleinbürgerlicher Fanatiker des ›Rings des Nibelungen‹ hätte er vielleicht etwas ganz anderes aus sich gemacht. Es wird mir sogar erzählt, er habe die Literatur geliebt. Aber das kann ja gar niemand wissen, denn was er unter Literatur verstand, setzt sich aus Werken zusammen, die heute kein Mensch mehr liest.« Wenn ich ihn meinerseits etwas gar zu seriös fand, begriff er selber nicht, daß ich es so wenig war. Da er alle Dinge nur nach dem Maß an Geist bewertete, das sie in sich bargen, und den phantasiebeflügelnden Zauber, den gewisse Bücher mir schenkten, die er oberflächlich fand, nicht begriff, staunte er, daß ich – dem er sich so sehr unterlegen glaubte – mich dafür zu interessieren vermochte.

Gleich in den ersten Tagen hatte Saint-Loup meine Großmutter für sich erobert, nicht nur durch die unaufhörliche Freundlichkeit, die er nicht müde wurde uns zu erweisen, sondern auch durch die natürliche Art, die er dabei, wie in allen Dingen, an den Tag legte. Natürlichkeit aber – wahrscheinlich, weil sie hinter den Künsten des Menschen die Natur durchblicken läßt – war die Eigenschaft, die meine Großmutter jeder anderen vorzog, sowohl in den Gärten, in denen sie nicht gern so regelmäßig angelegte Beete wie in Combray sah, wie auch in der Küche, wo sie allzu stark garnierte Speisen, bei denen man kaum noch erkennt, woraus sie eigentlich bestehen, verabscheute oder auch im Vortrag eines Musikstücks auf dem Klavier, den sie nicht zu gekünstelt und routiniert haben wollte, so daß sie selbst bei den falschen Tönen Rubinsteins, wenn er sich ›vergriff‹, besondere Nachsicht übte. Diese Natürlichkeit stellte sie mit Entzücken sogar in Saint-Loups Kleidung fest, deren gefällige Eleganz nichts Geschniegeltes und Gebügeltes hatte und die weder streng noch steifleinen war. Erst recht schätzte sie an diesem reichen jungen Mann seine lässige, freie Art, von Luxus umgeben zu leben, ohne daß man ihm seinen Reichtum schon von weitem anmerkte und ohne sich damit wichtig zu machen. Sie fand einen Reiz des Natürlichen sogar in der Unfähigkeit, die Saint-Loup geblieben war – während sie sich gewöhnlich mit der Kindheit zur gleichen Zeit wie gewisse physiologische Eigentümlichkeiten dieses Lebensalters verliert – seine Regungen auf seinem Gesicht nicht erkennen zu lassen. Wurde ihm etwas zuteil, was er sich wünschte, worauf er aber gleichwohl nicht gerechnet hatte, und wäre es auch nur ein liebenswürdiges Wort, strahlte ein jähes, heftiges, überströmendes Glück von ihm aus, das er nicht bei sich behalten und nicht verbergen konnte, ein Ausdruck der Freude überflutete unwiderstehlich sein Gesicht; durch die überfeine Haut seiner Wangen schimmerte eine lebhafte Röte hindurch, in seinen Augen zuckte verlegene Freude auf; meine Großmutter war ungemein empfänglich für diese anmutvolle Kundgebung des Freimuts und der Unschuld, die übrigens bei Saint-Loup zu der Zeit, da ich seine Bekanntschaft machte, noch nicht einmal trog. Aber ich habe ein Menschenwesen gekannt – und es gibt deren viele – bei dem die physiologische Aufrichtigkeit dieses flüchtigen Rotwerdens keineswegs die moralische Unzuverlässigkeit ausgeschlossen hat. Oft beweist diese scheinbare Offenheit nur, mit welcher Lebhaftigkeit – so stark, daß sie davor die Waffen strecken und sich offen dazu bekennen müssen – Naturen ein Vergnügen empfinden, die zu den gemeinsten Betrügereien trotzdem imstande sind. Am bezauberndsten aber fand meine Großmutter die Natürlichkeit Saint-Loups vor allem in der völlig unkomplizierten Art, in der er seine Sympathie für mich bekundete, für welche er nämlich Worte fand, wie sie selbst, sagte sie, nicht treffendere und zärtlichere hätte ausdenken, Worte, für die ›Beausergent & Sévigné‹ hätten zeichnen können; er scheute sich nicht, über meine Fehler zu scherzen – er hatte sie mit einem Scharfblick erkannt, der meine Großmutter amüsierte – aber doch nur so, wie sie selbst es getan hätte, auf eine liebevolle Art und verbunden mit fast übertriebener Bewunderung meiner guten Seiten, die er mit einem Überschwang rühmte, der nichts mehr von der kühlen Reserve hatte, durch die im allgemeinen junge Leute seines Alters sich ein Ansehen geben zu müssen glauben. Auch zeigte er in seinem Bemühen, jedem geringsten Unbehagen bei mir zuvorzukommen, mir Decken über die Füße zu breiten, sobald es kühler wurde, ohne daß ich es merkte, sich so einzurichten, daß er abends länger bei mir blieb, wenn ich ihm traurig oder mißgestimmt vorkam, eine Wachsamkeit, die meine Großmutter vom gesundheitlichen Standpunkt aus, unter dem etwas mehr Abhärtung erwünscht gewesen wäre, beinahe zu weitgehend, als Beweis inniger Zuneigung jedoch um so rührender fand.

Es war sehr bald zwischen ihm und mir eine ausgemachte Sache, daß wir Freunde fürs Leben geworden seien, und er sagte ›unsere Freundschaft‹, als spräche er von etwas Wichtigem und Kostbarem, das außerhalb von uns selbst existierte und das er bald – wobei er von den Gefühlen für seine Geliebte ganz absah – als das schönste Glück seines Lebens bezeichnete. Seine Worte weckten in mir eine gewisse Traurigkeit, und ich war in Verlegenheit, wie ich sie beantworten sollte, denn weder das Beisammensein mit ihm noch unsere Gespräche – zweifellos wäre es mit jedem anderen genau das gleiche gewesen – verschafften mir irgend etwas von dem Glück, das ich nur zu empfinden vermochte, wenn ich ohne Gefährten war. War ich allein, so fühlte ich manchmal aus den Tiefen meines Innern Eindrücke aufsteigen, die mir ein köstliches Wohlgefühl gaben. Aber sobald ich mich in Gesellschaft eines andern befand, sobald ich zu einem Freunde sprach, vollzog mein Geist eine Wendung und lenkte meine Gedanken nunmehr auf jenen anderen und nicht mehr auf mich; wenn sie aber in dieser Richtung verliefen, verschafften sie mir keine Freude mehr. Einmal brachte ich, nachdem ich Saint-Loup verlassen hatte, mit Hilfe von Worten eine gewisse Ordnung in die verworrenen Minuten, die ich mit ihm verlebt; ich sagte mir, daß ich einen guten Freund besäße, daß ein guter Freund eine Seltenheit sei, erfuhr aber an mir, von schwer zu erringenden Gütern umgeben, das Gegenteil von dem Glück, das meinem Wesen gemäß war, nämlich aus mir selbst etwas herauf und ans Licht zu ziehen, was in halbem Dunkel in mir verborgen lag. Wenn ich mich zwei oder drei Stunden mit Saint-Loup unterhalten und er selbst alles bewundert hatte, was ich zu ihm sagte, stellte ich mit einer Mischung aus Reue, Bedauern und Müdigkeit fest, wieviel besser es gewesen wäre, allein zu bleiben und mich endlich zu einer Arbeit zu rüsten. Aber ich sagte mir andererseits, daß man klug nicht nur für sich selber ist, daß auch die Größten das Verlangen nach Anerkennung hatten, daß ich nicht Stunden als verloren betrachten dürfe, in denen ich eine hohe Idee von mir selbst im Geiste eines Freundes niedergelegt hätte;

ich überredete mich leicht, daß ich darüber glücklich sein müsse, und wünschte mir um so lebhafter, dies Glück nicht zu verlieren, als ich es niemals verspürt hatte. Man fürchtet mehr als für alle anderen Formen des Glücks den Verlust jener Schicksalsgaben, die uns immer fremd geblieben sind, weil unser Herz sich ihrer nicht bemächtigt hat. Ich fühlte mich imstande, die Tugenden der Freundschaft besser zu üben als viele andere (weil ich immer das Wohl meiner Freunde vor den persönlichen Nutzen stellen würde, der für andere eine Rolle spielt, bei mir jedoch nicht zählt), nicht aber dazu, das Glück durch ein Gefühl kennenzulernen, das die zwischen meiner Seele und der der anderen – wie zwischen unser aller Seelen – bestehenden Unterschiede, anstatt sie zu differenzieren, zu verwischen strebt. Dafür aber stellte ich zuweilen in Saint-Loup ein Wesen allgemeineren Charakters fest, nämlich den Aristokraten, der wie ein Geist im Innern seine Glieder lenkte, seine Gebärden und Handlungen entscheidend dirigierte; dann, in solchen Augenblicken, war ich in seiner Nähe allein wie angesichts einer Landschaft, deren Harmonie ich in mich aufnehmen wollte. Er war dann nur noch Gegenstand meines träumenden Sinnens, das ich ganz und gar um ihn kreisen ließ. Immer wenn ich wieder auf jenes frühere, jahrhundertealte Wesen, das in ihm wohnte, traf, jenen ›Adligen‹, der Robert eigentlich gerade nicht sein wollte, empfand ich eine lebhafte Freude, die jedoch meinem Geiste, nicht meinen Freundschaftsgefühlen entsprang. In der psychischen und physischen Beweglichkeit, die den Äußerungen seiner Freundschaft so große Anmut verlieh, in der gefälligen Art, mit der er meiner Großmutter einen Platz in seinem Wagen anbot und ihr einsteigen half, in der Geschicklichkeit, mit der er, wenn er fürchtete, es könne zu kalt für mich sein, vom Kutschbock sprang, um mir seinen Mantel um die Schultern zu legen, erkannte ich nicht nur die ererbte Gelenkigkeit der großen Jäger wieder, wie die Ahnen dieses jungen Mannes, dieses Robert de Saint-Loup, der seinerseits nur auf geistige Werte ausging, sie Generationen hindurch gewesen waren, sondern auch deren Nichtachtung des Reichtums, die, in ihm mit einem gewissen Behagen daran einzig deshalb gemischt, weil er dank ihm seine Freunde um so glanzvoller feiern konnte, für ihn die Veranlassung war, ihnen seinen Luxus gar so achtlos zu Füßen zu legen. Vor allem aber erkannte ich darin die Gewißheit oder die Illusion, die jene großen Herren in sich genährt hatten, ›mehr als andere‹ zu sein, und auf Grund deren sie Saint-Loup nicht das Verlangen hatten überliefern können, nach außen hin sichtbar zu machen, daß man ›ebensoviel wie die andern‹ ist, jene Furcht, zu liebenswürdig zu sein, die ihm so völlig abging, die aber bei Beziehungen unter gewöhnlichen Leuten die aufrichtigste Freundschaftsgesinnung durch so viel plumpe Unbeholfenheit trüben kann. Manchmal machte ich mir selber Vorwürfe, daß ich in dieser Weise gern meinen Freund wie ein Kunstwerk betrachtete, wobei das Zusammenspiel aller Teile seines Wesens, harmonisch abgestimmt durch eine allgemeine Idee, von der sie wie an Fäden gelenkt wurden, ihm selber unbewußt war und infolgedessen seine rein persönlichen Vorzüge, die geistigen und moralischen persönlichen Werte, auf die es ihm ausschließlich ankam, nicht erhöhen konnte.

Und doch war dieses in gewisser Weise die Voraussetzung dafür. Gerade weil er ein Aristokrat war, hatten seine geistige Lebendigkeit und die Hinneigung zum Sozialismus, die ihn dazu bewogen, die Gesellschaft unbescheidener, schlechtgekleideter junger Studenten zu suchen, bei ihm etwas Reines und Selbstloses, was sie bei jenen nicht besaßen. Da er sich als Erben einer unwissenden, egoistischen Kaste sah, trachtete er aufrichtig danach, daß sie ihm seine aristokratische Herkunft vergeben möchten, während diese umgekehrt für jene eine Verlockung bedeutete, um derentwillen sie seinen Umgang suchten, wenngleich sie ihm gegenüber Kälte und Unverfrorenheit zur Schau trugen. Auf diese Weise kam er dazu, Leuten Avancen zu machen, bei denen meine Eltern als treue

Anhänger der Soziologie von Combray gar nicht verstanden hätten, daß er sich nicht von ihnen abwende. Eines Tages, als wir am Strand im Sande saßen, hörten wir beide, Saint-Loup und ich, aus dem Zelt, an das wir uns lehnten, Verwünschungen gegen die Judeninvasion ausstoßen, von der Balbec heimgesucht sei. »Man kann keine zwei Schritte gehen«, hörte man jemand sagen, »ohne daß man auf welche stößt. Ich bin nicht grundsätzlich gegen das Judentum eingenommen, doch was zuviel ist, ist zuviel. Auf Schritt und Tritt hört man etwas wie: ›Du wirst lachen, Abraham, der Jakob ist auch schon da.‹ Man denkt, man sei in der Rue d'Aboukir.« Der Mann, der in dieser Weise gegen Israel eiferte, trat endlich aus dem Zelt; wir hoben unsere Augen auf zu dem Antisemiten. Es war mein Kamerad Bloch. Saint-Loup bat mich auf der Stelle, eben diesen Bloch daran zu erinnern, daß er ihn beim Concours général getroffen habe, wo Bloch den Ehrenpreis erhalten hatte, dann später noch einmal in einer Volkshochschule.

Ich lächelte höchstens zuweilen, wenn ich bei Robert die Erziehung der Jesuiten an der Befangenheit konstatierte, die eine Folge seiner Besorgnis war, im Zusammenhang mit ihm könne jemand bloßgestellt werden, und die jedesmal bei ihm spürbar wurde, wenn einer seiner Intellektuellenfreunde in gesellschaftlicher Hinsicht einen Lapsus beging oder sich lächerlich machte. Es handelte sich dabei um Dinge, die Saint-Loup weiter gar nicht wichtig nahm, über die aber, wie er wußte, jener andere sicher errötet wäre, hätte er sie bemerkt. So nun errötete Robert, als sei er der Schuldige, zum Beispiel an jenem Tage, da Bloch ihm einen Besuch im Hotel mit dem Zusatz vorschlug:

– Da es mir ganz unmöglich ist, in dem Talmischick solcher Karawansereien zu warten, und die spielenden Zigeuner mir Übelkeit verursachen würden, sagen Sie doch bitte dem ›Leiftboy‹, er möge sie zum Schweigen bringen und Sie sofort von meinem Kommen benachrichtigen.

Ich persönlich legte auf Blochs Besuche im Hotel keinen großen Wert. Er war in Balbec nicht allein, sondern mit seinen Schwestern, die dort ihrerseits wieder viele Verwandte und Freunde trafen. Diese jüdische Kolonie aber wirkte eher malerisch als angenehm. Es war in Balbec wie in gewissen Ländern, Rußland oder Rumänien zum Beispiel, wo die jüdische Bevölkerung, wie man in Erdkundebüchern liest, weniger begünstigt und schlechter assimiliert ist als etwa in Paris. Stets aufeinander angewiesen, mit keinem anderen Element durchsetzt, bildeten die Kusinen und die Oheime Blochs oder ihre Glaubensgenossen männlichen und weiblichen Geschlechts, wenn sie sich zum Kurhaus begaben – die einen zum ›Ball‹, die anderen zum Baccarat – einen in sich homogenen Zug, der sich unverkennbar von den Leuten abhob, die ihn vorbeikommen sahen; jedes Jahr fanden die Israeliten wieder ganz die gleichen vor, ohne je mit ihnen einen Gruß zu tauschen, ob es sich nun um den Kreis der Cambremer, den Clan des Gerichtspräsidenten, um die wohlhabende Bourgeoisie oder das Kleinbürgertum bis hinab zu gewissen einfachen Getreidehändlern aus Paris handelte, deren Töchter, schön, stolz, spöttisch lächelnd und französisch wie die Jungfrauen an der Kathedrale von Reims, sich um keinen Preis unter diese Horde schlecht erzogener Mädels hätten mischen mögen, die die Anpassung an die ›Strandmode‹ so weit trieben, daß sie immer aussahen, als kämen sie gerade vom Krabbenfischen oder wären zum Tangotanzen unterwegs. Die Männer aber erinnerten ungeachtet des Glanzes ihrer Smokings und ihrer Lackschuhe durch ihren übertrieben ausgeprägten Typus an das Streben nach historischer Exaktheit, mit dem gewisse Maler, wenn sie Szenen aus dem Evangelium oder aus Tausendundeiner Nacht zu illustrieren haben, im Gedanken an das Land, in dem die Handlung sich zuträgt, dem heiligen Petrus oder Ali Baba das Gesicht des größten ›Bonzen‹ von diesen Hebräern aus Balbec geben. Bloch stellte mir seine Schwestern vor, denen er selbst mit der größten Derbheit über den Mund fuhr, die aber ihrerseits noch über die schwächsten Ausfälle ihres Bruders, der offenbar der Gegenstand ihrer Bewunderung und ihr Idol war, laut lachten. Es ist also wahrscheinlich, daß dies Milieu wie jedes andere – vielleicht mehr als jedes andere – viele erfreuliche Seiten, Vorzüge und Tugenden besaß, doch um sie gewahr zu werden, hätte man tiefer eindringen müssen. Dagegen aber stand, daß diese Gesellschaft keineswegs anziehend wirkte, selbst sich dessen bewußt war und in dieser Tatsache einen Antisemitismus zu erkennen glaubte, gegen den sie in geschlossener Phalanx, in die übrigens niemand einzubrechen gedachte, nach außen hin zusammenhielt.

Die Sache mit dem ›Leift‹ setzte mich übrigens um so weniger in Erstaunen, als Bloch einige Tage zuvor im Anschluß an die Frage, weshalb ich in Balbec sei (daß er selbst dort weilte, kam ihm offenbar ganz natürlich vor), von mir wissen wollte, ob es vielleicht in der Hoffnung sei, dort ›Bekanntschaften‹ zu machen, und auf meine Entgegnung, ich habe mir mit dieser Reise einen lang gehegten Wunsch erfüllt, der freilich nicht ganz so stark in mir sei wie der, nach Venedig zu gehen, geantwortet hatte: »Ja, ja, natürlich! Um dort mit schönen Damen Sorbet zu trinken, während man so tut, als sei man in die ›Stones of Veneice‹ vertieft, in das Werk von Lord John Ruskin, diesem finsteren Schwätzer und ärgsten Salbader, den es auf Erden gibt.« Bloch glaubte also offenbar nicht nur, in England seien alle männlichen Einwohner Lords, sondern auch, der Vokal ›i‹ werde dort durchweg wie ›ei‹ ausgesprochen. Was nun Saint-Loup betraf, so fand er diesen Aussprachefehler um so geringfügiger, als er darin in erster Linie einen Mangel an jener Weltläufigkeit sah, die mein neuer Freund im gleichen Maße verachtete, wie er selbst sie besaß. Aber die Befürchtung, Bloch könne eines Tages erfahren, daß es ›Venice‹ heißt und daß Ruskin nicht Lord war, und daraufhin nachträglich meinen, er habe sich vor Saint-Loup lächerlich gemacht, führte dazu, daß dieser ein Schuldgefühl hatte, als habe er es an der Nachsicht fehlen lassen, die er gleichwohl in so überreichlichem Maße besaß, und daß die Röte, die eines Tages zweifellos Blochs Wangen färben würde, einstweilen

im voraus und in Verkehrung der Dinge auf Saint-Loups Antlitz erschien. Denn er war überzeugt, daß Bloch seinem Irrtum mehr Wichtigkeit beimessen werde als er, was übrigens dieser kurz darauf auch bewies, als er mich eines Tages ›Lift‹ sagen hörte und mir ins Wort fiel: »So, es heißt also ›Lift‹?« In kühlem, hochmütigem Ton setzte er hinzu:
– Übrigens kommt es ja darauf gar nicht an. – Dieser Satz war eigentlich nur ein Reflex, der gleichmäßig bei allen Menschen eintritt, die Eigenliebe besitzen, und zwar unter den schwerwiegendsten Umständen genauso gut wie unter den harmlosesten; im einen wie im andern Falle bezeichnet dieser Reflex in gleicher Weise, daß die in Frage stehende Sache demjenigen, der sie als ganz unwichtig hinstellt, äußerst wichtig erscheint; es handelt sich tatsächlich um einen Satz voller Tragik, um die Worte, die sich als erste – und wie herzzerreißend sind sie dann – auf den Lippen jedes einigermaßen stolz veranlagten Menschen einstellen, dem man durch die Verweigerung einer Gefälligkeit die letzte Hoffnung geraubt hat, an die er sich noch klammerte: ›Gut, gut, es ist natürlich gar nicht wichtig, ich finde schon einen anderen Weg‹, wobei dieser andere Weg, auf welchen angewiesen zu sein so gar nicht wichtig ist, häufig der Selbstmord ist.
Dann äußerte Bloch allerlei Liebenswürdigkeiten mir gegenüber. Er hatte offenbar Lust, recht freundlich zu mir zu sein. Dennoch fragte er mich: »Dieser de Saint-Loup-en-Bray übrigens, suchst du seinen Umgang aus der Neigung heraus, dich dem Adel zu nähern – einem sehr zweitrangigen Adel in diesem Fall, aber du bist ja noch immer naiv; offenbar machst du im Augenblick eine kritische Phase von ganz hübschem Snobismus durch. Sag mir ehrlich, bist du ein Snob? Ja, nicht wahr?« Das lag nicht etwa daran, daß seine Absicht, liebenswürdig zu sein, sich plötzlich gewandelt hätte. Aber was man ziemlich inkorrekt als ›schlechte Erziehung‹ bezeichnete, war sein Fehler, und also ein Defekt, der ihm selber entging und von dem er erst recht nicht meinte, daß andere sich daran stießen.

Innerhalb des Menschengeschlechts ist die Häufigkeit der bei allen gleichmäßig auftretenden Tugenden nicht merkwürdiger als die Vielfalt der Fehler des einzelnen Individuums. Sicherlich ist nicht der gesunde Menschenverstand die ›verbreitetste Sache von der Welt‹, sondern vielmehr die Güte. In den entlegensten Winkeln sieht man sie mit Staunen von selber aufsprießen wie in einem fernen Tal eine Mohnblüte, die allen anderen ähnlich ist, die sie doch niemals sah, da sie ja nichts kennt als den Wind, der an ihrem verlorenen roten Käppchen zerrt. Selbst wenn diese Güte, durch Eigenliebe lahmgelegt, nicht eigentlich ausgeübt wird, besteht sie gleichwohl, und jedesmal, wenn kein egoistischer Bewegrund in dieser Beziehung hindernd wirkt, zum Beispiel bei der Lektüre eines Romans oder Zeitungsartikels, entfaltet, belebt sie sich selbst im Herzen desjenigen, der, im wirklichen Leben ein Mörder, in seiner Eigenschaft als Leser des Feuilletonromans liebevoll zu dem Schwachen, Gerechten, Verfolgten sich neigt. Doch die Vielfalt der Fehler ist nicht minder staunenswert als die Gleichheit der Tugenden. Auch die vollkommenste Person hat einen bestimmten Fehler, an dem man Anstoß nimmt, ja der einen sogar zum Zorn reizen kann. Die eine verfügt über eine wunderbare Intelligenz, sieht alles von höherer Warte, sagt niemals Böses über jemanden aus, vergißt aber die wichtigsten Briefe einzuwerfen, nachdem sie einen selbst gedrängt hat, sie ihr anzuvertrauen, und bringt einen um eine Begegnung von entscheidender Bedeutung, ohne sich zu entschuldigen, vielmehr lächelnd, weil sie ihren Stolz darein setzt, niemals zu wissen, was die Stunde geschlagen hat. Ein anderer ist so fein, so sanft, so zartfühlend in allen Dingen, daß er einem immer nur sagt, was geeignet ist, einen glücklich zu machen, aber man spürt ganz genau, daß er etwas verschweigt und in seinem Herzen begräbt, andere Ansichten nämlich, die dort bitter werden, und sein Vergnügen, einen zu sehen, ist zugleich so groß, daß man vor Müdigkeit umfällt, bis er einen endlich verläßt. Ein dritter ist aufrichtiger, treibt die Ehrlichkeit aber so weit, daß er jemand, der einen nicht erfolgten Besuch mit Unwohlsein entschuldigt hat, wissen läßt, er sei auf dem Wege zum Theater gesehen worden und habe anderswo recht gesund gewirkt, oder er habe von unserer Verwendung für ihn nicht in vollem Umfang Gebrauch machen können – übrigens hätten ihm drei andere Personen die gleiche angeboten – so daß er uns weniger verpflichtet zu sein glaubt. Bei diesen beiden Gelegenheiten hätte der vorher geschilderte Freund so getan, als wisse er nichts von unserm Theaterbesuch, und auch so, als sei er in Unkenntnis darüber, daß andere ihm denselben Dienst hätten erweisen können. Der letzterwähnte Freund hingegen hat das Bedürfnis, zu wiederholen oder aufzudekken, was einem am unangenehmsten zu hören ist; er selbst aber ist von seinem eigenen Freimut entzückt und erklärt mit Nachdruck: ›Ich bin nun einmal so.‹ Andere wiederum reizen uns durch ihre übertriebene Neugier oder durch einen so völligen Mangel daran, daß man ihnen gegenüber die aufregendsten Ereignisse erwähnen kann, ohne daß sie wissen, wovon man überhaupt spricht; noch wieder andere brauchen Monate, um uns auf einen Brief zu antworten, wenn dieser sich auf uns selbst und nicht auf sie bezieht, oder kommen nicht, wenn sie gesagt haben, sie wollten uns ein Anliegen vortragen, so daß wir selbst, um sie nur ja nicht zu verfehlen, uns nicht aus dem Hause wagen; sie aber lassen uns Wochen warten, weil sie von uns eine Antwort, die ihr Brief auch gar nicht erforderte, nicht erhalten haben und nun angeblich glauben, sie hätten uns erzürnt. Dann gibt es noch solche, die sich nur nach ihren eigenen Wünschen richten und nicht nach unseren fragen, reden, ohne daß wir nur ein Wörtchen einwerfen können, wenn sie gerade gut aufgelegt sind und Lust haben, uns zu sehen, wenn wir auch noch so dringende Arbeiten zu erledigen haben; aber wenn sie durch die Witterung ermüdet oder schlechter Laune sind, kann man kein Wort aus ihnen herausziehen, sie setzen unsern Bemühungen eine schlaffe

Indolenz entgegen und geben auf alles, was wir sagen, kaum eine einsilbige Antwort, als hätten sie gar nicht recht gehört. Jeder unserer Freunde hat in dieser Weise seine Fehler, so daß man, um ihn auch weiterhin zu lieben, notgedrungen den Versuch machen muß, darüber hinwegzusehen – während man an seine Begabung, seine Güte, seine freundschaftlichen Gefühle denkt – oder wenigstens so zu tun, als wären sie nicht vorhanden, wozu man all seinen guten Willen braucht. Unglücklicherweise wird unser zähes Bemühen, die Untugend unseres Freundes nicht zu bemerken, noch von dem seinen übertroffen, sich ihr auf Grund seiner Verblendung oder derjenigen, die er bei den andern voraussetzt, aufs unbefangenste hinzugeben. Denn er sieht sie nicht oder nimmt an, daß man sie nicht sieht. Da die Gefahr zu mißfallen vor allem auf der Schwierigkeit beruht, richtig einzuschätzen, was unbemerkt bleibt und was nicht, sollte man aus Klugheit allein nie von sich selber sprechen, weil man bei diesem Thema ganz gewiß sein kann, daß die Ansicht der anderen und unsere eigene nie übereinstimmen werden. Wenn man ebenso große Überraschungen wie beim Besuch eines Hauses von ganz durchschnittlichem Aussehen, dessen Inneres mit Schätzen, Einbruchswerkzeugen oder Leichen angefüllt ist, bei der Entdeckung des wahren Lebens der andern erlebt, wo man das wahre Universum unter der Hülle eines scheinbaren kennenlernt, so wird man nicht weniger überrascht sein, wenn man an Stelle des Bildes, das man sich von sich selbst nach den Äußerungen gemacht hatte, die andere uns gegenüber tun, nunmehr an Hand dessen, was sie über uns in unserer Abwesenheit sagen, die ganz andere Vorstellung kennenlernt, die sie von uns hegen. Auf diese Weise können wir jedesmal, wenn wir von uns gesprochen haben, sicher sein, daß unsere harmlosen und vorsichtigen Bemerkungen, die mit einem Anschein von Höflichkeit und heuchlerischer Billigung zur Kenntnis genommen wurden, zu den bittersten oder ausgelassensten, auf alle Fälle für uns wenig schmeichelhaften

Kommentaren Anlaß gegeben haben. Im besten Fall laufen wir Gefahr, Ärgernis zu erregen durch die Kluft zwischen unserer Vorstellung von uns und dem, was wir sagten, eine Kluft, die im allgemeinen die Reden, welche die Leute über sich selber führen, ebenso lächerlich macht wie der Singsang vorgeblicher Musikfreunde, die das Bedürfnis verspüren, eine Lieblingsmelodie vor sich hinzusummen, wobei sie die Unzulänglichkeit ihrer gedämpften Wiedergabe durch eine energische Mimik oder eine Miene der Bewunderung kompensieren, die durch das, was wir hören, nicht gerechtfertigt scheint. Neben der schlechten Gewohnheit, von sich selbst und seinen Untugenden zu sprechen, muß auch noch die damit eng zusammengehörige erwähnt werden, die darin besteht, bei anderen die Fehler aufzuzeigen, die genau denen entsprechen, welche man selber hat. Von solchen Mängeln aber spricht man dann immerzu, denn es ist dies gleichsam eine abgewandelte Art, von sich selber zu reden, bei der zu der Lust des Bekennens die des Sichselbstabsolvierens tritt. Im übrigen scheint es so, als stelle unsere Aufmerksamkeit, die gern möglichst viel bei dem verweilt, was uns charakterisiert, dies eben auch mehr als alles sonst bei anderen Leuten fest. Ein Kurzsichtiger sagt von einem anderen: ›Er sieht beinahe nichts‹, ein Schwindsüchtiger hegt Zweifel über die Intaktheit der Lungen des Allergesündesten; wer sich nicht wäscht, spricht nur von den Bädern, die die anderen nicht nehmen; ein mit schlechtem Geruch Behafteter findet, daß man nicht gut riecht; ein betrogener Ehemann sieht überall ebensolche, eine leichtlebige Frau stets nur ihresgleichen, und ein Snob nur Snobs. Dazu kommt noch, daß jedes Laster ebenso wie jeder Beruf seine Spezialkenntnisse erfordert und ausbildet, die man gern zur Schau trägt. Der Invertierte macht andere Invertierte ausfindig, der in die Gesellschaft eingeführte Damenschneider hat, noch ehe man ein Wort mit ihm geredet hat, den Stoff des Anzugs abgeschätzt, den man trägt, und die Finger zucken ihm vor Verlangen, die Qualität zu befühlen;

wenn wir nach einem Gespräch von ein paar Minuten einen Zahnheilkundigen nach seiner wahren Meinung über uns befragen, gibt er uns die Zahl unserer schlechten Zähne an. Nichts kommt ihm selber wichtiger vor, noch lächerlicher uns, die wir die seinen sehen. Und nicht nur, wenn wir von uns sprechen, halten wir die anderen für blind, sondern wir handeln auch, als ob sie es wirklich wären. Jeder von uns hat seinen speziellen Gott, der ihm seine Fehler verbirgt oder deren Unsichtbarkeit trügerisch garantiert, ebenso wie er Augen und Nase der Leute, die sich nicht waschen, den unsaubern Rändern, die ihre Ohren tragen, oder dem Schweißgeruch aus ihren Achselhöhlen gegenüber verschließt, so daß sie diese Mängel sorglos spazierenführen, als seien sie niemand bekannt. Wer falsche Perlen trägt oder solche verschenkt, meint, man hält sie für echte.

Bloch war unerzogen, neurotisch, ein Snob, und außerdem fühlte er, da er einer wenig angesehenen Familie entstammte, als lebe er auf dem Meeresgrund, über sich den unwägbaren Druck, mit dem nicht nur die Christen der Oberfläche auf ihm lasteten, sondern auch die stufenweise übereinandergelagerten höheren jüdischen Kasten, von denen jede die unmittelbar unter ihr stehende mit Nichtachtung behandelte. Um durch Emporarbeiten von einer jüdischen Familie zur anderen nach oben vorzudringen, hätte es für Bloch einer Spanne von mehreren Jahrtausenden bedurft. Besser war es, sich auf einem anderen Wege einen Durchbruch zu verschaffen.

Als Bloch mir gegenüber die vom Snobismus bedrohte kritische Phase erwähnte, die ich offenbar durchmache, und mich einzugestehen bat, ich sei ein Snob, hätte ich ihm antworten können: ›Wenn ich einer wäre, würde ich mit dir jedenfalls nicht verkehren.‹ So sagte ich nur, er sei nicht sehr nett zu mir. Er wollte sich darauf entschuldigen, aber freilich in der Art schlecht erzogener Menschen, die nur allzu glücklich sind, ihre eigenen Worte, wenn sie schon auf sie zurückkommen müssen, wenigstens noch zu verschärfen. ›Vergib mir‹, sagte er nun jedesmal, wenn er mich traf, ›ich habe dir Kummer bereitet, ich habe dich gequält, ich war böse aus purem Vergnügen daran. Und dennoch – ein so seltsames Wesen ist der Mensch im allgemeinen und dein Freund im besonderen – kannst du dir gar nicht vorstellen, welche freundschaftlichen Gefühle ich, der ich dich so grausam folterte, trotz allem für dich hege. Oft, wenn ich an dich denke, bin ich bis zu Tränen erschüttert.‹ Er ließ ein Schluchzen vernehmen.

Was mich bei Bloch noch mehr in Erstaunen versetzte als seine schlechte Erziehung, war das völlig ungleiche Niveau seiner Unterhaltung. Dieser in allen Dingen so wählerische Bursche, der von den angesehensten Schriftstellern der Zeit zu sagen pflegte: ›Das ist ein ganz finsterer Idiot, ein vollendeter Dummkopf‹, erzählte maßlos erheitert Witze, die keineswegs komisch waren, und zitierte als ›wirklich beachtlich‹ irgendeinen völlig belanglosen Menschen. Diese Art, den Geist, den Wert eines Menschen, das Interesse, das er verdiente, mit zweierlei Maßen zu messen, erstaunte mich immer wieder bis zu dem Tage, da ich die Bekanntschaft von Bloch senior machte.

Ich hatte nicht geglaubt, daß wir jemals diese Ehre haben würden, denn Bloch hatte von mir zu Saint-Loup ziemlich schlecht gesprochen und ebenso von Saint-Loup zu mir. Er hatte zum Beispiel zu Robert gesagt, ich sei (immer dasselbe) ein abscheulicher Snob. »Doch, doch, ich weiß, er ist ganz hingerissen, daß er Monsieur LLLLegrandin! kennt«, sagte er. Diese Art, ein Wort hervorzuheben, war bei Bloch das Zeichen gleichzeitig der Ironie und des Hanges zur Literatur. Saint-Loup, der den Namen Legrandin nie gehört hatte, wunderte sich: »Aber wer ist das denn?« – »Oh, jemand ›sehr Vornehmes‹«, antwortete Bloch lachend und indem er seine Hände fröstelnd in seine Rocktaschen versenkte, überzeugt, das malerische Schauspiel eines ganz außergewöhnlichen Provinzedelmanns zu genießen, der die von Barbey d'Aurevilly beschriebenen gänzlich in Schatten stellte. Er tröstete sich über sein Unvermögen, Herrn Legrandin zu schildern, indem er ihm mehrere L gab und seinen Namen genießerisch schlürfte wie einen im tiefsten Kellerwinkel aufbewahrten Wein. Doch diese ganz subjektiven Freuden blieben den andern verborgen. Wenn er zu Saint-Loup schlecht von mir sprach, sagte er nicht weniger Ungünstiges über ihn zu mir. Wir hatten beide gleich am nächsten Tag diese Nachrede in allen Einzelheiten zu Ohren bekommen, nicht daß wir sie einander unmittelbar wiederholt hätten, denn das wäre uns recht ungehörig erschienen; Bloch jedoch kam dies derart natürlich und beinahe unvermeidlich vor, daß er in seiner Unruhe und der sicheren Annahme, er sage jedem von uns beiden nur, was er doch baldigst erführe, diesem Austausch zuvorkam, indem er Saint-Loup auf die Seite nahm und ihm gestand, er habe unfreundlich von ihm gesprochen, jedoch mit Absicht so, daß er es wiedererführe, und schwur ihm ›bei Zeus dem Kroniden, dem Hüter der Eide‹, er liebe ihn und sei bereit, für ihn sein Leben hinzugeben, wobei er sich eine Träne aus dem Augenwinkel wischte. Am gleichen Tage richtete er es so ein, daß er mich allein sehen konnte, legte mir ebenfalls sein Geständnis ab und erklärte mir, er habe nur zu meinem Besten gehandelt, denn er sei der Meinung, daß eine gewisse Art von mondänen Beziehungen für mich verderblich und ich selbst ›viel zu gut dafür‹ sei. Dann ergriff er mit der Rührung eines Betrunkenen meine Hand – sein Rausch war dabei rein nervöser Natur – und sagte: »Glaube mir, und möge die nachtschwarze Ker mich auf der Stelle belangen und mir die Pforte des Hades auftun, die den Menschen verhaßt ist, wenn ich nicht gestern, als ich an dich und an Combray dachte, an meine unendliche Liebe zu dir, an gewisse Nachmittage während des Schulunterrichts, an die du gar nicht mehr denkst, die ganze Nacht durch geschluchzt habe. Ja, die ganze Nacht, ich schwöre es dir, und ach, ich weiß, denn ich kenne die Seelen der Menschen, daß du mir nicht glauben wirst.« Ich glaube tatsächlich diesen Worten nicht, die ich soeben erst beim Reden erfunden wußte, und sein Schwur ›bei der Ker‹ gab der Sache kein größeres Gewicht, denn der Griechenkult war bei Bloch nur rein literarisch zu werten. Sobald er übrigens selbst über eine falsch dargestellte Begebenheit gerührt war und wünschte, auch die andern darüber gerührt zu sehen, sagte er: ›Ich schwöre es dir‹, mehr noch aus hysterischer Lust am Lügen als eigentlich von dem Wunsche beseelt, andere glauben zu machen, daß er die Wahrheit sage. Ich glaubte seinen Worten zwar nicht, war ihm aber nicht böse, denn ich hatte von meiner Mutter und meiner Großmutter die Eigenschaft geerbt, unfähig zum Groll zu sein, selbst Wesen gegenüber, die weit schuldiger waren, und nie über jemand den Stab zu brechen.

Bloch war übrigens kein eigentlich schlechter Mensch, er konnte sehr nette Seiten haben. Und seitdem die Menschenart, die ich in Combray kannte, jene Gattung, der so absolut makellose Wesen wie meine Großmutter und meine Mutter entstammten, nun fast erloschen scheint und ich nur die Wahl zwischen ehrlichen, fühllosen und loyalen Rohlingen habe, bei denen schon der Ton der Stimme verrät, daß sie sich nicht im geringsten um das Leben der anderen scheren, und einer anderen Sorte von Lebewesen, die, solange sie bei uns weilen, uns verstehen und lieben und bis zu Tränen gerührt sind, dafür aber ein paar Stunden später grausam über uns scherzen, dann aber wiederum ebenso verständnisvoll, so reizend, so völlig im Einklang mit uns zurückkommen, glaube ich, daß ich zwar den moralischen Wert dieser letzteren nicht sonderlich hoch veranschlage, ihre Gesellschaft aber mir jedenfalls lieber ist.

– Du kannst dir nicht vorstellen, mit welchem Kummer ich an dich denke, sagte Bloch. Im Grunde ist das ein eher jüdischer Zug an mir, fügte er ironisch und mit zusammengekniffenen Lidern hinzu, als handle es sich darum, eine mikroskopische Dosis eben seines ›jüdischen Blutes‹ richtig zu bestimmen;

so hätte – aber er hätte es nicht getan – einer der großen Herren Frankreichs, der unter seinen durchaus christlichen Ahnen dennoch einen Samuel Bernard oder noch früher die hl. Jungfrau führte, von der, wie man sagt, die Levy abstammen, einen solchen fremden Einschlag erwähnen können, der irgendwo ›durchschlägt‹: »Ich bin, wie du siehst, durchaus bereit«, fügte er hinzu, »den übrigens sehr geringfügigen Anteil meiner jüdischen Herkunft an meinem Gefühlsleben anzuerkennen.« Er sprach diesen Satz aus, weil ihm geistreich und mutig schien, die Wahrheit über seinen Ursprung zu sagen, eine Wahrheit, die er gleichzeitig abzuschwächen verstand, so wie der Geizige, wenn er sich entschließt, seine Schulden zu zahlen, nur einen Teil davon abzutragen über sich gewinnt. Diese Art von Schwindel, bei dem man zwar die Kühnheit besitzt, die Wahrheit einzugestehen, aber doch nur, indem man sie großenteils mit Lügen versetzt, die sie verfälschen, ist verbreiteter als man denkt, und selbst bei denjenigen, die ihn gewöhnlich nicht praktizieren, sind gewisse kritische Phasen im Leben, zum Beispiel wenn eine Liebesbeziehung im Spiel ist, der Anlaß, ihn gleichwohl zu betreiben.

Alle diese jeweils den anderen betreffenden Auslassungen Blochs Saint-Loup und mir gegenüber endeten mit einer Einladung zum Abendessen. Ich bin nicht ganz sicher, ob er nicht zunächst – vieles spräche dafür – den Versuch gemacht hatte, Saint-Loup allein zu bekommen. Jedenfalls war dieser Versuch nicht von Erfolg gekrönt, denn eines Tages trat Bloch mit folgenden Worten vor mich und Saint-Loup: »Teurer Meister und du, vom Ares geliebter Held, de Saint-Loup-en-Bray, der Rossebezähmer, da ich euch nun begegnet am Strande des wogendröhnenden Meers, bei den Zelten der Millionäre wie Ménier mit den hurtigen Schiffen, wollt ihr beide einen Tag dieser Woche zu meinem weithin berühmten Vater mit dem untadligen Herzen zum Abendessen kommen?« Er richtete diese Einladung an uns, weil er den Wunsch hatte, sich enger mit Saint-Loup anzufreunden, damit dieser ihn, so hoffte er, in aristokratische Kreise einführen möchte. Hätte ich selbst und zu meinen Gunsten diesen Wunsch geäußert, so wäre er Bloch als Ausdruck des widerwärtigsten Snobismus erschienen und hätte gut zu der Meinung gepaßt, die er über eine ganze Seite meines Wesens hegte, welche er – bislang wenigstens – nicht als die hervorstechendste ansah; bei sich selbst aber hielt er den gleichen Wunsch für den Beweis einer schönen geistigen Neugier, in der sich das Verlangen bekundete, soziale Regionen aufzusuchen, in denen er vielleicht etwas antreffen konnte, was in literarischer Hinsicht für ihn von Nutzen wäre. Als Bloch senior von seinem Sohn erfuhr, er werde einen seiner Freunde zum Abendessen mitbringen, wobei dieser mit einer Art von sarkastischer Befriedigung Titel und Namen ausgesprochen hatte: »Der Marquis de Saint-Loup-en-Bray«, war er stark beeindruckt. »Der Marquis de Saint-Loup-en-Bray! Alle Wetter!« hatte er ausgerufen, unter Verwendung des Fluches, der bei ihm der Ausdruck höchster sozialer Anerkennung war. Auf seinen Sohn aber, dem es gelang, sich solche Beziehungen zu schaffen, warf er einen bewundernden Blick, der besagte: ›Er ist doch wirklich erstaunlich, ist dies Phänomen mein Sohn?‹, einen Blick, der meinem Kameraden ebensoviel Vergnügen bereitete wie eine Erhöhung seines Monatswechsels um ganze fünfzig Francs. Denn Bloch fühlte sich zu Hause nicht wohl; er litt darunter, daß sein Vater ihn als entartet ansah, weil er ihn in der Bewunderung von Leconte de Lisle, Heredia und anderen ›Bohémiens‹ aufgehen sah. Beziehungen aber zu einem Saint-Loup-en-Bray, dessen Vater Präsident der Suezkanal-Gesellschaft gewesen war (Alle Wetter!), waren ein unbestreitbarer Erfolg. Um so größer war sein Bedauern, daß er aus Furcht, es könne beschädigt werden, das Stereoskop zu Hause gelassen hatte. Nur Bloch senior verstand die Kunst oder besaß das Recht, dies Instrument zu bedienen. Er machte übrigens bewußt nur selten Gebrauch davon, einzig an Galaabenden, bei denen Lohndiener ihres Amtes walteten, so daß diese Veranstaltungen mit Stereoskop in den Augen der Anwesenden eine Auszeichnung, ein Privileg bedeuteten und dem Hausherrn ein Prestige verliehen, wie nur das Talent es schafft, ein Prestige, das nicht größer hätte sein können, wären die vorgezeigten Ansichten von Monsieur Bloch in Person aufgenommen und der Apparat von ihm erfunden worden. ›Du warst gestern nicht bei Salomon eingeladen?‹ fragte man in der Familie. ›Nein, ich habe nicht zu den Auserwählten gehört!‹ – ›Was war denn los?‹ – ›Nun, alles groß aufgezogen, das Stereoskop und der ganze Klimbim.‹ – ›Ah, das Stereoskop, das tut mir allerdings leid, denn offenbar ist Salomon bei der Vorführung besonders auf der Höhe.‹

– Was willst du, sagte Bloch senior zu seinem Sohn, man muß ihm nicht alles auf einmal bieten, so bleibt immer noch was. Wohl hatte er in seiner väterlichen Liebe und um das Herz seines Sohnes zu rühren daran gedacht, das Instrument eigens kommen zu lassen. Aber es war ›technisch unmöglich‹ wegen der Zeitfrage, wie man wenigstens annehmen mußte; tatsächlich wurde die Einladung notgedrungen verschoben, denn Saint-Loup mußte zu Hause bleiben wegen eines Onkels, welcher vorhatte, auf achtundvierzig Stunden zu Madame de Villeparisis zu Besuch zu kommen. Da dieser Onkel auf Grund seiner Leidenschaft für körperliche Übungen, vor allem für lange Wanderungen, von dem Schloß, wo er den Sommer verbrachte, den Weg großenteils (mit Übernachtungen auf Bauernhöfen) zu Fuß machen wollte, war der Zeitpunkt seiner Ankunft in Balbec unbestimmt. Saint-Loup wagte so wenig, sich wegzurühren, daß er mir sogar auftrug, nach Incarville, wo sich das nächste Telegraphenbüro befand, die Depesche zu tragen, die er seiner Geliebten täglich schickte. Der Onkel, der erwartet wurde, trug den Vornamen Palamède; er hatte ihn von seinen Ahnen, den Fürsten von Sizilien, ererbt. Später, wenn ich bei meiner Lektüre von historischen Werken jenen Eigennamen bei irgendeinem Podestà oder

Kirchenfürsten antraf, wo er wie eine schöne Renaissancemedaille wirkte – es hieß sogar, er sei antiken Ursprungs –, die immer in der Familie geblieben und von einem Abkommen dem andern vom Kabinett des Vatikans bis auf den Onkel meines Freundes als Vermächtnis weitergegeben war, empfand ich das Vergnügen, das jene kennen, die zwar nicht das Geld haben, sich eine Münzensammlung oder eine Pinakothek anzulegen, dafür aber alte Namen sammeln (Namen von Orten, die malerisch und geschichtsbeladen sind wie eine alte Weltkarte, wie ein Helmgitter, ein altes Firmenschild oder eine Sammlung von Weistümern), Taufnamen, bei denen in den schönen französischen Wortausgängen noch ein Versagen der Zunge, der mundartliche Tonfall, die fehlerhafte Aussprache hörbar wird, durch die unsere Altvordern lateinischen und germanischen Wörtern nachhaltige Verstümmelungen beibrachten, die später die erhabenen Gesetzgeberinnen der Grammatiken wurden und sich schließlich mit diesem zusammengetragenen Material aus alten Klängen und sonoren Lauten selber Konzerte geben nach Art der Liebhaber, die alte Instrumente wie Gambe oder Viola d'amore erwerben, damit sie sich die Musik von ehedem authentisch vorspielen können. Saint-Loup erzählte mir, daß selbst in Adelskreisen, zu denen niemand sonst Zutritt hätte, sein Onkel Palamède als besonders schwer erreichbar, anmaßend und ahnenstolz gelte; mit der Frau seines Bruders und einigen anderen auserwählten Personen bilde er den sogenannten ›Phönix-Club‹. Selbst dort noch sei er wegen seiner hochfahrenden Äußerungen derart gefürchtet, daß früher häufig sogar Leute, die seine Bekanntschaft auf dem Wege über seinen eigenen Bruder hatten machen wollen, bei diesem auf Widerstand stießen. ›Nein, bitten Sie mich nicht, daß ich Sie meinem Bruder Palamède vorstelle. Auch wenn wir alle, meine Frau und ich, uns dafür verwendeten, würde doch nichts daraus. Oder aber Sie würden Gefahr laufen, ihn in wenig liebenswürdiger Laune anzutreffen, und das möchte ich doch nicht.‹ Im Jockey-Club hatten er und einige

Freunde zweihundert Mitglieder namhaft gemacht, die sie sich niemals vorstellen zu lassen gedachten. Beim Grafen von Paris aber hatte er wegen seiner Eleganz und seines Hochmuts den Übernamen ›der Prinz‹.

Saint-Loup erzählte mir auch manches aus der jetzt weit zurückliegenden Jugend seines Onkels. Er brachte damals alle Tage Frauen in seine Junggesellenwohnung, die er mit zwei Freunden teilte, beide schön wie er, man nannte sie ›die drei Grazien‹.

– Eines Tages hatte ein Mann, der heute im Faubourg Saint-Germain nahezu am meisten ›im Blickfeld‹ ist, wie Balzac sagen würde, der aber in einer ersten ziemlich üblen Periode seltsamen Neigungen huldigte, meinen Onkel gebeten, ihm in dieser Junggesellenwohnung einen Besuch abstatten zu dürfen. Kaum angekommen aber, machte er dort nicht den Frauen, sondern meinem Onkel Palamède eine Liebeserklärung. Mein Onkel tat, als verstehe er nicht, rief aber unter einem Vorwand seine beiden Freunde herbei; sie kamen, ergriffen den Schuldigen, zogen ihn nackt aus, prügelten ihn bis aufs Blut und jagten ihn bei einer Kälte von zehn Grad unter Null mit Fußtritten vor die Tür, wo er halbtot aufgefunden wurde, so daß eine gerichtliche Untersuchung bereits im Gange war, als der Unglückliche sie noch mit größter Mühe niederschlagen konnte. Mein Onkel würde sich heute für eine so grausame Exekution nicht mehr hergeben; Sie können sich gar nicht vorstellen, wie viele Leute aus dem Volke er, der unter Weltleuten so hochmütig ist, im Laufe der Zeit ins Herz geschlossen hat und nachhaltig protegiert, ganz gefaßt darauf übrigens, mit Undank belohnt zu werden, etwa einen Hotelbediensteten, den er irgendwo angetroffen hat und in Paris unterbringt, oder einen Bauernsohn, den er ein Handwerk lernen läßt. Das ist gerade die nette Seite bei ihm, im Gegensatz zu seiner Erscheinung in der großen Welt. – Saint-Loup gehörte nämlich zu jener Art von jungen Leuten aus der guten Gesellschaft, die auf Höhen leben, wo solche Aussprüche sprießen wie: ›Was so nett an ihm ist ... diese gewisse nette Seite, die er hat ...‹, Aussprüche, die eine kostbare Saat darstellen, aus der sich schnell eine gewisse Sicht der Dinge entwickelt, bei der man sich selbst für nichts erachtet und das ›Volk‹ für alles, also gerade das Gegenteil vom Hochmut der Plebejer. »Offenbar kann man sich heute gar nicht mehr vorstellen, wie bestimmend, wie tonangebend er in seiner Jugend für die ganze Gesellschaft war. Er selbst tat dabei nur, was ihm bei jeder Gelegenheit das angenehmste, das bequemste war; aber auf der Stelle wurde es von den Snobs nachgemacht. Hatte er im Theater Durst bekommen und sich etwas zu trinken in die Loge bestellt, waren in der folgenden Woche die kleinen Salons hinter jeder einzelnen mit Erfrischungen versehen. In einem regnerischen Sommer hatte er einen harmlosen Anfall von Rheumatismus und daraufhin einen leichten, aber warmen Mantel aus Lamawolle, wie man sie für Reisedecken verwendet, unter Beibehaltung der blauen und orangefarbenen Streifen anfertigen lassen. Die großen Schneider wurden daraufhin alsbald von ihren Kunden überlaufen, die alle langhaarige blaue Überzieher mit Fransen haben wollten. Wenn er aus irgendeinem Grunde einem Diner in dem Schloß, in welchem er gerade weilte, jede Steifheit benehmen wollte und, um diese Nuance zu betonen, keinen Frack mitgebracht, sondern sich im Nachmittagsjackett an den Tisch gesetzt hatte, wurde es Mode, auf dem Lande im Tagesanzug zu speisen. Ob er zum Kuchenessen anstatt eines Löffels eine Gabel benutzte oder ein selbsterfundenes Eßgerät, das er für seinen persönlichen Gebrauch bei einem Goldschmied hatte herstellen lassen, es war von dem Augenblick an nicht mehr erlaubt, anderes zu verwenden. Einmal hatte er Lust gehabt, bestimmte Beethoven-Quartette (denn bei allen seinen Bizarrerien ist er keineswegs dumm, sogar recht begabt) zu hören und zu diesem Zweck allwöchentlich Künstler kommen lassen, die sie ihm und seinen Freunden vorspielen mußten. Sofort wurde es in jenem Jahre große Mode, einen kleinen

Kreis von Gästen einzuladen und mit ihnen Kammermusik zu hören. Ich glaube übrigens, er hat sich im Leben nichts entgehen lassen. Schön wie er war, hat er bestimmt Frauen gehabt, so viele er wollte! Ich könnte allerdings auch nicht sagen, welche es gewesen sind, denn er ist äußerst diskret. Doch ich weiß, daß er meine arme Tante weidlich betrogen hat, was aber nicht hinderte, daß er ganz reizend zu ihr war und sie ihn anbetete; er hat sie jahrelang beweint. Wenn er in Paris ist, besucht er noch heute fast jeden Tag ihr Grab.«
Als ich am Tage nach diesen Erzählungen Saint-Loups über den offenbar vergeblich erwarteten Onkel auf dem Nachhauseweg zum Hotel am Kasino vorbeikam, hatte ich das Gefühl, jemand, der nicht weit von mir entfernt sei, hefte seinen Blick auf mich. Ich wendete den Kopf und bemerkte einen großen und beleibten Mann, in den Vierzigern etwa, mit einem schwarzen Schnurrbart, der, während er nervös mit seinem Spazierstock auf seine Hosenbeine schlug, mich mit größter Aufmerksamkeit zu beobachten schien. Momentweise schossen aus seinen Augen Blicke von äußerster Intensität, wie sie einem Unbekannten nur solche Leute zusenden, in denen der Mensch leicht Gedanken erweckt, wie sie nicht jedem kommen – Geisteskranke oder Spione zumal. Er warf mir einen letzten gleichzeitig kühnen und doch von Vorsicht gelenkten, raschen und tiefen Blick zu, welcher mich traf wie ein letzter Schuß, den man abfeuert, ehe man flieht; dann, nachdem er sich nach allen Seiten umgeblickt, nahm er mit einem Male eine zerstreute, hochmütige Miene an und wendete sich entschlossen einem Plakat zu, in dessen Lektüre er sich vertiefte, während er eine Melodie vor sich hinsummte und eine Moosrose zurechtrückte, die er im Knopfloch trug. Er nahm aus der Tasche ein Notizbuch, in dem er sich den Titel des angekündigten Schauspiels zu notieren schien, zog zwei- oder dreimal seine Uhr, rückte den runden schwarzen Strohhut tiefer in die Augen, wobei er gleichzeitig die Krempe mit davorgehaltener Hand schirmartig verbreiterte, als spähe er

nach jemand aus, der nicht kam, machte eine Geste des Unwillens (wie man sie macht, wenn man zum Ausdruck bringen will, man habe genug gewartet, jedoch nie, wenn man wirklich wartet), schob dann den Hut zurück, so daß man eine kurzgeschnittene Bürstenfrisur darunter vorschauen sah, an die sich auf jeder Seite lange gewellte ›Taubenflügel‹ anschlossen, und stieß hörbar den Atem hervor wie Leute, denen es nicht zu warm ist, die aber das Bedürfnis verspüren, so zu tun, als sei es ihnen zu warm. In mir stieg die Vorstellung von einem Hoteldieb auf, der meine Großmutter und mich vielleicht schon an den vorhergehenden Tagen bemerkt und sich nun von mir bei der Vorbereitung eines Anschlags betroffen fühlte; um mich irrezuführen, versuchte er vielleicht durch seine veränderte Haltung nur Zerstreutheit und Uninteressiertheit zum Ausdruck zu bringen, tat dies aber in einer so herausfordernd übertreibenden Form, daß er mindestens ebensosehr wie die Zerstreuung meines Argwohns den Zweck im Auge zu haben schien, sich für eine Demütigung zu rächen, die ich ihm zugefügt; jedenfalls schien er mir den Gedanken nahelegen zu wollen, wenn auch nicht gerade, er habe mich nicht gesehen, so doch, ich sei ein zu bedeutungsloses Objekt, als daß ich seine Aufmerksamkeit auf mich ziehen könnte. Er drückte den Rücken in einer Art von Paradehaltung durch, preßte die Lippen zusammen, drehte die Schnurrbartenden auf und gab seinem Blick etwas Gleichgültiges, Hartes, ja Verletzendes. Jedenfalls erreichte er durch sein sonderbares Gebaren, daß ich ihn für einen Gauner oder Geistesgestörten hielt. Dabei war sein außergewöhnlich gepflegter Anzug viel würdiger und schlichter als die Kleidung aller Badegäste, die ich in Balbec sah, und gleichsam eine Bestätigung für meinen eigenen einfachen Rock, der so oft gegen die banale strahlende Weiße der Strandanzüge im Nachteil war. Doch da kam meine Großmutter mir entgegen, wir machten zusammen einen kleinen Spaziergang; eine Stunde später wartete ich auf sie vor dem Hotel, in das sie einen Augenblick gegangen war,

als ich Madame de Villeparisis mit Robert de Saint-Loup und dem Unbekannten, der mich vor dem Kasino so scharf ins Auge gefaßt hatte, heraustreten sah. Blitzschnell ging sein Blick durch mich hindurch, genau wie in dem Augenblick unsrer ersten Begegnung, und kehrte dann, als habe er mich gar nicht bemerkt, auf einen etwas tiefer vor ihm liegenden Punkt zurück, stumpf wie der ausdruckslose Blick, der nichts zu sehen vorgibt und nichts besagen will, der Blick, der einzig die Zufriedenheit widerspiegelt, sich von Wimpern umgeben zu fühlen, zwischen denen er mit seiner ruhigen Rundung steht, der fromme Demutsblick gewisser Heuchler, der eingebildete Blick, den manche Dummköpfe haben. Ich sah, daß er sich umgezogen hatte. Der Anzug, den er jetzt trug, war noch dunkler als der vorige; sicher ist eben die wahre Eleganz von Schlichtheit weniger weit entfernt, als die falsche es ist; aber es lag in der Wahl dieser Kleidung auch etwas anderes: wenn man genauer hinsah, spürte man, daß die Farbe nicht deshalb völlig darin fehlte, weil der Träger sie aus mangelndem Gefühl für ihren Reiz daraus verbannte, sondern eher, weil er sie sich aus irgendeinem Grunde untersagte. Die Mäßigung, die er sich auferlegte, schien mehr aus der Befolgung einer selbstauferlegten Regel als aus einem Fehlen genießerischen Farbensinnes hervorgegangen zu sein. Ein dunkelgrüner Faden im Gewebe des Hosenstoffs war dennoch auf das Streifenmuster der Strümpfe mit einem Raffinement abgestimmt, das deutlich eine sonst überall bezähmte Neigung zu Farben verriet, der dies einzige Zugeständnis aus Duldung gemacht zu sein schien, während ein roter Tupfen auf der Krawatte unmerklich blieb wie eine Freiheit, die man sich nicht recht zu nehmen wagt.
– Wie geht es Ihnen? Erlauben Sie, daß ich Ihnen meinen Neffen, den Baron von Guermantes, vorstelle, sagte Madame de Villeparisis zu mir, während der Unbekannte, ohne mich anzublicken, ein kaum verständliches: »Erfreut« murmelte, auf das er sofort ein Räuspern folgen ließ, um seiner Liebens-

würdigkeit etwas nur Gezwungenes zu geben; den kleinen Finger, Zeigefinger und Daumen zurückbiegend, hielt er mir darauf Mittelfinger und unberingten Ringfinger hin, die ich unter dem Handschuh aus schwedischem Leder drückte; dann wandte er sich, ohne mir noch einen Blick zu schenken, wieder Madame de Villeparisis zu.
– Mein Gott, wo habe ich denn meine Gedanken, sagte diese lachend, da spreche ich von dir als dem Baron von Guermantes. Ich stelle Ihnen vielmehr den Baron de Charlus vor. Nun, schließlich ist das Versehen nicht schlimm, du bist ja doch auch ein Guermantes.
Indessen war auch meine Großmutter dazugekommen, und wir gingen zusammen des Wegs. Saint-Loups Onkel würdigte mich nicht nur keines Wortes, sondern auch nicht einmal eines Blicks. Wenn er Unbekannte musterte (während dieses kurzen Spaziergangs ließ er zwei- oder dreimal seinen durchbohrenden Blick sondengleich in unbedeutende Vorübergehende niedrigsten Standes eindringen), schaute er andererseits, nach mir selbst zu urteilen, keinen Augenblick Personen an, die er kannte – so wie ein Mitglied der Geheimpolizei mit besonderem Auftrag persönliche Freunde in seine berufliche Aufsichtspflicht nicht mit einbezieht. Ich ließ meine Großmutter, Madame de Villeparisis und ihn sich weiter unterhalten und blieb mit Saint-Loup ein paar Schritte zurück.
– Sagen Sie, habe ich recht gehört? Madame de Villeparisis hat zu Ihrem Onkel gesagt, er wäre ein Guermantes?
– Aber ja, natürlich, er heißt Palamède de Guermantes.
– Sind das dieselben Guermantes, die ein Schloß in der Nähe von Combray haben und behaupten, von Genoveva von Brabant abzustammen?
– Aber gewiß. Mein Onkel, der in allem Heraldischen Bescheid weiß wie nur irgendeiner, würde Ihnen antworten, daß unser ›Schrei‹, unser Feldgeschrei, das später ›Passavant‹ lautete, zunächst ›Combraysis‹ war, sagte er lachend, damit es nicht so aussähe, als bilde er sich auf das Vorrecht eines Schlachtrufs,

das nur quasi standesherrliche Häuser, nämlich die großen Anführer eigener Heere, hatten, etwas ein. Sein Bruder ist der derzeitige Besitzer des Schlosses Guermantes.
So rückte sie also in die nächste Nähe der Guermantes, jene Madame de Villeparisis, die für mich so lange nur die Dame gewesen war, die mir einmal, als ich klein war, eine von einem Entchen gehaltene Pralinenschachtel geschenkt hatte und damals von der Seite von Guermantes noch entfernter, als habe sie ihren Sitz nach Méséglise zu gehabt, weniger glanzvoll, weniger bedeutend in meinen Augen als der Optiker von Combray war; jetzt aber machte sie eine jener phantastischen Haussen durch, die zusammen mit den ebensowenig vorausgesehenen Kursverlusten anderer Dinge, die wir besitzen, in unsere Jugend und in die Teile unseres Lebens, in denen noch ein wenig Jugend fortbesteht, Veränderungen hineintragen, die ebenso zahlreich sind wie die Metamorphosen Ovids.
– Stehen nicht in dem Schloß die Büsten aller ehemaligen Herren von Guermantes?
– Ja, eine tolle Parade, bemerkte ironisch Saint-Loup. Unter uns gesagt, finde ich das alles etwas abgeschmackt. Aber es gibt auch anderes in Guermantes, das interssanter ist, nämlich ein rührend schönes Porträt meiner Tante, von Carrière gemalt, das köstlich wie ein Whistler oder ein Velasquez ist, fügte Saint-Loup hinzu, der in seinem Neophyteneifer nicht immer das richtige Maß für die Größe hatte. Es gibt auch sehr eindrucksvolle Bilder dort von Gustave Moreau. Meine Tante ist die Nichte Ihrer Bekannten, der Madame de Villeparisis, sie ist von ihr erzogen worden und hat dann ihren Vetter geheiratet, der ebenfalls ein Neffe meiner Tante Villeparisis ist, den derzeitigen Herzog von Guermantes.
– Und wer ist nun Ihr Onkel?
– Er führt den Titel eines Baron de Charlus. An sich hätte mein Onkel Palamède nach dem Tode meines Großonkels den Titel eines Prinzen des Laumes annehmen müssen, den sein

Bruder innehatte, bevor er Herzog wurde, denn in dieser Familie wechseln sie den Namen wie ihr Hemd. Aber mein Onkel hat über alles das seine Sonderideen. Und da er findet, es werde jetzt ein solcher Mißbrauch mit italienischen Herzogs- und spanischen Grandentiteln getrieben, hat er, obwohl er die Wahl zwischen vier oder fünf prinzlichen Namen gehabt hätte, den eines Baron de Charlus beibehalten, aus Protest gleichsam und einer Bescheidenheit, die eitel Hochmut ist. ›Heute‹, sagte er, ›wo jeder sich Prinz oder Fürst nennt, braucht man ja geradezu ein Unterscheidungsmerkmal; ich werde den Prinzentitel nur führen, wenn ich inkognito reisen will.‹ Nach seiner Behauptung gibt es keinen älteren Namen als den der Barone von Charlus; um zu beweisen, daß seine Baronie älter als die der Montmorency ist, welche für sich in Anspruch nehmen, die ältesten Barone Frankreichs zu sein, während sie es nur in der Ile-de-France sind, wo sie ihre Lehnsherrschaft hatten, wird mein Onkel Ihnen stundenlange Erklärungen liefern, und zwar mit dem größten Vergnügen, denn, wiewohl sehr gescheit, sehr begabt, findet er, daß dies ein höchst anregendes Gesprächsthema sei, setzte Saint-Loup mit einem Lächeln hinzu. Da ich jedoch nicht bin wie er, werden Sie mich nicht dazu bringen, von Genealogie zu sprechen; ich kenne nichts Langweiligeres, nichts Überholteres, wirklich, das Leben ist zu kurz!

Ich erkannte jetzt in dem harten Blick, der mich vor kurzem veranlaßt hatte, vor dem Kasino stehend die Augen abzuwenden, denjenigen wieder, den ich in Tansonville auf mir hatte ruhen fühlen in dem Moment, als Madame Swann Gilberte gerufen hatte.

– Sagen Sie, war unter den zahllosen Geliebten, die Sie Ihrem Onkel nachsagen, wohl auch Madame Swann?

– O nein! Er ist eng befreundet mit Swann und hat ihm immer sehr die Stange gehalten. Aber nie hat jemand behauptet, er sei der Liebhaber von Madame Swann. Sie würden überall auf große Verwunderung stoßen, wenn Sie täten, als glaubten Sie es.

Ich wagte ihm nicht zu antworten, daß dies in Combray noch weit mehr der Fall gewesen wäre, hätte ich es nicht geglaubt.

Meine Großmutter war von Monsieur de Charlus entzückt. Zweifellos legte er allen Fragen der Geburt und der gesellschaftlichen Stellung ungewöhnlich viel Wichtigkeit bei, und meine Großmutter hatte es bemerkt, doch ohne jene gewisse Strenge, bei der gemeinhin ein geheimer Neid und eine Art von Gereiztheit darüber eine Rolle spielen, daß ein anderer Vorteile genießt, die man auch gern hätte, doch nicht haben kann. Da im Gegenteil meine Großmutter, zufrieden mit ihrem Geschick und frei von Sehnsucht nach einem Leben in einer glanzvolleren Gesellschaft, nur ihre Intelligenz anwendete, um die Schattenseiten von Monsieur de Charlus zu beurteilen, sprach sie von Saint-Loups Onkel mit jener unbefangenen, heiteren und fast sympathisierenden Freundlichkeit, mit der wir den Gegenstand unserer objektiven Beobachtung für das Vergnügen belohnen, das sie uns verschafft, zumal in diesem Falle dies Objekt ein Mann war, dessen wenn auch vielleicht nicht rechtmäßiges, so doch wenigstens malerisches prätentiöses Auftreten ihn, wie sie fand, stark aus der Menge der Personen heraushob, die sie sonst fast ausschließlich sah. Vor allem aber hatte meine Großmutter ihm auf Grund seiner Klugheit und Feinfühligkeit, die, wie man ahnen konnte, Monsieur de Charlus im Gegensatz zu so vielen Weltleuten, über die Saint-Loup sich mokierte, in hohem Maße besaß, seine aristokratische Voreingenommenheit so leichthin verziehen. Diese freilich hatte der Onkel nicht wie der Neffe höheren Werten zum Opfer gebracht. Monsieur de Charlus hatte die beiden vielmehr harmonisch aufeinander abgestimmt. Da er als Nachkomme der Herzöge von Nemours und Prinzen von Lamballe Archive, Möbel, Wandteppiche sowie im Auftrage seiner Ahnen von Raffael, von Velasquez, von Boucher gemalte Porträts besaß, konnte er mit Recht sagen, er besuche ein Museum und eine unvergleichliche Bibliothek, wenn er nur seine Familienandenken einer Besichtigung unterzog, und so wies er seinem aristokratischen Erbe gerade jenen Rang zu, von dem sein Neffe es hatte absetzen wollen. Vielleicht wollte er auch – weniger zu Ideologien neigend als Saint-Loup, nicht so leicht von Worten berauscht, ein realistischer Kenner der Menschen – nicht ohne weiteres ein wesentliches Element des Vorrangs unter ihnen aus den Händen geben, das auf der einen Seite seiner Phantasie ideelle Genüsse schenkte und auf der anderen auch seiner auf nützliche Zwecke gerichteten Tätigkeit ein mächtiger Helfer sein konnte. Die Diskussion bleibt offen zwischen den Menschen dieser Art und jenen anderen, die einer höheren Forderung ihres Innern folgend solche Vorteile opfern, um nur ihr Ideal zu verwirklichen, gleich Malern oder Schriftstellern, die auf ihre Virtuosität verzichten, oder Kriegervölkern, die die Initiative zu einer allgemeinen Abrüstung ergreifen, absoluten Regierungen, die demokratisch werden und harte Gesetze abschaffen, sehr häufig, ohne für ihr edles Bemühen einen Lohn zu erhalten; denn die einen büßen ihr Talent, die anderen ihre jahrhundertealte Vorherrschaft ein; der Pazifismus führt zuweilen zu neuen Kriegen und Nachsicht zu erhöhter Kriminalität. Wenn Saint-Loups Streben nach Aufrichtigkeit und Emanzipation von seinen Ursprüngen an sich als sehr edel gelten mußte, so konnte man, gemessen am äußeren Erfolg, sich nur beglückwünschen, daß Monsieur de Charlus gänzlich frei davon war; er hatte zum Beispiel einen großen Teil der wundervollen Holzschnitzereien des ehemaligen Hauses der Guermantes in seine Wohnung übernommen, anstatt sie wie sein Neffe gegen ein Art-Nouveau-Mobiliar von Lebourg oder Guillaumin einzutauschen. Das änderte freilich nichts daran, daß Charlus' Ideal in einer künstlichen Konstruktion bestand und, wenn dies Beiwort für den Begriff des Ideals überhaupt erlaubt ist, eher gesellschaftlich als künstlerisch bedingt war. Frauen von großer Schönheit und ungewöhnlicher Kultur, deren Ahninnen zweihundert Jahre früher Trägerinnen des Glanzes und der Eleganz des Ancien régime gewesen waren, fand er so exquisit, daß er einzig an ihrer Gesellschaft Vergnügen zu finden vermochte, und zweifellos zollte er ihnen aufrichtige Bewunderung, aber zahllose historische und künstlerische Erinnerungen, die mit ihren Namen verknüpft waren, spielten eine große Rolle dabei, so wie die Vorliebe für das Altertum das große Vergnügen erklärt, das ein Kenner bei der Lektüre einer Horazischen Ode verspürt, die vielleicht weniger wertvoll ist als ein Gedicht unserer Tage, das diesen Humanisten am Ende kalt lassen würde. Jede einzelne dieser Frauen war neben einer hübschen Frau aus bürgerlichen Kreisen für Charlus dasselbe wie gegenüber einem zeitgenössischen Gemälde, das eine Landstraße oder eine Hochzeitsfeier darstellt, jene alten Bilder, deren Geschichte man kennt, seitdem ein Papst oder König sie in Auftrag gegeben, und von denen man genau weiß, wie sie von einer Person auf die andere übergegangen sind, wobei ihr Verweilen bei der einen oder anderen auf Grund einer Schenkung, eines Kaufs, eines Raubs oder einer Erbschaft an irgendeine Begebenheit gemahnt oder mindestens an eine eheliche Verbindung von historischem Interesse erinnert, jedenfalls Kenntnisse aktiviert, die wir erworben haben, wodurch diese Kunstschätze einen neuen Nützlichkeitswert erhalten, da sie ja unseren Besitzerstolz auf unser Gedächtnis und unsere Gelehrsamkeit erhöhen. Monsieur de Charlus beglückwünschte sich, daß dem seinen analoge Vorurteile diese großen Damen hinderten, mit weniger blaublütigen Frauen umzugehen, und daß sie sich also seiner verehrenden Bewunderung in der vollen Unversehrtheit und dem unverfälschten Adel etwa jener Fassaden des achtzehnten Jahrhunderts mit ihren flachen Säulen aus rosa Marmor darboten, an denen die neuen Zeiten nichts haben ändern können.

Monsieur de Charlus feierte den wahren ›Adel‹ des Geistes und Herzens jener Frauen, wobei er sich auf ein Wortspiel stützte, durch dessen Zwielichtigkeit er sich selbst täuschen ließ; es wohnte darin von vornherein die Verlogenheit solcher

Bastardkonzeptionen, einer zweifelhaften Vermengung der Begriffe von Aristokratie, hoher Gesinnung und Kunst, aber auch jene Verführung, die für Wesen wie meine Großmutter gefährlich war, da sie das gröbere, aber im Grunde unbedenklichere Vorurteil eines Adligen, der nur auf die Ahnentafel und auf sonst nichts schaut, überaus lächerlich empfunden hätte, aber wehrlos war, sobald sich etwas unter dem Mantel geistiger Überlegenheit ihr vor Augen stellte, so daß sie die Fürsten vor allen andern Menschen beneidenswert fand, weil sie einen La Bruyère, einen Fénelon als Hofmeister haben konnten.

Vor dem Grand-Hôtel trennten die drei Guermantes sich von uns; sie gingen zum Frühstück zur Prinzessin von Luxemburg. In dem Augenblick, als meine Großmutter sich von Madame de Villeparisis und Saint-Loup verabschiedete, trat Monsieur de Charlus, der bislang das Wort nicht an mich gerichtet hatte, ein paar Schritte zurück, so daß er neben mir stand: »Ich werde heute abend nach dem Nachtessen den Tee bei meiner Tante Villeparisis einnehmen«, sagte er zu mir. »Ich hoffe, Sie werden mir das Vergnügen machen, mit Ihrer Großmama gleichfalls dort zu erscheinen.« Dann schloß er sich der Marquise an.

Obwohl Sonntag war, standen nicht mehr Mietwagen vor dem Hotel als zu Anfang der Woche. Die Frau des Notars zumal fand den Aufwand doch eigentlich reichlich groß, jedesmal eine Droschke zu mieten, um nicht zu den Cambremers zu fahren; so begnügte sie sich damit, auf ihrem Zimmer zu bleiben.

– Die Frau Gemahlin ist doch nicht krank? fragte man den Notar, wir haben sie heute den ganzen Tag nicht gesehen.

– Sie klagt über Kopfweh, die Hitze, wissen Sie, der Gewitterdruck. Bei ihr genügt schon die geringste Kleinigkeit; aber ich denke doch, heut abend wird sie wieder erscheinen. Ich habe ihr geraten, zum Essen herunterzukommen. Es kann nur gut für sie sein.

Ich hatte geglaubt, Monsieur de Charlus habe, als er uns in dieser Form zu seiner Tante einlud – daß er sie davon in Kenntnis gesetzt, bezweifelte ich nicht –, die Unhöflichkeit wiedergutmachen wollen, die er mir gegenüber an den Tag gelegt hatte, indem er auf unserem Morgenspaziergang nicht ein einziges Mal das Wort an mich richtete. Aber als ich am Abend im Salon von Madame de Villeparisis deren Neffen begrüßen wollte, mochte ich noch so unermüdlich um ihn herumstreichen, er erzählte weiter mit etwas schriller Stimme eine etwas abträgliche Geschichte über einen seiner Verwandten, so daß es mir nicht gelang, seinem Blick zu begegnen; ich entschloß mich also, ihm ziemlich laut guten Tag zu wünschen, damit er von meiner Anwesenheit Kenntnis nähme, kam jedoch zu der Überzeugung, er habe sie sehr wohl bemerkt; denn noch bevor ein Wort aus meinem Munde hervorgegangen war, sah ich ihn, während ich mich verbeugte, seine zwei Finger ausstrecken, damit ich sie nehmen könne, ohne daß er die Augen zu mir gewendet oder seine Rede unterbrochen hätte. Er hatte mich offenbar gesehen, ohne es sich anmerken zu lassen, und ich stellte nun fest, daß seine Augen, die niemals auf seinem Gesprächspartner ruhten, unaufhörlich nach allen Richtungen umherschweiften wie die eines aufgescheuchten Tieres oder jener Straßenhändler, die, während sie ihre verbotenen Artikel anpreisen und zur Schau stellen, ohne dabei den Kopf zu wenden, die verschiedenen Himmelsgegenden absuchen, aus denen die Polizei kommen kann. Ich war indessen etwas erstaunt, daß Madame de Villeparisis zwar erfreut schien, uns zu sehen, uns aber gleichwohl offenbar nicht erwartet hatte, und wunderte mich noch mehr, als Monsieur de Charlus zu meiner Großmutter sagte: »Ah! Das war eine sehr gute Idee von Ihnen, heute abend zu kommen, reizend, reizend, nicht wahr, Tante?« Sicher hatte er ihr Erstaunen bei unserem Kommen bemerkt und gedachte nun als Mann, der gewohnt war, jeweils den Ton anzugeben, diese Verwunderung in Freude zu verwandeln, indem er hervorhob, er selbst sei entzückt, und damit gleichsam zu bestimmen, welche Gefühle über unser Erscheinen am Platze seien. Er verrechnete sich auch nicht, denn Madame de Villeparisis, die auf ihren Neffen große Rücksicht nahm und wußte, wie schwierig er war, schien auf einmal an meiner Großmutter ganz neue Vorzüge zu entdecken und behandelte sie dauernd mit allergrößter Zuvorkommenheit. Ich aber konnte nicht begreifen, daß Monsieur de Charlus seine kurze, aber deutlich beabsichtigte Einladung von heute morgen vergessen haben sollte und jetzt als eine ›gute Idee‹ meiner Großmutter bezeichnete, was doch nur seinem eigenen Kopf entsprungen war. In einem Hang zu genauen Klarstellungen, den ich bis in ein Alter hinein beibehalten habe, in dem ich dann endlich begriff, daß man nicht auf dem Wege direkter Befragung eines Menschen die Wahrheit über seine Absicht erfährt und daß die Gefahr eines vorübergehenden Mißverständnisses geringer ist als die naiven Insistierens, wendete ich mich an Monsieur de Charlus: »Aber, Monsieur, erinnern Sie sich denn nicht? Sie selbst haben doch darum gebeten, daß wir heute abend kommen?« Kein Laut und keine Bewegung verrieten, daß Monsieur de Charlus meine Frage gehört habe. Bei dieser Feststellung wiederholte ich sie wie die Diplomaten oder junge Menschen bei einer Kontroverse, wenn sie einen unermüdlichen, aber zwecklosen guten Willen daransetzen, vom Gegner Aufklärungen zu erhalten, die jener nicht zu geben fest entschlossen ist. Monsieur de Charlus würdigte mich auch jetzt keiner Antwort, doch meinte ich um seine Lippen das Lächeln derjenigen spielen zu sehen, die von sehr hoch oben her über den Charakter und die Erziehung der anderen sich endgültig ihre Meinung bilden.

Da er jede Erklärung ablehnte, versuchte ich selbst eine zu finden, brachte es aber nur dazu, zwischen mehreren zu schwanken, von denen möglicherweise keine die richtige war. Vielleicht erinnerte er sich nicht, oder ich hatte falsch verstanden, was er mir am Morgen gesagt hatte ... Wahrscheinlicher war, daß er aus Hochmut nicht zugeben wollte, er habe Leute heranzuziehen gesucht, auf die er im Grunde herabsah, und nun ihnen die Initiative ihres Kommens zuzuschieben suchte. Aber wenn er auf uns herabsah, warum hatte er dann Wert darauf gelegt, daß wir kämen, oder vielmehr, daß meine Großmutter käme, denn von uns beiden war nur sie während des ganzen Abends von ihm einer Ansprache gewürdigt worden, ich selbst nicht ein einziges Mal. Während er höchst angeregt mit ihr und Madame de Villeparisis plauderte, hatte er nur, gleichsam hinter ihnen wie im Fond einer Loge versteckt, sekundenlang den prüfenden Blick seiner durchdringenden Augen auf mein Gesicht geheftet, und zwar so ernsthaft und völlig in Anspruch genommen, als entziffere er ein sehr schwer lesbares Manuskript.

Ohne diese Augen wäre das Gesicht von Monsieur de Charlus zweifellos dem vieler anderer schöner Männer durchaus ähnlich gewesen. Und als Saint-Loup später einmal, als er von anderen Angehörigen des Hauses Guermantes sprach, bemerkte: »Alles, was recht ist, die haben nicht dies unverkennbar Rassige wie mein Onkel Palamède, der wirklich ein Grandseigneur bis in die Fingerspitzen ist«, und mir damit bestätigte, daß Rasse und aristokratische Vornehmheit nichts Geheimnisvolles und keine unbekannten Faktoren seien, sondern aus Elementen beständen, die ich mühelos und nicht sonderlich davon beeindruckt hatte erkennen können, fühlte ich, wie eine meiner Illusionen schwand. Doch dies Gesicht, dem eine leichte Puderschicht etwas Maskenhaftes gab, blieb nicht so hermetisch verschlossen, wie Monsieur de Charlus gern gewollt hätte, denn seine Augen waren wie eine Mauerspalte, eine Schießscharte, die er als einzige nicht hatte verstopfen können und aus denen man – je nach seinem Standort – jäh in das Strahlungsfeld irgendeines im Innern verborgenen Mechanismus geriet, der nicht geheuer schien: nicht einmal für den, der sie, ohne sie beständig zu meistern, nur als labiles Gleichgewicht kannte und sie stets zum Losgehen bereit in seinem Innern trug. Der stets auf der Lauer liegende und unaufhörlich beunruhigte Blick dieser Augen aber im Verein mit der Müdigkeit, die sich um sie herum in tiefen Ringen diesem Antlitz aufprägte, weckte den Gedanken an irgendein Inkognito, an die Verkleidung eines in Gefahr befindlichen Mächtigen oder auch nur eines bedenklichen, doch tragisch umwitterten Individuums. Ich hätte gern dies Geheimnis erraten, das andere Männer nicht in sich trugen und das den Blick des Barons de Charlus so rätselvoll hatte erscheinen lassen, als ich ihn am Morgen beim Kasino traf. Doch in Anbetracht alles dessen, was ich jetzt über seine Verwandtschaft wußte, konnte ich nicht mehr glauben, daß dieser Blick der eines Diebes sei, noch nach dem, was ich aus der Art seiner Unterhaltung entnahm, etwa der eines Irren. Wenn er mir gegenüber kühl blieb, während er zu meiner Großmutter so überaus liebenswürdig war, lag das vielleicht nicht einmal an persönlicher Antipathie, denn auf eine ganz allgemeine Art konnte er, so milde er über Frauen urteilte, von deren Fehlern er mit großer Nachsicht sprach, auf Männer, speziell junge Leute, einen förmlichen Haß von einer Heftigkeit äußern, wie ihn gewisse Weiberfeinde gegen Frauen hegen. Zwei oder drei ›Gecken‹, weichliche Jünglinge, die zur Familie oder zum Freundeskreis von Saint-Loup gehörten und die dieser zufällig erwähnte, bezeichnete Monsieur de Charlus mit einem Ausdruck von Empörung, die sich weit von seiner gewöhnlichen Kühle entfernte, als ›kleine Canaillen‹. Ich merkte allmählich, daß er den jungen Leuten von heute vor allem ihre Verweichlichung nachtrug. »Sie sind wie die Weiber«, äußerte er wegwerfend über sie. Aber welche Art des Lebens hätte nicht verweichlicht wirken müssen neben dem, das er selbst von einem Manne verlangte und das ihm niemals kraftvoll und männlich genug war? (Er selbst sprang nach seinen Fußwanderungen, nach stundenlangen Läufen, noch glühend erhitzt in einen eisigen Fluß.) Er gestand einem Mann auch nicht das Tragen eines einzigen Ringes zu.

Doch diese Voreingenommenheit für männliche Haltung hinderte ihn nicht, die erlesenste Empfindungsfähigkeit an den Tag zu legen. Als Madame de Villeparisis ihn bat, meiner Großmutter ein Schloß zu beschreiben, in dem Madame de Sévigné gewohnt hatte, und hinzusetzte, sie finde, diese Verzweiflung über die Trennung von der langweiligen Madame de Grignan sei doch stark ›literarisch‹, meinte er:
– Im Gegenteil, nichts scheint mir aufrichtiger. Es war dies übrigens eine Zeit, in der solche Gefühle großes Verständnis fanden. Der Einwohner von Monomotapa bei La Fontaine, der zu seinem Freunde eilt, weil er ihn im Traum ein wenig traurig gefunden hat, die Taube, die in der Abwesenheit der Gefährten das größte aller Übel sieht, scheinen dir, liebe Tante, vielleicht ebenso übertrieben wie die Gefühle der Madame de Sévigné, wenn sie den Augenblick nicht erwarten kann, da sie mit ihrer Tochter allein sein wird. Die Worte sind so schön, die sie beim Abschied sagt: Diese Trennung bereitet mir einen Schmerz in der Seele, den ich fühle, als sei er ein körperlicher Schmerz. Während der Abwesenheit seiner Lieben schaltet man frei mit den Stunden. Man eilt voraus in die Zeit, nach der man sich sehnt.
Meine Großmutter war entzückt, von diesen Briefen in genau der Weise sprechen zu hören, wie sie selbst es getan hätte. Andrerseits war sie erstaunt, daß ein Mann sie so gut verstehen könne. Monsieur de Charlus erkannte sie ein geradezu weibliches Zartgefühl zu, die Empfänglichkeit einer Frau. Später, als wir allein waren und von ihm sprachen, kamen wir beide darin überein, daß er den tiefgehenden Einfluß einer Frau, seiner Mutter oder später vielleicht einer Tochter, sofern er eine habe, an sich erfahren haben müsse. ›Einer Geliebten‹, sagte ich mir im Gedanken an die nachhaltige Wirkung, die mir auf Saint-Loup die seine auszuüben schien, denn auf diesem Wege hatte ich einen Eindruck davon bekommen, in welchem Maße die Frauen auf Männer, mit denen sie leben, verfeinernd einwirken können.

– Wenn sie dann mit ihrer Tochter zusammen war, hatten sie sich wahrscheinlich überhaupt nichts zu sagen, meinte Madame de Villeparisis.
– Ganz gewiß hatten sie das, und wäre es nur gewesen, wovon Madame de Sévigné als von den Dingen spricht, die ›so leicht sind, daß nur wir beide sie bemerken‹. Und auf alle Fälle war sie dann doch eben in ihrer Nähe. Wie La Bruyère uns gesagt hat, kommt es nur darauf an: ›Wenn man mit den Menschen zusammen ist, die man liebt, ist es ganz gleich, ob man mit ihnen spricht oder nicht.‹ Er hat recht; es ist das einzige Glück, setzte Monsieur de Charlus mit melancholischer Stimme hinzu; dies Glück aber – das Leben ist nun einmal schlecht eingerichtet – kann man nur selten genießen; Madame de Sévigné war alles in allem weniger zu bedauern als viele andere. Sie hat einen großen Teil ihres Lebens in Gesellschaft derer, die sie liebte, verbracht.
– Du vergißt, daß es sich nicht um eigentliche Liebe handelte, sondern um ihr Gefühl für ihre Tochter.
– Es kommt im Leben nicht darauf an, was man liebt, erklärte er in fast schneidendem Ton, der jeden Widerspruch ausschloß, sondern nur darauf, daß man liebt. Was Madame de Sévigné für ihre Tochter empfand, hat vielleicht mehr Anspruch darauf, jener Leidenschaft verglichen zu werden, die Racine uns in ›Andromache‹ oder ›Phädra‹ beschreibt, als die banalen Beziehungen des jungen Sévigné zu einer seiner Mätressen. Ebenso die Liebe so manchen Mystikers zu Gott. Daß wir die Grenzen des Liebesbegriffs so eng zu ziehen gewöhnt sind, ist nur aus unserer großen Unkenntnis des Lebens zu erklären.
– Du hast für ›Andromache‹ und ›Phädra‹ etwas übrig? fragte Saint-Loup seinen Onkel in leicht ironisch gefärbtem Ton.
– Es steckt mehr Wahrheit in einer Tragödie Racines als in allen Dramen dieses Herrn Victor Hugo, antwortete Monsieur de Charlus.
– Diese Weltleute sind doch etwas Entsetzliches, flüsterte

Saint-Loup mir ins Ohr. Racine Victor Hugo vorzuziehen, ist immerhin enorm! – Er war ernstlich verstört durch die Äußerung seines Onkels, und nur die Genugtuung, Ausdrücke wie ›immerhin‹ und ›enorm‹ zu verwenden, bot ihm einigen Trost.

In diesen Betrachtungen über die Trauer, die darin besteht, fern von dem zu leben, was man liebt (Betrachtungen, die meine Großmutter veranlaßten, zu mir zu sagen, der Neffe von Madame de Villeparisis besitze doch ein ganz anderes Verständnis für gewisse Werke als seine Tante, vor allem aber sei eben auch etwas an ihm, was ihn völlig von anderen Pariser Lebemännern unterscheide), kehrte Monsieur de Charlus nicht nur eine Feinheit des Empfindens hervor, wie man es in der Tat sehr selten bei Männern antrifft; auch seine Stimme schwang sich – darin gewissen Altstimmen vergleichbar, deren Mittellage nicht genügend ausgebildet ist und die beinahe wie ein Duett zwischen einem jungen Mann und einer Frau klingen – wenn er solche zartsinnigen Empfindungen ausdrückte, zu höheren Tönen empor und bekam ein ganz unerwartet weiches Timbre, in dem Chöre von Bräuten oder Schwestern ihre Zärtlichkeit auszuströmen schienen. Doch diese Schar junger Mädchen, die Monsieur de Charlus mit seinem Abscheu vor jedem weibischen Zug sicher mit tiefer Bekümmernis in seiner Stimme beheimatet gewußt hätte, brachte dort noch mehr zuwege, als nur gefühlvolle Weisen variierend wiederzugeben. Oft, während Monsieur de Charlus plauderte, klang darin etwas wie das helle, kühlperlende Gelächter von Pensionsmädchen oder jungen Koketten auf, die mit Unschuldsmiene, doch voll versteckter Bosheit über ihre Mitmenschen herziehen.

Er erzählte, daß einer der früheren Wohnsitze seiner Familie, in dem Marie-Antoinette genächtigt habe und dessen Park von Lenôtre gestaltet worden sei, jetzt der reichen Finanzierfamilie Israel gehöre, die ihn erworben habe. »Israel, diesen Namen tragen die Leute, obwohl er mir ja eigentlich mehr

eine Stammesbezeichnung oder ein ethnischer Begriff als ein Familienname zu sein scheint. Es ist vielleicht nicht hinlänglich bekannt, daß Personen dieser Art keine Namen haben außer dem der Gemeinschaft, der sie angehören. Aber das tut nichts zur Sache! Einst der Sitz der Guermantes und nun Besitz der Israels!!!« rief er aus. »Dabei fällt mir das Zimmer im Schloß von Blois ein, das mir der Beschließer mit den Worten zeigte: ›Hier verrichtete einst Maria Stuart ihr Gebet; jetzt stehen da meine Besen.‹ Natürlich will ich von jenen entwürdigten Räumen nichts mehr wissen, genauso wenig wie von meiner Kusine Clara de Chimay, die ihren Mann verlassen hat. Doch bewahre ich die Photographie des Schlosses in noch intaktem Zustand auf, wie auch die der Prinzessin zur Zeit, als ihre großen Augen noch für niemand einen Blick hatten als für meinen Kusin. Die Photographie erlangt jene gewisse Würde, die ihr sonst abgeht, dadurch, daß sie eine Wiedergabe des Wirklichen ist und uns Dinge zeigt, die nicht mehr existieren. Ich kann Ihnen eine davon geben, da diese Art von Architektur Sie offenbar interessiert«, setzte er zu meiner Großmutter gewendet hinzu. In diesem Moment bemerkte er, daß das gestickte Tuch in seiner Brusttasche mit seinem farbigen Rand hervorschaute, und ließ es rasch ganz darin verschwinden mit der erschreckten Miene einer schamhaften, aber nicht mehr unschuldigen Frau, welche Reize verbirgt, die sie auf Grund übertriebener Skrupel für ärgerniserregend hält.
– Stellen Sie sich vor, fuhr er fort, daß diese Leute als erstes den Park von Lenôtre zerstört haben, was genauso verbrecherisch ist, wie wenn man ein Gemälde von Poussin in Stücke reißt. Dafür allein müßten diese Israels ins Gefängnis wandern. Allerdings, setzte er lächelnd nach kurzem Schweigen hinzu, gibt es sicherlich andere Dinge, weshalb sie dort hingehören! Jedenfalls können Sie sich ausmalen, wie zu dieser Architektur ein englischer Garten paßt!
– Aber das Haus ist doch im gleichen Stil gebaut wie das

Petit Trianon, warf Madame de Villeparisis ein, und auch vor dem hat Marie-Antoinette einen englischen Park angelegt.
– Der aber ebenfalls die Fassade von Gabriel verschandelt, antwortete Monsieur de Charlus. Offenbar wäre es nun schon wieder Barbarei, den ›hameau‹ abzuschaffen. Aber wie auch der Zeitgeist heute urteilen mag, ich bezweifle doch, daß man in dieser Hinsicht einer Laune von Madame Israel das gleiche Prestige zuerkennen kann wie dem Andenken der Königin.
Indessen hatte meine Großmutter mir durch ein Zeichen zu verstehen gegeben, ich solle jetzt schlafen gehen, ungeachtet der Einrede von Saint-Loup, der zu meiner großen Beschämung vor Monsieur de Charlus die Traurigkeit erwähnt hatte, die mich so oft des Abends vor dem Einschlafen befiel und die sein Onkel sicherlich wenig männlich fand. Ich zögerte noch ein paar Minuten, ging aber dann und war überaus erstaunt, als ich kurz darauf ein Klopfen an meiner Zimmertür und auf meine Frage, wer da sei, die Stimme von Monsieur de Charlus vernahm, der in sprödem Ton sagte:
– Hier ist Charlus. Darf ich eintreten, junger Mann? Monsieur, fuhr er dann im selben Tone fort, nachdem er die Tür hinter sich geschlossen hatte, mein Neffe sagte doch eben, Sie seien immer vor dem Einschlafen sonderbar bedrückt, und außerdem erzählte er mir, Sie liebten die Bücher Bergottes. Da ich eines im Koffer habe, das Sie wahrscheinlich noch nicht kennen, bringe ich es Ihnen, um Ihnen über die Augenblicke hinwegzuhelfen, da Sie nicht glücklich sind.
Ich dankte Monsieur de Charlus überschwenglich und sagte ihm, ich hätte im Gegenteil gefürchtet, daß das, was Saint-Loup über mein Unbehagen bei Einbruch der Nacht gesagt habe, mich in seinen Augen noch einfältiger habe erscheinen lassen, als ich ohnehin sei.
– Aber nicht doch, antwortete er in weit sanfterem Ton. Sie besitzen vielleicht keinerlei persönliches Verdienst, wie wenige haben es! Aber für eine Zeit noch haben Sie jedenfalls Ihre Jugend, und von ihr geht immer ein Zauber aus. Im übrigen

ist es immer falsch, Gefühle lächerlich oder blamabel zu finden, die man selbst nicht hat. Ich liebe die Nacht, und Sie sagen mir, daß es Ihnen davor graut; ich liebe den Duft der Rosen, habe aber einen Freund, der Fieber davon bekommt. Glauben Sie, ich achte ihn darum geringer als mich selbst? Ich bemühe mich, alles zu verstehen, und hüte mich, jemand zu verdammen. Alles in allem dürfen Sie sich nicht allzusehr beklagen; ich will nicht behaupten, diese Anwandlungen seien nicht unangenehm, ich weiß nur zu gut, daß man an Dingen kranken kann, die andere nicht verstehen. Aber wenigstens haben Sie Ihre Gefühle der Zuneigung ganz vortrefflich bei Ihrer Großmutter untergebracht. Sie dürfen ja so viel in ihrer Nähe sein. Und dann ist das auch eine erlaubte Form der Zuneigung, ich meine eine solche, bei der man auf Erwiderung hoffen darf. Es gibt so viele andere, von denen das nicht gilt!
Er ging in meinem Zimmer auf und ab, betrachtete hier einen Gegenstand und hob dort einen anderen auf. Ich hatte den Eindruck, er wolle mir eine Eröffnung machen, finde aber nicht die rechten Worte dafür.
– Ich habe noch einen andern Band Bergotte, ich werde ihn holen lassen, setzte er hinzu und läutete. Ein Groom war auf der Stelle da. »Holen Sie mir den Oberkellner. Er ist der einzige, der einen Auftrag intelligent ausführen kann«, erklärte Monsieur de Charlus sehr von oben herab. »Monsieur Aimé, Herr Baron?« fragte der Groom. »Wie er heißt, weiß ich nicht, aber ja, möglich, ich glaube, ich habe gehört, daß er Aimé gerufen wird. Aber machen Sie schnell, ich habe keine Zeit.« – »Er ist sicher gleich hier, Herr Baron, ich habe ihn eben noch unten gesehen«, antwortete der Groom, um zu zeigen, wie gut er auf dem laufenden sei. Eine Weile verstrich. Dann kam der Groom zurück. »Herr Baron, Monsieur Aimé ist schon schlafen gegangen. Aber ich kann den Auftrag sehr gut ausführen.« – »Nein, sagen Sie ihm nur, er soll sich wieder erheben.« – »Herr Baron, das geht nicht, er schläft nicht im

Hotel.« – »Gut, dann lassen Sie uns allein.« – »Aber, Monsieur«, sagte ich, als der Groom gegangen war, »Sie sind wirklich zu liebenswürdig, an einem Band Bergotte habe ich doch genug.« – »Das scheint mir eigentlich auch.« Monsieur de Charlus setzte sich darauf von neuem in Bewegung. Einige Minuten vergingen, dann, nach kurzem Zaudern, machte er auf dem Absatz kehrt, warf mir ein messerscharfes »Gute Nacht« zu und verschwand.

Nachdem Herr von Charlus am Vorabend all die erhabenen Gefühle geäußert hatte, bereitete er mir am folgenden Morgen, dem Tag seiner Abreise, eine beträchtliche Überraschung: in dem Augenblick nämlich, als ich am Strand gerade mein Bad nehmen wollte, kam er auf mich zu, um mir zu sagen, meine Großmutter wolle mich gleich, wenn ich aus dem Wasser zurück sei, bei sich sehen, und setzte dann, während er mich plump vertraulich in den Hals zwickte, mit einem recht gewöhnlichen Lachen hinzu:

– Aber dieser kleine Schlingel pfeift ja auf seine alte Großmama, nicht wahr?

– Monsieur, ich liebe und verehre sie!

– Monsieur, sagte er einen Schritt zurücktretend mit plötzlich eisiger Miene, Sie sind noch jung und sollten die Gelegenheit nutzen, zwei Dinge zu lernen: erstens sollten Sie sich enthalten, Gefühle zu äußern, die zu natürlich sind, um nicht zur Mißdeutung Anlaß zu geben; zweitens sollten Sie nicht so hitzig auf Dinge reagieren, deren tieferen Sinn Sie noch nicht begriffen haben. Hätten Sie diese Vorsicht nicht soeben versäumt, so würden Sie vermieden haben, kopflos wie jemand, der nichts hört, darauflos zureden und dadurch eine weitere Lächerlichkeit zu der hinzuzufügen, die darin besteht, mit gestickten Ankern auf dem Badeanzug herumzulaufen. Ich habe Ihnen ein Buch von Bergotte geliehen, das ich dringend brauche. Lassen Sie es mir in einer Stunde durch den Oberkellner mit dem lächerlichen und außerdem noch zu Unrecht getragenen Vornamen bringen, den Oberkellner, der, wie ich

wohl vermuten darf, um diese Zeit nicht schläft. Sie erinnern mich noch daran, daß ich gestern etwas voreilig über den Zauber der Jugend zu Ihnen gesprochen habe; ich hätte Ihnen einen besseren Dienst damit erwiesen, hätte ich Sie auf das Ungestüm, die Plan- und Verständnislosigkeit dieser Lebensepoche aufmerksam gemacht. Ich hoffe, junger Mann, diese kleine Dusche wird Ihnen nicht minder gut tun als Ihr Morgenbad. Aber stehen Sie doch nicht wie angewurzelt da, Sie könnten sich erkälten. Ich empfehle mich.
Sicher taten ihm hinterher seine Worte leid, denn kurz darauf erhielt ich – in einem Maroquinband, auf dessen Vorderseite eine Kupferplatte in Halbrelief einen Stengel Vergißmeinnicht zeigte – das Buch, das er mir geliehen und das ich nicht durch Aimé, der, wie sich herausstellte ›Ausgang‹ hatte, sondern durch den Liftboy an ihn hatte zurückgehen lassen.

Als Monsieur de Charlus abgereist war, konnten Robert und ich endlich zu Blochs zum Abendessen gehen. Im Verlauf dieser kleinen Festlichkeit wurde ich mir darüber klar, daß die von unserem Kameraden allzu leicht belachten Geschichten zu denen gehörten, die Bloch senior erzählte, und daß der ›wirklich bemerkenswerte Mann‹ immer einer seiner Freunde war, der ihm in diesem Licht erschien. Es gibt eben eine Anzahl Leute, die man in der Kindheit bewundert: einen Vater, der die übrige Familie an Einfällen übertrifft, einen Lehrer, der von der Metaphysik, die er lehrt, einen Abglanz erhält, einen Kameraden, der in seiner Entwicklung schon weiter fortgeschritten ist als wir (in meinem Falle Bloch) und der den Musset der ›Hoffnung auf Gott‹ bereits ablehnt, während wir ihn noch lieben, aber, sobald auch wir bei Leconte de Lisle oder Claudel angekommen sind, nur noch von Mussetschen Versen schwärmt wie:

A Saint-Blaise, à la Zuecca
Vous étiez, vous étiez bien aise,

oder gern Fragmente zitiert wie:

Padoue est un fort bel endroit
Où de très grands docteurs en droit ...

... Mais j'aime mieux la polenta

... Passe dans son domino noir
La Toppatelle,

und von allen ›Nächten‹ nichts gelten läßt außer:

Au Havre, devant l'Atlantique,
A Venise, à l'affreux Lido,
Où vient sur l'herbe d'un tombeau
Mourir la pâle Adriatique.

Nun aber behält und zitiert man von jemandem, den man von ganzer Seele bewundert, in eben dieser Bewunderung Dinge, die man unvoreingenommen mit Strenge verurteilen würde, ebenso wie ein Schriftsteller in einem Roman unter dem Vorwand der Authentizität ›Aussprüche‹ von Personen anführt, die den Lauf der Erzählung mit einem Ballast von Mittelmäßigkeiten beschweren. Die Porträts, die Saint-Simon geschaffen hat, ohne sich vermutlich dabei selbst große Bewunderung zu zollen, sind diese Bewunderung dennoch wert, doch die Einfälle, die er von geistreichen Leuten seiner Bekanntschaft als besonders gelungen zitiert, haben ihr Mittelmaß bewahrt oder sind für uns unverständlich geworden. Er hätte als eigene Erfindung verschmäht, was er als Bemerkung der Madame de Cornuel oder Ludwigs XIV. besonders fein getroffen findet – ein Vorgang, den man auch noch bei vielen anderen nachweisen und auf verschiedene Art interpretieren könnte; hier möge die eine genügen: nämlich daß man als ›Beobachter‹ einem weit niedrigeren Niveau verhaftet ist denn als Schaffender.

Bloch trug also gleichsam in sich eingesprengt einen Vater Bloch, der seinem Sohn vierzig Jahre nachhinkte, geistlose Witze erzählte und ebensosehr in Gestalt meines Freundes darüber lachte wie in seiner eigenen, denn zu seinen Heiterkeitsausbrüchen, zwischen denen er die Pointe zwei- oder dreimal wiederholte, damit dem Publikum auch ja keine Feinheit entginge, gesellte sich jeweils das laute Echo, mit dem der Sohn die Geschichten seines Vaters unweigerlich zu begrüßen pflegte. So kam es, daß Bloch junior, nachdem er eben noch die gescheitesten Dinge gesagt hatte, seinen Tribut an das Familienerbe entrichtete und uns zum dreißigsten Male ein paar von den Bonmots erzählte, die Bloch senior (gleichzeitig mit seinem Überrock) bei den feierlichen Gelegenheiten hervorholte, wo der Sohn jemand ins Haus brachte, dem zu Ehren so viel Aufwand sich zu lohnen schien: einen seiner Lehrer, einen Klassenkameraden, der alle Preise einheimste, oder an diesem bewußten Abend eben Saint-Loup und mich. Eine dieser Geschichten fing zum Beispiel an: ›Ein namhafter Militärschriftsteller, der einwandfrei logisch deduziert und an der Hand von Beweismaterial dargelegt hatte, daß aus unabweislichen Gründen im Russisch-Japanischen Krieg die Japaner geschlagen und die Russen siegreich sein würden‹, eine andere: ›Ein hervorragender Mann, der in politischen Kreisen als großer Finanzmann und in Finanzkreisen als großer Politiker gilt ...‹ Diese Geschichten wechselten mit einer des Barons Rothschild und einer von Sir Rufus Israel ab, deren Person jeweils auf eine Weise eingeführt wurde, aus der man entnehmen mußte, Monsieur Bloch sei mit beiden persönlich bekannt.

Ich selbst ließ mich durch die Art und Weise täuschen, wie Vater Bloch von Bergotte sprach, und nahm an, dieser sei ein alter Freund von ihm. Alle berühmten Leute aber kannte Monsieur Bloch nur ›gewissermaßen‹, weil er sie im Theater oder auf den Boulevards von weitem gesehen hatte. Er bildete sich im übrigen ein, seine eigene Erscheinung, sein Name, seine

Persönlichkeit seien jenen nicht unbekannt und sie müßten bei seinem Anblick jedesmal eine flüchtige Neigung überwinden, ihn ihrerseits zu grüßen. In der Gesellschaft werden übrigens Menschen von wirklich originaler Begabung von ihren Gastgebern deswegen, weil diese sie zum Abendessen einladen, nicht eben besser verstanden. Hat man aber auch nur kurze Zeit in der ›Welt‹ gelebt, so läßt einen die Torheit ihrer Bewohner zu sehr wünschen, in bescheideneren Milieus zu hausen, in denen man diese Größen nur vom Hörensagen kennt, als daß man bei jenen nicht wiederum leicht zu viel Verständnis vermute. Ich sollte das gerade bei einem Gespräch über Bergotte begreifen lernen. Monsieur Bloch war nicht der einzige, der bei sich im Hause Erfolg hatte. Mein Kamerad hatte sogar bei seinen Schwestern noch größeren, obwohl er sie unaufhörlich in der unfreundlichsten Weise anfuhr, während er mit dem Kopf tief über den Teller gebeugt dasaß; sie lachten Tränen über seine Bemerkungen. Außerdem hatten sie die Sprache ihres Bruders angenommen und beherrschten sie so vollkommen, als wäre sie für Leute von einiger Intelligenz absolut verpflichtend und die einzige in Frage kommende. Als wir nachkamen, sagte die älteste Schwester zu einer der jüngeren: »Geh, künd es dem weisen Vater und der untadeligen Mutter.« »Hündinnen«, sagte Bloch, »ich stelle euch hier den göttlichen Helden mit den hurtigen Wurfspeeren vor, Saint-Loup, der für ein paar Tage aus Doncières, dem rossenährenden, mit den Häusern aus schöngeglättetem Marmor, herübergekommen ist.« Da er ebenso vulgär wie literarisch gebildet war, schloß er seine Rede gewöhnlich mit einem weniger homerischen Scherz: »Geht und schließt besser den Peplos mit den schönen Agraffen, was soll dieser Unfug bedeuten? Er ist doch gewiß nicht mein Vater!« Und die Damen Bloch wollten sich vor Lachen ausschütten. Ich sagte ihrem Bruder, wie viele Freuden er mir dadurch verschafft hätte, daß er mir seinerzeit die Lektüre Bergottes empfohlen, dessen Bücher mich über alle Maßen entzückten.

Bloch Vater, der Bergotte nur von ferne und das Leben Bergottes nur aus Publikumsgeschwätz kannte, hatte auf genauso indirektem Wege nur mit Hilfe einer pseudoliterarischen Kritik von seinen Werken Kenntnis genommen. Er lebte in einer Welt der Halbheiten, in der man ins Leere hineingrüßt und auf Grund falscher Informationen sich eine Meinung bildet. Die Ungenauigkeit, die Inkompetenz mindern jedoch die Sicherheit nicht, eher im Gegenteil. Denn das ist ja eben das heilsame Wunder der Eigenliebe, daß die Menschen, denen glänzende Verbindungen und tiefe Kenntnisse, über die natürlich nur wenige verfügen können, abgehen, sich dennoch für bevorzugt halten, denn die Sicht, die man von den verschiedenen sozialen Stufen aus hat, bringt es mit sich, daß jeder den von ihm gerade eingenommenen Rang für den besten hält, so daß er auf die Größten als auf schlecht Weggekommene, Minderbegünstigte, Armselige herabsieht, sie bei Namen nennt und verleumdet, ohne sie zu verstehen, und der Verachtung preisgibt, ohne daß er sie kennt. In den Fällen aber, bei denen die Vervielfältigung der schwachen persönlichen Vorzüge durch die Eigenliebe nicht ausreichen würde, um jedem die ihm besser als anderen zugeteilte Dosis an Glück zu garantieren, die er braucht, gibt es den Ausweg des Neides, der den Unterschied verringern hilft. Allerdings muß man, wenn der Neid sich in verächtlichen Bemerkungen Luft macht, ein ›Ich will ihn nicht kennenlernen‹ durch ein ›Ich habe keine Möglichkeit, ihn kennenzulernen‹ übersetzen. Man weiß, daß es nicht wahr ist, sagt es aber doch nicht nur, um andern Sand in die Augen zu streuen, sondern weil man so fühlt, und das genügt, um die Distanz zu überbrücken, das heißt: es genügt zum Glück.
Da der egozentrische Gesichtspunkt jedem Menschen auf diese Weise gestattet, das Weltall so zu sehen, als fiele es unterhalb von ihm stufenweise ab, während er oben als König thront, leistete Monsieur Bloch sich den Luxus, ein unerbittlicher Selbstherrscher zu sein, während er des Morgens seine Schokolade trank und dabei die Unterschrift Bergottes unter einem Artikel

der noch kaum entfalteten Zeitung entdeckte; er gewährte dem Autor dann eine karg bemessene Audienz, gab sein Urteil ab und machte sich zur Pflicht, jeweils zwischen zwei Schlucken des glühendheißen Getränks mit Behagen zu äußern: »Dieser Bergotte ist unlesbar geworden. Dem Schafskopf fällt wirklich gar nichts mehr ein. Es ist, um die Zeitung abzubestellen. Was für bombastische Sätze! Welcher Schwulst!« Und er nahm sich ein weiteres Butterbrot.

Die Illusion von Wichtigkeit, die Bloch Vater umgab, erstreckte sich übrigens noch etwas über seinen eigenen Vorstellungsbereich hinaus. Zunächst betrachteten seine Kinder ihn als andern überlegen. Kinder haben immer eine Neigung, ihre Eltern entweder übertrieben herabzusetzen oder zu bewundern, und für einen guten Sohn ist der Vater immer der beste aller Väter, auch wenn keine besonderen Gründe für eine so hohe Wertschätzung vorliegen. Im Falle Bloch senior aber fehlten diese durchaus nicht, denn er war gebildet, gescheit und sorgte liebevoll für die Seinen. In der engeren Familie ging man um so lieber mit ihm um, als im Gegensatz zur ›Gesellschaft‹, in der die Menschen nach einem übrigens absurden Maßstab und nach falschen, aber feststehenden Regeln beurteilt werden, nämlich auf Grund eines Vergleiches mit anderen eleganten Erscheinungen dieser Kreise, in der Vereinzelung des bürgerlichen Lebens Diners und Familiensoireen sich um Personen drehen können, die man für angenehm im Umgang und für geistreich erklärt, obwohl sie in einem rein gesellschaftlich bestimmten Milieu sich nicht zwei Tage halten würden. Außerdem werden in jenen Kreisen die künstlichen Standards der Aristokratie, die hier nicht gelten, durch sogar noch verrücktere Unterscheidungen ersetzt. So wurde Monsieur Bloch in der Familie und noch bei Verwandten ziemlich entfernten Grades wegen einer angeblichen Ähnlichkeit in seiner Art, den Schnurrbart zu tragen, und im Nasenansatz als ein ›zweiter Herzog von Aumale‹ bezeichnet. (Und ist nicht auch in der Welt der Clubdiener einer, der die Mütze

schief aufsetzt und einen sehr engen Livreerock trägt, so daß er wie ein ausländischer Offizier auszusehen meint, für seine Kameraden eine Art von Persönlichkeit?)
Die Ähnlichkeit war äußerst vage, aber sie spielte allmählich die Rolle einer Titulatur. Man fragte zurück: ›Bloch? Welcher? Der Herzog von Aumale?‹ wie man gesagt haben würde: ›Die Prinzessin Murat? Welche? Die Königin (von Neapel)?‹ Eine Anzahl anderer unbedeutender Züge verliehen ihm vollends in der Verwandtschaft eine Art Distinktion. Da er denn doch nicht so weit ging, einen eigenen Wagen anzuschaffen, mietete Monsieur Bloch von Zeit zu Zeit eine offene Viktoria mit zwei Pferden von einem Fuhrunternehmer und fuhr, nachlässig im Fond gelagert, durch den Bois de Boulogne, wobei er zwei Finger an die Schläfe legte, zwei weitere unter das Kinn, und wenn die Leute, die ihn nicht kannten, ihn auch daraufhin für affektiert hielten, war man in der Familie überzeugt, daß in Dingen des persönlichen Schicks von Onkel Salomon auch ein Gramont-Caderousse noch etwas lernen könne. Er gehörte zu den Leuten, die, wenn sie sterben, auf Grund der Tatsache, daß sie mit dem Chefredakteur des ›Radical‹ am gleichen Tisch im Restaurant gespeist haben, in dieser Zeitung unter der Rubrik ›Aus der Gesellschaft‹ als eine ›den Parisern wohlbekannte Erscheinung‹ bezeichnet werden. Monsieur Bloch bemerkte Saint-Loup und mir gegenüber, Bergotte wisse sehr wohl, weshalb er, Bloch, ihn nicht grüße, und sobald er ihm im Theater oder im Club begegne, weiche er seinen Blicken aus. Saint-Loup errötete, denn er überlegte sich, daß dieser Club bestimmt nicht der Jockey-Club sein könne, dessen Präsident sein Vater gewesen war. Andererseits mußte es ein verhältnismäßig exklusiver Club sein, denn Herr Bloch hatte gesagt, Bergotte würde dort heute nicht mehr aufgenommen werden. So fragte denn Saint-Loup, in der Befürchtung, er könne ›den Gegner unterschätzen‹, ob dieser Club vielleicht der ›Club der Rue Royale‹ sei, der zwar in der Familie Saint-Loups als ›deklassierend‹ galt, von dem

er aber wußte, daß er einige Juden unter seinen Mitgliedern zählte. »Nein«, gab gleichzeitig stolz und verschämt, Monsieur Bloch etwas gedehnt zurück, »es ist ein kleiner, aber weit angenehmerer Club, der ›Cercle des Ganaches‹. Die Leute werden dort sehr streng beurteilt.« – »Ist nicht Sir Rufus Israels dort Präsident?« fragte Bloch Sohn, um seinem Vater Gelegenheit zu einer Eitelkeitslüge zu geben und ohne Ahnung davon, daß dieser Finanzmann in den Augen Saint-Loups nicht das gleiche Prestige besaß wie in den seinigen. Tatsächlich war nicht Sir Rufus Israels, sondern einer seiner Angestellten Mitglied dieses Clubs. Da dieser sich aber mit seinem Chef sehr gut stand, hatte er immer Karten des großen Finanzmanns zur Verfügung und konnte auch Herrn Bloch eine geben, wenn dieser auf einer Strecke reiste, die einer der von Sir Rufus Israels mitverwalteten Gesellschaft gehörte, woraufhin Monsieur Bloch des öfteren bemerkte: »Ich gehe eben beim Club vorbei, um mir eine Empfehlung von Sir Rufus zu holen.« Die Karte erlaubte ihm dann, dem Zugpersonal gegenüber großartig aufzutreten. Die Damen Bloch interessierten sich aber stärker für Bergotte und kamen auf ihn zurück, anstatt dem Thema der ›Ganaches‹ weiter nachzugehen; die jüngste fragte ihren Bruder in todernstem Ton, denn sie glaubte, es gebe auf der Welt keine anderen Ausdrücke, um Leute von Genie zu bezeichnen, als die von ihm verwendeten: »Ist das wirklich ein so erstaunlicher Knabe, dieser Bergotte? Gehört er zur Kategorie der großen Kanonen wie Villiers oder Catull?« – »Ich habe ihn verschiedene Male bei Premieren getroffen«, bemerkte Monsieur Nissim Bernard. »Der Mensch hat irgendwas Mieses, er ist ein Schlemihl.« Diese Anspielung auf die Erzählung von Chamisso war nicht weiter schlimm, aber die Bezeichnung ›Schlemihl‹ gehörte zu jenem halbdeutschen, halbjüdischen Dialekt, für dessen Verwendung im Privatleben Monsieur Bloch zwar schwärmte, den er aber vulgär und unangebracht fand, sobald man sich in der Gesellschaft von Fremden befand. »Er hat Talent«, sagte Bloch.

»Ah!« machte seine Schwester achtungsvoll, als wolle sie damit ausdrücken, daß unter diesen Umständen meine Ansicht freilich entschuldbar sei. »Alle Schriftsteller haben Talent«, warf Bloch senior verächtlich hin. »Es scheint sogar«, fuhr sein Sohn mit erhobener Gabel und zusammengekniffenen Lidern fort, »daß er sich um einen Sitz in der Akademie bewirbt.« – »Was nicht noch! Dafür reicht es bei ihm aber denn doch nicht aus«, machte Vater Bloch seinem Unwillen Luft, denn offenbar teilte er nicht die Verachtung seines Sohnes und seiner Töchter für die Académie Française. »Er hat nicht das Format.« – »Außerdem ist die Akademie ein Salon, und ist Bergotte für einen solchen nicht eben die rechte Erscheinung«, erklärte der Erbonkel der Madame Bloch, ein harmloser, sanftmütiger Mensch, dessen Name Bernard wahrscheinlich an sich schon die diagnostischen Fähigkeiten meines Großvaters auf den Plan gerufen hätte, jedoch in Anbetracht eines Gesichts, das aus dem Palast des Darius zu stammen und von Madame Dieulafoy wiederhergestellt zu sein schien, noch unzureichend gewirkt haben würde, hätte nicht, von einem Kunstliebhaber gewählt, der offenbar dieser Gestalt aus dem alten Susa eine orientalische Krönung geben wollte, der Vorname Nissim ihn mit den Flügelschlägen eines menschenköpfigen Löwen von Khorsabad umrauscht. Doch Monsieur Bloch ließ nicht nach, seinen Onkel zu kränken, sei es, daß die wehrlose Gutmütigkeit seines Prügelknaben ihn reizte, sei es, daß er, weil die Villa, die er bewohnte, von Monsieur Nissim Bernard bezahlt worden war, gerade als Nutznießer zeigen wollte, er habe seine Unabhängigkeit gewahrt und trachte nicht danach, durch Schmeicheleien sich der Erbschaft dieses reichen Mannes zu versichern [1].

---

[1] Dieser wiederum fühlte sich besonders dadurch verletzt, daß er vor dem Diener so grob behandelt wurde. Er murmelte einen unverständlichen Satz, von dem man nur die Worte vernahm: »Und das vor die Meschores!« Meschores bezeichnet in der Bibel den Diener des Herrn. Wenn sie unter sich waren, benutzten die Blochs den Ausdruck, um die Dienstboten zu bezeichnen, und amüsierten sich immer, weil die Gewißheit, weder von

– Natürlich, wenn sich die Gelegenheit bietet, irgendein dummes bourgeoises Vorurteil zu äußern, läßt du sie dir nicht entgehen. Dabei würdest du der erste sein, den Speichellecker zu machen, wäre er hier unter uns, rief Monsieur Bloch, während Monsieur Nissim Bernard traurig seinen nach Art des Königs Sargon geringelten Bart über den Teller neigte. Seitdem mein Kamerad den seinen wachsen ließ, der ebenso kraus und blauschwarz wurde, glich er seinem Großonkel sehr.
– Wie, Sie sind der Sohn des Marquis de Marsantes? Ich habe ihn sehr gut gekannt, sagte Monsieur Nissim Bernard zu Saint-Loup. – Ich glaubte, er meine damit ›gekannt‹ in dem Sinne, wie Vater Bloch Vater Bergotte ›kannte‹, das heißt vom Sehen. Doch er setzte hinzu: »Ihr Vater war ein guter Freund von mir.« Bloch war indessen hochrot geworden, sein Vater blickte äußerst peinlich berührt darein, aber die Schwestern Bloch prusteten vor Lachen. Bei Monsieur Nissim Bernard nämlich hatte die Neigung zur Großsprecherei, die bei Monsieur Bloch und seinen Kindern sich in gewissen Grenzen hielt, die Gewohnheit ständigen Lügens erzeugt. Zum Beispiel ließ sich Monsieur Nissim Bernard auf der Reise im Hotel, wie auch Monsieur Bloch es hätte tun können, alle seine Zeitungen von seinem Bedienten mitten während der ersten Mahlzeit, wenn alle Gäste versammelt waren, in den Speisesaal bringen, nur damit jeder sah, daß er mit Kammerdiener reise. Doch sagte er auch – was der Neffe niemals getan hätte – zu den Leuten, deren Bekanntschaft er im Hotel machte, er

anwesenden Christen noch vom Personal selbst verstanden zu werden, Monsieur Nissim Bernard und Monsieur Bloch in ihrem doppelten Eigenbewußtsein als ›Herren‹ und als ›Juden‹ schmeichelte. Dieser Grund zur Genugtuung aber wurde zu einem des Mißvergnügens, wenn Fremde zugegen waren. Dann fand Monsieur Bloch, daß sein Onkel, wenn er von ›Meschores‹ sprach, allzusehr seine orientalische Herkunft betone, ebenso wie eine Kokotte, die ihre Freundinnen mit soliden Leuten zusammen einlädt, ärgerlich wird, wenn jene auf ihr Gewerbe anspielen oder unpassende Ausdrücke gebrauchen. Weit entfernt also, sich durch die Bitte seines Onkels irgendwie in seinem Verhalten beirren zu lassen, geriet Monsieur Bloch vollends außer sich und konnte sich kaum noch halten.

sei Senator. Er mochte noch so genau wissen, daß die Betreffenden eines Tages diese Titelanmaßung feststellen würden, er konnte im gegebenen Augenblick dem Wunsch nicht widerstehen, sich damit zu schmücken. Monsieur Bloch litt sehr unter den Lügen seines Onkels und allen unangenehmen Folgen, die ihm daraus erwuchsen. »Geben Sie gar nicht auf ihn acht, er ist ein elender Aufschneider«, sagte er halblaut zu Saint-Loup, der sich daraufhin nur um so mehr für ihn interessierte, da ihn alles fesselte, was die Psychologie des Lügens betraf. »Lügenhafter noch als der Ithaker Odysseus, den Athene gleichwohl den erfindungsreichsten aller Menschen nannte«, rundete Bloch das Bild vollends ab. »Nein, also so etwas! Wenn ich gewußt hätte, ich werde hier mit dem Sohn meines Freundes speisen! In Paris habe ich in meinem Hause eine Photographie Ihres Vaters und zahllose Briefe von ihm. Er sagte immer ›Onkel‹ zu mir, niemand weiß weshalb. Er war ein bezaubernder Mensch mit funkelndem Witz. Ich erinnere mich an ein gemeinsames Abendessen mit ihm in Nizza, es waren außer ihm noch dabei Sardou, Labiche, Augier...«
– »Molière, Racine, Corneille«, setzte Bloch Vater ironisch hinzu, während sein Sohn die Liste noch vervollständigte: »Plautus, Menander, Kalidasa.« Verletzt hielt Nissim Bernard in seiner Erzählung inne, und unter asketischem Verzicht auf ein großes Vergnügen schwieg er bis zum Ende des Mahls.

– Saint-Loup mit dem ehernen Helme, nimm noch ein wenig von dieser Ente mit den fettriefenden Schenkeln, auf welche der hochberühmte Opferer zahllose Spenden roten Weines ergoß.
Gewöhnlich, wenn Monsieur Bloch zu Ehren eines besonders ausgezeichneten Studienfreundes seines Sohnes die Geschichten von Sir Rufus Israels und anderen hervorgeholt hatte, zog er sich in dem Gefühl, seinen Sohn bis zu Tränen gerührt zu haben, zurück, um sich nicht in den Augen des ›Lausejungen‹ zu ›prostituieren‹. Lag aber ein ganz einzigartiger Anlaß vor, etwa als sein Sohn das erste Universitätsexamen bestanden

460

hatte, fügte Monsieur Bloch der gewohnheitsmäßig aufgetischten Serie komischer Geschichten eine ironische Betrachtung hinzu, die er sich sonst für seine persönlichen Freunde aufsparte und die Bloch junior mit großem Stolz seinen eigenen Bekannten zugute kommen sah: »Die Regierung hat etwas Unverzeihliches getan. Sie hat Monsieur Coquelin nicht befragt! Und dieser Herr hat zu verstehen gegeben, er sei empört« (Bloch setzte seine Ehre darein, sich reaktionär und damit ablehnend gegen Theaterleute zu geben).

Aber die Schwester Bloch und ihr Bruder erröteten vor Freude bis über die Ohren, als ihr Vater, um sich den beiden Besuchern seines Sohnes von der Seite wahrhaft königlicher Gastfreundschaft zu zeigen, den Auftrag gab, den Champagner zu bringen, und die Mitteilung einfließen ließ, er habe, um uns ›etwas zu bieten‹, drei Plätze für die Aufführung genommen, die das Ensemble der Opéra-Comique an diesem Abend im Kasino gab. Er bedauerte, daß er keine Loge bekommen habe. Die Plätze seien bereits alle verkauft gewesen. Im übrigen habe er häufig die Erfahrung gemacht, daß die Orchestersitze besser seien. Nun war, wenn der Fehler des Sohnes, den er den anderen verborgen glaubte, in seiner Ungehobeltheit bestand, der des Vaters der Geiz. Daher ließ er denn auch unter dem Namen Champagner uns einen kleinen Mousseux einschenken und unter der Bezeichnung ›Orchesterfauteuils‹ um die Hälfte billigere Parkettsitze für uns reservieren, von der Gottheit seines Lasters geradezu mystisch davon überzeugt, man werde weder bei Tisch noch im Theater (wo alle Logen unbesetzt waren) den Unterschied bemerken. Als Herr Bloch uns unsere Lippen aus den flachen Schalen hatte netzen lassen, die sein Sohn mit der schmückenden Bezeichnung von ›gewölbten Doppelbechern‹ versah, durften wir ein Gemälde bewundern, an dem er so sehr hing, daß er es stets nach Balbec mit sich führte. Er erklärte uns, es sei ein echter Rubens. Saint-Loup warf naiv die Frage auf, ob es auch signiert sei. Errötend erklärte Monsieur Bloch, er habe die Signatur des Rahmens wegen abschneiden lassen, was gar keine Bedeutung habe, da er es ja nicht zu verkaufen gedenke. Dann verabschiedete er uns rasch, um sich in das ›Journal Officiel‹ zu vertiefen, dessen Nummern überall im Hause herumlagen und dessen Lektüre ihm, wie er sich ausdrückte, durch seine ›parlamentarische Tätigkeit‹ zur Pflicht gemacht sei; über die eigentliche Natur dieser Tätigkeit klärte er uns jedoch nicht auf. »Ich werde einen Schal nehmen«, bemerkte Bloch zu uns, »denn Zephir und Boreas jagen um die Wette über das fischreiche Meer, und wenn es nach dem Schauspiel etwas später wird, kehren wir erst wieder nach Hause zurück, wenn die rosenfingrige Eos am Horizont erscheint ... Apropos«, fragte er Saint-Loup, als wir draußen waren (und ich hörte es mit Beben, denn ich ahnte schnell, daß Monsieur de Charlus der Gegenstand von Blochs ironischer Rede sein werde), »wer war denn diese unbezahlbare Gestalt im dunklen Anzug, mit der ich Sie heute morgen am Strande promenieren sah?« – »Das war mein Onkel«, gab Saint-Loup einigermaßen kühl zurück. Leider war ein solcher Fauxpas weit davon entfernt, Bloch als etwas zu erscheinen, was man besser vermeide. »Mein Kompliment«, sagte er und konnte sich dabei vor Lachen kaum halten, »das hätte ich mir denken können, er wirkt bemerkenswert schick und unwahrscheinlich vertrottelt, doch auf sehr standesgemäße Art.« – »Sie täuschen sich vollkommen, er ist sogar ungewöhnlich gescheit«, replizierte Saint-Loup, der sich mit Mühe beherrschte. »Schade, das nimmt ihm etwas von seiner Vollkommenheit als Typ. Ich würde ihn übrigens riesig gern kennenlernen, denn ich bin gewiß, daß ich über diese Art von Leuten sehr erleuchtete Seiten würde schreiben können. Doch würde ich das Komische mehr zurücktreten lassen, da es einem Künstler, der vor allem auf die plastische Schönheit seiner Sätze bedacht ist, nichts zu sagen hat – diese Visage zum Beispiel, die ich, nehmen Sie es mir nicht übel, zunächst ja einfach zum Kugeln fand – und das Gewicht vor allem auf das Aristokratische legen, das ja bei Ihrem Onkel ebenfalls enorm in die Augen springt, und wenn die erste Heiterkeitsanwandlung sich gelegt hat, immerhin recht imponierend wirkt. Aber«, fuhr er dann, diesmal zu mir gewandt fort, »es gibt da noch eine Sache, die einer ganz anderen Ideenordnung angehört, ich wollte dich etwas fragen, aber jedesmal, wenn wir zusammen sind, macht ein unsterblicher Gott, Bewohner des Olympos, es mich völlig vergessen; gleichwohl hätte mir eine Auskunft von dir äußerst nützlich sein können und kann es auch fürderhin sein. Wer ist die schöne Person, mit der ich dich im Jardin d'Acclimatation getroffen habe und die von einem Herrn, der mir vom Sehen bekannt schien, und einem Mädchen mit lang herabhängenden Haaren begleitet war?« Ich hatte ja die Erfahrung gemacht, daß Madame Swann sich an Blochs Namen nicht erinnerte, denn sie hatte mir einen andern genannt und von meinem Kameraden als von jemandem gesprochen, der einem Ministerium zugeteilt sei, eine Behauptung, die ich bisher nicht auf ihre Richtigkeit hatte prüfen können. Aber wie konnte Bloch, von dem sie gesagt hatte, er habe sich ihr vorstellen lassen, ihren Namen nicht kennen? Ich war so erstaunt, daß ich nicht gleich Antwort gab. »Jedenfalls beglückwünsche ich dich«, sagte er zu mir, »du hast sicherlich mit ihr deine Zeit nicht verloren. Ich selbst war ihr ein paar Tage vorher im Vorortzug begegnet. Auch ich kam mit ihr schnell ›zum Zug‹, sie hat deinem untertänigen Diener ihre Gunst geschenkt, ich habe nie so nette Minuten verbracht, und wir wollten gerade ein Wiedersehen verabreden, als jemand, der sie kannte, die Geschmacklosigkeit beging, auf der vorletzten Station noch zu uns in den Wagen zu steigen.« Mein Schweigen gefiel Bloch offenbar nicht. »Ich hoffte«, sagte er, »durch dich in den Besitz ihrer Adresse zu kommen und so bei ihr ein paarmal in der Woche die Freuden des von den Göttern geliebten Eros zu genießen, doch insistiere ich nicht, da du den Verschwiegenen spielst einer Person zuliebe, die ein Gewerbe aus diesen Dingen macht und sich mir dreimal hintereinander, und zwar auf die raffinierteste Art, zwischen Paris und dem Point-du-Jour hingegeben hat. Aber ich werde sie schon eines Abends wiederfinden.«

Ich machte Bloch kurz nach diesem Abendessen einen Besuch, den er erwiderte, doch ich war nicht zu Hause; er aber wurde, als er nach mir fragte, von Françoise bemerkt, die ihn, obwohl er damals in Combray bei uns gewesen war, zufällig nicht zu Gesicht bekommen hatte. So wußte sie nur, es sei einer von ›den Herren, die ich kannte‹ dagewesen und habe nach mir gefragt, sie wisse aber nicht ›zu welchem Behuf‹; er sei gekleidet gewesen wie alle andern Leute auch und habe ihr keinen besonderen Eindruck gemacht. Nun wußte ich zwar längst, daß gewisse soziale Vorurteile, die Françoise hegte, mir immer rätselhaft bleiben würden, da sie zum Teil wohl auf einer Verwechslung von Wörtern und Namen beruhten, die sie irgendwo aufgeschnappt und ein für allemal mißverstanden hatte, konnte es aber doch nicht lassen, in diesem Falle – übrigens vergebliche – Versuche anzustellen, um ausfindig zu machen, was der Name Bloch für Françoise Unerhörtes bedeuten mochte. Denn kaum hatte ich ihr gesagt, der junge Mann, den sie gesehen hätte, sei Monsieur Bloch gewesen, als sie vor Verwunderung und Enttäuschung ein paar Schritte rückwärts tat. »Was Sie nicht sagen, das ist Monsieur Bloch?« rief sie mit so verstörter Miene aus, als müsse eine derart wunderbare Persönlichkeit über ein Aussehen verfügen, an dem man sofort merkte, daß man sich in Gegenwart eines der Großen der Erde befand, und so etwa, wie jemand der Meinung Ausdruck gibt, eine historische Persönlichkeit rechtfertige nicht durchaus ihren Ruf, wiederholte sie in einem Ton nachhaltiger Betroffenheit, in der man den Keim einer alle Dinge erfassenden Skepsis ahnte: »Nein so etwas, das also ist Monsieur Bloch! Wirklich, man hätte es nicht gemeint, wenn man ihn so sieht.« Sie schien mir sogar beinahe ein wenig zu grollen, ganz als habe ich ihr gegenüber diesen Bloch etwas ›aufgebauscht‹. Doch hatte sie die Gewogenheit, gleich hinzuzusetzen: »Nun, ich muß sagen, wenn das auch Monsieur Bloch ist, der junge Herr darf ruhig glauben, daß er ebenso gut aussieht wie der.«

Bald darauf machte sie Saint-Loups wegen eine ganz andersgeartete, freilich auch nicht ganz so tiefgreifende Enttäuschung durch: sie erfuhr, daß er Republikaner sei. Obwohl sie nun zwar von der Königin von Portugal mit jener Respektlosigkeit, die allerdings beim Volke gerade das Zeichen der größten Ehrerbietung ist, sagte: ›Amélie, die Schwester von Philippe‹, war Françoise Royalistin. Aber ein Marquis vor allem, ein Marquis, dessen Erscheinung sie geblendet hatte und der sich nun als Anhänger der Republik erwies, schien ihr nicht mehr ganz echt. Sie bekundete darüber die gleiche schlechte Laune, als hätte ich ihr ein Kästchen geschenkt, das sie für Gold gehalten, von dem ihr aber später ein Juwelier gesagt, es sei nur Doublé. Sie entzog Saint-Loup auf der Stelle ihre Achtung, schenkte sie ihm jedoch nach einiger Zeit von neuem, nachdem sie sich zurechtgelegt hatte, er könne ja doch als Marquis de Saint-Loup nicht eigentlich Republikaner sein, sondern nur aus Eigennutz so tun, denn bei dieser Regierung, die jetzt in Frankreich die Geschicke lenkte, mochte das wohl sehr einträglich sein. Mit diesem Tage hörte ihre Kälte gegen ihn wie auch ihr vorwurfsvolles Wesen mir gegenüber mit einem Schlage auf. Wenn sie nun von Saint-Loup sprach, sagte sie: ›So ein Heuchler‹, aber mit einem breiten, gutartigen Lächeln, durch das sie zu verstehen gab, daß sie ihn wieder ›achte‹ wie am ersten Tag und ihm verziehen habe.

Dabei waren die Aufrichtigkeit und Selbstlosigkeit Saint-Loups im Gegenteil über jeden Zweifel erhaben, und gerade diese große moralische Integrität, die nicht in einem egoistischen Trieb wie der Liebe ihr Genüge finden konnte, aber andererseits in ihm nicht jene zum Beispiel für mich selbst bestehende Unmöglichkeit schuf, seine geistige Nahrung anderswo als in sich selbst zu finden, befähigte ihn so wahrhaft zur Freundschaft, wie ich dazu unfähig war.

Nicht weniger täuschte sich Françoise über Saint-Loup, als sie sagte, es schiene ja auf den ersten Blick, als ob er das Volk nicht verachte, aber es sei nicht wahr, da brauche man ihn nur anzuschauen, wenn er böse auf seinen Kutscher sei. Tatsächlich war es mehrfach vorgekommen, daß Robert diesen mit einer gewissen Rauheit des Tones schalt, die bei ihm weniger einem Gefühl für die Verschiedenheit der Klassen als dem der zwischen ihnen bestehenden Gleichheit entsprang. »Aber warum, antwortete er mir auf meine Vorwürfe, er habe diesen Kutscher etwas reichlich unfreundlich behandelt, sollte ich besonders höflich mit ihm reden? Ist er nicht dasselbe wie ich? Steht er mir nicht ebenso nahe wie ein Onkel oder Vetter von mir? Sie tun so, als müsse ich ihn rücksichtsvoll behandeln, also als Untergebenen! Sie sprechen wirklich wie ein Aristokrat«, setzte er in abfälligem Ton hinzu.

Tatsächlich war, wenn überhaupt eine, die Aristokratie die Klasse, der er mit Voreingenommenheit und parteiischem Sinn gegenüberstand; das ging so weit, daß er ebensoviel Mühe hatte, an die Überlegenheit eines Mannes aus diesen Kreisen zu glauben, wie es ihm leichtfiel, die eines Proletariers für gegeben zu halten. Als ich zu ihm von der Prinzessin von Luxemburg sprach, die ich in Gesellschaft seiner Tante getroffen hatte, sagte er nur:

– Ein Einfaltspinsel wie alle ihresgleichen. Übrigens ist sie so etwas wie eine Kusine von mir.

Da er ein Vorurteil gegen Menschen hegte, die in der ›Welt‹ verkehrten, ging er selbst wenig in Gesellschaft, und die geringschätzige oder gar feindselige Haltung, die er dort annahm, vermehrte bei seinen nächsten Verwandten noch den Kummer über seine Verbindung mit ›einer vom Theater‹, eine Verbindung, von der sie behaupteten, sie sei verderblich für ihn und habe unter anderem auch in ihm jenen Geist der Verleumdung und des Widerspruchs entwickelt, ihn ›aus dem Geleise gebracht‹, und schließlich werde er durch diese Geschichte sich vollkommen deklassieren. Daher äußerte sich denn auch eine Menge leichtlebiger junger Männer aus dem Faubourg Saint-Germain mitleidlos über diese Geliebte. ›Dirnen gehen ihrem Gewerbe nach‹, sagten sie, ›sie sind nicht besser und nicht schlechter als alle anderen; aber die da, nein! Ihr verzeihen wir nicht! Sie hat zuviel Unheil bei jemandem angerichtet, an dem uns ernstlich liegt.‹ Doch amüsierten sich die anderen weiter und fuhren fort, sich als Weltleute über Politik und alle anderen Dinge zu äußern. Er aber, so fanden die Seinen, habe jetzt ›etwas Bitteres‹. Sie machten sich nicht klar, daß viele junge Leute der ersten Gesellschaft, die sonst geistig ungeformt, primitiv in ihren Freundschaftsgefühlen, ohne Zartheit und Geschmack ihr Leben führen würden, häufig in ihrer Mätresse den wahren Lehrmeister finden und daß Verbindungen dieser Art die einzige Seelenschule sind, in der sie die Weihen einer höheren moralischen Kultur empfangen und den Wert nicht zweckgebundener Erfahrungen schätzen lernen. Selbst im niederen Volke (das im Hinblick auf die Roheit des Gefühlslebens so oft der großen Welt ganz ähnlich ist) bringt die Frau, da sie feiner organisiert und müßiger ist, gewissen gepflegteren Umgangsformen größeres Interesse und manchen Schönheiten des Gefühls und der Kunst weit höhere Achtung entgegen und stellt sie, selbst wenn sie sie nicht versteht, über die Dinge, die dem Manne das Erstrebenswerteste scheinen: über Stellung und Geld. Ob es sich nun aber um das jugendliche Mitglied der eleganten Clubs oder einen jungen Arbeiter handelt (die Elektromonteure beispielsweise vertreten heute die wahre Ritterschaft), ihr Liebhaber hegt für sie zuviel Bewunderung und Respekt, als daß er diese nicht auch auf das ausdehne, was sie selbst bewundert und respektiert; seine Wertskala wird dadurch vollkommen umgekehrt. Ihrem Geschlecht entsprechend ist sie schwach, sie leidet an unerklärlichen nervösen Störungen, für die der kräftige junge Mann, wenn er ihnen bei einem Mann oder einer anderen Frau, einer etwa, deren Neffe oder Vetter er ist, begegnete, nur ein Lächeln hätte. Aber die Frau, die er liebt, kann er nicht leiden sehen. Der junge Adlige, der wie Saint-Loup eine Geliebte hat, nimmt die Gewohnheit an, wenn er mit ihr in ein Restaurant essen geht, die Baldriantropfen in der Tasche bei sich zu führen, die sie brauchen könnte, und mit Nachdruck und ohne Ironie dem Kellner einzuschärfen, er möge darauf achten, die Türen leise zu schließen und kein feuchtes Moos für die Tischdekoration zu verwenden, damit seiner Freundin ein Unbehagen erspart bleibt, von dem er nie befallen wird und das für ihn eine geheimnisvolle Welt darstellt, an deren Wirklichkeit sie ihn zu glauben gelehrt hat, ein Unbehagen, um dessentwillen er sie jetzt bedauert, ohne daß er es zuvor kennenlernen müßte, und für das er dann schließlich sogar Verständnis hat, wenn andere es empfinden. Diese Geliebte hatte Saint-Loup – wie die ersten Mönche des Mittelalters die gesamte Christenheit – Mitleid mit Tieren gelehrt, denn sie liebte leidenschaftlich die, die sie selbst besaß, und verreiste niemals ohne ihren Hund, ihre Hänflinge und ihre Papageien. Saint-Loup wachte dann mütterlich über deren Wohl und lehnte alle Menschen, die nicht freundlich zu Tieren waren, schlechthin als Rohlinge ab. Eine Schauspielerin nun andererseits oder eine sogenannte Schauspielerin – mochte sie Talent haben oder nicht, worüber ich nichts wußte – hatte ihn, indem sie ihm die Unterhaltung der Damen der Gesellschaft langweilig und die Verpflichtung, einer Abendeinladung zu folgen, als eine Tortur erscheinen ließ, vor dem Snobismus bewahrt und ihn von seiner Oberflächlichkeit geheilt. Wenn dank der Rolle, die sie in seinem Leben spielte, gesellschaftliche Beziehungen einen geringeren Raum im Dasein des jungen Liebhabers einnahmen, hatte die Geliebte ihn – während, wenn er ein junger Salonlöwe wie alle andern gewesen wäre, Eitelkeit oder Eigennutz seine Freundschaften ebensosehr wie eine gewisse Derbheit deren Charakter äußerlich gekennzeichnet hätte – andererseits gelehrt, Adel und Delikatesse in ihnen zu betätigen. Da sie mit weiblichem Instinkt bei Männern gewisse Gefühlseigenschaften hochschätzte, die ihr Liebhaber vielleicht verkannt oder sogar verlacht hätte, fand sie immer sehr schnell unter den Freunden Saint-Loups denjenigen heraus, der für ihn wahre Zuneigung hegte, und bevorzugte ihn. Sie wußte dann in der Weise auf ihn einzuwirken, daß er für diesen Dankbarkeit empfand und sie ihm auch zeigte, auf die Dinge achtgab, die ihm Vergnügen machten, und andere vermied, die ihm mißfallen könnten. Bald fing Saint-Loup, ohne daß sie ihn noch darauf aufmerksam machen mußte, von sich aus an, diese Dinge zu bedenken; so schloß er in Balbec mir zu Gefallen, also für jemand, den sie nie gesehen hatte und von dem er ihr möglicherweise nicht einmal erzählt, das Fenster des Wagens, in dem ich mit ihm saß, oder trug Blumen aus dem Zimmer, die mir Kopfweh machten, und wenn er bei seiner Abreise gleichzeitig mehreren Personen Lebewohl sagen mußte, richtete er es so ein, daß er sich von den andern schon etwas früher verabschiedete, so daß er mit mir allein zurückblieb und auf diese Weise einen Unterschied zwischen mir und den übrigen machte, mich anders behandelte als sie. Seine Geliebte hatte seinen Geist dem Unsichtbaren geöffnet, sie hatte einen ernsteren Zug in sein Leben gebracht, die Zartheit seines Herzens erschlossen, aber das alles entging den Seinen, die unter Tränen immer wieder von neuem klagten: ›Dies Frauenzimmer bringt ihn noch um, für absehbare Zeit jedenfalls zieht sie ihn zu sich herab.‹ Allerdings hatte er all das Gute, was sie ihm geben konnte, inzwischen bis zur Neige ausgeschöpft; jetzt war sie für ihn nur noch der Quell unaufhörlicher Leiden, denn sie mochte ihn nicht mehr sehen und machte ihm das Leben zur Qual. Eines Tages hatte sie angefangen, ihn dumm und lächerlich zu finden, weil die Freunde, die sie in den Kreisen junger Schriftsteller und Schauspieler besaß, ihr versichert hatten, daß er dumm und lächerlich sei; sie aber wiederholte nun ihrerseits alles, was jene gesagt hatten, mit der Leidenschaftlichkeit und Ausschließlichkeit, die man an den Tag legt, wenn man von außen her übernommene Meinungen oder Verhaltensweisen, von denen man vorher überhaupt nichts wußte, sich zu eigen macht. Gern behauptete sie, wie jene Komödianten es taten, daß zwischen ihr und Saint-Loup ein unüberbrückbarer Abgrund klaffe, weil er geradezu einer anderen Menschenart angehöre; denn sie sei ein geistiger Mensch, er aber, trotz allen gegenteiligen Beteuerungen, seiner Herkunft nach ein Feind alles Geistigen. Diese Ansicht kam ihr höchst tiefsinnig vor, und in den beiläufigsten Lebensäußerungen ihres Liebhabers suchte sie nach einer Bestätigung dafür. Aber als die gleichen Freunde ihr auch noch überzeugend darlegten, sie zerstöre in einer so wenig für sie geeigneten Gesellschaft ihre beruflichen Aussichten, ihr Freund werde auf sie abfärben und das Zusammenleben mit ihm ihre künstlerische Zukunft gefährden, trat zu ihrer Geringschätzung noch ein Haß auf Saint-Loup, als bestehe er darauf, sie mit einem tödlichen Gift zu infizieren. Sie sah ihn so wenig wie möglich, schob aber den Zeitpunkt eines endgültigen Bruches noch hinaus, wobei mir ein solcher auch wenig wahrscheinlich schien. Saint-Loup brachte für sie derartige Opfer, daß sie, wofern sie nicht hinreißend war (aber er hatte mir nie eine Photographie von ihr zeigen wollen, sagte vielmehr immer: ›Erstens ist sie keine Schönheit, und zweitens wirkt sie schlecht auf Photographien, ich habe auch nur Momentaufnahmen von ihr, die ich selbst mit meiner Kodak gemacht habe und die einen ganz falschen Eindruck geben würden‹), schwerlich einen zweiten Mann finden könnte, der zu ähnlichem bereit gewesen wäre. Ich dachte nicht darüber nach, daß eine gewisse Besessenheit, sich einen Namen zu machen, selbst wenn man kein Talent hat, und die der eigenen Person wenn auch ganz privat entgegengebrachte Hochachtung von irgendwie imponierenden Persönlichkeiten sogar für eine kleine Kokotte entscheidendere Gesichtspunkte sein können (es war dies übrigens für Saint-Loups Geliebte nicht der Fall) als die Freude am Geldgewinn. Saint-Loup, der, ohne recht zu verstehen, was im Hirn seiner Geliebten vorging, sie weder in ihren ungerechten Vorwürfen noch ihren Schwüren ewiger Liebe für ganz aufrichtig hielt, hatte doch öfter das Gefühl, sie werde mit ihm brechen, sobald es ihr möglich wäre, und mit dem Instinkt des Liebenden in ihm, der offenbar weitblickender war als seine sonstige Natur, hatte er ihr gegenüber eine praktische Klugheit walten lassen – die neben den impulsivsten oder auch stärksten Regungen seines Herzens bestand – und jeweils abgelehnt, ihr ein Kapital zur Verfügung zu stellen, vielmehr zwar enorme Summen aufgenommen, damit es ihr nie an etwas fehle, ihr die Beträge jedoch immer nur von Tag zu Tag in die Hand gegeben. Sicher aber würde sie, falls sie wirklich ernsthaft daran dachte, ihn einmal zu verlassen, den Zeitpunkt abwarten, wo sie ›ihr Schäfchen im trockenen‹ hätte, was in Anbetracht der Summen, die Saint-Loup ihr bot, zwar nur kurze Zeit in Anspruch nehmen würde, aber doch vorläufig noch eine Verlängerung des Glücks – oder Unglücks – meines Freundes bedeutete.

Die dramatische Periode dieser Liaison – die jetzt auf dem Punkte ihrer kritischsten und für Saint-Loup am meisten quälenden Spannung angekommen war, denn sie hatte ihm untersagt, in Paris zu bleiben, wo seine Gegenwart sie zur Ungeduld reizte, und ihn gezwungen, seinen Urlaub in Balbec, nahe bei seiner Garnison, zu verleben – hatte eines Abends bei einer Tante Saint-Loups ihren Anfang genommen; er hatte nämlich erreicht, daß er seine Freundin zu ihr mitbringen durfte, damit sie vor zahlreichen Geladenen Fragmente aus einem symbolistischen Drama spräche, in dem sie auf einer zur Moderne neigenden Bühne mitgewirkt und für das sie ihm die gleiche Begeisterung mitgeteilt hatte, wie sie selbst sie hegte.

Doch als sie mit einem großen Lilienstengel in der Hand und in einem der ›Ancilla Domini‹ nachgebildeten Kostüm, das sie Robert als eine einmalige künstlerische Vision hingestellt hatte, vor diesem Parterre von eleganten Männern und Herzoginnen erschien, wurde sie mit einem Lächeln begrüßt, das

durch den psalmodierenden Tonfall, die Ausgefallenheit gewisser Worte und ihre häufige Wiederholung sich in zunächst unterdrücktes, dann aber so unwiderstehlich ausbrechendes Gelächter verwandelte, daß die arme Rezitatorin nicht hatte weitersprechen können. Am Tage darauf war die Tante Saint-Loups allgemein getadelt worden, daß sie eine so groteske Künstlerin in ihrem Hause habe auftreten lassen. Ein sehr bekannter Träger eines Herzogstitels verhehlte ihr nicht, daß sie es sich nur selbst zuzuschreiben habe, wenn man sie kritisiere.
– Zum Teufel auch, solche Nummern sollte man uns wirklich nicht zumuten! Hätte die Person noch Talent, aber keine Spur. Alles was recht ist, Paris ist nicht so dumm, wie man es hinstellt, und die Gesellschaft besteht nicht nur aus lauter Eseln. Dies kleine Fräulein hat offenbar geglaubt, sie könne Paris verblüffen. Aber so leicht verblüfft man uns nicht. Es gibt denn doch noch Dinge, die man hier bei uns nicht schluckt.
Die Künstlerin selbst aber hatte im Hinausgehen zu Saint-Loup gesagt:
– Was für dumme Puten, was für unmanierliche Frauenzimmer und Flegel sind denn das, zu denen du mich da gebracht hast? Ich will dir nur sagen, unter den Männern war keiner, der nicht versucht hat, mir zuzuzwinkern und unter dem Tisch zu füßeln, und nur weil ich nicht darauf eingegangen bin, haben sie sich nachher gerächt.
Solche Reden hatten Roberts Antipathie gegen die Menschen seiner Kreise in ein viel tieferes und schmerzlicheres Grauen verwandelt, das sich vor allem gegen diejenigen richtete, die es am wenigsten verdienten, nämlich ihm treu zugetane Verwandte, die ihn als Abgesandte der Familie zu überreden versuchten, mit dieser Frau zu brechen, ein Schritt, den diese ihm gleichfalls als von nicht erhörter Liebe zu ihr inspiriert hinstellte. Obwohl Robert sofort den Verkehr mit ihnen allen abgebrochen hatte, meinte er doch, daß, wenn er fern von

seiner Freundin weile, die Betreffenden oder andere seine
Abwesenheit benutzen würden, um es von neuem bei ihr zu
versuchen und vielleicht endlich doch ihre Gunst zu erringen.
Und wenn er von irgendwelchen Lebemännern sprach, die
ihre Freunde betrogen, indem sie deren Frauen zu umgarnen
und in Stundenhotels zu locken versuchten, war sein Antlitz
eine einzige Maske des Leidens und des Hasses.
– Ich würde sie mit weniger schlechtem Gewissen umbringen
als einen Hund, denn der ist doch wenigstens ein liebes, aufrichtiges, treues Tier. Solche Menschen verdienen viel eher
das Schafott als die Unglücklichen, die aus Armut und durch
die Grausamkeit der Reichen zu Verbrechern werden.
Den größten Teil seiner Zeit verbrachte er damit, seiner Geliebten Briefe und Telegramme zu schicken. Jedesmal wenn
sie aus der Ferne – sie hinderte ihn auch weiterhin, nach Paris
zu kommen – einen Vorwand für einen Streit mit ihm fand,
erriet ich es sofort aus seinen verfallenen Zügen. Da seine
Geliebte ihm nie sagte, was sie ihm eigentlich vorwarf, kam
er auf die Vermutung, daß sie, da sie sich darüber ausschwieg,
es am Ende selbst nicht recht wisse und seiner einfach überdrüssig sei; gleichwohl aber hätte er gern eine Aussprache
herbeigeführt und schrieb ihr daraufhin: ›Sag mir, worin ich
Unrecht tue. Ich bin ganz bereit, meine Schuld einzusehen‹,
wobei der Kummer, den er selbst empfand, ihm die Überzeugung nahelegte, er habe sich falsch benommen.
Sie aber ließ ihn endlos auf ihre Antwort warten, die im
übrigen immer völlig unvernünftig war. So sah ich meist
Saint-Loup mit leeren Händen und oft mit gramdurchfurchter Stirn von der Post zurückkommen, wo er als einziger im
ganzen Hotel, abgesehen von Françoise, Briefe abholte und
aufgab: er aus der Ungeduld des Liebenden heraus, sie aus
tiefem Mißtrauen gegen die Hausbedienten. (Die Telegramme
nötigten ihn jeweils zu einem weiten Weg.)
Als einige Tage nach dem Abendessen bei Blochs meine Großmutter mir mit erwartungsfroher Miene erzählte, Saint-Loup

habe sie gefragt, ob er sie nicht vor seiner Abreise aus Balbec photographieren dürfe, und ich sah, daß sie hierfür ihre schönste Toilette angelegt hatte und nur noch zwischen den verschiedenen Kopfbedeckungen schwankte, fühlte ich mich durch diese von ihrer Seite so ganz unerwartete Kinderei unangenehm berührt. Das ging sogar so weit, daß ich mich fragte, ob ich mich bisher über meine Großmutter nicht getäuscht, ob ich ihr nicht einen zu hohen Rang zugewiesen habe, ob sie wirklich über alles, was ihre Person betraf, so erhaben sei, wie ich immer gemeint, ob sie nicht etwa das, was ich ihr nie zugetraut hätte, besäße: Koketterie.

Leider ließ ich mir diese Unzufriedenheit mit dem Plan einer ›Sitzung‹ für eine Aufnahme und besonders mit der Genugtuung, die meine Großmutter darüber zu empfinden schien, genügend anmerken, so daß auch Françoise darauf aufmerksam wurde und sie unwillkürlich noch zu vermehren bemüht war, indem sie mir eine sentimentale und gerührte Rede hielt, in die ich nicht einstimmen mochte.

– Oh! Junger Herr, die arme liebe Madame Amédée! Wo sie doch so glücklich ist, daß jemand sie ›abnehmen‹ will, und sogar den Hut aufsetzt, den ihr ihre alte Françoise mit eigenen Händen so nett zurechtgemacht hat.

Ich redete mir ein, es sei nicht grausam, Françoises Gefühlsduselei zu verlachen, indem ich mir vor Augen hielt, wie auch meine Mutter und Großmutter, die doch in allen Dingen meine Vorbilder waren, es ja häufig täten. Doch als meine Großmutter sah, daß ich verstimmt schien, sagte sie zu mir, wenn dies Vorhaben mich verdrieße, verzichte sie eben darauf. Ich wollte das nicht und versicherte, ich sähe darin nichts, was man beanstanden könne, und ließ sie sich schön machen, glaubte aber einen Beweis von Scharfsinn und Geisteskraft zu geben, indem ich ein paar ironische und kränkende Worte fallen ließ, die ganz geeignet waren, das Vergnügen, das ihr dies Photographiertwerden zu bereiten schien, im wesentlichen aufzuheben, so daß ich zwar den Galahut an meiner

Großmutter sah, aber doch den Erfolg zu verzeichnen hatte, daß von ihrem Antlitz jener freudige Ausdruck verschwunden war, der mich hätte glücklich stimmen müssen, statt dessen aber – wie es nur allzu oft geschieht, solange diejenigen, die wir am meisten lieben, noch am Leben sind – mir eher als die aufreizende Bekundung eines verkleinernden, abträglichen Zuges denn eine köstliche Form des Glücks erschien, das ich ihr ja im Grunde so gern verschaffen wollte. Meine schlechte Laune rührte vor allem daher, daß seit der vorausgehenden Woche meine Großmutter mich eher zu meiden schien und daß ich sie weder bei Tage noch am Abend einen Augenblick richtig für mich hatte haben können. Wenn ich am Nachmittag ins Hotel zurückkehrte, um ein Weilchen mit ihr allein zu sein, hieß es, sie sei nicht da; oder aber sie schloß sich mit Françoise zu endlosen Beratungen ein, die ich nicht stören durfte. Und wenn ich den Abend außerhalb des Hauses mit Saint-Loup verbracht hatte und während der Heimfahrt an den Augenblick dachte, da ich sie wiedersehen und küssen könnte, mochte ich noch so lange warten, daß sie endlich ihre paar kleinen Schläge gegen die Zwischenwand täte, um mir zu sagen, ich könne herüberkommen und ihr gute Nacht sagen, ich hörte und hörte nichts; schließlich ging ich zu Bett und war ihr beinahe böse, daß sie mich mit einer an ihr ganz ungewohnten Gleichgültigkeit einer Freude beraubte, auf die ich so fest gerechnet hatte; mit einem wie in meiner Kinderzeit klopfenden Herzen lauschte ich noch lange auf die stummbleibende Stimme der Wand und schlief unter Tränen ein.

An diesem Tage wie an den vorhergehenden hatte Saint-Loup nach Doncières gehen müssen, wo bis zu dem Zeitpunkt, zu dem er endgültig dorthin zurückkehren mußte, seine Anwesenheit jetzt bis zum späten Nachmittag täglich erforderlich war. Ich bedauerte, daß er nicht in Balbec bleiben konnte. Ich hatte ein paar junge weibliche Wesen aus dem Wagen steigen und den Weg teils zum Kasino, teils zur Eiskonditorei nehmen sehen, Wesen, die mir bezaubernd erschienen waren. Ich befand mich in einer jener Perioden der Jugend, die, nicht von einer speziellen Liebe beherrscht, allem offen stehen und in denen man – wie ein Liebhaber die Frau, die er liebt – die Schönheit ersehnt, nach ihr trachtet, sie überall erblickt. Wenn auch nur ein einziger wirklicher Zug – das wenige, was man an einer von ferne oder von hinten gesehenen Frau unterscheidet – es erlaubt, uns Schönheit auch nur vorzuspiegeln, glauben wir sie schon erkannt zu haben, mit klopfendem Herzen beschleunigen wir den Schritt und werden immer halb und halb überzeugt bleiben, daß sie es diesmal war, wofern jene Frau verschwunden bleibt: nur wenn wir sie wieder einholen, werden wir unsern Irrtum gewahr.

Da ich mich immer schlechter fühlte, war ich außerdem versucht, schon die einfachsten Vergnügungen zu überschätzen, gerade weil sie mir so schwer zugänglich waren. Überall glaubte ich elegante Frauen zu sehen, weil ich am Strande zu müde, im Kasino oder in einer Konditorei aber zu schüchtern war, mich ihnen ernstlich zu nähern. Dennoch hätte ich für den Fall, daß ich bald sterben sollte, doch gar zu gern gewußt, wie in Wirklichkeit, aus der Nähe betrachtet, die hübschesten jungen Personen beschaffen seien, die das Leben für uns zur Verfügung hält, selbst wenn nur ein anderer als ich oder sogar niemand von diesem Angebot hätte Gebrauch machen können (ich machte mir tatsächlich nicht klar, daß meiner Neugier ein Besitzbedürfnis zugrunde lag). Mit Saint-Loup zusammen hätte ich den Tanzsaal zu betreten gewagt. Da ich aber allein war, blieb ich einfach in Erwartung des Augenblicks, bis ich wieder mit meiner Großmutter zusammen sein könnte, vor dem Grand-Hôtel stehen, als ich fünf oder sechs junge Mädchen sah – fast noch am äußersten Ende der Mole, von wo aus sie sich wie ein merkwürdiger einheitlicher Farbfleck auf mich zu bewegten – die in Aussehen und Auftreten so vollkommen anders als alles waren, was man

sonst in Balbec sah, daß ebensogut ein Möwenschwarm am
Strande gemessenen Schritts – wobei die Nachzügler flatternd
die andern einholten – eine Promenade hätte ausführen können, deren Zweck den Badegästen, die jene nicht zu sehen
schienen, ebenso unverständlich wie für den Vogelgeist klar
vorgezeichnet wäre.
Eine dieser Unbekannten schob mit einer Hand ihr Fahrrad
vor sich her; zwei andere waren mit Golfschlägern ausgerüstet;
ihr Anzug aber war völlig verschieden von dem der anderen
jungen Mädchen in Balbec, von denen einzelne zwar dem
Sport huldigten, aber ohne dafür eine Spezialkleidung anzulegen.
Es war die Stunde, da Damen und Herren täglich ihren
Spaziergang auf der Mole machten, dem unerbittlichen Blitzen
des Stiellorgnons ausgesetzt, das, als hätten sie irgendeinen
Makel an sich, den sie in den kleinsten Einzelheiten zu unter-
suchen vorhabe, die Frau des Gerichtspräsidenten auf sie
richtete, die stolz vor dem Musikpavillon inmitten jener ge-
fürchteten Stuhlreihe thronte: dort, wo jene andern selbst
gleich darauf, aus Schauspielern nunmehr zu Kritikern geworden, sich niederlassen würden, um ihrerseits die Vorüber-
wallenden intensiv zu mustern. Alle diese Leute, die über die
Mole dahinzogen, schlingerten, als befänden sie sich an Deck
eines Schiffes (denn sie konnten ihre Beine nicht heben, ohne
gleichzeitig die Arme zu bewegen, die Augen zu verdrehen,
die Schultern zurechtzuschieben, durch einen ausgleichenden
Ruck der entgegengesetzten Seite der auf der anderen vollführten Übung zu entsprechen und im Gesicht vor Anstrengung rot zu werden) und taten, um den Anschein zu erwek-
ken, als kümmerten sie sich gar nicht um sie, obwohl sie
insgeheim achtgaben, nicht an sie anzustoßen, ganz so, als ob
sie die Personen, die an ihnen vorübergingen oder ihnen ent-
gegenkamen, überhaupt nicht sähen; tatsächlich aber rannten
sie dennoch gerade gegeneinander an, weil sie beiderseits der
Gegenstand solcher unter dem Anschein der Nichtbeachtung

versteckten Aufmerksamkeit gewesen waren; die Liebe – und infolgedessen die Furcht – gegenüber der Menge ist eine der mächtigsten Triebkräfte der Menschen, sei es, daß sie den andern gefallen, sie verblüffen oder aber ihnen zeigen wollen, daß sie sie verachten. Auch bei einem einsam lebenden Menschen hat die vollständige und bis ans Lebensende dauernde Abschließung oft eine fehlgeleitete Liebe zur Masse der Menschen als Basis, eine Liebe, die so sehr jedes andere Gefühl überwog, daß er, da er beim Ein- und Ausgehen nicht die Bewunderung der Concierge, der Passanten, des vor der Tür wartenden Kutschers zu erringen vermochte, vorzog, gar nicht mehr von ihnen gesehen zu werden, und jedwede Tätigkeit aufgab, durch die ein Ausgehen erforderlich würde.
Inmitten aller dieser Leute, die vielleicht einem Gedanken nachhingen, dessen Wirken in ihrem Innern sie eben durch ein Zucken ihrer Gliedmaßen und umherschweifende Blicke verrieten, die ebensowenig Harmonie in sich trugen wie das umsichtige Stolpern ihrer Nachbarn, schritten die Mädchen, die ich bemerkt hatte, mit der Beherrschung aller Gesten, die eine vollkommene Schmeidigung des eigenen Körpers und eine aufrichtige Nichtachtung gegenüber der übrigen Menschheit verleiht, ohne Zögern und ohne Steifheit geradeaus, wobei sie genau die Bewegungen ausführten, die sie ausführen wollten, in voller Unabhängigkeit aller ihrer Glieder voneinander und jener Unbeweglichkeit der größeren Körperpartie, die für gute Walzertänzerinnen so charakteristisch ist. Sie waren von mir nicht mehr weit entfernt. Obwohl jede einen Typ ganz für sich darstellte, waren sie alle schön; doch hatte ich in Wirklichkeit alle erst seit so kurzem wahrgenommen und noch so wenig gewagt, sie fest ins Auge zu fassen, daß ich noch keine in ihrer Individualität von den anderen unterschied. Abgesehen von einer, die sich durch ihre gerade Nase, ihre brünette Hautfarbe aus den anderen heraushob wie in irgendeinem Renaissancegemälde einer der Heiligen Drei Könige von arabischem Typ, waren sie mir bislang nur

entweder durch ein Paar unbeirrt und eigensinnig lachender
Augen oder (eine andere) durch Wangen bekannt, deren
rosiger Teint in eine Kupfertönung übergegangen war, die an
Geranien erinnerte, und selbst diese Einzelzüge hatte ich noch
nicht unauflöslich einem bestimmten dieser Mädchen mehr als
einem anderen angeheftet; und wenn ich (nach der Reihenfolge,
in der sich dieser Vorbeizug vor mir abrollte, der so wunderbar war, weil die verschiedenartigsten Aspekte hier dicht
nebeneinanderlagen und alle Farbenfolgen zusammenklangen,
dennoch verworren freilich wie eine Musik, in der ich im Augenblick des Vorüberrauschens nicht die einzelnen Themen
erkennen konnte, da ich sie wohl sekundenlang unterschied,
jedoch auf der Stelle wieder vergaß) ein weißes Oval, schwarze
Augen, grüne Augen auftauchen sah, wußte ich nicht, ob es
die gleichen waren, auf deren Zauber ich kurz zuvor schon
einmal gestoßen war, und konnte sie nicht diesem oder jenem
Mädchen zuordnen, das ich etwa aus den andern ausgesondert
und herauserkannt hätte. Die Tatsache, daß meiner inneren
Sicht deutliche Abgrenzungen, die ich freilich bald darauf
herstellen würde, zwischen den einzelnen Erscheinungen noch
fehlten, breitete über die Gruppe etwas harmonisch Gleiten-
des, das aus dem fortwährenden Fluktuieren einer schwebenden, allen gemeinsamen, stets in Bewegung befindlichen Schönheit entstand.

Vielleicht war es nicht nur eine zufällige Fügung des Lebens,
daß alle diese Freundinnen, die sich da zueinandergesellt
hatten, schön waren; vielleicht hatten sich die Mädchen (deren
Haltung schon ihre kühne, oberflächliche, harte Natur enthüllte), übermäßig empfindlich gegen alles Häßliche und Lä-
cherliche, unfähig, einer Anziehung geistiger oder seelischer
Art nachzugeben, in der Schar gleichaltriger Kameradinnen
auf Grund eines gemeinsamen Widerwillens gegen alle die
zusammengefunden, bei denen eine nachdenkliche und gefühls-
betonte Veranlagung sich in Schüchternheit, Befangenheit und
Ungeschick, kurz durch etwas verriet, was sie wahrscheinlich

ein ›unsympathisches Wesen‹ nannten, und diese Geschöpfe von sich ferngehalten, während sie sich im Gegenteil mit anderen anfreundeten, zu denen sie sich durch eine gewisse Mischung aus Anmut, Geschicklichkeit und körperlicher Eleganz hingezogen fühlten, in deren Gestalt allein sie sich den natürlichen Freimut einer anziehenden Wesensart und die Aussicht auf sehr fröhlich verbrachte gemeinsame Stunden vorstellen konnten. Vielleicht befand sich auch die Klasse, der sie angehörten und die ich nicht genau hätte bestimmen können, an jenem Punkte des Aufstieges, wo, sei es auf Grund zunehmenden Reichtums oder größerer Muße, sei es dank den neuen Sportgewohnheiten, die selbst in gewisse bescheidenere Kreise eingedrungen waren, und einer Körperkultur, zu der sich noch nicht die des Geistes hinzugesellt hatte, eine soziale Schicht gleich jenen Schulen der Bildhauerkunst, die, harmonisch und fruchtbar, noch nicht nach einem Ausdruck komplizierter Seelenzustände suchen, ganz von sich aus eine Fülle schöner Leiber, schöner Beine, schöner Hüften, gesunder, ausgeruhter Gesichter mit einem Einschlag von Beweglichkeit und Verschlagenheit erschafft. Und waren diese hier nicht edel in sich ruhende Muster menschlicher Schönheit, die ich vor dem Hintergrund des Meeres wie besonnte Bildwerke an den Gestaden Griechenlands auftauchen sah?
Genauso, als wären sie in ihrem Kreis, der wie ein leuchtender Komet über die Mole dahinzog, übereingekommen, daß die umgebende Menge aus Wesen einer anderen Rasse bestünde, deren Leiden nicht einmal in ihnen ein Gefühl der Solidarität mit jenen hätte hervorrufen können, schienen sie sie überhaupt nicht zu sehen; sie zwangen die Personen, die stehengeblieben waren, sich vor ihnen zu teilen wie vor einer Maschine, die, einmal in Gang gesetzt, nicht erwarten läßt, daß sie den Fußgängern aus dem Wege geht, und begnügten sich höchstens damit, wenn irgendein alter Herr, dessen Existenz sie ignorierten und mit dem sie nichts zu tun haben wollten, mit furchtsamen oder wütenden, jedenfalls aber überstürzten

und lächerlichen Gebärden geflüchtet war, einander anzuschauen und dabei zu lachen. Sie legten allem gegenüber, was nicht zu ihrer Gruppe gehörte, keine posierte Verachtung an den Tag, sondern ihre aufrichtige genügte ihnen schon. Doch konnten sie kein Hindernis sehen, ohne es zum puren Vergnügen im Satz oder aus dem Stand zu ›nehmen‹, weil in ihnen jenes Übermaß an Jugend war, das man unbedingt ausgeben muß, selbst wenn man traurig ist oder krank, wobei man einfach mehr den Notwendigkeiten des Lebensalters nachgibt als der zufälligen Stimmung des Tages, so daß man nie eine Gelegenheit ausläßt, zu springen oder zu gleiten, nicht ausdrücklich oder mit Bewußtsein, sondern indem man den langsamen Schritt – wie Chopin es noch mit der schwermütigsten Passage tut – durch kleine anmutige Abstecher reizvoller macht, in denen Laune sich mit einem überlegenen Kräfteüberschuß trifft. Die Gattin eines alten Bankiers hatte, nachdem sie zwischen verschiedenen Aufstellungsmöglichkeiten geschwankt hatte, für ihren Mann einen Sitzplatz auf seinem Faltstuhl da gewählt, wo er mit dem Gesicht zur Mole vor Wind und Sonne durch den Musikpavillon geschützt wurde. Nachdem sie ihn dort wohl geborgen sah, hatte sie ihn verlassen, um ihm eine Zeitung zu kaufen, aus der sie ihm zu seiner Zerstreuung etwas vorlesen wollte; diese kleinen Abwesenheiten dehnte sie niemals über fünf Minuten aus, die ihm dennoch sehr lang vorkamen, doch legte sie sie ziemlich häufig ein, damit ihr alter ehelicher Gefährte, dem sie ihre Fürsorge in gleich hohem Maße zuwandte und verbarg, den Eindruck habe, er sei noch imstande zu leben wie die anderen und habe keine Überwachung nötig. Der Musikpavillon aber bildete über seinem Kopfe ein naturgegebenes verlockendes Sprungbrett, das denn auch die Älteste aus der Jungmädchenschar auf der Stelle betrat: sie sprang über den dadurch verstörten Alten hinweg, wobei sie seine Strandmütze mit den Füßen berührte – zum großen Ergötzen der anderen Mädchen, besonders jener mit dem Puppengesicht und den grünen Augen, die einen Ausdruck von Heiterkeit und Bewunderung widerspiegelten, in dem ich gleichwohl einen Anflug von Schüchternheit zu bemerken glaubte, einer gleichsam schamhaften und doch vorwitzigen Schüchternheit, die die andern nicht zeigten. »Der arme Mummelgreis tut mir leid, er ist halbtot vor Schreck«, bemerkte eines der Mädchen mit rauher Stimme und in ironischem Ton. Sie gingen noch ein paar Schritte weiter, blieben dann plötzlich stehen, ohne darauf achtzugeben, daß sie den Spaziergängern dadurch den Weg versperrten, und hielten miteinander Rat in der unregelmäßig geformten, dichten, in die Augen fallenden, zwitschernden Gruppierung von Vögeln, die sich zum Abflug sammeln; dann nahmen sie ihre langsame Wanderung auf der Mole vor dem Hintergrund des Meeres wieder auf.

Jetzt waren ihre bezaubernden Züge nicht mehr unklar durcheinandergemischt. Ich hatte sie entwirrt und dann wieder in richtiger Anordnung (an Stelle des Namens, den ich ja nicht kannte) jeder einzelnen zugeteilt, jener Großen etwa, die über den alten Bankier hinweggesprungen war, der Kleinen, deren runde rosige Wangen sich vor dem Meer abzeichneten samt ihren grünen Augen; der mit dem dunklen Teint und der geraden Nase, die sich so deutlich von der Schar der übrigen unterschied; einer andern mit einem weißen Gesicht, das ein so reines Oval aufwies wie ein Ei, aus welchem die kleine Nase in einem winzigen Haken heraussprang wie ein Kükenschnabel, einem Gesicht, wie manche sehr junge Männer es haben; einer anderen, hochgewachsenen mit einer Pelerine (in der sie so armselig aussah, ganz im Gegensatz zu ihrem eleganten Auftreten, daß die Erklärung nahelag, das junge Mädchen müsse so hochgestellte Eltern haben, daß diese sich über die Meinung der Badegäste von Balbec völlig erhaben fühlten und keinen Wert auf eine in der Kleidung sich äußernde Eleganz ihrer Kinder legten, so daß es ihnen völlig gleichgültig war, wenn diese auf der Mole in einem Aufzug erschienen, der kleinen Leuten allzu bescheiden gewesen wäre);

einem Mädchen mit blitzenden, lachenden Augen und vollen, mattschimmernden Wangen unter einer tief in die Stirn gesetzten schwarzen Polomütze, das ein Fahrrad mit nachlässigem Wiegen der Hüften vor sich herschob und, gerade als ich vorbeiging, mit lauter Stimme einen solchen Straßenjargon verwendete (ich hörte außerdem den peinlichen Ausdruck ›sein eigenes Leben leben‹ heraus), daß ich die Hypothese, die ich auf Grund der bewußten Pelerine aufgestellt hatte, wieder fallen ließ und eher zu dem Schluß kam, alle diese Mädchen gehörten zum Publikum des Velodroms und wären vermutlich die sehr jungen Geliebten der dortigen Radrennfahrer. Jedenfalls spielte bei keiner meiner Vermutungen die Idee, sie könnten wohlbehütete junge Mädchen sein, irgendeine Rolle. Schon im ersten Moment hatte ich – infolge der Art, wie sie lachend einander anschauten, und des reichlich freimütigen Blicks derjenigen mit den mattgetönten Wangen – den Eindruck gehabt, daß sie es nicht seien. Im übrigen hatte meine Großmutter immer mit einer zu ängstlichen Sorge über mich gewacht, als daß ich nicht hätte glauben müssen, die Dinge, die man nicht tun dürfe, hingen alle in sich zusammen, und solche Mädchen, die es an Achtung vor dem Alter fehlen ließen, würden auch keine Bedenken haben, wenn es um verlockendere Vergnügungen gehe als um das, über einen Achtzigjährigen im Sprung hinwegzusetzen.

Obwohl nunmehr einzeln wahrnehmbar und individuell geworden, schuf das Aufeinanderabgestimmtsein der Blicke, die sie, von fröhlicher Anmaßung und einem Geist der Zusammengehörigkeit beseelt, einander zuwarfen, dieser Blicke, in denen von einem Moment zum anderen Interesse, sodann aber eine herausfordernde Gleichgültigkeit aufblitzte, und zwar in jeder einzelnen, je nachdem ob es sich um eine der Kameradinnen handelte oder um Vorübergehende, jenes Bewußtsein auch, einander gegenseitig hinlänglich zu kennen, um immer zusammen unterwegs zu sein, indem man sich ganz für sich hielt, alles dies schuf, sage ich, zwischen ihren selbständigen und voneinander getrennten Körpern, während sie sich langsam vorwärtsbewegten, das unsichtbare Band einer Harmonie wie der eines gleichen warmen Dunkels, einer gleichen sie umgebenden Luft, und machte sie zu etwas, das in allen Teilen ebensosehr zusammengehörte, wie es als Gruppe sich ganz und gar von der Menge unterschied, in der ihr Zug sich langsam fortbewegte.

Während ich dicht an der Brünetten mit den vollen Wangen vorüberging, die das Rad vor sich herschob, begegnete ich ihrem schrägen lachenden Blick, der aus den Tiefen der unmenschlichen Welt hervorbrach, in der das Leben dieser kleinen Gemeinschaft fest beschlossen lag, aus einem Unzugänglichen, Unbekannten, in dem der Gedanke, daß ich da sei, gewiß weder jemals Eingang noch einen Platz würde finden können. Hatte mich das junge Mädchen mit der so schief sitzenden Polomütze, da sie doch ganz mit dem beschäftigt war, was ihre Gefährtinnen sagten, überhaupt in dem Augenblick gesehen, als der schwarze Strahl ihrer Augen mich traf? Wenn sie mich aber gesehen hatte, was mochte ich in ihren Augen sein? Von welcher Weltsicht aus mochte sie mich einer Einordnung unterziehen? Es wäre für mich ebenso schwer zu sagen gewesen, wie es mißlich ist, aus Eigenheiten eines Nachbargestirns, die man im Teleskop erkennt, den Schluß zu ziehen, daß dort Menschen wohnen, und sich vorzustellen, welche Gedanken diese Betrachtung in jenen weckt.

Wenn wir dächten, die Augen eines solchen Mädchens seien nichts als ein blitzendes Rund aus Glimmer, wären wir nicht begierig, ihr Leben zu kennen und mit unserem zu verschmelzen. Aber wir spüren eben, daß das, was in diesem denkenden Rund aufleuchtet, nicht nur auf seiner materiellen Zusammensetzung beruht; daß darin vielmehr, wenn auch uns unbekannt, die schwarzen Schatten der Gedanken erscheinen, die dieses Wesen sich über die Leute und die Stätten macht, die es kennt – die Rasenfläche der Reitbahnen, den Sand der Wege, auf die feld- oder waldeinwärts pedaletretend eine solche kleine Peri, verführerischer als die des persischen Paradieses, mich hätte entführen können – die Schatten auch des Hauses, in das sie zurückkehren wird, der Pläne, die sie hegt oder die die anderen mit ihr haben; vor allem aber, daß sie selbst es ist mit ihren Sehnsüchten, ihren Sympathien, ihren Abneigungen, ihrem unaufhörlich dumpf sich bekundenden Willen. Ich wußte, daß ich diese junge Radfahrerin nicht würde besitzen können, wenn ich nicht das besäße, was in ihren jungen Augen lag. Ihr ganzes Leben folglich flößte mir Verlangen ein, ein Verlangen, das um so verzehrender war, als ich es als unerfüllbar und doch berauschend empfand, weil das, was mein Leben gewesen war, auf einmal aufgehört hatte, mein ganzes Leben zu sein, vielmehr nur noch ein kleiner Teil der vor mir liegenden Weite war, die zu durchmessen ich brennend wünschte, die aus dem Leben dieser Mädchen bestand und jene Fortsetzung und vielleicht sogar Mehrung des eigenen Ich verhieß, die wir als Glück bezeichnen. Daß es zwischen uns keine gemeinsame Gewohnheit – wie auch keinen gemeinsamen Gedanken – gab, mußte es mir schwerer machen, mich mit ihr anzufreunden und ihr zu gefallen. Aber vielleicht folgte auch gerade dank dieser Verschiedenheit, dank dem Bewußtsein, daß in der Zusammensetzung der Natur und der Handlung dieser Mädchen kein einziges Element enthalten war, das ich kannte oder besaß, in mir auf die Sättigung der Durst – gleich dem, von dem ein dürstendes Erdreich brennt – nach einem Leben, das meine Seele, gerade weil sie bislang davon keinen Tropfen zu kosten bekommen hatte, um so gieriger in langen Zügen bis zu völligem Getränktsein in sich aufsaugen würde.

Ich hatte die Radfahrerin mit den blitzenden Augen so lange angeschaut, daß sie es bemerkt zu haben schien und zu der größten ihrer Gefährtinnen etwas sagte, was ich nicht verstand, worüber diese jedoch lachte. Eigentlich war die Brünette gar nicht die, die mir am besten gefiel, gerade weil sie brünett war und weil (seit jenem Tage, da ich von dem kleinen Pfad in Tansonville aus Gilberte gesehen hatte) ein rotblondes junges Mädchen mit goldgetönter Haut für mich das unerreichbare Ideal geblieben war. Aber hatte ich nicht Gilberte selbst auch wiederum vor allem geliebt, weil sie mir im Nimbus ihrer Freundschaft mit Bergotte und in der Aureole der gemeinsamen Kathedralenbesuche mit ihm erschienen war? Konnte ich mich nicht in der gleichen Weise daran freuen, daß diese Brünette mich angeschaut hatte (was mich hoffen ließ, daß es leichter wäre, zunächst mit ihr in Beziehung zu treten), denn sie würde mich ja dann mit jener Erbarmungslosen bekannt machen, die über den alten Mann im Sprunge hinweggesetzt war, der Grausamen, die gesagt hatte: ›Der arme Mummelgreis tut mir leid‹, kurz, nacheinander mit allen, deren unzertrennliche Gefährtin zu sein sie den Vorzug besaß? Und doch, die Vorstellung, ich könne eines Tages der Freund der einen oder anderen dieser jungen Personen werden, diese Augen, deren mir fremde Blicke mich manchmal trafen, wenn sie gedankenlos über mich hinspielten wie ein Sonnenreflex auf einer Mauer, könnten jemals infolge einer ans Wunderbare grenzenden Alchimie in ihre unaussprechlichen Parzellen eine Idee von meinem Vorhandensein eindringen lassen, ja etwas wie Freundschaft für meine Person, ich selbst könne eines Tages meinen Platz unter ihnen haben in diesem festlichen Zuge, den sie am Meeresufer vollführten – diese Vorstellung schien mir einen so unlöslichen Widerspruch in sich selbst zu enthalten, als wenn ich vor einem attischen Fries oder einem Fresko, auf dem ein Festzug dargestellt war, auf den Gedanken käme, ich, der Zuschauer, könne, von jenen Gestalten geliebt, unter den göttlich Dahinwallenden einen Platz einnehmen.

War die Verwirklichung des Glücks, diese jungen Mädchen kennenzulernen, denn wirklich so unvorstellbar? Sicherlich wäre es nicht das erste dieser Art gewesen, auf das ich verzichtet hätte. Ich brauchte nur an die vielen Unbekannten zu denken, die ich allein schon in Balbec, wenn mich der Wagen rasch an ihnen vorübertrug, hatte aufgeben müssen. Und selbst noch, daß diese kleine Schar, die so edel wirkte, als sei sie aus griechischen Jungfrauen zusammengesetzt, mir solche Freude schenkte, erklärte sich daraus, daß ihre Gruppe etwas von der flüchtigen Erscheinung solcher Vorübergehenden auf der Landstraße hatte. Das kurze Auftauchen und Verschwinden von Wesen, die wir nicht kennen und die uns zwingen, aus unserem gewohnten Leben herauszutreten, führt uns in jenen Zustand des Verfolgens hinein, in dem es für die Phantasie keine Grenzen mehr gibt. Ziehen wir diesen Eifer der Verfolgung aber von unseren Freuden wieder ab, so reduzieren wir sie auf sich selbst und damit auf ein Nichts. Wären mir diese jungen Geschöpfe von einer der Kupplerinnen – die ich, wie man gesehen hat, an sich nicht verachtete – angeboten worden, das heißt herausgenommen aus ihrem Element, das ihnen solch schillernden Farbenreichtum und so unbestimmte Umrisse gab, hätten sie mich weit minder entzückt. Geweckt durch die Ungewißheit, ihr Ziel zu erreichen, muß die Einbildungskraft sich einen Zweck schaffen, der jenen anderen uns verbirgt, und dadurch, daß sie an die Stelle des sinnlichen Genusses die Vorstellung setzt, wir drängen in ein uns fremdes Dasein ein, uns hindern, nur den wirklichen Reiz dieses Genusses in der Beschränkung auf seine natürlichen Maße zu kosten. Zwischen uns und dem Fisch, der, sähen wir ihn erstmals, wenn er auf dem Tisch aufgetragen wird, nicht die tausend Listen und Schliche zu lohnen schiene, die zu seinem Fang erforderlich sind, muß an den Nachmittagen, da wir angeln, das leichte Wellenspiel liegen, dessen bewegter Spiegel, ohne daß wir noch wissen, was wir damit anfangen wollen, von dem schimmernden Leib, der halbverborgenen Form des Tiers, der verfließenden, zitternden Durchsichtigkeit eines Sommerhimmels hier und da plötzlich aufgeregt wird. Auch diesen jungen Mädchen kam die Verschiebung der sozialen Verhältnisse zugute, die für das Badeleben so charakteristisch ist. Alle Vorteile, die in unserem gewohnten Dasein uns in jeder Richtung gleichsam eine Elle hinzusetzen, werden hier unsichtbar, ja sind in der Tat vollkommen abgeschafft; dafür schreiten Wesen, denen man fälschlich solche Vorteile andichtet, im Glanz einer wenn auch nur künstlichen Größe einher. Dadurch war es sehr leicht möglich, daß Unbekannte, in diesem Falle die jungen Mädchen, in meinen Augen enormes Ansehen bekamen, hingegen unmöglich, meinen eigenen Rang ihnen gegenüber hinlänglich herauszustellen.

Wenn nun aber der Vorbeizug der kleinen Schar für sich hatte, nur ein Ausschnitt aus der Flucht unzähliger vorüberziehender Erscheinungen zu sein, so wurde diese Flucht doch hier zu einer so langsamen Fortbewegung, daß sie an Stillstand grenzte. Aber gerade die Tatsache nun, daß bei einem so verhaltenen Abrollen der Bilder die nicht im Sturme enteilenden, sondern in aller Ruhe und Deutlichkeit sich präsentierenden Gesichter mir immer noch schön erschienen, hinderte mich zu glauben – wie ich es so oft getan hatte, wenn der Wagen von Madame de Villeparisis mich dahintrug – daß, aus der Nähe betrachtet, sobald ich einen Augenblick stehenbliebe, irgendwelche Einzelheiten, eine unebene Haut, ein Mangel in der Zeichnung der Nasenflügel, ein gedankenleerer Blick, ein grimassierendes Lächeln, eine Unschönheit im Gesicht und am Körper dieser Gestalten an die Stelle von solchen träten, die ich mir offenbar nur eingebildet hatte; denn freilich hatte eine hübsche Linie, ein flüchtiger Eindruck von einem schönen Teint genügt, damit ich in gutem Glauben irgendeine zauberhafte Schulter, einen berückenden Blick selbst dazu erfand, die ich als Erinnerung oder Vorurteil immer in mir trug, wobei freilich solches rasche Entziffern eines menschlichen Wesens uns den gleichen Irrtümern aussetzt wie eine zu schnelle Lektüre, bei der man auf Grund einer einzigen Silbe, ohne daß man sich die Mühe nimmt, auch die anderen zu identifizieren, an die Stelle des dastehenden Wortes aus dem Gedächtnis ein ganz anderes setzt. So konnte es diesmal nicht sein; ich hatte die Gesichter sehr genau angeschaut; sie alle hatte ich zwar nicht rundum und selten richtig von vorn, aber gleichwohl von zwei oder drei verschiedenen Seiten gesehen, so daß ich den ersten Zufallseindruck aus Linien und Farben berichtigen, überprüfen, gleichsam eine Gegenprobe darauf machen und auf diese Weise an ihnen durch alle aufeinanderfolgenden Phasen wechselnder Mienen hindurch ein unveränderliches Stoffliches in ihnen erfassen konnte. Ich durfte mir daher auch mit Sicherheit sagen, daß es unter jenen vorübergehenden Frauen, die in Paris oder Balbec meinen Blick gefesselt hatten, auch bei günstigster Voreingenommenheit gegenüber dem, was sie etwa hätten sein können, wenn ich mich mit ihnen unterhalten hätte, niemals solche gegeben hatte, deren Erscheinen und Wiederentschwinden, ohne daß ich sie hatte kennenlernen, in mir größeres Bedauern als diese hier hinterlassen oder mir den Gedanken eingeflößt hätten, daß die Freundschaft mit ihnen etwas Rauschhaftes haben müsse. Weder unter den Schauspielerinnen, den Bäuerinnen noch den Zöglingen der Klosterschulen hatte ich etwas so Schönes erblickt, etwas, das so sehr mit Unbekanntem versetzt, so unschätzbar wertvoll und allem Ermessen nach so völlig unerreichbar war. Sie boten ein so köstliches und vollkommenes Bild des unbekannten, doch möglichen, vom Leben bereitgehaltenen Glücks, daß ich fast aus rein gedanklichen Gründen so verzweifelt war, nicht unter solch einzigartigen Bedingungen, die jeden Irrtum ausschlossen, die Erfahrung dessen machen zu können, was uns die Schönheit an Geheimnisvollem zu enthüllen hat, die Schönheit, nach der man verlangt und über deren ewige Unerreichbarkeit man sich dennoch tröstet, indem man – was Swann (vor Odette) immer verschmäht hatte – Freuden bei Frauen sucht, die man nicht eigentlich zu besitzen verlangt, so daß man sterben kann, ohne jemals erlebt zu haben, wie dies andere Glück wohl beschaffen gewesen sein mag. Zweifellos war es möglich, daß es in Wirklichkeit gar keine unbekannte Freude war, daß in der Nähe ihr Geheimnis zerstob, daß sie nur auf eine Projektion, eine Fata Morgana vorausgegangenen Wünschens herauskam. In diesem Falle aber konnte ich mich nur an die Unentrinnbarkeit eines Naturgesetzes halten – das, wenn es sich auf diese jungen Geschöpfe anwenden ließ, eben auf alles paßte – und nicht an irgendeinen Makel an dem betreffenden Objekt. Denn hier handelte es sich um das, welches ich unter allen ausgewählt hätte, wobei ich mit der Genugtuung eines Botanikers feststellen konnte, es werde kaum möglich sein, noch seltenere Arten als diese in taufrischen Exemplaren vertretenen Blüten aufzutreiben, welche in diesem Augenblick die verfließende Linie ihrer flüchtigen Gruppe vor mir teilten, die einer Hecke aus Pennsylvaniarosen, dem Schmuck eines Gartens auf der Klippe glich, zwischen deren einzelnen Stauden man den weiten Fahrweg des Meeres übersieht, den ein Dampfer durchquert: das Schiff braucht so lange Zeit, um auf der blauen Horizontlinie zwischen zwei Stielen dahinzugleiten, daß ein träger Schmetterling, der eben noch zögernd im Kelch der Blüte hängt, über die der Rumpf des Fahrzeugs sich schon längst hinausgeschoben hat, mit seinem Abflug ruhig warten kann – selbst wenn er mit Sicherheit vor dem Schiff ankommen will – bis nur noch ein winziger Streifen Azur dessen Bug von dem nächsten Blütenblatt trennt, dem es entgegenfährt.

Ich kehrte ins Hotel zurück, da ich mit Robert zum Abendessen in Rivebelle verabredet war und meine Großmutter wünschte, ich solle mich vor dem Aufbruch eine Stunde auf mein Bett legen, eine Form der Siesta, die ich auf ärztliches Geheiß bald auch auf alle anderen Nachmittage ausdehnen mußte.

Übrigens war es gar nicht nötig, für die Rückkehr die Mole zu verlassen und durch die Halle, also von der Rückseite her, das Hotel zu betreten. Auf Grund einer Verschiebung, die mit der unserer Combrayer Samstage Ähnlichkeit hatte, wo wir immer eine Stunde früher zu Mittag aßen, waren die Hochsommertage jetzt so lang geworden, daß die Sonne noch hoch am Himmel stand, ganz als handle es sich erst um die Teestunde, wenn im ›Grand-Hôtel de Balbec‹ der Tisch bereits für das Abendessen gedeckt wurde. Daher blieben denn auch die großen ebenerdigen, auf die Mole führenden Schiebefenster geöffnet. Ich brauchte nur einen schmalen Holzrahmen zu übersteigen und befand mich im Speisesaal, den ich durchschritt, um zum Lift zu gelangen.

Im Vorbeigehen warf ich dem Direktor in seinem Büro ein Lächeln zu und empfing ohne den leisesten Anflug von Abneigung ebenfalls eines von ihm; seitdem ich in Balbec war, hatte meine verstehende Aufmerksamkeit sein Gesicht gleichsam mit konservierenden Mitteln behandelt und allmählich verwandelt, als handle es sich um ein Präparat für den Naturgeschichtsunterricht. Seine Züge waren mir ganz geläufig geworden, von einem wenig interessanten, doch leicht entzifferbaren Sinn erfüllt wie eine Schrift, die man liest; sie glichen nun nicht mehr jenen bizarren unausstehlichen Charakteren, die sein Gesicht an jenem ersten Tag gezeichnet hatten, als ich ein Wesen vor mir sah, das ich, wiewohl es nun schon vergessen war, doch wieder in meine Erinnerung zurückrufen konnte, unkenntlich zwar und nur schwer mit der unbedeutenden, höflich geschmeidigen Persönlichkeit zu identifizieren, deren häßliche, alle Züge in grotesker Verkürzung zeigende Karikatur jenes gewesen war. Ohne die Schüchternheit und Traurigkeit jenes Ankunftsabends schellte ich jetzt nach dem Liftboy, der nicht mehr schweigsam war, während ich mich neben ihm im Aufzug in die Höhe erhob, wenn dieser wie ein beweglicher Thorax an einer Wirbelsäule nach oben zu gleiten schien, sondern mich gern und häufig wissen ließ: »Es sind nicht mehr so viele Leute da wie vor vier Wochen. Jetzt fangen bald die Abreisen an, die Tage werden kürzer.« – Er sagte das nicht, weil es stimmte, sondern weil er angesichts der Tatsache, daß ein Posten in einer wärmeren Region der Küste auf ihn wartete, gern gesehen hätte, daß wir so bald wie möglich alle abreisten, damit das Hotel schließen und er vor der

›Rentrée‹ in seine neue Stelle noch ein paar freie Tage genießen könne. ›Rentrée‹ und ›neu‹ waren für den Liftführer keine sich widersprechenden Ausdrücke, da er ein ›Entrée‹ stets als ›Rentrée‹ bezeichnete. Das einzige, was mich erstaunte, war, daß er sich herabließ, von einer ›Stelle‹ zu sprechen, denn er gehörte jenem modernen Proletariat an, das aus der Sprache jede Spur des alten Dienstbarkeitssystems am liebsten auslöschen möchte. Im übrigen ließ er mich gleich darauf wissen, daß er bei seiner künftigen ›Verwendung‹ eine hübschere ›Uniform‹ und bessere ›Bezüge‹ haben werde; die Wörter ›Livree‹ und ›Lohn‹ schienen ihm veraltet und ungehörig. Da aber paradoxerweise bei den ›Herrschaften‹ das alte Vokabular trotz allem den Begriff der Ungleichheit der Klassen überlebt hat, verstand ich nie so recht, wovon der Liftboy eigentlich sprach. Das einzige, was mich interessierte, war also, ob meine Großmutter im Hotel sei oder nicht. Meiner Frage zuvorkommend, teilte der junge Mann mir mit: »Die Dame ist eben ausgegangen.« Ich fiel jedesmal darauf herein und glaubte, daß es sich um meine Großmutter handle. »Nein, ich meine die Dame, die, glaube ich, bei Ihnen angestellt ist.« Da in der alten Sprache der Bourgeoisie, deren Tage freilich gezählt waren, eine Köchin keine ›Angestellte‹ war, dachte ich einen Augenblick: ›Er täuscht sich, wir haben doch keine Fabrik und keine Angestellten.‹ Da fiel mir mit einem Male ein, daß die Bezeichnung ›Angestellter‹ oder ›Angestellte‹, wie das Tragen eines Schnurrbärtchens für Kaffeehauskellner, eine Befriedigung der Eigenliebe bei den Bedienten darstellt, und daß die Dame, welche soeben ausgegangen war, niemand anders sei als Françoise (die wahrscheinlich einen Besuch in der Kaffeeküche machte oder dem Zimmermädchen der belgischen Dame beim Nähen zusah); besagte Befriedigung aber genügte jenem Liftboy noch nicht, denn von seiner eigenen Klasse sprach er gerührt als von ›dem Arbeiter‹ oder ›dem kleinen Mann‹ mit dem gleichen Singular, wie Racine ihn verwendet, wenn er ›Der Arme...‹ sagt. Gewöhnlich aber, denn mein schüchterner Eifer vom ersten Tage lag nun schon sehr weit hinter mir, sprach ich gar nicht mit ihm. Ihm konnte es nun widerfahren, daß er ohne Antwort blieb auf dieser kurzen Fahrt, in der er vertikal das Hotel durchschiffte, das jetzt leer dalag wie ein Spielzeughaus und rings um uns von Etage zu Etage seine verzweigten Korridore aussandte, in deren Tiefen das Licht in samtiger Dichte lagerte und in sich abstufender Intensität die Verbindungstüren und Innentreppen schmaler erscheinen ließ, wenn es sie in jenes Bernsteingold tauchte, das, unstofflich und geheimnisvoll, jenem Dämmern gleicht, aus dem Rembrandt zuweilen einen Fenstersims oder einen Brunnenschwengel herausschneidet. In jedem Stockwerk aber kündete ein goldener Lichtreflex die Abendsonne und das Vorhandensein der Toilettenfenster an.

Ich fragte mich, ob die jungen Mädchen, die ich vorhin gesehen hatte, wohl in Balbec wohnten und wer sie sein mochten. Wenn alles Trachten sich in dieser Weise auf solch ein kleines erwähltes Volk unter den Menschen richtet, wird alles, was sich darauf bezieht, zum Gegenstand tiefer Bewegung und mündet in Träumerei. Auf der Mole hatte ich eine Dame sagen hören: »Sie ist eine Freundin der kleinen Simonet«, und zwar mit der selbstsicheren Miene genauen Unterrichtetseins, mit der jemand erklärt: ›Es ist der unzertrennliche Kamerad des kleinen La Rochefoucauld.‹ Sofort aber hatte sich auf dem Gesicht der also informierten Person eine gewisse neugierige Bereitschaft gezeigt, diejenige näher anzuschauen, welche den Vorzug genoß, die ›Freundin der kleinen Simonet‹ zu sein. Es schien sich hier um ein Vorrecht zu handeln, das nicht jedem beschieden war. Die Aristokratie ist nämlich etwas Relatives, und es gibt billige kleine Nester, wo der Sohn eines Möbelhändlers tonangebend ist und über einen Hofstaat verfügt wie ein junger Prinz von Wales. Ich habe mir seither oft von neuem vorzustellen versucht, welchen Klang damals am Strande der Name Simonet in meinen Ohren hatte; er war für mich noch unscharf umrissen in seiner

Gestalt, die ich nicht deutlich in mich aufgenommen hatte, auch wußte ich noch nicht, ob er eigentlich eines der Mädchen bezeichnete; jedenfalls haftete ihm noch jenes Unbestimmte und ganz Neue an, das künftighin dann für uns so aufregend wird, wenn dieser Name, dessen Lettern sich jeden Augenblick tiefer in uns einprägen, weil wir unaufhörlich darauf bezogen sind, dann schließlich (bei der ›kleinen Simonet‹ sollte es für mich erst viele Jahre später eintreten) die erste Vokabel wird, die wir im Moment des Erwachens oder auch einer Ohnmacht wiederfinden, bevor wir uns noch der Stunde bewußt werden oder des Ortes, an dem wir sind, fast noch vor dem Wort ›Ich‹, als sei das Wesen, das dieser Name benennt, in höherem Maße »wir« als wir selber, und als sei – nach ein paar Sekunden von Unbewußtheit – die vor jeder anderen endende Waffenruhe nur der Moment, in dem man an jenes Wesen nicht gedacht hat. Ich weiß nicht, weshalb ich mir am ersten Tage schon sagte, dieser Name Simonet müsse der eines der jungen Mädchen sein; ich hörte jedenfalls von da an nicht mehr auf, mich zu fragen, wie ich die Bekanntschaft der Familie Simonet machen könne, und zwar durch Leute, die mehr wären als sie selbst – was nicht schwer sein konnte, wenn die Mädchen wirklich kleine Berufsdirnen aus dem Volke waren – damit die Simonets nicht abschätzig über mich urteilten. Denn man kann nicht vollkommen kennenlernen, nicht völlig sich unterwerfen, was einen eben noch verachtet hat, solange man diese Verachtung nicht hat besiegen können. Jedesmal aber, wenn das Bild so verschiedener Frauen in uns eindringt, haben wir, wofern nicht Vergessen oder mit dem Bilde konkurrierende andere Bilder es wieder ausschalten, keine Ruhe, bis wir diese Fremden in etwas umgewandelt haben, was uns gleicht, da unsere Seele in dieser Hinsicht mit eben derselben Art von aktiver Reaktion begabt ist wie unser physischer Organismus, der keinen Fremdkörper in sein Inneres läßt, ohne daß er sofort alles in Bewegung setzt, um das Eingedrungene zu verarbeiten und sich zu assimilieren; die kleine Simonet war gewiß die Hübscheste von allen, außerdem die, welche meiner Meinung nach meine Geliebte hätte werden können, denn sie war die einzige, die zwei- oder dreimal mit halb zurückgewandtem Kopf und fixierendem Blick von mir Kenntnis genommen zu haben schien. Ich fragte den Liftboy, ob er in Balbec eine Familie Simonet kenne. Da er nicht gern zugeben wollte, daß er nicht alles wußte, antwortete er, er glaube den Namen gehört zu haben. Im obersten Stock angekommen, bat ich ihn, mir die letzten Nummern des Fremdenblatts zu bringen.

Ich verließ den Aufzug, doch anstatt in mein Zimmer zu gehen, begab ich mich tiefer in den Korridor hinein, denn zu dieser Zeit hatte der Etagendiener, obwohl er sonst den Durchzug fürchtete, das Fenster am Ende des Ganges aufgemacht, welches nicht auf das Meer, sondern auf Hügel und Tal ging, sie aber niemals erkennen ließ, denn seine Milchglasscheiben waren gewöhnlich geschlossen. Ich blieb einen kurzen Augenblick davor stehen und verrichtete meine Andacht vor der ›Aussicht‹, die ich nun endlich einmal auch noch jenseits des Hügels vor mir sah, an dessen Fuß das Hotel lag und auf dem in einer gewissen Entfernung nur ein einziges Haus stand, dem die Perspektive und die abendliche Beleuchtung seine Umrißlinien beließen, außerdem aber eine köstliche Ziselierung das Aussehen gab, als sei es in ein mit Samt ausgeschlagenes Kästchen gebettet wie eine jener Miniaturarchitekturen, Tempelchen oder kleinen Kapellen aus Goldschmiedearbeit und Email, die als Reliquiare dienen und nur an seltenen Feiertagen der Verehrung der Gläubigen dargeboten werden. Doch dieser Augenblick der frommen Versenkung hatte bereits zu lange gedauert, denn der Etagendiener, der in einer Hand ein Schlüsselbund hielt und mich mit der anderen grüßte, indem er sie an seine Küsterkappe legte, ohne diese jedoch zu lüften, da er die reine frische Abendluft fürchtete, kam und klappte die beiden Flügel des Fensters wie die vor einem Altarschrein zu und entzog damit meinen

anbetenden Blicken das verkleinerte Bauwerk und die Reliquie aus Gold.
Ich trat in mein Zimmer ein. Mit der fortschreitenden Jahreszeit wandelte sich das Bild, das ich dort vor meinem Fenster fand. Zunächst war es jetzt sehr hell, finster nur an Tagen, an denen schlechtes Wetter war; dann zeichnete in dem seegrünen Glas, das von rund sich höhlenden Wogen anzuschwellen schien, zwischen den Eisenstreben der Scheiben, wie in die Bleifassung eines Kirchenfensters eingelassen, das Meer über der im Hintergrunde sich hinziehenden Felslinie der Bucht seine ausgefransten Dreiecke ab, gefiedert von unbeweglich wirkendem Schaum, der so fein gemalt war wie eine Feder oder ein Flaum von Pisanello und mit dem unveränderlichen rahmigweißen Email fixiert, mit dem auf Galléglasern eine Schneedecke dargestellt wird.
Bald nahmen die Tage ab, und in dem Augenblick, da ich das Zimmer betrat, schien nun der violette Himmel stigmatisiert von der starren, geometrischen, vor dem Untergang stehenden, flammenden Sonnenscheibe und einem wunderbaren Vorzeichen oder einer mystischen Erscheinung gleich; schräggestellt im Scharnier des Horizonts neigte er sich über das Meer wie ein Andachtsbild über den Hauptaltar, während die verschiedenen Sonnenuntergangsveduten auf den Scheiben der niederen Wandschränke aus Mahagoniholz, die an den Wänden entlangliefen und die ich in Gedanken zu der herrlichen Malerei, von der sie abgelöst schienen, in Beziehung setzte, mir wie die mannigfachen Szenen vorkamen, mit denen irgendein alter Meister einst für eine Brüderschaft einen Schrein ausgeschmückt hat, deren jede aber in einem Museumssaal als getrennter Altarflügel hängt, so daß erst die Phantasie des Beschauers sie wieder an ihren Platz auf der Predella zurückversetzen muß.
Ein paar Wochen später war, wenn ich abends heraufkam, die Sonne schon untergegangen. Genau wie in Combray über dem Kalvarienberg, wenn ich vom Spaziergang zurückkeh-

rend mich anschickte, vor dem Abendessen noch einmal in die Küche zu gehen, machte hier ein roter Himmelsstreifen, der so fest und gradlinig dastand wie ein Stück Fleischgelee, dann bald darauf – über dem schon kalt und blau gleich einer Seebarbe daliegenden Meer – der Himmel von demselben Rosa wie einer der Lachse, den wir uns alsbald in Rivebelle würden servieren lassen, das Vergnügen, das ich beim Umkleiden für die Ausfahrt zum Abendessen empfand, noch lebendiger. Ganz nah am Strande versuchten über der See einander übersteigend und immer höher gestaffelt sich Schwaden zu erheben, die von pechschwarzer Färbung bis zu der Tönung und dem Härtegrad von poliertem Achat sichtlich Gewicht besaßen, so daß die obersten, wenn sie sich auf der gewundenen Säule über den Schwerpunkt derjenigen hinausneigten, die ihnen so lange als Stütze gedient, aussahen, als wollten sie das luftige Gebäude in halber Höhe des Himmels umreißen und ins Meer stürzen. Der Anblick eines Schiffes, das sich wie ein nächtlicher Wanderer entfernte, versetzte mich in dieselbe Stimmung, wie ich sie damals in der Eisenbahn gehabt hatte, als ich mich von der Notwendigkeit des Schlafes und dem Eingeschlossensein in mein Zimmer erlöst fühlte. In diesem hier war ich ja auch nicht eingesperrt, da ich es in einer Stunde verlassen und mich in den Wagen setzen würde. Ich warf mich auf mein Bett, und als befände ich mich auf einer der schmalen Lagerstätten eines jener Schiffe, die verhältnismäßig nah an mir vorbeizogen und die man des Nachts langsam weitergleiten sah wie dunkle, schweigende Schwäne, die keinen Schlaf brauchten, war ich von allen Seiten von Meeresbildern umwogt.

Aber sehr oft waren es eben tatsächlich nur Bilder; ich vergaß, daß sich unter ihrer Farbe die traurige Leere des Strandes barg, über den der ruhelose Abendwind dahinstrich, den ich mit solcher Beängstigung bei meiner Ankunft in Balbec gespürt; sogar in meinem Zimmer war ich, ganz mit den jungen Mädchen beschäftigt, die ich hatte vorübergehen sehen, nicht mehr in einer hinlänglich ruhigen und sachlichen Verfassung, daß in mir wirklich tiefe Eindrücke von Schönheit hätten entstehen können. Die Erwartung des Abendessens in Rivebelle machte mich noch geneigter zur Flüchtigkeit, und meine Gedanken, die eigentlich nur die Oberfläche meines Körpers bewohnten, den ich gleich darauf bekleiden würde, um den weiblichen Blicken, denen ich mich sehr bald in dem hellbeleuchteten Restaurant aussetzen würde, möglichst angenehm zu sein, waren gänzlich außerstande, Tiefe hinter der äußeren Erscheinung der Dinge zu suchen. Und wenn unter meinen Fenstern der weiche, unermüdliche Flug der Schwalben und Segler nicht wie ein Springbrunnen aufgestiegen wäre, wie ein lebendiges Feuerwerk, dessen Sprühen das reglose weiße Band langer Horizontalen zusammenhielt, hätte ich ohne das bezaubernde Wunder dieser örtlichen Naturerscheinung, das die Landschaften, die ich vor Augen hatte, der Wirklichkeit verhaftete, meinen können, jene seien nur eine jeden Tag erneuerte Auswahl von Gemälden, die an dem Ort, an dem ich mich befand, ganz nach Lust und Laune und ohne eigentlichen Zusammenhang mit ihm, mir jeweils vorgelegt würden. Das eine Mal war es eine Ausstellung japanischer Holzschnitte: neben der winzigen, wie aufgeklebt wirkenden Sonne, die rot und rund war wie ein Mond, hing eine gelbe Wolke, die aussah wie ein See, vor dem schwarze Schwerter wie Uferbäume standen, ein Streifen von zärtlichem Rosa aber, wie ich es niemals seit der Beschäftigung mit meinem ersten Farbkasten gesehen hatte, schwoll wie ein Fluß, an dessen beiden Ufern Boote auf dem Sand zu warten schienen, daß man sie wieder ins Wasser schob. Mit dem achtlosen, gelangweilten und die Dinge nur oberflächlich streifenden Blick eines Kunstliebhabers oder einer Frau, die zwischen zwei Anstandsvisiten in eine Galerie hineinschaut, sagte ich mir: ›Merkwürdig dieser Sonnenuntergang heute, so ganz anders als sonst; aber freilich habe ich solche zarten, solche erstaunlichen Töne auch schon früher gesehen.‹ Ein größeres Vergnügen empfand ich an den Abenden, da ein flüchtig verschwimmendes Fahrzeug am

Horizont so sehr in dessen Farbenspiel aufging, daß es wie in einem impressionistischen Bild aus dem gleichen Stoff zu bestehen schien, ganz als habe man nur Bug und Takelwerk ausgeschnitten und in zartem Filigran vor das dunstige Himmelsblau gesetzt. Manchmal füllte die See mein ganzes Fenster aus, es stand dann darüber ein Himmel, den oben eine Linie von ganz dem gleichen Blau begrenzte, so daß ich sie noch für ein Stück des Meeres hielt, dem an dieser Stelle einzig ein Lichteffekt einen etwas abgewandelten Ton gegeben hätte. An andern Tagen bildete das Meer sich nur im unteren Teil des Fensters ab, dessen ganze übrige Partie von so vielen in horizontalen Lagen übereinandergeschobenen Wolken ausgefüllt war, daß die Fensterscheiben aussahen, als enthielten sie aus einer Überlegung des Künstlers heraus, oder weil dies nun einmal seine Spezialität war, eine ›Wolkenstudie‹, während die Glasscheiben der Wandregale ähnliche Wolken, aber an einer anderen Stelle des Horizonts und in anderen Schattierungen zeigten und damit wie die bei vielen zeitgenössischen Meistern beliebte Wiederholung des gleichen Motivs zu verschiedenen Tagesstunden in Werken wirkten, die infolge der Statik der bildenden Kunst alle gleichzeitig im gleichen Raum in Pastell ausgeführt unter Glas betrachtet werden. Manchmal war dem gleichförmig grauen Meer und Himmel höchst kunstvoll ein zartes Rosa hinzugesetzt, während ein kleiner Schmetterling, der unten am Fenster eingeschlafen war, mit seinen Flügeln unter dieser ›Harmonie in Grau und Rosa‹ in Whistlers Manier die Lieblingssignatur des Meisters von Chelsea zu wiederholen schien. Dann schwand auch das Rosa dahin, es gab nichts mehr zu sehen. Ich stand einen Augenblick auf, und bevor ich mich wieder ausstreckte, schloß ich die großen Fenstervorhänge. Über ihnen gewahrte ich von meinem Lager aus noch einen hellen Streifen, der allmählich verblaßte und ausdrucksloser wurde, aber ohne Trauer und Wehmut ließ ich über der Vorhangstange jene Stunde sterben, zu der ich gewöhnlich bei Tisch saß, denn ich wußte, daß dies ein Tag von anderer Prägung, länger als andere war, so wie die am Pol, die die Nacht nur einige Minuten unterbricht. Ich wußte, daß dieser Dämmerung in glanzvoller Metamorphose das strahlende Licht des Restaurants von Rivebelle entspringen werde wie ein aus der Puppe schlüpfender Schmetterling. Ich sagte mir: ›Es ist Zeit‹; nachdem ich auf dem Bett noch einmal die Glieder gereckt hatte, stand ich auf und vollendete meine Toilette; ich fand einen Reiz in diesen nutzlosen Augenblicken, die alle materielle Last von sich abgestreift hatten und in denen ich, während die anderen unten zu Abend aßen, in der trägen Ruhe dieses sinkenden Tages aufgespeicherte Kräfte dazu benutzte, mich abzutrocknen, den Smoking anzuziehen, die Krawatte zu binden, kurz, alle die Bewegungen auszuführen, die schon ganz von der Vorfreude bestimmt wurden, eine Frau wiederzusehen, die ich das vorige Mal in Rivebelle erblickt hatte, eine Frau, die mich anzuschauen schien und vielleicht den Tisch nur einen Augenblick in der Hoffnung verlassen hatte, daß ich ihr folgen werde; mit Vergnügen legte ich mir alle diese äußeren Reize zu, um mich frisch und wohl aufgelegt, frei, ohne Sorge einem neuen Leben zu weihen, in dem ich mich mit meiner Unsicherheit ganz auf die Ruhe Saint-Loups verlassen und unter den Gattungen der Naturgeschichte, die hier aus allen Ländern zusammenkamen, die auswählen würde, welche in den fremden Gerichten, die mein Freund bestellte, meine Eßlust und Phantasie am meisten zu reizen vermöchten.

Ganz zum Schluß kamen dann die Tage, an denen ich nicht mehr von der Mole direkt in den Speisesaal gehen konnte, da die hohen Fenster jetzt geschlossen blieben, denn draußen war es dunkel, und die Schar der Armen und Neugierigen, die der strahlende Glanz von innen angezogen hatte, hing wie im rauhen Wind erstarrte Trauben an den schimmernden, glatten Wänden dieses Bienenhauses aus Glas.

Es klopfte; Aimé hatte es sich nicht nehmen lassen, mir selbst die letzten Nummern der Badezeitung zu bringen.

Bevor er sich zurückzog, legte er Wert darauf, mir mitzuteilen, daß Dreyfus unbedingt schuldig sei. »Es wird sich alles klar herausstellen, setzte er hinzu, nicht mehr in diesem Jahr, aber im nächsten bestimmt; ein Herr hat es mir gesagt, der sehr gute Beziehungen zum Generalstab hat. Ich habe ihn gefragt, ob man sich denn nicht entschließen werde, alles gleich noch vor Ablauf des Jahres aufzudecken. Er aber hat seine Zigarre hingelegt (Aimé spielte mir die Szene mit dem leichten Kopf- und Zeigefingerschütteln vor, durch das der Hotelgast zu verstehen gegeben hatte: ›Man darf nicht zu viel auf einmal verlangen.‹) ›Nicht in diesem Jahr, Aimé‹, hat er gesagt und mir dabei die Hand auf die Schulter gelegt, ›das ist nicht möglich, aber zu Ostern, ja!‹« Aimé schlug mir leicht auf die Schulter und bemerkte dazu: »Sie sehen, ich mache Ihnen genau vor, wie er es gesagt hat«, sei es, daß er durch den vertraulichen Umgang mit einer bedeutenden Persönlichkeit sich geschmeichelt fühlte, oder meinte, ich werde bei völliger Kenntnis des Sachverhaltes den Wert dieses Argumentes und den Grund zu neuer Hoffnung mehr zu schätzen wissen.
Nicht ohne ein stockendes Gefühl am Herzen traf ich bereits auf der ersten Seite der Fremdenliste die bedeutungsvolle Zeile an: ›Simonet und Familie‹. Ich hegte in mir alte Kindheitsträume, in denen die ganze zärtliche Liebe, welche in meinem Herzen, aber, wenn ich sie fühlte, von ihm selbst ganz ununterscheidbar, enthalten, mir von einem Wesen entgegengebracht würde, das von mir so verschieden wie möglich wäre. Solch ein Wesen ließ ich noch einmal vor mir in Gedanken erstehen unter Verwendung des Namens Simonet und in Erinnerung an die Harmonie, die unter jenen jungen Gestalten geherrscht hatte, die ich am Strande in einem sportlichen Zug, der Antike oder eines Giotto würdig, hatte einherschreiten sehen. Ich war nicht sicher, welche der jungen Personen Mademoiselle Simonet war und ob überhaupt eine von ihnen so hieß, aber ich wußte mich schon von Mademoiselle Simonet geliebt und hatte vor, sie auch durch Saint-

Loups Vermittlung kennenzulernen. Unglücklicherweise mußte Robert, da er nur unter dieser Bedingung eine Verlängerung seines Urlaubs hatte erwirken können, alle Tage nach Doncières zurückkehren; doch um ihn dazu zu bringen, daß er auf seine militärischen Verpflichtungen keine Rücksicht nahm, hatte ich mehr noch als auf seine freundschaftlichen Gefühle für mich auf jene gleichsam naturwissenschaftliche Neugier bei ihm zählen zu können geglaubt, die er so oft – auch wenn er die Person, von der er sprach, gar nicht gesehen hatte, beispielsweise nur, weil er hatte sagen hören, der Obsthändler habe eine so hübsche Kassiererin – an den Tag gelegt hatte, wenn es sich darum handelte, eine neue Spezies der weiblichen Schönheit kennenzulernen. Diese Neugier hatte ich jedoch zu Unrecht bei Saint-Loup durch meine Reden über die bewußten jungen Mädchen zu erregen gemeint. Denn sie war bei ihm auf lange Zeit völlig lahmgelegt durch seine Liebe zu der Schauspielerin, deren Freund er war. Und selbst wenn er sie bis zu einem gewissen Grade doch noch empfunden hätte, würde er sie unterdrückt haben auf Grund einer abergläubischen Überzeugung, von seiner eigenen Treue hänge die seiner Mätresse ab. Ohne daß er mir also versprochen hatte, sich aktiv für mich bei jenen jungen Personen einzusetzen, fuhren wir zum Diner nach Rivebelle.

In der ersten Zeit war immer, wenn wir ankamen, die Sonne gerade untergegangen, aber es war doch noch hell; im Garten des Restaurants, dessen Lichter erst später angezündet wurden, legte sich die sinkende Hitze des Tages wie an die Wände eines Gefäßes an die Mauer an, wodurch eine dunkeldurchsichtige Luftschicht entstand, die so stoffhaft wirkte, daß ein großes Rosenspalier am Haus mit seinen rosigen Blüten wie die Verästelungen im Innern eines Onyxwürfels aussah. Bald aber war es dann schon Nacht, wenn wir aus dem Wagen stiegen, oft sogar schon, wenn wir aus Balbec wegfuhren, zumal wenn wir bei schlechtem Wetter, in der Hoffnung, der Sturm werde sich legen, erst spät hatten anspannen lassen.

An jenen Tagen aber hörte ich ohne Trauer das Geräusch des Windes; ich wußte, es bedeutete nicht, daß ich meine Pläne aufgeben und in meinem Zimmer bleiben müsse, ich wußte, in dem großen Speisesaal, den wir stets bei den Klängen der Zigeunermusik betraten, würden unzählige Lampen mit ihren großen goldenen Lichtherden leichthin über Dunkelheit und Kälte triumphieren, und fröhlich stieg ich an der Seite Saint-Loups in den Wagen, der im strömenden Regen auf uns wartete.

Seit einiger Zeit hatten mir Bergottes Worte, er sei entgegen meiner Behauptung überzeugt, daß ich vor allem für die Freuden des Geistes bestimmt sei, eine gewisse Hoffnung auf eine künftige Leistung zurückgegeben, die jeden Tag von neuem durch die Unlust zuschanden gemacht wurde, mit der ich mich an den Schreibtisch setzte, um eine kritische Studie oder einen Roman zu beginnen. Wer weiß, sagte ich mir, vielleicht ist doch nicht das Vergnügen, mit dem man etwas verfaßt hat, ein unfehlbarer Maßstab für den Wert einer guten Niederschrift; vielleicht stellt es nur einen Zustand dar, der sehr oft noch hinzukommt, dessen Fehlen aber nicht notwendigerweise ein schlechtes Licht auf die Arbeit wirft. Vielleicht gibt es Meisterwerke, die unter Gähnen zustande gekommen sind. Meine Großmutter beschwichtigte meine Zweifel mit den Worten, ich werde gut und freudig arbeiten, sobald ich mich wohl befände. Da unser Arzt aber vorsichtigerweise auf die großen Gefahren aufmerksam gemacht hatte, die mein Gesundheitszustand in sich berge, und mir mehrere Vorschriften für mein gesundheitliches Verhalten mitgegeben hatte, um einen Zusammenbruch zu vermeiden, stellte ich alle Vergnügungen jenem einen Zweck nach, den ich für unendlich viel wichtiger hielt als sie, nämlich kräftig genug zu werden, um das Werk zu schaffen, das ich vielleicht in mir trug, und so übte ich, seitdem ich in Balbec war, eine gewissenhafte ständige Kontrolle über mich selber aus. Man hätte mich nicht dazu bringen können, die Tasse Kaffee anzurühren, die mir den

Nachtschlaf geraubt hätte, den ich so nötig brauchte, um am folgenden Tag nicht müde zu sein. Aber sogleich, als wir in Rivebelle ankamen, trat infolge der Erregung durch ein neues Vergnügen und den Einfluß der unbekannten Region, in die das Außergewöhnliche uns entführt, nachdem wir einmal den tagelang geduldig gesponnenen Faden, der uns zur Weisheit leiten sollte, haben abreißen lassen – als werde es niemals mehr ein Morgen geben noch höhere Zwecke, die man verwirklichen will – der genau funktionierende Mechanismus einer hygienischen Vorsorge, die zum Schutz dieser Zwecke erfunden war, außer Kraft. Während ein Diener mir meinen Mantel abnahm, sagte Saint-Loup zu mir:

– Werden Sie auch nicht frieren? Sie würden ihn vielleicht doch besser bei sich behalten, es ist offenbar nicht sehr warm.

Ich antwortete: »Nein, nein« und fühlte vielleicht die Kälte auch tatsächlich nicht; jedenfalls aber wußte ich von der Angst, krank zu werden, von der Unentrinnbarkeit des Todes, der Wichtigkeit meiner Arbeit nichts mehr. Ich gab also meinen Paletot ab; wir traten in den Speisesaal unter den Klängen einer kriegerischen Marschmusik, die die Zigeuner spielten, und gingen auf die Reihen gedeckter Tische zu wie auf einer bequem vor uns sich öffnenden Via triumphalis, und obwohl wir fühlten, wie die Rhythmen des Orchesters, das uns solche militärische Ehren und eine so unverdiente Ehrung bereitete, unsern Körper mit einem Feuer des Glücks durchdrang, verbargen wir unsere Gefühle unter einer ernsten, eisigen Miene und einer lässigen Art des Schreitens, um nicht den gewissen schneidigen Chansonetten zu gleichen, die zum Absingen eines übermütigen Couplets auf eine kriegerische Melodie in der martialischen Haltung eines siegreichen Generals auf die Bühne stolzieren.

Von diesem Augenblick an war ich ein neuer Mensch, nicht mehr der Enkel meiner Großmutter – ich würde mich vielmehr ihrer erst wieder erinnern, wenn ich das Lokal verließ

– sondern für Augenblicke Bruder jener Kellner, die unsere Bestellungen auszuführen kamen.

Das Quantum Bier und erst recht Champagner, das ich in Balbec nicht einmal im Laufe einer Woche zu konsumieren gedachte, dort wo gleichwohl mein ruhiges, klares Bewußtsein mir diese beiden Getränke als etwas höchst Schätzenswertes, aber doch Entbehrliches erscheinen ließ, nahm ich jetzt im Laufe einer einzigen Stunde in mich auf, nicht ohne auch noch ein paar Tropfen Portwein hinzuzufügen, obwohl ich aus Zerstreutheit auf seinen Geschmack gar nicht achtete; dem Geiger aber, der gerade zur Tafel aufgespielt hatte, spendete ich die beiden Louisd'ors, die ich mir vier Wochen lang für eine Anschaffung aufgespart hatte, für welche, wußte ich nicht mehr. Manche der zwischen den Tischen verkehrenden Kellner jagten, eine Schüssel auf der ausgestreckten Hand, förmlich an uns vorbei; es schien der Zweck dieser Art von sportlichen Läufen zu sein, die Platte nicht fallen zu lassen. Und tatsächlich kamen die Schokoladesoufflés an ihrem Bestimmungsort an, ohne umzustürzen, die Dampfkartoffeln lagen trotz des Galopps, bei dem sie hätten herunterrollen müssen, noch wie am Ausgangspunkt schön um den Lammbraten geordnet da. Ich bemerkte einen Servierkellner, der, sehr groß, mit einem Gefieder aus schwarzen Haaren am Kopf, das Gesicht von einer Farbe, die eher an gewisse Vogelarten als an die menschliche Spezies gemahnte, unaufhörlich von einem Ende des Speisesaals zum anderen lief und an einen jener ›Ara‹ erinnerte, wie sie die großen Vogelgehege der zoologischen Gärten mit ihrem leuchtenden Kolorit und ihrem sinnlosen Bewegungsdrang beleben. Bald jedoch ordnete sich dies Schauspiel, für meine Blicke wenigstens, zu einem edleren und ruhigeren System. Die wimmelnde Emsigkeit wurde zu stiller Harmonie. Ich betrachtete die runden Tische, deren unübersehbare Menge sich durch die Restaurationsräume zog, als ebenso viele Planeten, wie sie auf allegorischen Bildern aus alter Zeit erscheinen. Eine unwiderstehliche Anziehungskraft bestand zwischen diesen verschiedenen Gestirnen, und an jedem der Tische hatten die Speisenden Augen nur für die, an denen sie nicht saßen, mit Ausnahme höchstens eines reichen Gastgebers, dem es gelungen war, einen berühmten Schriftsteller an den seinen zu ziehen, und der nun kraft einer Art von Tischrücken unbedeutende Äußerungen aus diesem herauszulocken trachtete, über welche die Damen sich vor Staunen nicht zu lassen vermochten. Die Harmonie zwischen diesen Sternen ließ gleichwohl ein unentwegtes Kreisen der dienenden Trabanten zu, die, da sie nicht saßen, sondern standen, in einer höheren Sphäre ihre Bahnen zogen. Offenbar liefen sie, um die Hors d'œuvres herbeizuschaffen, den Wein zu wechseln und weitere Gläser zu bringen. Aber trotz ihrer Sonderstellung ließ ihr ewiges Kommen und Gehen zwischen den runden Tischen endlich doch die Gesetzmäßigkeit dieser schwindelerregenden und doch geordneten Umdrehungen erkennen. Hinter einem mächtigen Blumenarrangement thronend, saßen zwei grauenerregende Kassiererinnen über endlosen Zahlenkolonnen wie hexenhafte Sibyllen, die nach astrologischen Berechnungen die Revolutionen vorauszusehen suchten, die dann und wann an diesem nach einem mittelalterlichen Stande der Wissenschaft konzipierten Himmelsgewölbe sich vollziehen mochten.

All die anderen Gäste taten mir eigentlich leid, denn ich ahnte, daß für sie diese runden Tische keine Planeten waren und daß sie sich nicht in den Dingen einen Ausschnitt freizuhalten wußten, mit dessen Hilfe man sich über ihr gewöhnliches Aussehen hinwegsetzt und Analogien erkennt. Sie dachten daran, daß sie mit dieser oder jener Person zu Abend äßen, daß sie das so und so teuer zu stehen käme und daß es am nächsten Abend wieder das gleiche sein würde. Dem Vorbeizug der Schar von jungen Bedienten aber, die, wahrscheinlich weil sie im Augenblick nichts Dringendes zu tun hatten, in der Art einer Prozession mit Brotkörben in den Händen vorüberwallten, standen sie absolut verständnislos gegenüber.

Einige Bediente, noch zu jung und schon abgestumpft durch die Ohrfeigen, die die Oberkellner ihnen im Vorbeigehen gaben, richteten melancholisch ihre inneren Blicke auf einen fernen Traum und trösteten sich nur, wenn ein Gast aus dem Hotel in Balbec, in dem sie vorher gearbeitet hatten, sie zufällig wiedererkannte, das Wort an sie richtete und sie persönlich aufforderte, den Champagner hinauszutragen, da er nicht trinkbar sei, was sie voll stolzer Genugtuung denn auch taten.

Ich nahm in meinen Nerven, in denen ich ganz unabhängig von den umgebenden Objekten, die es mir hätten vermitteln können, bei jeder leichten Veränderung der Körperhaltung oder der Richtung meiner Aufmerksamkeit ein Wohlbehagen verspürte, so wie ein leichter Druck auf das geschlossene Auge eine Farbempfindung auslöst, ein leises fernes Grollen wahr. Ich hatte nun schon viel Portwein getrunken, verlangte jedoch nach mehr, und zwar weniger auf Grund des Behagens, das ich mir von weiteren Gläsern versprach, als vielmehr dank der Wirkung der schon genossenen. Ich ließ mich wohlig von der Musik zu immer neuen Klängen tragen, auf denen meine Lust sich willig niederließ. Wenn dies Restaurant in Rivebelle – darin jenen chemischen Industrien ähnlich, welche Stoffe in großen Mengen herstellen, die sich in der Natur nur zufällig und nur selten finden – zu einem gleichen Zeitpunkt mehr Frauen, in denen sich für mich Glücksperspektiven eröffneten, unter seinem Dache barg, als meine Spazierfahrten mich in einem ganzen Jahr hätten antreffen lassen, war die Musik, die wir hörten – für die kleine Besetzung hergerichtete Walzer, Teile aus deutschen Operetten, Chansons aus Tingeltangeln, alles dies Klänge, die für mich neu waren – in sich selbst wie eine Vergnügungsstätte, die über der anderen in den Lüften zu liegen schien und noch berauschender war. Denn jede ihrer Weisen, ein Wesen für sich wie eine Frau, sparte dennoch nicht wie jene für den bevorzugten Einen ihr Geheimnis verborgener Wollust auf: sie bot es mir, sie lockte mich, trat mit kapriziöser oder kecker Gebärde vor mich hin, sie streifte, ja streichelte mich, als sei ich mit einem Male verführerischer, mächtiger oder reicher geworden; wohl entdeckte ich in diesen Klängen etwas Quälendes, denn jedes zweckfreie Schönheitsgefühl, jeder geistige Schimmer war ihnen fremd, sie kannten nur Sinnenglück. Aber während ich halblaut die Töne der Melodie vor mich hinsummte und ihr den Kuß, mit dem sie mich berührt hatte, gleichsam wiedergab, wurde die ganz besondere Lust, die sie mich kosten ließ, mir so lieb, daß ich meine Eltern verlassen hätte, um diesem Klang in jene einzigartige Welt zu folgen, die er im Unsichtbaren aus einem Liniengefüge errichtete, in dem Wehmut mit Feuer sich wechselnd verband. Obwohl ein Vergnügen dieser Art dem Wesen, zu dem es hinzutritt, nicht eigentlich einen höheren Wert verleiht – denn nur von ihm selber wird es erlebt – und obwohl, wenn wir in unserem Leben einer Frau, die uns bemerkt, mißfallen haben, sie nicht wissen konnte, ob wir in jenem Augenblick solcher nur uns bewußten inneren Beglückung teilhaftig waren oder nicht, so daß sie also ihr Urteil über uns in nichts geändert hätte, fühlte ich mich mächtiger, beinahe unwiderstehlich. Meine Liebe kam mir nicht mehr wie etwas vor, das unerwünscht sein, zum Lachen reizen könnte, sondern schien mir die rührende Schönheit und Verführungsgabe dieser Musik zu haben, die wie ein angenehmes Medium war, in dem ich die Frau, die ich liebte, getroffen hätte und wir uns mit einemmal sehr nahe gekommen wären.

Das Restaurant wurde nicht nur von Halbweltdamen besucht, sondern auch von den Angehörigen der eleganten Oberschicht, die dort gegen fünf Uhr ihren Tee tranken oder große Abendgesellschaften gaben. Der Tee wurde in einer langen schmalen Glasgalerie serviert, die auf der Gartenseite einen Durchgang vom Vestibül zum Speisesaal bildete; vom Garten war sie, abgesehen von ein paar steinernen Säulen, nur durch hier und da geöffnete Glaswände getrennt. Außer einem gelegentlichen Durchzug ergab sich daraus ein jäher, zwischendurch wieder aussetzender Einfall von Sonnenstrahlen und damit ein so grelles, unruhig flimmerndes Licht, daß man die Teetrinkerinnen fast nicht erkennen konnte; wenn sie dann an den je zwei und zwei aufgestellten Tischen saßen, die die ganze Länge des engen Durchgangs ausfüllten, und bei jeder Bewegung, die sie beim Teetrinken oder einer gegenseitigen Begrüßung machten, in allen Farben schillerten, sah das Ganze aus wie eine Reuse, in der der Fischer die glitzernden Beutetiere vorläufig unterbringt, die nun, wenn sie sich halb aus dem Wasser heben und der Lichtschein sie trifft, in wechselndem Farbenspiel vor den Blicken der Beschauer gleißen.

Einige Stunden später, während des Abendessens, das natürlich im Speisesaal eingenommen wurde, zündete man die Lampen an, obwohl es draußen noch hell war, so daß im Garten neben den in noch lichter Dämmerung liegenden, bleichen, abendlichen Trugbildern ähnlichen Pavillons die Weißbuchen, deren meergrünes Laub von den letzten Strahlen der Sonne illuminiert wurde, von dem beleuchteten Raum aus, in dem man speiste, auf der anderen Seite der Scheiben nicht mehr, wie man hätte meinen sollen, jenen Damen vergleichbar schienen, die am Spätnachmittag in dem bläulichgoldenen Durchgang wie in einem feuchten, funkelnden Netz ihren Tee getrunken hatten, sondern wie die Vegetation eines riesigen, von übernatürlichem Licht erhellten, blaßgrünen Aquariums wirkten. Man stand von den Tischen auf, und wenn die Gäste während der Mahlzeit, wiewohl sie ihre Zeit damit verbrachten, die am Nebentisch Sitzenden zu mustern, zu erkennen, sich ihre Namen nennen zu lassen, doch in vollkommener Kohäsion ihrer eigenen Tafelrunde verhaftet geblieben waren, verlor nun die Anziehungskraft, dank der sie für einen Abend um ihren Gastgeber kreisten, in dem Augenblick ihre Macht über sie, als sie sich zum Einnehmen des Nachtischmokkas in den Durchgang begaben, in dem auch der Tee serviert worden war; oft kam es vor, daß im

Augenblick des Durchzugs irgendeine solche wandelnde Tafelrunde eines oder mehrere ihrer Moleküle verlor, da die Anziehungskraft eines Nebentisches so stark auf diese eingewirkt hatte, daß sie sich von dem ihren lösten; dort aber wurden sie sofort durch andere Herren oder Damen ersetzt, die ihre Freunde begrüßen kamen, ehe sie sich mit den Worten: ›Ich muß jetzt wieder zu Herrn X, ich bin heute abend sein Gast‹ zu ihren Leuten zurückbegaben. Man hatte im Augenblick den Eindruck, zwei separate Sträuße hätten einige ihrer Blumen ausgewechselt. Dann leerte sich auch die Galerie. Oft blieb es noch nach dem Abendessen so hell, daß dieser Durchgang nicht beleuchtet wurde, und unter den Bäumen, die sich von draußen her über das Glasdach senkten, sah er dann aus wie eine waldesdunkle Gartenallee. Manchmal verweilte sich dort in der Dämmerung noch eine Dame, die im Speisesaal soupiert hatte. Als ich ihn eines Abends in der Richtung nach dem Ausgang zu durchschritt, sah ich dort inmitten einer Gruppe von Unbekannten die schöne Prinzessin von Luxemburg sitzen. Ich lüftete den Hut, ohne stehenzubleiben. Sie erkannte mich und neigte lächelnd den Kopf; weit oberhalb dieses Grußes, doch der Bewegung folgend, klangen melodisch ein paar an mich gerichtete Worte auf, offenbar ein ausgesponnenes Gutenabendsagen, nicht damit ich stehenbliebe, sondern um den Gruß zu vervollständigen, um eine Begrüßung in Worten aus der bloßen Gebärde zu machen. Aber die Worte blieben undeutlich, und der Klang, der allein mein Ohr berührte, verhallte so sanft und schien mir so voller Musik zu sein, als höbe im dunkeln Astwerk der Bäume eine Nachtigall zu singen an.

Wenn zufällig einmal Saint-Loup, in der Gesellschaft einer Schar von Leuten, die wir getroffen hatten, das Kasino eines benachbarten Seebades aufzusuchen beschloß und mir daraufhin seinen Wagen überließ, forderte ich den Kutscher auf, rasch zuzufahren, damit die Augenblicke schneller vergingen, in denen ich ohne Hilfe einer anderen Person – das heißt ohne mich aus jener Passivität wieder herauslösen zu müssen, in die ich wie in ein mich treibendes Räderwerk geraten war – meinem Empfindungsleben jene ständigen Wandlungen selbst bieten müßte, die ich seit meiner Ankunft in Rivebelle einzig von andern empfing. Ein etwaiger Zusammenstoß mit einem aus der entgegengesetzten Richtung kommenden Wagen auf einem der schmalen Wege, die nur für ein Gefährt Platz boten und auf denen tiefstes Dunkel herrschte, die Unzuverlässigkeit des oft ausgehöhlten Bodens in der Dünengegend, die Nähe des Steilhangs über dem Meer, alles das brachte in mir nicht den kleinen Kraftaufwand hervor, der nötig gewesen wäre, damit die Vorstellung von der Gefahr und die Furcht davor in mein Bewußtsein drang. So wenig nämlich das Verlangen nach Ruhm, vielmehr die Gewöhnung an zähen Fleiß es ist, die uns gestattet, ein Werk hervorzubringen, so wenig verhilft uns die Beschwingtheit eines gegebenen Augenblicks, vielmehr das weise Betrachten des vergangenen Moments dazu, uns die Zukunft zu sichern. Wenn ich nun aber schon bei meiner Ankunft in Rivebelle die Krücken verstandesmäßigen Argumentierens und der Selbstkontrolle von mir geworfen hatte, die uns in unserer Schwäche helfen, den rechten Weg einzuhalten, und völliger moralischer Haltlosigkeit zum Opfer gefallen war, hatte der Alkohol, der meine Nerven in außergewöhnlicher Weise anspannte, den gegenwärtigen Minuten einen Wert, einen Zauber verliehen, deren Wirkung nicht die war, mich geeigneter oder auch nur entschlossener zu machen, mich schützend vor sie zu stellen; denn da meine übersteigerte Stimmung sie mir tausendmal köstlicher als mein ganzes übriges Leben erscheinen ließ, löste sie sie gleichzeitig völlig davon ab; ich war in die Gegenwart eingeschlossen wie Helden oder Berauschte; im Augenblick völlig ausgelöscht, warf meine Vergangenheit nicht länger mehr jenen Schatten ihrer selbst vor mich hin, den wir Zukunft nennen; da ich den Zweck meines Lebens nicht länger in die Verwirklichung der Träume jener Vergangenheit,

sondern in der Beseligung der gegenwärtigen Minute sah, ging mein Blick über sie nicht hinaus. Infolgedessen geschah es, daß ich auf Grund eines nur scheinbaren Widerspruchs gerade in dem Moment, da ich ein einzigartiges Glücksgefühl in mir verspürte, da ich meinte, mein Leben könne herrlich sein, da es also in meinen Augen besonders wertvoll hätte sein müssen, alle Sorgen von mir warf, die es mir so lange bereitet hatte, und es ohne Zögern dem Risiko eines jederzeit möglichen Unglücks aussetzte. Ich tat dabei im übrigen nichts anderes, als auf einen einzigen Abend die ganze Sorglosigkeit zu konzentrieren, die sich bei andern Menschen in verwässerter Form auf das ganze Dasein verteilt, in welchem sie täglich ohne Not das Wagnis einer Seereise, eines Fluges in einem Aeroplan oder einer Spazierfahrt im Automobil auf sich nehmen, wo doch zu Hause ein Wesen auf sie wartet, das durch ihren Tod völlig vernichtet würde, oder von ihrem zerbrechlichen Hirn allein das Zustandekommen des Buches abhängt, das für sie der einzige Daseinsgrund ist. Ebenso war es in dem Restaurant von Rivebelle an den Abenden, die wir daselbst verbrachten; wäre jemand dorthin mit der Absicht, mich umzubringen, gekommen, so hätte ich, da ich alles nur noch in nebelhafter Ferne sah: meine Großmutter, meine künftige Existenz, die Bücher, die ich schreiben wollte, da ich ganz dem Duft der Frau am Nebentisch, der Höflichkeit des Kellners, der Melodienführung des Walzers, der eben gespielt wurde, hingegeben war, an das Bewußtsein des Augenblicks geheftet ohne Erstreckung über ihn hinaus und ohne andern Zweck, als mich von ihm nicht zu lösen, hätte ich, sage ich, im Angesicht dieser Stunde mich töten, mich ohne Widerstand niedermachen lassen, reglos wie eine Biene, die vom Tabak betäubt den Instinkt verliert, ihren Stock zu beschützen.
Ich muß übrigens sagen, daß die Bedeutungslosigkeit, zu der die ernstesten Dinge durch den Kontrast zu der Heftigkeit meiner Exaltation heruntersanken, sich schließlich auch sogar auf Mademoiselle Simonet und ihre Freundinnen erstreckte.

Das Unterfangen, ihre Bekanntschaft zu machen, kam mir jetzt leicht, aber nicht sehr spannend vor, denn meine einzige gegenwärtige Empfindung hatte dank der ungewöhnlichen Macht, die sie über mich besaß, dank der Freude auch, die ihre geringsten Abwandlungen und selbst ihr schlichtes Weiterbestehen in mir weckten, ausschließlich Wichtigkeit für mich; alles übrige, Eltern, Arbeit, Vergnügungen, die jungen Mädchen von Balbec, wog dagegen nicht mehr als eine Schaumflocke in dem Sturm, der sie nicht zur Ruhe kommen läßt, und existierte gemessen an dieser inneren Spannung überhaupt nicht mehr; der Rausch verwirklicht für ein paar Stunden den subjektiven Idealismus, den reinen Phänomenalismus: alles ist nur Schein und existiert nur als Funktion unseres übermächtigen Selbst. Im übrigen ist nicht gesagt, daß eine wahrhafte Liebe, wofern wir eine haben, in einem solchen Zustand nicht fortbestehen kann. Aber wir fühlen, ebenso wie es in einer neuen Umgebung sein würde, daß unter einem unbekannten Druck die Ausmaße dieses Gefühls sich verwandelt haben, so daß wir nicht mehr in der Lage sind, es noch als die gleiche Größe zu betrachten. Dieselbe Liebe finden wir zwar wieder, aber an einer anderen Stelle, wo ihr Gewicht für uns leichter geworden ist, befriedet in der Empfindung des Augenblicks und uns selbst genügend, denn um das, was nicht unserer Gegenwart angehört, kümmern wir uns nicht. Leider verändert der Faktor, der auf die Werte diese Wirkung hat, sie nur für die Stunde der Trunkenheit. Die Personen, die uns nicht mehr wichtig scheinen und die wir wie Seifenblasen mit unserem Hauch bewegen, werden morgen wieder ihr volles Gewicht erlangen, und von neuem werden wir uns der Arbeit widmen müssen, die uns nichts mehr bedeutet. Aber was noch ernster ist: die Mathematik von morgen, die gleiche wie die von gestern, deren Problemstellungen uns unweigerlich wieder zu schaffen machen werden, ist zugleich auch die, die uns selbst in den Stunden des Rausches – außer in unseren eigenen Augen –

regiert. Wenn sich in unserer Nähe eine tugendhafte oder uns schlecht gesinnte Frau befindet, so scheint uns diese am Vortage noch so schwierige Angelegenheit – nämlich die Frage, wie wir ihr dennoch gefallen könnten – jetzt millionenfach leichter, ohne es in Wirklichkeit auch nur im geringsten geworden zu sein, denn nur in unsern Augen, unsern inneren Augen, haben wir eine Wandlung durchgemacht. Die Frau aber ist noch ebenso streng gegen uns, wenn wir uns ihr gegenüber eine Freiheit herausnehmen, wie wir es am nächsten Tage mit uns selber sind, weil wir dem Chasseur hundert Francs gegeben haben, und zwar aus ganz dem gleichen Grund, der für uns nur erst verspätet offenbar wird: das Fehlen der Trunkenheit.

Ich kannte keine der Frauen in Rivebelle, die mir alle, weil sie zu einem Teil meines Rausches geworden waren, so wie der Widerschein einen Teil des Spiegels ausmacht, tausendmal schöner erschienen als die immer weniger existierende Mademoiselle Simonet. Eine junge Blonde, die allein mit trauriger Miene dasaß, einen mit Feldblumen garnierten Strohhut auf dem Kopf, sah mich einen Augenblick mit träumerischer Miene an und kam mir durchaus sympathisch vor. Dann kam eine andere, schließlich eine dritte daran, endlich eine Dunkle mit warmleuchtendem Teint. Fast alle waren, wenn auch nicht mir, so doch Saint-Loup bekannt.

Bevor er die Bekanntschaft seiner gegenwärtigen Geliebten gemacht hatte, bewegte er sich so sehr in der verhältnismäßig begrenzten Lebewelt, daß unter den Frauen, die an diesen Abenden hier in Rivebelle soupierten – viele zufällig, die einen, da sie an die See gereist waren, um ihren Liebhaber zu treffen, die anderen, um dort möglicherweise einen zu finden – sich kaum eine befand, die er nicht daher kannte, daß sie mit ihm oder einem seiner Freunde wenigstens eine Nacht verbracht hatte. Er grüßte sie nicht, wenn sie sich in Begleitung eines Mannes befanden, und sie selbst widmeten ihm zwar mehr Aufmerksamkeit als jedem anderen, weil seine

Gleichgültigkeit gegenüber jeder Frau, die nicht seine Schauspielerin war, ihm in den Augen aller hier Anwesenden ein besonderes Prestige verlieh, taten aber gleichwohl, als kennten sie ihn nicht. Die eine flüsterte vielleicht: ›Das ist der kleine Saint-Loup. Er scheint noch immer an diesem Frauenzimmer zu hängen. Die große Liebe offenbar. Was für ein hübscher Junge! Ich finde ihn fabelhaft, riesig schick! Manche Frauen haben wirklich ein unverschämtes Glück. Schick in jeder Hinsicht. Ich habe ihn gekannt, als ich noch mit dem Orleans liiert war. Sie waren unzertrennlich, die beiden. Damals trieb er es noch toll! Aber jetzt ist nichts mehr los mit ihm, er geht ihr nicht mehr durch. Ja, die kann wirklich von Glück sagen, dabei frage ich mich, was er an ihr finden mag. Irgendwo muß er doch einfältig sein. Sie hat Füße wie Schleppkähne, einen Bart wie eine Amerikanerin und schmutzige Unterwäsche! Ich glaube, nicht mal ein kleines Fabrikmädchen würde so was anziehen wollen. Schau dir nur mal seine Augen an, durchs Feuer könnte man für ihn gehen. Halt, sei mal still, jetzt hat er mich wiedererkannt, er lacht, oh! er kannte mich damals gut. Er weiß genau, wer ich bin.‹ Zwischen diesen Frauen und ihm konstatierte ich ein stilles Einvernehmen. Ich hätte gern gesehen, er hätte mich ihnen vorgestellt und ich sie dann um eine Verabredung bitten und sie sie mir hätte gewähren können, worüber ich mich gefreut hätte, auch wenn es mir nicht möglich gewesen wäre, davon Gebrauch zu machen. Denn ohne das würde ihren Gesichtern in meiner Erinnerung immer jener Teil fehlen – als sei er hinter einem Schleier verborgen geblieben – der bei allen Frauen verschieden ist und den wir uns bei einer jeden nur vorstellen können, wenn wir ihn bei ihr gesehen haben, etwas, was einzig in dem Blick sichtbar wird, den sie uns zusendet, wenn sie auf unsere Frage Antwort, wenn sie uns zu verstehen gibt, sie werde uns erhören. Und dennoch waren ihre Gesichter auch so, ohne diese Vervollständigung, für mich viel mehr als das Antlitz einer Frau, von der ich gewußt hätte, daß sie tugendhaft sei, und das mir nicht wie die ihren eher falsch, ohne Tiefe, aus nur einem Stück und von zu dünner Substanz erschien. Zweifellos waren diese Gesichter nicht die gleichen für mich wie für Saint-Loup, der unter der für ihn durchsichtigen Gleichgültigkeit der undurchschaubaren Züge, die ein angebliches Nichterkennen ausdrückten, oder unter der Alltäglichkeit eines Grußes, wie man ihn auch an jeden anderen gerichtet hätte, in der Erinnerung ein Bild auftauchen sah: zwischen aufgelöstem Haar ein in Verzückung geöffneter Mund und halbgeschlossene Augen, ein Bild, das für sich selbst spricht und über das die Maler, um das Gros der Betrachter zu täuschen, ein züchtiges Leintuch breiten. Sicher nun blieben andererseits für mich, der ich fühlte, daß nichts von mir in das Bewußtsein irgendeiner dieser Frauen eingedrungen war und sie dort auf unbekannten Wegen ihres Lebens begleiten würde, diese Gesichter verschlossen. Aber schon zu wissen, daß sie sich überhaupt auftun konnten, genügte mir, um in ihnen etwas zu sehen, was sie für mich nicht gehabt haben würden, wären sie nur schöne Medaillen und nicht Medaillons, die in sich Liebesandenken bargen. Was Robert betraf, der nur mit Mühe an einer Stelle stillsitzen konnte und unter dem Lächeln des Hofmanns das Verlangen des Kriegers nach einem handelnden Dasein verbarg, so wurde ich mir, als ich ihn genau anschaute, darüber klar, wie sehr das energische Knochengefüge seines dreieckigen Gesichts das seiner Väter war und mehr für einen leidenschaftlichen Bogenschützen paßte als für einen zarten Liebhaber der schönen Künste. Unter der feinen Haut zeigte sich der kühne Bau, die feudale Architektur. Sein Kopf erinnerte an Türme alter Ritterburgen, deren sinnlos gewordene Zinnen zwar äußerlich sichtbar blieben, im Innern aber als Teile eines Bibliotheksraums fungierten.

Als wir nach Balbec zurückfuhren, wiederholte ich mit Bezug auf eine der Unbekannten, der Saint-Loup mich vorgestellt hatte, kehrreimartig unaufhörlich, ohne eine Sekunde innezuhalten und fast ohne es zu merken: »Was für eine entzückende Frau!« Sicherlich wurden mir diese Worte mehr von meiner Nervenverfassung als von einem Urteil, das Bestand haben sollte, eingegeben. Dennoch, wären tausend Francs in meiner Tasche und die Juweliergeschäfte um jene Zeit noch geöffnet gewesen, hätte ich der Unbekannten einen Ring gekauft. Wenn sich die Stunden unseres Lebens in dieser Art auf allzu verschiedenen Ebenen abspielen, ergibt es sich, daß wir zuviel von uns selbst an Personen wenden, die am folgenden Tage für uns kein Interesse mehr haben. Doch fühlt man sich dann verantwortlich für das, was man ihnen am Vortag gesagt hat, und will seinem Versprechen Ehre machen.

Wenn ich an solchen Abenden erst spät nach Hause kam, kehrte ich mit Vergnügen in das mir nun nicht mehr feindselig scheinende Zimmer zurück und suchte gern mein Bett auf, das am Tage meiner Ankunft mir wie eine für alle Zeiten unmögliche Lagerstatt vorgekommen war, auf das aber jetzt meine erschlafften Glieder gerne niedersanken; nacheinander versuchten Schenkel, Hüften und Schultern sich fest in alle Stellen der Bettücher einzuschmiegen, die die Matratze umhüllten, als wolle meine Müdigkeit einem Bildhauer gleich einen genauen Abguß des menschlichen Körpers nehmen. Doch ich fand keinen Schlaf, ich fühlte den Morgen noch nahen; die Ruhe der guten Gesundheit war nicht mehr in mir, und in meinem Zustand der Überreizung schien mir auch, ich werde sie nie mehr finden. Ich hätte lange schlafen müssen, um sie zurückzuerlangen. Hätte ich aber auch einschlummern können, wäre ich doch zwei Stunden später durch das Symphoniekonzert geweckt worden. Plötzlich schlief ich ein, ich fiel in jenen tiefen Schlaf, in dem sich für uns eine Rückkehr in die Jugend vollzieht, ein erneuter Ablauf der vergangenen Jahre, der Gefühle, die uns abhanden gekommen sind, eine Entstofflichung und Wanderung der Seelen, ein Wiedererscheinen der Toten, wahnhafte Täuschungen, ein Zurücktauchen in die elementarsten Reiche der Natur (denn man sagt zwar, daß wir oft im Traum Tiere erblicken, aber vergißt dabei fast immer, daß wir selbst dann nur mehr rein tierhafte Wesen sind, denen jene Vernunft abgeht, die auf die Dinge das Licht der Gewißheit wirft; wir haben in unseren Träumen im Gegenteil für das Schauspiel des Lebens eine höchst zweifelhafte Sicht, die noch dazu jeden Augenblick in Vergessen versinkt, da die eben noch bestehende Wirklichkeit sofort von der nächsten abgelöst wird, wie eine Projektion der Laterna magica von der folgenden, sobald man das Glas gewechselt hat), alle jene Geheimnisse, von denen wir meinen, sie seien uns nicht bekannt, obwohl wir tatsächlich beinahe jede Nacht ebenso in sie eingeweiht werden wie in jenes andere große Mysterium des Untergangs und der Auferstehung. Die durch das schwere Abendessen in Rivebelle noch ruheloser gestaltete wechselweise Erhellung ins Dunkel gesunkener Zonen meiner Vergangenheit schuf mich zu einem Wesen um, dem es das höchste Glück bedeutet hätte, Legrandin zu begegnen, mit dem ich mich im Traum unterhalten hatte.

Dann wurde mir selbst mein eigenes Dasein völlig durch eine neue Dekoration verborgen, die etwa jener glich, die ganz nahe der Bühnenrampe aufgestellt wird und vor der, während im Hintergrund die Kulissen ausgewechselt werden, die Schauspieler ein Zwischenspiel aufführen. Das Stück, in dem ich selbst mitwirkte, war im Geschmack orientalischer Erzählungen abgefaßt; ich wußte nichts mehr von meiner Vergangenheit noch überhaupt von mir selbst, gerade weil die flüchtig aufgebaute Dekoration mir so nahe war; ich spielte nur die Rolle einer Person, die eine Bastonade und viele andere Züchtigungen zugeteilt bekam wegen eines Vergehens, über das ich mir nicht klar war, das aber jedenfalls in zu reichlichem Genuß von Portwein bestand. Plötzlich wachte ich auf und stellte fest, daß mir dank einem langen Schlaf das Symphoniekonzert völlig entgangen war. Es war schon Nachmittag; ich las es von meiner Taschenuhr ab, nach einigen vergeblichen und von mehrfachem Zurücksinken auf mein Kopfkissen unterbrochenen Bemühungen, mich aufzurichten, wobei es sich um jenes nur kurze Fallen handelte, wie es dem Schlafe und auch anderen Formen des Rausches folgt, ob nun der Wein sie verursacht oder eine Rekonvaleszenz; zudem war ich mir schon, bevor ich noch auf die Uhr geschaut, darüber klar, daß der Vormittag bestimmt vorüber sei. Gestern abend war ich nur ein völlig ausgeleertes, gewichtloses Wesen, und wie man gelegen haben muß, um sich zum Sitzen aufzurichten, und geschlafen haben muß, um zum Schweigen imstande zu sein, hatte ich nicht aufhören können, mich zu bewegen und zu schwatzen, ich hatte keinerlei Zusammenhalt, ich war schwerpunktlos hinausgeschleudert worden und hatte das Gefühl, ich könne meine düstere Bahn fortsetzen bis zum Mond. Wenn nun aber im Schlafe meine Augen die Zeit nicht hatten sehen können, hatte doch mein Leib sie auszurechnen gewußt, er hatte sie nicht auf einem oberflächlich vorgestellten Zifferblatt ermessen, sondern an einem immer erneuten Abwägen meiner sich wiederherstellenden Kräfte, die er wie eine gewaltige Turmuhr Zahn für Zahn aus meinem Gehirn in die Tiefe meines übrigen Körpers hinabsinken ließ, wo sie jetzt bis über meine Knie hinaus den unberührten Überfluß ihres Vorrats aufgestapelt hatten. Wenn es stimmt, daß das Meer unser ursprüngliches Element gewesen ist und wir unser Blut durch Eintauchen in Wasser wiederbeleben müssen, ist es ebenso mit dem Vergessen, jenem geistigen Nichts; man scheint damit für einige Stunden aus der Zeit völlig herauszutreten; aber die Kräfte, die sich in dieser Zeit angesammelt haben, ohne ausgegeben worden zu sein, messen sie durch ihre Menge ebenso genau wie die Gewichte der Uhr oder die rinnenden Sandhügel in einem Stundenglas. Man verläßt übrigens einen solchen Schlaf nicht leichter als ein langes Wachsein, so sehr haben alle Dinge die Tendenz zur Dauer, und wenn es wahr ist, daß gewisse Narkotika uns einschläfern, so ist ein langer Schlaf ein noch mächtigeres

Narkotikum, nach dessen Gebrauch es einem schwerfällt, wieder aufzuwachen. Wie ein Seemann, der sehr wohl das Gestade sieht, an dem er Anker werfen will, dessen Kahn aber noch vom Sturm geschaukelt wird, hatte ich zwar wohl die Idee, nach der Uhr zu sehen und mich zu erheben, aber mein Leib sank jeden Augenblick in den Schlaf zurück; die Landung war schwierig, und bevor ich mich aufrichten konnte, um meine Uhr zu ergreifen und die Stunde, die sie zeigte, mit derjenigen zu vergleichen, die mir durch die aufgehäufte Fülle kundgetan wurde, von der meine zerschlagenen Beine wußten, sank ich noch zwei- oder dreimal auf mein Kissen zurück.
Endlich erkannte ich klar: zwei Uhr nachmittags! Ich schellte, aber im gleichen Augenblick kehrte ich zurück in einen Schlaf, der diesmal unendlich viel länger sein mußte, wenn ich nach dem Maß an Ausgeruhtheit und Rückblickenkönnen auf eine unendlich lange, inzwischen vergangene Nacht urteilte, das ich beim Erwachen in mir fand. Da dies aber durch das Eintreten von Françoise zustande gekommen war, welches seinerseits erst auf mein Klingelzeichen erfolgte, hatte dieser neue Schlaf, der meiner Meinung nach so viel länger gedauert haben mußte als der andere und mir solch großes Wohlgefühl und Vergessen verschaffte, nur eine halbe Minute gewährt.
Meine Großmutter erschien in meiner Zimmertür, und ich stellte ihr tausend Fragen über die Familie Legrandin.
Wenn ich sage, ich hätte Ruhe und Gesundheit wiedergefunden, so genügt das eigentlich nicht, denn mehr als bloße zeitliche Entfernung hatte sie am Tage vorher von mir getrennt; ich hatte die ganze Nacht gegen eine Gegenströmung anzukämpfen gehabt, dann aber befand ich mich nicht nur in ihrer Nähe, sie waren in mir wieder eingekehrt. An bestimmten, noch etwas schmerzenden Stellen meines wie ausgeleerten Kopfes, der eines Tages aus seinem zerbrochenen Gefüge meine Gedanken für immer würde entweichen lassen, hatten

diese noch einmal ihren Platz eingenommen und jenes Dasein wiedererlangt, von dem sie, ach! bislang so wenig Gebrauch gemacht hatten.
Noch einmal wieder war ich der Unfähigkeit einzuschlafen, dem Weltuntergang, dem Zusammenbruch, der Nervenkrise entronnen. Ich fürchtete nun gar nicht mehr alles das, was mich am Vorabend noch bedrohte, als ich den Schlaf nicht fand. Eine neue Welt tat sich vor mir auf; ohne eine einzige Bewegung zu machen, denn ich war noch zerschlagen, obwohl bereits wohlaufgelegt, genoß ich meine Müdigkeit mit einem gewissen Behagen; sie hatte mir das Knochengefüge meiner Beine und Arme einzeln spürbar gemacht und es aufgelokkert, jetzt aber fühlte ich, wie es sich wieder zusammenzog und schon fast wieder heil war, und wie ich es, dem Baumeister der Sage vergleichbar, singend würde vollends wiedererrichten können.
Plötzlich dachte ich an die Blonde mit der traurigen Miene zurück, die ich in Rivebelle gesehen und die mich einen Augenblick lang ebenfalls angeschaut hatte. Im Laufe des Abends waren mir viele andere reizvoll erschienen, jetzt tauchte nur sie aus den Tiefen meiner Erinnerung hervor. Es schien mir, als habe sie mich bemerkt, ich war darauf gefaßt, daß einer der Kellner in Rivebelle mir von ihr eine Botschaft bringen werde. Saint-Loup kannte sie nicht und meinte, sie sei eine anständige Frau. Es würde sehr schwierig sein, sie zu sehen, jedenfalls sie dauernd zu sehen. Aber ich war zu allem bereit, ich dachte nur an sie. Die Philosophie spricht oft von freien und unfreien Handlungen. Vielleicht sind wir im höchsten Grade dann unfrei, wenn nach der Aktion eine bestimmte Wahrnehmung (die während der Aktion sich nicht über die anderen Wahrnehmungen erhob) durch einen Auftrieb nunmehr als Erinnerung abgetrennt wird und emporsteigt... deshalb emporsteigt, weil jene Wahrnehmung, ohne daß wir es wußten, einen größeren Reiz für uns hatte, den wir erst nach vierundzwanzig Stunden erkennen. Vielleicht sind wir

aber dabei auch im höchsten Grade frei, denn hier macht sich noch nicht der Bann der Gewohnheit geltend: jener Art von Manie, die in der Liebe die Neugeburt unseres Bildes von einem Menschen ganz allein bestimmt.

Dieser Tag nun folgte gerade auf den, an dem ich vor dem Hintergrund des Meeres den schönen Zug der jungen Mädchen hatte erscheinen sehen. Ich befragte über sie verschiedene Hotelgäste, die jedes Jahr nach Balbec kamen, aber sie konnten mir keine Auskunft erteilen. Später erklärte mir eine Photographie, weshalb. Wer nämlich hätte jetzt, da sie kaum, aber dennoch schon spürbar, einem Alter entwachsen waren, in dem man sich vollkommen wandelt, in ihnen die noch ganz amorphe, wiewohl bereits köstliche, jedenfalls noch ganz kindliche Masse kleiner Mädchen wiedererkannt, die man ein paar Jahre zuvor im Kreise um ein Strandzelt herum im Sande sitzen sah als ein lichtes, unbestimmtes Sternbild, in dem man zwei Augen, die stärker als die anderen blitzten, ein verschmitzt lächelndes kleines Gesicht, einen blonden Kopf nur herauskannte, um diese Eindrücke schnell wieder in einem undeutlichen, milchstraßenähnlichen Sternennebel versinken zu sehen.
Sicherlich war damals, in jenen noch gar nicht fernliegenden Jahren, nicht wie am Abend des Tages, als ich sie zum erstenmal vor mir sah, die Sicht der Gruppe unscharf in den Konturen gewesen, sondern die Gruppe selbst. Damals befanden sich die noch allzu jungen Kinder erst in jenem primitivsten Formungszustand, in dem die Persönlichkeit noch nicht auf das einzelne Gesicht sein unterscheidendes Siegel setzt. Wie jene niedersten Lebewesen, bei denen das Individuum kaum für sich selbst besteht und weniger durch die einzelnen Polypen als durch ihre Zusammenschlüsse repräsentiert wird, aus denen jenes sich aufbaut, hingen sie noch fest miteinander zusammen. Manchmal stieß die eine ihre Nachbarin an, und dann lief eine nicht zu bändigende Heiterkeit, die scheinbar

einzige Bekundung persönlichen Lebens, durch alle gleichzeitig hindurch und verdunkelte und vermischte die unklaren Züge der vor Lachen verzerrten Gesichter im Flimmern des gesamten zappelnden, glitzernden Schwarms. Auf einer alten Photographie, die sie mir später eines Tages zum Geschenk machten und die ich aufbewahrt habe, weist ihre Schar schon als Kinder die gleiche Zahl von Figurantinnen auf wie später der Zug junger Frauen; man ahnte, daß sie bereits damals am Strand als ein Fleck besonderer Art die Blicke auf sich gezogen haben mußten, aber man konnte sie im einzelnen darin nur durch eine verstandesmäßige Rekonstruktion erkennen, indem man nämlich allen möglicherweise in der Jugend eingetretenen Veränderungen weitgehend Rechnung trug: Verwandlungen, die während der Jugend bis zu dem Augenblick eintreten, in dem diese neu geschaffenen Formen Besitz von einer anderen Individualität ergreifen, die auch wieder zu identifizieren war, und bei der das schöne Antlitz wegen des gleichzeitigen Vorhandenseins einer großen Gestalt und gelockter Haare dann in unseren Augen einige Chancen hat, früher einmal das künstliche, zusammengeschrumpfte Gesicht aus dem Photographiealbum gewesen zu sein; aber die Entfernung, die jede der physischen Eigentümlichkeiten dieser jungen Mädchen inzwischen in der Zeit zurückgelegt hatte, eben diese zu einem sehr zweifelhaften Kriterium machte, andererseits aber das ihnen Gemeinsame, gleichsam kollektiv Eigentümliche damals schon sehr ausgeprägt war, kam es öfter vor, daß sogar die besten Freundinnen auf dieser Photographie einander zuweilen verwechselten, so daß der Zweifel schließlich nur durch ein bestimmtes Detail der Kleidung behoben werden konnte, das die eine unter Ausschluß aller anderen mit Bestimmtheit an sich gehabt hatte. Auch nach jenen Tagen, die so ganz anders waren als der, da ich sie auf der Mole erblickte, so anders und doch noch so nah, überließen sie sich immer noch einem tollen Gelächter, wie ich erst am Vortage hatte feststellen können, aber es war jetzt nicht mehr das gelegentlich aussetzende und fast automatische der Kindheit, das heißt eine krampfartig ausgelöste Entladung, die früher alle Augenblicke diese Köpfe hatte untertauchen lassen wie die Elritzenschwärme in der Vivonne, die sich zerstreuten und verschwanden, um gleich darauf in fester Gruppe wieder zu erscheinen; ihre Mienen waren jetzt beherrscht, ihre Augen zielbewußt; es hatte kürzlich schon des Empfindens meiner Unentschiedenheit und der Unsicherheit bei der ersten Wahrnehmung bedurft, um in so unklarer Wirrnis, wie es auf dem photographischen Bilde infolge ihrer frühen Jugend und verflossenen Heiterkeit hatte geschehen können, die gegenwärtig als Individuen gesonderten Lebewesen dieser zartfarbigen Sternkoralle miteinander zu verwechseln.

Gewiß hatte ich mir schon oft bei der Begegnung mit hübschen jungen Mädchen vorgenommen, sie recht bald wiederzusehen. Gewöhnlich tauchten sie aber nicht ein zweites Mal auf; im übrigen würde auch das Gedächtnis, das ihr Vorhandensein schnell vergißt, nur mit Mühe ihre Züge wiederfinden; unsere Augen würden sie vielleicht nicht erkennen, und schon haben wir auch neue Vorübergehende bemerkt, die wir ebenfalls nicht wiedersehen werden. Andere Male aber, und so sollte es sich mit dieser höchst unbefangenen kleinen Schar ergeben, führt der Zufall sie uns beharrlich von neuem in den Weg. Er scheint uns dann ein schöner Zufall zu sein, denn wir erkennen in ihm etwas wie den Ansatz zu sinnvollem Walten, eine konstruktive Tendenz innerhalb des Lebens; leicht, unumgänglich und manchmal – nach Unterbrechungen, die uns den Wunsch eingaben, wir könnten aufhören uns zu erinnern – auch grausam wird für uns durch diesen Zufall die Treue der Bilder, für deren Besitz wir später glauben werden, von vornherein vorbestimmt gewesen zu sein, und die wir doch ohne den Zufall anfänglich so leicht wie viele andere wieder hätten vergessen können.

Bald neigte sich der Aufenthalt Saint-Loups seinem Ende zu. Ich hatte die jungen Mädchen am Strande nicht wiedergesehen. Er verbrachte nur eine zu kurze Zeit des Nachmittags noch in Balbec, um sich mit ihnen beschäftigen und in meinem Interesse ihre Bekanntschaft machen zu können. Am Abend war er freier, er führte mich dann häufig nach Rivebelle. Es gibt in solchen Restaurants wie in öffentlichen Anlagen oder in Eisenbahnzügen oft Leute, die aussehen wie alle anderen, deren Name uns aber in Erstaunen setzt, wenn wir zufällig einmal danach fragen und entdecken, daß der ganz unauffällige Herr kein Geringerer als jener Minister oder Herzog ist, von dem wir so oft haben sprechen hören. Schon zwei- oder dreimal hatten Saint-Loup und ich in dem Restaurant in Rivebelle, wenn die meisten Leute bereits gingen, an einem Tisch einen Mann von großer Gestalt, mit kräftiger Muskulatur, regelmäßigen Zügen und einem ergrauten Bart bemerkt, dessen träumerischer Blick intensiv ins Leere starrte. Eines Abends fragten wir den Wirt, wer dieser unbekannte, einsame, späte Abendgast sei. »Wie? Sie kennen Monsieur Elstir nicht, den berühmten Maler?« fragte er zurück. Swann hatte seinen Namen einmal in meiner Gegenwart genannt, ich hatte vergessen, bei welcher Gelegenheit; aber das Fehlen einer Erinnerung begünstigt oft wie das eines Satzgliedes bei der Lektüre nicht die Unsicherheit, sondern die Entstehung einer übereilten Gewißheit. »Das ist ein Freund von Swann, ein sehr bekannter Künstler, der recht bedeutend ist«, sagte ich zu Saint-Loup. So überlief Saint-Loup und mich wie ein Schauer der Gedanke, daß Elstir ein großer Maler sei, ein berühmter Mann, dann aber auch, daß er, der uns den übrigen Abendgästen gleichsetzen mochte, von der Aufregung gar nichts ahnte, in die uns die Idee seiner Begabung versetzte. Sicherlich wäre uns die Vorstellung, er wisse von unserer Bewunderung nichts und auch nichts von unserer Bekanntschaft mit Swann, weniger unangenehm gewesen, hätten wir uns nicht in einem Seebad aufgehalten. Aber noch etwas verspätet bei einem Lebensalter stehengeblieben, in dem die Begeisterung nicht zu schweigen vermag, und in ein Dasein versetzt, in dem das Inkognito schwer zu ertragen ist, schrieben wir einen mit unseren Namen unterzeichneten Brief, in dem wir Elstir enthüllten, daß die beiden ein paar Schritte von ihm entfernt sitzenden Mitgäste zwei leidenschaftliche Verehrer seiner Kunst und beide ebenfalls Freunde seines großen Freundes Swann seien, und ihn gleichzeitig baten, ihm unsere Aufwartung machen zu dürfen. Ein Kellner übernahm es, dem berühmten Mann die Botschaft zu überbringen.

Berühmt war nun Elstir zu jenem Zeitpunkt noch nicht ganz so sehr, wie der Wirt es behauptete und wie er es übrigens wenige Jahre darauf auch wirklich war. Aber er hatte als einer der ersten dies Gasthaus bewohnt, als es nur erst eine Art von Bauernhaus war, und eine ganze Kolonie von Künstlern dorthin gezogen (die übrigens alle anderswohin ausgewandert waren, seitdem der ländliche Ort, wo man im Freien unter einem schlichten Schutzverdeck gespeist, zu einem Mittelpunkt des eleganten Lebens geworden war; Elstir selbst war in diesem Augenblick nach Rivebelle nur zurückgekehrt, weil seine Frau verreist war, mit der zusammen er nicht weit entfernt von diesem Ort wohnte). Aber ein großes Talent erweckt, selbst wenn es noch nicht völlig anerkannt ist, notwendigerweise einige Phänomene der Bewunderung, wie der Gastwirt solche in den Fragen mehr als einer durchreisenden Engländerin erkannt hatte, die begierig gewesen war, Einzelheiten über Elstirs Lebensführung zu erfahren, wie auch in der Zahl der Briefe, die dieser aus dem Ausland bekam. Dann hatte der Wirt auch noch bemerkt, daß Elstir bei der Arbeit nicht gern gestört werden wollte, daß er sich des Nachts erhob, um ein kleines Modell nackt am Meeresufer für sich ›stehen‹ zu lassen, und hatte sich gesagt, daß so vieles Mühen gewiß nicht umsonst sein könne, noch die Bewunderung der Touristen völlig gegenstandslos, als er dann auch noch in einem Bild von Elstir ein hölzernes Kreuz wiedererkannte, das am Eingang von Rivebelle stand. »Tatsächlich,

das ist es«, hatte er staunend wieder und wieder gesagt. »Alle vier Arme sind da! Ah! Der hat sich Mühe gegeben!«
Und er war sich nicht einig, ob nicht ein kleiner ›Sonnenaufgang über dem Meer‹, den Elstir ihn zum Geschenk gemacht hatte, ein Vermögen wert sei.
Wir sahen den Maler unsern Brief lesen, in die Tasche stecken, wir sahen ihn weiteressen, seine Sachen verlangen und sich zum Gehen wenden, und waren derart sicher, er sei von unserm Verhalten unangenehm berührt, daß wir jetzt gewollt hätten (genauso, wie wir es vorher gefürchtet hatten), wir könnten gehen, ohne von ihm weiter bemerkt zu werden. Nicht einen Augenblick dachten wir an das, was uns eigentlich das Wichtigste hätte scheinen müssen, nämlich daß unsere Begeisterung für Elstir, an deren Aufrichtigkeit wir keinen Zweifel zugelassen und zu deren Gunsten wir tatsächlich als Zeugnis unsern vor Erwartung stockenden Atem hätten anführen können, unser Verlangen auch, was immer an Schwierigem und Heroischem zu vollbringen für den großen Mann, eigentlich keine Bewunderung war, wie wir uns einbildeten, denn wir hatten ja noch niemals etwas von Elstir gesehen; unser Gefühl konnte höchstens die noch von keiner Anschauung ausgefüllte Vorstellung von einem ›großen Künstler‹ zum Gegenstand haben, nicht aber ein Werk, das uns unbekannt war. Es konnte sich um eine Bewunderung nur ins Unbestimmte hinein handeln, oder überhaupt nur um die innere Verfassung, die Gefühlsbereitschaft für eine noch ziellose Begeisterung, das heißt um einen Zustand, der wesensmäßig ebenso zur Kindheit gehört wie gewisse innere Organe, die beim Erwachsenen nicht mehr vorhanden sind; wir waren also noch Kinder. Elstir jedoch war schon beinahe an der Tür, als er einen Bogen machte und zu uns zurückkam. Ich wurde von einem köstlichen Taumel erfaßt, wie ich ihn ein paar Jahre darauf nicht mehr hätte erleben können, weil einerseits das Älterwerden uns die Befähigung zu dieser Art von Seelenbewegungen raubt, andererseits größere Welt-

kenntnis aber auch den Gedanken an das Herbeiführen so seltsamer Gelegenheiten, bei denen sie sich einstellen könnten, faktisch unmöglich macht.

Unter den wenigen Worten, die Elstir zu uns sagte, nachdem er sich an unsern Tisch gesetzt, fand sich keines, das sich auf meine mehrmaligen Bemerkungen über Swann bezog. Ich begann zu glauben, daß er ihn gar nicht kenne. Dennoch forderte er mich auf, ihn in seinem Atelier zu besuchen, eine Einladung, die er an Saint-Loup nicht richtete und die mir – eine Empfehlung von Swann, falls Elstir bekannt mit ihm war, hätte das vielleicht nicht vermocht, denn selbstlose Gefühle spielen im Leben der Menschen eine größere Rolle, als man meint – ein paar von mir gemachte Bemerkungen eintrugen, aus denen er entnehmen mußte, daß ich ein Verehrer der Künste sei. Er wendete an mich in reichlichem Maße eine Liebenswürdigkeit, die so hoch über der Saint-Loups wie die von diesem über der entgegenkommenden Haltung eines Kleinbürgers stand. Neben der Liebenswürdigkeit eines großen Künstlers wirkt die eines großen Herrn, mag sie auch noch so bezaubernd sein, gespielt oder simuliert. Saint-Loup suchte zu gefallen. Elstir schenkte gern, das heißt er gab sich selbst dem andern zuliebe aus. Alles, was er besaß, Gedanken, Werke und alles übrige, das er viel geringer veranschlagte, hätte er mit Freuden demjenigen dargebracht, der ihn verstanden hätte. Doch mangels einer erträglichen Gesellschaft lebte er in der Stille im Zustand einer Menschenscheu, welche die Weltleute als Pose und als schlechte Erziehung, die Behörden und die öffentliche Meinung als Widerspruchsgeist, seine Nachbarn als Verrücktheit auslegten, während seine Familie Egoismus und Hochmut darin sah.

Sicher hatte er in den ersten Zeiten gerade in seiner Einsamkeit mit Vergnügen daran gedacht, er werde durch das Medium seiner Werke aus der Entfernung denjenigen, die ihn verkannt oder beleidigt hatten, eine höhere Meinung von sich geben können. Vielleicht lebte er damals nicht aus Gleichgültigkeit so zurückgezogen, sondern aus Liebe zu den anderen, und wie ich auf Gilberte verzichtet hatte, um ihr eines Tages wieder von neuem unter liebenswerteren Farben zu erscheinen, bestimmte er sein Werk ganz gewissen Leuten, sah es als eine Rückkehr zu ihnen an, durch die sie ihn, ohne ihn wiederzusehen, dennoch lieben, ihn bewundern, mit ihm in Beziehung stehen würden; ein Verzicht ist nicht immer von Anfang an absolut, wenn wir uns noch mit unserer alten Seele darüber schlüssig werden, noch ehe er uns rückwirkend beeinflußt hat, mag es sich nun um den Verzicht eines Kranken, eines Mönchs, eines Künstlers oder Helden handeln. Aber wenn Elstir auch für bestimmte Personen hatte schaffen wollen, so hatte er doch dabei allein für sich, fern von der Gesellschaft gelebt, gegen die er gleichgültig war; die Praxis der Einsamkeit aber hatte bewirkt, daß er sie nun liebte, wie es bei jeder großen Sache ist, die wir anfangs fürchteten, weil wir sie zunächst mit kleineren unvereinbar wußten, an die wir doch noch verhaftet waren, deren sie uns aber nicht eigentlich beraubt; vielmehr löst sie uns davon ab. Bevor wir die große Sache richtig kennen, ist unsere größte Sorge, wie wir sie mit gewissen Vergnügungen in Einklang bringen können, die gleichwohl keine Vergnügungen mehr sind, sobald wir mit jener erst vertraut geworden sind.

Elstir hielt sich nicht lange im Gespräch mit uns auf. Ich nahm mir vor, an einem der folgenden zwei oder drei Tage sein Atelier zu besuchen, doch am Tage nach diesem Abend, als ich meine Großmutter bis ans Ende der Mole zu den Dünen von Canapville begleitet hatte, begegneten wir auf dem Rückweg an der Ecke einer der kleinen Straßen, die im rechten Winkel auf den Strand hinunterführten, einem jungen Mädchen, das mit gesenktem Kopf wie ein widerwillig in den Stall zurückkehrendes Tier, ihre Golfschläger in der Hand, vor einer Person herschritt, die eine gewisse Autorität ausstrahlte, wahrscheinlich ihrer ›Miss‹ oder der einer ihrer Freundinnen; diese selbst glich dem ›Jeffries‹ von Hogarth mit ihrem Gesicht, das so stark gerötet war, als sei ihr Lieblingsgetränk eher Gin als Tee, und der Verlängerung eines ergrauenden, aber keineswegs dünnen Schnurrbarts durch ein restliches Endchen Priem. Das Mädchen, das vor ihr herging, sah aus wie diejenige der kleinen Schar, die unter der schwarzen Polomütze ein so unbewegliches Gesicht mit runden Wangen und lustigen Augen hatte. Sie trug ebenfalls die schwarze Polomütze, schien mir aber freilich hübscher als die andere, die Profillinie gerader, die Nasenflügel länger und fülliger. Dann war mir die andere als ein stolzes, blasses Mädchen in Erinnerung, diese aber wirkte wie ein zur Ruhe gezwungenes Kind mit frischem rosigem Teint. Doch schob sie wie jene ein Rad vor sich her und trug wie sie Handschuhe aus Renntierleder, so daß ich daraus schloß, die Unterschiede ergäben sich vielleicht nur aus ihrer Haltung und der veränderten Situation, denn es war wenig wahrscheinlich, daß in Balbec ein zweites junges Mädchen existierte mit einem alles in allem so ähnlichem Gesicht, dessen Schnitt durchweg die gleichen Eigenheiten aufwies. Sie warf nach meiner Richtung einen raschen Blick; wenn ich an den folgenden Tagen die kleine Schar am Strande wiedersah und selbst später noch, als ich alle ihre Mitglieder bereits kannte, war ich niemals ganz sicher, daß eine von ihnen – nicht einmal die, die jener am meisten glich, das Mädchen mit dem Fahrrad – gerade diejenige sei, die ich an jenem Abend am Ende des Strandes an der Straßenecke erblickt und die nur wenig anders aussah als die, welche mir das erste Mal unter den Vorüberkommenden aufgefallen war.

Von diesem Nachmittag an war ich, der ich an den vorhergehenden Tagen vor allem an die Große gedacht hatte, nun in erster Linie an der mit den Golfschlägern interessiert, die jetzt meiner Meinung nach vermutlich Mademoiselle Simonet war. Von den andern umgeben, blieb sie häufig stehen und zwang ihre Freundinnen, die viel auf sie zu geben schienen, ebenfalls dazu. So, im Gehen innehaltend, mit blitzenden

Augen unter der Polomütze, sehe ich sie noch jetzt als Silhouette vor dem Hintergrund des Meeres, von mir durch eine durchsichtige ätherblaue Schicht – die seit damals verflossene Zeit – getrennt, ein erstes Bild, zart und leicht in meiner Erinnerung, ersehnt, überallhin verfolgt, dann vergessen, dann wiedergefunden, ein Gesicht, das ich oft seither in die Vergangenheit zurückprojiziert habe, um mir von einem jungen Mädchen, das in meinem Zimmer war, sagen zu können: ›Das ist sie!‹

Noch hätte ich zwar vielleicht die mit dem geranienfarbenen Teint und den grünen Augen am liebsten kennengelernt. Aber welche auch an einem bestimmten Tag diejenige sein mochte, die ich am liebsten sah, die anderen genügten doch, mich innerlich aufzuwühlen; auch mein Verlangen, das sich bald auf die eine, bald auf die andere richtete, hielt noch immer – wie an dem Tage, da sie mir zum ersten Male, noch unklar, ihren Anblick boten – daran fest, sie im Verein miteinander zu sehen als eine kleine, von einem gemeinsamen Leben beseelte Welt für sich, die sie auch sicher bilden wollten; ich wäre, wenn ich der Freund irgendeiner von ihnen wurde – wie ein mit allen Künsten vertrauter Heide oder ein von Skrupeln heimgesuchter Christ bei den Barbaren – in eine verjüngende Gesellschaft eingedrungen, in der Gesundheit, Gedankenlosigkeit, Lust und Grausamkeit, Ungeist und Freude herrschten.

Meine Großmutter, der ich von meiner Begegnung mit Elstir erzählt hatte und die sich für mich alsbald auf den geistigen Gewinn freute, den ich aus seiner Freundschaft ziehen werde, fand es ungewöhnlich und wenig nett, daß ich ihm noch keinen Besuch gemacht hatte. Doch ich dachte nur an die kleine Schar, und in Ungewißheit darüber, zu welcher Stunde die jungen Mädchen auf der Mole erscheinen würden, hatte ich nicht den Mut, mich von ihr zu entfernen. Meine Großmutter wunderte sich außerdem über meine Eleganz, denn ich hatte mich plötzlich der Anzüge erinnert, die ich unten im Koffer hatte liegen lassen. Nun zog ich täglich einen anderen an und hatte sogar nach Paris geschrieben, um mir neue Hüte und neue Krawatten schicken zu lassen.

Zu den Annehmlichkeiten des Lebens in einem Seebad wie Balbec tritt noch ein großer Reiz, wenn das Gesicht eines hübschen Mädchens, einer Muschelhändlerin, einer Kuchen- und Blumenverkäuferin, in unsere Gedanken mit lebendigen Farben eingezeichnet, täglich vom frühen Morgen an für uns ein anziehendes Ziel der müßigen, lichtdurchfluteten Tage bildet, die man in der Nähe des Meeres verbringt. Diese Tage sind dann, wiewohl beschäftigungslos, beschwingt wie Arbeitstage; man fühlt sich angespornt, magnetisch angezogen und eilt wie auf Wolken einem nächsten Augenblick zu, da man beim Kauf eines Sandtörtchens oder von Rosen oder Ammonshörnern sich daran begeistern wird, auf einem weiblichen Antlitz Farben von blumenhafter Frische zu entdecken. Aber mit diesen kleinen Verkäuferinnen kann man erstens sprechen, was uns erspart, uns künstlich ein Bild von jenen Seiten an ihnen zu machen, die die einfache optische Wahrnehmung nicht erkennen läßt, ihr Leben zu rekonstruieren und, als ständen wir einem Porträt gegenüber, uns eine übertriebene Vorstellung von ihrem persönlichen Zauber zu machen; zweitens und vor allem aber kann man, eben weil man mit ihnen spricht, von ihnen selbst erfahren, zu welchen Stunden sie anzutreffen sind. So aber ging es mir mit den Mädchen jener kleinen Schar eben nicht. Da ihre Gewohnheiten mir ganz unbekannt waren, suchte ich, wenn ich sie an gewissen Tagen nicht gesehen hatte und doch über den Grund ihres Fernbleibens nichts wußte, zu ermitteln, ob ein System darin sei, ob man sie etwa nur jeden zweiten Tag sehen könne oder nur, wenn schönes Wetter war, oder ob es Tage gab, an denen sie niemals erschienen. Ich malte mir, die Zukunft vorwegnehmend, aus, wie ich, einmal ihr Freund geworden, sagen würde: ›Ja, waren Sie denn an jenem Tage nicht da?‹ und sie dann antworteten: ›Nein, natürlich nicht, es war ja ein Samstag, und samstags kommen wir niemals, weil . . .‹ Ja, wenn es so einfach gewesen wäre, daß man genau gewußt hätte, man brauche sich an diesem traurigen Samstag gar nicht erst auf eine Begegnung zu versteifen, man könne den Strand nach allen Richtungen durchmessen, unter dem Vorwand, man wolle einen Mokkaéclair verzehren, sich vor der Auslage des Konditors niederlassen, den Kuriositätenladen aufsuchen, die Stunde des Bades, das Konzert, die Flut, den Sonnenuntergang, die Nacht abwarten und doch sicher sein, die ersehnte Schar nirgendwo zu erblicken. Aber dieser Schicksalstag war vielleicht nicht allwöchentlich der gleiche. Er brauchte ja auch nicht unbedingt auf den Samstag zu fallen. Vielleicht hatten bestimmte Wetterverhältnisse Einfluß darauf, oder sie hatten nicht das geringste damit zu tun. Wieviel geduldige, aber keineswegs heiter gelassene Beobachtung muß man auf die scheinbar unregelmäßigen Sternenbahnen solcher unbekannten Welten verwenden, bis man sicher sein kann, daß man sich von einem zufälligen Zusammentreffen nicht hat täuschen lassen, daß die Berechnungen stimmen werden, bis man endlich die um den Preis grausamer Erfahrungen erlernten Gesetzmäßigkeiten dieser Astronomie der Leidenschaft beherrscht. Da ich mich erinnerte, sie an dem gleichen Wochentag wie heute nie gesehen zu haben, sagte ich mir, sie würden gewiß nicht kommen, es sei ganz zwecklos, ihretwegen etwa am Strande zu bleiben. Gerade da aber sah ich sie. Umgekehrt aber traf es sich für einen Tag, der nach meiner Berechnung der Gesetze, die für die Wiederkehr ihres Sternbildes galten, ein Glückstag hätte sein müssen, daß sie nicht erschienen. Zu dieser grundlegenden Ungewißheit aber, ob sie an gewissen Tagen auftauchen würden oder nicht, trat noch eine weitere und schwerwiegendere hinzu, nämlich die, ob ich sie überhaupt wiedersehen würde, denn alles in allem wußte ich nicht, ob sie nicht nach Amerika gingen oder nach Paris zurückkehrten. Das allein genügte, um Liebe zu ihnen in mir hervorzubringen. Man kann Neigung für eine Person empfinden, aber um die Trauer auszulösen, jenes Gefühl des

Unwiederbringlichen, jene Beängstigung, die der Liebe vorausgeht, braucht es – und diese ist damit vielleicht mehr als irgendeine Person das wahre Objekt, dessen die Leidenschaft angstvoll Herr zu werden versucht – die Gefahr der strikten Unmöglichkeit. So waren schon jene Einflüsse am Werk, die sich bei vielen einander folgenden Liebeserlebnissen wiederholen (im übrigen auch, aber freilich dann eher im Großstadtleben, irgendwelchen Arbeiterinnen zuliebe entstehen können, deren freie Tage man nicht kennt und über deren Nichterscheinen am Fabriktor man sich entsetzt) und jedenfalls immer wieder im Verlaufe der meinen auftauchen sollten. Vielleicht sind sie mit der Liebe unzertrennlich verbunden; vielleicht tritt alles, was die Besonderheit der ersten Liebe ausgemacht hat, zu den folgenden hinzu, kraft der Erinnerung, durch Suggestion, Gewohnheit, und gibt in den nacheinander abrollenden Perioden unseres Lebens seinen verschiedenen Aspekten dennoch einen allgemeinen Charakter.

Ich nahm alle Vorwände wahr, um zu den Stunden an den Strand zu gehen, da ich hoffen konnte, die Mädchen anzutreffen. Als ich sie einmal während unserer Tischzeit dort gesehen hatte, erschien ich nur noch verspätet zum Mittagessen, weil ich auf der Mole endlos gewartet hatte, daß sie vorüberkämen; die kurze Zeit hindurch, die ich am Eßtisch sitzend verbrachte, schweiften meine Blicke suchend über die lichtblauen Scheiben hin; vor dem Dessert schon stand ich wieder auf, um sie nicht zu verfehlen, falls sie zu einer anderen Stunde als sonst spazierengingen, und war gereizt gegen meine Großmutter, die mich unbewußt quälte, indem sie mich über die Stunde hinaus bei sich festhielt, die mir günstig schien. Dadurch, daß ich meinen Stuhl schräg stellte, versuchte ich ein größeres Stück Horizont zu überblicken; wenn ich durch Zufall irgendeines der Mädchen sah, war es, da sie ja alle an der gleichen besonderen Substanz teilhatten, als sähe ich in einer beweglichen, teuflisch trügerischen Halluzination ein wenig von dem feindlich fernen und so leidenschaftlich begehrten Traumbild vor mich hinprojiziert, das einen Augenblick zuvor – dort aber in beharrlicher Unbeweglichkeit – einzig in meinem Hirn beheimatet war.

Da ich sie alle liebte, liebte ich keine von ihnen, und doch bildete die mögliche Begegnung mit ihnen in diesen meinen Tagen das einzig köstliche Element, das einzige, das in mir Hoffnungen entstehen ließ, die mich dazu gebracht hätten, alle Hindernisse zu durchbrechen, Hoffnungen, die oft von Wutanfällen gefolgt wurden, wenn ich die Ersehnten dennoch nicht sah. Zu diesem Zeitpunkt trat sogar meine Großmutter völlig hinter den jungen Mädchen zurück; eine Reise wäre mir verlockend erschienen, wenn sie mich an einen Ort geführt hätte, wo diese sich befanden. An sie war mein Denken aufs angenehmste verhaftet, wenn ich mit anderem beschäftigt zu sein glaubte, oder auch mit nichts. Aber wenn ich selbst unbewußt an sie dachte, so waren sie – noch unbewußter – für mich auch jenes blaue Auf- und Niederwogen des Meeres, ihr von der Seite gesehener Zug an diesem Meer entlang. Das Meer vor allem hoffte ich wiederzufinden, wenn ich in eine Stadt ginge, wo sie wären. Selbst eine noch so ausschließliche Liebe zu einer Person ist immer Liebe zu etwas anderem.

Meine Großmutter bezeigte mir, weil ich mich jetzt so außerordentlich für Golfspiel und Tennis interessierte und mir die Gelegenheit entgehen ließ, einen Künstler, von dem sie wußte, daß er einer der größten sei, arbeiten zu sehen und sich äußern zu hören, eine Verachtung, die mir aus einer gewissen Enge des Denkens zu kommen schien. Ich hatte früher in den Champs-Elysées erfahren und mir seither erst recht klargemacht, daß wir, wenn wir in eine Frau verliebt sind, einfach einen Zustand unserer Seele in sie hineinverlegen und daß infolgedessen nicht der Wert der Frau, sondern das Niveau unsres Zustands einzig von Wichtigkeit ist; daß ferner die Seelenbewegungen, die uns ein an sich ganz unbedeutendes junges Mädchen verschafft, uns vielleicht erlauben können, tiefere Bezirke unseres Innern in unser Bewußtsein hinaufzuführen, persönlichere, entlegnere, wesentlichere Regionen, als das Vergnügen der Unterhaltung mit einem bedeutenden Mann oder selbst die bewundernde Betrachtung seiner Werke uns zu erschließen vermag.

Endlich mußte ich meiner Großmutter folgen, wenn auch mit um so größerem Mißbehagen, als Elstir ziemlich weit von der Mole entfernt in einer der neuen großen Eingangsalleen von Balbec wohnte. Die Hitze des Tages nötigte mich, die Straßenbahn zu benutzen, die durch die Strandstraße fuhr, und um mir vorstellen zu können, ich sei im alten kymrischen Reich, in der Heimat König Markes vielleicht oder an der Stelle, wo einst der Wald von Bronzeliande stand, gab ich mir Mühe, über den Talmiluxus der Bauten hinwegzusehen, die mir vor Augen kamen und unter denen die Villa Elstir vielleicht die prunkvoll häßlichste war; er hatte sie dennoch gemietet, weil sie unter allen in Balbec existierenden als einzige die Einrichtung eines geräumigen Ateliers gestattete.

Mit gleichsam abgewendetem Blick durchquerte ich den Garten mit seinem Rasenplatz, der winzig wie der vor dem Hause irgendeines Kleinbürgers in einem der Vororte von Paris und mit der Statuette eines galanten Gärtners, Glaskugeln, in denen man sich spiegeln konnte, Begonienbeeten als Einfassung und einer kleinen Laube geschmückt war, in welcher Schaukelstühle neben einem Eisentisch standen. Aber nach dem Empfang durch diese von städtischer Häßlichkeit geprägten Dinge gab ich auf die schokoladenartig geriffelten Dachziegel nicht mehr acht, sobald ich das Atelier betreten hatte; ich fühlte mich vollkommen glücklich, denn angesichts der Studien, die mich hier umgaben, wurde mir die Möglichkeit bewußt, mich zu einer an Freuden fruchtbaren poetischen Erkenntnis zu erheben, deren mannigfache Formen ich bislang aus der Gesamtschau des Lebens nicht ausgesondert hatte. Elstirs Atelier kam mir wie das Laboratorium einer Art von neuer Weltenschöpfung vor, wo er aus dem Chaos all der Dinge, die wir sehen, indem er diese auf verschiedene recht-

eckige Leinwandstücke bannte, die hier überall standen, einmal eine Meereswoge, die sich wütend mit lila Schaum im Sande brach, ein andermal einen jungen Mann im weißen Rock, der an der Reling eines Bootes lehnte, herausgegriffen hatte. Der Rock des jungen Mannes und die sprühende Woge zogen eine ganz neue Bedeutung aus der Tatsache, daß sie dauern würden, wiewohl von dem losgelöst, worin sie normalerweise weiterexistierten, da die Woge nicht netzen und der weiße Rock niemand bekleiden konnte.
Im Augenblick meines Eintretens war ihr Schöpfer damit beschäftigt, mit dem Pinsel in der Hand die Form der untergehenden Sonne zu vollenden.
Die Jalousien waren fast überall vor den Fenstern heruntergelassen, das Atelier war kühl, und abgesehen von einer Stelle, wo das helle Tageslicht sein leuchtendes flüchtiges Muster der Wand aufdrückte, dunkel; nur ein kleines rechteckiges, von Geißblatt umrahmtes Fenster stand offen, über ein Blumenbeet hinweg blickte es auf die Baumallee; die Atmosphäre im größeren Teil des Ateliers war somit verdunkelt, durchscheinend und doch kompakt, aber feucht glänzend an den Kanten, wo sie eingefaßt war von Licht wie ein Block aus Bergkristall, dessen eine Seite bereits behauen und poliert ist und spiegelhell irisiert. Während Elstir auf meine Bitte weitermalte, ging ich im Halbdunkel umher und blieb bald vor diesem, bald vor jenem Bild stehen.
Die größte Zahl derer, die mich umgaben, waren nicht, was ich am liebsten von ihm gesehen hätte, nämlich Bilder, die seiner ersten und zweiten Periode entstammten – wie eine auf dem Tisch im Salon des Grand-Hôtel herumliegende englische Kunstzeitschrift sagte – der mythologischen Periode und der von Japan beeinflußten, die alle beide, wie es hieß, ganz ausgezeichnet in der Sammlung der Madame de Guermantes vertreten seien. Natürlich standen jetzt in seinem Atelier fast nur hier in Balbec gemalte Seestücke an den Wänden. Aber auch an ihnen konnte ich erkennen, daß ihr Reiz in einer

Umwandlung der dargestellten Dinge bestand, entsprechend derjenigen, die man in der Poesie als Metapher bezeichnet, und wenn Gottvater die Dinge schuf, indem er sie benannte, so schuf Elstir sie nach, indem er ihnen ihren Namen entzog oder ihnen einen anderen gab. Die Namen, mit welchen die Dinge bezeichnet werden, entsprechen immer einer begrifflichen Auffassung, die unsern wahren Eindrücken fernesteht und uns zwingt, von ihnen all das fortzulassen, was zu dem Begriff nicht paßt.

Manchmal, wenn ich im Hotel in Balbec an meinem Fenster stand, während Françoise die Decken fortnahm, die das Licht abwehren sollten, oder abends, während ich den Augenblick erwartete, da ich mit Saint-Loup im Wagen fortfahren würde, war es vorgekommen, daß ich auf Grund eines Lichteffekts einen düsteren Teil des Meeres für eine ferne Küste hielt oder mit Freude eine blaue, verfließende Zone bemerkte, ohne zu wissen, ob sie noch Meer oder schon Himmel war. Sehr schnell stellte mein Verstand dann zwischen den Elementen die Trennung wieder her, die der bloße Sinneseindruck ausgeschaltet hatte. So geschah es mir in Paris in meinem Zimmer, daß ich einen Streit mitanhörte, der bis zu wütendem Toben ging, solange ich das Geräusch nicht auf seine Ursache zurückgeführt hatte – das Rollen eines nahenden Wagens – und nun die schrillen, mißtönenden Stimmen daraus wieder ausschied, die mein Gehör wirklich wahrgenommen, mein Verstand aber dann als unvereinbar mit dem Geräusch rollender Räder erkannte. Aber gerade aus solchen seltenen Augenblicken, in denen man die Natur, wie sie ist, als reine Poesie erlebt, bestand das Werk Elstirs. Eine seiner häufigsten Metamorphosen in den Seestücken, die er zur Zeit um sich hatte, bestand darin, daß er in einer vergleichenden Annäherung von Erde und Meer jede Grenzlinie zwischen ihnen verschwinden ließ. Dieser stillschweigend und unermüdlich in ein und demselben Bilde wiederholte Ausgleich führte jene vielgestaltige, machtvolle Einheit herbei, auf der, ohne daß es ihnen immer deutlich bewußt wurde, die Begeisterung mancher Verehrer der Kunst Elstirs beruhte.

Für eine solche metaphorische Einheit hatte zum Beispiel Elstir – auf einem Bilde, das den Hafen von Carquethuit darstellte, ein Werk, das eben erst, vor wenigen Tagen, vollendet war und das ich lange betrachtete – den Geist des Beschauers gleichsam vorbereitet, indem er für die kleine Stadt nur maritime Ausdrucksmittel verwendete, architekturale aber für das Meer. Sei es nun, daß die Häuser einen Teil des Hafens verdeckten, eine Dockanlage vielleicht, oder das Meer selbst hinter ihnen, wie es in dieser Gegend häufig der Fall ist, auf der anderen Seite der vorgeschobenen Spitze, an der die Stadt lag, eine Bucht bildete, jedenfalls ragten über die Dächer wie Essen oder Türme Masten empor, die aus den dazugehörigen Schiffen etwas gleichsam Städtisches, Erdgegründetes machten; dieser Eindruck wurde noch durch andere Schiffe verstärkt, die längs der Reede lagen, aber in so gedrängten Reihen, daß die Männer dort von einem Schiff zum andern sich unterhielten, ohne daß man die trennende Wasserrinne erkennen konnte, und daß diese Flottille weniger dem Meere zugehörig wirkte als zum Beispiel die Kirchen von Criquebec, die in der Ferne, von Wasser umgeben, weil man sie ohne die Stadt sah, von Sonne und Wellenschaum überstäubt, aus den Fluten aufzusteigen schienen, aus Alabaster oder aus Schaum geblasen und in den Gürtel eines schillernden Regenbogens eingewebt als ein unwirkliches, mystisches Bild. Im Vordergrund des Strandes hatte der Maler die Augen daran gewöhnt, keine feste Grenze, keine unbedingte Scheidelinie zwischen Land und Meer zu erkennen. Männer, die Schiffe ins Meer schoben, schienen ebensogut auf der Flut wie auf dem Sande zu laufen, der, von Feuchtigkeit durchzogen, bereits die Schiffswände spiegelte, als ob er Wasser sei. Das Meer selbst stieg nicht gleichmäßig, sondern entsprechend den zufälligen Gegebenheiten des Strandes an, die durch die Perspektive noch mehr aufgelockert wurden, so daß ein Schiff auf hoher See halb verborgen hinter den Außenwerken des Arsenals mitten in der Stadt zu schwimmen schien; Frauen, die zwischen den Klippen beim Krabbenfang waren, sahen aus, da sie von Wasser umgeben waren und da im Vergleich zu der kreisförmigen Schranke der Felsen der Strand (an den beiden dem Lande zu gelegenen Seiten) so tief lag wie das Meer, als befänden sie sich in einer von Booten und Wellen überwölbten Grotte, die offen und doch sicher beschützt inmitten der durch ein Wunder zerteilten Wogen lag. Wenn das ganze Meer den Eindruck der Häfen wiedergab, wo das Meer ins Land hineinreicht und das Land schon halb zu Meer geworden ist, die Bevölkerung aber amphibienhaft, so brach sich doch die Macht des Wassers überall Bahn; auch nahe bei den Felsen, am Eingang des Hafendamms, wo das Meer kräftiger brandete, merkte man an dem Bemühen der Seeleute und der schrägen Stellung der Fischerboote – die im spitzen Winkel vor der ruhigen Vertikale der Speicher, der Kirche und der Wohnhäuser lagen, welche die einen vom Fischfang heimkehrend betraten, die anderen gerade zu diesem Zweck verließen – daß sie von der Brandung so heftig geschüttelt wurden wie von einem feurigen, ungestümen Tier, das sie im Aufbäumen, wären sie nicht so geschickt gewesen, abgeworfen hätte. Eine Schar von Ausflüglern verließ den Hafen in einem Boot, das wie ein Karren durchgerüttelt wurde; ein fröhlicher, aber doch achtsamer Matrose lenkte es gleichsam wie an Zügeln, gab auf das heftig klatschende Segel acht, und jeder hielt sich vernünftig an seinem Platz, um das Gewicht nicht zu sehr auf eine Seite zu legen, so daß das Fahrzeug etwa kenterte, und so nun trotteten sie wie durch besonnte Felder in schattigere Lagen hinein, hügelauf, hügelab. Es war ein herrlicher Morgen trotz des Gewitters, das im Abziehen war, und man spürte auch noch, welch machtvollem Druck das schöne Gleichgewicht der unbeweglich daliegenden Boote standzuhalten hatte, während sie Sonne und Kühle in jenen Regionen genossen, wo das Meer so still war, daß die Reflexe fast mehr Wirklichkeit und

Konkretheit zu besitzen schienen als die durch die Wirkung des Sonnenlichts in Dunst sich auflösenden Schiffsrümpfe, die sich perspektivisch übereinanderschoben. Eigentlich wirkten sie freilich kaum wie verschiedene Teile ein und desselben Meeres, denn unter diesen Partien gab es ebenso große Unterschiede wie zwischen einer beliebigen von ihnen und der aus den Fluten aufsteigenden Kirche oder den Schiffen hinter der Stadt. Nur ein geistiger Akt machte ein einziges Element aus dem, was hier schwarz und noch im düsteren Wetterschein, etwas weiter hin so blau und so blank wie der Himmel war, dort wiederum gleißend unter der Sonne, im weißen Dunst und Gischt so kompakt, so erdhaft von Häusern eingefaßt, daß man an eine Steinchaussee oder ein Schneefeld dachte, auf dem man mit erschrockenem Staunen ein Schiff scheinbar auf dem Trockenen einen steilen Abhang nehmen sah wie ein Wagen, der von Nässe triefend aus einer Furt auftaucht; wenn man aber gleich darauf auf der ungleichmäßigen Fläche dieser Szenerie schwankende Schiffe sah, begriff man, daß es sich hier bei aller Ungleichheit der verschiedenen Aspekte doch um das gleiche, identische Meer handelte.

Obwohl man mit Recht behauptet, daß es in der Kunst keinen Fortschritt, keine Entdeckungen gibt, sondern nur in den Wissenschaften, und daß jeder Künstler ganz für sich und aus einem ganz individuellen Impuls heraus von vorn anfangen muß, ohne daß die Bemühungen der andern ihm helfen, noch ihn hemmen können, muß man doch zugeben, daß in dem Maße, wie die Kunst gewisse Gesetze zur Geltung bringt und die Industrie sie auch dem Laien zugänglich macht, die ältere Kunst rückblickend etwas von ihrer Originalität verliert. Seit Elstirs Anfängen haben wir das, was man ›hervorragende‹ Photographien von Landschaften und Städten nennt, kennengelernt. Wenn man genau festzustellen versucht, was die Liebhaber in solchem Falle mit diesem Beiwort belegen, wird man sehen, daß es sich gewöhnlich auf die erstmalige neue Schau einer an sich bekannten Sache bezieht, eine Ansicht, die sich von den gewohnten unterscheidet, eigenartig und neu, aber dennoch wahr und gerade deshalb doppelt ergreifend, weil sie uns in Staunen versetzt, aus unserm alten Geleise wirft und uns gleichzeitig in uns selbst an einen erinnerten Eindruck gemahnt. Irgendeine dieser ›wundervollen‹ Photographien wird vielleicht ein Gesetz der Perspektive veranschaulichen und uns eine Kathedrale, die wir gewöhnlich inmitten einer Stadt sehen, nun im Gegenteil von einem Blickpunkt aus zeigen, von dem aus sie dreißigmal höher wirkt als die Häuser und gleichsam unmittelbar über einem Flusse thront, von dem sie in Wirklichkeit ein gutes Stück entfernt liegt. Das Bestreben Elstirs aber, die Dinge nicht so darzustellen, wie sie seinem Wissen, sondern jenen optischen Täuschungen entsprechend waren, aus denen unsere erste Schau einer Sache besteht, hatte ihn dazu geführt, gewisse Gesetze der Perspektive ans Licht zu stellen, die damals noch mehr überraschten, denn die Kunst hat uns als erste diese Gesetze offenbart. Ein Fluß mit seinen Windungen, ein Golf zwischen dicht an ihn heranreichenden Steilküsten sahen aus, als bildeten sie inmitten einer Ebene oder in den Bergen einen nach allen Seiten geschlossenen tiefen See. Auf einem in der Nähe von Balbec an einem glühendheißen Sommertag gemalten Bild schien eine schmale Meerenge, in Mauern von rosa Granit eingeschlossen, nicht das Meer zu sein, das erst weiter draußen begann. Der Übergang zum Meer war nur durch die Möwen angedeutet, die, die feuchte Flut witternd, über der Stelle kreisten, die für den Beschauer aussah, als sei sie nichts als Stein. Auch noch andere Gesetze ließen sich aus diesem Bild ableiten, wie sie zum Beispiel am Fuß der mächtigen Dünen die Anmut der weißen Segel offenbarte, die auf dem blauen Spiegel wie schlafende Schmetterlinge wirkten, oder gewisse Kontraste, die sich zwischen der Tiefe der Schatten und der blassen Weiße des Lichts ergaben. Diese Schattenspiele, welche die Photographie gleichfalls zu einer banalen Sache gemacht hat, hatten Elstir so lebhaft interessiert, daß er sich früher darin gefiel, Bilder zu malen, auf denen etwa – wie eine Fata Morgana – ein von einem Turm gekröntes Schloß auch nach unten zu in einen solchen auszulaufen schien, so daß es wie ein Rundbau in der Vertikale wirkte, sei es, daß die außerordentliche Klarheit eines Schönwettertages dem im Wasser widergespiegelten Bild die Härte und den Glanz von Stein verlieh, sei es, daß die Morgennebel den Stein in einen Dunst auflösten, der keine größere Dichtigkeit als der flutende Schatten besaß. Ebenso begann hinter einem Waldstreifen ein zweites Meer, das, rosig überhaucht vom Schein der untergehenden Sonne, in Wahrheit der Himmel war. Das Licht, das erfinderisch aus sich selbst neue Körper schuf, schob die Bootswand, auf die es traf, hinter eine andere im Schatten liegende zurück und ordnete wie Stufen einer kristallenen Treppe die rein materiell betrachtet ebene, aber durch die Transparenz der morgendlichen Flut gebrochene Oberfläche an. Ein Fluß, der unter den Brücken einer Stadt hindurchglitt, war von einem Blickpunkt aus so erfaßt, daß er zerstückelt schien, hier als See gebreitet, dort zu einem winzigen Wasserlauf in die Länge gezogen, an anderen Stellen durch einen dazwischengeschobenen waldgekrönten Hügel, auf dem der Stadtbewohner am Abend den kühlen Nachtwind genießt, völlig überdeckt; der rhythmische Aufbau dieser durcheinandergewirbelten Stadt war gesichert nur durch die unbeugsame Vertikale der Glockentürme, die aber nicht aufstiegen, sondern eher mit einem Lot ausgerichtet dem Gesetze der Schwere folgend von oben heruntersanken und den Takt angaben wie bei einem Triumphmarsch; unter sich aber schienen sie die verworrenere Masse der im Nebel sich staffelnden Häuser längs des zerbrochenen und auseinandergetrennten Flusses festzuhalten. Und auf der Klippe oder in den Bergen unterlag (da die ersten Werke Elstirs noch aus der Epoche stammten, in der man Landschaften durch Staffagefiguren gefälliger machte) dennoch der Weg, dieser halb menschliche Teil der Natur, wie der Strom und das Meer dem zeitweiligen Verschwinden durch die Perspektive.

Ob nun ein bergiger Grat oder der Gischt eines Wasserfalls oder das Meer verhinderte, den Weg in seiner Ganzheit zu überschauen, der dem Wanderer sichtbar war, aber nicht dem Beschauer, jedenfalls schien die in diesen Einsamkeiten verlorene kleine menschliche Gestalt in altmodischer Kleidung oft stockenden Fußes vor einem Abgrund zu stehen, der Pfad, dem sie folgte, endete hier, aber dreihundert Meter höher sah man dann in den Tannenwäldern mit gerührtem Blick und beruhigtem Herzen die schmale weiße Spur seines den Wanderer einladenden Sandes, den nur der Bergabhang den Blicken entzogen hatte, wie er dennoch den Wasserfall oder Golf in verbindungschaffenden Schleifen umzog.

Elstirs Bemühen, sich beim Anblick der Wirklichkeit von allen verstandesmäßigen Begriffen freizumachen, war um so bewundernswerter, als dieser Mann, der, bevor er malte, erst alles Wissen von sich streifte, aus Redlichkeit ablegte – denn was man weiß, gehört nicht einem selbst – an sich eine ungewöhnlich kultivierte Geistigkeit besaß. Als ich ihm meine Enttäuschung angesichts der Kirche von Balbec gestand, sagte er:

– Wie, dieses Portal hat Sie wirklich enttäuscht? Aber das ist doch die schönste Bilderbibel, die das Volk lesen konnte. Diese heilige Jungfrau und all die Bas-Reliefs, die ihr Leben schildern, sind der zarteste und inspirierteste Ausdruck jener langen Dichtung aus Anbetung und Lobpreisung, die das Mittelalter zum Ruhme der Gottesmutter immer weiter ausgesponnen hat. Wenn Sie wüßten, über welche Eingebungen innigster Zartheit, welche tiefen Gedanken, welche köstliche Poesie – ganz abgesehen von der ungemein gewissenhaften Genauigkeit in der Abbildung der heiligen Geschichte – dieser alte Steinmetz in sich getragen hat! Die Idee, daß die Engel den Leib der heiligen Jungfrau, der zu heilig ist, als daß sie ihn unmittelbar zu berühren wagen, in einem großen Schleier tragen (ich sagte ihm, daß das gleiche Thema in Saint-André-des-Champs behandelt sei; er hatte Photographien des dortigen Portals gesehen, machte mich aber darauf aufmerksam, daß die eilende Geschäftigkeit der kleinen Bauern, die alle zugleich um die heilige Jungfrau herlaufen, etwas anderes sei als der Ernst der beiden großen, in ihrer Schlankheit und Süße fast italienisch wirkenden Engel); der Engel, der die Seele der Gottesmutter hinwegträgt, um sie mit dem Leib zu vereinigen; in der Begegnung der heiligen Jungfrau mit Elisabeth die Gebärde dieser letzteren, mit der sie den Leib Mariens berührt und staunt, daß er schon mütterlich gewölbt ist, und der in einem Verband getragene Arm der Hebamme, die, ohne sich durch Berührung zu vergewissern, an die unbefleckte Empfängnis nicht hatte glauben wollen; und der Gürtel, den Maria dem heiligen Thomas zugeworfen hat, um ihn von der Auferstehung zu überzeugen, der Schleier auch, den sie sich von der Brust reißt, um die Blöße ihres Sohnes damit zu verhüllen, auf dessen einer Seite die Kirche das Blut, das heilige Naß der Eucharistie einsammelt, während auf der anderen die Synagoge, deren Herrschaft zu Ende gegangen ist, mit verbundenen Augen dasteht, ihr halb abgebrochenes Zepter in der Hand und mit der Krone, die ihr vom Haupte fällt, auch die Tafeln des alten Bundes in den Staub sinken läßt; dann der Gatte, der, als er zur Stunde des Jüngsten Gerichts seiner Frau aus dem Grabe hilft, ihre Hand auf sein eigenes Herz legt, um sie zu beruhigen und ihr zu beweisen, daß es wirklich schlägt – ist das nicht großartig als Einfall, wie? Und der Engel, der Sonne und Mond vom Himmel abnimmt, die nun überflüsig geworden sind, da ja geschrieben steht, das Licht des Kreuzes werde siebenmal heller leuchten als das der Gestirne, und der, der die Hand ins Wasser taucht, um zu sehen, ob es auch warm genug für das Bad des Jesuskindes ist, und jener, der aus den Wolken tritt, um seine Krone der heiligen Jungfrau aufs Haupt zu setzen, und alle, die sich oben aus dem Himmel neigen zwischen den Altanen des himmlischen Jerusalem und die Arme vor Grauen oder vor Freude heben beim Anblick der Qualen der Bösen und des

Glücks der Erwählten! Denn hier sind alle Himmelskreise vertreten, es ist ein gigantisches theologisches und symbolisches Gedicht, tausendfach großartiger als alles, was man in Italien sehen kann, wo übrigens dies Tympanon buchstäblich abgeschrieben worden ist von Steinmetzen mit weit geringerem Talent. Es hat niemals eine Epoche gegeben, in der alle Künstler genial begabt waren, das ist alles Geschwätz, so etwas wäre ja mehr als ein goldenes Zeitalter gewesen. Der Kerl, der diese Fassade da gemacht hat, glauben Sie mir, war ebenso stark, er hatte ebenso tiefe Ideen wie die heutigen Künstler, die Sie am meisten bewundern. Ich würde Ihnen das zeigen, wenn wir sie einmal zusammen anschauen gingen. Es gibt ein paar Stellen in der Liturgie von Mariä Himmelfahrt, die mit einer Feinheit wiedergegeben sind, die kein Odilon Redon erreicht.

Diese große Himmelsvision, von der er mir da sprach, das ungeheure theologische Poem, das, wie ich begriff, dort niedergeschrieben stand, war nicht das, was meine gleichwohl von Verlangen geweiteten Augen, als ich vor der Fassade stand, daselbst gesehen hatten. Ich sagte etwas über die großen Heiligenfiguren, die, auf Stelzen stehend, eine Art Spalier bildeten.

– Die Allee, zu der sie sich zusammenfügen, fängt bei Beginn der Zeiten an, um bei Jesus Christus zu enden, sagte er. Auf der einen Seite sehen wir die Ahnen nach dem Geiste, auf der anderen die Könige von Juda, die Ahnen nach dem Fleisch. Alle Jahrhunderte sind da. Und wenn Sie besser hingeschaut hätten, würden Sie nach dem, was Sie für bloße Stützsockel hielten, die einzelnen haben benennen können. Denn unter den Füßen Mose hätten Sie dann das goldene Kalb erkannt, unter denen Abrahams den Widder, unter denen Josephs den Bösen, der das Weib des Potiphar berät.

Ich sagte ihm auch, daß ich ein fast persisches Bauwerk anzutreffen gemeint habe und daß auch hierin vielleicht der Grund für meine Enttäuschung zu suchen sei. »Nein«, sagte er, »denn daran ist freilich etwas Wahres. Manche Teile der Kirche haben etwas Orientalisches; eines der Kapitelle stellt so akkurat ein persisches Motiv dar, daß das Fortbestehen östlicher Traditionen als Erklärung nicht ausreicht. Der Steinmetz hat offenbar irgendeinen Behälter als Vorlage benutzt, den Seeleute mitgebracht haben.« Und tatsächlich sollte er mir später die Photographie eines Kapitells zeigen, auf dem ich ganz chinesisch wirkende Drachen sah, die einander verschlangen, aber in Balbec war dies Detail mir in der Gesamtheit des Bauwerks entgangen, das nicht dem entsprach, was bei den Worten ›eine fast persische Kirche‹ mir ursprünglich vorgeschwebt hatte.

Die geistigen Freuden, die dies Atelier mir bot, hinderten mich nicht daran, auch die ohnehin uns umgebenden Dinge auf mich wirken zu lassen, die laue Wärme der Eingangsregion, das durchleuchtete Dunkel des Raums und am Ende der Aussicht aus dem geißblattumrahmten Fenster auf die ländliche Baumallee die zähe Trockenheit der sonnverbrannten Erde, die nur dank der Transparenz der Ferne und dem Dunkel der Bäume unter leichten Schleiern lag. Vielleicht trug das unbewußte Wohlgefühl dieses Sommertages noch wie ein Zustrom von außen zu der Freude bei, die mir der ›Hafen von Carquethuit‹ gab.

Ich hatte geglaubt, Elstir sei anspruchslos, mußte aber einsehen, daß ich mich getäuscht hatte, denn ich bemerkte, wie ein Ausdruck von Trauer sich über seine Züge breitete, als ich in meiner Dankesäußerung das Wort ›Ruhm‹ gebrauchte. Menschen, die glauben, daß ihre Werke die Zeiten überleben werden – und das war bei Elstir der Fall – nehmen die Gewohnheit an, sie in einer Epoche zu sehen, da sie selbst zu Staub zerfallen sind. Indem er sie aber in dieser Weise an das Nichts zu denken zwingt, stimmt der Gedanke an den Ruhm sie traurig, da er von dem an den Tod nicht zu trennen ist. Ich wechselte das Thema, um die Wolke stolzer Schwermut wieder zu zerstreuen, die ich, ohne es zu wollen, auf Elstirs

Stirn heraufbeschworen hatte. »Es war mir geraten worden«, sagte ich im Gedanken an das Gespräch mit Legrandin, über das ich gern seine Meinung gehört hätte, »nicht in die Bretagne zu gehen, weil ein solcher Aufenthalt für einen ohnehin zum Träumen neigenden Geist unzuträglich sei.« – »Nicht doch, antwortete Elstir, wenn jemand zum Träumen neigt, darf man ihn nicht daran hindern oder ihm nur zeitweilig erlauben wollen, dieser Neigung zu folgen. Solange Sie Ihren Geist von seinen Träumereien abzulenken versuchen, wird er nicht fertig damit; Sie werden dann der Spielball von tausend Phantomen sein, deren Natur Sie nicht kennen. Eine kleine Traumdosis kann gefährlich sein, man wird nicht durch eine Herabsetzung der jeweils gereichten Menge geheilt, sondern durch viel Traum, durch den ganzen, von außen nicht berührten Traum. Man muß seine Träume ganz genau kennen, wenn man nicht mehr daran kranken will; es gibt eine Trennung zwischen Traum und Leben, die sich oft so gut bewährt, daß ich mich frage, ob man sie nicht von vornherein vorbeugend durchführen sollte, so wie gewisse Chirurgen behaupten, man müsse, um die Möglichkeit einer späteren Blinddarmentzündung auszuschalten, allen Kindern den Blinddarm von vornherein herausnehmen.«

Elstir und ich waren jetzt durch das ganze Atelier hindurch bis an das rückwärtige Fenster gegangen, das über den Garten hinweg auf eine Querallee blickte, die beinahe nur eine kleine Dorfstraße war. Wir waren dort hingetreten, um die kühlere Luft des Spätnachmittags einzuatmen. Ich glaubte mich den jungen Mädchen der kleinen Schar sehr fern; unter ausdrücklichem Verzicht auf die Hoffnung, sie zu sehen, hatte ich ja der Bitte meiner Großmutter nachgegeben und den Weg zu Elstir gemacht. Denn wo das weilt, was man sucht, weiß man nicht, und häufig meidet man lange den Ort, wohin aus anderen Gründen einen alles zu ziehen versucht. Wir aber ahnen nicht, daß wir gerade dort das Wesen, an das wir denken, würden antreffen können. Ich schaute gedankenlos auf den

Feldweg, der ganz nahe außen am Atelier vorbeiführte, doch nicht mehr zu Elstirs Grundstück gehörte. Auf einmal tauchte dort, mit raschen Schritten näher kommend, die junge Radfahrerin der kleinen Schar mit der wie immer tief über das schwarze Haar gezogenen Polomütze, mit den vollen Wangen, den munteren, etwas forschend verweilenden Blicken auf, und auf diesem von süßen Versprechungen märchenhaft angefüllten Wunderweg sah ich sie unter den Bäumen Elstir einen lächelnden Freundesgruß zusenden: eine regenbogenhaft wirkende Bahn, die unsere arme Erdenwelt für mich mit Sphären verband, die ich bis dahin unerreichbar geglaubt. Sie kam sogar dicht heran, ohne eigentlich stehenzubleiben, um dem Maler die Hand zu reichen, wobei ich einen kleinen Schönheitsfehler an ihrem Kinn bemerkte. »Sie kennen die junge Dame?« fragte ich Elstir, und sehr rasch wurde mir klar, daß er mich ja ihr vorstellen, sie mit mir zu sich einladen könne. Damit war auch schon dies friedliche Atelier mit dem ländlichen Horizont von etwas Herrlichem erfüllt, was weit darüber hinausging, wie wenn in einem Hause, in dem es einem Kinde ohnehin schon besonders gut gefiel, ihm nun auch noch mitgeteilt wird, daß aus jener schenkenden Güte heraus, mit der schöne Dinge und großherzige Naturen das, was sie geben, noch unendlich steigern möchten, zu seinem Vergnügen ein herrliches Mahl mit Leckereien vorbereitet wird. Elstir sagte mir, sie heiße Albertine Simonet, und nannte mir auch die Namen ihrer Freundinnen, nachdem ich sie ihm so genau beschrieben hatte, daß kein Zweifel mehr blieb. Über ihre soziale Stellung hatte ich mich getäuscht, aber diesmal nicht auf die Weise, wie ich es sonst in Balbec tat. Meist hielt ich Söhne von Ladenbesitzern, die dem Reitsport oblagen, leichthin für junge Prinzen. Diesmal hatte ich Mädchen aus den Kreisen einer sehr wohlhabenden Bourgeoisie, aus der Sphäre der Industrie und des Geschäftslebens, irrtümlich in ein zweideutiges Milieu versetzt. Jene Kreise waren an sich die, die mich am wenigsten interessierten, da sie für mich das

Geheimnisvolle weder des wirklichen Volkes noch einer Gesellschaftsschicht wie der der Guermantes besaßen. Und wenn nicht eine vorgefaßte günstige Meinung, die nun auch weiterbestehen würde, sie aus der strahlenden Leere des Strandlebens vor meinen geblendeten Augen herausisoliert hätte, würde ich wahrscheinlich nicht erfolgreich gegen die Vorstellung haben ankämpfen können, daß sie eben die Töchter von reichen Kaufleuten seien. Ich konnte nur staunen, welch eine wunderbare Werkstatt unerhört reichhaltiger und vielseitiger Bildhauerkunst das französische Bürgertum doch sei. Was für überraschende Typen, welche guterfundene Charakterisierung des Gesichtes, welche Entschiedenheit, Frische, Unverbrauchtheit der Züge stand ihr doch zu Gebote! Die geizigen alten Bürger, die diese Dianen und Nymphen in ihren Familien hervorgebracht hatten, schienen mir die größten aller Menschenbildner zu sein. Bevor ich noch Zeit gefunden hatte, mir der sozialen Metamorphose dieser jungen Geschöpfe bewußt zu werden, hatte schon – so sehr bekommt die Entdeckung eines Irrtums, eine Veränderung in der Meinung, die wir über eine Person haben, den Charakter einer blitzschnell sich vollziehenden chemischen Reaktion – angesichts der so gassenjungenhaften Gesichter dieser jungen Mädchen, die ich für die Freundinnen von Radrennfahrern oder Preisboxern gehalten hatte, die Vorstellung Platz gegriffen, daß sie sehr wohl mit der Familie irgendeines Notars unserer Bekanntschaft in Beziehung stehen könnten. Ich hatte keine rechte Idee davon, wer Albertine Simonet eigentlich sei. Sie wußte ganz gewiß nicht, was sie eines Tages für mich bedeuten würde. Selbst wenn ich den Namen Simonet, den ich am Strande bereits hatte nennen hören, hätte schreiben sollen, würde ich ihm bestimmt zwei ›n‹ gegeben haben, ohne zu ahnen, welchen Wert die Familie gerade darauf legte, sich mit einem zu schreiben. Je weiter man im sozialen Stufengefüge in die Höhe steigt, desto mehr trifft man einen solchen an Nichtigkeiten sich klammernden Snobismus an, Nichtigkeiten, die freilich an sich vielleicht nicht bedeutungsloser sind als gewisse Differenzierungen der Aristokratie, aber da sie undurchsichtiger und in jedem speziellen Falle wieder ganz anders geartet sind, noch etwas mehr befremden. Vielleicht hatte es Simonnets gegeben, die faule Geschäfte gemacht hatten oder noch Schlimmeres, jedenfalls hatten die Simonets sich immer wie über eine Verleumdung ereifert, wenn jemand sie mit zwei ›n‹ schrieb. Sie gaben sich, als seien sie die einzigen Simonets mit einem ›n‹ an Stelle von zweien, und zwar mit dem gleichen Stolz, wie die Montmorencys ihn in ihren Anspruch setzen, die ersten Barone Frankreichs zu sein. Ich fragte Elstir, ob die jungen Mädchen in Balbec wohnten; für einige von ihnen bejahte er es. Die Villa, in der die eine lebte, lag am äußersten Ende des Strandes, da, wo die Klippen von Canapville begannen. Da dieses junge Mädchen sehr eng mit Albertine Simonet befreundet war, nahm ich erst recht an, daß sie es war, die ich mit meiner Großmutter zusammen getroffen hatte. Gewiß gab es so viele Straßen, die auf den Strand gingen, wo sie einen ganz gleichen Winkel bildeten, daß ich nicht genau hätte sagen können, welche die in Frage kommende war. Man möchte sich ganz genau an etwas erinnern, aber schon im Augenblick selbst haftet dem optischen Eindruck etwas Getrübtes an. Dennoch war es praktisch genommen gewiß, daß Albertine und das junge Mädchen, das damals zu einer Freundin auf Besuch ging, ein und dieselbe waren. Trotzdem: während die zahllosen Bilder der braungebrannten Golfspielerin, die ich nach dem ersten Erblicken in mich aufgenommen habe, bei aller Verschiedenheit sich gleichwohl gewissermaßen decken (weil ich weiß, daß sie alle ihr zugehören) und ich beim schrittweisen Zurückverfolgen meiner Erinnerungen wie auf einem durch diese Identität überdachten Verbindungsweg alle diese Eindrücke wieder vornehmen kann, ohne das Bewußtsein der Einheit der Person zu verlieren, muß ich, sobald ich mir von neuem das junge Mädchen vorstellen will, das an jenem Tage mir und meiner Großmutter begegnete, mich im Geiste erst ins Freie begeben. Ich bin überzeugt, daß ich dann Albertine wiederfinde, die gleiche wie die, die so oft inmitten ihrer Freundinnen beim Spazierengehen vor dem Meer als Staffage stehenblieb; aber all diese Bilder bleiben doch getrennt von jener anderen Albertine, weil ich ihr nicht rückblickend eine Identität verleihen kann, die sie für mich in dem Augenblick nicht hatte, als sie in mein Blickfeld trat; was auch die Wahrscheinlichkeitsrechnung mir darüber beruhigend versichern mag, das junge Mädchen mit den runden Wangen, das mir so kühn in die Augen blickte an der Ecke, wo die kleine Gasse auf den Strandweg stieß, und von dem ich glaubte, ich könne vielleicht ihre Liebe erlangen, habe ich im wahren Sinne des Wortes niemals ›wiedergesehen‹.

Spielte wohl dieses Schwanken zwischen den verschiedenen jungen Gestalten der kleinen Schar, die immer etwas von dem kollektiven Reiz behielten, der mich zu Anfang bestürzt und beunruhigt hatte, unter den Gründen dafür eine Rolle, daß ich viel später, selbst in der Zeit meiner größten – meiner zweiten – Liebe zu Albertine, immer wieder ganz kurz in bestimmten Abständen eine gewisse Freiheit zurückgewann, sie auch nicht zu lieben? Weil meine Liebe zwischen allen diesen Freundinnen umhergeirrt war, bevor sie sich endgültig für die eine entschied, blieb zwischen ihr und Albertines Bild ein gewisser ›Spielraum‹, der ihr gestattete, wie eine schlecht ausgerichtete Beleuchtung erst hier, dann dort aufzuflackern, bis sie sich an Albertine heftete; die Beziehung zwischen dem Leiden meines Herzens und der Erinnerung an Albertine schien mir nicht zwingend zu sein, ich hätte es vielleicht dem Bilde einer anderen Person ebenfalls zuordnen können. Das erlaubte mir, blitzartig für einen Augenblick die Wirklichkeit auszulöschen, nicht nur die äußere Wirklichkeit, wie bei meiner Liebe zu Gilberte (in der ich einen Zustand meines Innern erkannt hatte, in welchem ich aus mir selbst allein die Besonderheit, den speziellen Charakter des Wesens zog, das ich

liebte, alles, was es für mein Glück unentbehrlich machte), sondern sogar die innere, nur mir gehörige Wirklichkeit.
– Es vergeht kein Tag, da nicht die eine oder andere von ihnen bei meinem Atelier vorbeikommt und mir einen kurzen Besuch macht, sagte Elstir zu mir, dessen Bemerkung mich durch die Idee zur Verzweiflung brachte, daß ich, hätte ich ihn gleich besucht, als meine Großmutter mich dazu aufgefordert hatte, wahrscheinlich seit ziemlich langem schon die Bekanntschaft Albertines hätte machen können.
Sie war jetzt verschwunden; vom Atelier aus sah man sie nicht mehr. Ich dachte, sie habe sich zu ihren Freundinnen auf die Mole begeben. Hätte ich dort mit Elstir sein können, hätte ich ihre Bekanntschaft gemacht. Ich erfand tausend Vorwände, damit er einwilligte, mit mir eine kleine Promenade am Strande entlang zu machen. Ich war nun innerlich nicht mehr so ruhig wie vor dem Auftauchen des jungen Mädchens im Rahmen des kleinen Fensters, das mir vorher mit seiner Geißblattgirlande so reizend erschienen war und nun so leer vorkam. Elstir bereitete mir eine mit Qualen gemischte Freude, als er mir sagte, er werde gern einen kleinen Gang mit mir machen, müsse aber zuvor die Studie vollenden, an der er gerade arbeitete. Es waren Blumen, aber nicht die, deren Bild ich mir lieber von ihm hätte anfertigen lassen als das irgendeiner Person, um aus der Enthüllung durch sein Genie zu erfahren, was ich bei ihrem Anblick so oft vergeblich gesucht: Weißdorn, Rotdorn, Kornblumen, Blüten des Apfelbaums. Während Elstir malte, sprach er von Botanik zu mir, doch ich hörte kaum hin; er genügte mir jetzt nicht mehr an sich selbst, er war nur noch der Mittler, der zwischen mir und den jungen Mädchen unerläßlich war; das Prestige, das ihm vor wenigen Augenblicken noch seine Begabung verlieh, erschien mir nur noch in dem Maße wichtig, als es mir bei der kleinen Schar zugute kommen konnte, der ich durch ihn vorgestellt werden wollte.
Ungeduldig den Moment erwartend, da er seine Arbeit be-

endet hätte, ging ich im Atelier auf und ab; hier und da griff ich nach einer der Studien, von denen viele, nach der Wand zugekehrt, hintereinander standen. So fiel mir auch ein Aquarell in die Hand, das aus einer viel früheren Lebensepoche Elstirs stammen mußte und in mir jene besondere Art von Entzücken weckte, das manche Werke uns nicht nur durch die wundervolle Ausführung bereiten, sondern auch durch einen so eigenartigen und anziehenden Gegenstand, daß wir ihm einen Teil des Zaubers zuschreiben, als habe der Maler ihn, den er stofflich bereits in der Natur verwirklicht vorgefunden, nur zu entdecken, zu beobachten und wiederzugeben brauchen. Daß es solche Vorwürfe geben mag, die schön bereits sind, auch ohne daß ein Maler zu ihrem Mittler wird, befriedigt einen eingeborenen Materialismus in uns, den unsere Vernunft bekämpft, und bildet für die Abstraktionen der Ästhetik eine Art Gegengewicht. Dies Aquarell war das Porträt einer jungen Frau, die nicht eigentlich hübsch war, aber von originellem Typ; sie trug ein Kopftuch, das aussah wie ein mit einem kirschroten Band umwundener Melonenhut; in der einen ihrer mit fingerlosen Handschuhen bekleideten Hände hielt sie eine brennende Zigarette, während sie mit der anderen bis zur Kniehöhe einen großen Gartenhut hob, der nichts war als ein einfacher Sonnenschutz. Neben ihr auf dem Tisch stand eine enge Blumenvase mit Rosen. Oft, und so war es hier, rührt die Eigenart solcher Werke nur von der Tatsache her, daß sie unter besonderen Bedingungen entstanden sind, die wir nicht auf der Stelle als solche erkennen können, etwa wenn der seltsame Aufzug eines weiblichen Modells ein Kostüm für einen Maskenball, oder umgekehrt der rote Mantel, den ein würdiger Greis trägt, als habe er ihn nur einer Laune des Malers zuliebe angelegt, seine Robe als Professor, als Ratsherr oder der Kardinalspurpur ist. Der merkwürdig zweifelhafte Charakter des Wesens, dessen Porträt ich vor Augen hatte, erklärte sich, ohne daß ich es recht begriff, daraus, daß es eine junge

Schauspielerin aus früheren Jahren, halb verkleidet für ein Auftreten, darstellte. Aber die Melone, unter der die Haare kurzgeschnitten, doch in großen Wellen hervorquollen, der aufschlaglose Samtrock über einem weißen Plastron machten mich unsicher in bezug auf die Zeit dieser Mode und das Geschlecht der dargestellten Person, so daß ich nicht genau wußte, was ich vor mir sah, außer jedenfalls die farblich hellste aller Studien. Mein Vergnügen daran wurde einzig durch die Befürchtung gestört, daß Elstir mich durch die Verspätung um eine Begegnung mit den jungen Mädchen brächte, denn die Sonne stand schon tief, und ihr Licht fiel schräg durch das kleine Fenster ein. Kein Detail in diesem Aquarell war einfach als Tatsache konstatiert und wegen seiner bestimmten Rolle in der kleinen Szene gemalt, das Kostüm, weil die Frau nun einmal bekleidet sein mußte, die Vase wegen der Blumen, die sie enthielt. Das um seiner selbst willen liebevoll behandelte Glas sah aus, als umgäbe es das Wasser, in das die Stengel der Nelken eintauchten, mit einem Stoff, der ebenso durchsichtig, beinahe ebenso flüssig wie es selber war; die Kleidung umhüllte die Frau in einer Art, die einen Reiz des Selbständigen und fast Geschwisterlichen besaß, als wetteiferten die Erzeugnisse der Industrie mit den Wunderwerken der Natur, als seien sie ebenso zart, so köstlich für die Berührung mit dem Blick, so frisch getönt wie das Fell einer Katze, eine Nelkenblüte, eine Taubenfeder. Die Weiße des fein gekörnten Plastrons, dessen loses Gefältel kleine maiblumenartige Glöckchen bildete, war von den hellen Lichtreflexen des Zimmers überschimmert, die, sternenförmig und spitz aufgesetzt, in ihrer feinen Nuancierung wirkten wie in den Wäschestoff eingestickte Blumengewinde. Der glänzende, wie Perlmutter schillernde Samt des Rocks – hier und dort gesträubt, fellartig und rissig erscheinend – erinnerte den Betrachter an die gekräuselten Blumenblätter der Nelken in der Vase. Vor allem jedoch spürte man, daß Elstir, ganz unbekümmert um die mögliche Indezenz dieser

Verkleidung für eine junge Schauspielerin, der das Talent, mit dem sie ihre Rolle spielen würde, sicher wichtiger war als die etwas irritierende Anziehungskraft, die sie für die blasierten oder verderbten Blicke gewisser Zuschauer haben mochte, gerade diese Vieldeutigkeit als ein ästhetisches Element, das betont zu werden verdiene, erfaßt und denn auch tatsächlich besonders unterstrichen hatte. Wenn man die Linien des Gesichts verfolgte, schien es, als wäre das Geschlecht der dargestellten Person schon halb bereit, sich als das eines etwas bubenhaften Mädchens zu enthüllen, dann aber schwand der Eindruck wieder, kehrte zurück, legte nun jedoch eher die Vorstellung von einem träumerischen und sittenlosen Epheben nahe, entzog sich, wurde ungreifbar. Ein Zug von sinnierender Trauer im Blick bildete gerade durch den Kontrast zu all jenem der Welt des leichten Lebens und des Theaters zugehörigen Beiwerk das durchaus nicht am wenigsten aufregende Element. Man dachte sich im übrigen, daß das Ganze künstlich zustande gekommen sei und daß das junge Wesen, das sich in einem so herausfordernden Kostüm zur Liebe anzubieten schien, es wahrscheinlich pikant gefunden hatte, den romantischen Ausdruck eines verborgenen Gefühls oder uneingestandenen Schmerzes dem noch hinzuzusetzen. Unter dem Bildnis stand: ›Miss Sacripant, Oktober 1872‹. Ich konnte meine Bewunderung nicht verhehlen. »Oh, das ist nichts weiter, nur ein jugendlicher Versuch, es handelte sich um ein Kostüm für eine Variétérevue. All das liegt weit zurück.« – »Und was ist aus dem Modell geworden?« Ein kurzes, durch meine Worte hervorgerufenes Staunen ging auf Elstirs Gesicht der gleichgültigen und zerstreuten Miene voraus, die eine Sekunde später sich darauf ausbreitete. »Geben Sie schnell das Ding her«, sagte er zu mir, »ich höre meine Frau kommen, und obwohl die junge Person mit dem Kopftuch, wie ich Ihnen versichern kann, in meinem Leben keine Rolle gespielt hat, ist es doch nicht nötig, daß dies Aquarell ihr erst vor Augen kommt. Ich habe es nur als ein amüsantes Dokument über das Theater jener Epoche aufbewahrt.« Bevor er aber die Tuschzeichnung hinter sich versteckte, warf Elstir, der sie vielleicht seit langem nicht mehr gesehen hatte, einen aufmerksamen Blick darauf. »Ich darf davon nur den Kopf behalten«, murmelte er, »der untere Teil ist schlecht, die Hände anfängerhaft.« Ich war sehr bedrückt durch Madame Elstirs Erscheinen, das uns nun auch noch aufhalten würde. Auf dem Fenstersims lag jetzt nur mehr ein rosiger Widerschein. Unser Ausgang würde ganz zwecklos sein. Es bestand keine Hoffnung mehr, die jungen Mädchen zu treffen; damit wurde unwichtig, ob Madame Elstir uns bald oder erst später verließe. Im übrigen blieb sie nicht lange. Ich fand sie sehr langweilig; freilich hätte sie schön sein können, wäre sie zwanzig Jahre jünger gewesen und hätte vielleicht einen Ochsen durch die Campagna geführt; doch ihr schwarzes Haar wurde weiß; sie war gewöhnlich, ohne einfach zu sein, denn sie hielt eine gewisse Feierlichkeit des Auftretens und eine majestätische Haltung für Erfordernisse ihrer statuenhaften Schönheit, der übrigens das Alter bereits jede Verführungskraft nahm. Sie war sehr schlicht gekleidet. Man war gerührt und zugleich erstaunt, wenn Elstir bei jeder Gelegenheit mit sanftem, verehrungsvollem Stimmklang die Worte sagte, deren bloßes Aussprechen ihn mit Rührung und Ehrfurcht zu erfüllen schien: ›Meine schöne Gabriele!‹ Später, als ich die mythologische Malerei Elstirs kannte, erhielt Madame Elstirs Erscheinung dadurch auch für mich eine gewisse Weihe. Ich stellte fest, daß Elstir einem bestimmten in wenigen Linien, in gewissen Arabesken, die in seinem Werk unaufhörlich wiederkehrten, dargestellten Idealtyp tatsächlich einen göttlichen Charakter zuerkannte, da er seine ganze Zeit, alles geistige Bemühen, dessen er fähig war, mit einem Wort sein Leben daran gewendet hatte, diese Linien immer besser herauszufinden und treuer darzustellen. Was dieser Typus Elstir einflößte, war wirklich ein so ernster, ein so gebieterischer Kult, daß er sich darin niemals genug tun konnte; dieses Ideal war zum innersten Teil seiner selbst geworden, und er hatte ihn daher auch niemals in Ruhe betrachten und sich daran berauschen können bis zu dem Tage, da er ihn außerhalb von sich selbst verwirklicht in der Gestalt einer Frau antraf, in der Gestalt derjenigen, die später Madame Elstir geworden war, in der er ihn nun – wie es nur in dem, was nicht wir selber sind, möglich ist – verdienstvoll, rührend, göttlich fand. Welches Ausruhen für ihn, seine Lippen auf dies Schöne zu drücken, das er bis dahin so mühevoll aus sich selbst ziehen mußte, das sich nun aber, geheimnisvoll Leib und Fleisch geworden, zu immer neuer heilspendender Kommunion ihm bot! Elstir befand sich zu jener Zeit nicht mehr in der ersten Jugend, in der man nur von der Macht des Gedankens die Verwirklichung des Ideals erwartet. Er näherte sich dem Alter, in dem man auf die körperliche Befriedigung als Antrieb für die Kraft des Geistes zählen muß, dessen Ermüdung uns zum Materialismus, und dessen nachlassende Aktivität uns zu vermehrter Beeinflußbarkeit durch passiv empfangene Eindrücke neigen läßt: Phänomene, die uns nach und nach für die Einsicht zugänglich machen, daß es vielleicht wirklich gewisse privilegierte Körper, Praktiken, Rhythmen gibt, die so natürlich unserem Ideal entgegenkommen, daß wir selbst ohne Genie durch bloße Wiedergabe der Bewegung einer Schulter, der Spannung eines Halses ein Meisterwerk hervorbringen könnten; es ist das Alter, in dem wir gern die Schönheit mit den Blicken streicheln, außerhalb von uns, in unserer Nähe, auf einer Stickerei, auf einer schönen Handzeichnung von Tizian, die wir bei einem Antiquitätenhändler aufgetrieben haben, oder einer Geliebten, die ebenso schön wie eine Zeichnung von Tizian ist. Als ich das begriffen hatte, konnte ich Madame Elstir nicht mehr ohne Vergnügen betrachten, und ihr Körper verlor in meinen Augen etwas von seiner Schwere, denn er wurde für mich zum Träger einer Idee, der Idee, daß sie ein immaterielles Geschöpf, ein Porträt Elstirs sei. Sie war das für mich und zweifellos auch für ihn; die Gegebenheiten des Lebens zählen für den Künstler nicht, sie sind ihm nur eine Gelegenheit, sein Genie ungehemmt zu entfalten. Wenn man nebeneinander die von Elstir gemalten zehn Porträts verschiedener Personen sieht, hat man in erster Linie den Eindruck, daß es ›Elstirs‹ sind. Erst wenn die Überflutung des Lebens durch das Genie wieder zurückzugehen beginnt, wenn das Gehirn ermüdet, stellt sich das Gleichgewicht von neuem her, und wie ein Strom, der nach dem Einbruch einer großen Flutwelle seinen normalen Lauf wieder aufnimmt, gewinnt das Leben die Oberhand. Solange aber die erste Periode andauert, hat der Künstler allmählich das Gesetz, die Formel seines Unbewußten herausgestellt. Er weiß, wenn er ein Romanschriftsteller ist, welche Situationen, und wenn er Maler ist, welche Landschaften ihm den Stoff liefern, der an sich ganz unwichtig, aber doch für sein künstlerisches Streben so notwendig wie ein Laboratorium oder eine Werkstatt ist. Er weiß, daß er seine Meisterwerke mit gedämpften Lichteffekten, mit Gewissensbissen, die einen Fehltritt unter anderen Aspekten erscheinen lassen, oder mit Frauen geschaffen hat, die statuengleich unter Bäumen oder halb in einem Gewässer stehen. Der Tag wird kommen, an welchem er infolge der Abnutzung seines Hirns angesichts dieser stofflichen Voraussetzungen, die sein Genie sich zunutze machte, nicht mehr die Kraft für die geistige Anstrengung, aus der allein sein Werk entstehen kann, aufbringen, aber gleichwohl fortfahren wird, diese Voraussetzungen zu suchen, und glücklich ist, in ihrer Nähe zu leben, wegen der Steigerung seines geistigen Seins, die ihn zur Arbeit antreibt und durch jene Voraussetzungen zustande kommt; zugleich aber, weil er ihnen mit einer Art von abergläubischer Scheu gegenübersteht, als seien sie anderen überlegen, als sei in ihnen bereits das Kunstwerk nun zum guten Teil, und zwar vollkommen fertig enthalten, geht er dann nicht mehr weiter als bis zu dem Aufsuchen und der verehrenden Betrachtung solcher Modelle. Er wird endlos mit reuigen Verbrechern sprechen, deren Gewissensbisse und seelische Gesundung das Thema seiner früheren Romane waren; er wird sich ein Landhaus in einer Gegend kaufen, wo das Licht durch Nebel gemildert wird; er wird lange Stunden hindurch badenden Frauen zusehen oder schöne Stoffe sammeln. Und so stellte die ›Schönheit des Lebens‹ – ein Begriff, der eigentlich gar nichts Bestimmtes besagt, ein Stadium, das vor der Kunst liegt und bei dem Swann eines Tages stehengeblieben war – das dar, worauf aus Gründen nachlassender Schöpferkraft, einer Anbetung der Formen, die jene einst begünstigt hatten, des Verlangens nach geringstmöglicher Anstrengung, von einem gewissen Tage an Elstir nach und nach sich zurückziehen sollte.

Endlich hatte er an seinen Blumen den letzten Pinselstrich getan; ich verlor noch einen Augenblick damit, sie anzuschauen; es war kein Verdienst dabei, denn ich wußte ja, daß die jungen Mädchen nicht mehr am Strande sein würden; aber selbst wenn ich gewußt hätte, sie seien noch dort und ich werde sie wegen dieser Versäumnis von ein paar Minuten verfehlen, hätte ich doch die Studie angesehen, denn ich hätte mir gesagt, daß Elstir sich mehr für seine Blumen interessierte als für meine Begegnung mit der ›kleinen Schar‹. Die Natur meiner Großmutter, eine Natur, die meinem vollendeten Egoismus ganz entgegengesetzt war, spiegelte sich eben doch in der meinigen. In einer Lage, in der irgendein mir an sich gleichgültiger Mensch, dem ich stets Anhänglichkeit oder Achtung nur vorgetäuscht hatte, auch nur vor einer Unannehmlichkeit stand, während ich selber ernstlich gefährdet wäre, hätte ich nicht anders können, als seinen Verdruß wichtig zu nehmen und zu beklagen, die für mich bestehende Gefahr aber als belanglos hinzustellen in der Meinung, daß dies die Proportion sei, in der die Dinge dem andern erscheinen müßten. Um genau zu sein, geht das sogar noch weiter, denn es handelt sich nicht nur darum, daß ich über die eigene Gefährdung mich nicht beklage, sondern daß ich sie sogar freiwillig auf mich nehme, anderen jedoch die etwa sie betreffende, auch wenn ich selbst mich dadurch um so mehr exponiere, umgekehrt zu ersparen versuche. Das geht auf mehrere Gründe zurück, die mir an sich nicht weiter zur Ehre gereichen. Der eine besteht darin, daß ich, wenn ich auch bei kühlem Nachdenken glaube, besonders am Leben zu hängen, doch jedesmal, wenn ich mich im Laufe meines Daseins von seelischen Problemen bedrückt oder auch nur von einer nervösen Unruhe befallen fühlte, die manchmal so kindisch war, daß ich nicht wagen würde, hier davon zu sprechen, dann aber ein unvorhergesehener Zufall die Möglichkeit eines gewaltsamen Todes für mich heraufführte, diese neue Sorge mit den andern verglichen mir so unbedeutend schien, daß ich ihr fast mit einem Gefühl der Erleichterung, ja der Heiterkeit ins Auge sah. So habe ich, wiewohl der wenigst tapfere Mensch von der Welt, das kennengelernt, was vernunftmäßig betrachtet meiner Natur vollkommen fremd und unbegreiflich ist, nämlich den Rausch der Gefahr. Aber selbst wenn ich mich in dem Augenblick, da mich eine Gefahr – sogar eine wirklich tödliche – beträfe, in einem vollkommen ruhigen und glücklichen Gemütszustand befände, könnte ich, wenn ich mit einer anderen Person zusammen wäre, nicht anders als ihr einen geschützten Platz verschaffen und mich selbst an den gefährdeten stellen. Als eine hinlänglich große Zahl von Erfahrungen mich gelehrt hatte, daß ich immer und sogar mit Freuden so handelte, entdeckte ich zu meiner großen Beschämung den Grund: ich war, entgegen dem, was ich immer geglaubt und behauptet hatte, der Meinung der anderen gegenüber sehr empfindlich. Diese Art von uneingestandener Eigenliebe hatte gleichwohl mit Eitelkeit oder Stolz nichts zu tun. Denn was diese beiden Regungen befriedigt, hätte mir kein Vergnügen gemacht, und ich habe mich dementsprechend auch stets davon ferngehalten. Aber was die Leute betrifft, denen gegenüber es mir am vollkommensten gelungen ist, die kleinen Vorzüge zu verhehlen, die ihnen eine weniger geringschätzige Meinung von mir hätten vermitteln können, habe ich mir doch nie das Vergnügen versagt, ihnen zu zeigen, daß ich größere Anstrengungen mache, den Tod von ihrem Wege fernzuhalten als von dem meinigen. Da mein Beweggrund in diesem Fall die Eigenliebe ist, finde ich sehr natürlich, daß bei solcher Gelegenheit die andern anders handeln. Ich bin weit entfernt, sie deswegen zu tadeln, was ich vielleicht täte, wenn ich mich von einem Pflichtgefühl leiten ließe, das ich für sie als ebenso bindend ansehen würde wie für mich. Ich finde sie im Gegenteil sehr weise, daß sie ihr Leben schonen, wiewohl ich selbst das meine unwillkürlich stets hintanstelle, was mir besonders töricht und schuldhaft scheint, seitdem ich festzustellen glaubte, daß das Dasein vieler Leute, vor die ich mich stellen würde, wenn eine Bombe losginge, im Grunde weniger wertvoll ist. Übrigens waren am Tage meines Besuches bei Elstir die Zeiten noch fern, da ich mir über diesen Wertunterschied klarwerden sollte, und zudem handelte es sich um keine Gefahr, sondern ganz einfach – und dies war bereits ein Vorzeichen meiner verderblichen Eigenliebe – nur darum, daß ich nicht so tun wollte, als läge mir an dem Vergnügen, das ich so glühend wünschte, mehr als an Elstirs Aufgabe als Aquarellist. Endlich war er doch fertig. Und als wir ins Freie kamen, stellte ich fest – so lang waren die Tage in jener Jahreszeit – daß es noch weniger dunkel war, als ich meinte; wir gingen zusammen zur Mole. Wie viele Listen wendete ich auf, um Elstir an der Stelle festzuhalten, wo, wie ich glaubte, die jungen Mädchen noch würden vorbeikommen können. Ich wies ihn auf die Klippen zu unserer Seite hin und brachte ihn unaufhörlich wieder auf sie zu sprechen, damit er die Stunde vergäße und noch ein Weilchen bliebe. Ich hatte das Gefühl, wir würden mehr Aussicht haben, den Weg der kleinen Schar zu kreuzen, wenn wir bis zum äußersten Ende des Strandes gingen. »Ich möchte so gern mit Ihnen zusammen diese Klippen aus größerer Nähe betrachten«, sagte ich zu Elstir, da ich bemerkt hatte, daß eines der jungen

Mädchen häufig nach dieser Seite zu ging. »Auf dem Wege aber erzählen Sie mir von Carquethuit. Oh, ich würde gern nach Carquethuit gehen!« fügte ich hinzu, ohne daran zu denken, daß der neue Landschaftscharakter, der sich so machtvoll in Elstirs ›Hafen von Carquethuit‹ bekundete, vielleicht weit mehr durch die Sehweise des Malers zustande kam als etwa auf Grund einer besonderen Eigentümlichkeit jener Küstenpartie. »Seit ich das Bild gesehen habe, ist diese Gegend neben der Pointe du Raz, die übrigens gar nicht so leicht zu erreichen ist, vielleicht das, was ich am liebsten kennenlernen würde.« – »Und sogar, wenn es nicht näher wäre, würde ich Ihnen am Ende mehr zu Carquethuit raten«, antwortete Elstir. »Die Pointe du Raz ist ganz wunderbar, aber schließlich ist sie auch nur eine Variante der normannisch-bretonischen Küstenlandschaft, die Sie bereits kennen. Carquethuit ist etwas ganz anderes mit seinen Felsen über dem flachen Strand. Ich kenne in Frankreich nichts, was dem zu vergleichen wäre, eher schon manche Ansichten von Florida. Es ist sehr merkwürdig und zudem auch außergewöhnlich unberührt. Es liegt zwischen Clitourps und Nehomme, und Sie wissen, wie vollkommen öde dieser Landstrich ist; die Küstenlinie aber ist dort wirklich ganz zauberhaft. Hier ist sie wie überall, aber ich kann Ihnen gar nicht sagen, welche Anmut und Weichheit sie dort an sich hat.«

Es wurde Abend; wir mußten heim; ich geleitete Elstir ein Stück zu seinem Hause zurück, als plötzlich – wie Mephisto vor Faust – am Ende der Allee gleich einer unwirklichen, diabolischen Konkretisierung einer meiner eigenen entgegengesetzten Wesensart, jener barbarischen, grausamen Vitalität, die meiner Schwäche, meiner übermäßigen Schmerzempfänglichkeit und meinem Intellektualismus so ganz fehlte, ein paar Tupfen jener unverwechselbaren Essenz, ein paar Sporaden aus der Zoophyteneinheit junger Mädchen auftauchten, die aussahen, als bemerkten sie mich nicht, obwohl sie sicher gerade über mich ironische Bemerkungen austauschten. Da ich voraussah, wie unvermeidlich es jetzt zu einer Begegnung zwischen ihnen und mir kommen und daß Elstir mich rufen werde, wendete ich mich wie ein Badender um, der die Welle über sich hinwegfluten lassen will; ich blieb stehen und ließ meinen berühmten Begleiter weitergehen, während ich in etwas gebeugter Stellung, so, als interessiere ich mich plötzlich lebhaft für ihren Inhalt, vor der Auslage des Antiquitätenhändlers haltmachte, an der wir in diesem Augenblick vorüberkamen; es war mir ganz recht, daß es aussah, als könne ich sehr wohl an etwas anderes denken als an die jungen Mädchen, und ich ahnte schon dunkel, daß ich, wenn Elstir mich riefe, um mich vorzustellen, mit jenem weitgeöffneten Blick, der weniger Erstaunen als den Wunsch verrät, nach außen erstaunt zu wirken – ein so schlechter Schauspieler ist ein jeder von uns oder ein so guter Physiognomiker der Nebenmensch – ganz als wolle ich fragen: ›Meinen Sie mich?‹ mit dem Finger auf meine Brust weisen und dann schnell mit in Gehorsam und Gefügigkeit geneigtem Kopf herbeieilen werde, in meiner Miene mühsam den Verdruß verbergend, der Betrachtung der alten Fayencen entrissen zu sein, um Personen vorgestellt zu werden, an deren Bekanntschaft mir gar nichts lag. Inzwischen vertiefte ich mich in den Anblick des Schaufensters in der Erwartung des Augenblicks, da Elstirs namentlicher Anruf mich treffen würde gleich einem erwarteten, ungefährlichen Geschoß. Die Gewißheit, den jungen Mädchen vorgestellt zu werden, hatte zum Ergebnis, daß ich Gleichgültigkeit gegen sie nicht nur heuchelte, sondern empfand. Seitdem das Vergnügen, sie kennenzulernen, unvermeidbar war, schrumpfte es in sich zusammen, wurde geringer und kleiner als das einer Unterhaltung mit Saint-Loup, eines Abendessens mit meiner Großmutter oder jener Ausfahrten in die Umgegend, welche ich wahrscheinlich infolge der Bekanntschaft mit Mädchen, die wohl wenig Sinn für Sehenswürdigkeiten hatten, leider würde vernachlässigen müssen. Im übrigen verminderte sich das Vergnügen, das mir bevorstand, nicht nur durch seine unausweichliche Nähe, sondern auch durch das Ungeordnete seiner Verwirklichung. Gesetze, die ebenso exakt sind wie die der Hydrostatik, bestimmen die Anordnung der Bilder, die wir in einer bestimmten Reihenfolge aneinanderreihen, bis das plötzliche Eintreten der Ereignisse diese Ordnung über den Haufen wirft. Elstir würde mich rufen. Nicht so aber hatte ich mir unzählige Male am Strande, in meinem Zimmer, das Bekanntwerden mit den Mädchen vorgestellt. Was jetzt stattfinden sollte, war ein anderes Ereignis als das, auf welches ich vorbereitet war. Ich kannte weder mein Verlangen wieder, noch seinen Gegenstand; ich bedauerte jetzt fast, mit Elstir ausgegangen zu sein. Besonders aber erklärte sich die Schrumpfung der Freude, die dieser Vorgang früher für mich bedeutet hätte, durch die Sicherheit, daß nichts sie mir noch würde rauben können. Dementsprechend aber erlangte sie in gleichsam elastischem Zurückschnellen ihren früheren Umfang zurück, sobald der Druck der Gewißheit wich, als ich mich nämlich entschloß, doch einmal den Kopf zu wenden, und Elstir ein paar Schritte von mir entfernt bei den Mädchen stehen, sich aber gerade von ihnen verabschieden sah. Das Gesicht derjenigen, die ihm am nächsten war, hatte in seiner breiten, vom Schimmer der Augen erhellten Form das Aussehen eines flachen Kuchens, durch den man an zwei Stellen ein wenig Himmel sah. Selbst in ruhendem Zustand ging von ihren Augen ein Eindruck von Beweglichkeit aus, so wie an gewissen stürmischen Tagen die Luft, obwohl unsichtbar, doch die Eile verrät, mit der sie über den Hintergrund des azurnen Himmels gleitet. Einen Augenblick lang trafen ihre Blicke die meinigen, so wie an Gewittertagen jagende Wolken auf eine Gefährtin stoßen, die weniger Eile hat, sie streifen, berühren und weiter ihres Weges ziehen. Sie kennen sich nicht und wallen immer ferner voneinander fort. So ruhten unsere Blicke einen Augenblick ineinander, und keiner wußte, was das Firmament vor ihm an Versprechungen und Drohungen für die Zukunft enthielt.

Erst in der Sekunde, als ihr Blick gerade an dem meinen vorbeizog, ohne seine Geschwindigkeit zu vermindern, verschleierte er sich leicht. So geht in einer hellen Nacht der im Winde vorwärtseilende Mond unter einer Wolke durch, verhüllt einen Augenblick seinen Glanz und strahlt dann gleich aufs neue. Schon hatte Elstir sich von den jungen Mädchen getrennt, ohne mich zu rufen. Sie verschwanden in einer Nebenstraße, und er schloß sich mir wieder an. Alles war fehlgeschlagen.

Ich habe gesagt, daß Albertine mir an jenem Tage nicht als die gleiche erschienen war wie an den vorhergehenden und daß sie mir überhaupt jedesmal anders erscheinen sollte. Aber ich spürte in jenem Augenblick, daß bestimmte Wandlungen des Anblicks, der Bedeutung und der Größe eines Wesens auch von der Wandelbarkeit gewisser zwischen diesem Wesen und uns bestehenden geistiger Relationen abhängen können. Eine, die in dieser Hinsicht mit die bedeutendste Rolle spielt, ist der Glaube (an jenem Abend hatte der zunächst bestehende, dann schwindende Glaube, ich werde sie kennenlernen, Albertine innerhalb von wenigen Sekunden zunächst fast bedeutungslos, dann überaus kostbar in meinen Augen gemacht; ein paar Jahre später führte der Glaube, dann das Hinfälligwerden des Glaubens, Albertine sei mir treu, ähnliche Änderungen herbei).

Gewiß hatte ich in Combray schon je nach der Tageszeit, je nachdem der eine oder andere der beiden Modi für mich eintrat, von denen damals jeder einen Teil meines Empfindens beherrschte, den Kummer, nicht bei meiner Mutter zu sein, schwinden oder zunehmen sehen; er war so unmerklich, so schwach den ganzen Nachmittag hindurch wie das Licht des Mondes, solange die Sonne noch scheint, doch wenn die Nacht gekommen war, beherrschte er ganz allein an Stelle der rasch verwischten, eben noch wachen Erinnerungen meine geängstete Seele. An jenem Tage aber, als ich Elstir die jungen Mädchen verlassen sah, ohne daß er mich gerufen hatte, machte ich die Erfahrung, daß die jeweils sich wandelnde Wichtigkeit, die eine Freude oder ein Kummer in unseren Augen hat, nicht unbedingt eine Folge des Wechsels zwischen diesen beiden Stimmungen sein muß, sondern einer Verschiebung innerhalb unserer unsichtbaren Glaubensneigung entspricht, die uns zum Beispiel den Tod gleichgültig erscheinen läßt, weil sie über ihn ein Licht von Unwirklichkeit gießt und uns so gestattet, für wichtig zu halten, daß wir uns zu einer musikalischen Abendunterhaltung begeben: einer Soiree, die doch jeden Reiz verlöre, wenn der Glaube, der diesen Abend mit mildem Licht umspielt, bei einer Ankündigung, die Guillotine warte auf uns, im Nu dahinschwinden würde; diese Rolle des bloßen Überzeugtseins war zwar einem Teil meines Ich bekannt, nämlich meinem Willen, doch sein Wissen ist umsonst, solange Verstand und Gefühl nichts davon ›wissen wollen‹; diese sind durchaus gutgläubig, wenn sie meinen, wir hätten Lust, eine Geliebte zu verlassen, von der einzig unser Wille sich bewußt ist, daß wir ihr noch verhaftet sind. Das kommt daher, daß ihre Sicht durch den Glauben getrübt wird, wir würden jederzeit zu ihr zurückkehren können. Aber wenn dieser Glaube sich dann wieder in Nichts auflöst, wenn Verstand und Gefühl erfahren müssen, daß die Geliebte für immer abgereist ist, verlieren sie jedes Maß und sind wie von Sinnen, das geringste Vergnügen erscheint ihnen dann nachträglich unendlich groß.

Wandlung eines Glaubens, Nichtigkeit der Liebe auch, die präexistent und noch schweifend, einfach an dem Bilde einer bestimmten Frau haften bleibt, weil diese Frau für sie fast unmöglich zu erreichen ist! Von da an denkt man weniger an die Frau, die man sich nur schwer vorzustellen vermöchte, als an die Mittel, wie man sie kennenlernen kann. Ein langer Prozeß von Ängsten rollt ab und genügt, unsere Liebe auf diejenige zu fixieren, die das uns noch kaum bekannte Objekt dieser Zustände ist. Die Liebe wird unermeßlich groß, wir aber denken nicht mehr daran, einen wie geringen Platz die wirkliche Frau darin einnimmt. Und wenn wir, so wie es mir ergangen war, als ich Elstir bei den jungen Mädchen stehenbleiben sah, auf einmal aufhören unruhig zu sein, jene Angst zu empfinden, die unsere Liebe ausgemacht hat, scheint sie mit einem Schlage wesenlos zu werden, sobald die Beute, an deren Wert wir nicht genügend dachten, uns zugefallen ist. Was kannte ich von Albertine? Eine oder zwei vor das Meer gestellte Profilansichten, die bestimmt weniger schön waren als die der Frauen von Veronese, die ich nach rein ästhetischen Gesichtspunkten ihnen hätte vorziehen müssen. Konnte ich aber andere haben als solche Gesichtspunkte, wo ich doch, nachdem die Beängstigung von mir gewichen war, nur diese stummen Profile wiederfand und nichts außer ihnen besaß? Seitdem ich Albertine erblickt, hatte ich täglich tausend Betrachtungen über sie angestellt, ich hatte mit dem, was ich als »sie« bezeichnete, einen langen inneren Dialog geführt, in dem ich sie fragen, antworten, denken, handeln ließ, und in der unendlichen Serie der vorgestellten Albertinen, die in mir stündlich aufeinanderfolgten, kam die wirkliche Albertine, die ich am Strande erblickt, nur am Anfang vor, so wie die Schauspielerin, die eine Rolle kreiert hat, der ›Star‹, im Verlaufe einer langen Reihe von Aufführungen nur in den ersten auftritt. Diese Albertine war kaum mehr als eine Silhouette, alles, womit ich sie ausgefüllt, hatte ich erfunden; so sehr haben in einer Liebe die Dinge, die wir selber hinzutun – sogar unter einem rein quantitativen Gesichtspunkt – das Übergewicht über diejenigen, die das geliebte Wesen in sich trägt. Dies trifft sogar für ganz handfeste Liebesbeziehungen zu. Es gibt solche, die nicht nur für ihr Entstehen, sondern auch für ihr Bestehen äußerst wenig brauchen, selbst unter denen, bei welchen die körperliche Erfüllung bereits stattgehabt hat. Ein alter Zeichenlehrer meiner Großmutter hatte von irgendeiner obskuren Geliebten eine Tochter. Die Mutter starb kurz nach der Geburt, und der Zeichenlehrer trauerte ihr so sehr nach, daß er sie nicht lange überlebte. In

den ersten Lebensmonaten dieser Tochter hatten meine Großmutter und ein paar andere Damen aus Combray, die ihrem Lehrer gegenüber niemals auch nur eine Anspielung auf jene Frau gemacht hatten, mit der er übrigens auch nie offiziell zusammengelebt und nur wenig Umgang gehabt hatte, die Idee, die Zukunft des kleinen Mädchens sicherzustellen, indem sie sich zusammentaten und ihm eine Rente aussetzten. Meine Großmutter hatte den Vorschlag gemacht, doch manche ihrer Freundinnen ließen sich recht bitten; lohnte es sich um dies kleine Mädchen so sehr, war sie überhaupt die Tochter dessen, der sich für ihren Vater hielt? Bei solchen Geschöpfen, wie die Mutter eines war, weiß man das ja nie. Endlich entschlossen sie sich doch. Die Kleine kam und bedankte sich. Sie war häßlich und dem alten Zeichenlehrer auf eine Weise ähnlich, die jeden Zweifel ausschloß; da ihr Haar ihre einzige Schönheit war, sagte eine der Damen zu dem Vater, der sie begleitete: »Was für schönes Haar sie doch hat.« Und in dem Gedanken, daß, da die Sünderin ja nicht mehr am Leben sei und der alte Lehrer auch schon mit einem Fuße im Grabe stehe, ein Wort über diese Vergangenheit, die man immer stillschweigend ignoriert hatte, keine Folgen mehr haben könne, setzte meine Großmutter hinzu: »Sie muß das doch geerbt haben. Hatte die Mutter der Kleinen denn auch so schönes Haar?« – »Ich weiß nicht«, gab der Vater in aller Unschuld zur Antwort. »Ich habe sie nie ohne Hut gesehen.«
Ich mußte wieder zu Elstir zurück. Dabei erblickte ich mein Bild in einer Schaufensterscheibe. Zu all dem Unglück, daß ich nicht mit den Mädchen bekannt gemacht worden war, mußte ich nun auch noch feststellen, daß meine Krawatte schief saß und unter meinem Hut meine langen Haare hervorschauten, was mir sehr schlecht stand; immerhin war es ein glücklicher Zufall, daß sie mich, selbst in diesem Aufzug, mit Elstir getroffen hatten und mich nicht einfach vergessen konnten; ein anderer bestand darin, daß ich an diesem Tage auf den Rat meiner Großmutter meine hübsche Weste

angezogen hatte, die ich um ein Haar im letzten Augenblick noch mit einer anderen, abscheulichen ausgetauscht hätte, und meinen schönsten Spazierstock bei mir führte; denn da ein Ereignis, das wir uns wünschen, sich zwar niemals so zuträgt, wie wir gedacht haben, weil vorteilhafte Voraussetzungen fehlen, auf die wir gerechnet hatten, dafür aber andere unerhoffte sich einstellen, gleicht sich das Ganze wieder aus; wir haben auch wohl so sehr das Schlimmste gefürchtet, daß wir dann schließlich alles in allem dem Zufall für seine Fügung eher dankbar sind.

– Ich hätte so gern ihre Bekanntschaft gemacht, sagte ich zu Elstir, als ich wieder bei ihm war. »Weshalb sind Sie denn dann meilenweit zurückgeblieben?« Dies waren jedenfalls die Worte, die er sprach; sie drückten wahrscheinlich seine Gedanken nicht aus, denn wenn er ernstlich den Wunsch gehabt hätte, die meinen zu erraten, wäre es leicht für ihn gewesen, mich herbeizurufen, aber vielleicht hatte er irgendwann derartige Phrasen gehört, wie sie ja bei gewöhnlichen Leuten gebräuchlich sind, wenn sie sich falsch benommen haben; denn sogar große Männer, in gewissen Dingen den gewöhnlichen ähnlich, schöpfen alltägliche Entschuldigungen aus dem gleichen Vorrat wie jene, so wie sie das tägliche Brot beim gleichen Bäcker holen; vielleicht aber sind auch solche Redensarten, die gleichsam umgekehrt gelesen werden müssen, da ihr wörtlicher Text das Gegenteil der Wahrheit aussagt, die notwendige Wirkung, das graphische Negativ eines Reflexes. »Sie hatten es eilig.« Ich selbst war der Meinung, daß die Mädchen ihn vor allem daran gehindert hatten, jemanden hinzuzuziehen, der ihnen wenig sympathisch war; sonst hätte er es sicher getan, nach all den Fragen, die ich ihm über sie gestellt, und dem offenkundigen Interesse, das ich für sie an den Tag gelegt hatte.

– Ich habe Ihnen von Carquethuit erzählt, sagte er, bevor ich ihn unter seiner Haustür verließ. Ich habe eine kleine Skizze gemacht, auf der man den Schwung der Küste besser

erkennt. Das Bild ist zwar ganz nett, aber dies ist etwas anderes. Wenn Sie erlauben, möchte ich Ihnen zur Erinnerung an unsere Bekanntschaft diese Skizze schenken, setzte er hinzu; denn wenn uns Leute vorenthalten, was wir uns wünschen, schenken sie uns gern etwas anderes.
– Ich hätte sehr gern, sagte ich, wenn Sie eine besitzen, eine Photographie von dem kleinen Porträt der Miss Sacripant. Was bedeutet der Name eigentlich? »Das war eine Rolle, die damals das Modell in einer dummen kleine Operette spielte.«
– »Verstehen Sie mich recht, ich kenne die Dargestellte nicht, Sie scheinen das Gegenteil anzunehmen.« Elstir schwieg einen Augenblick. »Es ist doch nicht etwa Madame Swann, bevor sie verheiratet war?« fragte ich mit jenem unvermittelten Rühren an die Wahrheit, das hinterher ausreicht, um das Theorem der Vorahnungen zu stützen, wenn man sorgfältig alle die Irrtümer vergißt, die es entkräften würden. Elstir antwortete mir nicht. Tatsächlich stellte das Bild Odette de Crécy dar. Sie hatte es aus vielen Gründen, von denen einige nur allzu offen zutage liegen, nicht behalten wollen. Es gab freilich auch noch andere. Das Porträt war vor jener Zeit gemalt, da Odette durch bewußte Einwirkung auf alle die Züge, die ihr Bild ausmachten, aus ihrem Gesicht und ihrer Gestalt die Kreation gemacht hatte, die durch Jahre hindurch in den Hauptlinien von den sie bedienenden Friseuren, Schneiderateliers und von ihr selbst – in ihrer Art, sich zu halten, zu sprechen, zu lächeln, die Hände, den Blick zu gebrauchen, zu denken – sorgfältig beachtet werden mußte. Es bedurfte des Absinkens des Gefühls eines längst erhörten Liebhabers, damit Swann den zahllosen Photographien jener Odette in Ne-varietur-Ausgabe, die jetzt die charmante Madame Swann war, diese kleine Aufnahme in seinem Zimmer vorzog, auf der man eine magere, eher unschöne junge Person mit in Puffen angeordnetem Haar und verhärmten Zügen sah, die einen mit Stiefmütterchen garnierten Strohhut trug.
Aber auch wenn das Porträt nicht wie Swanns Lieblingsphoto-

graphie vor der Schematisierung der Züge Odettes in Richtung auf einen neuen, majestätischen und bezaubernden Typus entstanden wäre, sondern erst hinterher, hätte doch Elstirs Sehweise genügt, um diesen Typ zu zerstören. Das künstlerische Genie wirkt sich in der Art jener sehr hohen Temperaturen aus, welche Atomverbindungen auflösen und ihre Bestandteile in einer völlig anderen Ordnung zu einem neuen Typus zusammenschließen. Die ganze künstlerische Harmonie, die eine Frau ihren Zügen gleichsam aufzwingt und deren Weiterbestehen sie im Spiegel überwacht, wobei sie der Neigung des Hutes, der Anordnung des Haars, der Munterkeit des Blicks die Aufgabe zuweist, immer wieder den gleichen Effekt zu erzielen, löst der Blick des Malers sekundenschnell in ihre Bestandteile auf; sein Auge nimmt an ihrer Stelle in den Besonderheiten des Modells eine Umgruppierung vor, so daß es eher einem weiblichen oder künstlerischen Ideal entspricht, das er in sich trägt. Ebenso kommt es vor, daß von einem bestimmten Alter an das Auge des Forschers überall die Elemente entdeckt, die er für die Herstellung von Verbindungen braucht, die allein ihn interessieren. Wie Arbeiter und Spieler, die keine Umstände machen, sondern sich mit dem begnügen, was ihnen in die Hände fällt, könnten auch solche Begabungen von allem und jedem sagen: Das reicht aus. So hatte eine Kusine der Prinzessin von Luxemburg, die damals für diese zu ihrer Zeit aufkommende Kunstauffassung schwärmte, einen der größten naturalistischen Maler gebeten, ihr Porträt zu malen. Auf dem Bilde erschien an Stelle der großen Dame eine Art Laufmädel und hinter ihr eine riesige, etwas schiefe Dekoration, die an die Place Pigalle erinnerte. Aber selbst wenn es so weit nicht kommt, wird doch das von einem großen Künstler gemalte Bildnis einer Frau keineswegs darauf angelegt sein, irgendwelchen Forderungen der Dargestellten Rechnung zu tragen – wie etwa jenen, denen zuliebe sie, wenn sie zu altern beginnt, sich in einer Art von Schulmädchenkleid photographieren läßt, in dem ihre noch jugendlich gebliebene Figur derart vorteilhaft zur Geltung kommt, daß sie wie die Schwester oder sogar die Tochter ihrer Tochter aussieht, wozu diese nötigenfalls entsprechend ›aufgemacht‹ neben ihr steht – sondern wird im Gegenteil alle nachteiligen Züge hervorheben, die sie selbst sorgfältig zu verstecken sucht, die aber, wie beispielsweise ein gelblicher oder sogar grünlicher Teint ihn erst recht zur Wiedergabe reizen, weil sie ›charakterisieren‹; diese genügen aber dann, um dem gewöhnlichen Betrachter alle Illusionen zu rauben und das Idealbild zu zertrümmern, dessen Rüstung die Frau voll Stolz nie abgelegt hatte, da sie ihrer einzigartigen, unverrückbaren Erscheinung einen Platz außerhalb, ja oberhalb der übrigen Menschheit sicherte. Von ihrer Höhe herabgestürzt, des Typs entkleidet, in dessen Schutz sie unverletzlich thronte, ist sie nun nur noch eine beliebige Frau, an deren Überlegenheit wir keineswegs mehr glauben. In diesem Typus aber hatte für uns so sehr nicht nur die Schönheit einer Odette, sondern auch ihre Persönlichkeit, ihre Identität bestanden, daß wir vor dem Porträt, in dem sie so gar nichts mehr davon hat, am liebsten nicht ausrufen möchten: ›Wie häßlich sieht sie hier aus‹, sondern vielmehr: ›Wie unähnlich ist das Bild!‹ Wir haben Mühe zu glauben, daß sie es wirklich ist. Wir erkennen sie nicht wieder. Und doch spüren wir, daß wir dies Wesen dort schon gesehen haben. Freilich ist es nicht Odette; aber das Gesicht dieses Wesens, sein Körper, sein Aussehen sind uns wohlbekannt. Sie rufen uns nicht die bestimmte Frau, die sich niemals so hielt, deren übliche Pose niemals eine so seltsame und provozierende Arabeske aufwies, wohl aber andere Frauen in die Erinnerung zurück, alle jene, die Elstir gemalt und die er stets, wie ganz verschieden sie auch sonst sein mögen, gern in dieser Weise frontal gesehen dargestellt hat, mit dem wippenden Fuß, der unter dem Rock vorschaut, dem großen runden Hut, der mit der Hand, in Höhe des Knies gehalten, das er gleichzeitig bedeckt, in einer gewissen Symmetrie der runden Scheibe des

Gesichts entspricht. Schließlich aber zerpflückt ein solches Meisterporträt nicht nur den Typus einer Frau, so wie ihre Koketterie und ihre egoistische Auffassung der eigenen Schönheit ihn umschrieben haben, sondern macht, wenn es alt ist, das Original auch älter, und zwar nicht nur in der Weise einer Photographie, die es etwa in altmodischer Umgebung zeigt. Auf einem Porträt bestimmt nicht nur die Art, wie eine Frau gekleidet ist, ihr Geburtsdatum, sondern auch die Manier, in der der Maler es ausgeführt hat. Diese Manier, Elstirs erste Manier, kam für Odette einer standesamtlichen Urkunde gleich, die denkbar belastend war, weil sie dadurch nicht nur wie durch die Photographien aus der gleichen Epoche zu einer jüngeren Zeitgenossin der damals bekannten Kokotten gestempelt wurde, sondern weil das Porträt sich als ebenso alt auswies wie jene, welche Manet oder Whistler nach so vielen entschwundenen Modellen gemalt haben, die schon vergessen oder in die Geschichte eingegangen sind.

Zu solchen stillschweigenden Erwägungen, die ich an Elstirs Seite anstellte, während ich ihn nach Hause zurückbegleitete, veranlaßte mich meine Entdeckung hinsichtlich der Identität seines Modells, als diese erste Entdeckung mich eine zweite machen ließ, die, noch verwirrender für mich, die Identität des Künstlers selbst betraf. Er hatte Odette de Crécy porträtiert. Wäre es möglich, daß dieser geniale Mensch, dieser Weise, Einsiedler, Philosoph mit der wunderbaren Redegabe, der überlegen über den Dingen stand, jener komische und etwas verrückte Maler war, den die Verdurins seinerzeit für sich in Anspruch nahmen? Ich fragte ihn, ob er sie gekannt, ob sie ihn vielleicht damals mit dem Beinamen ›Tiche‹ belegt hätten. Er bejahte beides ohne Verlegenheit, als handle es sich um einen bereits entlegenen Teil seiner Existenz, und als ahne er von der außergewöhnlichen Enttäuschung nichts, die er mir bereitete, doch als er die Augen hob, las er sie auf meinem Gesicht. Das seine trug einen Ausdruck von Unzufriedenheit. Da wir nun schon beinahe bei seiner Wohnung angekommen waren, hätte ein weniger an Geist und Herz hervorragender Mann mich vielleicht einfach etwas kühl verabschiedet und dann ein Wiedersehen vermieden. Aber nicht so Elstir. Als wahrer Meister – und daß er ein solcher im wahrsten Sinne des Wortes war, bildete vom rein schöpferischen Gesichtspunkt aus vielleicht seinen einzigen Fehler, denn um ganz und gar in der Wahrheit des geistigen Seins aufgehen zu können, muß ein Künstler allein bleiben und nicht das Geringste von sich auch nur an Schüler verschwenden – suchte er aus jeder ihn oder andere betreffenden Begebenheit zur Belehrung der jüngeren Menschen den Teil an Wahrheit herauszustellen, den sie enthielt. Anstatt Worte zu gebrauchen, bei denen seine Eigenliebe auf ihre Rechnung gekommen wäre, wählte er lieber solche, die mich belehren konnten. »Kein Mensch ist so überlegen«, sagte er zu mir, »daß er nicht in irgendeiner Phase seiner Jugend Dinge gesagt oder ein Leben geführt hätte, an die er nur ungern erinnert wird und die er am liebsten rückgängig machen würde. Aber er soll nicht zu sehr bedauern, daß es so und nicht anders war, weil nur sicher sein kann, daß er – soweit wie möglich – ein Weiser geworden ist, wer durch alle Inkarnationen der Lächerlichkeit oder Schändlichkeit hindurchgegangen ist, die vor jener letzten Inkarnation liegen. Ich weiß, daß manche jungen Leute, Söhne und Enkel hervorragender Männer, durch ihre Erzieher vom ersten Schultage an zum Adel des Geistes und zu moralischer Haltung angehalten werden. Sie haben vielleicht im Leben später nichts zu bereuen, sie könnten alles, was sie gesagt und getan, nachträglich unterschreiben, doch werden sie arm an Geist sein, kraftlose Ableger von Doktrinären, deren Weisheit negativ und unfruchtbar bleibt. Man kann die Weisheit nicht fertig übernehmen, man muß sie selbst entdecken auf einem Weg, den keiner für uns gehen und niemand uns ersparen kann, denn sie besteht in einer bestimmten Sicht der Dinge. Ein Leben, das Sie bewundern, eine Haltung, die Ihnen vornehm erscheint, sind nicht vom Vater oder vom Hofmeister arrangiert, es sind ihnen vielmehr Anfänge vorausgegangen, die ganz anders geartet, nämlich von allem beeinflußt sind, was an Bösem oder Banalem in ihrer Umgebung vorhanden war; sie stellen einen Kampf und einen Sieg dar. Ich weiß, daß das Bild dessen, was wir in einer früheren Periode gewesen sind, nicht mehr wiederzuerkennen und in jedem Falle unerfreulich ist. Verleugnen aber sollten wir es nicht, denn es legt Zeugnis davon ab, daß wir wirklich gelebt, daß wir gemäß den Gesetzen des Lebens und des Geistes aus den gemeinen Elementen des Seins, aus der Existenz der Ateliers und der Künstlercliquen, wenn wir Maler sind, gewonnen haben, was seiner Essenz nach mehr als jene ist.« Wir waren vor seiner Tür angelangt. Ich war enttäuscht, daß ich die jungen Mädchen nicht kennengelernt hatte. Aber schließlich würde es eine Gelegenheit geben, ihnen im Leben wieder zu begegnen; sie zogen jetzt nicht mehr nur vor einem Horizont vorbei, bei dem sie, wie ich einmal hatte glauben können, nie wiedererscheinen würden. Sie waren nicht mehr von jener Brandung umspült, die sie von mir trennte und die im Grunde nur ein Symbol des ewig ruhelos bewegten, drängenden, von Ängsten genährten Verlangens war, das sie durch ihre Unerreichbarkeit, ihr vielleicht endgültiges Sichentziehen in mir wecken sollten. Dies Verlangen nach ihnen konnte ich nun zur Ruhe bringen und in Reserve halten: neben so vielen anderen Wünschen, deren Verwirklichung ich aufschob, sobald ich wußte, daß sie möglich war. Ich trennte mich von Elstir und war wieder allein. Da sah ich auf einmal, ungeachtet meiner Enttäuschung, im Geiste alle die Zufälle vor mir, die ich nicht für möglich gehalten hätte: daß Elstir gerade mit den jungen Mädchen so gut bekannt war, daß sie, die am Morgen noch für mich bloße Bilder mit dem Meer als Hintergrund gewesen waren, mich gesehen hatten, noch dazu als nahen Bekannten eines großen Malers, der jetzt von meinem Wunsch, sie kennenzulernen, wußte und ihn zweifellos unterstützen würde. All dies hatte mir Vergnügen bereitet, aber es war mir verborgen geblieben gleich jenen Besuchern, die ruhig abwarten und uns erst bewußt machen, daß sie da sind, wenn die anderen wieder gegangen sind. Dann wird uns ihre Anwesenheit offenbar, wir können ihnen sagen: ›Ich stehe zu Ihrer Verfügung‹, und leihen ihnen unser Ohr. Manchmal sind zwischen dem Augenblick, in dem solche Freuden bei uns eingetreten sind, und dem, da wir selbst in uns Einkehr halten, so viele Stunden vergangen, wir haben in der Zwischenzeit so viele Menschen gesehen, daß wir fürchten, die Freuden hielten die lange Wartezeit nicht durch; aber sie sind geduldig, sie ermüden nicht, und sobald die andern gegangen sind, treten sie vor uns hin. Manchmal sind wir dann so ermüdet, daß es uns scheint, als hätte unser versagendes Denken nicht mehr genügend Kraft, um derartige Erinnerungen und Eindrücke festzuhalten, für die unser so fragiles Ich die einzige Wohnstatt, der einzige Ort der Verwirklichung ist. Das ist zu bedauern, denn das Dasein hat eigentlich nur an jenen Tagen Sinn, wo der Staub der Realitäten magischen Sand mit sich führt, wo irgendein banaler Vorfall des Tages etwas romanhaft Bedeutungsvolles bekommt. Ein Vorgebirge der nie betretenen Welt schiebt sich dann in traumhaftes Licht getaucht in unser Leben hinein, in dem wir wie einer, der eben erwacht, noch die Gestalten sehen, von denen wir mit so leidenschaftlicher Intensität geträumt, daß wir glaubten, nur im Traum könnten wir ihnen begegnen.

Die Beschwichtigung, die mir durch die Wahrscheinlichkeit widerfuhr, ich werde die jungen Mädchen nach Wunsch wiedersehen können, war von um so größerem Wert für mich, als ich mich in den nächsten Tagen ihrer Beobachtung nicht hätte widmen können, da diese durch die Abreisevorbereitungen Saint-Loups in Anspruch genommen waren. Meine Großmutter wünschte, meinem Freund ihre Dankbarkeit für die vielen Freundlichkeiten zu bezeigen, die er uns beiden erwiesen hatte. Ich sagte ihr, er sei ein großer Bewunderer Proudhons, und legte ihr den Gedanken nahe, die zahlreichen Originalbriefe des Philosophen kommen zu lassen, die sie

erworben hatte; Saint-Loup kam ins Hotel, wo sie am Vorabend seines Aufbruchs eingetroffen waren, um sie anzusehen. Er las sie mit leidenschaftlicher Aufmerksamkeit durch, wobei er jedes Blatt mit größter Ehrfurcht behandelte und sich die Sätze einzuprägen versuchte; dann stand er auf und entschuldigte sich bei meiner Großmutter, daß er so lange geblieben sei; sie aber antwortete:
– Aber nicht doch, nehmen Sie sie mit, sie gehören Ihnen; ich habe sie kommen lassen, um sie Ihnen zu schenken.
Er wurde von einer Freude erfüllt, die ihn überwältigte wie ein Körperzustand, der uns unwillkürlich packt; er wurde scharlachrot im Gesicht wie ein gescholtenes Kind, und meine Großmutter war viel tiefer von seinen – übrigens erfolglosen – Bemühungen berührt, seiner Freude Herr zu werden, die ihn so heftig durchfuhr, als von allen Dankesworten, die er stammelte. Er aber, der glaubte, seine Dankbarkeit zu schwach ausgedrückt zu haben, bat mich noch am folgenden Tage von dem Abteil der Kleinbahn aus, die ihn in seine Garnison bringen sollte, deswegen um Entschuldigung. Diese Garnison war gar nicht weit entfernt. Er hatte daran gedacht, sich, wie er es häufig tat, wenn er schon am Abend zurückfuhr und somit nicht endgültig aufbrach, im Wagen dorthin zu begeben. Aber er hatte diesmal seine zahlreichen Gepäckstücke im Zuge verstauen müssen und fand es daraufhin einfacher, ihn auch selbst zu benutzen, entsprechend dem Rat des Hoteldirektors, der auf Befragen geantwortet hatte, ob Wagen oder Eisenbahn sei ›gehupft wie gesprungen‹. Er wollte damit ausdrücken, es sei im Grunde ganz gleich, oder wie Françoise gesagt hätte, es ›komme auf dieselbe Jacke wie Hose heraus‹.
– Gut, hatte Saint-Loup sich entschieden, ich werde also mit dieser ›Blindschleiche‹ fahren. – Wäre ich nicht so müde gewesen, hätte ich auch einsteigen und meinen Freund nach Doncières begleiten mögen; so versprach ich ihm wenigstens, solange wir auf dem Bahnhof von Balbec standen – also die ganze Zeit, die der Heizer des kleinen Zuges damit verbrachte,

auf verspätete, ihm befreundete Leute zu warten, ohne die er nicht abfahren wollte, und verschiedene Erfrischungen zu sich zu nehmen – ihn selber wöchentlich mehrmals zu besuchen. Da Bloch ebenfalls am Bahnhof erschienen war – sehr zum Mißvergnügen Saint-Loups – und mitanhörte, daß dieser mich bat, in diesem Falle mit ihm alle Mahlzeiten einzunehmen und in Doncières zu übernachten, sagte Saint-Loup schließlich in äußerst kühlem Ton, der offenbar die erzwungene Liebenswürdigkeit der Einladung weitgehend aufheben und Bloch daran hindern sollte, diese ernst zu nehmen: »Wenn Sie je einen Nachmittag in Doncières verbringen, an dem ich gerade dienstfrei habe, fragen Sie in der Kaserne nach mir, aber ich bin fast nie frei.« Vielleicht fürchtete Robert auch, ich werde allein nicht kommen, und wollte in der Annahme, daß ich am Ende mit Bloch befreundeter sei, als ich sagte, mir die Möglichkeit geben, einen Antreiber zu der Fahrt und Reisebegleiter zu haben.

Ich fürchtete, sein Ton und diese gewisse Art, jemand einzuladen, indem man ihm gleichzeitig riet, keinesfalls zu kommen, könne Bloch verstimmt haben, und fand, Saint-Loup hätte sich besser seine Worte gespart. Aber ich täuschte mich, denn nach Abfahrt des Zuges warf Bloch, solange wir den gleichen Weg hatten, also bis zur Kreuzung der beiden Straßen, die wir getrennt verfolgten – ich zu meinem Hotel, er zu der Blochschen Villa – immer wieder die Frage auf, an welchem Tage wir nach Doncières fahren würden, denn ›nachdem Saint-Loup so außerordentlich liebenswürdig zu ihm gewesen‹ sei, wäre es doch ›von seiner Seite äußerst unhöflich‹, seiner Einladung nicht alsbald zu folgen. Ich war zwar froh, daß er nicht – oder doch mit so geringem Mißvergnügen, daß er tun wollte, als sei es ihm ganz entgangen – wahrgenommen hatte, in welchem so gar nicht dringenden, kaum eben noch höflichen Ton die Einladung ausgesprochen war. Dabei hätte ich Bloch gern die Lächerlichkeit erspart, nun etwa auf der Stelle nach Doncières zu fahren. Doch wagte ich nicht, ihm einen Rat zu geben, der gewissermaßen eingeschlossen hätte, Saint-Loup sei weniger dringlich gewesen, als er, Bloch, aufdringlich sei. Das war er nur in allzu hohem Maß, und obwohl alle Fehler, die er in dieser Richtung beging, durch bemerkenswerte Vorzüge aufgewogen wurden, welche andere, zurückhaltendere Naturen wiederum nicht besaßen, trieb er doch die Dickfelligkeit so weit, daß es verstimmend wirkte. Die Woche durfte, wenn es nach ihm ging, nicht verstreichen, ohne daß wir nach Doncières fuhren (er sagte ›wir‹, denn ich glaube, er verließ sich etwas auf meine Anwesenheit, um die seine zu entschuldigen). Den ganzen Weg entlang, vor der zwischen Bäumen verloren dastehenden Turnhalle, am Tennisplatz, vor dem Clubhaus, beim Muschelhändler hielt er mich an und beschwor mich, einen Tag zu bestimmen, und als ich es nicht tat, ließ er mich ärgerlich mit den Worten stehen: »Nun, wie Sie wollen, mein Herr! Ich jedenfalls muß anstandshalber fahren, da ich eingeladen bin.«

Saint-Loup fürchtete so sehr, meiner Großmutter nicht genügend gedankt zu haben, daß er mich noch einmal bat, es für ihn zu tun, und zwar in einem Brief, den ich aus der Stadt von ihm erhielt, in der er in Garnison lag und die mit dem Briefumschlag, auf den die Post ihren Namen gestempelt hatte, selbst zu mir zu eilen schien, um mir zu sagen, in ihren Mauern, in der Kavalleriekaserne Louis XVI, habe Robert meiner gedacht. Das Blatt trug das Wappen der Marsantes: einen Löwen mit der Pairskrone darüber.

›Nach einer Fahrt, die‹, so schrieb er mir, ›gut verlaufen ist bei der Lektüre eines Buches, das ich am Bahnhof kaufte und das einen gewissen Arwed Barin zum Autor hat (er ist Russe, vermute ich, und schreibt für einen Ausländer auffallend gut, aber sagen Sie mir Ihre Meinung darüber, Sie kennen ihn gewiß, Sie Born der Weisheit, der Sie ja alles gelesen haben), bin ich nun wieder in das rauhe Leben hier zurückgekehrt, in dem ich mich recht wie ein Verbannter fühle und wo mir alles abgeht, was ich in Balbec zurückgelassen habe, in dieses Leben, das in nichts mehr an unsere freundschaftliche Zuneigung erinnert und das kein Zauber des Geistigen mehr umwebt. Alles scheint mir anders geworden, seit ich in Urlaub gegangen bin, denn in der Zwischenzeit hat ja eine besonders wichtige Ära meines Lebens, die unserer Freundschaft, begonnen. Ich hoffe, daß sie niemals enden wird. Ich habe von ihr und von Ihnen nur zu einer einzigen Person gesprochen, nämlich zu meiner Freundin, die sich als Überraschung ausgedacht hatte, hier eine Stunde mit mir zu verbringen. Sie würde Sie sehr gern kennenlernen, und ich glaube auch, Sie würden sich gut verstehen, da auch sie sich sehr für alles Literarische interessiert. Sonst habe ich mich, um an unsere Gespräche zurückdenken, um jene Stunden wieder durchleben zu können, die ich niemals vergessen werde, von meinen Kameraden völlig zurückgezogen, die an sich nette Jungen sind, aber ganz außerstande, so etwas zu verstehen. Am liebsten hätte ich die Erinnerung an die mit Ihnen verbrachte Zeit an diesem ersten Tage ganz für mich genossen, ohne Ihnen zu schreiben. Aber dann fürchtete ich, Ihr erlesener Geist und übersensibles Herz könnten befremdet sein, wenn Sie keinen Brief bekämen, wofern Sie überhaupt geruhen, Ihre Gedanken bis zu dem rauhen Reitersmann schweifen zu lassen, der Ihnen noch manches aufgeben wird, bis er weniger ungehobelt, kultivierter und Ihrer würdiger ist.‹

Im Grunde glich dieser Brief in seiner liebevollen Form denen, die ich, bevor ich Saint-Loup gekannt, von ihm zu bekommen mir ausgemalt hatte in jenen Träumereien, aus denen die Kälte seiner ersten Begrüßung mich herausgerissen hatte, als sie mich mit einer eisigen Wirklichkeit konfrontierte, die freilich nicht andauern sollte. Nachdem ich den einen Brief empfangen hatte, erkannte ich jetzt, wenn zur Zeit des Mittagessens die Post gebracht wurde, jeden von ihm gleich heraus, denn er hatte immer das ganz bestimmte Gesicht, das ein Wesen uns zukehrt, wenn es abwesend ist, und in dessen

Zügen (den Schriftzügen nämlich) wir sicher mit gutem Grund eine individuelle Seele ebenso deutlich erkennen wie in der Nasenlinie oder dem Tonfall der Stimme.

Ich blieb jetzt gern noch bei Tisch sitzen, während schon abgetragen wurde, und wenn es sich nicht gerade um einen Zeitpunkt handelte, zu dem die kleine Schar vorbeikommen konnte, wendete ich meine Blicke nicht mehr ausschließlich der Seeseite zu. Seitdem ich dergleichen auf Elstirs Aquarellen gesehen hatte, suchte ich in der Wirklichkeit, da ich sie jetzt wie etwas Poetisches liebte, die unterbrochene Gebärde der noch kreuz und quer umher liegenden Messer wiederzufinden, die gebauschte Form einer nicht zusammengelegten Serviette, in die die Sonne ein Stückchen gelben Samt einwebt, das halbgeleerte Glas, das dadurch um so besser die edle Flucht seiner Umrißlinien zeigt, und auf dem Grunde seiner durchsichtigen Substanz, die nur wie eine Verdichtung des Tageslichts wirkt, eine dunkle, von Lichtreflexen flimmernde Neige Wein, die Verschiebung der Größenordnungen, die Umwandlung der Flüssigkeiten durch den Beleuchtungseinfall, die Verwandlung der Pflaumen, die in der nur noch halbvollen Obstschale von grünen in blaue und von blauen in goldene Töne übergehen, die Promenade der abgenutzten Stühle, die zweimal am Tag sich um einen Tisch versammeln, der festlich gedeckt ist wie ein Altar, auf dem die Riten des Feinschmeckertums zelebriert werden sollen, und wo in den Austernschalen ein paar Tropfen schillernden Wassers zurückgeblieben sind wie in winzigen steinernen Weihwasserbecken; ich versuchte die Schönheit der Dinge dort zu erkennen, wo ich sie mir niemals vorgestellt, in den gebräuchlichsten Dingen, jenem intensivierten Da-sein, das auf ›Stilleben‹ dargestellt wird.

Als ich ein paar Tage nach Saint-Loups Abreise Elstir dazu gebracht hatte, eine kleine Matinee zu veranstalten, bei der ich Albertine treffen sollte, tat es mir leid, daß ich die momentane Frische und Eleganz, die beim Verlassen des Hotels an mir festzustellen war (dank einer ausgedehnteren Ruhe und der besonderen, meiner Toilette gewidmeten Aufmerksamkeit), nicht (ebenso wie den Kredit, der mir durch Elstir zuteil wurde) für die Eroberung einer anderen, interessanteren Person aufsparen, daß ich vielmehr alles dies für das bloße Vergnügen, Albertines Bekanntschaft zu machen, aufwenden sollte. Mein Verstand stellte mir dies Vergnügen als ziemlich mittelmäßig hin, seitdem es mir sicher war. Aber der Wille in mir teilte diese Illusion nicht einen Augenblick, der Wille, jener beharrliche, unentwegte Diener unserer einander ablösenden Persönlichkeiten; im Dunkel verborgen, verkannt, doch unablässig treu, wirkt er unberührt von den Wandlungen unseres Ich unermüdlich daran, daß es diesem nur ja an gar nichts fehle. Während in dem Augenblick, da eine langersehnte Reise Gestalt annehmen soll, Verstand und Gefühl sich zu fragen beginnen, ob das Unternehmen wirklich die Mühe lohnt, läßt der Wille, der weiß, daß diese seine müßigen Herren die Reise sofort wieder ganz wundervoll fänden, wenn sie nicht stattgehaben könnte, die beiden noch vor dem Bahnhof darüber diskutieren und allerlei Hemmungen haben; er selber beschäftigt sich damit, die Fahrkarten zu besorgen und uns rechtzeitig zur Abfahrt ins Eisenbahnabteil zu setzen. Er ist ebenso unbeugsam, wie Verstand und Gefühl veränderlich sind, aber da er schweigt, teilt er seine Gründe nicht mit, er scheint fast nicht da zu sein; die anderen Teile unseres Ich aber folgen seiner festen Entschlossenheit, doch ohne es zu merken, während sie deutlich vor sich nur ihre Unentschiedenheit sehen. Mein Verstand und mein Gefühl fingen also über den Wert einer Bekanntschaft mit Albertine zu diskutieren an, während ich im Spiegel eitle und flüchtige der Verschönerung dienende Dinge betrachtete, die die beiden gern für eine andere Gelegenheit unberührt aufgespart hätten. Mein Wille aber ließ den Augenblick des Aufbruchs nicht verstreichen und gab dem Kutscher zielbewußt Elstirs Adresse an. Mein Verstand und mein Gefühl konnten nun in Muße, da die Würfel gefallen waren, finden, es sei schade. Hätte mein Wille

eine andere Adresse angegeben, hätten sie hingegen wohl Farbe bekennen müssen.
Als ich bei Elstir etwas verspätet ankam, glaubte ich zunächst, Mademoiselle Simonet sei gar nicht da. Ich sah wohl ein junges Mädchen sitzen im Seidenkleide, ohne Hut, aber ich erkannte weder ihr üppiges Haar noch Nase noch Teint und fand überhaupt in ihr die Wesenheit nicht wieder, welche ich aus einer jungen Radfahrerin mir gewonnen hatte, die mit einer Polomütze auf dem Kopf am Meer entlanggefahren war. Es war dennoch Albertine. Aber selbst als ich es wußte, kümmerte ich mich nicht um sie. Wenn man noch jung ist und in einen mondänen Kreis tritt, stirbt man zunächst sich selber ab, man wird ein anderer Mensch; denn jeder Salon ist eine neue Welt, wo man unter dem Gesetz einer veränderten geistigen Perspektive seine Aufmerksamkeit mit einer Kraft, als würden sie immer für uns ihre Wichtigkeit behalten, auf Personen, Tänze, Kartenspiele richtet, an die man am nächsten Tage schon nicht mehr denken wird. Da ich, um zu einer Unterhaltung mit Albertine zu gelangen, einem Wege folgen mußte, den ich selbst nicht vorgesehen hatte, einen Weg, der zunächst bei Elstir haltmachte, dann zu anderen Gruppen von Eingeladenen führte, denen mein Name genannt wurde, dann am Büfett vorbei, wo mir Erdbeertörtchen angeboten wurden, die ich auch aß, während ich unbeweglich eine Musik anhörte, die soeben einsetzte, wies ich diesen verschiedenen Episoden die gleiche Wichtigkeit wie dem Akt zu, mit dem ich Mademoiselle Simonet vorgestellt werden würde, wobei dies Vorgestelltwerden nur mehr ein Vorgang unter vielen anderen schien und ich völlig vergessen hatte, daß er noch ein paar Minuten zuvor der einzige Zweck meines Kommens gewesen war. Geht es nicht übrigens genauso im wirklichen Leben mit dem wahren Glück und Unglück, das uns betrifft? Inmitten anderer Personen erhalten wir von der, die wir lieben, die beglückende oder tödliche Antwort, auf die wir seit einem Jahre warteten. Wir aber müssen weitersprechen, die Ideen

fügen sich eine an die andere an und bilden eine Fläche, an die von unter her kaum von Zeit zu Zeit dumpf die viel tiefere, aber nur einen schmalen Raum einnehmende Erinnerung an das Unglück pocht, das für uns eingetroffen ist. Handelt es sich aber nicht um Unglück, sondern um Glück, so erinnern wir uns möglicherweise erst Jahre später, daß das größte Gefühlserlebnis unseres Daseins sich vollzogen hat, ohne daß wir Zeit gehabt hätten, ihm länger nachzuhängen, ja kaum, uns seiner bewußt zu werden, weil es beispielsweise in eine mondäne Zusammenkunft fiel, zu der wir doch nur in Erwartung dieses Ereignisses uns begeben hatten.

In dem Augenblick, als Elstir mich zu kommen bat, damit er mich Albertine vorstellen könne, die etwas weiter entfernt saß, aß ich zunächst meinen Mokkaéclair auf und fragte interessiert einen alten Herrn, dessen Bekanntschaft ich gemacht und dem ich geglaubt hatte, die Rose schenken zu sollen, die er in meinem Knopfloch bewundert hatte, nach Einzelheiten über normannische Volksfeste aus. Das soll nicht heißen, daß die dann erfolgende Vorstellung mir kein Vergnügen gemacht und nicht in meinen Augen von einem gewissen Ernst begleitet gewesen wäre. Was das Vergnügen anlangte, so erfuhr ich es an mir natürlich erst etwas später, als ich schon im Hotel, allein und wieder ich selbst geworden war. Es ist mit solchen Freuden wie mit Photographien. Was man in Gegenwart der Geliebten aufnimmt, ist nur ein Negativ, man entwickelt es später, wenn man zu Hause ist und wieder über die Dunkelkammer im Innern verfügt, deren Eingang, solange man andere Menschen sieht, wie ›zugemauert‹ ist.

Wenn das Wissen um meine Freude für mich also auf diese Weise ein paar Stunden verzögert war, so kam mir die Bedeutung des Vorstellungsaktes doch sofort zum Bewußtsein. Mögen wir uns auch im Augenblick eines solchen Bekanntwerdens noch so sehr beschenkt und gleichsam im Besitze eines Gutscheins auf künftige Freuden fühlen, hinter dem wir seit Wochen hergelaufen sind, so werden wir uns doch auch bewußt, daß seine Aushändigung an uns nicht nur quälenden Bemühungen – was uns freilich mit Genugtuung erfüllen müßte – ein Ende bereitet, sondern auch dem Bestehen eines gewissen Wesens, das unsere Phantasie abgewandelt und unsere angstvolle Befürchtung, wir möchten es niemals kennenlernen, bedeutend vergrößert hatte. In dem Augenblick, da unser Name aus dem Munde des Vorstellenden hervorgeht, besonders sofern er, wie jetzt durch Elstir, von schmeichelhaften Kommentaren begleitet ist, diesem weihevollen Augenblick, der demjenigen gleicht, da ein Geist in einer Märchenaufführung eine Person in eine andre verwandelt, entschwindet uns diejenige, der wir uns nähern wollten; wie sollte sie auch sie selbst bleiben, da – kraft der Aufmerksamkeit, die die Unbekannte auf unseren Namen und unsere Person verwenden muß – in ihren noch gestern ins Unendliche gerichteten Augen (denen, wie wir glaubten, die unsrigen, umherirrend, schweifend, verzweifelnd, nach allen Richtungen gleitend, niemals begegnen könnten) der bewußte Blick, der für uns nicht zu ermittelnde Gedanke, den wir darin suchten, auf wunderbare Weise und doch ganz einfach durch unser eigenes Bild ersetzt worden ist, das da, wie auf den Grund eines lächelnden Spiegels, aufgemalt erscheint. Wenn unser eigenes Verkörpertwerden in dem, was uns denkbar weit von uns verschieden schien, die Person, der wir vorgestellt worden sind, mehr als alles zu verändern vermag, bleibt die Gestalt dieser Person doch immer noch ziemlich verschwommen, und wir können uns fragen, ob sie göttlicher Art oder nur ein Ding wie ein Tisch oder ein Tiegel ist. Aber ebenso geschickt wie die Schnellbildhauer, die uns aus einem knetbaren Stoff in fünf Minuten vor unsern Augen eine Büste entstehen lassen, werden die paar Worte, die die Unbekannte uns sagt, diese Gestalt genauer umreißen und zu etwas Endgültigem machen, das alle Hypothesen ausschließt, deren Spielball unser Verlangen und unsere Einbildungskraft noch am Vortage waren. Zweifellos war Albertine schon vor dieser Matinee nicht mehr für mich so ganz das Phantasiegebilde, würdig, uns unser ganzes Leben hindurch zu begleiten, unbekannt wie eine Vorübergehende, von der wir gar nichts wissen, die wir kaum richtig ins Auge gefaßt haben. Ihre Verwandtschaft mit Madame Bontemps hatte jene wunderbaren Hypothesen bereits eingeschränkt, indem sie eine der Richtungen verlegte, nach der diese sich hätte weiter ausbreiten können. In dem Maße, wie ich dem jungen Mädchen näherkam und sie besser kennenlernte, vollzog sich die Bekanntschaft mit ihr durch ein partielles Ersetzen der nur von Verlangen und Phantasie bestimmten Teile ihres Wesens durch eine Vorstellung, die, an sich unendlich viel weniger wert, doch eine Sache enthielt, die im Bereich des Lebens etwa dem entspricht, was Finanzgesellschaften nach Auslosung der Stammaktien ausgeben und was man Genußschein nennt. Ihr Name, ihre Verwandschaft waren die ersten Schranken für meine bloßen Vermutungen. Die Liebenswürdigkeit, die sie entfaltete, während ich von ganz nahem nunmehr den kleinen Leberfleck auf der Wange unterhalb des Auges feststellen konnte, war eine weitere Beschränkung; endlich fiel mir noch ihre Verwendung des Adverbs ›vollkommen‹ an Stelle von ›ganz‹ auf, als sie nämlich von zwei verschiedenen Personen sagte, die eine sei ›vollkommen verrückt, aber doch sehr nett‹ und von jemand anderem, er sei ein ›vollkommen belangloser, vollkommen langweiliger Mensch‹. So wenig erfreulich nun auch dieser Gebrauch des Wortes ›vollkommen‹ sein mag, bezeichnet er doch einen gewissen Grad von Geschliffenheit und Kultur, deren ich diese radfahrende Bacchantin und rauschhaft rasende Muse des Golfspiels gar nicht für fähig gehalten hätte. Das hindert im übrigen auch nicht, daß Albertine nach dieser ersten Verwandlung noch mehrmals für mich eine andere wurde. Die Vorzüge und Fehler, die ein Mensch in seinem Gesicht zur Schau trägt, ordnen sich in eine andere Reihenfolge, wenn wir ihn von einer neuen Seite sehen – so wie in einer Stadt die über eine Linie verstreuten Bauwerke von einem andern

Blickpunkt aus staffelförmig nach der Tiefe angeordnet sind und sich in ihren Größenverhältnissen zueinander verschieben. Zunächst einmal fand ich, daß Albertine in der Nähe gesehen eher befangen wirkte als kühl und anspruchsvoll; sie schien mir wohlerzogen und nicht das Gegenteil davon, nach solchen Äußerungen zu schließen wie ›sie benimmt sich schlecht, sie legt ein seltsames Betragen an den Tag‹, welche sie über alle jungen Mädchen fällte, die ich vor ihr erwähnte; endlich war jetzt auch noch der Teil ihres Gesichts, der unwillkürlich die Blicke auf sich zog, eine entzündete Schläfe, die nicht sehr schön aussah, und nicht mehr jener seltsame Blick, an den ich bis dahin so oft zurückgedacht hatte. Aber dies war nur ein zweiter Eindruck, und sicher gab es noch andere, die ich nacheinander würde verarbeiten müssen. So könnte man nur, nachdem man nicht ohne tastende Versuche solche anfänglichen optischen Irrtümer erkannt hatte, zu einer genauen Kenntnis eines Wesens gelangen, wenn diese Kenntnis überhaupt möglich wäre. Aber sie ist es nicht; denn während das Bild, das wir von ihnen haben, sich allmählich berichtigt, wandelt sich das Wesen selber auf eigene Faust, und wenn wir es endlich klarer zu sehen meinen, ist uns nur gelungen, die alten Bilder, die wir von ihm in uns aufgenommen hatten, deutlicher wahrzunehmen; doch sie stellen jenes Wesen nicht mehr dar.
Dennoch ist trotz der unvermeidlichen Enttäuschungen, die er uns bringen wird, ein solcher Schritt in der Richtung auf das, was man nur halb erschaut hat, aber sich in aller Muße zunächst einmal hat vorstellen können, der einzige, der zuträglich für die Sinne ist und deren Empfänglichkeit wach erhält. Von welcher trüben Langeweile muß das Leben der Menschen erfüllt sein, die aus Trägheit oder Schüchternheit sich unmittelbar im Wagen zu Freunden begeben, die sie kennenlernten, ohne zuvor von ihnen geträumt zu haben, und niemals auf der Fahrt bei dem zu verweilen wagen, was sie sich eigentlich wünschen.

Ich kehrte in Gedanken an die Matinee nach Hause zurück, ich sah vor mir noch den Mokkaéclair, den ich erst aufgegessen hatte, bevor ich mich von Elstir zu Albertine führen ließ, sowie die Rose, die ich dem alten Herrn geschenkt, alle die ohne unser Wissen von den Umständen ausgewählten Dinge, die für uns mit ihrer einmaligen und zufälligen Konstellation das Bild einer ersten Begegnung bestimmen. Dies Bild aber vermeinte ich von einem ganz anderen, sogar sehr fernen Blickpunkt aus zu betrachten, denn daß es nicht nur für mich in dieser Weise bestanden hatte, begriff ich erst ein paar Monate später zu meinem großen Erstaunen, als ich zu Albertine etwas über diesen ersten Tag unserer Bekanntschaft sagte, und diese mich selbst an den Mokkaéclair und an die Blume, die ich verschenkt hatte, kurz an alles erinnerte, von dem ich geglaubt hatte, es sei, ich kann nicht einmal sagen wichtig nur für mich, sondern überhaupt nur von mir bemerkt worden, was ich aber so in einer Übersetzung von mir sah, von deren Vorhandensein in der Vorstellungswelt Albertines ich keine Ahnung hatte. Schon wenn ich daran zurückdachte, was ich an jenem ersten Tage beim Eintreten an Erinnerungen mitgebracht hatte, sah ich ein, welch Taschenspielertrick hier kunstgerecht ausgeführt worden war, und wie ich mich einen Augenblick lang mit einer Person unterhalten hatte, die, ohne daß sie das geringste von jener hatte, der ich so lange am Meeresstrand folgte, mit gauklerhafter Fingerfertigkeit dieser untergeschoben war. Ich hätte es übrigens von vornherein erraten können, denn das junge Mädchen vom Strande war ja mein Geschöpf. Dennoch aber, da ich sie in meinen Gesprächen mit Elstir Albertine gleichgesetzt hatte, fühlte ich die moralische Verpflichtung, die einer nur vorgestellten Albertine gemachten Liebesversprechungen nunmehr zu erfüllen. Man verlobt sich mit einem Wesen, das ein anderes vertritt, und fühlt sich dann gehalten, den vertretenden Teil auch zu ehelichen. Wenn übrigens, wenigstens einstweilen, aus meinem Leben eine Beängstigung entschwunden war, zu deren

Beschwichtigung bereits die tadellosen Manieren, der Ausdruck ›vollkommen mittelmäßig‹ und die entzündete Stelle an der Schläfe genügt hatten, so weckte diese Erinnerung doch in mir eine andere Art von Verlangen, das, wiewohl sanft und keineswegs quälend, beinahe geschwisterlich, auf die Dauer doch ebenso gefährlich werden konnte, indem es mich wünschen ließ, diese neue Person zu küssen, deren angenehme Umgangsformen, deren Schüchternheit und deren unerwartete Umgänglichkeit den nutzlosen Lauf meiner Phantasie hemmten, dafür aber einer gerührten Dankbarkeit Raum gaben. Da außerdem die Erinnerung sogleich beginnt, Aufnahmen herzustellen, die unabhängig voneinander bestehen, und jede Verbindung, jede fortschreitende Ordnung zwischen den vorgestellten Szenen zu verhindern weiß, hebt innerhalb der Sammlung, die es uns vorlegt, die letzte nicht notwendigerweise die vorhergehenden auf. Der unbedeutenden und rührenden Albertine, mit der ich gesprochen hatte, stand die geheimnisvolle gegenüber, die ich vor dem Meer als Hintergrund zuerst gesehen hatte. Aber beide waren jetzt nur Erinnerungen, Bilder, von denen mir das eine nicht wahrer als das andere schien. Um aber das Kapitel dieser ersten Vorstellung abzuschließen: als ich den kleinen Leberfleck auf der Wange unter dem Auge suchte, erinnerte ich mich daran, daß ich bei Elstir am Fenster, als Albertine gegangen war, diesen Fleck in Gedanken auf ihr Kinn versetzt hatte. Ich war mir eben bei ihrem Anblick des Vorhandenseins eines solchen Leberflecks bewußt, doch meine umherirrende Erinnerung siedelte ihn auf Albertines Gesicht nach einem gewissen Zögern einmal an dieser und einmal an jener Stelle an.
Wie enttäuscht ich auch war, in Mademoiselle Simonet ein von allen mir bekannten so wenig sich unterscheidendes Mädchen gefunden zu haben, sagte ich mir doch – ebenso wie meine Enttäuschung über die Kirche von Balbec meinen Wunsch nicht beeinträchtigte, nach Quimperlé, Pont-Aven oder nach Venedig zu gehen – daß ich durch Albertine wenigstens, wenn sie

schon selbst meinen Erwartungen nicht entsprach, ihre Freundinnen, die ›kleine Schar‹, kennenlernen könnte.
Ich glaubte erst, es werde mir nicht gelingen. Da die Aussicht bestand, sie werde ebenso wie ich noch sehr lange in Balbec bleiben, hatte ich gefunden, das Beste sei, sich nicht um eine Begegnung mit ihr zu bemühen, sondern ruhig abzuwarten, bis die Gelegenheit sich bot. Aber selbst wenn diese sich alle Tage ergäbe, stand doch sehr zu befürchten, daß Albertine sich damit begnügen werde, von fern meinen Gruß zu erwidern, der in diesem Falle, selbst täglich während der ganzen Saison wiederholt, mich nicht würde weiterbringen können.
Kurz darauf wurde ich eines Morgens, als es geregnet hatte und beinahe kalt war, auf der Mole von einem jungen Mädchen mit Barett und Muff angesprochen, das so anders aussah als diejenigen, die ich bei Elstirs kleiner Gesellschaft getroffen hatte, daß es für den Geist eine fast unerfüllbare Zumutung schien, ein und dasselbe Wesen in ihnen zu erkennen; dennoch gelang es mir, aber erst nach einer Sekunde überraschten Staunens, das, glaube ich, Albertine nicht entging. Da ich mich andererseits in diesem Augenblick der ›guten Manieren‹ erinnerte, die mir so aufgefallen waren, setzte mich jetzt der rüde Ton und ihr ganzes, der ›kleinen Schar‹ angepaßtes Gehaben umgekehrt in Erstaunen. Zudem war die Schläfe nicht mehr der zentrale Blickpunkt in ihrem Gesicht, entweder weil ich mich auf ihrer anderen Seite befand, oder weil das Barett die Stelle bedeckte, oder die Entzündung eben nicht chronisch war. »Was für ein Wetter!« sagte sie, »im Grunde ist das mit dem ewigen Sommer in Balbec doch nur blödes Gerede. Sie tun wohl hier überhaupt gar nichts, wie? Sie lassen sich weder auf dem Golfplatz sehen noch bei den Kasinobällen; reiten tun Sie offenbar auch nicht. Das muß ja furchtbar langweilig für Sie sein! Finden Sie nicht, daß man vollkommen verdummt, wenn man immer am Strand hockt? Sie räkeln sich bloß gern in der Sonne, wie? Sie haben die Ruhe weg! Na, ich sehe jedenfalls, Sie sind nicht wie ich. Ich schwärme nämlich

für alles, was Sport ist. Bei den Sogne-Rennen sind Sie wohl auch nicht gewesen? Wir sind mit der Straßenbahn hingefahren, das verstehe ich ja allerdings, daß diese Schnekkenpost Sie nicht reizt! Wir haben zwei Stunden gebraucht, mit meinem Stahlroß hätte ich in der Zeit dreimal hin- und zurückfahren können.« Ich, der ich Saint-Loup bewundert hatte, als er ganz natürlich die Kleinbahn wegen ihres gewundenen Dahinkriechens als ›Blindschleiche‹ bezeichnet hatte, fühlte mich jetzt durch die Leichtigkeit eingeschüchtert, mit der Albertine von ›Straßenbahn‹ und ›Schneckenpost‹ sprach. Ich spürte ihre Meisterschaft in der Wortwahl auf einem Gebiet, auf dem sie, wie ich fürchtete, meine Unterlegenheit verachtungsvoll feststellen werde. Dabei war mir der Reichtum an Synonymen, über den die ›kleine Schar‹ zwecks Bezeichnung der Kleinbahn verfügte, noch gar nicht aufgegangen. Beim Sprechen hielt Albertine den Kopf unbeweglich still und sprach bei gleichfalls reglosen Nasenflügeln nur ganz vorn an den Lippen. Daraus ergab sich ein schleppender, nasaler Tonfall, bei dem vielleicht eine ererbte provinzielle Gewohnheit, jugendliches Nachahmen des britischen Phlegmas, der Unterricht einer Erzieherin aus dem Ausland und eine Hypertrophie der Nasenschleimhaut eine Rolle spielen mochten. Diese Sprechweise, die sie übrigens bald wieder aufgab, wenn sie die Leute besser kannte und in ihre natürliche Kindlichkeit zurückverfiel, hätte für unerfreulich gelten können. Aber sie war ihr eigentümlich und entzückte mich. Jedesmal, wenn ich sie ein paar Tage lang nicht getroffen hatte, sprach ich mir mit Genuß die Worte: ›Sie lassen sich nie auf dem Golfplatz sehen‹, in dem gleichen näselnden Tonfall, mit dem sie selbst sie gesagt, und in ihrer ganz geraden, den Kopf unbeweglich lassenden Haltung vor. Ich hatte dann das Gefühl, es gebe keinen begehrenswerteren Menschen als sie.

Wir bildeten an diesem Morgen ein Paar, wie sie hier und da auf dem Deich zu sehen waren, sich begegneten oder zusammen gerade lange genug stehenblieben, um ein paar Worte auszutauschen, und dann wieder getrennt die Promenade nach verschiedenen Richtungen aufnahmen. Ich benutzte das kurze Stehenbleiben, um endgültig zu ermitteln und mir einzuprägen, wo das Leberfleckchen saß. Ebenso wie ein Thema in der Sonate von Vinteuil, das mich entzückt hatte und dessen Platz meine Erinnerung, zwischen dem Andante und dem Finale hin und her schwankend, zu bestimmen versucht hatte bis zu dem Tage, da ich an Hand der Partitur es im Scherzo endgültig verankert fand, blieb der kleine Leberfleck, den ich mir abwechselnd auf der Wange und auf dem Kinn vorgestellt hatte, nun für alle Zeiten auf der Oberlippe gleich unter der Nase stehen. So begegnen wir staunend Versen, die wir auswendig können, in einem Stück, in dem wir sie nicht vermutet hätten.

Da, als solle vor dem Meer in aller Freiheit, in der Vielheit seiner Formen jenes ganze, reiche, dekorative Schauspiel, das der schöne Zug dieser rosig und golden strahlenden, von Sonne und Wind gehärteten Jungfrauen darstellte, mir geboten werden, tauchten die Freundinnen Albertines mit den schönen Beinen und der schlanken Gestalt, sonst allerdings voneinander sehr verschieden, in einer Gruppe auf, die näher dem Meere zu, aber auf einem dem unsern gleichlaufenden Weg uns entgegenkam. Ich bat Albertine um die Erlaubnis, sie ein Stück zu begleiten. Leider begnügte sie sich damit, den andern Mädchen mit der Hand zuzuwinken. »Aber Ihre Freundinnen werden sich beschweren, wenn Sie sie allein lassen«, sagte ich in der Hoffnung, wir würden zusammen ein Stück spazierengehen.

Ein junger Mann mit regelmäßigen Zügen trat, zwei Tennisschläger in der Hand, zu uns heran. Es war der Baccaratspieler, über dessen Leichtsinn die Frau des Gerichtspräsidenten sich nicht beruhigen konnte. Mit kühler, unbewegter Miene, die er wahrscheinlich für das Letzte an Vornehmheit hielt, sagte er Albertine guten Tag. »Kommen Sie vom Golfplatz, Octave?« fragte sie ihn. »Wie ist es Ihnen ergangen?

Waren Sie gut in Form?« – »Ach, scheußlich, scheußlich«, sagte er, »ich hatte so ein Pech.« – »War Andrée auch da?« – »Ja, sie hat siebenundsiebzig gemacht.« – »Oho, das ist ja fast ein Rekord.« –» Gestern sind es bei mir zweiundachtzig geworden.« Er war der Sohn eines sehr reichen Industriellen, der noch eine bedeutende Rolle bei der bevorstehenden Weltausstellung spielen sollte. Ich war erstaunt, wie einseitig bei diesem jungen Mann und ebenfalls den anderen sehr wenig zahlreichen männlichen Freunden der jungen Mädchen die Kenntnis alles dessen, was die Kleidung und die Art, sie zu tragen, Zigarren, Bargetränke, Pferde betraf – er war in diese Dinge bis in die kleinsten Details eingeweiht, und mit stolzer Unfehlbarkeit erreichte er in dieser Hinsicht etwas wie die schweigsame Bescheidenheit des großen Gelehrten – ohne die geringste Entsprechung auf dem Gebiet der Kultur des Geistes entwickelt war. Er zögerte keinen Augenblick, wenn es sich darum handelte, ob bei dieser oder jener Gelegenheit ein Smoking oder ein Pyjama angebracht sei, hatte aber keine Ahnung davon, in welchem Fall man ein bestimmtes Wort verwenden kann oder nicht, ja nicht einmal die einfachsten Regeln der französischen Sprache waren ihm vertraut. Diese ganz verschieden weit fortgeschrittene Entwicklung der beiden Kulturformen war offenbar genauso schon bei seinem Vater vorhanden, der als Präsident des Arbeitgeberverbandes von Balbec in einem offenen Brief an die Wähler, den er an allen Mauern anschlagen ließ, die folgende Wendung gebrauchte: ›Ich habe den Bürgermeister aufsuchen wollen, um mit ihm davon zu sprechen, doch hat er meine gerechten Beschwerden nicht zu Worte kommen lassen.‹ Octave heimste im Kasino bei sämtlichen Boston- und Tangowettbewerben Preise ein, woraufhin er, wenn er gewollt, in jenen Kreisen zünftiger Seebadbesucher, bei denen die jungen Mädchen ihren Partner nicht nur zum Tanzen, sondern fürs Leben wählen, eine nette Partie hätte machen können. Er zündete sich eine Zigarre an und sagte dabei zu Albertine gewendet: »Sie erlauben doch«, in dem Ton, mit dem jemand die Erlaubnis erbittet, während eines Gespräches noch rasch eine dringende Arbeit erledigen zu dürfen. Denn Octave mußte immer ›etwas zu tun haben‹, obwohl er nie etwas tat. Da völliges Nichtstun aber die gleichen Wirkungen hervorbringt wie Überarbeitung, und zwar sowohl auf psychischem wie auf körperlichem Gebiet, hatte die unaufhörliche Abwesenheit jedes geistigen Impulses hinter der Denkerstirn des bewußten Octave den Effekt, ihn trotz seiner nach außen hin zur Schau getragenen Ruhe mit einem völlig zwecklosen Denkbedürfnis zu erfüllen, das ihn des Nachts am Schlafe hinderte, wie es einem überarbeiteten, mit metaphysischen Problemen ringenden Philosophen widerfährt.

In dem Gedanken, daß ich bei näherer Bekanntschaft mit ihren Freunden die jungen Mädchen häufiger werde sehen können, war ich schon fast im Begriff, mich ihm vorstellen zu lassen. Ich sagte es zu Albertine, als er mit den Worten: ›Scheußlich, scheußlich, so ein Pech‹, sich empfohlen hatte. Ich glaubte, ihr damit nahezulegen, sie solle es doch das nächste Mal tun. »Aber hören Sie mal«, rief sie aus, »ich kann Sie doch nicht mit so einem Laffen bekannt machen! Es wimmelt hier nämlich von diesem Typ. Aber mit Ihnen könnten solche Leute kein Gespräch führen. Der hier spielt sehr gut Golf, aber das ist auch alles. Soviel weiß ich jedenfalls, Ihr Fall ist er nicht.« – »Ihre Freundinnen werden sich beklagen, wenn Sie sich gar nicht um sie kümmern«, sagte ich noch einmal in der Hoffnung, sie werde mir vorschlagen, mit ihr zusammen zu den andern zu gehen. »Ach wo, die brauchen mich nicht.« Wir stießen auf Bloch, der mich mit einem wissenden, anzüglichen Lächeln grüßte, dann aber, befangen durch die Gegenwart Albertines, die er nicht kannte oder doch wenigstens ›nur vom Sehen‹ kannte, mit einer steifen, ablehnenden Bewegung den Kopf auf die Brust herabsenkte. »Wer ist denn dieser ungeschliffene Kerl?« fragte mich Albertine. »Ich weiß nicht, weshalb er mich grüßt, er kennt mich

doch nicht. Ich habe ihn deshalb auch nicht wiedergegrüßt.«
Ich hatte keine Zeit, Albertine zu antworten, denn Bloch kam geradenwegs auf mich zu: »Entschuldige, wenn ich störe, aber ich möchte dir doch sagen, daß ich morgen nach Doncières fahre! Ich kann nicht länger warten, ohne unhöflich zu sein. Ich frage mich schon, was Saint-Loup-en-Bray von mir denken mag. Laß dir also sagen, daß ich jedenfalls den Zug um zwei Uhr benutze; tu du, was du willst.« Ich aber dachte nur noch daran, wie ich Albertine wiedersehen und versuchen könnte, ihre Freundinnen kennenzulernen, und Doncières, wo sie nicht sein und von wo ich erst zurückkehren würde, wenn sie den Strand schon verlassen hatten, kam mir vor wie ein Ort am andern Ende der Welt. Ich sagte also Bloch, es sei mir unmöglich, zu fahren. »Gut, dann fahre ich eben allein. Ich werde – um seinem Klerikalismus zu schmeicheln – die törichten Alexandriner des Herrn Arouet zitieren:

Auf seinem Sinn der Pflicht darf nicht der meine ruhn;
Genügt er seiner nicht, muß ich doch meine tun.«

– Ich gebe zu, er ist ein ganz hübscher Mensch, sagte Albertine zu mir, aber ich kann gar nicht sagen, wie widerwärtig er mir ist!
Ich hatte nie daran gedacht, daß Bloch ein hübscher Mensch sei; er war es in der Tat. Mit seinem etwas stark gebauten Kopf, seiner kräftig gebogenen Nase, seinen äußerst gescheiten Zügen, denen man zugleich ansah, wie überzeugt er von seiner Gescheitheit war, hatte er eigentlich ein angenehmes Gesicht. Aber vor Albertines Augen fand er keine Gnade. Das mochte vielleicht sogar mit ihren schlechten Seiten zusammenhängen, mit der Härte, der Fühllosigkeit der kleinen Freundinnenschar. Übrigens ließ später, als ich die beiden miteinander bekannt gemacht hatte, Albertines Abneigung nicht nach. Bloch gehörte Kreisen an, in denen zwischen dem

Spott, den man mit der Welt treibt, und dem daneben bestehenden Respekt vor den guten Sitten, wie ihn ein Mann, der ›auf sich hält‹, haben soll, gewissermaßen ein besonderer Kompromiß geschlossen wurde, der sich von den Gepflogenheiten der guten Gesellschaft unterscheidet und dabei zugleich eine besonders aufreizende Spielart mondänen Auftretens darstellt. Machte man Bloch mit einem anderen Menschen bekannt, so verbeugte er sich mit einer Miene, in der sich Skepsis mit übertriebener Hochachtung mischte, und wenn es ein Mann war, sagte er ›Ich bin entzückt, mein Herr‹ mit einer Stimme, der man außer der Ironie über die eben gesprochenen Worte auch das Bewußtsein des Sprechenden anhörte, jemand zu sein, der sich zu benehmen weiß. Nachdem er so jeweils die erste Sekunde einem Brauche widmete, den er einhielt und zugleich verspottete (wie er zum Beispiel am 1. Januar sagte: ›Ich wünsche Ihnen ein glückliches neues‹), setzte er gleich hinterher eine listige, übergescheite Miene auf und brachte irgendwelche ausgeklügelten Dinge vor, in denen meist viel Wahrheit steckte, die aber Albertine ›auf die Nerven fielen‹. Als ich ihr an diesem ersten Tage sagte, er heiße Bloch, bemerkte sie: »Das habe ich mir doch gedacht, daß das ein Judenjüngling ist. Die öden einen immer so an.« Im übrigen sollte Bloch weiterhin Albertine auch noch auf andere Weise mißfallen. Wie viele Intellektuelle konnte er einfache Dinge nicht einfach sagen. Er versah sie mit einem preziös gewählten Adjektiv und verallgemeinerte dann. Es verstimmte Albertine, die nicht gern hatte, daß man sich mit ihrem Tun und Lassen beschäftigte, wenn Bloch, als sie sich den Fuß verstaucht hatte und Ruhe halten mußte, erklärte: »Sie liegt auf der Chaiselongue, aber dank der Gabe der Ubiquität taucht sie gleichzeitig hier und da beim Golf und gelegentlich auch bei Tennispartien auf.« Das war zwar nur ›Literatur‹, genügte aber Albertine – wegen der ihr möglicherweise daraus erwachsenden Unannehmlichkeiten bei Leuten, denen sie eine Einladung abgesagt hatte, weil sie sich nicht

rühren könne – um gegen das Gesicht und die Stimme eines
Burschen, der so etwas sagte, voreingenommen zu sein.
Wir trennten uns, Albertine und ich, nachdem wir ausgemacht hatten, wir würden uns zu einem gemeinsamen Ausgang treffen. Ich hatte mit ihr gesprochen, ohne recht zu wissen, wohin meine Worte fielen und wie sie aufgenommen würden, ganz als wenn man Kieselsteine in einen bodenlosen Abgrund wirft. Daß unsere Reden gewöhnlich von der Person, an die wir uns wenden, mit einem Sinn erfüllt werden, den diese ihrem eigenen Wesen entnimmt, ist eine Tatsache, die das tägliche Leben uns unaufhörlich lehrt. Wenn wir uns aber außerdem noch in Gegenwart eines Menschen befinden, dessen Erziehung (wie es für mich bei Albertine der Fall war) uns völlig unbekannt ist wie auch seine Meinungen, seine Lektüre, seine Prinzipien, wissen wir nicht, ob unsere Worte etwas in ihm wecken, was ihnen stärker entspricht als im Falle eines Tieres, dem wir trotz aller Verschiedenheit gewisse Dinge begreiflich machen wollen. So kam es, daß der Versuch, mich mit Albertine freundschaftlich zu verbinden, mir wie eine Berührung mit dem schlechthin Unbekannten, ja Unmöglichen erschien, mühevoll wie das Zureiten eines Pferdes, erregend wie das Züchten von Bienen oder Rosen.
Ein paar Tage zuvor hatte ich noch geglaubt, Albertine werde meinen Gruß nur von fern erwidern. Nun hatten wir uns nach Verabredung eines gemeinsamen Ausflugs getrennt. Ich nahm mir vor, Albertine gegenüber bei unserer nächsten Begegnung kecker aufzutreten, und legte mir (jetzt, da ich den Eindruck hatte, daß sie ziemlich leichtsinnig sei) im voraus einen Plan zurecht, was alles an Freuden ich mir von ihr erbitten würde. Aber der Geist unterliegt wechselnden Einflüssen ebensosehr wie die Pflanze, die Zelle oder ein chemisches Element, nur ist das Milieu, in dem er beim Eintauchen eine Änderung erfährt, eine Änderung von Umständen, ein anderer als der gewohnte Rahmen. Anders geworden durch die Tatsache ihrer Gegenwart, sagte ich, wenn ich dann

wieder mit Albertine zusammen war, zu ihr etwas ganz anderes, als ich mir vorgenommen hatte. Dann wieder erinnerte ich mich an die entzündete Schläfe und fragte mich, ob Albertine nicht eine Freundlichkeit höher einschätzen würde, deren Uneigennützigkeit ihr klar würde. Endlich schüchterten mich gewisse Blicke, eine bestimmte Art ihres Lächelns ein. Sie konnten ein Ausfluß leichter Sitten oder auch nur der etwas törichten Heiterkeit eines mutwilligen, doch im Grunde ehrenhaften jungen Mädchens sein. Der gleiche physiognomische Ausdruck ließ verschiedene Deutungen zu; ich zögerte wie ein Schüler bei einer Übersetzung aus dem Griechischen.
Diesmal stießen wir fast sofort auf die große Andrée, diejenige, die über den alten Herrn hinweggesprungen war; Albertine mußte mich mit ihr bekannt machen. Ihre Freundin hatte ungewöhnlich helle Augen, die etwas von einem dunkeln Zimmer hatten, aus dem man durch die offene Tür in ein anderes schaut, in dem Sonne und der grünliche Widerschein des flimmernden Meeres webt.
Fünf Herren kamen vorbei, die ich vom Sehen gut kannte, seitdem ich in Balbec war. Oft hatte ich mich gefragt, wer sie wohl sein mochten. »Das sind keine sehr schicken Leute«, meinte Albertine mit geringschätzigem Lächeln. »Der kleine Alte mit den gelben Handschuhen ist toll hergerichtet, was? Er spielt sich riesig auf; das ist der Zahnarzt von Balbec, sonst ein ganz ordentlicher Mann; der Dicke ist der Bürgermeister, nicht der ganz kleine Dicke – den müssen Sie auch schon gesehen haben, das ist der Tanzmeister aus dem Kasino, er ist spießig, uns kann er nicht leiden, weil wir zuviel Lärm machen, seine Stühle demolieren und ohne Teppich tanzen wollen, er gibt uns deshalb auch niemals einen Preis, obwohl wir die einzigen sind, die hier tanzen können. Der Zahnarzt ist ein ganz braver Mann, ich hätte ihm guten Tag gesagt, um den Tanzmeister zu ärgern, aber ich konnte nicht, weil ein Monsieur de Sainte-Croix bei ihnen ist, der dem ›Conseil général‹ angehört; er kommt aus einer sehr guten Familie, ist

aber aus finanziellen Gründen zu den Republikanern gegangen; kein Mensch, der auf sich hält, grüßt ihn noch. Er kennt meinen Onkel, weil der in der Regierung ist, aber die übrige Familie schaut ihn nicht mehr an. Der Magere mit dem Regenmantel ist der Dirigent des Kurorchesters. Was, kennen Sie nicht? Er ist einfach göttlich! Haben Sie nicht die ›Cavalleria rusticana‹ gehört? Ach, das finde ich ideal! Heute abend gibt er ein Konzert, aber wir können nicht hingehen, weil es im Rathaussaal ist. Im Kasino machte es nichts, aber im Rathaussaal, aus dem das Kruzifix entfernt worden ist – Andrées Mutter träfe der Schlag, wenn wir doch hingingen. Sie werden mir zwar entgegenhalten, daß ja der Mann meiner Tante in der Regierung ist. Aber was wollen Sie, Tante ist Tante. Ich liebe sie übrigens deshalb noch nicht! Sie hat immer nur den Wunsch gehabt, mich irgendwie loszuwerden. Die Frau, die wirklich wie eine Mutter zu mir gewesen ist und von der das doppelt verdienstvoll war, weil sie ja nicht meine Mutter war, ist eine Freundin, aber die liebe ich dafür auch wie eine Mutter. Ich werde Ihnen gelegentlich eine Photographie von ihr zeigen.« Wir wurden einen Augenblick unterbrochen, denn der Golfchampion und Baccaratspieler Octave kam und begrüßte uns. Ich glaube, etwas Gemeinsames zwischen ihm und mir entdeckt zu haben, denn aus dem Gespräch ging hervor, daß er mit den Verdurins verwandt und bei ihnen recht gern gesehen sei. Aber er sprach mit Verachtung von den berühmten Mittwochabenden mit dem Bemerken, Herrn Verdurin sei der Gebrauch des Smokings unbekannt, und es sei denn doch eher peinlich, wenn man ihm in gewissen ›Music-Halls‹ begegnete, wo man sich lieber nicht mit ›Ja, Bengel, was machst du denn hier?‹ von einem Herrn begrüßt gesehen hätte, der einen Rock und eine schwarze Krawatte trug wie ein Provinznotar. Dann ließ Octave uns wieder allein, und bald darauf verabschiedete sich auch Andrée, die vor der kleinen Villa, in der die Ihren wohnten, angekommen war, ohne daß sie auf dem ganzen

Spaziergang ein Wort zu mir gesagt hatte. Ich bedauerte ihr Verschwinden um so mehr, als, während ich Albertine gegenüber bemerkte, ihre Freundin verhalte sich ziemlich kühl zu mir, und bei mir selbst die Schwierigkeit, die Albertine mit dem Herstellen einer Verbindung zwischen mir und ihren Freundinnen zu haben schien, mit der Feindseligkeit verglich, auf die bei ihnen Elstir mit der Erfüllung meines Wunsches an jenem ersten Tage gestoßen zu sein schien, zwei junge Mädchen vorüberkamen, die ich grüßte: die Fräulein d'Ambresac; auch Albertine sagte ihnen guten Tag.

Ich meinte, mein Ansehen bei Albertine werde dadurch gewinnen. Sie waren die Töchter einer Verwandten von Madame de Villeparisis, die auch mit der Prinzessin von Luxemburg bekannt war. Monsieur und Madame d'Ambresac, die eine kleine Villa in Balbec besaßen und außerordentlich reich waren, führten ein denkbar einfaches Leben, der Mann trug stets den gleichen Rock, die Frau ein dunkles Kleid. Alle beiden grüßten meine Großmutter höchst ehrerbietig, doch führte das zu keiner weiteren Annäherung. Die sehr hübschen Töchter zogen sich eleganter an, aber es war eine städtische Eleganz, die an die See nicht recht paßte. Mit ihren langen Kleidern und großen Hüten sahen sie aus, als gehörten sie einer anderen Menschenart an als Albertine. Diese wußte sehr gut, wer die beiden waren. »Ah! Sie kennen die kleinen Ambresacs? Na, da kennen Sie aber sehr schicke Leute. Übrigens sind sie sehr einfach«, setzte sie hinzu, als ob das ein Widerspruch wäre. »Sie sind sehr nett, aber so wohlerzogen, daß sie nicht ins Kasino dürfen, besonders unseretwegen nicht, weil wir uns ›auffallend‹ benehmen. Sie gefallen Ihnen? Na, das ist Geschmackssache. Es sind nichts als weiße Gänschen. Das kann seinen Reiz haben. Wenn Sie für weiße Gänschen schwärmen, dann sind Sie dort an der richtigen Adresse. Sie scheinen dabei gefallen zu können, denn eine von ihnen ist schon verlobt mit einem Marquis de Saint-Loup. Die Jüngere ist sehr traurig darüber, denn sie war in den jungen Mann verliebt. Mich regt schon ihre Art zu sprechen, ohne die Lippen dabei zu bewegen, auf. Und außerdem ziehen sie sich so lächerlich an. Sie gehen in seidenen Kleidern zum Golf. In ihrem Alter sind sie schon anspruchsvoller gekleidet als manche älteren Damen, die sich zu kleiden verstehen. Schauen Sie Madame Elstir an, das ist eine elegante Frau.« Ich antwortete, daß Madame Elstir mir sehr einfach in ihrer Kleidung vorgekommen sei. Albertine lachte. »Sie ist tatsächlich sehr einfach angezogen. Aber einfach himmlisch. Und um das zu erreichen, was Sie einfach nennen, gibt sie ein Wahnsinnsgeld aus.« Die Kleider von Madame Elstir wurden von denen gar nicht bemerkt, die keinen sicheren und maßvollen Geschmack in Dingen der Kleidung hatten. Mir selbst ging dieser Geschmack ab. Elstir besaß ihn im höchsten Grade, wenn man Albertine Glauben schenken wollte. Ich hatte weder das geahnt, noch daß die eleganten, aber einfachen Dinge, mit denen sein Atelier angefüllt war, Wunderwerke darstellten, die er heiß ersehnt und von einer Versteigerung zur anderen verfolgt hatte, um sie erwerben zu können. Aber darüber konnte auch Albertine, die ebensowenig davon verstand wie ich, mir weiter nichts erzählen, während sie in puncto Toiletten durch einen Instinkt der Koketterie und vielleicht auch durch den schmerzlichen Verzicht eines armen jungen Mädchens geleitet, das dann um so uneigennütziger und mit feinem Empfinden bei den Reichen schätzt, was sie selbst als Schmuck nicht besitzen kann, sehr wohl zu berichten wußte, wie raffiniert Elstir in dieser Hinsicht sei: so überempfindlich sogar, daß er geradezu alle Frauen schlecht angezogen fand, eine bestimmte Proportion, eine Nuance alles für ihn bedeutete und er für seine Frau zu unerhörten Preisen Sonnenschirme, Hüte, Mäntel herstellen ließ, deren Reize er Albertine auseinandergesetzt hatte und die eine Person ohne Geschmack nicht mehr bemerkt hätte, als ich es bis dahin tatsächlich tat. Übrigens hegte Albertine, die selbst etwas Malerei getrieben hatte, ohne dabei, wie sie selber sagte, irgendeine Begabung dafür zu besitzen, große Bewunderung für Elstir, und dank dem, was er ihr gezeigt hatte, verstand sie sich auf Bilder in einem Maße, das zu ihrer Begeisterung für die ›Cavalleria rusticana‹ in krassem Widerspruch stand. In Wirklichkeit nämlich, obwohl man es noch kaum merkte, war sie sehr gescheit, und soweit die Dinge, die sie sagte, dumm waren, lag es weniger an ihr als an ihrem Milieu und ihrem Lebensalter. Elstir hatte auf sie einen ausgezeichneten, aber nur teilweise wirksamen Einfluß gehabt. Die verschiedenen Formen der Intelligenz waren bei Albertine nicht bis zu dem gleichen Grad der Entwicklung gelangt. Ihr Verständnis für Malerei hatte bei ihr fast dasjenige für Kleidung und alle Formen der Eleganz eingeholt, aber ihr musikalischer Geschmack war dahinter sehr weit zurückgeblieben.

Es half nicht viel, daß Albertine wußte, wer die Fräulein d'Ambresac waren, denn da derjenige, der das Größere kann, nicht notwendigerweise auch das Geringere vermag, fand ich sie, nachdem ich diese jungen Mädchen gegrüßt hatte, nicht geneigter als zuvor, mich mit ihren Freundinnen bekannt zu machen. »Es ist sehr nett von Ihnen, daß Sie solche Wichtigkeit von ihnen machen. Kümmern Sie sich doch gar nicht um sie. Es ist nichts an ihnen dran. Was können denn solche Mädels schon für einen Menschen bedeuten, wie Sie einer sind? Andrée ist wenigstens noch recht gescheit. Sie ist ein gutes Mädchen, obwohl vollkommen phantastisch, aber die anderen sind wirklich furchtbar dumm.« Als ich mich von Albertine getrennt hatte, verspürte ich plötzlich großen Kummer, daß mir Saint-Loup nichts von seiner Verlobung gesagt hatte und etwas so Unrechtes tat wie sich zu verheiraten, ohne mit seiner Geliebten gebrochen zu haben. Wenige Tage darauf jedoch wurde ich Andrée vorgestellt, und da sie ziemlich lange mit mir sprach, benutzte ich die Gelegenheit, ihr zu sagen, daß ich sie gern am folgenden Tage sehen würde, doch sie antwortete mir, es sei unmöglich, da sie ihre Mutter bei ziemlich schlechtem Befinden angetroffen habe und sie nicht allein lassen wollte. Zwei Tage darauf besuchte ich Elstir, und er erzählte mir, daß Andrée eine große Sympathie für mich gefaßt habe; ich antwortete ihm: »Ich selbst habe viel Sympathie für sie vom ersten Tag an gehabt, ich wollte sie gerne am nächsten Tage wiedersehen, aber sie konnte nicht.« – »Ja, ich weiß, sie hat es mir erzählt«, sagte Elstir, »es tat ihr furchtbar leid, aber sie hatte eine Einladung zu einem Picknick zehn Meilen von hier angenommen, wohin sie im Break fahren sollte, und konnte nicht mehr absagen.« Obwohl diese Lüge, da Andrée mich so wenig kannte, an sich ganz unbedeutend war, hätte ich doch nicht weiter mit einem Menschen umgehen sollen, der solcher Unaufrichtigkeit fähig war. Denn was die Leute getan haben, tun sie unaufhörlich auch weiterhin. Und wenn man jedes Jahr wieder einen Freund besucht, der das erste Mal sich zu einer Verabredung nicht hat einfinden können oder erkältet war, so wird man ihn immer wieder mit einer Erkältung antreffen, die er gerade bekommen hat, man wird ihn bei einer weiteren Begegnung verfehlen, zu der er nicht erschienen ist, und zwar immer aus dem gleichen Grunde, an dessen Stelle er verschiedenartige Gründe zu haben glaubt, die aus den gerade gegebenen Umständen folgen.

An einem der Vormittage, die auf denjenigen folgten, als Andrée mir gesagt hatte, sie müsse bei ihrer Mutter bleiben, ging ich ein Stückchen mit Albertine spazieren, die ich dabei angetroffen hatte, wie sie gerade mit einer Schnur einen merkwürdigen Gegenstand in die Höhe hob, der sie der ›Abgötterei‹ von Giotto ähnlich erscheinen ließ; das Ding nannte sich ›Diabolo‹ und ist derart aus der Mode gekommen, daß vor dem Porträt eines jungen Mädchens mit einem solchen Gegenstand künftige Kommentatoren gelehrte Ansichten werden äußern können, nicht anders als darüber, was irgendeine der allegorischen Figuren der Arenakapelle in der Hand halten mag. Kurz darauf kam ihre Freundin, die so ärmlich ausgesehen hatte und mit so harter Miene und so böse am ersten Tag gesagt hatte: ›Der arme Mummelgreis tut mir leid‹, und damit den alten Herrn meinte, den Andrées leichte Füße gestreift hatten, und fragte Albertine: »Guten Tag, ich störe euch doch nicht?« Sie hatte ihren Hut abgenommen, der ihr offenbar lästig war, und ihre Haare lagen, wie eine bezaubernde unbekannte Spezies aus dem Pflanzenreich mit zartem bis ins einzelne gegliedertem Laub, auf ihrer Stirn. Gereizt vielleicht darüber, daß sie so barhaupt daherkam, antwortete Albertine ihr nicht; sie bewahrte ein eisiges Schweigen, doch die andere blieb trotzdem, wurde aber von Albertine stets in einer gewissen Entfernung von mir gehalten, denn diese richtete es so ein, daß sie jeweils ein paar Augenblicke mit jener allein war und dann wieder mit mir vorausging, so daß wir die andere hinter uns zurückließen. Ich mußte Albertine in Gegenwart ihrer Freundin bitten, dieser vorgestellt zu werden. In dem Augenblick aber, als Albertine meinen Namen nannte, sah ich auf dem Gesicht und in den blauen Augen des jungen Mädchens, das mir so grausam vorgekommen war, als es gesagt hatte: ›Der arme Mummelgreis tut mir leid‹, ein herzliches, liebevolles Lächeln flüchtig aufblitzen, außerdem reichte sie mir die Hand. Ihr Haar war golden, aber nicht nur das Haar, denn wenn auch ihre Wangen rosig und ihre Augen blau wirkten, so waren sie doch wie der noch rötliche Morgenhimmel, durch den überall das Gold des Tages schon hindurchzublitzen scheint.

Da ich sofort Feuer fing, sagte ich mir, sie sei eben in der Liebe noch ein scheues Kind, sicher aber eben aus Liebe zu mir trotz Albertines ablehnendem Verhalten doch bei uns geblieben und wohl glücklich, mir schließlich durch ihren guten lächelnden Blick zu verstehen zu geben, daß sie ebenso sanft mit mir zu sein vorhabe, wie sie vordem häßlich zu andern war. Gewiß hatte sie mich am Strande sogar schon bemerkt, als ich sie noch nicht kannte, und seither an mich gedacht; vielleicht hatte sie, um sich von mir bewundern zu lassen, den alten Herrn geneckt und an den folgenden Tagen mißmutig ausgesehen, weil es ihr nicht gelang, meine Bekanntschaft zu machen. Vom Hotel aus hatte ich sie oft bemerkt, wie sie des Abends am Strande spazierenging, und jetzt, befangen in der Gegenwart Albertines, wie sie es auch inmitten der kleinen Schar gewesen wäre, heftete sie sich offenbar trotz der immer kühler werdenden Haltung ihrer Freundin in der Hoffnung an uns, als letzte zurückzubleiben und mit mir eine Verabredung treffen zu können für einen Augenblick, da es ihr möglich sein würde, ohne Wissen ihrer Familie und ihrer Freundinnen zu entweichen und mich an einer verschwiegenen Stelle zu treffen, vor der Messe oder nach dem Golf. Es war um so schwieriger, sich mit ihr zu verabreden, als Andrée schlecht mit ihr stand und sie gar nicht mochte. »Ich habe lange genug ihre schreckliche Falschheit ausgehalten«, sagte Andrée zu mir, »ihre Kriecherei und die ewigen schlechten Streiche, die sie mir gespielt hat. Ich habe alles über mich ergehen lassen wegen der anderen. Aber was sie letzthin gemacht hat, ging denn doch zu weit.« Und sie erzählte mir einen von dem jungen Mädchen in Umlauf gesetzten Klatsch, der tatsächlich geeignet war, Andrée zu schaden.

Die Worte aber, die Gisèles Blick mir für den Augenblick zu verheißen schien, da Albertine uns allein zurückgelassen hätte, konnten nicht zu mir gelangen, weil Albertine, die sich hartnäckig zwischen uns beide drängte, allmählich nur noch ganz kurz und schließlich überhaupt nicht mehr auf die Reden ihrer Freundin Antwort gab und diese uns daraufhin verließ. Ich machte Albertine Vorwürfe, daß sie so unangenehm gewesen sei. »Das wird sie lehren, etwas taktvoller zu sein. Sie ist gar nicht übel, aber sie kann einem furchtbar auf die Nerven fallen. Sie braucht ja nicht überall ihre Nase hineinzustecken. Warum heftet sie sich denn derartig an unsere Sohlen, wo sie doch niemand darum gebeten hat; es war höchste Zeit, daß ich sie einmal habe abfahren lassen. Übrigens finde ich abscheulich, wie sie ihr Haar trägt, geradezu ordinär.« Ich betrachtete die Wangen Albertines, während sie mit mir sprach, und fragte mich, welchen Duft und Geschmack sie wohl haben mochten. An jenem Tage wirkten sie nicht so frisch und kühl, sondern waren merkwürdig glatt und mit einem leichten, ins Violette spielenden milchigrosigen Hauch überdeckt wie gewisse Rosen, auf denen es wie eine Wachsschicht liegt. Ich war so leidenschaftlich davon entzückt, wie man es manchmal von einer Blumensorte ist. »Ich hatte sie gar nicht gesehen«, antwortete ich ihr. – »Sie haben sie dabei sehr genau angeschaut, es sah aus, als wollten Sie sie mindestens porträtieren«, antwortete Albertine, ohne sich durch die Tatsache besänftigt zu fühlen, daß in diesem Augenblick ich nur sie anschaute. »Ich glaube dennoch nicht, daß sie Ihnen gefallen würde. Sie ist gar kein Flirt. Sie mögen sicher gern junge Mädchen, mit denen man flirten kann. Na, jedenfalls wird sie keine Gelegenheit haben, sich weiter an uns zu heften und sich wegschicken zu lassen, denn sie fährt nach Paris zurück.« – »Und Ihre anderen Freundinnen reisen auch?« – »Nein, nur sie mit ihrer Miss, weil sie ihre Prüfungen noch einmal machen muß. Sie muß jetzt büffeln, die Arme. Das ist kein Vergnügen, kann ich Ihnen sagen. Es kommt natürlich vor, daß man ein gutes Thema erwischt. Der Zufall spielt ja dabei eine so große Rolle. Ein Mädchen, mit dem wir befreundet sind, hat gehabt: ›Schildere einen Unfall, den du mitangesehen hast‹. Das ist nun wirklich Glück! Aber ich kenne auch eine, die hat, und noch dazu schriftlich, zu behandeln gehabt: ›Mit wem wärest du lieber befreundet, mit Alceste oder Philinte?‹. Da hätte ich Blut und Wasser geschwitzt! Von allem anderen abgesehen ist das gar keine Frage, die man jungen Mädchen stellen kann. Junge Mädchen sind mit anderen Mädchen befreundet, und man nimmt von ihnen nicht an, daß sie Herren als Freunde haben. (Dieser Satz, der mir zeigte, wie wenig Aussicht ich hatte, in die kleine Schar aufgenommen zu werden, ließ mich

zittern.) Aber auf alle Fälle, auch wenn die Frage an junge Männer gestellt wird – was soll man denn eigentlich darüber zu sagen finden? Mehrere Familien haben an den ›Gaulois‹ geschrieben und sich darüber beschwert, daß solche schwierigen Fragen gestellt werden. Das Tollste aber ist, daß in einer Sammlung der besten Arbeiten preisgekrönter Schülerinnen das Thema zweimal auf absolut entgegengesetzte Weise behandelt worden ist. Alles hängt eben davon ab, wer prüft. Der eine wollte, man solle sagen, Philinte sei ein schmeichlerischer und unaufrichtiger Weltmann, der andere, man könne zwar Alceste seine Bewunderung nicht versagen, aber er sei doch zu bitter, und jedenfalls als Freund komme viel eher Philinte in Betracht. Wie sollen sich denn da die unglücklichen Schülerinnen auskennen, wenn die Lehrer selbst unter sich nicht einig sind? Und dabei ist das noch gar nichts, es wird jedes Jahr schlimmer. Wenn Gisèle durchkommt, dann bestimmt nur durch Protektion.«
Ich kehrte ins Hotel zurück, meine Großmutter war nicht da; ich wartete eine Weile auf sie, und als sie endlich kam, beschwor ich sie, sie solle mir doch auf Grund unvorhergesehener Umstände erlauben, einen Ausflug zu machen, der vielleicht achtundvierzig Stunden dauern werde; ich aß mit ihr zu Mittag, bestellte einen Wagen und ließ mich zum Bahnhof bringen. Gisèle würde sicher bei meinem Anblick gar nicht besonders erstaunt sein; wenn wir erst in Doncières in den Pariser Zug umgestiegen wären, würden wir einen Durchgangswagen finden, in dem ich, während die Miss ihr Schläfchen machte, Gisèle in dunkle Ecken ziehen und mit ihr eine Begegnung in Paris verabreden könnte für die Zeit nach meiner Rückkehr, die ich soviel wie möglich beschleunigen wollte. Je nachdem sie wünschte, würde ich sie bis Caen oder Evreux begleiten und mit dem nächsten Zug zurückfahren. Doch was würde sie wohl denken, wenn sie erführe, daß ich lange zwischen ihr und ihren Freundinnen geschwankt, daß ich ebensogut bereit gewesen wäre, mich in Albertine oder

das junge Mädchen mit den hellen Augen oder in Rosemonde zu verlieben? Jetzt, da mich eine auf Gegenseitigkeit beruhende Liebe mit Gisèle verbinden sollte, war ich von Reue erfüllt. Ich hätte ihr übrigens völlig wahrheitsgemäß versichern können, daß Albertine mir nicht mehr gefiel. Ich hatte an diesem Morgen gesehen, wie sie wegging und mir fast den Rücken kehrte, um mit Gisèle zu sprechen. Auf ihrem mißmutig geneigten Kopf hatte hinten das Haar in einer mir fremden Weise geglänzt, als wenn sie eben aus dem Wasser käme. Ich hatte an ein nasses Huhn denken müssen, und dies Haar war für mich ein Anlaß gewesen, Albertine mit einer anderen Seele zu bedenken als der, die ich mir vordem hinter ihrem dunkeln Gesicht und dem geheimnisvollen Blick vorgestellt hatte. Einen Augenblick lang hatte ich nichts als den Hinterkopf mit dem glänzenden Haar bemerkt und sah nun auch weiterhin sonst nichts vor mir. Unser Gedächtnis gleicht den Geschäften, die im Schaufenster einmal die eine und einmal die andere Photographie der gleichen Person ausstellen. Gewöhnlich bleibt dann für einige Zeit nur die letzte im Blickfeld der Beachtung. Während der Kutscher sein Pferd antrieb, hörte ich Worte der Dankbarkeit und Liebe aus dem Munde Gisèles, die alle aus ihrem gutartigen Lächeln und der Bewegung ihrer ausgestreckten Hand hervorgegangen waren: denn in den Epochen meines Lebens, in denen ich nicht verliebt war, es aber gern gewesen wäre, trug ich nicht nur ein körperliches Schönheitsideal in mir, das ich, wie man gesehen hat, in jeder Vorübergehenden wiederzuerkennen glaubte, wenn sie mir nur genügend fern blieb, damit ihre undeutlichen Züge dieser Identifizierung nicht widerstreben konnten, sondern außerdem auch noch ein – stets zur Verkörperung bereites – seelisches Klischee der Frau, die sich in mich verlieben und mir in der Liebeskomödie, die ich seit meiner Kindheit fertig im Kopf hatte und in der, wie ich mir einbildete, jedes halbwegs liebenswürdige junge Mädchen gern mitgespielt hätte, wofern sie für die Rolle die geeigneten körperlichen Voraussetzungen besaß, das Stichwort geben würde. Welch neuen ›Star‹ auch immer ich berufen mochte, um die Rolle zu kreieren oder neu zu besetzen, Szenarium, Peripetien und sogar der Text des Stückes blieben auf mein Geheiß immer gleich.

Ein paar Tage später kannte ich trotz Albertines geringer Bereitwilligkeit, uns bekannt zu machen, die gesamte kleine Schar, der ich an jenem Tage am Strande begegnet und die noch vollzählig vertreten war (mit Ausnahme von Gisèle, die ich wegen eines längeren Aufenthaltes an einer heruntergelassenen Schranke und einer Fahrplanänderung nicht mehr am Zuge hatte treffen können, der bereits fünf Minuten vor meiner Ankunft abgefahren war, und an die ich übrigens auch schon gar nicht mehr dachte), dazu noch zwei oder drei weitere Freundinnen, die ich auf meinen Wunsch ebenfalls kennenlernte. Da so die Hoffnung auf ein Vergnügen, das ich in der Bekanntschaft eines neuen jungen Mädchens finden würde, mir durch eine andere zuteil wurde, die ich bereits kannte, war die letzte immer so etwas wie eine Rosensorte, die man aus einer anderen erzielt. Und wenn ich dann in diesem Blumengewinde von einer Blüte zur anderen eilte, führte mich die Freude, wieder eine andere kennenzulernen, immer wieder zu jener, die sie mir vermittelt hatte, mit einer Dankbarkeit zurück, unter die sich ebensoviel Verlangen mischte wie unter die neue Hoffnung. Bald verbrachte ich alle meine Tage mit den jungen Mädchen.

Ach! auch in der frischesten Blüte kann man schon die kaum wahrnehmbaren Punkte erkennen, die für den ahnenden Geist das bezeichnen, was durch den Vorgang des Verdorrens oder Fruchttragens der heute noch blühenden Gewebe, die schon unabänderlich festgelegte, prädestinierte Form des späteren Samenstandes sein wird. Man geht mit Vergnügen den Linien einer Nase nach, welche einer kleinen, von morgendlicher Flut köstlich geschwellten Welle gleicht, die unbeweglich und geeignet zum Nachbilden scheint, weil das Meer derart ruhig ist, daß man die Gezeiten vergißt. Die menschlichen Gesichter scheinen sich in dem Augenblick, da man sie anschaut, nicht zu ändern, weil die Umwandlung, die sie erfahren, zu langsam vonstatten geht, als daß wir sie wahrnehmen könnten. Aber man brauchte ja neben diesen jungen Mädchen nur ihre Mutter oder Tante zu sehen, um die Entfernung abschätzen zu können, die unter Einwirkung der inneren Anziehungskraft eines gemeinhin schrecklichen Typus diese Züge in weniger als dreißig Jahren zurückgelegt haben würden: bis zu jener Stunde, da der Blick kraftlos wird, bis zu dem Zeitpunkt, da das Gesicht, nun schon unter den Horizont gesunken, keinen Schein von Licht mehr erhält. Ich wußte, daß ebenso tief eingewurzelt, ebenso unentrinnbar wie jüdischer Patriotismus oder christlicher Atavismus bei denen, die sich von den Banden ihres Erbes am unabhängigsten dünken, unter der rosigen Blüte einer Albertine, Rosemonde, Andrée, ihnen selber unbekannt und durch die Umstände noch zurückgehalten, eine dicke Nase, ein derber Mund, eine Körperfülle wohnten, die überraschen würden, aber in Wirklichkeit schon in der Kulisse warteten, bereit, auf die Bühne zu treten: plötzlich, unvorhergesehen, schicksalsmäßig wie Dreyfus-Gesinnung oder Klerikalismus, nationalistischer oder aristokratischer Heroismus, die der Appell der äußeren Umstände aus einer Natur, die schon vor dem Individuum existierte, durch die dieses aber denkt, lebt, sich entwickelt, zunimmt oder stirbt, mit einem Male hervorbrechen läßt, ohne daß das Einzelwesen sie von den speziellen Beweggründen unterscheiden kann, die er mit jener Natur verwechselt. Selbst in geistiger Beziehung hängen wir von den Naturgesetzen weit stärker ab, als wir denken, und unser Geist besitzt von vornherein wie gewisse Kryptogamen oder Grasarten Eigentümlichkeiten, für die wir irrtümlich nur uns frei zu entscheiden vermeinen. Wir nehmen sekundär Ideen in uns auf, ohne die Grundursache zu bemerken (jüdische Rasse, französische Familie und andere), aus der sie notwendig hervorgegangen sind und durch die sie sich zum gegebenen Zeitpunkt in uns manifestieren. Und vielleicht, während die einen uns das Ergebnis einer Überlegung, die anderen die Folge eines Diätfehlers zu sein scheinen, haben wir von unserer Familie, ebenso wie Schmetterlingsblütler eine bestimmte Form ihrer Samen, die Ideen übernommen, von denen wir leben, wie auch die Krankheit, an der wir sterben werden.

Wie bei einer Pflanze, an der die Blüten zu verschiedener Zeit zu Früchten reifen, sah ich am Strande von Balbec bereits die alten Damen, die harten Fruchtschoten, die schwammigen Wurzelknollen vor Augen, zu denen meine Freundinnen eines Tages zwangsläufig werden mußten. Aber was tat das? Noch war Blütezeit. Wenn daher Madame de Villeparisis mich zu einer Spazierfahrt einlud, suchte ich nach einer Entschuldigung, weshalb ich nicht mitkommen könne. Besuche bei Elstir machte ich nur, wenn meine neuen Freundinnen mich begleiteten. Ich fand selbst keinen Nachmittag mehr, um nach Doncières zu fahren und Saint-Loup zu besuchen, wie ich ihm versprochen hatte. Gesellschaftliche Veranstaltungen, ernsthafte Gespräche, sogar der Gedankenaustausch mit einem Freund, die an die Stelle meiner Ausgänge mit den jungen Mädchen getreten wären, hätten auf mich die gleiche Wirkung gehabt, als wenn man uns zur Stunde der Mittagsmahlzeit nicht an den Eßtisch führte, sondern aufforderte, ein Album zu betrachten. Männer, junge Leute, alte und reifere Frauen, mit denen wir glauben gern zusammen zu sein, werden an uns auf einer glatten und unzuverlässigen Bahn herangetragen, weil wir von ihnen nur durch die auf sich selbst beschränkte visuelle Wahrnehmung Kenntnis nehmen; doch wie ein Beauftragter aller anderen Sinne wendet sich diese visuelle Wahrnehmung den jungen Mädchen zu. Die Sinne suchen einer nach dem anderen die Reize des Duftes, des Geschmacks und dessen, was konkret ist, und sie genießen dies alles mittels der Blicke, ohne Zuhilfenahme der Hände oder der Lippen. Und dank der Fähigkeit zu den Künsten des Transponierens und dem Geist der Synthese, in denen unser Wünschen Meister ist, unter der Farbe der Wangen oder der Brust die Wonne des Berührens, den Geschmack, die verbotene Lust zu erahnen, verleihen diese Fähigkeiten den jungen Mädchen die honigsüße Substanz, die sie in einem Rosengarten, in den sie eingedrungen sind, oder in einem Weinberg genießen, dessen Trauben sie mit den Augen verzehren.

Wenn es regnete, verbrachten wir, obwohl das schlechte Wetter Albertine nicht schreckte, denn man sah sie oft im Regenmantel zu Rad durch strömenden Regen fahren, den Tag im Kasino, das an solchen Tagen zu meiden für mich undenkbar gewesen wäre. Ich hegte die größte Verachtung für die Damen d'Ambresac, die es nie betreten hatten. Gern aber half ich meinen Freundinnen, dem Tanzmeister Streiche zu spielen. Wir erhielten dann gewöhnlich eine Rüge von seiten des Pächters oder der Angestellten, die sich direktoriale Gewalt anmaßten, weil meine Freundinnen – selbst Andrée, die ich damals am ersten Tage für ein so mänadenhaftes Geschöpf gehalten hatte, die aber gerade zart, sehr geistig und dies Jahr auch noch recht leidend war, jedoch trotzdem sich weniger nach ihrem Gesundheitszustand als nach den Impulsen ihres Lebensalters richtete, das sich über alles hinwegsetzt und in Ausgelassenheit Gesunde und Kranke vereint – den Eingangsraum zum Festsaal nicht betreten konnten, ohne mit Schwung über die Stühle hinwegzusetzen, dann wieder mit um des Gleichgewichts willen graziös nach den Seiten ausgestreckten Armen auf dem Parkett zurückzugleiten und zu singen, alle Künste dabei vereinend in dieser ersten Jugend wie die Poeten der Frühzeit, bei denen die Gattungen der Dichtkunst noch nicht geschieden sind und die in einem epischen Gedicht Ratschläge für den Ackerbau mit theologischen Belehrungen mischen.

Diese Andrée, die mir am ersten Tage als die kühlste von allen erschienen war, erwies sich als unendlich viel zartsinniger, liebevoller, nachdenklicher denn Albertine, für die sie

die schmeichelnde Zärtlichkeit einer älteren Schwester hegte. Sie setzte sich im Kasino neben mich und war auch im Gegensatz zu Albertine imstande, auf einen Walzer zu verzichten, wenn ich zu müde war, oder statt ins Kasino zu gehen im Hotel zu bleiben. Sie drückte ihre freundschaftlichen Gefühle für mich oder für Albertine in Nuancen aus, die ihr sehr verfeinertes Verständnis für Dinge bewiesen, was zum Teil vielleicht auf ihren zarten Gesundheitszustand zurückging. Sie hatte immer ein heiteres Lächeln der Entschuldigung für das kindische Wesen Albertines, die mit naiver Heftigkeit zugab, welche unwiderstehliche Verlockung für sie alle Vergnügungen bedeuteten, denen sie niemals wie Andrée ein Gespräch mit mir entschieden vorgezogen hätte...
Beim Nahen des Zeitpunktes, da sie zu einer Teegesellschaft auf dem Golfplatz gehen wollten, machte sie sich dafür zurecht, wenn wir in jenem Augenblick zusammen waren, und wandte sich dann an Andrée: »Nun, Andrée, worauf wartest du? Du weißt doch, daß heute dieser Tee auf dem Golfplatz ist.« – »Nein, ich bleibe hier und unterhalte mich mit ihm«, antwortete Andrée, indem sie auf mich wies. »Aber du weißt doch, daß Madame Durieux dich eingeladen hat«, rief Albertine, als könne sich Andrées Absicht, bei mir zu bleiben, einzig aus ihrer Unkenntnis der Tatsache erklären, daß sie eingeladen sei. »Ach Kind, sei nicht so dumm«, antwortete Andrée. Albertine wagte nicht, weiter in sie zu dringen, denn sie fürchtete, man könne ihr vorschlagen, ebenfalls zu bleiben. So schüttelte sie nur den Kopf: »Also tu, was du willst«, antwortete sie, so wie man zu einem Kranken spricht, der sich aus Mutwillen immer mehr zugrunde richtet, »ich springe, denn ich glaube, deine Uhr geht nach«, und raste davon. »Sie ist reizend, aber man hat es nicht leicht mit ihr«, meinte Andrée und sah ihrer Freundin mit einem Lächeln nach, das liebevoll mißbilligend war. Wenn Albertine in dieser Neigung zu Vergnügungen etwas von Gilberte hatte, so ist es eben so, daß zwischen den Frauen, die wir nacheinander lieben, eine, frei-

lich eine gewisse Entwicklung durchmachende Ähnlichkeit besteht, die mit einer Unveränderlichkeit unserer Anlage zusammenhängt, denn diese wählt sie ja aus und geht an allen denen vorbei, die nicht Wesen sind, welche mit uns kontrastieren und uns zugleich entsprechen, das heißt, sich eignen, unseren Sinnen zu genügen und uns Leiden des Herzens zu bereiten. Diese Frauen sind ein Produkt unserer Anlage, ein Bild, eine umgekehrte Projektion, ein ›Negativ‹ unseres eigenen Gefühlslebens. So könnte ein Romanschriftsteller in der Lebensgeschichte seines Helden dessen aufeinanderfolgende Liebeserlebnisse fast genau gleich darstellen und dadurch den Eindruck nicht etwa einer bloßen Vervielfältigung geben, sondern – da eine künstliche Neuerung weniger Gestaltungskraft voraussetzt als eine Wiederholung, aus der sich eine neue Wahrheit ergeben soll – wirklich schöpferisch sein. Er sollte außerdem noch im Charakter des Liebenden eine kleine Veränderung aufzeigen, wie sie jeweils zutage tritt, wenn man in neue Regionen, in andere Breitengrade des Lebens übergeht. Und vielleicht würde er noch eine weitere Wahrheit ausdrücken, wenn er, während er bei allen anderen Personen die Charaktere schildert, der geliebten Frau lieber gar keinen gibt. Wir kennen den Charakter der Menschen, die uns gleichgültig sind, aber wie sollten wir von dem etwas wissen, den ein Wesen besitzt, das ganz mit unserem Leben verschmilzt, das wir sehr bald von uns selbst nicht mehr zu trennen vermögen, über dessen Beweggründe wir unaufhörlich angstvolle Hypothesen aufstellen, welche wir immer wieder von neuem korrigieren müssen? Einer Sphäre entspringend, die jenseits des Verstandesmäßigen liegt, schießt der Schwung unserer Neugier auf die Frau, die wir lieben, über den Charakter dieser Frau hinaus, und selbst wenn wir bei ihm stehenbleiben könnten, wollten wir es wahrscheinlich nicht. Der Gegenstand unseres ruhelosen Forschens ist wesentlicher, als die Besonderheiten dieses Charakters es sind, die nur den kleinen rautenförmigen Teilen der Epidermis gleichen, deren verschiedenartige Kombinationen das Einmalige des blühenden Fleisches bilden. Unsere intuitive Strahlung geht durch die Besonderheiten hindurch, und die Bilder, die sie uns zurückbringt, sind nicht die eines bestimmten Gesichts, sondern zeigen die düster-schmerzliche Allgemeingültigkeit eines Skeletts.

Da Andrée sehr reich war, Albertine aber arm und verwaist, teilte Andrée ihr großherzig von ihrem Luxus mit. Ihre Gefühle für Gisèle entsprachen übrigens nicht ganz dem, was ich angenommen hatte. Es traf bald Nachricht von der armen Galeerensklavin ein, und als Albertine den Brief vorwies, den sie von ihr erhalten hatte und der dazu bestimmt war, der kleinen Freundinnenschar Gisèles Rückreise und ihre Heimkehr zu schildern, wobei die Schreiberin sich entschuldigte, daß sie zu faul gewesen sei, auch den andern zu schreiben, hörte ich überrascht, wie Andrée, die ich tödlich mit ihr entzweit glaubte, vielmehr bemerkte: »Ich werde ihr morgen schreiben, denn wenn ich erst einen Brief von ihr abwarte, kann es lange dauern, sie ist ja so schlampig darin.« Dann setzte sie zu mir gewandt hinzu: »Sie würden sie sicher nicht sehr besonders finden, aber sie ist ein nettes Ding, ich habe sie wirklich sehr gern.« Ich schloß daraus, daß das ›Bösesein‹ bei Andrée wohl nicht lange dauerte.

Wenn wir außer an Regentagen mit den Rädern auf die Klippen oder ins Land hineinfuhren, suchte ich mich schon eine Stunde vorher schön zu machen und war höchst ungehalten, wenn Françoise mir nicht alles zurechtgelegt hatte, was ich brauchte. Nun aber richtete sie sogar in Paris ihre Gestalt, die sich etwas zu krümmen begann, zu voller Größe auf, wenn jemand irgend etwas auszusetzen hatte, sie, die so demutsvoll, so bescheiden und freundlich war, solange man ihrer Eigenliebe schmeichelte. Da diese die Haupttriebkraft ihres Lebens war, standen die Zufriedenheit und gute Laune bei ihr im direkten Verhältnis zur Schwierigkeit der Dinge, die man von ihr verlangte. Was sie in Balbec zu tun hatte, war so leicht, daß sie fast immer Unzufriedenheit zeigte: eine Unzufriedenheit, die plötzlich ins Riesenhafte wuchs und sich noch durch einen ironischen Ausdruck des Stolzes verstärkte, wenn ich mich in dem Augenblick, als ich zu meinen Freundinnen wollte, darüber beklagte, mein Hut sei nicht abgebürstet oder meine Krawatten befänden sich nicht an ihrem richtigen Platz. Sie, die sich in anderen Fällen noch so viel Mühe machen konnte, um dann zu finden, sie habe eigentlich gar nichts getan, rühmte sich bei der einfachen Vorhaltung, ein Rock sei nicht da, wo er hingehöre, nicht nur, mit welcher Sorgfalt sie alles weggelegt habe, um es nicht ›im Staub herumfahren‹ zu lassen, sondern beklagte sich nach ausdrücklichem Hinweis auf ihre Verdienste, daß das hier in Balbec überhaupt keine Ferien für sie seien; keine zweite fände sich, meinte sie, die ein solches Leben mit uns führen würde. »Das verstehe ich nicht, wie man seine Sachen so herumliegen lassen kann. Sie sollten nur mal sehen, wer sonst sich in diesem Wirrwarr noch zurechtfinden würde. Da kennt sich ja kein Teufel mehr aus.« Oder aber sie begnügte sich damit, eine wahrhaft königliche Miene aufzusetzen, mir flammende Blicke zuzusenden und ein Schweigen zu bewahren, das sie allerdings auf der Stelle brach, sowie sie die Tür hinter sich geschlossen hatte und auf dem Vorplatz stand; dort hallten dann die Wände von Reden wider, deren beleidigenden Charakter ich wohl erriet, die aber doch so undeutlich blieben wie die ersten Worte, die Schauspieler unmittelbar vor ihrem Auftritt hinter dem Pfeiler zu sprechen haben. Übrigens zeigte sich Françoise, auch wenn nichts fehlte, jedesmal von ihrer mißliebigsten Seite, wenn ich mich umzog, um mit meinen Freundinnen auszugehen. Denn unter Zugrundelegung von scherzhaften Äußerungen, die ich selber in meinem Bedürfnis, von den Mädchen zu sprechen, ihr gegenüber getan hatte, benahm sie sich, als müsse sie mir enthüllen, was ich, wofern es stimmte – das aber war eben nicht der Fall, denn Françoise hatte mich mißverstanden – ja besser als sie gewußt hätte. Sie hatte wie alle Leute ihren ganz privaten Charakter, eine Persönlichkeit, die bei keinem Menschen einem geraden Weg gleicht, sondern uns durch merkwürdige, aber unvermeidbare Umwege, die andere nicht bemerken und denen wir selber nur mit Unbehagen nachgeben, in Erstaunen setzt. Jedesmal wenn ich bei dem Punkt: ›Hut nicht da, wo er hingehört‹ oder ›Name Andrée oder Albertine‹ anlangte, wurde ich von Françoise gezwungen, den gewundenen und sinnlosen Umwegen ihres Innern zu folgen, die mich Zeit kosteten. Das gleiche vollzog sich, wenn ich ein paar kleine Brote mit Salat oder Chester richten und Obsttörtchen einkaufen ließ, um sie zur Stunde der Nachmittagsmahlzeit mit den jungen Mädchen auf der Düne zu verzehren; jene hätten ebensogut auch selbst abwechselnd dafür sorgen können, wenn sie nicht so aufs Geld sähen, erklärte Françoise, in ihrer Auffassung gestärkt durch atavistische Züge provinzieller Raffgier und Gewöhnlichkeit, so daß man bei dieser Abneigung hätte meinen können, die Seele der verewigten Eulalie habe sich geteilt, sei, anmutiger als in der Person von Saint-Eloi, in den reizenden Gestalten meiner Freundinnen ebenfalls verkörpert. Ich hörte diese Anschuldigungen mit dem wütenden Bewußtsein an, daß ich hier vor einem der Kreuzungspunkte stand, an denen der vertraute ländliche Weg, den sonst Françoises Charakter für mich darstellte, wenn auch nicht für lange Zeit, vollkommen ungangbar wurde. War dann der Rock wiedergefunden und das Sandwichpaket bereit, holte ich Albertine, Andrée, Rosemonde, manchmal auch andere ab, und zu Fuß oder Fahrrad brachen wir auf.

Früher hätte ich lieber gesehen, solche Ausflüge hätten bei schlechtem Wetter stattgefunden. Damals wollte ich immer in Balbec die ›kymrische Landschaft‹ wiederfinden, die schönen Tage aber paßten nicht dazu, sie waren etwas wie ein vulgäres Eindringen des trivialen Sommers der Badegäste in diese antike, von Nebeln verhangene Region. Jetzt aber suchte ich alles, was ich einst verschmäht, was ich nicht hatte sehen wollen, nicht nur die Wirkung des Sonnenlichts, sondern auch Regatten und Pferderennen mit Leidenschaft, aus dem gleichen Grunde, aus dem ich früher nur stürmisches Meer hatte sehen wollen, nämlich weil beide Aspekte für mich mit ästhetischen Vorstellungen zusammenhingen. Gemeinsam mit meinen Freundinnen hatte ich Elstir noch mehrmals besucht, und an den Tagen, als die jungen Mädchen da waren, hatte er uns besonders gern rasch hingeworfene Skizzen gezeigt, die hübsche Seglerinnen darstellten, oder auch eine Zeichnung, die er in der nahe bei Balbec gelegenen Rennbahn gemacht hatte. Ich hatte Elstir zunächst schüchtern eingestanden, daß ich zu den Veranstaltungen dort nicht habe gehen wollen. »Sie tun unrecht daran«, sagte er zu mir, »das ist hübsch und merkwürdig noch dazu. Da ist zunächst einmal dies sonderbare Wesen, der Jockey, auf den alle Blicke gerichtet sind und der trübselig und grau in seinem leuchtenden Dreß vor dem Sattelplatz steht, eins mit dem bockenden Pferd, das er immer wieder an den Zügel bekommt; es wäre allein schon interessant, seine professionellen Gesten festzuhalten und den leuchtenden Farbfleck, den er wie auch die Farben der Pferde auf der Rennbahn bilden. Alle Dinge machen eine Verwandlung durch in dieser lichtdurchfluteten Weite, wo man überrascht wird durch eine Unmenge von Schatten und Reflexen, die man nur dort zu sehen bekommt. Und wie besonders hübsch können die Frauen dort sein! Die Eröffnungsveranstaltung war ungemein reizvoll, es waren höchst elegante Erscheinungen dort in diesem feuchten, beinahe holländischen Licht, wo man selbst in der Sonne noch das Aufsteigen der Wasserkühle spürt. Niemals habe ich Frauen im Wagen ankommen oder den Feldstecher an die Augen heben sehen in einer solchen Flut von Licht, die wahrscheinlich durch die Feuchtigkeit des Meeres zustande kommt. Mein Gott, wie gern hätte ich das gemalt; ich war wirklich nach diesen Rennen wie verrückt, von einer wahren Arbeitswut gepackt!« Dann entzündete er sich mehr noch an der Schilderung der Veranstaltungen des Jachtclubs als der

Pferderennen, und es ging mir auf, daß Regatten und sportliche Veranstaltungen, bei denen gutangezogene Frauen in dem seegrünen Licht einer dem Meere nahen Rennbahn baden, für einen modernen Künstler ebenso interessante Motive abgeben können wie für Veronese oder Carpaccio die Feste, die sie so gern geschildert haben. »Ihr Vergleich stimmt um so genauer«, bemerkte dazu Elstir, »als wegen der Lage der Stadt, in der sie wirkten, diese Feste zum Teil ja ebenfalls auf dem Wasser stattfanden. Nur beruhte die Schönheit der Fahrzeuge von damals mehr auf ihrer Wucht und ihrer komplizierten Form. Es gab Turniere auf dem Wasser wie hier, meist wurden sie zu Ehren irgendeiner Gesandtschaft abgehalten, ähnlich wie sie Carpaccio in seiner Ursulalegende dargestellt hat. Die Schiffe hatten eine kräftige, sozusagen eine architekturale Bauweise und wirkten amphibienhaft, als habe sich hier und da ein kleineres Venedig inmitten des größeren aufgebaut, wenn sie, mit Zugbrücken am Ufer festgemacht, mit karmoisinroter Seide und persischen Teppichen belegt und mit den Frauen in kirschrotem Brokat oder grünem Damast an Bord, ganz nahe vor den mit vielfarbigem Marmor eingelegten Balkonen lagen, über die andere Frauen sich zum Schauen niederbeugten in ihren Kleidern mit schwarzen, weißgeschlitzten Ärmeln, die mit Perlenschnüren zusammengehalten und mit Spitzen ausgestattet waren. Man wußte nicht mehr, wo das Land aufhörte und wo das Wasser begann, was noch Palast war und was bereits Schiff, Karavelle, Galeasse oder der Bucentaurus selbst.« Albertine hörte mit leidenschaftlicher Aufmerksamkeit diesen Toilettenbeschreibungen zu, der Schilderung des Luxus, wie Elstir sie uns gab. »Oh! wie gern hätte ich solche Spitzen, wie Sie sie erwähnen, Point de Venise ist besonders hübsch«, rief sie aus; »überhaupt würde ich schrecklich gern nach Venedig fahren!« – »Sie werden vielleicht schon bald«, sagte Elstir zu ihr, »die herrlichen Stoffe betrachten können, die man da unten getragen hat. Man sah sie früher nur auf den Bildern der venezianischen Maler oder sonst ganz selten irgendwo in einem Kirchenschatz, ab und zu geriet ein Stück auch einmal auf eine Versteigerung. Aber jetzt heißt es, ein venezianischer Künstler, Fortuny, habe das Geheimnis ihrer Herstellung wieder entdeckt, und schon in ein paar Jahren würden die Frauen in ebenso herrlichen Brokaten mit orientalischen Mustern wie denjenigen, mit denen Venedig seine Patrizierinnen schmückte, spazierengehen oder noch besser zu Hause bleiben können. Ich weiß nicht einmal, ob ich mich darüber so sehr freuen soll, ob es nicht zu sehr nach einem Anachronismus in der Kleidung aussehen wird für die Frauen von heute, selbst wenn sie bei Regatten darin paradieren, denn um auf unsere modernen Vergnügungsjachten zurückzukommen, so sind sie ganz das Gegenteil von dem, was man zu den Zeiten hatte, als Venedig noch die ›Königin der Adria‹ war. Der größte Reiz einer Jacht, der Möblierung einer Jacht und der dorthin passenden Kleidung der Damen liegt in der Einfachheit aller Dinge, die zum Meer gehören, und ich liebe das Meer! Ich gestehe Ihnen, daß ich die heutigen Moden denen der Zeit Veroneses und Carpaccios vorziehe. Was an unseren Jachten so hübsch ist – ich meine vor allem die mittleren, die großen interessieren mich nicht, das sind schon richtige Schiffe, es ist da wie mit den Hüten, der Reiz liegt immer im richtigen Maß – ist das Einfache, Einheitliche, Helle, das Grau, das bei bedecktem, ins Blaugraue spielenden Himmel einen cremefarbenen Einschlag hat. Der Raum, in dem man sich aufhält, muß wirken wie ein kleines Café. Mit den Damenkleidern auf einer Jacht ist es ebenso: was hier reizvoll ist, sind leichte, weiße oder einfarbigen Kleider aus Leinen, aus Linon, aus Rohseide, aus Drell, die in der Sonne und vor dem blauen Hintergrund des Meeres die geradezu leuchtende Weiße eines Segels bekommen. Es gibt übrigens sehr wenige Frauen, die sich gut anziehen, manche allerdings wirklich ganz fabelhaft! Bei den Rennen erschien Mademoiselle Léa mit kleinem weißem Hut und weißem Sonnenschirm, das sah bezaubernd aus. Ich weiß nicht, was ich darum geben würde, dieses Schirmchen zu haben.« Ich hätte gern gewußt, worin dieser kleine Schirm sich von anderen unterschied, und aus anderen Gründen, nämlich denen der weiblichen Eitelkeit, hätte Albertine es erst recht gern gewußt. Aber wie Françoise von ihren Soufflés sagte: ›Man muß den Dreh eben heraushaben‹, so bestand der Unterschied hier offenbar von vornherein im Schnitt. »Er war«, sagte Elstir, »ganz klein, ganz rund wie ein chinesisches Schirmchen.« Ich führte die Sonnenschirme verschiedener Damen an, aber offenbar war das alles nicht das Richtige. Elstir fand sie samt und sonders abscheulich. Für ihn, einen Mann von schwer zu befriedigendem, erlesenem Geschmack, machte ein Nichts, das in Wirklichkeit alles bedeutete, einen riesigen Unterschied zwischen dem aus, was drei Viertel aller Frauen trugen und was er schrecklich fand, und einer hübschen Sache, die ihn förmlich entzückte und – ganz im Gegensatz zu mir, der ich jeden Luxus als ertötend für den Geist betrachtete – seinen Künstlerehrgeiz entflammte, ›ebenfalls so hübsche Sachen zu machen‹.

– Da sehen Sie, diese Kleine hier hat sofort verstanden, wie Hut und Sonnenschirm waren, sagte Elstir und zeigte auf Albertine, deren Augen vor Begehrlichkeit funkelten.

– Wie gern wäre ich reich und hätte eine Jacht, sagte sie zu dem Maler. Ich würde Sie dann wegen der Inneneinrichtung bestimmt zu Rate ziehen. Was für schöne Reisen würde ich machen! Und wie nett müßte es sein, nach Cowes zur Regatta zu fahren. Und ein Automobil! Finden Sie es auch hübsch, was die Frauen jetzt im Automobil tragen? »Nein«, antwortete Elstir. »Aber das wird schon noch kommen. Übrigens gibt es dafür bisher nur wenige Schneiderateliers, ein oder zwei, Callot, der aber noch ein bißchen viel mit Spitze wirtschaftet, Doucet, Cheruit, manchmal auch Paquin. Die andern sind schauderhaft.« – »Besteht denn wirklich ein so enormer Unterschied zwischen einer Toilette von Callot und der, die irgendein beliebiger Damenschneider macht?« fragte ich Albertine. »Aber ein enormer, Sie braver Junge«, antwortete sie mir. »Ach, Verzeihung! Nur ist es leider so, daß das, was anderswo dreihundert Francs kostet, bei ihnen auf zweitausend kommt. Aber es sieht sich gar nicht ähnlich, nur für Leute, die wirklich nichts davon verstehen.« – »Ganz recht«, stimmte Elstir bei, »obwohl ich nicht soweit gehen möchte zu sagen, der Unterschied sei so groß wie der zwischen einer Statue der Kathedrale von Reims und einer von der Kirche Saint-Augustin in Paris ... Apropos Kathedralen«, wandte er sich dann vor allem zu mir, weil sich dies auf ein Gespräch bezog, an dem die Mädchen nicht teilgenommen hatten und das sie auch gar nicht interessiert hätte, »ich verglich Ihnen gegenüber neulich die Kirche von Balbec einer mächtigen Klippe, einer riesigen Aufschichtung von Steinen dieser Landschaft hier, aber umgekehrt« – er zeigte mir ein Aquarell – »sehen Sie sich diese Steilküste an (es ist eine Skizze, die ich ganz hier in der Nähe bei Les Creuniers gemacht habe) und sagen Sie selbst, ob nicht diese wuchtig und zugleich fein geschnittenen Felsen an eine Kathedrale erinnern.« Tatsächlich hätte man meinen können, es seien Rundbogen aus rosigem Stein. Aber da sie an einem glühendheißen Tag gemalt waren, schienen sie wie zu Staub zermürbt, verflüchtigt durch die Hitze, die das Meer schon halb leer getrunken hatte, so daß es über dem ganzen Bild im Zustand der Verdunstung zu lagern schien. In dieser Beleuchtung, deren Überhelle die Wirklichkeit fast auflöste, flüchtete diese sich in die dunkel-durchsichtigen Gebilde, die durch den Kontrast einen Eindruck um so packenderen, unmittelbareren Lebens machten: die Schatten. Von Kühle gesättigt, hatten sie die flammende Weite des offenen Meeres verlassen und sich vor der Sonne an den Fuß des Felsens geflüchtet; andere, die langsam auf dem Meere dahergeschwommen kamen, hefteten sich wie Delphine an die Flanken der umherfahrenden Boote, deren Wandungen auf der fahlen Flut sie mit ihren glatten blauen Leibern versteiften. Vielleicht lag es an dem Lechzen nach Kühle, das von ihnen ausging und einem erst recht das Gefühl für die Hitze des Tages gab, jedenfalls bedauerte ich laut und bewegt, Les Creuniers nicht zu kennen. Albertine und Andrée versicherten mir, ich hätte längst hingehen sollen. In diesem Falle ergab es sich ohne mein Wissen oder Ahnen, daß dieser Anblick mir einen solchen Durst nach einer Schönheit einflößte, die nicht eigentlich die der Natur war, wie ich sie bisher auf den Dünen von Balbec gesucht, sondern eher baulicher Art. Besonders da ich – einer, der ausgezogen war, um das Reich der Stürme zu sehen – auf unseren Ausfahrten mit Madame de Villeparisis das Meer, das wir dann oft nur von ferne erblickten, wo es hinter sich teilenden Baumreihen erschien, nicht wirklich, nicht feucht, nicht lebendig genug fand, da ich immer meinte, daß es seine Wassermassen nicht kraftvoll genug emporschleuderte, und es am liebsten unbeweglich nur unter dem winterlichen Grabtuch des Nebels gesehen hätte, wäre mir nie in den Sinn gekommen, daß ich jetzt von einem Meer träumen würde, das nur aus einem farb- und masselosen weißlichen Dunst bestand. Den Zauber eben dieses Meeres aber hatte Elstir so gut wie die, die in den vor Hitze schläfrigen Booten träumten, bis auf den Grund ausgekostet, so daß es ihm gelungen war, das unmerkliche Zurückfluten des Wassers, den Pulsschlag einer einzigen glücklichen Minute wiederzugeben und auf der Leinwand festzuhalten; beim Anblick dieses magischen Porträts hatte man nur noch im Sinn, die Welt zu durcheilen, um den entflohenen Tag in seiner schläfrigen, unendlich flüchtigen Anmut wiederzufinden.

Vor meinen Besuchen bei Elstir, das heißt bevor der Anblick eines seiner Seestücke, auf dem eine junge Frau in einem Linon- oder Barègekleid auf einer Jacht mit amerikanischer Flagge dargestellt war, das Doppeldenkbild eines Linonkleides und einer Flagge in meine Einbildungskraft gesenkt und sofort in mir ein unstillbares Verlangen geweckt hatte, auf der Stelle weiße Linonkleider und Flaggen vor dem Meer zu sehen, als hätte ich das noch nie erlebt, hatte ich mir immer Mühe gegeben, beim Anblick des Meeres aus meinem Gesichtsfeld nicht nur die Badegäste im Vordergrund, sondern auch die Jachten mit den Segeln, die so übermäßig weiß waren wie die Strandanzüge der Herren, sowie auch alles sonstige auszuschließen, was in mir die Vorstellung beeinträchtigen konnte, daß ich die unvordenkliche Flut vor mir hatte, die ihr gleiches, rätselvolles Dasein schon vor der Entstehung des Menschengeschlechtes geführt; ja ich hatte sogar versucht, die strahlenden Tage als einen bloßen Einbruch des trivalen allgemeinen Sommers in diese Nebelküste abzutun, sie als eine Art Unterbrechung, als etwas anzusehen, was man in der Musik eine Pause nennt. Jetzt aber schien mir das schlechte Wetter ein düsterer Zwischenfall zu sein, der keinen Platz in einer Welt der Schönheit mehr fand; ich wünschte mir dringend, in der Wirklichkeit wiederzufinden, was mich so sehr begeisterte, und hoffte immer nur, das Wetter werde günstig bleiben, damit ich von der Höhe der Klippen die gleichen blauen Schatten erkennen könnte wie auf dem Bild von Elstir.

Unterwegs benutzte ich jetzt meine Hände nicht mehr als Schirm wie in jenen Tagen, da ich mir die Natur noch von einem ursprünglichen, vor der Menschenwelt gelegenen Leben beseelt dachte, gegen die unerwünschten Vervollkommnungen durch die Industrie, bei deren Anblick ich bislang auf Ausstellungen oder bei Modistinnen gegähnt hatte vor Langeweile, während ich vom Meer nur den Ausschnitt sehen wollte, auf dem kein Dampfer zu entdecken war, so daß es für mich das uraltewige blieb, einem Weltalter angehörig, da es eben erst vom Festland geschieden worden war, oder doch wenigstens so, wie es in den ersten Jahrhunderten Griechenlands gewesen sein mochte, so daß die Verse des ›alten Leconte‹, die Bloch so teuer waren, wirklich darauf paßten:

Ils sont partis, les rois des nefs éperonnées,
Emmenant sur la mer tempétueuse, hélas!
Les hommes chevelus de l'héroïque Hellas.

Ich konnte die Modistinnen nicht mehr verachten, seitdem Elstir mir gesagt hatte, daß die zarte Gebärde, mit der sie den Schleifen oder Federn eines fertigen Hutes in einer letzten zärtliches Liebkosung etwas Natürlich-Gefälliges gäben, ihn ebensosehr wie die Bewegungen der Jockeys zur Wiedergabe reizte (Albertine hatte das besonders entzückt). Was die Modistinnen anging, so mußte ich allerdings meine Rückkehr nach Paris abwarten, und mit den Rennen und Regatten den nächsten Sommer in Balbec, denn vorher fanden keine mehr statt. Selbst eine Jacht mit Frauen in Linonkleidern an Deck war nicht mehr aufzutreiben.

Oft begegneten wir den Schwestern Blochs, die ich grüßen mußte, seitdem ich bei ihrem Vater zum Abendessen gewesen war. Meine Freundinnen kannten sie nicht. »Ich darf mit Israelitinnen nicht verkehren«, sagte Albertine. Die Art, wie sie das Wort ›Israelitinnen‹ (mit scharfem ›s‹) aussprach, bewies zur Genüge, auch wenn man den Rest des Satzes nicht gehört hätte, daß Sympathie gegenüber den Angehörigen des auserwählten Volkes nicht das Gefühl war, das die jungen Töchter frommer Familien der Pariser Bourgeoisie beseelte; man hätte sie sicher leicht noch glauben machen können, die Juden brächten kleine Christenkinder um. »Außerdem benehmen sie sich schlecht, Ihre Freundinnen«, meinte Andrée mit einem Lächeln, in dem deutlich ihre Überzeugung lag, daß die Mädchen nicht meine Freundinnen seien. »Wie alles, was mit der Rasse zu tun hat«, setzte Albertine noch altklug hinzu. Die Wahrheit ist, daß Blochs Schwestern, zu elegant angezogen und gleichzeitig halb nackt, schmachtend und keck, anspruchsvoll und schmuddelig, keinen hervorragenden Eindruck machten. Eine ihrer Kusinen aber, die noch nicht fünfzehn Jahre alt war, versetzte die Kasinobesucher in Empörung durch ihre offen zur Schau getragene Bewunderung für Mademoiselle Léa, die Bloch senior zwar als talentierte Schauspielerin schätzte, von der aber bekannt war, daß ihre Neigungen nicht nach der Seite der Herren gingen.

An manchen Tagen vesperten wir in einem der Bauernhöfe, die gleichzeitig Gaststätten waren. Es gab eine ganze Reihe davon: Des Ecorres, Marie-Thérèse, La Croix d'Heuland, Bagatelle, Californie, Marie-Antoinette. Dies letzte war bei der kleinen Freundinnenschar ganz besonders beliebt.
Manchmal aber stiegen wir auch, anstatt in eine solche ›Ferme‹ zu gehen, auf die hohe Düne hinauf, setzten uns oben angekommen ins Gras und packten unsere mitgenommenen Sandwich- und Kuchenpakete aus. Meine Freundinnen zogen die Brötchen vor und wunderten sich, wenn ich nur einen Schokoladekuchen, der mit krausem Zuckerguß verziert war, oder ein Aprikosentörtchen aß. Doch mit einem Chester- oder Salatsandwich, dummen und neumodischen kulinarischen Erfindungen, wußte ich nichts anzufangen. Die Kuchen aber trugen Wissen in sich, die Törtchen waren geradezu mitteilsam. Der etwas fade Cremegeschmack der ersteren und die kühle Frische der Früchte in den Obsttörtchen enthielten so viele Erinnerungen an Combray, an Gilberte, nicht nur die Gilberte aus Combray, sondern auch die in Paris mit den Nachmittagstees, bei denen ich sie angetroffen hatte. Sie erinnerte mich an die Kuchenteller mit den Bildern aus Tausendundeiner Nacht, die Tante Léonie so viel Spaß gemacht hatten, wenn Françoise den einen Tag ›Aladin und die Wunderlampe‹, einen anderen ›Ali Baba und die vierzig Räuber‹, dann ›Das Märchen vom Schlafenden und Wachenden‹ oder ›Sindbad den Seefahrer‹ brachte, wie er sich mit seinen Reichtümern nach Bassora einschiffte. Ich hätte sie gern wieder angeschaut, aber meine Großmutter wußte nicht, wo sie geblieben waren, und meinte übrigens auch, es seien ganz ordinäre Teller irgendwoher aus der Gegend. Aber nichtsdestoweniger blieben für mich diese Teller und die Bilder darauf dem ländlichgrauen Combray vielfarbig aufgesetzt, so wie die schwarze Kirche Leben gewann aus den Fenstern mit ihrem wechselnden edelsteinhaften Aufleuchten, die abendliche Dämmerung meines Schlafzimmers durch die Projektionen

der Laterna magica, die Ansicht des Bahnhofs und der Lokalbahn durch die aus Indien stammenden Goldknöpfchenpflanzen und den persischen Flieder, die dunkeln Provinzdamengemächer meiner Großtante durch ihre reiche Sammlung von chinesischem Porzellan.

Auf der hohen Düne ausgestreckt sah ich vor mir nur Wiesen und über ihnen nicht die sieben Himmel der christlichen Physik, sondern nur zwei übereinandergeschichtete, einen dunkleren – das Meer – und darüber einen von blasserem Ton. Wir vesperten, und wenn ich auch noch irgendein kleines Geschenk mitgebracht hatte, um der einen oder anderen meiner Freundinnen eine Freude zu machen, wirkte dieses auf sie mit so ungestümer Heftigkeit, daß ihre durchschimmernden Gesichter einen Augenblick sich röteten, ihr Mund nicht die Kraft hatte, ihre Gefühle zurückzuhalten, sondern ihnen in Lachen Ausdruck gab. Sie drängten sich alle um mich her; und zwischen ihren Gesichtern, die nur wenig voneinander entfernt waren, zeichnete die Luft, welche sie trennte, azurne Zwischenwege, wie ein Gärtner sie schafft, um genügend Raum zu haben, damit er in seinem Rosengarten selbst umhergehen kann.

Wenn unser mitgebrachter Vorrat erschöpft war, gaben wir uns Spielen hin, die ich zuvor langweilig gefunden hätte, manchmal so kindlichen wie ›Bäumchen, wechsel dich‹ oder ›Wer zuerst lachen muß‹, auf die ich aber jetzt um nichts auf der Welt mehr verzichtet hätte; die Morgenröte der Jugend, die auf diesen Gesichtern noch purpurn leuchtete, die mich aber in meinem Alter schon verlassen hatte, ließ in ihrem Licht alles, was vor ihnen lag, erschimmern, und wie auf den zarten Schöpfungen mancher Maler der Frührenaissance hoben die unbedeutendsten Einzelheiten ihres Daseins sich von einem Goldgrund ab. Zumeist verschwammen sogar die Gesichter dieser jungen Geschöpfe in einem allesumwebenden Morgenrot, aus dem die Züge sich noch nicht deutlich abgelöst hatten. Man sah nichts als den reizvollen Farbton und hätte dahinter nicht erkennen können, wie ein paar Jahre später das Profil sich gestalten würde. Was man heute sah, war noch nicht deutlich ausgeprägt und brauchte noch nichts weiter zu sein als eine gelegentlich hervortretende Ähnlichkeit mit irgendeinem verstorbenen Familienmitglied, dem die Natur diese kleine nachträgliche Ehrung bereitet hat. Der Augenblick kommt so schnell, da nichts mehr zu erwarten, da der Körper bereits in einer Unbeweglichkeit erstarrt ist, die keine Überraschungen mehr verspricht, da man alle Hoffnung verliert, wenn – an einen sommerlichen Baum mit dürren Blättern gemahnend – die noch jungen Gesichter von bereits gelichtetem oder ergrauendem Haar umgeben sind; der strahlende Morgen ist so kurz, daß man am Ende nur mehr jene ganz jungen Mädchen liebt, deren Körpersubstanz noch bildsam reagiert wie ein kostbarer Teig; sie sind nur erst eine fügsame Materie, die jeden Augenblick ihre Form von einem flüchtigen, sie gerade beherrschenden Eindruck her empfängt. Es kommt einem fast so vor, als wäre jede abwechselnd eine kleine Statuette der Heiterkeit, des jugendlichen Ernstes, der Schelmerei, des Staunens, von einem spontanen, alleserfassenden, aber doch flüchtigen Ausdruck bestimmt. Diese Plastizität verleiht der freundlichen Zuvorkommenheit, die ein junges Mädchen uns erweist, einen so farbigen Reiz. Gewiß darf sie auch bei der Frau nicht fehlen, und eine, der wir nicht gefallen, oder die uns nicht merken läßt, daß wir ihr gefallen, nimmt in unseren Augen eine langweilige Gleichförmigkeit an. Aber auch diese Zuvorkommenheit führt von einem bestimmten Alter an nicht mehr die weichen Wellenbewegungen über ein Gesicht hin, das der Existenzkampf verhärtet, für alle Zeiten zäh oder ekstatisch macht. Das eine scheint – durch die unaufhörliche Beugung unter den Gehorsam einem Gatten gegenüber – mehr das eines Soldaten als das einer Frau, das andere, das seine Formung von den Opfern her erhalten hat, die eine Mutter täglich für ihre Kinder auf sich nimmt, ein Apostelkopf. Nach Jahren der Stürme und Mißgeschicke hat eine Frau, deren Geschlecht allein an ihrer Kleidung kenntlich ist, das Gesicht eines alten Seemanns bekommen. Sicher können die Aufmerksamkeiten, die eine Frau für uns hat, wofern wir sie lieben, immer noch neue Reize über die Stunden breiten, die wir mit ihr verbringen. Aber sie ist nicht mehr in aufeinanderfolgenden Momenten für uns irgendwann eine andere Frau. Ihre Heiterkeit haftet äußerlich an einem an sich nicht mehr wandlungsfähigen Gesicht. Die Jugend aber liegt diesseits von solchem völligen Erstarren, und daher kommt es, daß man in der Nähe junger Mädchen ein Gefühl der Erfrischung verspürt, wie es einem das Schauspiel unaufhörlich sich wandelnder Formen schenkt, der Formen, die dauernd in einem fließenden Zusammenspiel begriffen sind, das an die unaufhörliche Neuschöpfung der Urelemente der Natur gemahnt, welche beim Anblick des Meeres die Seele jeweils so tief bewegt.

Nicht nur eine Einladung zum Tee oder eine Spazierfahrt mit Madame de Villeparisis hätte ich dem ›Ringlein-Spiel‹ oder den ›Fragen hinter der Tür‹ geopfert. Mehrmals ließ Robert de Saint-Loup mir sagen, er habe, da ich ihn doch nicht in Doncières besuchen komme, um einen Urlaub von vierundzwanzig Stunden nachgesucht und werde in Balbec erscheinen. Jedesmal schrieb ich ihm, er möge das doch nicht tun, und entschuldigte mich mit der Behauptung, gerade an jenem Tage müsse ich mit meiner Großmutter einen mir durch Familienrücksichten auferlegten Besuch in der Nachbarschaft machen. Sicher hegte er eine schlechte Meinung von mir, wenn er dann durch seine Tante erfuhre, worin diese Verpflichtung bestanden habe und wer bei mir in diesem Fall die Stelle meiner Großmutter vertrat. Und dennoch hatte ich vielleicht nicht unrecht, wenn ich die Vergnügungen nicht nur gesellschaftlichen Stils, sondern auch die der Freundschaft der Freude opferte, mich den ganzen Tag in diesem Garten zu ergehen. Die Wesen, die die Möglichkeit besitzen, für sich zu leben – allerdings sind das eigentlich die Künstler, und ich war seit langem überzeugt, daß aus mir niemals einer werden würde – haben auch die Verpflichtung dazu; die Freundschaft nun enthebt sie dieser Pflicht und zwingt sie zum Verzicht auf sich selber. Das Gespräch sogar, eine Ausdrucksweise der Freundschaft, stellt eine oberflächliche Abschweifung dar, bei der für uns nichts zu gewinnen ist. Wir könnten ein Leben lang Gespräche führen, ohne etwas anderes zu tun, als inhaltliche Leere einer Minute damit zu wiederholen, während der Gang der Gedanken in der einsamen Arbeit künstlerischen Schaffens sich in Richtung der Tiefe vollzieht als der einzigen Richtung, die uns nicht verschlossen ist, und in der wir, mit größerer Mühe freilich, zu einer Wahrheit vorzudringen vermögen. Die Freundschaft ist nicht nur wie das Gespräch ohne positiv fördernden Wert, sondern dazu auch noch verderblich. Denn die Regung von Langeweile und Verdruß, die in Gesellschaft ihres Freundes alle diejenigen unbedingt verspüren müssen, deren Entwicklungsgesetz ganz in ihrem Innern ruht – Verdruß darüber nämlich, daß sie ganz an der Oberfläche ihrer Persönlichkeit bleiben müssen, anstatt ihre Entdeckungsreise in die Tiefe fortzusetzen – heißt die Freundschaft uns wiederum korrigieren, sobald wir von neuem uns allein überlassen sind; sie verlangt von uns, daß wir mit Rührung im Herzen an die Worte zurückdenken, die unser Freund uns gesagt hat, und sie als einen kostbaren Beitrag ansehen, während wir doch nicht wie irgendwelche Bauwerke sind, an die man von außen her Steine herantragen kann, sondern vielmehr wie Bäume, die aus ihrem eigenen Lebenssaft den nächsten Ring ihres Stammes, die Entfaltung ihrer Laubkrone ziehen. Ich belog mich selbst, ich unterbrach das Wachstum in der Richtung, in der ich wahrhaft zunehmen und glücklich sein konnte, wenn ich mich dazu beglückwünschte, von einem so guten, so gescheiten, so gerngesehenen Menschen wie Saint-Loup geliebt und bewundert zu werden, wenn ich meine Einsicht nicht auf meine eigenen dunkeln Eindrücke richtete, die zu entwirren meine wirkliche Aufgabe war, sondern auf die

Worte meines Freundes, an denen ich, indem ich sie mir wieder und wieder vorsprach – oder vielmehr von jenem andern Ich wiederholen ließ, das in uns lebt und auf das man immer so gern die Last des Denkens abschiebt – eine Schönheit zu finden mich bemühte, die weit ablag von jener anderen, der ich schweigend in mir selber nachging, wenn ich wirklich allein war, und die im Grunde auch Robert, mir selbst, meinem Leben einen höheren Wert geben würde. In dem Leben, das ein solcher Freund mir erschaffen konnte, fühlte ich mich vor Einsamkeit geschützt, edelmütig verlangend, mich selbst dafür aufzuopfern, kurz, völlig außerstande, mich selbst zu verwirklichen. Bei diesen jungen Mädchen hingegen empfand ich zwar auch ein egoistisches Glück, aber wenigstens beruhte es nicht auf der Lüge, die uns glauben machen will, daß wir nicht unabänderlich allein sind, und die, wenn wir mit einem andern plaudern, uns an der Einsicht hindert, daß nicht wir mehr die Sprechenden sind, sondern daß wir uns nach dem Bilde jenes Fremden formen und nicht nach einem Ich, das von dem seinen verschieden ist. Die Worte, die die jungen Mädchen der kleinen Schar mit mir wechselten, waren nicht sehr interessant, im übrigen eher spärlich, auf meiner Seite sogar von langem Schweigen durchsetzt. Das aber hinderte mich nicht, schon wenn ich sie zu mir sprechen hörte, das gleiche Vergnügen zu empfinden wie bei ihrem Anblick, und in der Stimme jeder einzelnen von ihnen ein lebendig getöntes Bild zu erkennen. Mit Entzücken hörte ich ihren Zwitscherlauten zu. Lieben verstärkt die Fähigkeit, zu unterscheiden und zu differenzieren. In einem Wald hört ein Vogelliebhaber die Stimmen der verschiedenen Vogelarten heraus, die die anderen nicht zu unterscheiden vermögen. Der Liebhaber junger Mädchen weiß, daß menschliche Stimmen noch sehr viel variantenreicher sind. Jede besitzt mehr Noten als das klangvollste Instrument. Die Kombinationen aber, in denen die Stimme sie zusammenfaßt, sind ebenso unerschöpflich wie die unendlichen Variationen der Persönlichkeit. Wenn ich mit einer von meinen Freundinnen sprach, bemerkte ich, daß das einmalig individuelle Original des Bildes mir in genialer Weise vorgezeichnet und tyrannisch aufgezwungen wurde sowohl durch den Tonfall der einzelnen Stimme wie durch die Züge des Gesichts, und daß hier zwei verschiedenartige Schauspiele, jedes auf seiner Ebene, die gleiche besondere Wirklichkeit vermittelten. Zweifellos war auch die Linienführung der Stimme genauso wie die des Gesichts noch nicht endgültig festgelegt; die erstere würde noch mutieren und die zweite sich wandeln. Wie Kinder für die Verdauung der Milch eine Drüse besitzen, die bei Erwachsenen nicht mehr vorhanden ist, so gab es in dem hellen Stimmklang der Mädchen Töne, wie sie bei Frauen nicht mehr anzutreffen sind. Auf diesem so ungeheuer vielfältigen Instrument spielten sie mit den Lippen, von der Hingabe und dem Feuereifer der kleinen musizierenden Engel bei Bellini erfüllt, Eigenschaften, die eine ausschließliche Mitgift ihres zarten Alters sind. Später würden die jungen Mädchen den Akzent enthusiastischen Überzeugtseins verlieren, der den einfachsten Dingen solchen Reiz verlieh, ob nun Albertine in gewichtigem Ton Wortspiele vorbrachte, die die Jüngeren mit Bewunderung aufnahmen, bis endlich das tolle Gelächter bei ihnen mit der unwiderstehlichen Heftigkeit des Niesens ausbrach, oder ob Andrée von ihren Schulaufgaben, die noch kindischer als ihre Spiele waren, mit jugendlichem Ernste sprach. Trotz allem zeichnete sich im Tonfall einer jeden dieser kleinen Persönlichkeiten schon deutlich eine private Stellungnahme ab, so daß es eine falsche Vereinfachung bedeutet hätte, von der einen zu sagen: ›Sie behandelt alles wie einen Spaß‹, von der anderen: ›Sie stellt eine Behauptung nach der anderen auf‹, oder von der dritten: ›Sie hält immer erst einmal inne und wartet ab, was die anderen sagen‹. Die Züge unseres Gesichts sind eigentlich nichts anderes als bestimmte, durch Gewohnheit festgewordene Gebärden. Die Natur hat, wie der Untergang von Pompeji oder wie die Metamorphose einer Schmetterlingspuppe wirksam, uns in der gewohnten Bewegung überrascht und diese dann fixiert. Ebenso enthält der Tonfall unserer Stimme unsere Lebensphilosophie, das, was der betreffende Mensch sich selbst bei jeder Gelegenheit über die Dinge wiederholt. Sicherlich gehörten solche Züge nicht ausschließlich diesen Mädchen an. Sie waren schon ihren Eltern eigentümlich gewesen. Das Individuum webt in etwas, das allgemeiner ist als es selbst. In dieser Hinsicht geben die Eltern den Kindern nicht nur jene gewohnheitsmäßige Gebärde mit, die sich in den Zügen des Gesichts und der Stimme ausdrückt, sondern auch eine bestimmte Art zu sprechen, gewisse zur Formel gewordene Sätze, die, fast ebenso unbewußt wie ein Tonfall der Stimme, aber auch fast ebenso tiefverwurzelt wie jene, auf eine Lebensansicht hinweisen. Freilich übernehmen die Mädchen verschiedene dieser Wendungen von ihren Eltern erst in einem bestimmten Alter, oft sogar erst dann, wenn sie Frauen sind. Man spart sie einstweilen noch für sie auf. So konnte, wenn man etwa von den Bildern eines Freundes von Elstir sprach, Andrée, die noch ein richtiger Grünschnabel war, ihrer Individualität nach noch nicht den Ausdruck verwenden, dessen sich ihre Mutter und ihre verheiratete Schwester bedienten: ›Der *Mann* scheint bezaubernd zu sein.‹ Aber das würde sich dann schon mit der Erlaubnis, ins Palais-Royal zu gehen, von allein ergeben. Schon seit ihrer ersten Kommunion sogar pflegte Albertine wie die Freundin einer ihrer Tanten zu sagen: ›Mir wäre das ziemlich fürchterlich.‹ Von ihrer Familie überkommen war ihr auch die Gewohnheit, sich wiederholen zu lassen, was jemand sagte, um auf diese Weise ihr Interesse zu zeigen und sich inzwischen selbst eine Meinung zu bilden. Wenn man zu ihr sagte, die Bilder eines Malers seien gut oder sein Haus recht hübsch, fragte sie erst zurück: ›So, seine Bilder sind gut? Ja? Das Haus ist hübsch?‹ Schließlich beherrschte, noch allgemeiner als das Familienerbe, die anschauliche Manier ihrer Herkunftsprovinz ihre Stimmen und sogar deren Tönung. Wenn Andrée mit einer gewissen

Nüchternheit einen tiefen klirrenden Ton anschlug, war es nur die périgordische Saite auf dem Instrument ihrer Stimme, die zu singen begann – übrigens in schönster Harmonie mit der südlichen Reinheit ihrer Züge; der unausgesetzten Schelmerei Rosemondes entsprach ebenso wie der Stoff, aus dem ihr Gesicht gemacht war, auch ihr nordfranzösischer Stimmklang und, soweit sie ihn besaß, der spezifische Akzent ihrer Heimatprovinz. Zwischen dieser Provinz und dem jeweiligen Temperament, welches den Tonfall bestimmte, spielte sich, wie ich entdeckte, ein reizvolles Zwiegespräch, ein Dialog, nicht etwa ein Widerstreit ab. Kein solcher konnte dies junge Geschöpf mit dem Heimatboden entzweien. Er und sie waren eins. Im übrigen macht die Rückwirkung der durch die Heimat bedingten Materialien auf den schöpferischen Geist, der sich ihrer bedient und dem sie eine vollere Kraft zutragen, das Werk nicht weniger individuell, ob es sich nun um einen Architekten, einen Kunstschreiner oder einen Musiker handelt; mit nicht geringerer Genauigkeit spiegelt es selbst die feinsten Züge der Persönlichkeit des Künstlers wider, weil dieser genötigt war, mit dem Mühlenkalkstein von Senlis oder dem roten Sandstein von Straßburg zu arbeiten, weil er die Eigenmaserung der Esche berücksichtigen oder bei der Aufzeichnung seiner Noten den Umfang, die Klangfarbe und die Möglichkeiten von Flöte und Bratsche bedenken muß.

Ich war mir darüber klar, und dennoch sprachen wir nicht viel. Während ich in meinen Worten Madame de Villeparisis oder Saint-Loup gegenüber bei einem Zusammensein mehr Vergnügen geäußert haben würde, als ich tatsächlich empfand, da ich sie jedesmal mit einem Gefühl von Ermüdung verließ, ging, sooft ich unter dieser Jugend lagerte, die Fülle meiner Empfindungen weit über unsere kargen, spärlichen Reden hinaus und überflutete mein Schweigen und meine Unbeweglichkeit mit wahren Wogen von Glück, deren Plätschern sich am Fuße dieser Hecke aus jungen Rosen brach.

Für einen Genesenden, der den ganzen Tag in einem Blumen- oder Obstgarten der Ruhe pflegt, durchzieht der Duft von Blüten und Früchten die tausend Nichtigkeiten seines Farniente nicht gründlicher, als für mich Farbe und Duft es taten, nach denen meine Blicke auf diesen jungen Gestalten suchten und deren Süße schließlich mich selber ganz durchwob. So werden Trauben in der Sonne reif. Und so auch schufen jene so einfachen Spiele in ihrem langsamen, ununterbrochenen Lauf in mir, wie es denen geschieht, die nichts anderes tun als am Strande hingestreckt liegen, Salzluft einatmen und in der Sonne bräunen, eine Entspannung, ein Lächeln stillen Glücks, ein zitterndes Geblendetsein, das auch meine Augen ergriff.

Manchmal weckte eine nette Aufmerksamkeit der einen oder anderen von ihnen in mir starke Schwingungen, die eine Zeitlang das Verlangen nach den anderen mehr in die Ferne rückten. So hatte Albertine eines Tages gesagt: »Hat eine von euch einen Bleistift?« Andrée hatte einen gebracht, Rosemonde ein Stück Papier, und dann hatte Albertine gesagt: »Meine Lieben, ich verbiete euch, herzusehen, was ich schreibe.« Nachdem sie kunstvoll jeden Buchstaben einzeln auf das Papier, das auf ihren Knien ruhte, gemalt, hatte sie es mir mit den Worten gegeben: »Geben Sie acht, daß keiner es sieht.« Ich hatte es entfaltet und die von ihr geschriebenen Worte darauf gefunden: »Ich mag Sie sehr gern.«

– Aber anstatt Dummheiten aufzuschreiben, rief sie dann mit einem von bezwingendem, leidenschaftlichem Ernst erfüllten Blick auf Andrée und Rosemonde, will ich euch jetzt lieber den Brief zeigen, den ich heute früh von Gisèle bekommen habe. Ich bin ja dumm, ich habe ihn in der Tasche, und wenn ich mir vorstelle, wie sehr er uns nützen kann ...! – Gisèle hatte sich zur Pflicht gemacht, ihrer Freundin zur Weitergabe an die anderen den Aufsatz zu schicken, den sie zur Erlangung ihres Zeugnisses hatte abfassen müssen. Albertines Befürchtungen wegen der Schwierigkeit der vorgelegten Themen wurde von den beiden, zwischen denen Gisèle zu wählen gehabt hatte, noch übertroffen. Das eine hieß: »Sophokles schreibt aus der Unterwelt an Racine, um ihn über den Mißerfolg von ›Athalie‹ zu trösten«, das andere: »Madame de Sévigné schreibt nach der ersten Aufführung von ›Esther‹ an Madame de La Fayette und spricht ihr ihr Bedauern aus, daß sie nicht dabei war.« Nun hatte Gisèle in einem Anfall von Übereifer, der ihre Examinatoren hätte rühren müssen, das erste, schwierigere der beiden Themen gewählt und es so hervorragend gut behandelt, daß sie eine Vierzehn und das besondere Lob der Prüfungskommission davongetragen hatte. Sie hätte sich ein ›Sehr gut‹ verdient, hätte sie nicht im Spanischen versagt. Der Aufsatz, dessen Abschrift Gisèle an Albertine geschickt hatte, wurde sofort von dieser verlesen, weil sie das gleiche Examen vor sich hatte und gern die Meinung Andrées hören wollte, die als die weitaus Tüchtigste von ihnen gute Tips geben konnte. »Sie hat wirklich Glück gehabt«, meinte Albertine, »gerade dies Thema hatte die Lehrerin, bei der sie Französisch hat, schon mit ihr durchgeackert.« Der von Gisèle verfaßte Brief des Sophokles an Racine begann wie folgt: »Mein lieber Freund, verzeihen Sie, daß ich Ihnen schreibe, ohne daß ich die Ehre habe, Ihnen persönlich bekannt zu sein; aber beweist nicht gerade Ihre Tragödie ›Athalie‹, wie gründlich Sie sich mit meinen bescheidenen Werken abgegeben haben? Sie haben Verse nicht nur den Helden und Hauptpersonen des Stücks in den Mund gelegt, sondern auch andere ganz entzückende – erlauben Sie mir, Ihnen dies ohne schmeichlerische Übertreibung zu sagen – für die Chöre verfaßt, die neben dem, was in dieser Hinsicht die griechische Tragödie aufzuweisen hat, sehr wohl bestehen können, in Frankreich aber geradezu eine Neuerung sind. Zudem hat hier Ihr Talent, das ohnehin so geschmeidig, so akkurat, so bezaubernd, so fein, so zart sich äußert, eine Kraft erreicht, zu der ich Sie nur beglückwünschen kann. Athalie selbst, Joad, das sind Personen, die auch Ihr Nebenbuhler Corneille nicht eindrucksvoller hätte hinstellen können. Die Charaktere sind kraftvoll, die Handlung schlicht und dabei packend. Hier ist einmal eine Tragödie, bei der nicht die Liebe die Triebfeder ist; ich kann Ihnen dafür nur aufrichtig Anerkennung zollen. Die berühmtesten Lehren sind nicht immer die richtigsten. Als Beispiel führe ich Ihnen an:

›*Von dieser Leidenschaft ein treues Bild zu geben,
macht mehr als anderes den Weg zum Herzen eben.*‹

Sie haben bewiesen, daß das religiöse Gefühl, das in Ihren Chören einen so überschwenglichen Ausdruck findet, nicht weniger zu rühren weiß. Das große Publikum vielleicht mag sich täuschen lassen, doch die wahren Kenner werden Ihnen Gerechtigkeit widerfahren lassen. Es war mir ein Herzensbedürfnis, Ihnen meine wärmsten Glückwünsche auszusprechen, denen ich, verehrter Kollege in Apoll, den Ausdruck meiner aufrichtigen Verehrung hinzufüge.«
Albertines Augen hatten während dieser ganzen Vorlesung in hellem Eifer immer wieder aufgeblitzt. »Man sollte meinen, sie hätte es abgeschrieben«, rief sie, als sie fertig war. »Nie hätte ich Gisèle für fähig gehalten, so etwas hinzulegen. Und diese Verse, die sie da zitiert! Wo hat sie das bloß her?«
Albertines Bewunderung nahm noch ebenso wie ihre gespannteste Aufmerksamkeit – allerdings das Objekt wechselnd – zu, während sie Andrée zuhörte und sie fast ›mit den Augen aufspießte‹, als diese in ihrer Eigenschaft als das größte und am meisten bewanderte Mädchen von Gisèles Aufsatz auf Befragen zunächst mit einer gewissen Ironie sprach, dann aber scheinbar nur ganz beiläufig, jedoch in einer Weise, hinter der sich nur schlecht ein wirklicher Ernst verbarg, dazu überging, auf ihre Art den Aufsatz noch einmal zu komponieren. »Er ist gar nicht übel«, meinte sie zu Albertine gewendet, »aber wenn ich du wäre und das gleiche Thema bekäme, was gar nicht ausgeschlossen ist, denn es wird gern gegeben, machte

ich es nicht genauso. Ich denke mir manches anders: Erst einmal hätte ich an Gisèles Stelle mir in aller Ruhe auf einem Blatt Papier meine Gliederung gemacht. Angefangen hätte ich mit der Fragestellung und der Exposition des Themas, dann kämen die allgemeinen Ideen, die man zu entwickeln hätte, dann die Würdigung, die Art der Darstellung, die Folgerung, die man daraus zu ziehen hat. Wenn man in dieser Weise von einer gedrängten Übersicht ausgeht, weiß man, woran man sich zu halten hat. Gleich bei der Exposition des Themas, oder, wenn du willst, Titine, da es nun mal ein Brief ist, sobald man zur Sache kommt, hat Gisèle vorbeigehauen. An einen Mann des 17. Jahrhunderts hätte Sophokles nicht schreiben dürfen: ›Mein lieber Freund‹.« – »Sie hätte ihn besser sagen lassen: Mein lieber Racine«, warf Albertine mit größter Lebhaftigkeit ein. »Das wäre richtiger.« – »Nein«, antwortete Andrée etwas von oben herab, »sie hätte schreiben müssen: ›Sehr geehrter Herr.‹ Auch als Schlußformel hätte sie etwas finden müssen wie: ›Gestatten Sie, sehr geehrter Herr (höchstens sehr verehrter Herr), daß ich Ihnen sage, mit welchen Gefühlen außerordentlicher Wertschätzung ich verbleibe als Ihr ganz ergebener Diener.‹ Andererseits behauptet Gisèle, die Chöre in ›Athalie‹ seien eine Neuerung. Sie vergißt aber ›Esther‹ und zwei wenig bekannte Tragödien, die gerade in diesem Jahr der Professor durchgenommen hat, so daß man schon halb bestanden hat, wenn man sie zitiert, sie sind sein Steckenpferd: ›Die Jüdinnen‹ von Robert Garnier und ›Haman‹ von Montchrestien.« Andrée nannte die beiden Titel nicht ohne ein Gefühl wohlmeinender Überlegenheit, das sich in einem übrigens ganz anmutigen Lächeln kundtat. Albertine hielt es nicht mehr aus: »Andrée, du bist fabelhaft«, rief sie. »Du mußt mir die beiden Titel aufschreiben, ja? Stell dir vor, wenn die Sache drankäme, sogar nur im Mündlichen, würde ich die Stücke sofort erwähnen, und das würde dann einen Riesenneindruck machen.« Aber jedesmal wenn Albertine künftighin Andrée bat, ihr die Titel der beiden Stücke zu sagen, damit sie sich diese notiere, behauptete die gelehrte Freundin, sie wisse sie nicht mehr, und kam von sich aus nie wieder darf zurück. »Dann«, fuhr Andrée mit unmerklicher Herablassung ihren kindischeren Gefährtinnen gegenüber, aber doch froh, sich bewundern zu lassen, und im Grunde eifriger auf ihre Redaktion dieses Aufsatzes bedacht, als sie wahrhaben wollte, in ihrer Rede fort, »Sophokles in der Unterwelt weiß doch sicher über alles Bescheid. Es ist ihm gewiß bekannt, daß ›Athalie‹ nicht vor einem großen Publikum, sondern nur in Gegenwart des Sonnenkönigs und einiger bevorzugter Hofleute aufgeführt worden ist. Was Gisèle an dieser Stelle über die Wertschätzung durch die wirklichen Kenner bemerkt, ist gar nicht schlecht, könnte aber noch etwas weiter ausgeführt werden. Der unsterblich gewordene Sophokles dürfte sehr wohl die Gabe der Weissagung besitzen und bereits vorauswissen, daß nach Voltaire ›Athalie‹ nicht nur ›das Meisterwerk Racines, sondern des menschlichen Geistes‹ sein wird.« Albertine trank alle diese Worte in sich hinein. Ihre Auge flammten, und mit tiefster Entrüstung wies sie den Vorschlag Rosemondes, man wolle jetzt endlich spielen, zurück. »Schließlich«, bemerkte Andrée noch in einem beiläufigen, leichten, etwas spöttischen, aber leidenschaftlich überzeugten Ton, »wäre wohl Gisèle, wenn sie erst einmal sorgfältig notiert hätte, welche allgemeinen Gedanken man entwickeln müßte, vielleicht auch auf dasselbe gekommen wie ich und hätte den Unterschied zwischen der religiösen Inspiration der Chöre des Sophokles und der Racines aufgezeigt. Ich hätte Sophokles die Bemerkung machen lassen, daß, wenn die Chöre Racines ebenso wie die der griechischen Tragödie von religiösem Gefühl erfüllt sind, es sich dennoch nicht um die gleichen Götter handelt. Der Joads hat mit dem des Sophokles nichts zu tun, und das würde dann am Ende der Erörterung zu dem Schluß führen: ›Es macht nichts aus, daß es sich um verschiedene Arten des Glaubens handelt.‹ Sophokles würde nie und nimmer bei diesem Punkt allzusehr ver-

weilen. Er würde fürchten, die Überzeugungen Racines zu verletzen; nur noch ein paar Worte über seine Lehrer von Port-Royal müßte er einflechten und dann seinen jüngeren Rivalen dazu beglückwünschen, daß sein poetisches Genie sich zu solchen Höhen aufgeschwungen hat.«
Albertine war vor Bewunderung und Aufmerksamkeit derart in Eifer geraten, daß ihr der Schweiß in großen Tropfen über die Stirne lief. Andrée aber behielt die heitere Lässigkeit eines weiblichen Dandy bei. »Es wäre auch gar nicht übel«, meinte sie, bevor es nun wirklich ans Spielen ging, »ein paar Urteile von berühmten Kritikern anzuführen.« – »Ja«, stimmte Albertine ihr bei, »das ist mir auch schon gesagt worden. Im allgemeinen hält man sich am besten an Sainte-Beuve und Merlet, nicht wahr?« – »Du hast nicht ganz unrecht«, antwortete Andrée, die sich auch diesmal weigerte, trotz der Bitten Albertines, die später folgenden Namen aufzuschreiben, »Merlet und Sainte-Beuve sind nicht schlecht. Aber vor allem muß man Deltour und Gasq-Desfossés zitieren.«
Während dieser ganzen Zeit dachte ich an den kleinen Notizbuchzettel, den Albertine mir zugesteckt hatte: ›Ich mag Sie sehr gern‹, und eine Stunde später, als ich dann die Wege hinunterging, die für meinen Geschmack etwas allzu steil nach Balbec hinabführten, sagte ich mir, daß sie diejenige sei, mit der ich meinen Roman haben wolle.
Der Zustand der Verliebtheit, der durch die Gesamtheit der Zeichen charakterisiert wird, an denen wir ihn gemeinhin erkennen, zum Beispiel die Anweisungen, die ich im Hotel gab, mich wegen keines Besuches zu wecken, es handle sich denn um das eine oder andere der jungen Mädchen; das Herzklopfen, mit dem ich sie erwartete (welche auch immer in Aussicht stand), und mein Zorn an solchen Tagen, wenn ich keinen Friseur zum Rasieren fand und verunziert vor Albertine, Rosemonde oder Andrée erscheinen mußte: dieser täglich der einen oder andern zuliebe von neuem entstehende

Zustand war so verschieden von dem, was wir Liebe nennen, wie das menschliche Leben von dem der Zoophyten verschieden ist, bei denen die Existenz, die Individualität, möchte man fast sagen, sich auf verschiedene Organismen verteilt. Aber die Naturgeschichte lehrt uns, daß ein solcher tierischer Organismus beobachtet werden kann; und auch unser eigenes Dasein, wofern es schon etwas fortgeschritten ist, gibt ebenso gut über das wirkliche Vorhandensein von vordem uns unbekannten Zuständen Auskunft, durch die wir hindurchgehen müssen, um sie nachher wieder zu verlassen. So war es bei mir mit dem Zustand einer Verliebtheit, die gleichermaßen auf diese jungen Mädchen verteilt war. Verteilt, oder vielmehr eigentlich ungeteilt, denn meistens war gerade, was so köstlich, von allem übrigen verschieden und im Begriff war, mir so teuer zu werden, daß die Hoffnung, es am nächsten Morgen wiederzufinden die schönste Freude meines Lebens bildete, eben jene Gruppe der jungen Mädchen in ihrer Gesamtheit, so wie sie sich mir an den Nachmittagen auf der Düne zeigte, während jener winddurchwehten Stunden, da auf der Grasfläche nebeneinander vor mir die meine Phantasie so erregenden Gesichter von Albertine, Rosemonde, Andrée erschienen, und zwar ohne daß ich hätte sagen können, welches davon mir diese Stätte so einzig kostbar machte und welches von den Mädchen ich am meisten hätte lieben mögen. Zu Beginn einer Liebe wie an ihrem Ende sind wir nicht ausschließlich an den Gegenstand dieser Liebe gebunden, sondern das Liebesverlangen, das sich später fixieren wird (und dann die Erinnerung, die uns bleibt), schweift in einer Zone noch auswechselbarer Reize umher – es können dies sogar ganz einfach Reize der Natur, des Wohlgeschmacks oder des angenehmen Wohnens sein – die so gut miteinander verbunden sind, daß man in keinem von ihnen sich wie ein Verbannter fühlt. Da ich im übrigen den Mädchen gegenüber bisher noch nicht durch Gewöhnung blasiert geworden war, besaß ich noch die Fähigkeit, sie zu sehen, und das bedeutete in diesem Fall, daß mich in ihrer Gegenwart jedesmal ein tiefes Erstaunen befiel.

Sicherlich beruht ein Erstaunen dieser Art zum Teil darauf, daß ein Wesen uns jeweils eine neue Seite seiner selbst enthüllt; aber so groß ist die Vielfalt eines jeden, so unerschöpflich der Reichtum der Linien seines Gesichts und seiner Körperformen, jener Linien, von denen sich, nachdem wir die Betreffende verlassen haben, infolge der willkürlichen Vereinfachung durch unsere Erinnerung, nur so wenige einstellen, je nachdem unser Gedächtnis diese oder jene auffallende Eigentümlichkeit ausgewählt, ausgesondert und übertrieben hat, daß zum Beispiel aus einer Frau, die uns groß vorgekommen ist, die Studie eines weiblichen Wesens von unproportionierter Länge, oder aus einer anderen, die wir als rosig und blond in Erinnerung hatten, eine reine ›Harmonie in Gold und Rosa‹ wird; in dem Augenblick, da diese Frau dann von neuem in unserer Nähe ist, strömen alle anderen vergessenen Eigenschaften, die diese erste wieder ausgleichen, in ihrer verwirrenden Fülle herbei, vermindern die Größe der Gestalt, überfluten die rosigen Töne und setzen an die Stelle dessen, was wir allein zu sehen erwarteten, andere Eigentümlichkeiten, an deren Beobachtung wir uns von der ersten Begegnung her erinnern, so daß wir nicht mehr verstehen, wie wir so wenig auf ihren Anblick haben gefaßt sein können. Wir erinnerten uns, das heißt, wir gingen einem Pfau entgegen und finden eine Pfingstrose vor. Dies unvermeidliche Erstaunen ist nicht das einzige; denn daneben besteht noch ein anderes, das der Verschiedenheit entspringt, nun aber nicht der Verschiedenheit zwischen den Stilisierungen der Erinnerung und der Wirklichkeit, sondern zwischen dem Wesen, das wir das letzte Mal sahen, und demjenigen, das uns heute unter einem anderen Winkel erscheint und uns einen ganz neuen Aspekt enthüllt. Das menschliche Antlitz ist wirklich wie das jenes Gottes einer orientalischen Theogonie eine ganze Traube von Gesichtern, die, auf verschiedenen

Ebenen nebeneinandergestellt, nicht auf einmal überblickbar sind.

Zum großen Teil aber rührt unser Erstaunen daher, daß uns das Wesen gerade auch ein identisches Gesicht zukehrt. Wir müßten eine so große Anstrengung machen, alles nachzuschaffen, was von einer Seite, die nicht wir selbst sind, uns zugetragen wird – und wäre es nur der Geschmack einer Frucht – daß wir, wenn noch kaum ein Eindruck in uns eingedrungen ist, schon unmerklich den abschüssigen Weg der Erinnerung einschlagen und, ohne es zu wissen, in kürzester Zeit weit von dem abgetrieben sind, was wir empfunden haben. Dergestalt wirkt jede Begegnung als eine Berichtigung, die uns zu dem zurückführt, was wir schon vorher gesehen haben. Wir erinnerten uns bereits nicht mehr daran, so daß eigentlich ›ein Wesen sich in Erinnerung rufen‹ in Wirklichkeit ›es vergessen‹ bedeutet. Aber solange wir es noch sehen können, erkennen wir es in dem Augenblick wieder, da der vergessene Zug wieder vor uns erscheint, wir sind gezwungen, die abgewichene Linie wieder richtig zu führen, und so bestand die unaufhörliche, fruchtbare Überraschung, die für mich diese täglichen Begegnungen mit den jungen Mädchen am Meeresstrand so heilsam schmeidigend machte, so gut wie aus Entdeckungen auch aus Erinnerung. Wenn man dem noch die Erregung durch das hinzufügt, was sie für mich waren, nämlich niemals ganz, was ich geglaubt hatte, wodurch die Hoffnung auf das nächste Wiedersehen mit ihnen der vorausgegangenen Hoffnung viel weniger glich als der noch lebendig vibrierenden Erinnerung an unsere letzte Unterhaltung, wird man verstehen, daß jeder Spaziergang mit ihnen meinen Gedanken einen heftigen Umschwung gab, und zwar keineswegs in der Richtung, in der ich mich in der Einsamkeit meines Zimmers bei ausgeruhtem Kopf bewegt hatte. Jene Richtung war vergessen und aufgegeben, wenn ich summend wie ein Bienenkorb von allen Reden, die mich innerlich erregt hatten und die noch in mir nachhallten, wieder nach Hause kam. Jedes Wesen zerfällt, wenn wir es nicht mehr sehen; erscheint es dann das nächste Mal wieder vor uns, findet gleichsam eine Neuschöpfung statt, die verschieden von den früheren, von allen anderen ist. Denn selbst das Mindestmaß an Variation, das bei diesen Schöpfungen eine Rolle spielen kann, kommt von zwei Seiten her. Wenn wir uns an einen energischen Blick, eine kühne Miene erinnern, so werden wir unvermeidlich das nächste Mal von einem sehnsuchtsvollen, weichen Profil, einer Spur träumerischer Süße überrascht, von Dingen, auf die wir bei unserer vorausgehenden Erinnerung nicht geachtet hatten, ja es sind dies fast die einzigen Züge, die wir diesmal sehen. Durch die Gegenüberstellung unserer Erinnerung und dieser neuen Wirklichkeit wird unsere Enttäuschung oder Überraschung bestimmt, sie tritt als Korrektur der Wirklichkeit auf und belehrt uns darüber, daß wir uns schlecht erinnert haben. Andrerseits wird nun der das vorige Mal vernachlässigte Aspekt des Gesichts, der aus diesem Grunde für uns nun gerade der packendste ist, zu einem besonders wirklichen, der alle Fehler richtigstellt, zum Stoff unserer Träumereien und Erinnerungen. Ein weich gerundetes Profil, ein sanfter, träumerischer Gesichtsausdruck ist nunmehr das, was wir anzutreffen meinen. Von neuem wird dann beim nächsten Mal der eigenwillige Ausdruck des kühnen Blicks, der scharfen Nase, der festzusammengepreßten Lippen das Abschweifen unserer Phantasie und gleichzeitig das Objekt korrigieren, an das sie sich so eng zu halten glaubte. Natürlich betraf dies treue Festhalten an den ersten rein physischen Eindrücken, die ich jedesmal bei meinen Freundinnen wiederfand, nicht nur ihre Gesichtszüge, denn es hat sich ja gezeigt, daß ich ebenso empfänglich für ihre vielleicht noch verwirrenderen Stimmen war (die Stimme bietet eben nicht nur die gleichen eigentümlichen, stofflich bedingten Oberflächen dar wie das Gesicht, sie gehört sogar mit zu dem unzugänglichen Abgrund, aus dem das Schwindelgefühl der hoffnungslosen Küsse zu uns kommt), in denen wie in dem einzigen Klang eines kleinen

Instruments das ganze Wesen jeder einzelnen lag, das nur ihr eigen war. Durch einen bestimmten Tonfall bezeichnet, erstaunte mich immer wieder die eine oder andere dieser Stimmen durch ihren aufschlußreichen Klang, wenn ich sie wiedererkannte, nachdem ich sie vergessen hatte. So kam es, daß die Berichtigungen, die ich bei jeder neuen Begegnung vornehmen mußte, um wieder zu einer vollkommen angemessenen Auffassung zu gelangen, ebensogut in den Tätigkeitsbereich eines Instrumentenstimmers wie eines Gesangmeisters oder eines Zeichners gehörten.

Der harmonische Zusammenklang, in dem sich eine Zeitlang durch den Widerstand, den jede einzelne dem Vorherrschen der anderen entgegensetzte, die verschiedenen Gefühlsschwingungen befanden, die die jungen Mädchen in mir erzeugten, wurde schließlich zugunsten von Albertine aufgelöst, und zwar an einem Nachmittag, als wir ›Ringlein, Ringlein, du mußt wandern‹ spielten. Es war in einem kleinen Wäldchen auf der Klippe. Zwischen zwei Mädchen stehend, die nicht eigentlich der kleinen Schar angehörten, die aber zur Vergrößerung unseres Kreises hinzugezogen waren, hielt ich meine Blicke neidvoll auf einen jungen Mann gerichtet, der Albertines Nachbar war, denn ich sagte mir, daß ich, wenn ich an seiner Stelle wäre, die Hände meiner Freundin in jenen unverhofften Minuten hätte berühren können, die vielleicht nicht wiederkehren und mich bedeutend weitergebracht haben würden. Schon rein an sich, ohne die zweifellos daraus sich ergebenden Folgen, wäre die Berührung dieser Hände mir ganz köstlich erschienen. Es war dabei nicht so, daß ich nicht schon schönere Hände gesehen hätte als die Albertines. Selbst in der Gruppe ihrer Freundinnen besaßen die schlankeren und feingliedrigeren Andrées eine Art Eigenleben, sie folgten gefügig dem Befehl ihrer jungen Gebieterin und waren doch unabhängig, sie streckten sich oft vor ihr wie junge Windspiele aus, träge, lässig träumend, dann plötzlich eins ihrer Glieder regend, was alles Elstir bewogen hatte, von diesen Händen eine ganze Reihe von Studien zu machen. Auf einem dieser Blätter, wo man Andrée vor einem Feuer sitzen und sich wärmen sah, bekamen sie das golden Durchschimmerte von zwei Blättern im Herbst. Die Hände Albertines, die fülliger waren, gaben einen Augenblick nach, dann übten sie einen Widerstand gegen die drückende Hand aus, was eine ganz besondere Empfindung vermittelte. Albertines Händedruck besaß eine sinnliche Süße, die gut zu dem rosigen, ins Mauvefarbene spielenden Hautton ihrer Wangen stimmte. Der sanfte Druck schien einem den Weg ins Innere dieses Mädchens nach der Seite ihrer Sinne hin zu eröffnen, ebenso wie die Klangfülle ihres Lachens, das indezent wie Taubengurren oder gewisse Schreie war. Sie gehörte zu den Frauen, deren Hand zu drücken eine so große Freude erweckt, daß man der Kulturentwicklung dankbar ist, weil sie das ›Shakehands‹ zu einem erlaubten Akt der Begegnung zwischen jungen Männern und Mädchen gemacht hat. Wenn die willkürlich gewählten Formen der Höflichkeit den Händedruck durch eine andere Geste ersetzt hätten, würde ich alle Tage die unberührbaren Hände Albertines mit einer Neugier, den Kontakt mit ihnen zu erleben, betrachtet haben, wie ich sie jetzt auf den Zusammenklang meiner Lippen mit ihren Wangen verspürte. Aber bei der Vorstellung, ich könne ihre Hände lang in den meinen halten, wenn ich ihr Nachbar beim ›Ringlein‹-Spiel wäre, hatte ich jetzt nicht nur dies Vergnügen selbst im Sinn; wieviel Geständnisse, Liebeserklärungen, die ich bislang in meiner Schüchternheit für mich behalten hatte, hätte ich gewissen Händedrucken anvertrauen können, und wie leicht wäre es Albertine selbst gewesen, mir durch den gleichen Druck zu zeigen, daß sie mich verstanden habe; welch geheimes Einvernehmen hätte das bedeutet, welch einen Beginn der Lust! Meine Liebe konnte in einigen in dieser Weise neben ihr verbrachten Minuten größere Fortschritte machen, als es seit dem Beginn unserer Bekanntschaft möglich gewesen war. In dem Gefühl, daß diese Minuten nicht von Dauer sein konnten, sondern zu Ende gingen, denn wir würden nicht ewig bei diesem kleinen Spiel bleiben, und daß es zu spät sei, sobald wir damit aufhörten, hielt es mich nicht mehr an meinem Platz. Ich ließ mir mit Absicht den Ring fortnehmen, und als ich in der Mitte stand und ihn vorbeilaufen sah, tat ich, als ob ich ihn nicht bemerkt, folgte ihm aber mit den Blicken bis zu dem Augenblick, da er in den Händen von Albertines Nachbar sein mußte; sie selber war vor Lachen und in der Erregung des Spiels über und über rosig erglüht. »Hier sind wir gerade in dem ›hübschen Wald‹, von dem im Spiel die Rede ist«, sagte Andrée zu mir und wies auf die Bäume ringsum mit einem Lächeln im Blick, das nur für mich bestimmt war und dann erst zu den andern Spielern weiterzuwandern schien, als seien nur wir beide gescheit genug, von außen her über das Spiel eine Bemerkung rein poetischen Charakters zu machen. Sie trieb sogar dies anmutige Tändeln ihres Geistes so weit, daß sie, ohne eigentlich Lust dazu zu haben, leise vor sich hinsang: ›Ringlein, wandere, wandere bald/Zu mir durch den hübschen Wald‹, wie die Menschen, die nicht nach Trianon gehen können, ohne dort ein Fest nach Art der Marie-Antoinette zu veranstalten, oder es reizvoll finden, eine bestimmte Melodie in dem Rahmen zu singen, für den sie komponiert worden ist. Ich wäre zweifellos eher betrübt gewesen, an dieser Darbietung keinen Gefallen zu finden, hätte ich Muße gehabt, darüber nachzudenken. Aber mein Geist war anderswo. Spieler und Spielerinnen begannen sich über meine Dummheit zu wundern, daß ich den Ring nicht nahm. Ich sah vor mir Albertine, so schön, so gleichgültig und so fröhlich, noch nicht wissend, daß sie gleich meine Nachbarin werden würde, wenn ich im richtigen Augenblick den Ring mit Hilfe eines Tricks, den sie nicht ahnte und über den sie sich geärgert hätte, in meinen Händen hielte. In der Hitze des Spiels hatten die langen Haare Albertines sich halb gelöst und fielen ihr in gelockten Strähnen über die Wangen, deren Inkarnat unter dem matten Braun noch rosiger schimmerte. »Sie haben die Flechten der Laura Dianti, der Eleonore von Guyenne und ihrer von Chateaubriand so sehr geliebten Nachkommin. Sie sollten immer die Haare offen tragen«, sagte ich ihr ins Ohr, um mich ihr damit schon etwas mehr zu nähern. Jetzt war der Ring bei Albertines Nachbar angelangt. Sofort sprang ich auf ihn zu, bog ihm rücksichtslos die Finger auseinander und faßte zu. Er mußte an meinen Platz in der Mitte des Kreises treten, und ich nahm den seinen an Albertines Seite ein. Wenige Minuten zuvor hatte ich den jungen Mann noch beneidet, als ich sah, wie seine leicht über die Schnur gleitenden Hände in jedem Augenblick die Albertines berührten. Jetzt, da die Reihe an mir war, fühlte ich, zu schüchtern, um diesen Kontakt zu suchen, zu aufgeregt, um ihn zu genießen, nichts als meines Herzens raschen, schmerzhaften Schlag. Einen Augenblick beugte Albertine sich zu mir vor und tat so, mit einer Miene des Einverständnisses auf ihrem vollen rosigen Gesicht, als halte sie den Ring, um den Suchenden zu täuschen und zu verhindern, daß er nach der Seite schaute, wohin sie ihn gerade schob. Ich begriff auf der Stelle, daß sich das Geheimnisvolle in Albertines Blick auf diese List bezog, aber ich war verwirrt, als ich in ihren Augen das wenn auch nur für die Bedürfnisse des Spiels vorgetäuschte Bild eines Geheimnisses, eines Einverständnisses sah, die zwischen ihr und mir nicht wirklich bestanden, aber das von nun an möglich und für mich jedenfalls von göttlicher Süße schien. Als ich mich noch an diesem Gedanken berauschte, fühlte ich den leichten Druck der Hand Albertines auf der meinigen und ihren streichelnden Finger, der unter den meinen glitt, auch bemerkte ich, daß sie mir gleichzeitig auf eine möglichst unverfängliche Art zuzwinkerte. Mit einem Schlag kristallisierten sich in mir eine Menge bislang verworrener Hoffnungen: ›Sie nutzt das Spiel, um mir zu zeigen, wie gern sie mich mag‹, dachte ich auf dem Gipfel der Freude, von dem ich gleich wieder hinunterstürzte, als Albertine wütend zu mir sagte: »Aber so nehmen Sie ihn doch, ich halte ihn Ihnen schon stundenlang hin.« Überwältigt von Kummer ließ ich die Schnur fahren, der Suchende bemerkte den Ring, stürzte sich darauf, und ich mußte in die Mitte treten; verzweifelt blickte ich auf die Runde, die mich rings umtobte; die jungen Spielerinnen warfen mir spöttische Worte zu, und ich war genötigt, als Antwort darauf zu lachen, während ich wenig Lust dazu spürte und Albertine immer wieder sagte: »Man spielt nicht, wenn man nicht aufpassen will und nichts dabei herauskommt, als daß andere verlieren. An den Tagen, wo wir spielen, wird er nicht wieder eingeladen, Andrée, sonst komme ich nicht mehr.« Andrée, die über Kinderspiele hinaus war und ihr Lied vom hübschen Wald vor sich hinsang, das aus Nachahmungsdrang und ohne Überzeugung auch Rosemonde aufnahm, wollte von Albertines Vorwürfen ablenken und sagte zu mir: »Wir sind nur zwei Schritte von Les Creuniers entfernt, das Sie so gern sehen wollten. Wissen Sie was, ich werde Sie auf einem reizenden Weg hinführen, während diese törichten Jungfrauen hier weiterspielen, als ob sie Kinder von acht Jahren wären.« Da Andrée außergewöhnlich nett zu mir war, sagte ich ihr unterwegs alles über Albertine, was mir geeignet schien, um deren Neigung zu gewinnen. Sie antwortete mir, auch sie möge Albertine gern und finde sie sehr nett; dennoch schienen ihr meine Komplimente an die Adresse ihrer Freundin kein Vergnügen zu machen. Plötzlich blieb ich mitten auf dem kleinen Hohlweg stehen, tief im Herzen berührt von einer süßen Kindheitserinnerung: Ich hatte eben an den gezähnten glänzenden Blättern, die sich vor den Eingang des Pfades schoben, einen leider schon seit Frühlingsende abgeblühten Weißdornbusch erkannt. Um mich wob eine Atmosphäre von ehemaligen Maiandachten, sonnigen Nachmittagen, von vergessenem Glauben und vergessenen Irrungen. Ich hätte ihn am liebsten umarmt. Doch blieb ich eine Sekunde stehen. In bezaubernder Weise verständnisvoll ließ Andrée mich einen Augenblick mit den Blättern des Weißdorns reden. Ich fragte sie nach den Blumen, ihren Blüten, die übermütigen, koketten und zugleich frommen jungen Mädchen so ähnlich sind. »Die jungen Damen sind schon lange fort«, antworteten mir die Blätter und dachten vielleicht dabei, daß ich, der ich so gut mit ihnen befreundet tat, dafür recht schlecht über ihre Gewohnheiten Bescheid wisse. Ich war eben doch nur ein Freund, der sie aber seit vielen Jahren nicht wiedergesehen hatte trotz aller Versprechungen. Und dennoch, wie Gilberte meine erste Liebe zu einem jungen Mädchen gewesen war, waren sie meine erste Liebe zu einer Blume gewesen. »Ja, ich weiß, sie gehen immer gegen Mitte Juni fort«, antwortete ich, »aber es macht mir Vergnügen, die Stätte zu sehen, wo sie hier Wohnung genommen hatten. Sie haben mich in Combray in meinem Zimmer besucht; als ich krank war, hat meine Mutter sie zu mir geführt. Und am Samstagabend trafen wir uns bei der Maiandacht. Gehen sie noch immer dorthin?« – »O natürlich! Man legt den größten Wert auf die jungen Damen in der Kirche von Saint-Denis-du-Désert, der nächsten Pfarrgemeinde.« – »Kann ich sie wiedersehen?« – »Nicht vor Mai nächsten Jahres.« – »Aber sind sie dann auch sicherlich da?« – »Sie kommen alle Jahre.« – »Ich weiß nur nicht, ob ich die Stelle wiederfinden werde.« – »O doch! Die Damen sind so vergnügt. Sie setzen mit Lachen nur aus, wenn sie ein Kirchenlied singen; Sie entdecken sie bestimmt; gleich am Ende des Weges spüren Sie dann schon ihren Duft.«

Ich schloß mich Andrée wieder an und begann von neuem, Albertines Lob zu singen. Es schien mir unmöglich, daß sie es ihr etwa nicht wiederholte, ich legte es ihr nahe genug. Dennoch habe ich nie gehört, daß etwas davon zu Albertine gedrungen wäre. Gleichwohl besaß Andrée eine viel größere Einsicht in die Dinge des Herzens und ein feiner ausgebildetes Zartgefühl; den Blick, das Wort, die Handlungsweise finden, die möglichst wohl durchdacht Vergnügen machen könnten, eine Überlegung verschweigen, die Schmerz hätte zufügen können, das Opfer (mit der Miene, als sei es keins) einer

Stunde des Spiels, einer Nachmittagseinladung, eines Gartenfestes zu bringen, um bei einem Freunde oder einer Freundin zu bleiben, die gerade traurig waren, und ihnen auf diese Weise zu zeigen, daß sie ihre Gesellschaft bloßen oberflächlichen Vergnügungen vorzöge, waren bei ihr ganz gewöhnliche Äußerungen des Takts. Aber wenn man sie etwas näher kannte, hätte man meinen mögen, daß sie wie jene heroischen Feiglinge sei, die keine Furcht haben wollen und deren Bravour deshalb besonders verdienstvoll ist; daß nämlich auf dem Grunde ihrer Natur nichts von jener Güte zu finden war, die sie aus moralischer Noblesse, aus Feinfühligkeit und aus dem edlen Willen, sich als gute Freundin zu erweisen, bei jeder Gelegenheit bekundete. Wenn man hörte, wie reizende Dinge sie mir über eine mögliche Neigung zwischen Albertine und mir sagte, schien es, als müsse sie mit allen Kräften tätig sein, um solche Hoffnungen zu erfüllen. Aber aus Zufall vielleicht machte sie von all den belanglosen kleinen Möglichkeiten, die ihr zu Gebote standen, um mir zu einer Annäherung an Albertine zu verhelfen, keinerlei Gebrauch, und ich möchte nicht schwören, ob nicht mein Bemühen, von Albertine geliebt zu werden, auf seiten ihrer Freundin, wenn auch nicht gerade geheime Machenschaften mit dem Zweck, dem entgegenzuwirken, so doch einen übrigens ausgezeichnet verhehlten Zorn hervorgerufen hat, den sie aus Zartgefühl vielleicht in sich selbst bekämpfte. Zu den tausend subtilen Äußerungen der Güte, über die Andrée verfügte, wäre Albertine außerstande gewesen, und dennoch war ich der Güte jener ersteren nicht so sicher, wie ich es später der entsprechenden Regung bei der anderen wurde. Andrée, die sich dem überschäumenden Leichtsinn Albertines gegenüber immer zärtlich nachsichtig verhielt, hatte für sie im Umgang stets die Worte und das Lächeln einer Freundin bereit, mehr noch aber vielleicht handelte sie auch danach. Ich habe sie Tag für Tag, um die arme Freundin an ihrem Luxus teilnehmen zu lassen und sie glücklich zu machen, selbstlos mehr

Mühe auf sich nehmen sehen, als ein Höfling es tut, der die Gunst seines Souveräns gewinnen will. Sie war reizend mit ihren sanften, wehmütigen und beseelten Wendungen, wenn man in ihrer Gegenwart die Armut Albertines beklagte, und bemühte sich tausendmal mehr um sie als um irgendeine Freundin aus reicher Familie. Aber wenn jemand bemerkte, Albertine sei vielleicht gar nicht so arm, wie es immer hieß, verschleierte eine kaum merkliche Wolke die Stirn und die Augen Andrées; sie schien dann fast verstimmt. Und wenn man so weit ging zu sagen, daß es vielleicht alles in allem weniger schwer sein werde, sie zu verheiraten, als man immer dächte, widersprach sie mit aller Macht und wiederholte beinahe gereizt: »Doch, leider. Sie wird nicht zu verheiraten sein! Ich weiß es und mache mir viel Kummer deshalb!« Mir selbst gegenüber wiederholte sie als einzige der jungen Mädchen nie, was etwa Unangenehmes über mich gesagt worden war; ja mehr noch: wenn ich selbst es ihr erzählte, tat sie so, als glaube sie es nicht, oder gab dafür eine Erklärung, die die betreffende Rede harmlos erscheinen ließ; die Gesamtheit dieser Eigenschaften ist das, was man mit Takt bezeichnet. Es besitzen ihn die Leute, die, wenn wir zu einem Duell gehen, uns beglückwünschen und hinzufügen, es sei doch gar nicht nötig gewesen, die Forderung anzunehmen, um in unseren Augen den Mut noch größer erscheinen zu lassen, den wir bewiesen haben, ohne dazu gezwungen zu sein. Sie sind das Gegenteil der Leute, die unter denselben Umständen sagen: ›Es war sicher sehr ärgerlich für Sie, daß Sie sich schlagen mußten, aber andererseits durften Sie ja eine solche Beleidigung nicht einfach hinnehmen. Sie konnten wirklich nicht anders.‹ Doch hat eben alles zwei Seiten. Wenn das Vergnügen oder wenigstens die Gleichgültigkeit, mit der unsere Freunde etwas Kränkendes wiederholen, was über uns gesagt worden ist, uns beweist, daß sie in dem Augenblick, da sie zu uns sprechen und spitze Nadeln und Messer in uns versenken, als wäre es in Werg, sich nicht in uns hineinversetzen, so kann andererseits die Kunst, uns immer zu verbergen, was in dem, wie über unsere Handlungsweise gesprochen wird oder in der Meinung, die diese ihnen selbst eingeflößt hat, uns unangenehm sein könnte, bei der anderen Kategorie von Freunden, den Freunden mit Herzenstakt, eine starke Dosis von Täuschungsgabe beweisen. Dagegen läßt sich nichts einwenden, wenn diese Freunde tatsächlich nichts Böses denken können und das, was man von uns sagt, sie selbst in dem Maße schmerzt, wie wir darunter leiden würden. Dies aber – so nahm ich an, ohne freilich dessen völlig sicher zu sein – war bei Andrée der Fall.

Wir waren aus dem kleinen Wald hinausgetreten und hatten einen gewundenen, ziemlich einsamen Weg eingeschlagen, auf dem Andrée sich ausgezeichnet zurechtfand. »Da sehen Sie«, sagte sie plötzlich zu mir, »das ist das berühmte Les Creuniers. Und Sie haben noch besonderes Glück, denn Sie sehen es gerade bei der Witterung und in der Beleuchtung, wie Elstir es gemalt hat.« Aber ich war noch zu traurig, bei dem Ringleinspiel von solcher Höhe der Hoffnungen heruntergestürzt zu sein. Nicht ganz mit dem Vergnügen, das ich sonst zweifellos empfunden hätte, konnte ich daher plötzlich zu meinen Füßen, zwischen die Felsen geschmiegt, wo sie sich vor der Hitze schützten, die Meeresgöttinnen erkennen, die Elstir unter einem düstern Abhang belauscht und überrascht hatte, der so schön war, wie ein Leonardo ihn hätte malen können, die wundervollen, heimlich an einen Zufluchtsort entronnenen Schatten, beweglich und schweigend, bereit, beim ersten Anbranden von Licht unter den Stein zu gleiten und sich in einem Loch zu verstecken, aber auch ebenso schnell, wenn die Bedrohung durch den Sonnenstrahl vorübergegangen war, wieder hervorzukommen zum Felsen und zu den Algen, während die Sonne die Klippen und das farblos gewordene Meer zu zerklüften schien, deren Schlummer zu bewachen sie als unbeweglich schwebende Hüterinnen mit glänzenden Leibern und dunkelspähendem Blick dicht über dem Wasserspiegel erschienen.

Wir gingen wieder zu den andern zurück. Ich wußte jetzt, ich liebte Albertine, aber ach! ich legte keinen Wert darauf, es sie wissen zu lassen. Seit den Tagen der Spiele auf den Champs-Elysées hatte sich meine Auffassung von der Liebe gewandelt, wenn auch die Wesen, an die sie sich nacheinander heftete, fast identisch waren. Einerseits schwebte mir das Geständnis, die Erklärung meines zärtlichen Gefühls im Angesicht der Geliebten nicht mehr als eine der wichtigsten und unerläßlichsten Szenen der Leidenschaft vor; andrerseits schien mir diese selbst nicht mehr eine außerhalb von mir bestehende Wirklichkeit, sondern nur ein subjektives Hochgefühl zu sein. Um diese meine Freude aber zu erhalten, würde, das spürte ich, Albertine um so lieber alles, was nötig war, tun, je weniger sie von meinen Empfindungen wußte.
Während meines Heimweges war das von dem lichten Schimmer der ganzen Mädchengruppe überflutete Bild Albertines nicht das einzige, das mir vor Augen stand. Aber wie der Mond, der nur ein weißes Wölkchen von besonders deutlich umrissener, unveränderlicher Gestalt zu sein scheint, solange das Tageslicht wirkt, nach dessen Verlöschen erst seine Kraft entfaltet, so stieg, nachdem ich ins Hotel zurückgekehrt war, allein die Erscheinung Albertines in meinem Herzen auf und leuchtete darin. Mein Zimmer war mir auf einmal ganz neu. Gewiß war es schon längst nicht mehr jener feindlich mich empfangende Raum des Ankunftsabends geblieben. Wir wandeln unsere Behausung unaufhörlich um; und in dem Maße, wie die Gewohnheit uns das Gefühl dafür benimmt, scheiden wir die störenden Momente der Farbe, der Proportion, des Geruchs, in denen unser Unbehagen sich objektiviert, aus unserem Bewußtsein aus. Es war auch nicht mehr das Zimmer, das dann noch weiterhin stark auf mein Gefühlsleben eingewirkt hatte – freilich nicht mehr, um mich leiden zu machen, sondern um mir Freude zu schenken – jene Kelter der schönen Tage, die wie ein Wasserbecken war, in dem bis zu halber Höhe ein lichtdurchwogter Azur schimmerte, den augenblicks-

weise, ungreifbar und weiß wie ein Ausfluß der Tageshitze, ein flüchtiger, irisierender Schleier überzog; auch nicht das rein ästhetisch Gewertete jener Abende, da ich in malerischen Eindrücken schwelgte; es war das Zimmer, in dem ich nun schon so lange lebte, daß ich es nicht mehr sah. Jetzt aber fing ich an, von neuem Augen dafür zu haben, doch diesmal von dem egoistischen Gesichtspunkt der Liebe aus. Ich meinte, der schöne, schräggestellte Spiegel, die eleganten, von Glasscheiben geschützten Bücherregale müßten Albertine, wenn sie mich besuchen käme, eine vorteilhafte Meinung von mir geben. An Stelle eines bloßen Durchgangsortes, an dem ich einen Augenblick verbrachte, bevor ich an den Strand oder nach Rivebelle enteilte, wurde mein Zimmer wieder zu etwas, was wirklich und mir lieb war, es erneuerte sich, denn ich betrachtete und bewertete jetzt jedes Möbel darin mit den Augen Albertines.

Ein paar Tage nach der Begebenheit mit dem Ringleinspiel waren wir, da wir auf einem Ausflug etwas weit vom Wege abgekommen waren, sehr froh, in Maineville zwei kleine Planwagen mit je zwei Plätzen aufzutreiben, die uns ermöglichen würden, zum Abendessen wieder zu Hause zu sein; mein schon sehr lebhaft gewordenes Liebesgefühl für Albertine hatte zur Folge, daß ich abwechselnd Rosemonde und Andrée vorschlug, zu mir in den Wagen zu steigen, und nicht ein einziges Mal Albertine; dann aber, während ich immer noch eifrig Andrée und Rosemonde aufforderte, brachte ich sie alle durch sekundäre Erwägungen über Zeit, Weg und Mäntelunterbringung dazu, es gleichsam gegen meinen Willen am praktischsten zu finden, ich nähme Albertine zu mir, in deren Gesellschaft ich mich anscheinend nur wohl oder übel schickte. Da nun zwar die Liebe danach strebt, ein anderes Wesen in einen Bestandteil des Liebenden zu verwandeln, wir uns aber leider keines nur durch Gespräche anzuverwandeln vermögen, mochte Albertine während dieser Heimfahrt noch so nett zu mir sein: als ich sie bei sich zu Hause abgesetzt hatte, ließ sie mich glücklich, aber noch mehr nach ihr lechzend als beim Aufbruch zurück; ich sah die Augenblicke, die wir zusammen verbracht hatten, nur als einen Auftakt an, der, an sich ohne Wichtigkeit, von andern Augenblicken gefolgt sein werde. Und dennoch besaß er jenen ersten Zauber, der niemals wiederkehrt. Noch hatte ich von Albertine nichts erbeten. Sie mochte sich wohl denken, was ich mir wünschte, konnte aber nicht sicher sein und stellte sich doch vielleicht vor, ich suchte mit ihr nur eine auf keinen bestimmten Zweck gerichtete Verbindung, in der meine Freundin jenes köstlich Unbestimmte – erwarteter Überraschungen Hort – ahnen mochte, das man Romantik nennt.

In der folgenden Woche gab ich mir kaum Mühe, Albertine zu sehen. Ich tat, als liege mir mehr an Andrée. Die Liebe setzt ein, und man möchte für die Frau, die man liebt, der Unbekannte bleiben, aber man braucht sie, man muß vielleicht nicht so sehr ihren Körper als ihre Aufmerksamkeit und ihr Herz anrühren. Man läßt in einen Brief eine Bosheit einfließen, die die Sorglose dazu zwingt, mehr Freundlichkeit bei uns zu suchen, und die Liebe zieht auf Grund einer unfehlbar funktionierenden Technik eine Schraube in dem ineinandergreifenden Räderwerk an, von dessen Getriebe erfaßt wir weder nicht mehr lieben noch geliebt werden können. Ich widmete Andrée die Stunden, in denen die anderen zu irgendeiner Nachmittagsveranstaltung gingen, die, wie ich wußte, Andrée mit Vergnügen für mich aufgeben werde, auch wenn es gegen ihre Neigung war, aus Eleganz der Haltung, um weder bei den andern noch bei sich selbst zuzugeben, daß sie auf eine mehr oder weniger nur gesellschaftliche Unternehmung Wert lege. Ich richtete mich also so ein, daß ich sie jeden Nachmittag völlig für mich hatte, nicht in dem Gedanken, Albertine dadurch eifersüchtig zu machen, sondern um mein Ansehen in ihren Augen dadurch zu erhöhen oder es wenigstens nicht zu verlieren, wenn ich einmal Albertine von meiner ihr und nicht Andrée geltenden Neigung etwas merken lassen würde. Ich sagte auch zu Andrée nichts davon aus Angst, sie könne es vor Albertine wiederholen. Wenn ich von Albertine mit Andrée sprach, gab ich eine Kälte vor, durch die sich Andrée vielleicht weniger täuschen ließ als ich mich durch ihre scheinbare Gutgläubigkeit. Sie tat so, als nehme sie meine Gleichgültigkeit gegen Albertine für bare Münze, wünsche selbst aber eine möglichst enge Beziehung zwischen Albertine und mir. Wahrscheinlich hingegen ist, daß sie weder an das eine glaubte, noch das andere ihren Wünschen entsprach. Während ich ihr sagte, ich mache mir aus ihrer Freundin nicht viel, dachte ich nur an eins, nämlich wie ich wohl eine Beziehung zu Madame Bontemps herstellen könnte, die sich für kurze Zeit in der Nähe von Balbec aufhielt und bei der Albertine demnächst drei Tage verbringen sollte. Natürlich ließ ich Andrée von diesem Wunsch nichts merken, und wenn ich mit ihr von Albertines Familie sprach, so nur mit allen Zeichen größter Unaufmerksamkeit. Die klaren Antworten Andrées schienen meine Aufrichtigkeit nicht in Frage zu stellen. Aber weshalb entschlüpfte ihr einmal die Bemerkung: »Ich habe gerade Albertines Tante gesehen«? Freilich hatte sie nicht gesagt: ›Aus Ihren beiläufig hingeworfenen Äußerungen habe ich entnommen, daß Sie einzig darauf sinnen, wie Sie Albertines Tante begegnen könnten.‹ Aber dennoch schien sich auf das Vorhandensein einer solchen Vorstellung in Andrées Geist, die sie freundlicherweise vor mir nicht erörtern wollte, das Wort ›gerade‹ zu beziehen. Es gehörte zur gleichen Familie wie gewisse Blicke und Gebärden, die zwar nicht logisch, rational und unmittelbar an die Möglichkeit, den Zuhörer zu verstehen, appellieren, dennoch aber in ihrer innersten Bedeutung zu ihm gelangen, genauso gut wie die im Telefondraht zu Elektrizität verwandelte menschliche Rede wieder zu Worten und verständlich wird. Um in Andrées Geist die Vorstellung, ich interessiere mich für Madame Bontemps, wieder auszulöschen, sprach ich nicht nur nachlässig, sondern sogar etwas boshaft von ihr; ich sagte, ich sei dieser exaltierten Person früher einmal begegnet und hoffe, es werde so bald nicht wieder vorkommen. Tatsächlich aber war ich auf alle Weise bestrebt, ihr wieder zu begegnen.

Ich versuchte, bei Elstir – jedoch ohne daß irgend jemand sonst etwas davon erfuhr – zu erreichen, daß er mich bei ihr erwähnte und mich mit ihr zusammenbrächte. Er versprach mir, die Begegnung zu vermitteln, obwohl mein Wunsch ihn erstaunte, denn er hielt sie für eine untergeordnete, intrigante und ebenso uninteressante wie an ihrem Vorteil interessierte Person. In dem Gedanken, daß, wenn ich wirklich Madame Bontemps irgendwo träfe, Andrée es erfahren werde, glaubte ich, es sei besser, es ihr selbst zu sagen. »Was man am liebsten umgehen möchte, ist oft gerade das, was man plötzlich nicht vermeiden kann«, sagte ich zu ihr. »Nichts kann langweiliger für mich sein, als die Bekanntschaft mit Madame Bontemps zu erneuern, aber ich entgehe dem nicht. Elstir lädt mich mit ihr zusammen ein.« – »Ich habe niemals einen Augenblick daran gezweifelt«, rief Andrée in bitterem Tone aus, während ihr geweiteter und veränderter Blick sich auf irgend etwas Unsichtbares zu heften schien. Diese Worte Andrées drückten, wenn auch auf eine nicht gerade sehr ordnungsgemäße Art, einen Gedanken aus, der kurz zusammengefaßt etwa so lauten würde: ›Ich weiß, daß Sie Albertine lieben und jede nur erdenkliche Anstrengung machen, mit ihrer Familie in Kontakt zu kommen.‹ Doch bildeten sie eben nur formlose und ergänzungsbedüftige Fragmente jenes Gedankens, den ich gegen Andrées Willen bei ihr zur Auslösung gebracht hatte. Ebenso wie jenes ›gerade‹ empfingen diese Worte ihren Sinn erst aus zweiter Hand, das heißt, sie gehörten der Kategorie von jenen an, die (im Gegensatz zur direkten Versicherung) Respekt oder Mißtrauen hervorrufen oder sogar zu Entzweiung führen.

Da Andrée mir nicht geglaubt hatte, als ich ihr sagte, Albertines Familie interessiere mich nicht, nahm sie offenbar an, ich sei in unsere Freundin verliebt. Und wahrscheinlich freute sie das nicht.

Gewöhnlich war sie die dritte bei meinen Zusammenkünften mit Albertine. Doch gab es auch Tage, an denen ich diese allein traf, Tage, die ich fiebernd erwartete, die aber ertraglos vorübergingen, ohne daß jener eine denkwürdige kam, dessen Rolle ich jeweils unverzüglich an den folgenden weitergeben mußte, der sie ebensowenig würde spielen können; so brandeten die Tage wie Berge von Wogen an, und ihre Gipfel wurden von immer neuen abgelöst.

Ungefähr vier Wochen nach jenem Tage, da wir ›Ringlein, Ringlein, du mußt wandern‹ gespielt hatten, hieß es, Albertine werde am folgenden Morgen aufbrechen, um zwei Tage bei Madame Bontemps zu verbringen, jedoch, um den Frühzug zu erreichen, die Nacht vorher im Grand-Hôtel schlafen, von wo aus sie mit dem Omnibus, ohne ihre Freundinnen zu stören, rechtzeitig am Bahnhof sein könne. Ich sagte ein Wort darüber zu Andrée. »Das kann ich mir absolut nicht vorstellen«, antwortete diese mißvergnügt. »Im übrigen hätten Sie gar nichts davon, denn ich bin sicher, Albertine wird Sie nicht sehen wollen, wenn sie allein im Hotel wohnt. Das wäre nicht sehr stilvoll«, fügte sie unter Anwendung eines Wortes hinzu, das sie besonders gern in dem Sinne von ›was man tut‹ gebrauchte. »Ich sage Ihnen das, weil ich Albertines Ansichten kenne. Denn mir kann es ja ganz egal sein, ob Sie sie sehen oder nicht, nicht wahr?«

Wir wurden von Octave unterbrochen, der sich nicht bitten ließ, Andrée genau mitzuteilen, wieviel Löcher er gestern beim Golf gemacht, dann durch Albertine, die spazierenging und dabei ihr Diabolo handhabte wie eine Nonne ihren Rosenkranz. Dank diesem Spiel konnte sie ganze Stunden allein sein, ohne Langeweile zu empfinden. Kaum war sie zu uns getreten, als mir auch schon die eigenwillige Spitze ihrer Nase auffiel, die ich aus ihrem Bilde ausgelassen hatte, wann immer ich in den letzten Tagen an sie dachte; unter ihrem schwarzen Haar stand die gerade Stirn – und nicht zum erstenmal – zu der unbestimmten Vorstellung, die ich davon zu-

rückbehalten hatte, im Gegensatz, während sie mich durch
ihre Weiße förmlich blendete; vom Staube der Erinnerung
befreit, erstand Albertine von neuem vor mir.
Das Golfspiel gewöhnt an einsame Freuden. Das Diabolospiel
ist sicher eine davon. Doch fuhr Albertine auch, als sie sich uns
angeschlossen hatte, mit uns plaudernd in ihrem Spiele fort,
ganz wie eine Dame, die in Gegenwart der sie besuchenden
Freundinnen ruhig weiterhäkelt.
– Madame de Villeparisis, scheint es, sagte sie zu Octave, hat
sich bei Ihrem Vater beschwert (und ich hörte hinter diesem
›scheint es‹ einen der klingenden Nachschläge, die Albertine
eigentümlich waren; jedesmal, wenn ich feststellen mußte, daß
ich sie wieder vergessen hatte, erinnerte ich mich doch gleichzeitig daran, wie hinter ihnen der entschiedene, sehr französische Gesichtsausdruck Albertines schattenhaft aufgetaucht
war. Ich hätte blind sein und dennoch ebensogut gewisse be-
schwingte, aber etwas provinzielle Wesenszüge an ihr aus
diesen Noten so gut herausspüren können wie an ihrer Nasenspitze. Jene und diese entsprachen sich ganz und gar, sie hätten
füreinander eintreten können; ihr Stimme war ganz wie die,
welche angeblich das Bildtelefon der Zukunft verwirklichen
soll: in der Klangübertragung zeichnete sich deutlich die visuelle
Erscheinung ab). »Sie hat übrigens nicht nur an Ihren Vater
geschrieben, sondern gleichzeitig auch an den Bürgermeister
von Balbec, daß er das Diabolospielen auf der Mole verbieten
soll, sie hat nämlich so ein Ding ins Gesicht bekommen.«
– Ja, ich habe von ihrer Beschwerde gehört. Das ist einfach
lächerlich. Es gibt schon zu wenig Zerstreuung hier.
Andrée mischte sich nicht in die Unterhaltung, sie kannte –
übrigens ebensowenig Albertine und Octave – Madame de
Villeparisis nicht. »Ich weiß nicht, weshalb diese Dame daraus
so eine Geschichte macht«, meinte sie gleichwohl, »die alte Madame de Cambremer hat auch etwas abbekommen und sich
nicht beklagt.« – »Ich werde Ihnen sagen, woher dieser Unterschied kommt«, antwortete Octave mit großem Ernst, während

er ein Streichholz anzündete, »meiner Meinung nach besteht er darin, daß Madame de Cambremer von jeher eine Dame von Welt gewesen, Madame de Villeparisis aber nur emporgekommen ist. Spielen Sie heute nachmittag Golf?« Er verließ uns, dasselbe tat Andrée. Ich blieb mit Albertine allein. »Sehen Sie«, sagte sie zu mir, »ich trage jetzt das Haar so, wie Sie es gern mögen, schauen Sie nur meine Tolle an. Alle lachen mich aus, niemand weiß, weshalb ich mich so frisiere. Meine Tante neckt mich sicher auch damit. Aber ich werde auch ihr den wahren Grund nicht sagen.« Ich sah von der Seite die Wangen Albertines, die oft blaß wirkten, aber jetzt von frisch pulsierendem Blut gerötet waren, das durch sie hindurchschimmerte und ihnen die Leuchtkraft gewisser Wintermorgen gab, an denen die von der Sonne angeschienenen Steine aussehen wie rosa Granit und gleichsam Freude ausstrahlen. Die Lust, welche mir jetzt eben der Anblick von Albertines Wangen schenkte, war genauso stark, doch leitete sie zu anderen Wünschen über, die nicht eine Fortsetzung des Spazierganges, sondern einen Kuß auf diese Wangen zum Ziel hatten. Ich fragte sie, ob ihre Absicht wirklich die sei, von der man mir erzählt. »Ja«, antwortete sie, »ich schlafe heute nacht in Ihrem Hotel, und da ich ein bißchen erkältet bin, werde ich mich sogar schon vor dem Abendessen hinlegen. Sie können mir dabei am Bett Gesellschaft leisten, und hinterher können wir irgend etwas spielen, was Sie gern mögen. Es wäre mir ja lieb gewesen, wenn Sie morgen früh zum Bahnhof kämen, aber das sieht vielleicht komisch aus, nicht gerade vor Andrée, die ist ja zu klug, aber vor den andern, die sicher auch da sind; das gäbe eine schöne Geschichte, wenn meine Tante es erfährt; aber heute abend können wir gut zusammen sein. Davon merkt sie ja nichts. Ich verabschiede mich jetzt von Andrée. Also bis nachher. Kommen Sie recht früh, damit wir viel Zeit vor uns haben«, setzte sie lächelnd hinzu. Bei diesen Worten dachte ich noch weiter zurück als nur an die Zeit, da ich Gilberte liebte, an die Zeiten nämlich, da die Liebe für mich eine

Wesenheit darstellte, die nicht nur außerhalb von mir bestand, sondern auch für mich zur Wahrheit werden konnte. Während die Gilberte, die ich in den Champs-Elysées sah, eine andere war als die, die ich in mir wiederfand, wenn ich mir selbst überlassen war, erkannte ich mit einem Male in der wirklichen Albertine, derjenigen, die ich alle Tage sah, die ich von bürgerlichen Vorurteilen beherrscht und ihrer Tante gegenüber vollkommen offen glaubte, die Albertine meiner Phantasie: jene Albertine, von der ich mich, als ich noch gar nicht mit ihr gesprochen, heimlich auf der Mole beobachtet geglaubt und die widerstrebend nach Hause zu gehen schien, als sie feststellte, daß ich mich entfernte.

Ich ging mit meiner Großmutter zum Abendessen und spürte ein Geheimnis in meiner Brust, das ihr unbekannt war. So würden auch mit Albertine morgen ihre Freundinnen zusammen sein, ohne zu wissen, daß etwas Neues zwischen uns bestand, und wenn Madame Bontemps ihre Nichte auf die Stirn küßte, würde auch sie nicht ahnen, daß ich zwischen ihnen war in Gestalt der neuen Haarfrisur, die den jedermann sonst verborgenen Zweck erfüllte, mir zu gefallen, mir, der ich bis dahin Madame Bontemps so glühend beneidet hatte, weil sie, mit den gleichen Personen verwandt wie ihre Nichte, bei der gleichen Gelegenheit Trauer zu tragen und die gleichen Familienbesuche zu machen verpflichtet war; nun aber bedeutete ich mehr für Albertine als sogar ihre Tante. Bei ihrer Tante, soviel stand fest, würde sie an mich denken. Jedenfalls erschien mir das Grand-Hôtel am Abend nicht mehr leer; das Hotel, der Abend enthielten ja mein Glück. Ich schellte nach dem Lift, um mich zu dem Zimmer hinauffahren zu lassen, das Albertine bekommen hatte, es lag nach der Talseite zu. Die geringfügigsten Bewegungen, wie zum Beispiel die, mit der ich mich auf der Bank des Fahrstuhls niederließ, waren mir angenehm, weil sie in unmittelbarer Beziehung zu meinem Herzen standen; ich sah in den Seilen, an denen der Apparat sich hob, in den paar Stufen, die ich danach noch ersteigen mußte, nichts als Haltetaue, Substanz gewordene Staffeln meiner eigenen Freude. Ich hatte nur noch zwei oder drei Schritte im Korridor zu machen bis zu der Tür, hinter der die kostbarste Essenz dieses rosigen Körpers sich barg – zu dem Zimmer, das, selbst wenn Wunderbares dort vor sich gehen sollte, Dauer und für einen uneingeweihten Durchreisenden ein Aussehen behalten würde, als gleiche es allen anderen, eine Eigenschaft, welche die Dinge zu beharrlich verschwiegenen Zeugen, zuverlässigen Vertrauten und unverletzlichen Hütern unserer Freuden macht. Diese wenigen Schritte bis zum Zimmer Albertines, Schritte, die niemand mehr aufhalten konnte, legte ich mit Entzücken, mit einer Vorsicht zurück, als wandle ich in einem neuen Element und verlege im Vorwärtsschreiten jeweils den Schwerpunkt des Glücks, gleichzeitig aber auch mit einem bis dahin unbekannten Gefühl von unbegrenzter Macht, als trete ich ein Erbe an, das mir von jeher gehörte. Ich war auch auf einmal überzeugt, daß ich zu Unrecht noch zweifle, denn sie hatte mir ja gesagt, ich solle kommen, wenn sie zu Bett gegangen sei. Alles war klar, ich bebte vor Freude und hätte Françoise, die mir in den Weg kam, beinahe umgerannt; ich eilte mit blitzenden Augen auf das Zimmer der Freundin zu. Ich fand Albertine im Bett. Ihr weißes Nachthemd, das ihren Hals frei ließ, veränderte die Proportionen des Gesichts, das durch Bettruhe, Schnupfen oder Abendessen tiefer gerötet wirkte als sonst; ich dachte an die Farben, die ich ein paar Stunden zuvor an ihr bewundert hatte und deren Duft und Geschmack ich nun endlich kennenlernen würde; über ihre Wangen fiel eine der langen schwarzen Locken des Haares, das sie mir zu Gefallen frei herabhängen ließ. Sie blickte mir lächelnd entgegen. Neben ihr lag im Fensterausschnitt das mondbeschienene Tal. Der Anblick des nackten Halses von Albertine, ihrer hochroten Wangen, versetzte mich in einen solchen Rausch (das heißt, er verlegte für mich die Wirklichkeit der Welt nicht mehr in die Natur, sondern in jenen reißenden Strom von Empfindungen, die ich kaum meistern konnte), daß durch eben diesen Anblick das Gleichgewicht zwischen dem unermeßlichen, unzerstörbaren Leben, das mein Wesen durchwogte, und dem im Vergleich dazu so kärglichen Leben des Weltalls durchbrochen war. Das Meer, das ich neben dem Tal im Rahmen des Fensters liegen sah, die wie Brüste gerundeten Hügel der ersten Dünen von Maineville, der Himmel, an dem der Mond erst aufstieg, alles schien federleicht für meine Augäpfel zwischen den weit geöffneten Lidern, die bereit und imstande schienen, ganz andere Lasten, alle Berge der Welt, auf ihrer zarten Oberfläche zu tragen. Ihre Wölbung fühlte sich nicht einmal vom Rund des Horizonts genügend ausgefüllt. Was immer jedoch die Natur mir an Leben hätte anbieten können, schien mir merkwürdig dünn, der Atem des Meeres wäre mir kurz vorgekommen im Vergleich zu dem ungeheuren Strömen der Luft, von dem meine Brust sich hob. Hätte der Tod mich jetzt ereilt, er wäre mir gleichgültig oder vielmehr unmöglich erschienen, denn das Leben war nicht außerhalb von mir, sondern in meinem Inneren; mit einem Lächeln des Mitleids nur hätte ich einen Philosophen den Gedanken äußern hören, ich werde an einem wenn auch noch fernen Tag einmal sterben, die ewigen Kräfte der Natur jedoch würden mich überleben, die Kräfte jener Natur, unter deren Schritt ich nur ein Sandkorn sei; noch nach mir werde es diese rund sich wölbenden Dünen geben, das Meer, den Mondschein und den Himmel! Wie sollte das möglich sein, wie könnte die Welt länger dauern als ich, da ja nicht ich verloren in ihr schwebte, sondern vielmehr sie in mich eingeschlossen war, in mich, den sie bei weitem nicht ausfüllte, in mich, der ich angesichts des für die Anhäufung so vieler anderer Schätze ausreichenden Raumes in mir Himmel, Meer und Strand voller Nichtachtung verwarf. »Hören Sie sofort auf, oder ich schelle«, rief Albertine, als ich mich auf sie stürzen und sie küssen wollte. Ich aber sagte mir, daß nicht umsonst ein junges Mädchen einen jungen Mann heimlich zu sich kommen läßt, so daß ihre Tante nichts davon erfährt, daß im übrigen Keckheit denen zum Erfolg verhilft, die die Situation rasch zu nutzen wissen; in dem Erregungszustand, in dem ich mich befand, trat Albertines rundes Gesicht, das von innen her erhellt schien wie von gedämpftem Licht, so plastisch wie ein rotierendes Feuerrad hervor und kreiste vor meinen Blicken wie die Gestalten Michelangelos, die ein ständiger, schwindelerregender Wirbel zu bewegen scheint. Jetzt würde ich den Duft und den Geschmack dieser unbekannten rosigen Frucht endlich kennenlernen. Ich hörte einen hastig einsetzenden, langanhaltenden, gellenden Ton: Albertine schellte mit Macht.

Ich hatte geglaubt, meine Liebe zu Albertine gründe sich nicht auf die Hoffnung des körperlichen Besitzens. Dennoch, als mir aus der Erfahrung jenes Abends hervorzugehen schien, daß die Erfüllung solcher Hoffnungen ganz unmöglich und daß Albertine, nachdem ich bei der Begegnung am ersten Tage am Strand nicht gezweifelt hatte, sie sei ganz ohne Scheu, worauf dann mehrere Zwischenhypothesen folgten, in Wirklichkeit, wie mir jetzt endgültig ausgemacht schien, ein tugendhaftes junges Mädchen sei; als sie nach ihrer Rückkehr von dem Besuch bei ihrer Tante acht Tage darauf kühl zu mir bemerkte: »Ich verzeihe Ihnen, es tut mir sogar leid, daß ich Ihnen Kummer bereitet habe, aber unternehmen Sie bitte solche Versuche niemals mehr«, stand dieser Vorgang völlig im Widerspruch zu dem, was Bloch mir gesagt hatte, nämlich man könne alle Frauen haben; es war ganz so, als habe ich anstatt eines wirklichen jungen Mädchens eine Wachspuppe kennengelernt; in der Folge löste sich daraufhin nach und nach der Wunsch, in ihr Leben einzudringen, ihr in die Bereiche zu folgen, in denen sie ihre Kindheit verbracht, durch sie in ein sportliches Leben eingeführt zu werden, von ihrer Person völlig ab; meine im Intellekt wurzelnde Neugier darauf, was sie über diese oder jene Dinge denke, überlebte meinen Glauben, ich werde sie küssen können, nicht. Meine

Träume beschäftigten sich mit ihr nicht mehr, seitdem sie nicht mehr von der Hoffnung des Besitzenkönnens her, von der ich sie so unabhängig geglaubt, ihre Nahrung erhielten. Von da an fanden sie sich frei – je nach dem Reiz, den ich an jeder einzelnen von ihnen an einem gewissen Tage entdeckt, nach Maßgabe aber vor allem der Möglichkeit und der Aussicht, die ich vor mir sah, von ihr geliebt zu werden – diese oder jene der Freundinnen Albertines zum Gegenstand zu wählen, zunächst einmal Andrée. Gleichwohl, hätte Albertine nicht existiert, würde ich vielleicht nicht das Vergnügen empfunden haben, das mir jetzt zusehends mehr in den Tagen, die folgten, die Freundlichkeit Andrées bot. Albertine sagte zu niemandem etwas von der Niederlage, die ich bei ihr erlebt. Sie war eines der jungen Mädchen, die schon in frühester Jugend durch ihre Schönheit, vor allem aber auf Grund einer Anmut und eines Charmes, die etwas Rätselhaftes behalten und ihren Quell vielleicht in Reserven an Lebenskraft haben, an denen von der Natur minder Begünstigte sich laben wollen, immer – in ihrer Familie, inmitten ihrer Freundinnen und in der Gesellschaft – mehr gefallen als die Schönsten und Reichsten; sie gehörte zu den Wesen, von denen, schon vor dem Alter der Liebe und erst recht, wenn es gekommen ist, immer mehr erhofft wird, als sie selber sich wünschen und als sie geben können. Schon als Kind war Albertine stets von vier oder fünf kleinen Kameradinnen bewundert worden, unter denen sich Andrée befand, die ihr doch so sehr überlegen war und es auch ganz gut wußte (vielleicht war auch die Anziehungskraft Albertines der erste Anlaß zur Entstehung der kleinen Schar gewesen). Diese Anziehungskraft wirkte sich sogar ziemlich weithin bis in verhältnismäßig glänzende Kreise aus, wo, wenn etwa die Tanzfiguren einer Pavane ausgeführt werden sollten, Albertine eher zugezogen wurde als ein Mädchen aus bevorzugteren Verhältnissen. Die Folge war, daß sie, obwohl ohne einen Pfennig Mitgift und zu relativ bescheidenen Ansprüchen genötigt und ganz auf Monsieur

Bontemps angewiesen, der als Geizkragen galt, dennoch nicht nur zu einzelnen Veranstaltungen, sondern auch als Logierbesuch zu Personen eingeladen wurde, die vielleicht in den Augen Saint-Loups nicht für besonders elegant gegolten hätten, jedoch für die Mutter Rosemondes oder die Mutter Andrées – sehr reiche Frauen, die aber jene Leute nicht persönlich kannten – etwas Enormes darstellten. So verbrachte Albertine jedes Jahr mehrere Wochen in der Familie eines Verwaltungsratsmitgliedes der Banque de France, eines Mannes, der außerdem Präsident des Aufsichtsrats einer großen Eisenbahngesellschaft war. Die Frau dieses Finanzgewaltigen empfing höchst angesehene Persönlichkeiten, hatte aber ihren ›Jour‹ der Mutter Andrées nie bekanntgegeben, woraufhin diese die Dame zwar unhöflich fand, aber deshalb nicht weniger an allem, was sich bei jener abspielte, ein geradezu erstaunliches Interesse nahm. Sie trieb daher auch jedes Jahr Andrée wieder an, Albertine in die Villa in Balbec einzuladen, weil es, sagte sie, ein gutes Werk sei, einem Mädchen einen Aufenthalt an der See anzubieten, das selbst nicht die Mittel zum Reisen hatte und um das seine Tante sich kaum bekümmerte; die Mutter Andrées wurde hierbei wohl nicht durch die Hoffnung bestimmt, daß der Herr aus dem Verwaltungsrat und seine Frau, wenn sie hörten, wie nett Albertine von ihr und ihrer Tochter behandelt wurde, eine gute Meinung von ihr bekommen würden; eher hoffte sie, Albertine, die doch ein so gutes Mädchen war und zudem ganz geschickt, werde erreichen, daß sie oder wenigstens Andrée zu den ›gardenparties‹ des Finanzmanns eingeladen würde. Jeden Abend aber beim Essen war sie ungeachtet ihrer gleichgültigen und nichtachtenden Miene entzückt, wenn Albertine erzählte, was sich im Schloß während ihres Aufenthaltes dort zugetragen und welche Leute als Gäste dort gewesen seien, Leute, die Andrées Mutter fast alle vom Sehen oder dem Namen nach kannte. Der Gedanke aber, daß sie sie immer nur in dieser Weise, das heißt, in Wirklichkeit gar nicht kennen werde (sie nannte das freilich, die Leute ›schon immer‹ kennen), stimmte sie ein klein wenig melancholisch, während sie Albertine mit hochmütig zerstreuter Miene und fast ohne den Mund zu öffnen, Fragen über sie stellte, und hätte sie über ihre eigene Situation unsicher und besorgt machen können, wäre sie nicht mit den an den Diener gerichteten Worten: ›Sagen Sie dem Koch, die Erbsen sind nicht zart genug‹, wieder ›auf den Boden der Tatsachen‹ zurückgekehrt, wo ihre seelische Harmonie rasch wiederhergestellt wurde. Ihr heiterer Gleichmut kehrte zurück. Sie war fest entschlossen, Andrée natürlich nur einen Mann von ausgezeichneter Familie heiraten zu lassen, der aber reich genug sein müßte, daß auch sie einen Küchenchef und zwei Kutscher halten könne. Dies war die positive, die Aktivbilanz einer Situation. Daß aber Albertine im Schlosse des Verwaltungsratsmitgliedes der Banque de France mit dieser oder jener Dame gespeist und daß diese Dame sie sogar für den nächsten Winter eingeladen hatte, gab nichtsdestoweniger dem jungen Mädchen in den Augen der Mutter Andrées eine Art von Nimbus, der sehr wohl mit Mitleid und sogar einer gewissen durch Armut bedingten Verachtung zu vereinigen war, einer Verachtung, die durch den Umstand noch genährt wurde, daß Monsieur Bontemps die Fahne im Stich gelassen und – sogar irgendwie in den Panamaskandal verwickelt – seinen Frieden mit der republikanischen Regierung gemacht hatte. Das hinderte übrigens Andrées Mutter nicht, der Wahrheit zuliebe den Leuten, die so taten, als glaubten sie, Albertine sei geringer Herkunft, mit flammender Entrüstung entgegenzutreten. »Wieso, sie ist aus denkbar gutem Hause, das sind doch die Simonets mit nur einem ›n‹!« Gewiß schien in diesem Milieu, in dem sich das alles zutrug, einem Milieu, in dem das Geld eine so wichtige Rolle spielt und in dem natürliche Eleganz zwar bewirken kann, daß man eingeladen, nicht jedoch daß man geheiratet wird, keine irgendwie in Betracht kommende Partie für Albertine als Folge der Hochschätzung, deren sie sich erfreute, durch die aber doch ihre Armut nicht hinreichend kompensiert wurde, sich ergeben zu können. Aber auch schon an sich, auch ohne den Ertrag einer berechtigtermaßen auf Ehe hinzielenden Hoffnung erregten diese Erfolge den Neid gewisser Mütter, die böse, ja wütend waren, daß Albertine beim Mitglied des Verwaltungsrates der Bank ›wie Kind im Hause‹ war, ja auch bei der Mutter Andrées, von der sie sonst kaum etwas wußten. Daher sagten sie denn auch zu Freunden, die sie mit jenen beiden Damen gemeinsam hatten, jene würden sicher empört sein, wenn sie die Wahrheit wüßten, das heißt, was Albertine der einen (und vice versa) an intimen Einzelheiten erzählte, in die man ihr unklugerweise bei der anderen Einblick gewährte, tausend kleine Geheimnisse, deren Enthüllung der Betreffenden höchst unangenehm sein müsse. Diese neidischen Frauen sagten das in der Hoffnung, es werde – weitererzählt – dazu führen, Albertine mit ihren Beschützerinnen auseinanderzubringen. Doch hatten solche Versuche, wie es häufig vorkommt, keinen Erfolg. Man sah diesen Verleumdungen zu sehr an, daß sie von Bosheit eingegeben waren, und verachtete daraufhin diejenigen nur um so mehr, die sich zu ihrer Verbreitung hergegeben hatten. Andrées Mutter hatte über Albertine bereits eine zu feste Meinung, um sie noch zu ändern. Sie betrachtete Albertine als ein ›unglückliches‹ Mädchen, das aber eine ausgezeichnete Charakterveranlagung habe; sie könne keine Dinge erfinden, es sei denn zur Freude anderer.

Wenn diese Art von Beliebtheit, die Albertine genoß, kein praktisches Ergebnis zu zeitigen schien, hatte sie doch der Freundin Andrées die entscheidenden Züge der Menschen mitgeteilt, deren Umgang immer von anderen gesucht wird und die nie nötig haben, sich selbst anzubieten (etwas, was sich aus analogen Gründen am anderen Ende der Gesellschaftsskala bei sehr eleganten Frauen findet), Züge, die sich vor allem darin äußern, daß man Erfolge nie betont, sondern eher zu verbergen sucht. Albertine sagte niemals von jemandem: ›Er möchte mich gern sehen‹, sondern sprach von allen mit großer Liebenswürdigkeit und so, als sei sie selbst ihnen nachgelaufen und habe ihre Freundschaft gesucht. War von einem jungen Mann die Rede, der ihr ein paar Minuten zuvor unter vier Augen die bittersten Vorwürfe gemacht, weil sie ihm ein Rendezvous abgeschlagen hatte, rühmte sie sich deswegen etwa nicht, sie war auch nicht böse auf ihn, sondern sprach sich freundlich über ihn aus: ›Er ist ein so netter Junge.‹ Es war ihr sogar auf die Dauer lästig, daß sie derart gefiel, weil es sie in die Lage brachte, Kummer bereiten zu müssen, während sie von Natur gern anderen Freude machte. Sie tat das mit solchem Vergnügen, daß sie sich eine Art des Lügens angewöhnt hatte, die sonst von manchen berechnenden Leuten und von Emporkömmlingen praktiziert wird. Diese Art von Unaufrichtigkeit, die im Keim übrigens bei einer ungeheuer großen Zahl von Menschen existiert, besteht darin, daß man sich bei einer einheitlichen guten Tat nicht damit begnügt, einer einzigen Person Freude zu machen. Wenn zum Beispiel die Tante Albertines wünschte, daß ihre Nichte sie zu einer nicht sehr interessanten Tee-Einladung begleite, so hätte ja Albertine sich mit dem moralischen Profit bescheiden können, ihrer Tante damit ein Vergnügen zu bereiten. Doch wenn die Einladenden sie freundlich empfingen, zog sie vor, ihnen zu sagen, sie habe sich schon lange gewünscht, sie einmal zu besuchen, und habe nun bei dieser Gelegenheit die Erlaubnis ihrer Tante erwirkt. Aber das genügte ihr noch nicht: an der Veranstaltung nahm auch eine ihrer Freundinnen teil, die großen Kummer hatte. Albertine sagte zu ihr: »Ich wollte dich nicht allein lassen, ich dachte, es täte dir vielleicht gut, wenn ich mich um dich kümmerte; wenn du willst, gehen wir von hier aus lieber anderswohin, ich tue, was du willst, nur möchte ich dich so gern weniger traurig sehen« (was übrigens auch stimmte). Manchmal kam es vor, daß der fiktive Zweck den wahren ganz verdrängte. So begab sich Albertine, um für eine ihrer Freundinnen eine Gefälligkeit zu erbitten, zu einer bestimmten Dame. Als sie aber bei dieser sehr guten und sympathischen Person angekommen war, folgte das junge Mädchen unwissentlich jenem Grundsatz der mehrfachen Nutzbarmachung einer einzigen Handlung und fand es liebenswürdiger, so zu tun, als bezwecke sie einzig mit diesem Besuch, die Dame zum bloßen Vergnügen wiederzusehen. Diese war unendlich gerührt, daß Albertine aus purer Freundschaft einen so weiten Weg zurückgelegt habe. Als Albertine die Dame so tief bewegt sah, liebte sie sie nur noch mehr. Nun ereignete sich folgendes: sie empfand so lebhaft das Vergnügen der Freundschaft, um dessentwillen sie angeblich gekommen war, daß sie fürchtete, die Dame möchte an ihren aufrichtigen freundschaftlichen Gefühlen zweifeln, wenn sie sie um die Gefälligkeit für die Freundin bäte. Die Dame, meinte sie, werde dann glauben, Albertine sei einzig deshalb gekommen, was ja auch der Wahrheit entsprach, und daraus schließen, daß Albertine kein selbstloses Interesse gehabt habe, sie zu sehen, was im Grunde falsch war. Albertine ging also wieder fort, ohne jene Gefälligkeit erbeten zu haben, so wie Männer, die in der Hoffnung, die Gunst einer Frau zu erlangen, sehr gut zu ihr gewesen sind, ihr aber dann nachher gar keine Liebeserklärung machen, um diesem Gutsein den Charakter des Edelmuts zu erhalten. In anderen Fällen kann man zwar nicht sagen, daß der wahre Zweck nachträglich zugunsten eines zusätzlichen und nur eingebildeten aufgegeben wurde, aber der erste war dem zweiten derart entgegengesetzt, daß die Betreffende, die Albertine so sehr durch Bekanntgabe des einen rührte, tief verletzt gewesen wäre, hätte sie den zweiten durchschaut. Im weiteren Verlauf dieser Erzählung wird man sehr viel später diese Art von Widersprüchen besser verstehen lernen. Aber es sei hier noch an Hand eines Beispiels aus einer ganz anderen Tatsachenordnung erklärt, wie häufig sie sich in den verschiedensten Situationen des Lebens ergeben. Ein Ehemann hat seine Geliebte in der Stadt untergebracht, in der er in Garnison ist. Seine Frau, die in Paris verblieben und mehr oder weniger mit dem wahren Sachverhalt vertraut ist, fühlt sich unglücklich; sie schreibt ihrem Mann Briefe, aus denen Eifersucht spricht. Seine Geliebte aber sieht sich gezwungen, einen Tag in Paris zu verbringen. Der Ehemann kann ihrer Bitte nicht widerstehen, sie dorthin zu begleiten, und erwirkt einen Urlaub von vierundzwanzig Stunden. Da er aber gutherzig ist und darunter leidet, daß er seiner Frau Kummer macht, begibt er sich zu dieser, sagt ihr unter von Herzen kommenden Tränen, er habe unter dem verstörenden Eindruck ihrer Briefe sich einen Augenblick frei gemacht, um sie zu trösten und in die Arme zu schließen. So macht er es möglich, durch ein und dieselbe Reise gleichzeitig seiner Geliebten und seiner Frau einen Beweis seiner Zuneigung zu geben. Wenn aber diese letztere erführe, aus welchem Grunde er nach Paris gekommen ist, würde sich ihre Freude zweifellos in tiefen Kummer verwandeln, wofern nicht ein Wiedersehen mit dem Undankbaren sie auf alle Fälle mehr beglückt, als sie unter seinen Lügen leidet. Zu den Männern, die mir am konsequentesten das Prinzip des mehrfachen Zwecks anzuwenden schienen, gehörte auch Monsieur de Norpois. Er übernahm es zuweilen, zwischen zwei verfeindeten Freunden zu vermitteln, und erreichte dadurch, daß er als der gefälligste aller Menschen galt. Es genügte ihm aber nicht, so zu tun, als erweise er nur demjenigen einen Dienst, der ihn darum gebeten hatte, sondern er stellte auch dem anderen seine Aktion so hin, als sei sie nicht auf eine Bitte des ersteren unternommen, sondern im eigensten Interesse dessen, den er in der Sache um etwas bat, wovon er den jeweiligen Gesprächspartner um so leichter überzeugte, als dieser durch die Vorstellung von ihm als ›dem hilfsbereitesten Menschen von der Welt‹ bereits zu seinen Gunsten voreingenommen war. Da er auf diese Weise das spielte, was man in der Bühnensprache als Doppelrolle bezeichnet, setzte er seinen Einfluß niemals einem Risiko aus; er verlor durch seine Dienste nicht etwa einen Teil seines Kredits, sondern machte ihn umgekehrt nach beiden Seiten hin nutzbar. Andererseits ver-

mehrte jede Gefälligkeit, die er ja zweimal zu erweisen schien, noch seinen Ruf, ein hilfsbereiter, und zwar mit Erfolg hilfsbereiter Freund zu sein, dessen Bemühungen kein Schlag ins Wasser, sondern ersprießlich waren, wie die Dankbarkeit von gleich zwei Interessenten bewies. Diese Eigenschaft, die Doppeldeutigkeit im Entgegenkommen, war – mit Ausnahmen, wie sie stets innerhalb der menschlichen Natur bestehen – ein wichtiges Element seines Wesens. Oft bediente sich im Ministerium Monsieur de Norpois meines Vaters, der ziemlich naiv war, und ließ ihn glauben, er habe den Interessen meines Vaters gedient.
Da Albertine mehr gefiel, als sie eigentlich wollte, brauchte sie ihre Erfolge nicht erst laut zu verkünden. Sie bewahrte Schweigen über die Szene, die sie mit mir an ihrem Bett gehabt; ein häßliches Mädchen hätte Gott und der Welt davon erzählt. Im übrigen blieb mir ihr Verhalten bei dieser Gelegenheit immer noch unverständlich. Was die Hypothese ihrer unbedingten Tugend betraf (dieser hatte ich zunächst die Heftigkeit zugeschrieben, mit der sie ablehnte, sich von mir küssen und umarmen zu lassen, doch spielte die Hypothese der Tugend keineswegs eine entscheidende Rolle in meiner Vorstellung von der Gutherzigkeit und inneren Anständigkeit meiner Freundin), so hatte ich Gelegenheit, sie mehrmals zu revidieren. Diese Hypothese stand so ganz und gar im Widerspruch zu der, die ich am ersten Tage beim Anblick Albertines aufgestellt hatte. Ferner waren viele ihrer Handlungsweisen, alle in Freundlichkeiten mir gegenüber bestehend (einer schmeichelnden, manchmal besorgten, unruhigen, auf meine Vorliebe für Andrée eifersüchtigen Freundlichkeit), geeignet, die brüske Gebärde, mit der sie damals, um sich mir zu entziehen, nach der Schelle griff, wesentlich abzuschwächen. Warum mochte sie mich aufgefordert haben, den Abend an ihrem Bett zu verbringen? Warum gebrauchte sie dauernd mir gegenüber die Sprache der Zärtlichkeit? Worauf kann der Wunsch beruhen, einen Freund zu sehen, die Furcht, sich einer Freundin vorgezogen zu wissen, das

Verlangen schließlich, ihm Freude zu machen, ihm in romantischer Weise zu verstehen zu geben, niemand werde erfahren, daß er den Abend bei einem verbracht, wenn man ihm dann doch ein so schlichtes Vergnügen versagt und es für einen selbst auch kein Vergnügen ist? Ich konnte gleichwohl nicht glauben, daß Albertine so tugendhaft war, und fragte mich schließlich, ob ihrer Empörung nicht Koketterie zugrunde gelegen habe, zum Beispiel das Gefühl, mit einem unangenehmen Geruch behaftet zu sein, der mir hätte mißfallen können, oder Ängstlichkeit, die Vorstellung etwa, die sie in ihrer Unkenntnis über die Eigentümlichkeiten der Liebe haben mochte, mein Zustand nervöser Schwäche könne sich durch einen Kuß auch auf sie übertragen.

Sie war bestimmt tief betrübt, daß sie mir eine Freude hatte versagen müssen, und machte mir einen kleinen goldenen Bleistift zum Geschenk aus jener löblichen Anomalie heraus, mit der bestimmte Leute, von der Liebenswürdigkeit eines andern gerührt, jedoch entschlossen, ihm nicht zu gewähren, was er sich wünscht, ihm auf andere Art eine Gunst erweisen: der Kritiker, dessen Artikel dem Romanschriftsteller so sehr schmeicheln würden, lädt diesen statt dessen zum Abendessen ein, die Herzogin läßt sich von dem Snob nicht ins Theater begleiten, stellt ihm ihre Loge jedoch für einen Abend zur Verfügung, an dem sie selbst sie nicht benutzt. So sehr werden diejenigen, die etwas Geringfügiges tun, wo sie auch nichts tun könnten, durch Skrupel dazu bewogen. Ich sagte Albertine, sie bereite mir mit dem Geschenk des Bleistifts ein großes Vergnügen, nicht ein so großes jedoch, wie sie es an jenem Abend, als sie im Hotel übernachtete, mir mit der Erlaubnis sie zu küssen bereitet hätte. »Es hätte mich so glücklich gemacht! Was bedeutete das schon für Sie? Ich bin wirklich erstaunt, daß Sie es mir nicht gestattet haben.« – »Mich erstaunt eher«, sagte sie, »daß Sie es erstaunlich finden. Ich frage mich, was für junge Mädchen Sie wohl außer mir kennen, da mein Verhalten Sie derart gewundert hat.« – »Es tut mir furchtbar leid, daß Sie böse auf mich sind, aber auch jetzt kann ich Ihnen nicht sagen, daß ich finde, ich habe unrecht gehabt. Meiner Meinung nach sind das Dinge, die an sich gar nichts bedeuten, und ich verstehe nicht, daß ein junges Mädchen, dem es so leicht fällt, Vergnügen zu machen, sich darauf nicht einlassen will. Verstehen Sie mich recht«, fügte ich hinzu, um wenigstens zum Teil ihren moralischen Vorstellungen Genüge zu tun und im Gedanken daran, wie sie und ihre Freundinnen über die Freundin der Schauspielerin Léa hergezogen waren, »ich will nicht behaupten, daß ein junges Mädchen alles tun kann und daß es überhaupt nichts Unmoralisches gibt. Sehen Sie, diese Beziehungen zum Beispiel, von denen Sie neulich sprachen, nämlich die zwischen einer jungen Person, die in Balbec wohnt, und einer Schauspielerin; so etwas finde ich unglaublich, so unglaublich sogar, daß ich der Meinung bin, nur Feinde des jungen Mädchens können das erfunden haben, und es ist gar nicht wahr. Es kommt mir unwahrscheinlich, ja unmöglich vor. Aber von einem Freund sich küssen zu lassen, oder auch mehr als das, wo Sie doch sagen, ich sei Ihr Freund...« – »Das sind Sie, aber ich habe andere Freunde vor Ihnen gehabt. Ich habe junge Leute gekannt, die, das kann ich Ihnen versichern, ebensoviel Freundschaft für mich hegten wie Sie. Aber keiner von ihnen hätte so etwas gewagt. Sie wußten, daß sie wenigstens ein paar Ohrfeigen dafür hätten einstecken müssen. Im übrigen dachten sie nicht einmal daran, wir drückten uns herzlich die Hand, ganz freundschaftlich nur, als gute Kameraden; niemals war die Rede davon, daß man sich küssen könnte, was unserer Freundschaft aber keinen Abbruch tat. Gehen Sie, wenn Sie auf meine Freundschaft Wert legen, können Sie noch zufrieden sein! Ich muß Sie wirklich schon recht gern haben, um Ihnen zu verzeihen. Aber ich bin sicher, daß Sie sich nichts aus mir machen. Geben Sie nur zu, daß vielmehr Andrée Ihnen gefällt. Im Grunde haben Sie recht, sie ist viel netter als ich, entzückend geradezu!... Ah! diese Männer!«

Trotz meiner erst so kurz zurückliegenden Enttäuschung wirkten solche freimütigen Worte, während sie mir gleichzeitig große Achtung für Albertine einflößten, äußerst wohltuend auf mich. Vielleicht hatte diese Wirkung später für mich große und quälende Folgen. Denn mit ihr begann sich in mir ein fast brüderliches Gefühl zu bilden, dazu ein gewisser geistiger Grundbestand, der in meiner Liebe zu Albertine von da an immer vorwalten sollte. Ein solches Gefühl kann die Ursache größter Leiden sein, denn um wirklich durch eine Frau zu leiden, muß man vollkommen an sie geglaubt haben. Für den Augenblick blieb dieses ganz frühe Stadium geistiger Achtung und Freundschaft in meiner Seele eingesenkt wie ein Stein, der allein durch sein Vorhandensein noch nichts gegen mein Glück vermocht hätte, wenn er nur dageblieben wäre, ohne daß etwas dazutrat, in völliger Unbeweglichkeit, wie es im folgenden Jahre und erst recht während der langen Wochen meines ersten Aufenthalts in Balbec der Fall war. Er wohnte in mir wie einer jener Gäste, die man klug täte, aus dem Hause zu weisen, statt dessen aber doch unbehelligt an ihrem Platz beläßt, so harmlos scheinen sie im Augenblick durch ihre Schwäche und Verlorenheit inmitten einer ihnen fremden Seele.

Meine Träume waren frei, sich jetzt wieder der einen oder anderen der Freundinnen Albertines zuzuwenden, zunächst einmal Andrée, deren Freundschaftsbeweise mich vielleicht weniger beeindruckt hätten, wäre ich nicht sicher gewesen, daß Albertine sie bemerkte. Gewiß hatte mir die Vorliebe, die ich schon lange für Andrée zur Schau getragen hatte – in Gewohnheiten des Gesprächs oder Erklärungen der Zuneigung – etwas wie den wohlvorbereiteten Rohstoff einer Liebe zu ihr geliefert, der bislang nur ein aufrichtiges Gefühl fehlte, das noch hinzutreten konnte und dem jetzt mein freigewordenes Herz sich geöffnet hätte. Aber dafür, daß ich Andrée wirklich geliebt hätte, war sie zu intellektuell, zu nervös, zu kränklich, zu sehr wie ich selbst. Erschien Albertine mir jetzt wie von allen Eigenschaften entleert, so war Andrée von etwas erfüllt, was ich zu gut kannte. Damals am ersten Tag hatte ich am Strande in ihr die Geliebte eines Rennfahrers gesehen, die selbst berauscht war von der Liebe zum Sport; Andrée aber sagte mir, wenn sie angefangen habe, Sport zu treiben, so sei es einzig auf Anordnung des Arztes geschehen, als Mittel gegen Neurasthenie und Stoffwechselstörungen; ihre schönsten Stunden aber verbringe sie über der Übersetzung eines Romans von George Eliot. Meine Enttäuschung, die Folge eines ursprünglichen Irrtums über Andrées Natur, hatte tatsächlich keinerlei Bedeutung für mich. Aber der Irrtum war einer von denen, die, wenn sie das Entstehen der Liebe ermöglichen und als Irrtümer erst erkannt werden, sobald sie nicht mehr berichtigt werden können, zum Quell der Leiden werden. Diese Irrtümer – die ganz anderer, sogar entgegengesetzter Natur sein können als die meinen in bezug auf Andrée – beruhen oft, wie besonders im Fall Andrées, darauf, daß Menschen – und das gelingt ihnen in ausreichendem Maße – Ausdruck und Haltung dessen annehmen, was sie nicht sind, aber sein möchten, um im ersten Augenblick Illusionen zu schaffen. Zu dem äußeren Augenschein tritt ein gewisses Posieren, ein entlehntes Verhalten, der Wunsch, sich von guten oder bösen Leuten bewundert zu fühlen, und alles dies führt eine Verfälschung der Worte und Gesten herbei. Es gibt Zynismen und Grausamkeiten, die einer Nachprüfung ihrer Authentizität ebensowenig standhalten wie gewisse Arten der Güte und der Großherzigkeit. Ebenso wie man oft einen eitlen Geizhals hinter einem wegen seiner Wohltätigkeit bekannten Mann erkennen muß, läßt das Prahlen mit dem Laster eine Messalina hinter einem rechtschaffenen Mädchen voll bürgerlicher Vorurteile vermuten. Ich hatte geglaubt, in Andrée eine gesunde und primitive Natur zu finden, während sie ein Wesen war, das die Gesundheit nur suchte wie vielleicht viele andere auch, in denen sie selbst sie hatte finden wollen, die aber in Wirklichkeit nichts davon besaßen, so wie ein dicker Rheumatiker mit rotem Gesicht und in weißem Flanellanzug nicht notwendigerweise ein Herkules sein muß. Nun aber gibt es Umstände, unter denen es nicht gleichgültig ist für das Glück, ob die Person, die man um ihrer scheinbaren Gesundheit willen liebt, in Wirklichkeit eines jener kranken Geschöpfe ist, die ihre Frische nur von andern beziehen, wie die Planeten ihr Licht entlehnen oder gewisse Körper der Elektrizität nur als Leiter dienen.

Aber auf alle Fälle war Andrée doch wie Rosemonde, Gisèle, mehr sogar als jene, eine Freundin Albertines, die ihr Leben teilte und ihre Art sich zu geben so stark angenommen hatte, daß ich am ersten Tage die beiden kaum voneinander unterschied. Zwischen diesen jungen Mädchen, die wie Rosenzweige waren, und deren hauptsächlicher Reiz darin bestand, daß ich sie vom Hintergrund des Meeres sich hatte abheben sehen, herrschte für mich der gleiche Zustand der Ungeteiltheit wie zu jener Zeit, da ich sie nicht persönlich kannte und da das Erscheinen der einen oder anderen von ihnen mich so stark aufwühlte, weil ich daraus ersah, die kleine Schar sei nicht fern. Jetzt noch schenkte mir der Anblick jeder einzelnen von ihnen ein Vergnügen, bei dem in einem Umfang, den ich nicht genau hätte bestimmen können, die Hoffnung eine Rolle spielte, die anderen ihr später folgen zu sehen, oder selbst wenn sie an jenem Tage nicht kamen, die Möglichkeit, von ihnen zu sprechen, und die Gewißheit, sie würden gleichwohl erfahren, daß ich am Strande gewesen sei.

Nicht nur verzaubert, wie in den ersten Tagen, sondern mit wirklicher Bereitschaft zur Liebe schwankte ich jetzt zwischen ihnen allen hin und her, so sehr hing eine jede von Natur mit der andern zusammen. Es wäre nicht das Traurigste für mich gewesen, von derjenigen unter ihnen verlassen zu werden, die ich am meisten liebte; sondern mir wäre sogleich die die Liebste geworden, welche von mir gegangen wäre, denn das Ganze an Trauer und Träumereien, die ohne festes Ziel zwischen ihnen allen schwebten, hätte ich dann sofort auf sie übertragen. In diesem Falle hätte ich außerdem unbewußt auch allen ihren Freundinnen, in deren Augen ich dann allerdings bald jedes Ansehen würde verloren haben, in der Person jener einen nachgetrauert, da ich ihnen allen ja eine Art von kollektiver Liebe widmete, wie der Politiker oder Schauspieler sie für das Publikum hat, über dessen Treulosigkeit er sich nie trösten kann, nachdem es ihm einmal seine Gunst geschenkt. Selbst das Entgegenkommen, auf das ich bei Albertine nicht gestoßen war, hoffte ich jetzt plötzlich bei derjenigen zu finden, die mich am Abend mit einem Wort oder Blick verlassen hatte, welche ich zu meinen Gunsten hätte auslegen können, und an die sich daraufhin nunmehr für einen Tag mein Verlangen heftete.

Es irrte zwischen ihnen allen mit umso größerer Wollust umher, als auf diesen beweglichen Gesichtern eine relative Fixierung der Züge doch so weit begonnen hatte, daß man, vielleicht noch wandelbar, noch schwebend, ein sich formendes Bild darin erkennen konnte. Den Unterschieden, die zwischen ihnen bestanden, entsprachen wohl keine Unterschiede in der Länge und Breite der einzelnen Gesichtszüge; möglicherweise wären gar diese einzelnen Züge – wie verschiedenartig die Gesichter der jungen Mädchen auch aussehen mochten – fast als kongruent zu bezeichnen gewesen. Aber die Kenntnis von Gesichtern ist keine Mathematik. Zunächst beginnt sie nicht damit, daß man Teile abmißt, sondern sie nimmt einen Ausdruck in seiner Gesamtheit zum Ausgangspunkt; bei Andrée zum Beispiel schien der kluge Blick der sanften Augen unmittelbar zu der schmalen Nase überzuleiten, die fein gezeichnet war wie eine einfache Kurve, welche nur gezogen wäre, damit in einer einzigen Linie sich die Tendenz zur Zartheit ausdrücken könnte, die zuvor auf das Doppellächeln der Zwillingsblicke verteilt gewesen war. Eine ebenso feine Linie zeichnete sich in ihren Haaren ab, weich sich schwellend und tief wie die Spur des Windes, der durch den Sand hindurchstreift. Und hier war sie offenbar ererbt, denn die weißen Haare der

Mutter Andrées fielen auf die gleiche Art auseinander, wobei sie sich an einer Stelle bauschten, an einer anderen zusammensanken wie Schnee, der je nach den Unebenheiten des Terrains sich hebt oder senkt. Gewiß, verglichen mit der feinen Zeichnung derjenigen Andrées schien die Nase von Rosemonde breite Oberflächen aufzuweisen wie ein hoher Turm, der auf machtvoller Basis ruht. Wenn auch der Ausdruck der verschiedenen Gesichter genügt, damit man an ungeheure Unterschiede zwischen dem glaubt, was nur ein unendlich Kleines trennt, und wenn ferner ein unendlich Kleines für sich allein bereits einen eigenen Ausdruck, eine Individualität herausbilden kann, so war es doch nicht das unendlich Kleine der Linien und die Eigenart des Ausdrucks, die diese Gesichter so unüberbrückbar schieden. Zwischen ihnen schuf die Färbung eine viel tiefergreifende Verschiedenheit, nicht so sehr durch die differenzierte Schönheit der Tönungen, mit denen sie sie bedacht – sie waren so entgegengesetzt, daß ich angesichts von Rosemonde, die von einem schwefligen Rosa überflutet schien, auf das auch noch der grünliche Schimmer ihrer Augen Einfluß hatte, und angesichts von Andrée, deren blasse Wangen vielleicht eine gewisse strenge Vornehmheit von ihrem schwarzen Haar her empfingen, das gleiche Vergnügen verspürte, als schaute ich abwechselnd eine Geranie am Ufer des besonnten Meeres und eine Kamelie im nächtlichen Dunkel an – sondern eher dadurch, daß die unendlich kleinen Verschiedenheiten der Linien ins Maßlose vergrößert wurden, die Beziehungen der Oberflächen zueinander aber vollkommen verwandelt durch eben jenes neue Element der Farbe, das ebenso wie ein Verteiler von Tönungen ist, wie es auch die Dimensionen neu schafft oder doch wenigstens ändert. Auf diese Weise zogen Gesichter, die vielleicht auf eine ganz ähnliche Art gebaut waren, je nachdem sie von den Feuern eines roten Haarschopfes, von einem rosigen Teint, von dem weißen Schimmer stumpfer Blässe belichtet waren, sich auseinander oder verbreiterten sich, wurden jedenfalls etwas anderes, ganz wie jene Versatzstücke des russischen Balletts, die manchmal bei Tageslicht besehen nichts weiter als eine einfache runde Papierscheibe sind, die aber die Genialität eines Bakst je nach der flammendroten oder mondbleichen Beleuchtung, in die er die Bühnen taucht, wie eine harte Türkisplatte auf der Fassade eines Palastes wirken oder bengalischrosa in einem Garten aufschimmern läßt. So messen wir die Gesichter wohl, wenn wir von ihnen Kenntnis nehmen, aber wir tun es als Maler und nicht als Vermessungsbeamte.

Es war mit Albertine wie mit ihren Freundinnen. An manchen Tagen glanzlos, mit grauer Gesichtsfarbe, trüber Miene, einem schräg durch die Augenlider laufenden durchsichtigvioletten Schein, wie man ihn manchmal unter der Flut des Meeres sieht, wirkte sie dann traurig wie eine Verbannte, an anderen hielt ihr glattes Gesicht auf seiner strahlenden Fläche alle Wünsche meiner Begierde auf und hinderte sie, tiefer einzudringen – außer ich sah sie dann plötzlich von der Seite her; denn ihre Wangen, die obenauf matt getönt waren wie weißes Wachs, schimmerten rosig durch, was eine unbändige Lust in mir weckte, sie zu küssen und an jene tiefer liegende andere zu rühren, die sich dahinter verbarg. Zu anderen Malen waren ihre Wangen durch innere Beglücktheit von einer beweglichen Helligkeit getränkt, welche die wie flüssig und durchsichtig gewordene Haut gleich darunter liegenden Blikken, die aus anderer Farbe, doch nicht aus anderem Stoff beständen als die Augen, durchschimmern zu lassen schien. Manchmal, wenn man gedankenlos ihr mit braunen Pünktchen übersätes Gesicht betrachtete, in dem nur zwei blauere Flecken schwammen, so sah man es wie das Ei eines Distelfinken an, oft aber auch wie einen opalfarbenen, nur an zwei Stellen bearbeiteten und polierten Achat, in dem innerhalb des braunen Steins gleich den durchsichtigen Flügeln eines leuchtendblauen Schmetterlings Augen schimmerten, in denen die Körpersubstanz zum Spiegel wird und uns die Illusion gibt, als könne man hier mehr denn an anderen Stellen des

Körpers bis zur Seele vordringen. Sehr häufig aber war dies Antlitz noch viel farbiger und dadurch lebendiger; zuweilen war in dem sonst weißen Gesicht rosig nur die Nasenspitze, die so fein geformt war wie die einer undurchdringlich blikkenden kleinen Katze, die zum Spielen verlockt; manchmal waren die Wangen wie poliert, so daß der Blick über ihr rosiges Email hinglitt wie über das einer Miniatur, wobei der halbgeöffnet darüber gelegte Deckel des schwarzen Haarschopfes es noch zarter und geheimnisvoller erscheinen ließ; es kam vor, daß die Farbe der Wangen den ins Violette spielenden rosa Ton von Zyklamen hatte, und manchmal, wenn sie überstark durchblutet und wie fiebrig die Vorstellung von einer kranken Gesichtshaut weckten, durch die mein Verlangen in eine sinnliche Sphäre heruntergedrückt wurde, ihrem Blick aber etwas Verderbtes und Ungesundes gaben, sogar den düsteren Purpurton gewisser Rosensorten, ein fast schwarzes Rot; jede dieser Albertinen aber war wieder anders wie jeder neue Auftritt einer Tänzerin, bei dem Farbe, Form, Charakter, je nach dem unaufhörlich wechselnden Spiel der Scheinwerfer, völlig andere sind. Vielleicht nahm ich, weil die Wesen, die ich zu jener Zeit in ihrer Person erschaute, so verschieden waren, später die Gewohnheit an, selbst ein andrer zu werden, je nachdem, an welche Albertine ich dachte: ein Eifersüchtiger, ein Gleichgültiger, ein Genießer, ein Melancholiker, ein von Jähzorn Gepackter – Charaktere, die alle nicht nur im zufälligen Wiederaufleben der Erinnerung entstanden, sondern hervorgerufen wurden durch die Überzeugung, die sich bei der gleichen Erinnerung je nach der verschiedenen Art einstellte, wie ich sie im Augenblick bei mir selbst bewertete. Denn immer auf sie mußte ich wieder zurückgreifen, auf jene Meinungen, die meist unsere Seele unbewußt beherrschen und dennoch für unser Glück entscheidender sind als dies oder jenes Wesen, das wir vor uns sehen; denn nur durch jene hindurch sehen wir es ja, sie und nur sie weisen diesem erblickten Wesen seine vorübergehende Bedeutung zu. Genaugenommen hätte ich jedem einzelnen Ich, das künftighin an Albertine in mir dachte, einen von den anderen unterschiedenen, neuen Namen geben müssen; noch mehr aber jeder der Albertinen, die ich – niemals einander ganz gleich – in mir heraufbeschwor, wie auch das, was ich aus Bequemlichkeit einfach ›das Meer‹ nannte und was in Wirklichkeit viele verschiedene Meere waren, die einander folgten, und aus denen Albertine sich wie eine Nymphe löste. Vor allem aber hätte ich auf die gleiche Weise, wiewohl zweckmäßiger, wie man in einer Geschichte, die man erzählt, das Wetter schildert, das an dem betreffenden Tage herrschte, immer die Meinung beschreiben sollen, die an diesem oder jenem Tage, als ich Albertine traf, gerade in mir lebendig war und die Atmosphäre, das Aussehen der Wesen genau wie das des Meeres von kaum merklichen Wolkenbildungen abhängig machte, welche die Farbe eines jeden Dinges verändern durch ihre Dichte, ihre Beweglichkeit, ihre Tendenz sich aufzulösen und schließlich ihre Flucht – ähnlich jenen, die Elstir eines Abends gewaltsam zerteilt hatte, indem er es unterließ, mich den jungen Mädchen vorzustellen, bei denen er stehengeblieben und deren Bild mir plötzlich um so schöner erschienen war, nachdem sie sich entfernten – Wolkenbildungen, die ein paar Tage darauf von neuem entstanden, als ich die Mädchen kennenlernte, ihren Glanz verhüllten und sich häufig zwischen sie und meine Augen schoben, weich verdichtet, sanft gleitend wie der Schleier der Leukothea bei Vergil.

Alle diese Gesichter hatten wohl ihren Sinn für mich stark gewandelt, seitdem die Art, wie man darin lesen mußte, mir bis zu einem gewissen Grade durch ihre Worte deutlich gemacht wurde, Äußerungen, denen ich einen um so größeren Wert beilegen konnte, als ich sie durch meine Fragen in einer bei den einzelnen Mädchen sich abwandelnden Form hervorrief, so wie ein Experimentator durch Gegenproben seine Hypothesen kontrolliert. Im Grunde ist es ja eine Lösungsart für das Problem des Daseins wie jede andere, wenn wir die

Dinge und die Personen, die uns aus der Ferne schön und geheimnisvoll erscheinen, nahe genug an uns heranrücken, um uns darüber klarwerden zu können, daß sie ohne Geheimnis und ohne Schönheit sind; es ist eine der seelisch hygienischen Maßnahmen, zwischen denen man zu wählen hat, eine Maßnahme, die vielleicht nicht sehr empfehlenswert ist, die uns aber jedenfalls das Leben in einer gewissen Ruhe verbringen und auch – insofern sie uns gestattet, nichts zu bereuen, da wir ja überzeugt sein können, das Beste erlangt zu haben, nur daß dies Beste eben weiter nichts Besonderes ist – den Tod ertragen läßt.

Ich hatte in den Tiefen des Bewußtseins dieser Mädchen die Mißachtung der Keuschheit, das sich erinnernde Denken an häufige und flüchtige Leidenschaften durch Maximen des Anstandes ersetzt, die vielleicht einmal etwas lax gehandhabt werden könnten, aber doch bisher diese Mädchen, die sie aus einem bürgerlichen Milieu auf den Lebensweg mitbekommen, vor jedem Fehltritt bewahrten. Wenn man sich aber zu Anfang auch nur in kleinen Dingen getäuscht hat, wenn man unter irrigen Voraussetzungen oder auf Grund falschen Erinnerns nach dem Urheber eines böswilligen Geredes forscht oder sich fragt, wohin ein verlegter Gegenstand geraten sein mag, kann es vorkommen, daß man seinen Irrtum nur entdeckt, um an seine Stelle nicht die Wahrheit, sondern eine andere Täuschung zu setzen. Ich zog hinsichtlich der Sitten der jungen Mädchen und meiner Art, mich ihnen gegenüber zu verhalten, alle Folgerungen aus dem Worte Unschuld, das ich beim vertraulichen Gespräch in ihren Mienen gelesen hatte. Vielleicht aber hatte ich hier bei der übereilten Entzifferung einen Fehler gemacht, und dies Wort stand dort ebensowenig geschrieben wie der Name Jules Ferry auf dem Programm jener Nachmittagsvorstellung, in der ich die Berma zum ersten Male gesehen, was mich aber nicht gehindert hatte, Monsieur de Norpois gegenüber zu behaupten, Jules Ferry schreibe zweifellos auch Einakter für die Bühne.

Wie sollte auch nicht für eine jede meiner Freundinnen aus der kleinen Schar das letzte Gesicht, das ich an ihr gesehen hatte, das einzige sein, an das ich mich zurückerinnerte, da doch aus unseren Erinnerungen, die sich auf ein Wesen beziehen, der Verstand alles eliminiert, was in unseren alltäglichen Beziehungen zu ihm nicht von unmittelbarem Nutzen ist (sogar und erst recht, wenn diese Beziehungen von der Liebe her bestimmt werden, die, weil sie nie genug bekommt, stets schon im Augenblick lebt, der noch kommen wird). Er läßt die Kette der vergangenen Erinnerungen vorbeigleiten und hält mit Macht nur das letzte Ende fest, das oft aus anderem Metall besteht als die ins Dunkel entglittenen Glieder, und auf unserer Reise durch das Leben hält er für einzig wirklich das Land, in dem wir uns befinden. Alle meine ersten, nun schon fernen Eindrücke konnten gegen ihren täglich wachsenden Verfall keine Hilfe in meinem Gedächtnis finden; während der langen Stunden, die ich in Gesprächen, beim Picknick oder beim Spiel mit den jungen Mädchen verbrachte, dachte ich nicht mehr daran, daß sie die unerbittlichen, sinnenfrohen Jungfrauen waren, die ich freskenartig vor dem Meer hatte vorüberziehen sehen.

Geographen und Archäologen führen uns wohl auf die Insel der Kalypso, sie graben den Palast des Minos aus. Aber Kalypso ist jetzt nur mehr eine Frau und Minos ein König ohne Göttlichkeit. Selbst die Vorzüge und Fehler, die, wie uns die Geschichte lehrt, diesen höchst realen Personen zu eigen gewesen sind, weichen oft stark von denen ab, die wir den Fabelwesen gleichen Namens zugeschrieben hatten. So hatte sich auch die ganze anmutige Meeresmythologie, die ich aufgebaut, in ein Nichts aufgelöst. Aber es ist doch nicht gleichgültig, ob es uns zuweilen gelingt, unsere Zeit im vertrauten Umgang mit dem zu verbringen, was wir unerreichbar geglaubt und wonach wir verlangten. Im Verkehr mit Menschen, die wir zunächst unangenehm gefunden haben, bleibt immer, selbst inmitten eines künstlich zustande gekommenen Vergnügens an ihrer Gesellschaft, der vergällende Geschmack der Unzulänglichkeiten zurück, die sie jetzt ganz erfolgreich verbergen. In Beziehungen aber, wie ich sie zu Albertine und ihren Freundinnen hatte, bleibt auf dem Grund der Duft, den kein Kunstgriff im Treibhaus gezogenen Früchten, Trauben etwa, die nicht in der Sonne gereift sind, jemals zu geben vermag. Die übernatürlichen Geschöpfe, die sie einen Augenblick lang für mich gewesen waren, trugen noch immer, mir unbewußt, etwas Wunderbares in die banalsten Beziehungen, die ich zu ihnen hatte, bewahrten vielmehr diese Beziehungen davor, jemals banal zu werden. Mein Verlangen hatte so begierig nach der Bedeutung der Augen geforscht, die mich heute kannten und mir lächelnd begegneten, die aber am ersten Tage meine Blicke gekreuzt wie Strahlen aus einer anderen Welt; es hatte überall und genau dosiert Farbe und Duft auf die rosigen Gesichter dieser jungen Geschöpfe verteilt, die, auf der Düne ausgestreckt, mir einfach einen Sandwich reichten oder Ratespiele veranstalteten. So kam es, daß es mir oft am Nachmittag, während ich im Sande ruhte, erging wie jenen Malern, die die Größe der Antike im modernen Leben suchen und einer Frau, die sich die Nägel schneidet, den Adel des ›Dornausziehers‹ verleihen oder – wie Rubens – Göttinnen aus den Frauen ihrer Bekanntschaft machen, um eine mythologische Szene zu schaffen, diese rings um mich im Grase gelagerten schönen braunen und blonden Gestalten, und ich diese ganz entgegengesetzten Typen anschaute, ohne ihnen vielleicht alle Elemente von Mittelmäßigkeit zu nehmen (mit denen die tägliche Erfahrung sie in meinen Augen erfüllt hatte) und dennoch – auch ohne daß ich mich ihrer göttlichen Abstammung wieder entsann – nicht anders, als sei ich nun, wie Herakles und Telemach, Gespiele junger Nymphen.

Dann hörten die Kurkonzerte auf, das schlechte Wetter begann, meine Freundinnen verließen Balbec, nicht alle zusammen wie die Schwalben, aber doch sämtlich in der gleichen Woche. Albertine hatte den Anfang gemacht, ganz plötzlich, ohne daß eine ihrer Freundinnen weder damals noch später verstand, weshalb sie so kurz entschlossen nach Paris zurückkehrte, wohin weder Arbeit noch Zerstreuungen sie ernstlich rufen konnten. »Sie hat kein wie und kein was gesagt, und ist einfach fort«, brummte Françoise, die im übrigen gern gesehen hätte, wir hätten es auch so gemacht. Sie fand uns unerlaubt anspruchsvoll den Hausangestellten gegenüber, deren Zahl freilich schon bedeutend vermindert war, deren restlicher Bestand aber noch von den wenigen Gästen zurückgehalten wurde, und auch dem Direktor gegenüber, der ›hier nur Geld verbrauchte‹. Tatsächlich hatte das Hotel, das mit der Schließung nicht mehr lange warten würde, fast alle Gäste abreisen sehen; nie zuvor war es so angenehm zu bewohnen gewesen. Das war zwar die Meinung des Direktors nicht; an der Flucht der Salons vorbei, in denen man fröstelnd saß, durchmaß er der Länge nach die Flure, bekleidet mit einem neuen Überrock und vom Friseur derartig bearbeitet, daß sein ausdrucksloses Gesicht aus einer Mischung zu bestehen schien, bei der auf einen Teil Fleisch gleich drei Teile Kosmetika kamen, und mit stets neuen Krawatten (solche Formen der Eleganz kosteten weniger, als für Heizung und Personal zu sorgen; wer aber nicht mehr in der Lage ist, einer Wohltätigkeitseinrichtung zehntausend Francs zu senden, spielt noch mühelos den Wohltäter, indem er dem Telegraphenboten, der ihm eine Depesche bringt, fünf Francs als Trinkgeld gibt). Er sah aus, als inspiziere er das Nichts, als wolle er mit seiner gepflegten äußeren Erscheinung die Misere, die man überall im Hotel verspürte, denn die Saison war nicht gut gewesen, als einen vorübergehenden Zustand hinstellen, und als suche er wie der Geist eines Souveräns die Ruinen dessen auf, was einst sein Palast gewesen war. Besonders unzufrieden war er, als die Kleinbahn, weil es nicht mehr genügend Reisende zu befördern gab, bis zum nächsten Frühjahr den Verkehr einstellte. »Was hier fehlt«, sagte der Direktor, »ist die Promotionsmöglichkeit.« Trotz des Defizits, das er zu verbuchen hatte, machte er große Projekte für die folgenden Jahre. Und da er immerhin imstande war, sich schöne Wendungen zu merken, wenn sie sich auf das Hotelgewerbe bezogen und geeignet waren, es zu verherrlichen, erklärte er: »Ich habe nicht genügend Unterstützung durch das Personal gehabt, obwohl ich im Speisesaal ein ausgezeichnetes Team beisammen hatte; das Außenpersonal ließ ein wenig zu wünschen übrig: Sie werden sehen, was für eine Phalanx ich nächstes Jahr aufgebaut haben werde.« Inzwischen nötigte ihn die Einstellung des Bahnbetriebs, die Post abholen und die Gäste in einem Wagen zum Pariser Zug bringen zu lassen. Oft bat ich, mich neben den Kutscher setzen zu dürfen; auf diese Weise machte ich bei jedem Wetter Spazierfahrten wie in dem Winter, den ich in Combray verbracht hatte.

Manchmal jedoch hielt der allzu heftig peitschende Regen uns, meine Großmutter und mich, da das Kasino geschlossen war, wie in einer Schiffskajüte bei schwerer See in den fast völlig leeren Räumen fest, wo dann täglich wie auf einer Überfahrt wieder eine neue Person von denen, an welchen wir drei Monate lang vorübergegangen waren, ohne sie zu kennen, der Gerichtspräsident aus Rennes, der Anwaltskammervorsitzende aus Caen, eine amerikanische Dame und ihre Töchter, zu uns kamen, eine Unterhaltung begannen und Mittel und Wege zur Verkürzung der Stunden fanden, irgendein Talent hervorholten, die Gesellschaft ein Spiel lehrten, uns einluden, mit ihnen Tee zu trinken oder Musik zu hören, oder sie zu einer bestimmten Stunde zu treffen und gemeinsam Zerstreuungen zu ersinnen, in denen das wahre Geheimnis, sich gegenseitig Freude zu machen, liegt; denn dies besteht am ehesten darin, uns ganz anspruchslos dazu zu verhelfen, daß wir die Zeiten des Unmuts besser bestehen, mit uns also am Ende unseres Aufenthaltes Freundschaften anzuknüpfen, die dann gleich darauf durch ihre kurz nacheinander erfolgende Abreise abgebrochen wurden. Ich machte sogar die Bekanntschaft des reichen jungen Mannes, des einen seiner beiden adligen Freunde

und der Schauspielerin, die für ein paar Tage nochmals anwesend war; ihr kleiner Kreis jedoch setzte sich nur mehr aus drei Personen zusammen, da der andere Freund nach Paris zurückgekehrt war. Sie baten mich, mit ihnen in ihrem Restaurant zu Abend zu essen, waren aber, glaube ich, ganz zufrieden, als ich der Einladung nicht folgte. Doch hatten sie sie in sehr liebenswürdiger Form vorgebracht, und obwohl sie eigentlich von dem reichen jungen Mann ausging – die anderen waren nur seine Gäste – hatte doch die Schauspielerin, da der Freund, der sie begleitete, der Marquis Maurice de Vaudémont, aus sehr großem Hause war, als sie mich fragte, ob ich nicht kommen wolle, um mir zu schmeicheln, instinktiv hinzugesetzt:
– Sie würden Maurice ein großes Vergnügen machen.
Und als ich sie alle drei in der Halle traf, war es auch eben dieser Vaudémont – der reiche junge Mann hielt sich im Hintergrund – der zu mir sagte:
– Sie würden uns nicht das Vergnügen machen, heute mit uns zu Abend zu essen?
Alles in allem hatte mir Balbec wenig genützt, was in mir erst recht den Wunsch unterhielt, wieder hinzugehen. Es schien mir, ich habe mich nicht lange genug dort aufgehalten. Das war jedoch nicht die Ansicht meiner Freunde, die mir schrieben und anfragten, ob ich eigentlich für immer dort bleiben wolle. Und als ich sah, daß es der Name Balbec war, den sie wohl oder übel auf den Briefumschlag schreiben mußten, so wie ja auch mein Fenster anstatt auf ein Feld oder eine Straße auf die Landschaft des Meeres ging und ich des Nachts sein Wogenrollen vernahm, dem ich vor dem Einschlafen einer Barke gleich meinen Schlaf anvertraute, lebte ich in der Illusion, diese Vermischung mit der See müsse mich mit dem Begriff ihres Zaubers durchtränken, so wie man im Schlaf seine Schulaufgaben lernt.
Der Direktor bot mir für das nächste Jahr bessere Zimmer an, aber ich hatte mich jetzt mit dem meinen befreundet, in

das ich seit langem trat, ohne daß der Vetiverduft mich störte, und dessen Proportionen, einst äußerst hemmend für mein Denken, von eben diesem Denken schließlich so stark in ihren Einzelheiten aufgenommen wurden, daß ich Entwöhnungsmethoden anwenden mußte, als ich in Paris wieder in meinem Zimmer schlief, das ziemlich niedrig war.

Wir hatten Balbec nun wirklich verlassen müssen, Kälte und Nässe wurden zu arg, als daß wir noch länger in einem Hotel ohne Kamine und Heizkörper hätten bleiben können. Ich vergaß übrigens beinahe auf der Stelle diese letzten Wochen. Was ich unverändert immer wieder vor mir sah, wenn ich an Balbec dachte, waren die Augenblicke, in denen jeden Morgen während der schönen Jahreszeit, da ich am Nachmittag mit Albertine und ihren Freundinnen ausgehen wollte, meine Großmutter mich auf Anordnung des Arztes zwang, im Dunkel liegen zu bleiben. Der Direktor gab Befehl, daß auf meiner Etage kein Lärm gemacht werden dürfe, und überwachte selbst die Befolgung seiner Weisungen. Wegen des allzu hellen Tageslichts hielt ich so lange wie möglich die großen violetten Vorhänge geschlossen, die mir am ersten Abend eine feindliche Miene gezeigt. Da es aber trotz der Nadeln, mit denen Françoise, die sich als einzige darauf verstand, sie wieder zu lösen, diese Vorhänge aneinandersteckte, damit das Licht nicht hindurchdrang, und ungeachtet der Decken, der Tischdecke aus rotem Cretonne und sonstiger zusammengetragener Stoffe, die sie noch zusätzlich anbrachte, niemals gelang, eine wirkliche Abdichtung zu erreichen, herrschte keine vollkommene Dunkelheit, und durch die Vorhänge hindurch zeichnete sich auf dem Bodenbelag ein scharlachrotes Gewirr von Anemonenblättern ab, auf die ich dann und wann meine nackten Füße setzen mußte. Auf der Mauer vor meinem Fenster aber, die zum Teil von der Sonne beschienen war, rückte ein schwebender Goldzylinder in vertikaler Richtung vor wie die Feuersäule, die den Kindern Israel in der Wüste vorauszog. Ich legte mich wieder hin; da ich gezwungen war, regungslos, nur

in der Phantasie, alle Freuden der Spiele, des Schwimmens, des Wanderns, zu denen der Morgen einlud, gleichzeitig zu genießen, pochte mein Herz vor Lust hörbar wie eine in vollem Gang befindliche Maschine, die am Ort arbeitet und ihr Tempo nur in sich selbst kreisend entladen kann.
Ich wußte, daß meine Freundinnen auf der Mole waren, aber ich sah sie nicht, wie sie vor den vielförmigen Hügelketten des Meeres vorüberzogen, wo ganz im Hintergrund inmitten bläulicher Gipfel wie ein italienisches Städtchen manchmal in einer Wolkenlichtung der kleine Ort Rivebelle, klar im einzelnen von der Sonne nachgezeichnet, erschien. Ich sah meine Freundinnen nicht, erriet aber (während die Rufe der Zeitungsverkäufer, die Françoise als ›Journalisten‹ bezeichnete, die Rufe der Badenden und das Geschrei der spielenden Kinder wie der Schrei von Seevögeln, das sanft sich brechende Geräusch der Wellen skandierend, zu meinem Belvedere aufstiegen) ihre Anwesenheit, ich vernahm ihr Lachen, das wie das der Nereiden von weichem Plätschern umspült an meine Ohren drang. »Wir haben hinaufgeschaut«, sagte eines Nachmittags Albertine, »ob Sie wohl kommen würden. Aber Ihre Fensterläden waren zu, sogar als die Kurmusik spielte.« Um zehn Uhr fand dieses Konzert tatsächlich unter meinen Fenstern statt. Zwischen den Stimmen der Instrumente brach bei hohem Seegang immer wieder in unaufhörlichem Fluß das Geräusch der anrollenden Wellen durch, umwallte den Geigenstrich mit seinen kristallenen Windungen und ließ seinen Schaum über der immer wieder vom Meer verschlungenen Unterwassermusik aufsprühen. Ich war dann ungeduldig, daß mir meine Sachen noch nicht gebracht worden waren, so daß ich mich hätte anziehen können. Es schlug zwölf, und endlich kam Françoise. Monatelang war in diesem Balbec, nach dem ich mich so sehr gesehnt, weil ich es mir sturmgepeitscht und in Nebeln verloren vorgestellt hatte, das schöne Wetter so unbeirrt strahlend gewesen, daß ich, wenn sie das Fenster öffnete, immer mit Sicherheit erwarten konnte, dieselbe sonn-

beschienene Kante auf der Mauer draußen in dem stets gleichen Farbton zu sehen, der auf mich weniger wie ein tiefbewegendes Zeichen des Sommers als vielmehr trübselig wie ein Stück starr und künstlich dort eingefügter Lasur wirkte. Und während Françoise die Nadeln von den Fensterriegeln entfernte, die Stoffe abnahm, die Vorhänge aufzog, gleißte der Sommertag, den sie enthüllte, so tot, so zeitlos wie eine prunkvoll konservierte, jahrtausendealte Mumie, die unsere alte Dienerin vorsichtig aus ihren Leinenbinden schälte, bevor sie sie, in ihrem goldenen Gewande einbalsamiert, vor mir aufstrahlen ließ.

Über Marcel Proust

Das Proust-Album. Leben und Werk im Bild. Zusammengestellt und erläutert von Pierre Clarac und André Ferré. Aus dem Französischen von Hilda von Born-Pilsach. 1975. Mit 412 Illustrationen. ca. 340 Seiten. Leinen

Princesse Bibesco, Begegnung mit Marcel Proust. Aus dem Französischen von Eva Rechel-Mertens. 1972. 168 Seiten. *Bibliothek Suhrkamp* Band 318

Ernst Robert Curtius, Marcel Proust. 1955. 160 Seiten. *Bibliothek Suhrkamp* Band 28

André Maurois, Auf den Spuren von Marcel Proust. 1971. 368 Seiten. *Bibliothek Suhrkamp* Band 286

George D. Painter, Marcel Proust. Eine Biographie, Teil I. Aus dem Englischen von Christian Enzensberger. 1962. 538 Seiten mit 8 Abbildungen. Teil II. Aus dem Englischen von Ilse Wodtke. 1968. 672 Seiten mit 13 Abbildungen. 2 Bände. Leinen

Georges Poulet, Marcel Proust. Zeit und Raum. Aus dem Französischen von Helmut Scheffel. 1966. 112 Seiten. *Bibliothek Suhrkamp* Band 170

Zeittafel

1871	10. Juli Geburt Marcel Prousts in Paris-Auteuil, Rue La Fontaine 96 im Hause des Großonkels Louis Weil. Seine Mutter Jeanne Proust hatte sich während der Kommune in das großbürgerliche Quartier zurückgezogen. Jeanne geb. Weil stammte aus wohlhabender jüdischer Familie, ihr Vater Nathée war Börsenmakler. Am 3. September 1870 heiratete sie den um fünfzehn Jahre älteren Professor der Medizin Dr. Andrien Proust, dessen Familie zum französischen Provinzbürgertum zählte und in Illiers (Eure-et-Loire) seit Generationen ansässig war.
1873	24. Mai Geburt Robert Prousts. Der Bruder studierte später, dem Vorbild des Vaters folgend, Medizin und wurde Chirurg. Umzug der Familie in den Boulevard Malesherbes 9.
gegen 1871	erster Asthmaanfall Marcels auf dem Heimweg vom Bois de Boulogne. Gegen 1897 erneutes Aufflackern der Krankheit, deren Pathogenese Prousts künftige Lebensweise bestimmte.
1882	2. Oktober bis zum Baccalaureat im Juni 1889 Besuch des Lycée Condorcet. Dort Philosphieunterricht 1888 bis 1889 von Alphonse Darlu. Marcel Proust war Mitbegründer kurzlebiger Schülerzeitschriften, u. a. Revue de Seconde, Revue Verte und Revue Lilas. Am Lycée befreundete er sich mit Robert de Flers, Lucien und Léon Daudet, Söhnen des Schriftstellers Alphonse Daudet, und mit Jacques Bizet, der ihn mit seiner Mutter, Madame Straus, der Witwe Georges Bizets bekanntmachte. Proust debütierte in ihrem Salon und lernte dort Charles Haas, einen bekannten Pariser Snob, kennen. Er erweiterte seine gesellschaftlichen Beziehungen und frequentierte den Salon Mme Arman de Caillavets, die ihn Anatole France vorstellte.
1889	Beginn eines Freiwilligenjahrs im 76. Infanterieregiment der Garnison Orléans. Liaison mit Robert de Billy.
1890	Tod der Großmutter mütterlicherseits. Immatrikulation an der Faculté de droit und der École libre des Sciences Politiques. An der Sorbonne belegte Proust die Vorlesungen Henri Bergsons, der im Jahr zuvor ›Les données immédiates de la conscience‹ veröffentlicht hatte.
1891	Aufenthalt im September in Cabourg, einem der mondänen Seebäder der Normandie.

1892 März: Proust veröffentlichte in der neu gegründeten Zeitschrift Le Banquet bis März 1893 einige Artikel, die später revidiert und unter anderen Titeln in ›Les Plaisiers et les Jours‹ erschienen. August: Aufenthalt im normannischen Seebad Trouville.

1893 ab Juli erschienen in der Revue Blanche Texte, die Proust ebenfalls in ›Les Plaisiers et les Jours‹ übernahm. Im Salon von Madeleine Lemaire begann seine Bekanntschaft mit Robert de Montesquiou, der als Vorbild ästhetizistischer Lebens-Kunst in Huysmans Roman ›A rebours‹ (1884) unter dem Namen Des Esseintes bereits in die Literatur eingegangen war. Proust kannte nun das literarische Tout-Paris, u. a. Paul Bourget und Anna de Noailles.

1894 Beginn der langjährigen Freundschaft mit dem Sänger und Komponisten Reynaldo Hahn. Sommer in Trouville.

1895 März: Licencié ès Lettres. Juni: Proust erhielt an der Bibliothek Mazarine eine Stelle, von der er sich jedoch ab Dezember beurlauben ließ und die er bis zur endültigen Kündigung am 1. März 1900 nicht wieder antrat. Im Juli wurde er bei Madeleine Lemaire Claude Monet vorgestellt. Im September reiste er mit Reynaldo Hahn in die Bretagne.

1896 12. Juni erschien ›Les Plaisirs et les Jours‹ (Tage der Freuden) bei Calmann-Lévy mit einem Vorwort von Anatole France sowie Aquarellen von Madeleine Lemaire und musikalischen Skizzen von Reynaldo Hahn. Das Werk vereinigte Titel, die Proust für die Revue Hebdomadaire, Revue Blanche, Le Banquet und den Gaulois geschrieben hatte. Anfang August begann er mit der Niederschrift von ›Jean Santeuil‹. Der Text blieb fragmentarisch und wurde posthum (1952) veröffentlicht.

1897 Februar: Duell mit Jean Lorrain wegen einer Proust beleidigenden Rezension von ›Les Plaisirs et les Jours‹.

1898 13. Januar erschien in L'Aurore die Parteinahme Emile Zolas zum Dreyfus-Prozeß. Alfred Dreyfus war 1894 wegen Landesverrats militärgerichtlich verurteilt worden. Zolas Artikel ›J'accuse‹ entlarvte die Affäre als Justizverbrechen und verschärfte bewußt die Fronten innerhalb des Bürgertums, das sich, wie Proust, der dem ersten Zola-Prozeß vom 7.–23. Februar beiwohnte, für eine Revision einsetzte oder nationalistischen und antisemitischen Parolen anschloß, deren Organ die von Prousts Jugendfreund Léon Daudet mitgegründete ›Action Française‹ wurde.

1899 Nach der Lektüre von Robert de La Sizerannes ›Ruskin et la Réligion de la beauté‹ (1897) Beschäftigung mit den englischen Präraffaeliten. 13. Februar erschien im Figaro ›Pèlerinages ruskiniens‹ und in der Aprilnummer des Mercure de France ›Ruskin à Notre-Dame d'Amiens‹, das spätere Vorwort zu ›La Bible d'Amiens‹. Mit Hilfe von Marie Nordlinger hatte Proust die Übersetzung von Ruskins Werk begonnen. Mai: zusammen mit der Mutter in Venedig, Carpaccio-Rezeption. In Padua besichtigte Proust Giottos Fresken ›Die Tugenden und die Laster‹, von denen eine Reproduktion in seinem Arbeitszimmer hing.

1902 Reise durch Holland und Belgien, Beschäftigung mit mittelalterlicher Baukunst.

1903 Verschiedene ›Salons‹ unter Pseudonym Horatio. 26. November Tod des Vaters.

1904 Publikation von ›La Bible d'Amiens‹ im Mercure de France, übersetzt sowie mit einem Vorwort und Anmerkungen von Marcel Proust. Am 16. August erschien im Figaro ›La Mort des cathédrales, une conséquence du projet Briand‹, wo Proust die Rettung mittelalterlicher Baukunst forderte, da sie vorbildlich Kunst und Lebenspraxis ritualisierte. Aristide Briand setzte unter dem Kabinett Combe (1902–1905) die laizistischen Reformen während der Dritten Republik fort (1880 Jesuitenverbot, 1882 Verstaatlichung der Volksschulen) und vollzog 1905 die Trennung von Kirche und Staat.

1905 La Renaissance Latine veröffentlichte vom 15. März bis 15. April Ausschnitte aus Prousts neuer Ruskin-Übersetzung ›Sésame et les lys‹, am 15. Juni ›Sur la lecture‹, späteres Vorwort der Übersetzung, das modifiziert unter dem Titel ›Journées de lecture‹ in ›Pastiches et Mélanges‹ einging. Am 26. September Tod der Mutter, der in Proust eine seelische Krise auslöste. Kuraufenthalt in Boulogne-Billancourt von Dezember bis Januar 1906.

1906 ›Sésame et les lys‹ erschien im Mai. Am 27. 12. zog Proust in den Boulevard Haussmann 102. Proust begann ausschließlich literarisch zu arbeiten und hatte die ›Ära der Übersetzungen, die Mama begünstigte, für immer abgeschlossen‹. Er richtete sich sein Arbeitszimmer ein, das hermetisch anmutete: weder Lärm und Staub der Straße noch das Tageslicht durften in den mit Korkplatten tapezierten und mit dreifachen Vorhängen abgedichteten Raum eindringen.

1907 bis 1913 Sommeraufenthalte in Trouville und Cabourg.

Alfred Agostinelli war sein Chauffeur. Bei den Fahrten durch die Normandie hielt Proust die Fenster fest geschlossen. 19. 11. im Figaro ›Impressions de route en automobile‹.

1908 Lemoine-Skandal im Januar. Die Schwindelaffäre Lemoine, der behauptete, das Geheimnis der Diamantproduktion entdeckt zu haben, lieferte Proust den Stoff für die ›Pastiches‹, die parodierend Schreibweisen der literarischen Idole des zeitgenössischen Bürgertums, wie Balzac, Michelet u. a. nachvollzogen.

1909 kündete Proust dem Leiter des Mercure eine Studie an, die Sainte-Beuves Methode, Literatur einzig aus Lebenszusammenhängen des Autors zu begreifen, kritisierte. Alfred Valette lehnte die Publikation ab.

1910 Der Figaro verweigerte ebenfalls die Veröffentlichung. Juni: Besuch des Ballet-Russe.

1911 Debussy-Rezeption.

1912 21. März erschienen im Figaro unter dem von Proust nicht autorisierten Titel ›Épines blanches, Épines roses‹ Auszüge aus einem neuen Werk: ›A la recherche du temps perdu‹. Im Sommer Ablehnung des ersten Teils ›Du Côté de chez Swann‹ (In Swanns Welt) durch drei Verlage: Fasquelle, die Nouvelle Revue Française (unter Schlumberger, Copeau, Gide) und Oldenbourg.

1913 erklärte sich Bernard Gresset bereit, das Buch auf Kosten des Autors zu verlegen. ›Temps‹ kündete am 12. November das Erscheinen des Romans an.

1914 günstige Rezension in der Januar-Nummer der NRF. 30. Mai: Flugzeugabsturz Agostinellis, der sich von Proust bereits im November 1913 getrennt hatte. Odilon Albaret wurde Prousts Chauffeur, seine Frau Céleste blieb bis zu Proust Lebensende dessen Haushälterin.

1914 bis 1918 keine weiteren Publikationen. Proust schloß sich 1916 der NRF an.

1918 November: ›A l'ombre des Jeunes Filles en fleurs‹ (Im Schatten junger Mädchenblüte) erschienen.

1919 März: ›Pastiches et Mélanges‹ (Pastiches). Da seine Tante Weil ihren Besitz im Boulevard Haussmann verkaufte, zog Proust zunächst in die rue Laurent-Pichat und im Oktober in die rue Hamelin 44. Am 10. Dezember wurde ihm der Prix Goncourt mit 6 : 4 Stimmen zuerkannt.

1920 August: ›Du Côté de Guermantes‹ I (Die Welt der Guermantes)

1921 Januar: ›A propos du style de Flaubert‹ erschien in der

NRF. April: ›Du Côté de Guermantes‹ II sowie ›Sodome et Gomorrhe‹ I (Sodom und Gomorrha). Während des Besuchs einer Ausstellung holländischer Meister im Musée du Jeu de Paume im Mai erlitt Proust einen Schwächeanfall. Juni: ›A propos du style de Baudelaire‹ in der NRF erschienen.

1922 ›Sodome et Gomorrhe‹ II. Im Oktober erkrankte Proust an einer Bronchitis, gegen deren Behandlung er sich wehrte. Er starb am 18. November.

posthum veröffentlichte Werke:

1923 ›La Prisonnière‹ (Die Gefangene)
1925 ›La Fugitive‹ erschien unter einem von Proust nirgends erwähnten Titel ›Albertine disparue‹ (Die Entflohene)
1927 ›Le Temps retrouvé‹ (Die wiedergefundene Zeit)
1952 Bernard de Fallois veröffentlichte das von ihm rekonstruierte Manuskript von ›Jean Santeuil‹
1954 Fallois veröffentlichte ›Contre Sainte-Beuve‹ (Gegen Sainte-Beuve)
1970 Philip Kolb gab den Band I der gesamten Korrespondenz heraus
1976 Band II der Korrespondenz erschien.

(zusammengestellt von *Bettina Rommel*)

suhrkamp taschenbücher

st 731 Joseph Sheridan Le Fanu
Der besessene Baronet
und andere Geistergeschichten
Deutsch von Friedrich Polakovics
Mit einem Nachwort von Jörg Krichbaum
Phantastische Bibliothek Band 59
304 Seiten
Le Fanus Geistergeschichten zeichnen sich durch die Schärfe der psychologischen Beobachtung und den in ihnen zutage tretenden Konflikt zwischen Traum und Wirklichkeit aus.

st 732 Philip K. Dick
LSD-Astronauten
Deutsch von Anneliese Strauss
Phantastische Bibliothek Band 60
272 Seiten
»Ein wenig ist die Lust zur Lektüre von Science-fiction verwandt mit der Lust zur Lektüre von Horrorgeschichten. Offenbar besteht eine Bereitschaft, das, was an Angstphantasie die säkularisierte Menschheit bedrängt, in der Form der Lektüre sich vorsagen zu lassen, sich einreden zu lassen. Mit therapeutischem Effekt?«
Helmut Heißenbüttel

st 733 Herbert Ehrenberg
Anke Fuchs
Sozialstaat und Freiheit
Von der Zukunft des Sozialstaats
468 Seiten
»Herbert Ehrenberg und Anke Fuchs gelingt es, manche Frage zu beantworten, manche Unstimmigkeit zu widerlegen, Klischees in Zweifel zu ziehen, die Richtung künftiger Reformen darzustellen und das Erfordernis einer eigenständigen Sozialpolitik zu begründen. ... Noch lange wird man mit Gewinn nach diesem Buch greifen können, um etwas über die einschlägigen Teilbereiche der Sozialpolitik nachzulesen.« *Deutschlandfunk*

Alphabetisches Gesamtverzeichnis der suhrkamp taschenbücher

Achternbusch, Alexanderschlacht 61
- Die Stunde des Todes 449
- Happy oder Der Tag wird kommen 262
Adorno, Erziehung zur Mündigkeit 11
- Studien zum autoritären Charakter 107
- Versuch, das ›Endspiel‹ zu verstehen 72
- Versuch über Wagner 177
- Zur Dialektik des Engagements 134
Aitmatow, Der weiße Dampfer 51
Alegría, Die hungrigen Hunde 447
Alfvén, Atome, Mensch und Universum 139
- M 70 – Die Menschheit der siebziger Jahre 34
Allerleirauh 19
Alsheimer, Eine Reise nach Vietnam 628
- Vietnamesische Lehrjahre 73
Alter als Stigma 468
Anders, Kosmologische Humoreske 432
v. Ardenne, Ein glückliches Leben für Technik und Forschung 310
Arendt, Die verborgene Tradition 303
Arlt, Die sieben Irren 399
Arguedas, Die tiefen Flüsse 588
Artmann, Grünverschlossene Botschaft 82
- How much, schatzi? 136
- Lilienweißer Brief 498
- The Best of H. C. Artmann 275
- Unter der Bedeckung eines Hutes 337
Augustin, Raumlicht 660
Bachmann, Malina 641
v. Baeyer, Angst 118
Bahlow, Deutsches Namenlexikon 65
Balint, Fünf Minuten pro Patient 446
Ball, Hermann Hesse 385
Barnet (Hrsg.), Der Cimarrón 346
Basis 5, Jahrbuch für deutsche Gegenwartsliteratur 276
Basis 6, Jahrbuch für deutsche Gegenwartsliteratur 340
Basis 7, Jahrbuch für deutsche Gegenwartsliteratur 420
Basis 8, Jahrbuch für deutsche Gegenwartsliteratur 457
Basis 9, Jahrbuch für deutsche Gegenwartsliteratur 553
Basis 10, Jahrbuch für deutsche Gegenwartsliteratur 589
Beaucamp, Das Dilemma der Avantgarde 329
Becker, Jürgen, Eine Zeit ohne Wörter 20
Becker, Jurek, Irreführung der Behörden 271
- Der Boxer 526
- Schlaflose Tage 626
Beckett, Das letzte Band (dreisprachig) 200
- Der Namenlose 536
- Endspiel (dreisprachig) 171
- Glückliche Tage (dreisprachig) 248
- Malone stirbt 407
- Molloy 229
- Warten auf Godot (dreisprachig) 1
- Watt 46
Das Werk von Beckett. Berliner Colloquium 225
Materialien zu Becketts »Der Verwaiser« 605
Materialien zu Becketts »Godot« 104
Materialien zu Becketts »Godot« 2 475
Materialien zu Becketts Romanen 315
Behrens, Die weiße Frau 655
Benjamin, Der Stratege im Literaturkampf 176
- Illuminationen 345

- Über Haschisch 21
- Ursprung des deutschen Trauerspiels 69
Zur Aktualität Walter Benjamins 150
Bernhard, Das Kalkwerk 128
- Der Kulterer 306
- Frost 47
- Gehen 5
- Salzburger Stücke 257
Bertaux, Mutation der Menschheit 555
Beti, Perpétue und die Gewöhnung ans Unglück 677
Bierce, Das Spukhaus 365
Bingel, Lied für Zement 287
Bioy Casares, Fluchtplan 378
- Schweinekrieg 469
Blackwood, Besuch von Drüben 411
- Das leere Haus 30
- Der Griff aus dem Dunkel 518
Blatter, Zunehmendes Heimweh 649
Bloch, Spuren 451
- Atheismus im Christentum 144
Börne, Spiegelbild des Lebens 408
Bond, Bingo 283
- Die See 160
Brasch, Kargo 541
Braun, Johanna, Unheimliche Erscheinungsformen auf Omega XI 646
Braun, Das ungezwungne Leben Kasts 546
- Gedichte 499
- Stücke 1 198
- Stücke 2 680
Brecht, Frühe Stücke 201
- Gedichte 251
- Gedichte für Städtebewohner 640
- Geschichten vom Herrn Keuner 16
- Schriften zur Gesellschaft 199
Brecht in Augsburg 297
Bertolt Brechts Dreigroschenbuch 87
Brentano, Berliner Novellen 568
- Prozeß ohne Richter 427
Broch, Barbara 151
- Dramen 538
- Gedichte 572
- Massenwahntheorie 502
- Novellen 621
- Philosophische Schriften 1 u. 2
  2 Bde. 375
- Politische Schriften 445
- Schlafwandler 472
- Schriften zur Literatur 1 246
- Schriften zur Literatur 2 247
- Schuldlosen 209
- Tod des Vergil 296
- Unbekannte Größe 393
- Verzauberung 350
Materialien zu »Der Tod des Vergil« 317
Brod, Der Prager Kreis 547
- Tycho Brahes Weg zu Gott 490
Broszat, 200 Jahre deutsche Polenpolitik 74
Brude-Firnau (Hrsg.), Aus den Tagebüchern Th. Herzls 374
Büßerinnen aus dem Gnadenkloster, Die 632
Bulwer-Lytton, Das kommende Geschlecht 609
Buono, Zur Prosa Brechts. Aufsätze 88
Butor, Paris–Rom oder Die Modifikation 89
Campbell, Der Heros in tausend Gestalten 424
Carossa, Ungleiche Welten 521
Über Hans Carossa 497

Carpentier, Explosion in der Kathedrale 370
- Krieg der Zeit 552
Celan, Mohn und Gedächtnis 231
- Von Schwelle zu Schwelle 301
Chomsky, Indochina und die amerikanische Krise 32
- Kambodscha Laos Nordvietnam 103
- Über Erkenntnis und Freiheit 91
Cioran, Die verfehlte Schöpfung 550
- Vom Nachteil geboren zu sein 549
- Syllogismen der Bitterkeit 607
Claes, Flachskopf 524
Condrau, Angst und Schuld als Grundprobleme in der Psychotherapie 305
Conrady, Literatur und Germanistik als Herausforderung 214
Cortázar, Bestiarium 543
- Das Feuer aller Feuer 298
- Ende des Spiels 373
Dahrendorf, Die neue Freiheit 623
- Lebenschancen 559
Dedecius, Überall ist Polen 195
Degner, Graugrün und Kastanienbraun 529
Der andere Hölderlin. Materialien zum »Hölderlin«-Stück von Peter Weiss 42
Dick, LSD-Astronauten 732
- UBIK 440
Doctorow, Das Buch Daniel 366
Döblin, Materialien zu »Alexanderplatz« 268
Dolto, Der Fall Dominique 140
Döring, Perspektiven einer Architektur 109
Donoso, Ort ohne Grenzen 515
Dorst, Dorothea Merz 511
- Stücke 1 437
- Stücke 2 438
Duddington, Baupläne der Pflanzen 45
Duke, Akupunktur 180
Duras, Hiroshima mon amour 112
Durzak, Gespräche über den Roman 318
Edschmidt, Georg Büchner 610
Ehrenburg, Das bewegte Leben des Lasik Roitschwantz 307
- 13 Pfeifen 405
Eich, Fünfzehn Hörspiele 120
Eliade, Bei den Zigeunerinnen 615
Eliot, Die Dramen 191
Zur Aktualität T. S. Eliots 222
Ellmann, James Joyce 2 Bde. 473
Enzensberger, Gedichte 1955-1970 4
- Der kurze Sommer der Anarchie 395
- Museum der modernen Poesie, 2 Bde. 476
- Politik und Verbrechen 442
Enzensberger (Hrsg.), Freisprüche. Revolutionäre vor Gericht 111
Eppendorfer, Der Ledermann spricht mit Hubert Fichte 580
Eschenburg, Über Autorität 178
Ewald, Innere Medizin in Stichworten I 97
- Innere Medizin in Stichworten II 98
Ewen, Bertolt Brecht 141
Fallada/Dorst, Kleiner Mann - was nun? 127
Feldenkrais, Abenteuer im Dschungel des Gehirns 663
- Bewußtheit durch Bewegung 429
Feuchtwanger (Hrsg.), Deutschland - Wandel und Bestand 335
Fischer, Von Grillparzer zu Kafka 284
Fleißer, Der Tiefseefisch 683
- Eine Zierde für den Verein 294
- Ingolstädter Stücke 403

Fletcher, Die Kunst des Samuel Beckett 272
Franke, Einsteins Erben 603
- Schule für Übermenschen 730
- Sirius Transit 535
- Ypsilon minus 358
- Zarathustra kehrt zurück 410
- Zone Null 585
v. Franz, Zahl und Zeit 602
Friede und die Unruhestifter, Der 145
Fries, Das nackte Mädchen auf der Straße 577
- Der Weg nach Oobliadooh 265
Frijling-Schreuder, Was sind das - Kinder? 119
Frisch, Andorra 277
- Dienstbüchlein 205
- Herr Biedermann / Rip van Winkle 599
- Homo faber 354
- Mein Name sei Gantenbein 286
- Stiller 105
- Stücke 1 70
- Stücke 2 81
- Tagebuch 1966-1971 256
- Wilhelm Tell für die Schule 2
Materialien zu Frischs »Biedermann und die Brandstifter« 503
- »Stiller« 2 Bde. 419
Frischmuth, Amoralische Kinderklapper 224
Froese, Zehn Gebote für Erwachsene 593
Fromm/Suzuki/de Martino, Zen-Buddhismus und Psychoanalyse 37
Fuchs, Todesbilder in der modernen Gesellschaft 102
Fuentes, Nichts als das Leben 343
Fühmann, Bagatelle, rundum positiv 426
- Erfahrungen und Widersprüche 338
- 22 Tage oder Die Hälfte des Lebens 463
Gadamer/Habermas, Das Erbe Hegels 596
Gall, Deleatur 639
García Lorca, Über Dichtung und Theater 196
Gibson, Lorcas Tod 197
Gilbert, Das Rätsel Ulysses 367
Glozer, Kunstkritiken 193
Goldstein, A. Freud, Solnit, Jenseits des Kindeswohls 212
Goma, Ostinato 138
Gorkij, Unzeitgemäße Gedanken über Kultur und Revolution 210
Grabiński, Abstellgleis 478
Graiule, Schwarze Genesis 624
Grossmann, Ossietzky. Ein deutscher Patriot 83
Habermas, Theorie und Praxis 9
- Kultur und Kritik 125
Habermas/Henrich, Zwei Reden 202
Hammel, Unsere Zukunft - die Stadt 59
Han Suyin, Die Morgenflut 234
Handke, Als das Wünschen noch geholfen hat 208
- Begrüßung des Aufsichtsrats 654
- Chronik der laufenden Ereignisse 3
- Das Ende des Flanierens 679
- Das Gewicht der Welt 500
- Die Angst des Tormanns beim Elfmeter 27
- Die Stunde der wahren Empfindung 452
- Die Unvernünftigen sterben aus 168
- Der kurze Brief 172
- Falsche Bewegung 258
- Hornissen 416
- Ich bin ein Bewohner des Elfenbeinturms 56
- Stücke 1 43
- Stücke 2 101
- Wunschloses Unglück 146
Hart Nibbrig, Ästhetik 491

Heiderich, Mit geschlossenen Augen 638
Heilbroner, Die Zukunft der Menschheit 280
Heller, Die Wiederkehr der Unschuld 396
– Nirgends wird Welt sein als innen 288
– Thomas Mann 243
Hellman, Eine unfertige Frau 292
Henle, Der neue Nahe Osten 24
v. Hentig, Die Sache und die Demokratie 245
– Magier oder Magister? 207
Herding (Hrsg.), Realismus als Widerspruch 493
Hermlin, Lektüre 1960–1971 215
Herzl, Aus den Tagebüchern 374
Hesse, Aus Indien 562
– Aus Kinderzeiten. Erzählungen Bd. 1 347
– Ausgewählte Briefe 211
– Briefe an Freunde 380
– Demian 206
– Der Europäer. Erzählungen Bd. 3 384
– Der Steppenwolf 175
– Die Gedichte. 2 Bde. 381
– Die Kunst des Müßiggangs 100
– Die Märchen 291
– Die Nürnberger Reise 227
– Die Verlobung. Erzählungen Bd. 2 368
– Die Welt der Bücher 415
– Eine Literaturgeschichte in Rezensionen 252
– Glasperlenspiel 79
– Innen und Außen. Erzählungen Bd. 4 413
– Klein und Wagner 116
– Kleine Freuden 360
– Kurgast 383
– Lektüre für Minuten 7
– Lektüre für Minuten. Neue Folge 240
– Narziß und Goldmund 274
– Peter Camenzind 161
– Politik des Gewissens, 2 Bde. 656
– Roßhalde 312
– Siddhartha 182
– Unterm Rad 52
– Von Wesen und Herkunft des Glasperlenspiels 382
Materialien zu Hesses »Demian« 1 166
Materialien zu Hesses »Demian« 2 316
Materialien zu Hesses »Glasperlenspiel« 1 80
Materialien zu Hesses »Glasperlenspiel« 2 108
Materialien zu Hesses »Siddhartha« 1 129
Materialien zu Hesses »Siddhartha« 2 282
Materialien zu Hesses »Steppenwolf« 53
Über Hermann Hesse 1 331
Über Hermann Hesse 2 332
Hermann Hesse – Eine Werkgeschichte
von Siegfried Unseld 143
Hermann Hesses weltweite Wirkung 386
Hildesheimer, Hörspiele 363
– Mozart 598
– Paradies der falschen Vögel 295
– Stücke 362
Hinck, Von Heine zu Brecht 481
Hobsbawm, Die Banditen 66
Hofmann (Hrsg.), Schwangerschaftsunterbrechung 238
Hofmann, Werner, Gegenstimmen 554
Höllerer, Die Elephantenuhr 266
Holmqvist (Hrsg.), Das Buch der Nelly Sachs 398
Hortleder, Fußball 170
Horváth, Der ewige Spießer 131
– Die stille Revolution 254
– Ein Kind unserer Zeit 99
– Jugend ohne Gott 17
– Leben und Werk in Dokumenten und Bildern 67
– Sladek 163
Horváth/Schell, Geschichten aus dem Wienerwald 595
Hudelot, Der Lange Marsch 54
Hughes, Hurrikan im Karibischen Meer 394
Huizinga, Holländische Kultur im siebzehnten Jahrhundert 401
Ibragimbekow, Es gab keinen besseren Bruder 479
Ingold, Literatur und Aviatik 576
Innerhofer, Die großen Wörter 563
– Schattseite 542
– Schöne Tage 349
Inoue, Die Eiswand 551
Jakir, Kindheit in Gefangenschaft 152
James, Der Schatz des Abtes Thomas 540
Jens, Republikanische Reden 512
Johnson, Berliner Sachen 249
– Das dritte Buch über Achim 169
– Eine Reise nach Klagenfurt 235
– Mutmassungen über Jakob 147
– Zwei Ansichten 326
Jonke, Im Inland und im Ausland auch 156
Joyce, Ausgewählte Briefe 253
Joyce, Stanislaus, Meines Bruders Hüter 273
Junker/Link, Ein Mann ohne Klasse 528
Kappacher, Morgen 339
Kästner, Der Hund in der Sonne 270
– Offener Brief an die Königin von Griechenland. Beschreibungen, Bewunderungen 106
Kardiner/Preble, Wegbereiter der modernen Anthropologie 165
Kasack, Fälschungen 264
Kaschnitz, Der alte Garten 387
– Ein Lesebuch 647
– Steht noch dahin 57
– Zwischen Immer und Nie 425
Katharina II. in ihren Memoiren 25
Keen, Stimmen und Visionen 545
Kerr (Hrsg.), Über Robert Walser 1 483
– Über Robert Walser 2 484
– Über Robert Walser 3 556
Kessel, Herrn Brechers Fiasko 453
Kirde (Hrsg.), Das unsichtbare Auge 477
Kluge, Lebensläufe. Anwesenheitsliste für eine Beerdigung 186
Koch, Anton, Symbiose – Partnerschaft fürs Leben 304
Koch, Werner, Pilatus 650
– See-Leben I 132
– Wechseljahre oder See-Leben II 412
Koehler, Hinter den Bergen 456
Koeppen, Das Treibhaus 78
– Der Tod in Rom 241
– Eine unglückliche Liebe 392
– Nach Rußland und anderswohin 115
– Reise nach Frankreich 530
– Romanisches Café 71
– Tauben im Gras 601
Koestler, Der Yogi und der Kommissar 158
– Die Nachtwandler 579
– Die Wurzeln des Zufalls 181
Kolleritsch, Die grüne Seite 323
Konrád, Der Stadtgründer 633
– Besucher 492
Korff, Kernenergie und Moraltheologie 597
Kracauer, Das Ornament der Masse 371
– Die Angestellten 13
– Kino 126
Kraus, Magie der Sprache 204

Kroetz, Stücke 259
Krolow, Ein Gedicht entsteht 95
Kücker, Architektur zwischen Kunst und Konsum 309
Kühn, Josephine 587
– Ludwigslust 421
– N 93
– Siam-Siam 187
– Stanislaw der Schweiger 496
Kundera, Abschiedswalzer 591
– Das Leben ist anderswo 377
– Der Scherz 514
Lagercrantz, China-Report 8
Lander, Ein Sommer in der Woche der Itke K. 155
Laxness, Islandglocke 228
le Fanu, Der besessene Baronet 731
le Fort, Die Tochter Jephthas und andere Erzählungen 351
Lem, Astronauten 441
– Der futurologische Kongreß 534
– Der Schnupfen 570
– Die Jagd 302
– Die Untersuchung 435
– Imaginäre Größe 658
– Memoiren, gefunden in der Badewanne 508
– Mondnacht 729
– Nacht und Schimmel 356
– Solaris 226
– Sterntagebücher 459
– Summa technologiae 678
– Transfer 324
Lenz, Hermann, Andere Tage 461
– Der russische Regenbogen 531
– Der Tintenfisch in der Garage 620
– Die Augen eines Dieners 348
– Neue Zeit 505
– Tagebuch vom Überleben 659
– Verlassene Zimmer 436
Lepenies, Melancholie und Gesellschaft 63
Lese-Erlebnisse 2 458
Leutenegger, Vorabend 642
Lévi-Strauss, Rasse und Geschichte 62
– Strukturale Anthropologie 15
Lidz, Das menschliche Leben 162
Literatur aus der Schweiz 450
Lovecraft, Cthulhu 29
– Berge des Wahnsinns 220
– Das Ding auf der Schwelle 357
– Die Katzen von Ulthar 625
– Der Fall Charles Dexter Ward 391
MacLeish, Spiel um Job 422
Mächler, Das Leben Robert Walsers 321
Mädchen am Abhang, Das 630
Machado de Assis, Posthume Erinnerungen 494
Malson, Die wilden Kinder 55
Martinson, Die Nesseln blühen 279
– Der Weg hinaus 281
Mautner, Nestroy 465
Mayer, Georg Büchner und seine Zeit 58
– Wagner in Bayreuth 480
Materialien zu Hans Mayer, »Außenseiter« 448
Mayröcker. Ein Lesebuch 548
Maximovič, Die Erforschung des Omega Planeten 509
McHale, Der ökologische Kontext 90
Melchinger, Geschichte des politischen Theaters 153, 154
Meyer, Die Rückfahrt 578
– Eine entfernte Ähnlichkeit 242

– In Trubschachen 501
Miłosz, Verführtes Denken 278
Minder, Dichter in der Gesellschaft 33
– Kultur und Literatur in Deutschland und Frankreich 397
Mitscherlich, Massenpsychologie ohne Ressentiment 76
– Thesen zur Stadt der Zukunft 10
– Toleranz – Überprüfung eines Begriffs 213
Mitscherlich (Hrsg.), Bis hierher und nicht weiter 239
Molière, Drei Stücke 486
Mommsen, Kleists Kampf mit Goethe 513
Morselli, Licht am Ende des Tunnels 627
Moser, Gottesvergiftung 533
– Lehrjahre auf der Couch 352
Muschg, Albissers Grund 334
– Entfernte Bekannte 510
– Gottfried Keller 617
– Im Sommer des Hasen 263
– Liebesgeschichten 164
Myrdal, Asiatisches Drama 634
– Politisches Manifest 40
Nachtigall, Völkerkunde 184
Nizon, Canto 319
– Im Hause enden die Geschichten. Untertauchen 431
Norén, Die Bienenväter 117
Nossack, Das kennt man 336
– Der jüngere Bruder 133
– Die gestohlene Melodie 219
– Nach dem letzten Aufstand 653
– Spirale 50
– Um es kurz zu machen 255
Nossal, Antikörper und Immunität 44
Olvedi, LSD-Report 38
Onetti, Das kurze Leben 661
Painter, Marcel Proust, 2 Bde. 561
Paus (Hrsg.), Grenzerfahrung Tod 430
Payne, Der große Charlie 569
Pedretti, Harmloses, bitte 558
Penzoldts schönste Erzählungen 216
– Der arme Chatterton 462
– Die Kunst das Leben zu lieben 267
– Die Powenzbande 372
Pfeifer, Hesses weltweite Wirkung 506
Phaïcon 3 443
Phaïcon 4 636
Plenzdorf, Die Legende von Paul & Paula 173
– Die neuen Leiden des jungen W. 300
Pleticha (Hrsg.), Lese-Erlebnisse 2 458
Plessner, Diesseits der Utopie 148
– Die Frage nach der Conditio humana 361
– Zwischen Philosophie und Gesellschaft 544
Poe, Der Fall des Hauses Ascher 517
Politzer, Franz Kafka. Der Künstler 433
Portmann, Biologie und Geist 124
– Das Tier als soziales Wesen 444
Prangel (Hrsg.), Materialien zu Döblins »Alexanderplatz« 268
Proust, Briefe zum Leben, 2 Bde. 464
– Briefe zum Werk 404
– In Swanns Welt 644
Psychoanalyse und Justiz 167
Puig, Der schönste Tango 474
– Verraten von Rita Hayworth 344
Raddatz, Traditionen und Tendenzen 269
– ZEIT-Bibliothek der 100 Bücher 645
– ZEIT-Gespräche 520

Rathscheck, Konfliktstoff Arzneimittel 189
Regler, Das große Beispiel 439
– Das Ohr des Malchus 293
Reik (Hrsg.), Der eigene und der fremde Gott 221
Reinisch (Hrsg.), Jenseits der Erkenntnis 418
Reinshagen, Das Frühlingsfest 637
Reiwald, Die Gesellschaft und ihre Verbrecher 130
Riedel, Die Kontrolle des Luftverkehrs 203
Riesman, Wohlstand wofür? 113
– Wohlstand für wen? 114
Rilke, Materialien zu »Cornet« 190
– Materialien zu »Duineser Elegien« 574
– Materialien zu »Malte« 174
– Rilke heute 1 290
– Rilke heute 2 355
Rochefort, Eine Rose für Morrison 575
– Frühling für Anfänger 532
– Kinder unserer Zeit 487
– Mein Mann hat immer recht 428
– Ruhekissen 379
– Zum Glück gehts dem Sommer entgegen 523
Rosei, Landstriche 232
– Wege 311
Roth, Der große Horizont 327
– die autobiographie des albert einstein. Künstel. Der Wille zur Krankheit 230
Rottensteiner (Hrsg.), Blick vom anderen Ufer 359
– Polaris 4 460
– Quarber Merkur 571
Rüegg, Antike Geisteswelt 619
Rühle, Theater in unserer Zeit 325
Russell, Autobiographie I 22
– Autobiographie II 84
– Autobiographie III 192
– Eroberung des Glücks 389
v. Salis, Rilkes Schweizer Jahre 289
Sames, Die Zukunft der Metalle 157
Sarraute, Zeitalter des Mißtrauens 223
Schäfer, Erziehung im Ernstfall 557
Scheel/Apel, Die Bundeswehr und wir. Zwei Reden 522
Schickel, Große Mauer, Große Methode 314
Schimmang, Der schöne Vogel Phönix 527
Schneider, Der Balkon 455
– Die Hohenzollern 590
– Macht und Gnade 423
Über Reinhold Schneider 504
Schulte (Hrsg.), Spiele und Vorspiele 485
Schultz (Hrsg.), Der Friede und die Unruhestifter 145
– Politik ohne Gewalt? 330
– Wer ist das eigentlich – Gott? 135
Scorza, Trommelwirbel für Rancas 584
Semprun, Der zweite Tod 564
Shaw, Der Aufstand gegen die Ehe 328
– Der Sozialismus und die Natur des Menschen 121
– Die Aussichten des Christentums 18
– Politik für jedermann 643
Simpson, Biologie und Mensch 36
Sperr, Bayrische Trilogie 28
Spiele und Vorspiele 485
Steiner, George, In Blaubarts Burg 77
Steiner, Jörg, Ein Messer für den ehrlichen Finder 583
– Sprache und Schweigen 123
– Strafarbeit 471
Sternberger, Panorama oder Ansichten vom 19. Jahrhundert 179

– Gerechtigkeit für das 19. Jahrhundert 244
– Heinrich Heine und die Abschaffung der Sünde 308
Stierlin, Adolf Hitler 236
– Das Tun des Einen ist das Tun des Anderen 313
– Eltern und Kinder 618
Strausfeld (Hrsg.), Materialien zur lateinamerikanischen Literatur 341
– Aspekte zu Lezama Lima »Paradiso« 482
Strehler, Für ein menschlicheres Theater 417
Strindberg, Ein Lesebuch für die niederen Stände 402
Struck, Die Mutter 489
– Lieben 567
– Trennung 613
Strugatzki, Die Schnecke am Hang 434
Stuckenschmidt, Schöpfer der neuen Musik 183
– Maurice Ravel 353
– Neue Musik 657
Suvin, Poetik der Science Fiction 539
Swoboda, Die Qualität des Lebens 188
Szabó, I. Moses 22 142
Szczepański, Vor dem unbekannten Tribunal 594
Terkel, Der Große Krach 23
Timmermans, Pallieter 400
Trocchi, Die Kinder Kains 581
Ueding (Hrsg.), Materialien zu Hans Mayer, »Außenseiter« 448
Ulbrich, Der unsichtbare Kreis 652
Unseld, Hermann Hesse – Eine Werkgeschichte 143
– Begegnungen mit Hermann Hesse 218
– Peter Suhrkamp 260
Unseld (Hrsg.), Wie, warum und zu welchem Ende wurde ich Literaturhistoriker? 60
– Bertolt Brechts Dreigroschenbuch 87
– Zur Aktualität Walter Benjamins 150
– Mein erstes Lese-Erlebnis 250
Unterbrochene Schulstunde. Schriftsteller und Schule 48
Utschick, Die Veränderung der Sehnsucht 566
Vargas Llosa, Das grüne Haus 342
– Die Stadt und die Hunde 622
Vidal, Messias 390
Waggerl, Brot 299
Waley, Lebensweisheit im Alten China 217
Walser, Martin, Das Einhorn 159
– Der Sturz 322
– Ein fliehendes Pferd 600
– Ein Flugzeug über dem Haus 612
– Gesammelte Stücke 6
– Halbzeit 94
– Jenseits der Liebe 525
Walser, Robert, Briefe 488
– Der »Räuber« – Roman 320
– Poetenleben 388
Über Robert Walser 1 483
Über Robert Walser 2 484
Über Robert Walser 3 556
Weber-Kellermann, Die deutsche Familie 185
Weg der großen Yogis, Der 409
Weill, Ausgewählte Schriften 285
Über Kurt Weill 237
Weischedel, Skeptische Ethik 635
Weiss, Peter, Das Duell 41
Weiß, Ernst, Georg Letham 648
– Rekonvaleszenz 31
Materialien zu Weiss' »Hölderlin« 42
Weissberg-Cybulski, Hexensabbat 369
Weltraumfriseur, Der 631

Wendt, Moderne Dramaturgie 149
Wer ist das eigentlich – Gott? 135
Werner, Fritz, Wortelemente lat.-griech. Fachausdrücke in den biolog. Wissenschaften 64
Wie der Teufel den Professor holte 629
Wiese, Das Gedicht 376
Wilson, Auf dem Weg zum Finnischen Bahnhof 194

Wittgenstein, Philosophische Untersuchungen 14
Wolf, Die heiße Luft der Spiele 606
– Pilzer und Pelzer 466
– Punkt ist Punkt 122
Zeemann, Einübung in Katastrophen 565
Zimmer, Spiel um den Elefanten 519
Zivilmacht Europa – Supermacht oder Partner? 137